BEVOR DER STURM BEGANN

Claudia Ley

BEVOR DER STURM BEGANN

Claudia Ley

Roman

HEYNE ‹

Sollte diese Publikation Links auf Webseiten Dritter enthalten, so übernehmen wir für deren Inhalte keine Haftung, da wir uns diese nicht zu eigen machen, sondern lediglich auf deren Stand zum Zeitpunkt der Erstveröffentlichung verweisen.

Penguin Random House Verlagsgruppe FSC® N001967

Copyright © 2021 by Claudia Ley
Copyright © by Wilhelm Heyne Verlag, München,
in der Penguin Random House Verlagsgruppe GmbH,
Neumarkter Str. 28, 81673 München
Dieses Werk wurde vermittelt durch die
AVA international GmbH Autoren- und Verlagsagentur, München.
Printed in Germany
Herstellung: Mariam En Nazer
Umschlaggestaltung: t.mutzenbach design
unter Verwendung von Ullsteinbild;
Shutterstock.com (Jan Martin Will,
Lina Kundzeleviciene, Smithy55)
Satz: Leingärtner, Nabburg
Druck und Bindung: CPI books GmbH, Leck
ISBN: 978-3-453-27336-8

www.heyne.de

Per Daniela, Rosaria, Melina e Anna,
le belle donne di Sorrento

Und für meine drei Kinder,
Klaus, Lilly, Raúl

*»Die Dinge enthüllen sich uns durch die Erinnerungen,
die wir daran haben. Sich an etwas zu erinnern
bedeutet, es – erst jetzt – zum ersten Mal zu sehen.«*

Cesare Pavese, *Das Handwerk des Lebens*

AUFTAKT

Donnergrollen

Regensburg
Februar 1900

»Wir erinnern uns nicht an Tage. Wir erinnern uns an Momente. Der Reichtum des Lebens besteht aus den Erinnerungen, die wir vergessen haben.«

Cesare Pavese, *Das Handwerk des Lebens*

Ein Lieblingskind gibt es in den meisten Familien, und nicht immer kennt die Familie selbst dafür den Grund.

Das Lieblingskind in Susannes Familie war vom Tag seiner Geburt an Konrad gewesen, daran war nichts zu rütteln, und nach Gründen hatte sie sich nie gefragt. Konrad war eben Konrad. Unter den fünf Märzhäuser-Kindern der Goldschatz, der eine, der nichts anderes zu sein brauchte als er selbst.

Maximilian war der Erstgeborene, der Stammhalter, der Verantwortung zu tragen, in der Schule fleißig zu lernen und sich wie ein Erwachsener zu benehmen hatte, damit das, was der Vater mühsam mit seiner Hände Arbeit aufgebaut hatte, nicht ins Wanken geriet und wie ein Streichholzhaus zusammenfiel.

Susanne war die älteste Tochter, zwar nicht so heiß ersehnt wie ein Sohn, aber ebenfalls nötig, denn ein Mädchen, das auf sich achtete, das seine Aussteuer pflegte und eine gute Partie ergatterte, konnte seine Familie ein ordentliches Stück voranbringen.

Zwischen beiden gab es noch Ludwig, der seinen Nutzen haben würde, indem er das Brauerhandwerk erlernte, um den aber niemand viel Aufhebens machte. Wenn Bekannte – vor allem Geschäftspartner des Vaters oder deren Gattinnen – verwundert ausriefen: »Ach, Sie haben *noch* einen Sohn!«, waren damit nie Maximilian oder Konrad gemeint, sondern immer Ludwig.

Als Nächstes war Sybille geboren worden, die Hübsche, die eines Tages eine Prinzessin werden würde. Zumindest behaupteten das die Leute. »Mit der Kleinen hat dein Vater einen feinen Köder am Haken«, sagte Riedele, der Braumeister, der niemals lachte und alles ganz genau wusste. »Die angelt sich mal einen dicken Fisch und wird ein Prinzesschen, während wir gewöhnlichen Erdenwürmer uns ins Grab schuften.«

Als dann niemand mehr mit einem Kind gerechnet hatte, war Konrad gekommen, der gar nichts zu werden brauchte, sondern einfach er selbst war, und das war genug. Konrad, der Zärtliche, Konrad, der Fröhliche, Konrad, der auf der Welt keinem Wesen übelwollte. »Das letzte Kind ist zum Lieben«, sagte Tante Lene, die gar keine Kinder hatte, und vielleicht war das ja das ganze Geheimnis: Konrad war zum Lieben auf die Welt gekommen, und so wie alle ihn liebten, liebte er alle zurück.

Das waren sie. Die fünf Märzhäusers, die *Kinder vom Brauhaus*, wie die Leute in Stadtamhof sie nannten. Man hätte annehmen können, es wäre Max, der Älteste, nach dessen Pfeife sie tanzten, aber der war ein ruhiger Bürger und zum Anführer nicht gemacht. Es war Konrad, der ihnen allen voranzog und dabei auf seiner kleinen Vogelpfeife spielte, die ihm die Mutter auf der Dult gekauft hatte.

Den anderen Kindern kaufte sie dort an den bunten Buden, die Karamellduft und die Musik der Dampforgel umwehte, nie etwas. Es war alles wertloser Tand, für den eine fromme, sparsame Protestantin kein Geld ausgab, aber wenn Konrad sie mit seinen runden Augen ansah und »Bitt schön, meine Maman«, sagte, konnte sie nicht widerstehen. »Soll er das Dinglein eben haben, wenn's ihm solchen Spaß macht. Er verlangt ja nicht viel.«

Das traf zu und verwunderte Susanne. Hätte sie selbst solche Macht besessen, hätte sie sich das Blaue vom Himmel gewünscht: ein eigenes Regal voller Bücher, eine Reise nach Italien, eine Palette mit Ölfarben, einen langfelligen Hund. Konrad aber wünschte sich nie mehr als kleine Dinge und diese auch nur hin und wieder, wenn er sein Herz an etwas hängte. So wie an die Vogelpfeife, das dicke Rotkehlchen aus Ton, in dessen Schwanz man blasen musste, damit es vorn durch den Schnabel, zu pfeifen begann. Wenn man zuvor ein wenig Wasser einfüllte, wurde aus dem Pfeifen ein Trällern, und Konrad füllte Wasser ein, sooft er mit seiner Vogelpfeife unterwegs war.

Trällernd stapfte, tanzte und hüpfte er ihnen voran durch die Gassen von Stadtamhof, durch die zu dieser Jahreszeit immer Nebelschwaden wie Gespenster huschten, und die vier Älteren trotteten im Gänsemarsch hinterdrein.

»Ach Gott, ist das goldig!«, rief Else Bruchmann, die katholische Bäckersfrau, die mit ihrer Schwester aus der Messe in St. Emmeram kam. »Der süße Flötenspieler voraus – wie ein richtiger kleiner Rattenfänger.«

Sybille war sieben, Susanne neun, Ludwig dreizehn und Maximilian sogar bereits fünfzehn Jahre alt und damit wirklich schon zu groß für solche Kindereien. Konrad aber, der kleine Sonnenschein mit seiner Vogelpfeife, war erst fünf, und nach dem sonntäglichen Gottesdienst in der Dreieinigkeitskirche, während die Eltern noch mit Bekannten vor dem Kirchtor standen, hatte er Susanne an beiden Händen genommen, zu ihr aufgeblickt und gefragt: »Bitt schön, mein Susannchen. Können wir zur Flutmulde gehen, zum Eislaufen? Der Ludwig hat's heute früh schon gesehen, sie ist ganz zugefroren. Ach bitte, Susannchen, wir alle zusammen!«

Mein Susannchen. Das sagte er immer zu ihr. »Ich hab dich lieb, mein Susannchen, mehr lieb als Mandelsplitter und alle kleinen Sterne.«

»Heute nicht, Konni«, hatte Max sich eingemischt und ihm den Himmel gezeigt, der schwer und düster – wie mit Blei gefüllt – über ihren Köpfen hing. »Es gibt einen Sturm. Ein Wintergewitter. Das ist gefährlich, an solchen Tagen ist man daheim im Warmen besser aufgehoben.«

»Ach bitte, mein Maxl«, rief Konrad. »Nur eine halbe Stunde. Meine neuen Schlittschuhe werden sonst ja traurig, weil sie denken, ich mag sie nicht.«

Die Schlittschuhe hatte er zu Weihnachten bekommen und tatsächlich noch kein einziges Mal benutzen können. Der Winter war zu mild und zu stürmisch gewesen, und an den wenigen Tagen, an denen es Eis genug und einen klaren Himmel gab, hatten seine Geschwister keine Zeit gehabt.

Auf die Idee, die Schlittschuhe könnten deshalb traurig sein, kam allerdings nur Konrad. Er wollte, dass nichts und niemand auf der Welt traurig war, kein Mensch, kein Tier, keine unscheinbare Blume, kein totes Ding. Und seltsamerweise tat es, wenn Konrad davon anfing, den anderen auf einmal auch leid um die Traurigkeit der hübschen Schuhe mit ihren blitzblanken Kufen, die vermutlich zu klein sein würden, ehe Konrad sie sich im nächsten Jahr endlich anschnallen konnte.

»Also schön«, bekundeten Suse und Max gleichzeitig.

»Aber nur eine halbe Stunde«, fügte der Bruder mit mahnend erhobenem Finger hinzu. »Bis der Sturm beginnt, sind wir alle sicher daheim, hast du gehört?«

Rasch liefen sie die paar Straßenzüge zurück zum Haus und holten alle fünf Schlittschuhpaare aus der Remise. Sybille war selbst noch ein Kind, sie freute sich auf das Eis beinahe so sehr wie Konrad, und Ludwig machte alles mit, was die anderen beschlossen. »Ist ganz schön kalt heute«, war alles, was er vorbrachte, während sie hinter Konrad und seiner trillernden Vogelpfeife herzogen und der Wind ihnen die Nebelgespenster entgegentrieb.

»Du wirst schon nicht erfrieren.« Suse lachte. Sie fror selbst, aber es war ein Abenteuer, wenn auch nur ein kleines. Von Abenteuern konnte sie nicht genug bekommen. Aus der Krone des Kastanienbaums vor ihrem Haus war sie aufs Straßenpflaster gestürzt und hatte sich zwei Zähne ausgeschlagen, als sie so alt wie Konrad gewesen war. Ein Pflaster an der Lippe und eine Tracht Prügel später saß sie schon wieder oben in den Zweigen.

»Die Susanne, die kennt keine Angst«, hatte Tereza Doubek, ihre Kinderfrau, sich beklagt. »Die treibt's ärger als die Buben.«

Tereza Doubek war im letzten Jahr entlassen worden, weil die vier Großen keine Kinderfrau mehr brauchten und die Mutter sich um Konrad selbst kümmern wollte. »Und dann hat er ja auch noch vier Geschwister, die auf ihn achtgeben können«, hatte sie dem Vater erklärt. »Da braucht's den teuren Lohn für die Doubek nicht mehr.«

Sie gaben auf ihn acht. Sie gingen mit ihm zum Eislaufen, während die Eltern vor der Kirche ihren Schwatz beenden und dann nach Hause gehen würden, sie taten es gern, weil es schön war, Konrad eine Freude zu machen, und schön war, wenn sie alle zusammen waren.

Wir fünf gegen den Rest der Welt.

Die Flutmulde lag ganz im Osten von Stadtamhof. Hier gab es keine Laternen mehr, keine Straßenbahnschienen, kein befestigtes Pflaster. Wenn man sich umdrehte, sah man die spitzen Türme des Domes, Regensburgs Wahrzeichen, hinter dunklen Wolken verschwinden. Je länger sie gingen, desto unwegsamer wurden die Straßen, desto vereinzelter wurden die Häuser, und als schließlich keines mehr kam, sahen sie in kurzer Entfernung vor sich den tiefen, weiten Graben, der von dichtem Gehölz umwachsen war.

Er war ausgehoben worden, um sich bei Hochwasser zu füllen und dadurch zu verhindern, dass der reißende Fluss die Stadt überschwemmte. Hunderte von Jahren war das her, hatte Maximilian behauptet, und im Laufe von all diesen Jahren hatte die Mulde sich wieder und wieder mit Wasser gefüllt, das nie ganz abgelaufen oder versickert war. Irgendwann stand das Wasser mehrere Meter hoch, und die Vertiefung konnte keines mehr aufnehmen. Inzwischen gab es jedoch andere Gräben und besseren Schutz vor Hochwasser. Die alte Flutmulde wurde nicht mehr gebraucht.

Sie gehörte den Märzhäuser-Kindern, die sie geliebt hatten, so lange sie denken konnten. Es kam sonst niemand hierher, weder sommers noch winters. Zum Baden war ihren Kameraden das Wasser zu schlammig, und beim Eislaufen wollten sie bewundert werden, nicht sich hinter Gestrüpp und verkrüppelten Bäumen verstecken, wo ihren Pirouetten und Sprüngen niemand applaudierte.

Konrad nahm die Vogelpfeife vom Mund und lachte vor Glück: »Unser Platz.«

So hatten die anderen es ihm beigebracht: »Die Flutmulde ist unser geheimer Platz.«

Warum an ihrem Ufer nichts richtig in die Höhe spross, sondern alles, von der Trauerweide bis zum Ginsterstrauch, sich seltsam niedrig um sie ballte, fragte Susanne sich nicht zum ersten Mal. Das Dickicht war wie ein Wall, der ihren Platz, ihre eigene Welt, vor den Blicken Unbefugter schützte. Sie hätte es malen wollen. All das Gestrüpp, das selbst in winterlicher Kahlheit dicht wirkte, und das Eisgrau der überfrorenen Flutmulde, das dahinter aufblitzte. Dabei konnte sie nicht einmal malen. Allein in ihrem Kopf sah sie ständig Bilder, von denen sie sich wünschte, sie hätten sich mit entschlossenen Pinselstrichen festhalten lassen.

»Mir gefällt dieser Sturm nicht«, sagte Maximilian. »Mir wäre lieber, wir würden umkehren und ein andermal wiederkommen.« Erst jetzt fiel Susanne auf, dass der Himmel sich noch einmal verdunkelt hatte. Man hätte meinen können, es wäre schon spät am Nachmittag, aber das konnte ja nicht sein, denn sie waren doch erst vor einer knappen Stunde aus der Kirche gekommen und hatten noch nicht zu Mittag gegessen.

»Ist ja noch gar kein Sturm da«, sagte Ludwig. »Jetzt lass doch dem

Kleinen seinen Spaß. Er dreht ein paar Runden auf dem Eis, und ehe da was losbricht, sind wir längst zu Hause.«

Konrad hatte bei Maximilians Worten innegehalten, hatte die Vogelpfeife mit seiner kleinen Hand umklammert, und auf seinem Gesicht hatte sich Enttäuschung gezeigt. Als jedoch Ludwig sprach, hellte sich seine Miene sofort wieder auf. »Darf ich gehen, mein Lu?«

»Klar doch, Knirps. Amüsier dich. Nach Ostern kommst du zur Schule, dann ist es vorbei mit dem lustigen Leben.«

Konrad sprang los und rannte mit wirbelnden Sohlen auf die Eisfläche zu, sodass der schmutzige Schnee aufstob und die neuen Schlittschuhe, die er an ihren Schnürbändern über der Schulter trug, wippten.

»Langsam, Konrad, das Ufer fällt steil ab!«, rief ihm Max hinterdrein, jedoch nicht sonderlich laut. Sein kleiner Bruder hörte ihn nicht. Sybille rannte auch los, doch die drei Älteren gingen nur langsam weiter, als gäbe es etwas, das sie zögern ließ.

Konrad hatte den Wall aus Dickicht erreicht und setzte wie ein Fohlen über einen niedrigen Strauch hinweg. Susanne sah seine kleine Gestalt im blauen Matrosenmäntelchen in den Nebel tauchen, der vom Eis aufstieg, und das Metall der Schlittschuhkufen glänzen.

»Das Wasser ist aus Glas! Es ist aus hartem Glas«, jubelte er, ließ die Schlittschuhe von seiner Schulter ins Gras gleiten und hastete auf das schillernde Eis. Nur die Vogelpfeife hielt er noch in der Hand, reckte den Arm wie im Triumph in die Höhe, während er weiter und weiter lief, immer kleiner wurde und fast im Dunkel verschwand.

Als hätten die Wilen, die Geister verstorbener Bräute, die in den Wäldern hausten, ihn zu sich gelockt und entführt. Es hieß, sie schlichen sich an die Ufer verborgener Gewässer, um nur mit Schleiern bekleidet zu tanzen, und ihre Tanzplätze zu betreten berge tödliche Gefahr.

Susanne schüttelte die Gedanken ab und ging zwischen ihren

Brüdern weiter. Sie wollte an solchen Unfug nicht glauben. Solche Märchen erzählten Erwachsene Kindern, damit sie ihnen gehorchten und nicht davonliefen, um Abenteuer zu erleben. Das Buch vom *Struwwelpeter* verfolgte denselben Zweck: Es sollte Kindern Angst einjagen, sie glauben machen, wenn man in einem Sturm aus dem Haus ging, könne man samt seinem Schirm vom Wind davongerissen werden.

Was für dummes Zeug!

Der Wind blies ja auch jetzt, und zwar mit mächtiger Wucht. Er pfiff so laut, dass man Konrads kleines Vogelpfeifchen so weit weg sicher gar nicht mehr hätte hören können, und doch wurden weder Susanne noch ihre Geschwister in die Luft gerissen wie jener Robert in dem dummen Buch.

Es war das einzige Buch, das Susanne je für sich allein geschenkt bekommen hatte, und sie hasste es.

Sybille, die Konrad in vollem Lauf hinterhergeeilt war, blieb abrupt am Ufer stehen wie vor einer unsichtbaren Wand.

»Konni, was machst du denn?«, rief sie. »Komm zurück, du hast doch deine Schlittschuhe noch gar nicht an!«

Susanne hielt im Schritt inne, um zu lauschen, doch sie vernahm von ihrem Bruder keine Antwort. Höchstens ein fernes Pfeifen, ein Trällern wie von einem Singvogel, aber das mochte auch der Wind sein.

»Das gefällt mir nicht«, sagte Max.

Wieder sah er nach oben, und Susannes Blick folgte automatisch dem seinen. Über den Himmel jagten Wolken, grau wie Blei, schwarz wie Schwefel, ballten sich zu Klumpen, die größer schienen als die ganze Stadt.

»Was soll's«, sagte Ludwig. »Wenn er einmal über den Tümpel geschlittert und auf die Nase gefallen ist, verliert er die Lust und kommt zurück.«

»Konni!« Sybille schrie jetzt, und in ihrer Stimme hallte Panik. »Konni, wo bist du denn, komm doch wieder zurück!«

Jetzt hörte Susanne eindeutig eine Antwort, kein Wort, aber einen der hohen, federleichten Triller, die ihr kleiner Bruder seiner Vogelpfeife entlockte. Dann war noch einmal alles still bis auf den Wind, der den verkrüppelten Bäumen in die kahlen Zweige fuhr. Lärm folgte, der sie erst erstarren und dann blindlings loslaufen ließ: der dumpfe Laut, mit dem ein Körper auf einen harten Untergrund prallte, dazu ein Splittern und Krachen, Konnis dünner, spitzer Schrei und Sybilles lauter, schriller.

Max rannte ebenfalls los und brüllte: »Sybille, bleib stehen! Geh nicht aufs Eis«, und Ludwig schrie hinter ihnen her: »Das ist nicht das Eis! Er ist nur hingefallen, ihm ist nur diese ewige Pfeife zerbrochen.«

Susanne wusste, was sie zu tun hatte. Nein, nicht sie selbst wusste es, sondern ihr Körper, der wie ein eigenständiges Wesen die Kontrolle übernommen hatte und ohne ihr Zutun agierte. Der Körper packte Sybille, die weinte und sich losreißen wollte, und hielt sie mit aller Kraft fest.

Sieh nicht nach vorn, befahl ihr der Körper. *Konzentrier dich darauf, deine Schwester zu halten, schau um keinen Preis nach dem, was auf dem Eis geschieht.*

Um Konni würde Max sich kümmern, Max, der so groß und klug und eigentlich schon ein Erwachsener war. Er würde ihn auf den Arm nehmen und über das Eis zurücktragen, aus den Nebeln, aus der Dunkelheit heraus und weit weg von den Händen der Wilen, den Geistern toter Bräute, die doch einem kleinen Jungen nichts zuleide tun würden, schließlich gab es sie überhaupt nicht!

Max würde das mit Konni in Ordnung bringen, er würde ihm versprechen, ihm im nächsten Advent auf der Dult eine neue Vogelpfeife zu kaufen, wenn er bis dahin nicht längst zu groß dafür wäre, und ehe der Sturm begann, wären sie zu Hause.

Es war kalt. Sybille wimmerte. Alles Licht wirkte wie verschluckt. »Ludwig«, gellte Maximilians Stimme durchs Dunkel. »Komm hierher, hilf mir! Suse und Bille, lauft zurück in die Stadt und holt Hilfe!«

Susannes Körper, der die Kontrolle übernommen hatte, war starr wie aus Eis. Zu ihren Füßen wischte ein grauer Blitz vorbei, eine Feldmaus, die ein Fiepen ausstieß und dann wieder zurückjagte. Vermutlich verletzt oder krank. Mäuse wagten sich sonst nicht so nah an Menschen.

Irgendwie schafften sie es, irgendwie rannten sie los, und im selben Moment sprang Ludwig, der eine Art Heulen ausstieß, aufs Eis. *Dreh dich nicht um*, beschwor sich Susanne, doch im Loslaufen sah sie die neuen Schlittschuhe, die im zertretenen Gras lagen.

Sie werden traurig sein.

Bis der Sturm begann, waren sie und Sybille daheim, in der Andreasstraße, in Decken gewickelt, vor dem Feuer platziert und mit Tee versorgt. Ehe es richtig losging, brachten Männer mit Stangen, Seilen und Fackeln auch die Jungen nach Hause.

Einzig Konrad brachten sie erst am frühen Morgen. Von seiner Vogelpfeife war keine Scherbe mehr da.

ERSTER TEIL

Sturmwolken

Regensburg
Februar 1910

»Ginia meinte, nie zuvor begriffen zu haben, was der Sommer ist, so schön war es, jede Nacht aus dem Haus und in den Alleen spazieren zu gehen. Manchmal dachte sie, dieser Sommer werde nie ein Ende nehmen, und zugleich, man müsse ihn schnell genießen, denn wenn die Jahreszeit wechsle, werde bestimmt etwas geschehen.«

Cesare Pavese, *Der schöne Sommer*

1

»Seien S' mir nicht bös, Märzhäuser. Ich hätt's ja selbst gern gehabt, unsere beiden Familien durch Heiratsbande miteinander verknüpft. Aber die Susanne? Ein nettes Mädel, gewiss. Nur leider so gar nichts Besonderes, kein Esprit, kein Chichi, verstehen S',was ich meine?«

Susanne, an der Tür zu ihres Vaters Arbeitszimmer, die um eine winzige Ritze offen stand, spürte, wie ihr Körper von den Schultern bis hinunter in die Waden erstarrte.

»Ach Gott, Suse!«, platzte Sybille heraus, viel zu laut, um noch als Flüstern durchzugehen. »Ach Gott, ach Gott.«

Die kleine Schwester packte Susannes Hand. »Es tut mir so leid. Dein Harro. Was für ein Verräter.«

»Pst. Sei doch still.« Susanne legte ihr die freie Hand auf den Mund. Sie fühlte sich gedemütigt, auch ohne dass die zwei Männer sie wie ein Kind beim Lauschen erwischten. Dabei war sie nicht einmal sicher, dass sie Harro Islinger, mit dem sie ein paarmal getanzt hatte, hätte heiraten wollen, doch mit derart flapsiger Nonchalance verschmäht zu werden, war eine Kränkung sondergleichen. Eine Ohrfeige links und eine rechts. Mit dem Handrücken. Unverdient und vor allen Leuten.

Nichts Besonderes.

Lieber wäre sie Mechthild Krause von der Bleistiftfabrik gewesen, von der die Jungen wiehernd vor Lachen behaupteten, sie sei hässlich wie die Nacht und ihr Vater habe ihr die Nase wie einen Bleistift angespitzt.

Hätte Harro Islinger »nicht hübsch genug«, »keine gute Hausfrau« oder etwas in der Art ins Feld geführt, hätte sie es vermutlich wegstecken können, denn all dies wusste sie ja selbst. Hübsch war sie wirklich nicht. Dafür konnte sie nichts, war schon so geboren, hatte als Mädchen die kantigen Züge und den eckigen, ungelenken Gang ihres Vaters geerbt. Mit dem Erwerb der gängigen Qualitäten, die eine Frau zur Führung eines großbürgerlichen Haushalts benötigte, hatte sie sich schwergetan, verstand sich weder auf oberflächliches Plaudern noch aufs Arrangieren imposanter Blumengestecke, besaß keine Singstimme, tanzte höchstens mittelmäßig und hatte keinen modischen Geschmack. Dass zum Ausgleich in ihr eine Neugier brannte, die so gut wie alles, was in der Welt geschah, einschloss, hätte bei einem Jungen gezählt, aber nicht bei einem Mädchen.

Aber war sie denn wirklich nichts Besonderes? Die seltsame Leidenschaft, die Lust aufs Leben, die sie oft nächtelang neben der friedlich schlummernden Sybille wach hielt, war ihr immer außergewöhnlich erschienen. Ebenso ihre Fantasie: Ihre Brüder begleiteten regelmäßig den Vater auf seinem Rundgang durch die Lokale, die Bier von ihm bezogen, während Susanne höchstens zwei- oder dreimal mitgedurft hatte. Sooft sie jedoch eines dieser biederen Gasthäuser betrat, begann das Ambiente sich vor ihrem geistigen Auge zu verwandeln: Ideen zu Einrichtung und Ausstattung wirbelten ihr durch den Kopf, Farben wechselten, Düsternis wurde zu weichem Licht, bis am Ende ein Raum entstand, dessen ganze Atmosphäre zum Verweilen einlud.

Wie gern hätte sie einen solchen Raum tatsächlich gestaltet und darin Gäste bewirtet! Schon als Kind hatte sie aus dem Salon von Sybilles Puppenstube mit Vorliebe ein Speiserestaurant gemacht und auf den winzige Tellern Menüs aus mit Mandelsplittern gespickten Korinthen und Reiskörnern in Sahnetropfen serviert.

Und ganz dumm war sie ja wohl auch nicht, oder? Sie las unentwegt. Jedes Buch, das sie sich verschaffen konnte, kam ihr vor wie ein Augenblick, in dem das Tor zur Welt sich öffnete, und an manchen Tagen fühlte sie sich, als fehlte ihr nur noch die passende Idee, um mitten hineinzuspringen.

Harro Islinger aber, der Patriziersohn, den sie, wenn sie ehrlich war, eher ermüdend als anziehend gefunden hatte, lehnte sie ab, weil sie ihm zu langweilig war. *Kein Esprit, kein Chichi.* Aber warum traf es sie so hart, was Harro Islinger von ihr dachte? Warum hatte sie die Aussicht auf seinen Heiratsantrag in solche Erregung versetzt, dass sie sich mit ihrer Schwester hinter einer Tür versteckte, um zu lauschen?

Das mit dem Lauschen war natürlich Sybilles Idee gewesen, aber darauf konnte sich Susanne nicht herausreden. Sie hatte schließlich nicht protestiert, sondern war regelrecht darauf angesprungen. Was trieb sie dazu, weshalb verlangte es sie nach einem Leben mit einem Mann, an dem sie nichts fand?

Irgendwie muss man ja nun einmal leben, dachte sie. Eine Ehefrau mit eigenem Haushalt war zumindest besser dran als ein ewiges Mädchen im Elternhaus. Wenn sie ein abschreckendes Beispiel brauchte, so hatte sie ihre Tante Lene vor Augen, die in einer zum Garten hinaus gelegenen Kammer hauste, über keinen Pfennig Geld verfügte und wie ein Kind nicht einmal darüber entscheiden durfte, was sie auf dem Leib trug und zu Mittag aß.

Susanne wollte ein Fenster zur Straße. Ein Haus, in das Leute kamen, die etwas erlebt, die etwas zu erzählen hatten. Kunst, Kultur, Politik, ganz egal. Sie wollte Gespräche, die wie Springbrunnen überschwappten und halbe Nächte währten, Gäste, die, wenn sie mit Weinlaub im Haar ihr Haus verließen, sagten: »So wie bei Ihnen ist es nirgendwo, liebe Susanne, bitte laden Sie uns bald wieder ein.« Und sie wollte reisen. Als Frau von Harro Islinger käme sie wenigstens zu Flitterwochen. Zwar kaum ins Ausland, das erträumte Italien blieb adligen Paaren vorbehalten, aber doch immerhin in eins der besseren Hotels von Baden-Baden.

»Einfach nichts Besonderes«, sagte Harro Islinger jetzt noch einmal. »Ich bedaure aufrichtig, Märzhäuser. Das müssen S' mir fei glauben.«

Der Vater, durch den Türspalt betrachtet, sah aus, als wäre er selbst gekränkt und abgelehnt worden. Und im Grunde war er das ja auch. Die Islingers waren Kaufleute, echtes altes Regensburger Blut, das Alfons Märzhäuser so gern dem seiner eigenen Familie hinzufügen wollte. Seit der ewige Reichstag aufgelöst war, der einst so lukrative Fernhandel sich nach München und Nürnberg verlagerte und die stolze Stadt im Dornröschenschlaf versank, befand sich der Stern der Händlerkaste im Sinken, während findige Handwerksleute wie Alfons über Nacht gen Himmel stürmten.

Das Brauhandwerk war ein anderes geworden, jetzt, da sich dank Lindes Kältemaschine sommers wie winters untergärige Biere brauen ließen, und Alfons hatte die Gunst der Stunde zu nutzen gewusst. Aus dem vor sich hin dümpelnden Familienbetrieb seines Vaters hatte er ein Unternehmen des zwanzigsten Jahrhunderts gemacht, das mit dem fürstlichen Brauhaus derer von Thurn und Taxis konkurrieren konnte.

Märzhäusers Märzen, ein täuschend blumiges Helles mit der Wirkung einer Feldkanone, war sein Verkaufsschlager. Die Gaststätten am Kohlemarkt bezogen es in rauen Mengen, und seit Neuestem kamen sogar das alteingesessene Café unter den Linden und der Gasthof Goldenes Kreuz am Haidplatz nicht mehr umhin, das Produkt des verpönten Emporkömmlings anzubieten.

Die schmucke Gründerzeitvilla in der Andreasstraße, die Alfons sich hatte bauen lassen, gehörte zu den ersten in Stadtamhof, die mit fließendem Wasser und elektrischer Beleuchtung ausgestattet worden waren. Seine Söhne hatten das Neue Gymnasium im Minoritenweg besucht, und Maximilian, der älteste, hatte an der ehrwürdigen Ludwig-Maximilians-Universität Nationalökonomie studiert. Einen Akademiker zum Sohn zu haben erhob Alfons endgültig über den Stand eines schlichten Handwerkers. Alles, was nun noch fehlte, war der Schwiegersohn, der der Familie des Bierbrauers die Tür zu den höheren Etagen aufstieß.

Die wirtschaftliche Lage der Islingers war im Vergleich dazu seit Jahren brenzlig, und das Handelshaus hätte die Finanzspritze, die Susannes Vater zu zahlen bereit war, gut brauchen können. Alfons Märzhäuser mochte sich seiner Sache sicher gewähnt haben. Der arrogante Erbsohn aber erdreistete sich, sein Angebot zurückzuweisen, weil ihm die Braut nicht reizvoll genug erschien.

»Mit der Susanne also, das wird nichts«, hob er neuerlich an. »Wenn S' sich hingegen entschließen könnten, Ihr jüngeres Fräulein Tochter in Erwägung zu ziehen, säh die Sache anders aus. Bei der Kleinen, bei der Sybille, ja, da kämen wir zwei ins Geschäft.«

Scharf zog Sybille Luft ein. »Ich glaub, ich höre nicht richtig! Was für ein Schuft, Suse, was für ein widerlicher, ekelhafter Schuft!«

"Himmelherrgott, Bille, du Schwatzmaul, sei still!« Wieder hielt sie der Schwester, diesem Speier, aus dem es unentwegt sprudelte, den Mund zu, doch es nützte nichts mehr. Nicht Sybilles lautes Flüstern, sondern ihr eigener Ausbruch brachte die Herren dazu, die Köpfe zu drehen. Der Blick ihres Vaters traf den ihren. Susanne kannte ihn als einen herrischen, selbstgerechten Mann, der über Nichtigkeiten in Zorn geriet und neben seiner eigenen keine Meinung gelten ließ. Einen Ausdruck wie den, der sich jetzt in seinen scharfen, kleinen Augen zeigte, hatte sie darin noch nie gesehen.

Alfons Märzhäuser wirkte weder zornig noch entrüstet, sondern nichts als traurig. Enttäuscht von mir, dachte sie. Alles, was er wie in einen Spickbraten in mich hineingesteckt hat, war umsonst und zahlt sich nicht aus.

»Ja mei, Fräulein Susanne«, murmelte Islinger. »Für Ihre Ohren war unser Gespräch wahrlich nicht bestimmt. Aber da Sie nun einmal Bescheid wissen, können wir genauso gut reinen Tisch machen. Es ist schließlich niemandem geholfen, wenn man zwei zusammengibt, die's nicht zueinander zieht.«

»Ich verstehe«, hörte Susanne sich sagen, kühl und ruhig, sogar souverän. »Und da es Sie, wie Sie deutlich bekundet haben, zu meiner Schwester zieht, will ich dem jungen Glück nicht im Wege stehen.«

»Oh, Suse, wie kannst du nur!« Sybilles Ellenbogen traf sie schmerzhaft unter den Rippen. »Selbst wenn ich auf ihn fliegen würde wie eine Motte auf die Straßenbeleuchtung, würde ich ihn nicht wollen. Einen, der dumm genug ist, mich zu nehmen, wenn er dich haben könnte – wer will denn den?«

Susannes Wangen glühten. In all der Verwirrung, die es mitbrachte, neunzehn Jahre alt zu sein, vergaß sie allzu oft, dass ihre Schwester der netteste Mensch auf der Welt war.

»In diesem Stadium der Angelegenheit ist es wohl kaum ratsam, eine Dame nach Ihrer Ansicht zu befragen«, kam es pikiert von Islinger. »Erst recht nicht, wenn sie noch so jung und unbedarft ist wie Sie, liebes Fräulein Sybille. Seien Sie dankbar, dass Männer mit Pflichtgefühl für Sie Sorge tragen.« Er wandte sich dem Vater der Schwestern zu. »Was meinen S', Alfons? Wollen wir unsere Belange unter uns besprechen und bei einem Umtrunk besiegeln? Gehen wir ins Hofhäusl. Sie sind mein Gast, versteht sich.«

Kurz schwiegen sie alle so still, dass man die Tür, an der Sybille sich festhielt, in ihren Angeln quietschen hörte. Dann drehte der Vater sich von Susanne weg zu Harro Islinger. »Ich denke nicht, dass wir noch Belange zu besiegeln hätten«, sagte er. »Sie haben mir ja deutlich gemacht, dass Sie an einer Verbindung unserer Häuser kein Interesse haben.«

»Aber ich bitt Sie, Alfons!«, rief Islinger. »Dass wir über die Sybille reden wollten, hatten wir doch schon geklärt. Daran hat sich ja nichts geändert, und Sie kommen mir keineswegs wie ein Mann vor, der in seinem Haus nicht selbst die Hosen anhat, sondern Madeln nach ihrer Ansicht befragt.«

»Ich mir auch nicht«, erwiderte Susannes Vater. »In meinem Haus zählt meine Ansicht und sonst keine, und deshalb haben Sie in diesem Haus nicht länger etwas verloren. Mit der Sybille will ich höher hinaus und habe bessere Angebote. Also bitt schön, auf Wiederschauen. Meine Zeit ist knapp.«

2

Wenn Alfons Märzhäuser einen Beschluss fasste, war dieser in Stein gemeißelt. Eher schlug man sich die Stirn daran blutig, als dass man etwas daran änderte. Er hatte den Hausdiener gerufen, damit dieser Islinger zur Tür geleitete, und er hatte seine Töchter mit einer Handbewegung ihrer Wege geschickt. Wie schon als kleines Mädchen hatte Sybille sich an Susannes Arm geklammert. »Puh, das ist noch einmal gut gegangen, was? Hätte ich Vater gar nicht zugetraut, dass er den Lumpenkerl so abserviert.«

Wie gewohnt hatte Sybille geredet, ohne Atem zu holen, als beruhige es sie, ihre eigene Stimme zu hören. Nicht selten beruhigte es auch Susanne, aber nicht heute. Sie wollte allein sein. Wollte sich Gedanken darüber machen, was aus ihr werden sollte.

Eine zweite Tante Lene – wie es aussah. Wie hatte ihr das nur passieren können, wie war sie in diese Falle getappt?

War denn nicht ein neues Jahrtausend angebrochen? In London gingen Frauen auf die Straße und verlangten, wie Männer ihre Regierung wählen zu dürfen, und in Italien, Susannes Land der Träume, publizierte ein Schriftsteller namens Filippo Marinetti ein Manifest, das er futuristisch nannte und in dem es hieß: »*Wir wollen die Liebe zur Gefahr besingen, die Vertrautheit mit Energie und Verwegenheit. Wir erklären, dass sich die Herrlichkeit der Welt um eine neue Schönheit bereichert hat: die Schönheit der Geschwindigkeit.*«

Bei Susanne hingegen, in ihrem eigenen Dasein, wurde alles immer nur langsamer. Sie hätte sich in diese wilde, gefahrvolle Welt hineinwerfen wollen, sich ausprobieren, um herauszufinden, wer sie war und was sie mit ihrem Leben anfangen konnte. Stattdessen schien alles vorgezeichnet und schon so gut wie zu Ende, ehe es auch nur begonnen hatte.

Sie würde in der Kinderstube, die sie sich jetzt noch mit Sybille teilte, wohnen bleiben und zuschauen, wie die Schwester und Ludwig ihrer Wege zogen, während Max sich mit Vevi, seiner Liebsten seit Kindertagen, als neuer Herr des Hauses einrichtete. Sie hingegen würde zwischen wurmstichigen Eichenkommoden vermodern, bis Tante Lene starb und sie in deren Gartenzimmer umgesiedelt wurde. Die vier Märzhäuser-Kinder riefen die Schwester ihres Vaters nur »Tante«, und genauso würde es Susanne mit Max' und Vevis Kindern ergehen. Auf eine Tante würde nahtlos die nächste folgen, die eine so überflüssig wie die andere.

»Suse, was ist denn?« Sybille zerrte an ihrem Arm. »Gehen wir doch zum Maxl ins Bureau, holen wir Ludwig und besprechen uns. Die zwei werden ihren Ohren nicht trauen, wenn sie hören, was gerade los gewesen ist.«

So war es immer. Was einem der Geschwister widerfuhr, wurde noch brühwarm unter allen vieren besprochen. Selbst wenn die anderen nicht helfen konnten, tat es gut, mit einem Kummer nicht allein zu sein. Vevi, Maxls Verlobte, die weder Bruder noch Schwester hatte, beneidete sie: »Wisst ihr eigentlich, wie schön ihr es habt? Ihr seid in allen Lebenslagen ein Kleeblatt, die vier Märzhäusers gegen den Rest der Welt, und wer es mit einem von euch aufnimmt, bekommt es mit allen vieren zu tun.«

Mit allen vieren. Die Lücke, die sich unter diesen Worten auftat, vernahm vielleicht nur noch Susanne.

»Geh du«, sagte sie und entwand sich Sybilles Griff. »Ich brauche ein bisschen Zeit für mich allein.«

»Aber doch jetzt nicht, Suse!« Auf dem lieblichen Gesicht der

Schwester malte sich Unverständnis. »Dieser widerliche Islinger hat dich behandelt wie einen Fußabtreter, da kannst du doch nicht obendrein alleine sein!« Allein zu sein kam für Sybille einer Beschreibung der Hölle gleich. Der Gedanke, man könne sich auch nur in seiner eigenen Gesellschaft wohlfühlen, war ihrem Wesen fremd.

Vielleicht hatte das Schicksal es also so schlecht gar nicht eingerichtet. Wäre Sybille statt ihrer dazu verurteilt, als neue Tante Lene im einsamen Kämmerlein zu hausen, würde sie verkümmern wie eine Zimmerpflanze, die niemand goss. Zu ihrem Glück war Bille jedoch bildhübsch, sodass der Kelch an ihr vorübergehen würde.

Susanne drückte ihre Schwester kurz, ließ sie stehen und zog sich in die Kinderstube zurück, zu Spielzeugregalen, Puppengeschirr und dem leer im Luftzug schwingenden Schaukelpferd. An einem anderen Tag wäre sie nach draußen gegangen und hätte sich im gelben Lichterglanz der Laternen beruhigt. Heute aber herrschte vor dem Fenster ein Wetter, das ihr Angst machte. Der Himmel hing dunkel und wie mit Blei gefüllt nieder. Hätte man das Fenster geöffnet, hätte der Wind, der etwas Unnatürliches hatte, die Vorhänge ins Innere des Zimmers geweht. Von ihrer Angst vor Wintergewittern wusste kein Mensch. Sie war die vernünftige Susanne, von der niemand Anflüge von Hysterie erwartete.

Obendrein war so ein Wintergewitter eine seltene Erscheinung, versuchte sie sich zu beruhigen, obwohl sie spürte, wie sich die Kälte in ihr ausbreitete. Es würde auch heute kein Gewitter geben, sondern höchstens noch einmal Schneefall, und wenn doch, so war es kein Omen dafür, dass etwas Übles bevorstand. Susanne glaubte nicht an solche Omen, und doch fragte sie sich beim Blick in den bleiernen Himmel immer wieder aufs Neue: Wäre damals das Unglück nicht geschehen, hätten wir kehrtgemacht, ehe der Sturm begann, und hätten unseren kleinen Talisman nicht verloren – wäre unsere Familie dann anders, als sie ist?

Ihre Mutter war der Melancholie verfallen und verließ ihr Zimmer nur, wenn man sie zwang. Ihr Vater hingegen hatte das Begräbnis abgehandelt wie einen geschäftlichen Termin und war an seine Arbeit zurückgekehrt. In der Stille des Hauses schien jeder Schritt zu hallen. Die vier Kinder, die darin zurückgeblieben waren, hatten allein zurechtkommen müssen, auch wenn Ilse, die Köchin, für ihr leibliches Wohl sorgte. Was fehlte, war ein Erwachsener, der ihnen zuhörte und Antwort gab. Jemand, den Susanne hätte fragen können, wie man als wenig heiratsfähiges Mädchen dem Schicksal einer Tante Lene entging.

Schließlich gab es sogar Frauen, die studierten, seit ein paar Jahren war es ihnen in Bayern gestattet, sich zu immatrikulieren. Es gab Frauen, die in Münchens Kunstareal durch Galerien und Museen zogen, nicht als staunende Zuschauer, wie Susanne es während eines Besuchs getan hatte, sondern als Künstlerinnen, Galeristinnen, Musen und Modelle. Susanne konnte nicht malen, aber an Bildern und Ideen herrschte in ihrem Kopf alles andere als Mangel.

Warum zauderte sie also vor jedem Versuch, eines dieser Traumbilder in die Wirklichkeit umzusetzen?

Sie hatte als mutiges Kind gegolten. »Die Susanne hat vor nichts Angst, die ist leichtsinniger als die Buben«, hatte Tereza Doubek, ihre Kinderfrau, sich beklagt. Wo war das hin? Weshalb nahm sie ihr Leben nicht in die Hand, sondern ließ sich von einer läppischen Sturmwolke einschüchtern?

An der Tür der Kinderstube klopfte es. *Sybille*, dachte sie mit einem leisen Seufzen, *und Maxl und Ludwig im Schlepptau.* Sie hätte sich dem Ansturm der Geschwister gern entzogen, aber es war ja lieb gemeint von den dreien.

»Ja, ja, kommt schon rein«, rief sie.

Die Tür wurde aufgeschoben. Statt Max, Lu und Bille trat ihr Vater herein, dessen Gestalt für dieses Zimmer mit all seinem nutzlosen, winzigen Krimskrams viel zu raumgreifend wirkte. Er kam nicht oft hierher. Beim letzten Mal hatte er einen Satz der zierlichen Puppenmöbel zertreten, die Sybille auf dem Boden aufgebaut hatte. Es musste Jahre her sein. Inzwischen spielte selbst Sybille nicht mehr mit Püppchen.

»Ich habe mit dir zu sprechen«, sagte er. Ludwig hatte einmal behauptet, sein Tonfall klinge, als riefe er von einem Kutschbock Befehle hinunter und knalle mit der Peitsche dazu. Als wäre er nicht Eigentümer einer über Regensburg hinaus bekannten Großbrauerei, sondern noch immer ein Bierkutscher, wie sein Großvater einer gewesen war.

Die Gardinenpredigt, die jetzt folgen würde, hörte Susanne nicht zum ersten Mal. Wiederum hatte sie mit ihrem Mangel an weiblichen Tugenden alles vermasselt und ihren Vater blamiert. Die Vorwürfe würden an ihr vorbeirauschen. Sie kannte sie mittlerweile auswendig.

Der Vater sah sie nicht an. Stattdessen spielte er mit der Kette seiner Uhr, die er sich nach veraltetem Design hatte fertigen lassen, damit sie wie ein Erbstück wirkte. »Wir werden auf eine Reise gehen«, sagte er.

Susanne zuckte zusammen. Eine Reise? Wer und wohin? Reisten der Vater und Max in Geschäften, jetzt mitten im Winter, und wenn ja, weshalb sprach der Vater darüber mit ihr? Sie würde er schließlich sowieso nicht mitnehmen, so gern sie sich angeschaut hätte, wie man außerhalb von Regensburg Gäste zu sich lockte und bewirtete.

»Eine Erholungsreise«, beantwortete der Vater die Frage, die Susanne nicht gestellt hatte. »Dr. Hähnlein rät mir seit Jahren, mit eurer Mutter die Wintermonate in wärmeren Gefilden zu verbringen, um zu sehen, ob ihr Leiden sich dadurch bessert. Wir fahren Anfang März, da ist der Winter zwar so gut wie vorbei, aber ansonsten ist der Zeitpunkt günstig. Zum ersten Mal ist es mir möglich, die

Geschäfte für ein paar Wochen in den Händen des Prokuristen zu lassen.«

»Du fährst mit Mutter?«, fragte Susanne. Dr. Hähnlein, der Arzt der Familie, widmete sich seit Jahren ausschließlich dem Krankheitsbild der Mutter und hatte sich auf die Leiden der Seele spezialisiert. Dass ihr Vater sonderliches Interesse am Zustand seiner Frau hegte, hatte Susanne bisher nie bemerkt.

»Wir alle«, erwiderte er. »An die Riviera in Oberitalien, wie es sich inzwischen nicht nur die Hochwohlgeborenen leisten können, sondern auch Männer, die ihr Geld mit ihrer Hände Arbeit verdienen. Portofino ist mir wärmstens empfohlen worden. Nicht weniger idyllisch als dieses Santa Margherita Ligure, wo von Waldhausens im letzten Winter waren, aber noch nicht von Krethi und Plethi überlaufen.«

Krethi und Plethi. Susanne hütete sich, ihrem Vater zu sagen, dass die Hochwohlgeborenen Leute wie ihre Familie mit diesem Schimpfnamen belegten. »Soll das heißen, wir fahren nach Italien?«, rief sie fassungslos. »Ich auch?«

»Warum sollten wir nicht?«, fragte ihr Vater zurück. »Steht uns etwa weniger zu als einem Islinger oder einem von Waldhausen? Der Unterschied ist lediglich, dass ich für die Reise bezahlen kann, während es den beiden anderen an Liquidität mangeln dürfte. Was natürlich nicht bedeutet, dass sie nicht reisen, denn ihresgleichen gewährt man ja Kredite. Aber was soll's. Alfons Märzhäuser braucht von niemandem einen Pfennig zu borgen, ich habe die Anzahlung für das Hotel soeben über meine Hausbank kabeln lassen.«

Sie fuhren also tatsächlich. Gerade noch hatte sie einem Schicksal als zweite Tante Lene ins Auge geblickt, und jetzt würde sie Italien sehen. Das Land, von dem sie sich in manchem ihrer Tagträume gefragt hatte, ob es überhaupt existierte oder ob sie es sich zusammenfantasiert hatte.

Hatte ihr Vater tatsächlich ihren geheimsten Traum erahnt? Erfüllte ausgerechnet er, dem doch nichts an ihr lag, ihr den größten Wunsch?

Der Vater ließ die künstlich gealterte Uhr zurück in seine Westentasche gleiten. »Und natürlich fährst auch du mit«, sprach er weiter. »Nun, da Islinger aus dem Rennen ist, bin ich ja leider von Neuem in der Pflicht, nach einem passenden Mann für dich Ausschau zu halten. Die Grandhotels an dieser Riviera sollen regelrechte Tummelplätze für geeignete Kandidaten sein, und einer dieser ausgebluteten Zieraffen wird sich da wohl erbarmen. Schließlich biete ich ihm dafür gutes Geld.«

3

März

Meraviglia hieß das Hotel.

Der Name bedeutete *Wunder*, und er hätte nicht treffender gewählt sein können. Wundervoll war alles hier, wundersam und im Grunde zu groß für das enge Herz eines Mädchens aus Stadtamhof. Drei Suiten hatte der Vater gemietet – eine für die Eltern, eine für Maximilian und Ludwig und eine dritte, die kleinste, für Sybille und Susanne. Selbst jene kleinste kam Susanne lächerlich riesenhaft vor.

»Sieh dir das an!«, rief Sybille hingerissen. »Als wir in Regensburg in den Zug geklettert sind, waren wir noch die nicht weiter bemerkenswerten Schwestern Märzhäuser. Seit wir aber in diesem Ventimiglia ausgestiegen sind, sind wir auf einmal zu Prinzessinnen geworden.« Sie packte Susanne bei den Händen und tanzte mit ihr durch die Weite der Zimmerflut.

Salon, Schlafzimmer und ein in Marmor gehaltenes Bad mit vergoldeten Armaturen. Auf allen Tischen standen Blumen und silberne Schalen mit Konfekt und Früchten, von denen Susanne manche nur von Bildern kannte. Die Pracht aus Messing, Samt, Walnussholz, Mosaikintarsien und Kristall mündete in einen Balkon mit schmiedeeiserner Brüstung und Kästen voller Bougainvilleen, die selbst jetzt, am Ende des Winters, rot leuchtend blühten. Der Blick über die Brüstung hinweg nahm Susanne den Atem.

»Ist das schön!«, rief Sybille und drehte sich einmal um sich selbst, doch selbst ihr fehlten die Worte. Tief unter ihnen, am Fuß des bewaldeten Hangs mit seinen Pinien und Zypressen, faltete sich die Bucht auf, und das Meer, auf dem die Boote tanzten, glitzerte übersät von Lichtfunken. Entlang des Strandes reihten sich Häuser in bunten, wie vom Meerwasser ausgewaschenen Farben, an Verkaufsbuden im Schatten von Palmen boten Händler wortreich ihre Waren feil, während am Straßenrand müde Esel vor beladenen Karren dösten.

Das Licht des Tages war gestochen scharf, und als ein paar Stunden später ihre erste italienische Nacht heraufzog, war sie tatsächlich blau, mit einem Himmel aus Samt und so vielen Sternen, dass Susanne zu zählen aufhörte. In dem Duft, der sie umfing, mischten sich das Salz des Meeres, die harzige Würze der Pinienwälder und die bittere Süße reifer Zitrusfrüchte.

Dieser Duft war ihr sofort in die Nase gestiegen, als sie in Ventimiglia aus dem luxuriösen, aus Teakholz gefertigten Schlafwagen des Riviera-Express in einen Regionalzug umgestiegen und drei Stunden lang die Küste entlanggezockelt waren. Ihre Eltern und Geschwister waren erschöpft von der nächtlichen Fahrt in ihren Sitzpolstern eingeschlafen. Susanne hingegen hatte auf dem Gang am Fenster gestanden und nicht fassen können, dass sie es war, die sehenden Auges das Paradies durchquerte.

Und jetzt konnte sie nicht fassen, dass sie es sein würde, die dieses Schloss inmitten des Paradieses bewohnen sollte!

Sybille hingegen fügte sich ein, als hätte sie schon immer in solchen Verhältnissen gelebt. Sie tanzte in den Salon, pflückte sich aus einer der Schalen eine Traube und fischte aus einer anderen ein Stück Konfekt. »Ich bin so aufgeregt, Suse. Ich habe das Gefühl, es ist alles möglich, wir brauchen nur zu warten, und etwas Wunderbares wird geschehen.«

Sie wirbelte weiter ins Schlafzimmer, und ein wenig langsamer folgte ihr Susanne. Sybille ließ sich rücklings auf das hohe Himmelbett plumpsen.»Ich kann gar nicht mehr glauben, dass ich eigentlich nicht fahren wollte.«

Tatsächlich war anfangs neben Susanne nur Ludwig von der Reise begeistert gewesen. Er steckte in der Ausbildung zum Bierbrauer, die er hasste, und war heilfroh, den Schikanen des Braumeisters sechs Wochen lang zu entkommen. Max hingegen wusste nicht, wie er es so lange ohne seine Vevi aushalten sollte.»Statt nach Italien zu fahren, hätte ich lieber allmählich begonnen, mich mit der Planung für unsere Hochzeit zu befassen«, hatte er gesagt.

Vevi selbst hatte dazu gelacht und ihm einen Kuss auf die Wange gegeben.»Jetzt sei kein solcher Stoffel, sondern freu dich, dass du mit deinen Geschwistern auf so eine schöne Reise gehen darfst. Mich hast du noch dein ganzes Leben, aber mit Suse, Bille und Lu wirst du vielleicht nie wieder gemeinsam Ferien machen.«

Sie war einfach ein Glücksfall, diese Vevi, goldblonde Augenweide, Alleinerbin einer Privatbank und obendrein eine rundherum liebenswerte Person. Kein Wunder, dass halb Regensburg Max um sie beneidete, und kein Wunder, dass er sie zur Antwort an sich gedrückt und ihr gestanden hatte:»Mit Suse, Bille und Lu verreise ich ja gern – ich hab doch nur Angst, dich schnappt mir unterdessen einer weg.«

Das würde nicht geschehen. Vevi Schierlinger, die jeden hätte haben können, wollte seit ihrem sechsten Lebensjahr keinen anderen als Max.

Sybille hingegen hatten gegenteilige Sorgen umgetrieben:»Suse hat doch auch gehört, wie Vater zu Islinger gesagt hat, er hätte für mich schon ein Angebot. Und wisst ihr auch, wer das ist? Nein? Dann beneide ich euch, denn ich weiß es leider.« Ihre Miene verfinsterte sich.»Joseph von Waldhausen.«

»Das ist nicht dein Ernst«, hatte Ludwig ausgerufen, während Max und Susanne einen Blick tauschten. Die von Waldhausens gehörten zu den ältesten Adelsgeschlechtern Regensburgs. Sie waren irgendwann im hohen Mittelalter aus dem Böhmischen zugezogen, hatten sich in der Keplerstraße eine Stadtburg samt lombardischem Geschlechterturm bauen lassen und ein paar Jahrhunderte später in die unteren Reihen derer von Thurn und Taxis eingeheiratet.

Aber dies war das zwanzigste Jahrhundert, und selbst ein so strahlender Stern konnte sinken. Die von Waldhausens bekamen zu viele Söhne, nicht alle ließen sich mit einträglichen Gütern versorgen, und Joseph, der es liebte, auf seinem riesigen Rappen durch die Straßen zu preschen und Passanten aufzuscheuchen, war ein Drittgeborener. Wenn er sein schönes Pferd nicht verpfänden wollte, würde er seine Schäfchen durch eine glanzvolle Laufbahn beim Militär oder eine lukrative Heirat ins Trockene bringen müssen.

Beim Militär war der schlecht erzogene Adelsspross einer unehrenhaften Entlassung gerade noch entkommen, indem er sich ein Rückenleiden bescheinigen ließ. *König Drosselbart* nannten ihn die Regensburger, wozu Ludwig einmal bemerkt hatte: »Das ist doch viel zu viel Ehre für den Kerl. Der ist ein cholerischer Giftzwerg, nichts weiter.«

Das traf es nicht schlecht – Ludwig hatte Talent für solche Beschreibungen. Der Gift und Galle sprühende Aristokrat war kleinwüchsig wie Napoleon. Gerüchte behaupteten, er prügele seine Bediensteten mit der Reitpeitsche und habe einen Verehrer seiner Schwester aus dem Fenster der Beletage geworfen. Alles in Susanne sträubte sich dagegen, sich ein so sonniges Wesen wie ihre Schwester vereint mit einem so finsteren wie Joseph von Waldhausen vorzustellen. Sybille durfte ihn auf gar keinen Fall heiraten.

Auf dem Bahnhof von Ventimiglia hatte sie sich noch ängstlich umgeschaut, als fürchte sie, der giftige Joseph könne jeden Augenblick um die Ecke schießen. Jetzt aber, da sie in die Märchenwelt des Hotels Meraviglia eingetaucht war, schien sie vergessen zu haben, dass ein Herr von Waldhausen existierte. »Komm auch her, Suse«, bettelte sie und streckte die Hand nach der Schwester aus. Mit einem Seufzen ließ Susanne sich aufs Bett ziehen. Sich gegen Sybilles Augenaufschlag zur Wehr zu setzen war sinnlos, so gern sie ein paar Momente lang für sich allein gewesen wäre.

»Alles ist so schön hier, als wäre es gar nicht wahr«, rief Sybille und beschrieb mit den Armen den Raum. »Meinst du, wir könnten uns hier verlieben, Suse? So ganz richtig? Wie in den romantischen Geschichten in der *Gartenlaube*?«

Susanne seufzte noch einmal. Glaubte man ihrer Schwester, so ließ sich sämtliche Weisheit, die eine junge Frau für ihr Leben benötigte, der *Gartenlaube* entnehmen.

»Was hätten wir davon?«, fragte sie. »Der Mann, in den du dich verlieben würdest, wäre mit größter Wahrscheinlichkeit nicht der, den du heiraten sollst. Und dass so etwas gut ausgeht, passiert nur in deinen *Gartenlauben*-Geschichten.«

»Stimmt nicht!«, fiel ihr Sybille ins Wort. »Maxl heiratet Vevi, und nun sag bloß, er ist nicht in sie verliebt! Die zwei sind vor lauter rosarotem Geplinker doch kaum auszuhalten.«

»Bei Max ist das etwas anderes«, sagte Susanne. »Der ist ein Mann.«

»Aber Vevi nicht!«, rief Sybille triumphierend. »Wirklich, Suse – du bist ja sonst die Allerklügste, aber das war ein bisschen deppert, oder?«

Sie mussten beide lachen.

»Außerdem würde ich mich auch verlieben wollen, wenn ich danach den grausligen Joseph heiraten muss«, sagte Sybille. »Dann habe ich es wenigstens einmal erlebt und kann mich immer daran erinnern.«

Susanne dachte darüber nach und fand, dass diesmal eindeutig ihre Schwester sich als die Allerklügste erwiesen hatte: Was immer geschehen und selbst wenn sie doch als zweite Tante Lene enden würde – sie hätte einmal Italien erlebt, und niemand könnte es ihr mehr nehmen.

Sie strich Sybille über den Arm und stand auf. »Na komm. Ziehen wir uns um und gehen nach unten. Du kannst es nicht abwarten, dich zu verlieben, und ich will unbedingt wissen, was man uns zum Abendessen serviert.«

Nicht zum ersten Mal blickte Sybille ungläubig an ihr hinauf und hinunter. »Dass du bei deiner Begeisterung fürs Essen nicht nudeldick bist, verblüfft mich immer wieder.«

»Ich weiß«, sagte Susanne und sah ebenfalls an ihrer kantigen Figur hinunter, die dem kurvigen Frauenideal so wenig entsprach. »Für mich ist eben Essen nicht nur etwas, das ich zum Lebenserhalt in mich hineinstopfe, sondern ein Fest für all meine Sinne: Ich möchte es riechen, es betrachten, seine Textur spüren und es allmählich auf der Zunge schmecken. Und dann müsste Musik dazu gespielt werden, und die ganze Umgebung müsste dazu passen. Mir kommt Essen oft vor wie ein Kunstwerk, bei dem sich niemand die Mühe gemacht hat, es zu vollenden …«

»Schon gut, schon gut.« Sybille kicherte und sprang vom Bett. »Wenn ich dir zuhöre, denke ich an einen hübsch anzusehenden Jüngling …«

»Und wenn ich dir zuhöre, denke ich an einen köstlich angerichteten Zwiebelbraten.«

Sie lachten beide, ehe sie Hand in Hand hinüber in den Salon hüpften, wo der Gepäckträger des Hotels ihre Schrankkoffer abgestellt hatte.

Von diesem ersten Moment an ließ sich Sybille von der luxuriösen Unwirklichkeit einhüllen und tummelte sich darin wie ein Fisch im Wasser. Mit Lu und Maxl war es dasselbe. Keine Spur von Sorge mehr, keine Angst vor unerwünschten Heiratskandidaten oder anderen Gespenstern. All jene waren in Regensburg geblieben, weit weg von Portofino, dem Garten Eden, in dem die Märzhäusers ihre Ferien genossen.

Ihr Tag war gefüllt mit Tanztees, Bridgeturnieren, Kammerkonzerten und Tennisstunden auf den von Parkanlagen umgebenen Plätzen. Die Luft war so mild, Eis und Schneematsch des Regensburger Winters kaum mehr vorstellbar. Im offenen Wagen fuhren sie nach Santa Margherita Ligure, um in den eleganten Boutiquen einzukaufen. Sie besichtigten das Kloster von San Fruttuoso und das Castello Brown, das hoch über dem Ort thronte und einst der Verteidigung des Hafens gedient hatte, jetzt jedoch zu einer prachtvollen Villa umgebaut worden war. In einer Gelateria, deren Tische auf der Straße standen, aßen sie zu Kunstwerken aufgetürmtes Speiseeis, dekoriert mit Kirschen in dunklem, süßem, mit Alkohol versetztem Sirup.

Gefrorenes gab es neuerdings auch im Café Unter den Linden in Regensburg, aber viel anders als eine zu lasch gewürzte, zu stark gekühlte Vanillesoße schmeckte es nicht. Bei diesem hier hingegen löste jeder Löffel eine Geschmacksexplosion im Mund aus, wie auch jede Mahlzeit im Hotel einem Abenteuer glich. Unter der Vielfalt der Gerichte zu wählen schien unmöglich, allein der Wagen mit kalten Vorspeisen, die Körbe mit Obst und die Käseplatten enthüllten einen Reichtum an Zutaten, der Susanne sich fragen ließ, ob in Italien je ein Mensch Hunger litt.

Spritzige Weißweine und mit Zitronenscheiben aromatisiertes Wasser standen jederzeit bereit, und zum Abendessen bekamen sie einen Rotwein serviert, der sich so samtig und schwer um die Zunge legte, dass er zu schade schien, ihn herunterzuschlucken.

Susannes Vater hasste Wein. Doch selbst er verzichtete darauf, dem Kellner in seinem eleganten Frack ein Bier abzuverlangen. Ja, sogar der Vater schien in der lauen Luft und dem vergoldeten Licht ein anderer zu sein. Mehrmals lachte er und ließ sich von

Hotelangestellten in Gespräche ziehen oder bedachte die anderen Gäste mit einem flotten »Grüß Gott«, wenn er zum Frühstück das Restaurant betrat. Die Mutter lachte zwar nicht, aber immerhin ließ sie sich vollständig angekleidet zu allen drei Mahlzeiten blicken, was Susanne seit Jahren nicht von ihr erlebt hatte. Statt wie daheim in ihrem Essen lediglich zu stochern, aß sie von allen Portionen, die ihr aufgelegt wurden, zumindest einen Teil.

Die Einzige, die nicht richtig angekommen ist, scheine ich zu sein, musste Susanne feststellen. Ausgerechnet sie, die einst Goethes *Italienische Reise* aus dem Schulranzen ihres Bruders stibitzt hatte und seither jede Zeile las, die sie über das Land in die Finger bekam, die mithilfe von Sprachführern seit Jahren heimlich Italienisch lernte und sich eine solche Reise hundertmal in ihren Träumen ausgemalt hatte.

Jetzt war es kein Traum mehr. Es war die Wirklichkeit, doch Susanne fand keinen Platz darin. Sie streifte durch die vor Duft und Farbe überquellenden Gassen und kam sich vor, als stünde sie hinter einem Zaun und betrachtete all die Wunder aus der Ferne. Italien war ein Kunstwerk, ein Gemälde, das ein Meister komponiert hatte, und er hatte Susanne Märzhäuser nicht mit hineingemalt.

Sie hatte sich vorgestellt, dass sie wie eine Abenteurerin durch die Straßen streifen und sich die neue Welt erobern würde. Stattdessen musste sie erkennen, dass Italiens Wunder sie einschüchterten, dass auch hier keine Frau, kein Mädchen allein unterwegs war, und dass sie aller Sehnsucht zum Trotz in den Schutz des Hotels zurückflüchtete, wo sie sich unter ihren Geschwistern sicher fühlte.

Es war schön, so viel unbeschwerte Zeit mit ihnen zu verbringen und Sybille und Ludwig so aufgeblüht zu sehen. Nach dem Abendessen gingen sie noch zu viert in die Bar, einen vom Speisesaal durch einen Rundbogen getrennten Raum mit einem langen Tresen, in dem eine dreiköpfige Kapelle schmeichelnde Salonmusik spielte und ausschließlich Getränke serviert wurden. Auch wenn die Idee dieser Bar, die Susanne in Begeisterung versetzte, aus dem wilden Amerika stammte, war es ein eher gesitteter Treffpunkt für die Jugend unter den Hotelgästen – zu Deutsch ein Umschlagplatz für Heiratskandidaten. Somit hatte ihr Vater ihnen den Besuch dort nicht nur gestattet, sondern sie regelrecht dazu gedrängt. »Eine solche Gelegenheit, Kontakte zu knüpfen, solltet ihr euch nicht entgehen lassen. Wir sind schließlich nicht zu unserem Vergnügen hier.«

Es gab hohe Hocker vor dem Tresen, die ausschließlich einzelne Männer mit Beschlag belegten, und es gab schmale, durch Holzwände getrennte Tische, an denen man sich drängen und die Köpfe zusammenstecken musste. Die Atmosphäre, die dadurch entstand, hatte etwas Erregendes, Verschwörerisches, auch wenn die vier Märzhäuser-Geschwister gar nichts Geheimes miteinander zu besprechen hatten. Sie redeten über das, was sie während des Tages erlebt hatten, alberten herum und zogen sich gegenseitig auf. Jemanden kennenlernen würden sie auf diese Art kaum, aber es war ein schönes Ritual, um den Abend zu beenden.

»Ich habe uns alle morgen Vormittag wieder für eine Tennisstunde eingetragen«, berichtete Max. »Dass das solchen Spaß macht, hätte ich nie erwartet. Ich wünschte, Vevi wäre hier und könnte es mit mir erleben.«

»So sonderlich sportlich ist Vevi doch gar nicht«, bemerkte Ludwig trocken. »Vielleicht ist sie ganz froh, dass sie nicht in weithin sichtbarem Weiß einem Ball hinterherjagen muss.«

»Das weithin sichtbare Weiß würde ihr wunderbar stehen«, träumte Max vor sich hin.

»Aber mir nicht!«, warf Susanne ein. »Für mich sind diese Tennisstunden Geldverschwendung, und der arme Lehrer tut mir leid. Er kam heute wieder aus dem Stöhnen kaum heraus, er sagt, mir fehlen jegliches Ballgefühl und Konzentration.«

»Aber er hat deine Beinarbeit gelobt«, rief Sybille. »Und deine Sprachkenntnisse.«

Der Tennislehrer war ein junger Franzose, und die Verständigung mit ihm war das Einzige, was Susanne an diesen Lektionen gefiel. Sie liebte fremde Sprachen. Das vielstimmige Geschnatter in gewiss einem Dutzend Mundarten, das sie jeden Morgen im Speisesaal empfing, wirkte auf sie wie das reinste Elixier.

»Meinen Humor hat er auch gelobt«, sagte sie zu Sybille. »Ich habe ihm erklärt, wenn man gezwungen ist, mit meinem Mangel an Ballgefühl Tennis zu spielen, könne man sich unmöglich auch noch Mangel an Humor leisten.«

»So viel habe ich von eurem französischen Geschwabbel nicht verstanden«, gab Sybille zu. »Ich habe mich nur gefragt, ob er wie ein Weltmeister mit dir flirtet oder ob sich Franzosen immer so anhören.«

Sie lachten alle und stießen mit ihren glitzernden, mit Zuckerrand verzierten Cocktailgläsern an. Diese bunt gefärbten Getränke, die fruchtig schmeckten und rasend schnell zu Kopf stiegen, kannte in Regensburg kein Mensch, und ihr Vater nannte es eine Schande, mit gutem Alkohol zu panschen. Susanne aber machte es Spaß. Es hatte etwas Gewagtes, Verruchtes, ein Getränk zu sich zu nehmen, von dem man nicht sicher war, was es enthielt.

Es war, als hätte er ihre Gedanken gespürt. »Schönen Abend, die Herrschaften«, ertönte es knorrig in ihrem Rücken, und dann stand auch schon ihr Vater an ihrem Tisch.

»Wie ich sehe, amüsiert ihr euch«, brummte er. »Mein hart verdientes Geld habe ich allerdings nicht ausgegeben, damit meine Kinder sich wie Mauerblümchen in einem Winkel verstecken. Morgen Abend wünsche ich jedenfalls ein anderes Betragen von euch zu sehen.«

Er warf einen Packen bedruckter Karten mit dem eleganten Briefkopf des Meraviglia zwischen die Gläser mit den Cocktails. »Das Hotel gibt morgen Abend einen großen Ball zum Ende der Wintersaison«, erklärte er. »Was Rang und Namen hat, wird sich dort einfinden. Ich habe mir sagen lassen, dass Gäste aus der gesamten Umgegend anreisen – und zwar nicht Hinz und Kunz, versteht sich. Von euch Mädchen erwarte ich jedenfalls, dass ihr die Gelegenheit zu nutzen versteht. Und von euch, Maximilian und Ludwig, dass ihr eure Schwestern darin unterstützt.«

4

»Ich glaube, ich kann das nicht«, entfuhr es Susanne. Mit ihren Geschwistern stand sie am Geländer der Galerie und blickte hinunter ins Vestibül des Hotels, das für diesen Abend in die Empfangshalle für den Ball verwandelt worden war. Livrierte Pagen standen zwischen Säulen und Kübelpalmen, um eintreffende Gäste zu begrüßen, ihnen Mäntel, Capes und Schals abzunehmen und sie in den angrenzenden Saal zu geleiten. Die Luft schien vor Erwartung zu flimmern, und das Licht, das die Kronleuchter wie Fontänen von vergoldetem Wasser verströmten, brach sich hundertfach in den Geschmeiden der Damen. Musik perlte zu ihnen herauf, helles Lachen, ein Gewirr von Stimmen in etlichen Sprachen.

»Ich kann da nicht runter«, sagte Susanne. »Wirklich nicht, Max. Geht ihr allein.«

Ihre Eltern waren bereits in den Saal vorausgegangen, taten sich am Büfett gütlich oder tanzten sogar, auch wenn ihre Mutter sich gesträubt hatte. Von den vier Kindern wurde erwartet, dass sie unverzüglich nachkamen. Das Karussell der Heiratskandidaten hatte begonnen, sich zu drehen, und wer da zögerte, traf erst ein, wenn all die glänzend bemalten Holzpferde vergeben waren.

Genau wie Sybille hatte Susanne für solche Veranstaltungen ein neues Kleid bekommen – das von Sybille in einem zarten Roséton, das ihre in gedecktem Dunkelblau. Überhaupt waren die Schwestern für die Reise mit einer fast komplett neuen Garderobe ausgestattet worden, die sich im Vergleich mit der Pracht, die sich dort unten aus Pelzen schälte, jedoch hausbacken und provinziell ausnahm.

Signor Luigi, der hoteleigene Friseur, hatte eine geschlagene Stunde lang über ihren Köpfen geschuftet, um die nach griechischem Vorbild entworfenen Hochsteckfrisuren zu kreieren, die Sybille mit ihrem schlanken Hals eine schwanenhafte Grazie verlieh. Angesichts der Fülle ihrer ins Rötliche spielenden Locken war der Italiener in hingerissenes Schwärmen ausgebrochen, hatte über Susannes mittelbraunes Haar jedoch kein Wort verloren.

Daran war sie gewöhnt. Viel problematischer war, dass sie nicht weltgewandt war. Sie hatte von nichts und niemandem die blasseste Ahnung. Weder wusste sie, wie die zarte Vorspeise aus aufgeschnittenem Kalbfleisch und Fischsoße hieß, die man ihnen zu Mittag serviert hatte, noch erkannte sie in der Marmorstatue am Portal den Gott Apollo, Schutzgott Italiens, als den Maxl ihn sofort identifiziert hatte. Sie war über die Expedition zum Südpol, die ein britischer Forscher plante, so wenig informiert wie über moderne Gesellschaftstänze, und den Film *Frankenstein*, über den die Gruppe aus London an ihrem Nebentisch debattiert hatte, hatte sie nicht gesehen.

Sie hatte überhaupt noch nie einen Film gesehen, war noch nie in einem Lichtspielhaus gewesen. Wenn sie fortfuhr, sich Dinge aufzuzählen, die sie noch nie getan hatte, kam es ihr vor, als hätte sie noch nie gelebt. Nicht so, wie die jungen Leute lebten, die dort unten zusammenströmten, einander lachend und leichthin begrüßten, redeten, flirteten, sich betrugen, als wäre ihre Existenz ein Kinderspiel. *Jeunesse dorée.* Menschen des zwanzigsten Jahrhunderts. Susanne kam sich vor, wie im neunzehnten stecken geblieben zu sein, in einem zu engen Käfig, an dessen Gitter sie mit aller Kraft rüttelte.

»Bitte geht ohne mich«, sagte sie zu den anderen. »Lasst euch von mir nicht den Abend verderben.«

»Aber Suse. Was ist denn los? Fühlst du dich nicht wohl?« Maximilian legte schützend den Arm um ihre Schultern.

»Es geht mir gut«, erwiderte sie. »Mir geht es doch immer gut. Meine Gesundheit ist das Einzige, was an mir tadellos funktioniert.«

»Ich mag nicht, wenn du so von dir sprichst«, sagte Max. »Du bist meine Schwester, an dir funktioniert alles. Ich wüsste gerne, wer dir solchen Unsinn eingeredet hat.«

»Niemand«, sagte Susanne. »Mir wird nur klar, dass meine Träume von Italien und dem großen Abenteuer Hirngespinste waren. Ich bin vermutlich dafür nicht geschaffen.«

Max schien es wie so oft die Sprache verschlagen zu haben. Er würde immer die Hände ausstrecken, wenn einer von ihnen stolperte, doch mit den Worten tat er sich schwer. Vor allem wohl, weil er ein so miserabler Lügner war.

»Das ist Harro Islingers Werk«, konstatierte Sybille statt seiner. »Dieser depperte Bazi ist schuld, dass unsere Suse auf einmal nicht mehr weiß, was für ein pfundiges Mädel sie ist.«

Ein beeindruckend aufgeputztes Paar, das an ihnen vorbeistolzierte, drehte die Köpfe. Die meisten Gäste im Hotel waren Briten, dazu eine Handvoll Amerikaner, Franzosen, Italiener und ein paar wenige, die Deutsch verstanden. Diese schienen dazuzugehören. »Oh, Wilhelm, sieh doch nur, der reizende junge Giraudo!«, rief die Frau und zog ihren Begleiter ans Geländer. Der Mann im schwarzen Chesterfield, der in diesem Moment durch die gläserne Drehtür ins Vestibül getreten war und von einer Horde vorwiegend weiblicher Gäste begrüßt wurde, lenkte sie offenbar von Sybilles sprachlicher Entgleisung ab.

Max sandte ihr ein halbes Grinsen. »Gerade damenhaft war das nicht, Schwesterchen.«

»Aber wahr!«, verteidigte sich Sybille. »Ihr wart ja nicht dabei, als dieser Schuft vom Leder gezogen hat. Und dann bildet der sich auch noch ein, er könne sich einfach eine von uns aussuchen – wie im Warenhaus!«

Viel anders ist es ja auch nicht, dachte Susanne bitter. Nur hatte Harro Islinger für die ausgesuchte Ware den Preis nicht bezahlen können. Der Mann im Chesterfield schüttelte sich wie ein Hund, der aus dem Regen kam. Der Anblick verstörte Susanne. Was er tat, war so selbstsicher, so ohne Scham, so – körperlich. Gleich darauf nahm einer der Pagen ihm den Mantel ab. *Er trägt keinen Hut*, dachte sie absurderweise, obwohl er durchaus einen trug – nur keinen hohen, steifen Zylinder wie die übrigen Herren, sondern einen geradezu unverschämt modernen schwarzen Homburg.

Statt darauf zu warten, dass der Bedienstete es tat, zog er sich den unangemessenen Hut selbst vom Kopf und lachte. Sein Haar war schwarz, leicht gelockt und für das bisschen Brillantine, das er verwendet hatte, zu schwer.

»Wir lassen uns doch wohl nicht von Harro Islinger erzählen, was unsere Schwestern wert sind«, empörte sich Ludwig. »Wenn er über Mechthild Bleistiftnase herzöge, könnte man es ihm kaum übel nehmen, aber Su und Bille behandelt er gefälligst mit Respekt.«

Susanne hatte Mühe, dem Gespräch zu folgen. Der Mann im Vestibül war glatt rasiert, bemerkte sie nahezu schockiert. Kein Mensch, der etwas auf sich hielt, ging mit nacktem Gesicht auf einen Ball! Der Hemdkragen stand hoch, die Binde war mit einem saloppen Four-in-Hand-Knoten kaum geschlossen. Der Frack war tailliert, schmal geschnitten, saß ihm buchstäblich auf dem Leib. Wer lief so herum, wer erlaubte sich das in einem angesehenen Haus?

Der Kerl dort unten scherte sich offenbar um nichts, er tat einzig und allein, was ihm gefiel.

»Ach bitte, Suse.« Sybille hängte sich an ihren Arm. »Lass uns gehen und uns amüsieren. Wenn du nicht mitkommst, macht es uns allen keinen Spaß, und warum soll uns der gemeine Harro Islinger den schönen Abend verderben?«

Die Musik im Saal wechselte. Zu all den zuvor gespielten Melodien – Walzer, Polka, Galopp und dann wieder Walzer – kannte Susanne immerhin die Schrittfolgen, aber diese war neu. Sechs rhythmische Schläge folgten so abrupt aufeinander, dass sich unmöglich Füße vorstellen ließen, die danach tanzten. Der Lauf der Geige wickelte sich darum wie eine Schlange – schön, aber tödlich. In München hatte sie in der Neuen Pinakothek eine Radierung gesehen, auf der ein schwarzer Schlangenleib sich um eine nackte Schöne ringelte, der Kopf mit den glühenden Augen herausfordernd auf ihrer Schulter. Daran musste sie denken: *Es ist Musik, um nackt, nur mit einer Schlange um den Leib, danach zu tanzen.*

Die Radierung mit der Schlange, die ein Künstler namens Franz von Stuck geschaffen hatte, hieß *Die Sinnlichkeit.*

Eine Dame in einem wie Bronze glänzenden Kleid zupfte den Mann im anstößigen Frack am Ärmel. Sie war jung und hübsch, lachte silbrig auf und wollte ihn mit sich in den Saal ziehen. Er lachte mit, blieb aber lässig an eine Säule gelehnt stehen. Was immer sonst noch in der Halle vor sich gegangen war, kam zum Erliegen, als hätte ein verborgenes Dornröschen sich an einer Spindel gestochen. Aller Blicke wandten sich dem Neuankömmling zu, und Susanne konnte keinem daraus einen Vorwurf machen.

Unter all den schönen Dingen, die in diesem Raum versammelt standen, war der Mann mit den schwarzen Locken und den wie in eine Münze geprägten Zügen das schönste.

»Genug jetzt.« Das war Ludwig, der Sybille aus dem Weg schob und Susanne am Ellenbogen nahm. »Du bist ein Gast des Hotels und hast das Recht, auf diesem Ball zu tanzen. Und wenn dir der Mut fehlt, dich dort unten in die Schlacht um einen Tanzpartner zu werfen, dann bin dein Tanzpartner eben ich.«

Susanne, die sich ganz auf das Geschehen um den fremden Mann konzentriert hatte, war zu überrumpelt, um zu protestieren. Ludwig führte sie die Treppe hinunter und an dem Mann vorbei in den Saal, aus dem die fremdartige, sinnlich verführerische Musik drang.

»Ich fürchte, ich habe den Mund zu voll genommen«, sagte er. »Ich kann das gar nicht tanzen.«

»Nur keine Sorge, ich auch nicht«, erwiderte Susanne.

»Warum gönnen wir uns nicht erst einmal ein Glas Champagner?«, schlug Ludwig vor. »Das hilft gegen Hemmungen.«

»Bist du dir sicher?«

In seinem Lachen schwang ein bitterer Ton. »Glaub mir, wenn sich darin jemand auskennt, dann ich.«

Sie traten hinüber in den Saal, in dem das Licht unzähliger Kerzen sie empfing. Niemand achtete auf sie. Die Kapelle war am anderen Ende des Saales auf einem Podium platziert. Entlang der Front mit den zweimal mannshohen Fenstern, die hinaus auf die Terrasse und das Meer gingen, waren Tische aufgebaut, hinter denen in Weiß gekleidete Kellner darauf warteten, den Gästen ihre kulinarischen Wünsche zu erfüllen. An der gegenüberliegenden Längsseite reihten sich ebenfalls in Weiß gedeckte Tische, an denen Menschen in Gruppen oder Paaren sich zum Essen setzten. Am Tresen wurden unablässig Gläser gefüllt, die umhereilende Kellner auf Tabletts durch den Saal balancierten.

Die Fläche dazwischen stand zum Tanz zur Verfügung. Jetzt allerdings bewegten sich dort nur wenige Paare, ausschließlich junge Leute, deren extravagante Kleidung sie aus der Masse heraushob. Sie schienen Susanne nicht im üblichen Sinne zu tanzen, sondern Seite an Seite zu promenieren, Hüften, Schultern und Wangen aneinandergeschmiegt. Es war anstößig, es war ganz und gar degoutant, und es war großartig.

Die Leute an den Tischen ließen ihr Besteck sinken, stellten

Gläser ab, vergaßen Sardellenfilets und gefüllte Paprikaviertel, die sie sich hatten auflegen lassen, und verfolgten den rätselhaften Lauf des Tanzes mit gebannten Blicken.

Ludwig steuerte Susanne zwischen den Tanzenden hindurch an einen Tisch. »Warte hier, ich hole uns rasch etwas zu trinken. Die Eltern haben sich dort hinten platziert – zu denen willst du dich so wenig setzen wie ich, hab ich recht?«

Von dem Tablett eines vorbeiparadierenden Kellners nahm er zwei Kelche, in denen das blasse Gold des Champagners schimmerte, und kehrte zu ihr zurück. »Auf dein Wohl, Suse. Und auf deinen Erfolg heute Abend. Vergiss es nicht: Du bist kein Niemand, auch wenn es Leute gibt, die dir ein solches Gefühl vermitteln wollen. Wenn du dich davon einschüchtern lässt, schenkst du diesen Leuten den Triumph.«

Unvermittelt schwang die Musik um. Sie wurde weicher, schmelzender und bekam eine Süße, an die man sich verlieren wollte, auch wenn sie zugleich unerträglich schien. Die promenierenden Paare fanden sich in einer Umarmung, die mit der vorgeschriebenen Tanzhaltung nichts mehr zu tun hatte, und begannen, sich zu den Klängen von Geige und Bandoneon zu wiegen, als wären sie allein. Im nächsten Augenblick kam der Mann im taillierten Frack in den Saal getanzt. Seine Partnerin war ein zierliches, zartviolett gewandetes Wesen, das in seinen Armen leicht wie eine Feder wirkte.

»Achille Giraudo«, hörte Susanne eine der jungen Damen am Nebentisch, Töchter eines Landadeligen aus Kent, der anderen zuraunen. »Ich hatte schon Angst, er käme in diesem Jahr überhaupt nicht mehr.«

»Hieß es nicht, er werde in diesem Winter heiraten?«, rief ihre Schwester, die neben ihrem Bräutigam, einem farblosen Menschen mit mächtigem Schnurrbart und winzigem Kneifer, saß.

»*For heaven's sake*, das darf er uns ledigen Mädchen doch nicht antun!«, sprudelte die jüngere Tochter heraus. »Die Saison an der Riviera wäre gleich nur noch halb so amüsant.«

»Und für meine Nerven wäre sie bedeutend schonender«, mischte sich die Mutter ein, die einen quittegelben Likör aus einem wie eine Zitrone geformten Glas trank. »Gestern Nacht habe ich schon wieder stundenlang wach gelegen und mir in schwärzesten Farben ausgemalt, wie ich mein jüngstes Kind als verdorbenes Gut zurück nach Hause bringe. Zuweilen wünsche ich mir tatsächlich, du würdest ein Machtwort sprechen und diesen Tändeleien mit Weinhändlern ein Ende setzen, William.«

Ihr Gatte, der im Begriff stand, mit seiner Gabel einen Hügel aus mariniertem, gepfeffertem Schabefleisch zu attackieren, blickte gutmütig auf. »Was verboten ist, gewinnt zwangsläufig an Reiz, Alice. Und die Giraudos als Weinhändler abzutun ist Untertreibung. Vom Stand her kann Cavaliere Egidio sich mit uns messen, der piemontesische Adel ist nicht zu verachten, und das Gut ist ein wahres Juwel. Wenn der junge Achille der Erbe wäre, würde ich Lucindas wegen durchaus mit mir reden lassen.«

»O bitte, Papa, lass meinetwegen mit dir reden!«, rief die jüngere der Töchter fröhlich. »Welches Mädchen würde denn wohl nicht Achille Giraudo heiraten wollen, wenn er sie nähme? Sieh doch nur, er kann sogar Tango tanzen.«

Gab es tatsächlich Töchter, die auf derart heitere, flachsende Weise mit ihren Eltern sprachen? Gab es Eltern, die am Leben ihrer Töchter derart lebhaft Anteil nahmen? Susannes eigene Eltern saßen am anderen Ende des Saales, und darüber war sie froh. Von dem Orkan, der in ihr tobte, hätte sie ihnen nichts offenbaren wollen. Zwischen den englischen Kleinadligen und dem Mann, von dem sie sprachen, flog ihr Blick wie gehetzt hin und her.

»Wärst du vielleicht so freundlich, endlich mit mir anzustoßen?«, ließ sich Ludwig vernehmen. »Ich würde zumindest gern trinken, wenn ich mich schon mit mir selbst unterhalten muss, da meine Schwester mir keinerlei Beachtung schenkt.«

»Tut mir leid, Lu.« Susanne hob das Glas ihrem Bruder entgegen. »Mich interessiert dieser Tanz, deshalb habe ich zugehört, was unsere Tischnachbarn darüber reden.«

»Ist dein Englisch so gut, dass du das alles verstehst?«, fragte er ehrlich beeindruckt. »Meines reicht im besten Fall zu ein bisschen Radebrechen über das Wetter und die Sehenswürdigkeiten.«

Susanne zuckte die Schultern. Tatsächlich hatte sie kaum bemerkt, dass die Familie ihr Gespräch auf Englisch führte.

»Französisch sprichst du auch fließend«, fuhr Ludwig fort. »Und auf der Fahrt in die Berge habe ich dich mit dem Kutscher sogar Italienisch sprechen hören. Ich habe in der Schule Prügel bezogen, weil ich in den Sprachen eine solche Niete war, und nicht einmal der wackere Max hat sich mit Ruhm bekleckert. Du dagegen bist ein richtiges Sprachgenie.«

Er hatte recht: Das Parlieren in verschiedenen Sprachen fiel Susanne leicht. »Ich habe nur mehr Zeit als du«, sagte sie tröstend. »Während du in der Brauerei überm Maischbottich schwitzt, kann ich mich entscheiden, ob ich zwölf Stunden des Tages mit dem Umhäkeln meiner Aussteuer-Taschentücher verbringe oder Monogramme in Nachthemden sticke. Beim einen zersteche ich mir die Finger, beim andern verknote ich die Wolle, und bei beiden langweile ich mich zu Tode. Also spaziere ich in die Bibliothek und leihe mir Sprachführer aus.«

Dass sie sich mit Walther Ungemach, der die Bibliothek leitete, angefreundet hatte, dass er ihr ganze Romane, Dramen und philosophische Schriften in fremden Sprachen beschaffte, verschwieg sie. Der pensionierte Studienrat hatte ein diebisches Vergnügen an ihrer kleinen Verschwörung, und Susanne verschlang, was immer er für sie auftrieb. Vor ein paar Wochen hatte er ihr ein französisches

Kochbuch aus der Zeit vor der Revolution gebracht, und sie hatte es bis zur letzten Zeile übersetzt. Seine jüngste Überraschung war ein brandneues politisches Manifest gewesen, das auf Italienisch abgefasst war und wie ein Lesezeichen in einem Buch von Gabriele d'Annunzio gelegen hatte.

Susanne wünschte, sie hätte jemanden gehabt, mit dem sie darüber reden konnte, doch außer Ungemach selbst kannte sie niemanden, der las.

»Ich finde das sagenhaft, was du zustande bringst«, sagte Ludwig. »Wenn du ein Bub wärst, würde Vater dich vermutlich auf Geschäftsreise schicken, aber weil du ein Mädchen bist, wird dieses Talent verschwendet. Gerecht ist das nicht, was?«

Susanne schüttelte den Kopf.

»Bei mir sieht's nicht besser aus«, sagte Ludwig. »Ich habe ein paar ziemlich gute unternehmerische Ideen, mir steht glasklar vor Augen, wie man einen Betrieb wie den unseren in die Zukunft führen könnte, aber wäre ich Vater vielleicht ein Studium wert? Nie im Leben. Der überzählige zweite Sohn wird Brauer, und damit hat es sich. Schließlich ist ja Maxl der Akademiker in der Familie. Dabei wäre der damit zufrieden gewesen, die Brauerei im alten Trott weiterzuführen und mit der Krone der bayerischen Weiblichkeit verheiratet zu sein.«

»Ist es so für dich, Lu?« Susanne starrte nicht länger den wildfremden Tänzer an, sondern wandte sich endlich ihrem Bruder zu. »Ich weiß, das Handwerk in der Brauerei sagt dir nicht zu, aber dass du gern studiert hättest, wusste ich nicht. Es tut mir leid.«

»Keine Ursache.« Er streichelte ihre Hand. »Warum solltest du dich auch damit beschäftigen? Du hast dein eigenes Leben, mit dem du zurechtkommen musst.«

»Aber trotzdem!«, rief Suse. »Wir sind doch Geschwister und sollten einer für den anderen da sein.«

»Das sind wir ja auch.« Er zwinkerte ihr zu. »Wenn wir nicht gerade mit unseren Gedanken feurigen Tangotänzern folgen.«

»Ich habe gesagt, es tut mir leid, Lu.«

»Das braucht es nicht.« Er lächelte sie an, was seinem hageren Gesicht etwas Zartes, Schutzloses verlieh. »Ich verstehe vollkommen, dass es Interessanteres gibt als Gejammer vom langweiligen Ludwig. Ja, wenn Konrad noch leben würde, stünden die Dinge wohl anders. Manche Menschen ziehen alles auf sich, ohne etwas dafür zu tun.«

Susanne schrak zusammen. Dass jemand Konrad erwähnte, kam in der Familie Märzhäuser nicht vor. »Du denkst auch noch an ihn, nicht wahr?«, fragte sie vorsichtig.

»Nein«, sagte er, trank sein Glas aus und starrte in dessen Leere. »Ich denke, wir alle geben uns solche Mühe, nicht an ihn zu denken, dass uns für kaum etwas anderes Kraft bleibt.«

Ehe sie antworten konnte, stand er auf und holte ihnen noch zwei Gläser Champagner. In einem Impuls packte Susanne ihr erstes und leerte es in einem Zug. Der Tango war zu Ende, wurde abgelöst von vertrauten Walzerklängen. Die Tanzfläche füllte sich. Am Nachbartisch sprang die Tochter des englischen Kleinadligen auf und winkte.

Der Italiener im taillierten Frack, der Achille Giraudo hieß und Sohn eines Wein anbauenden *cavaliere*, aber nicht dessen Erbe war, entdeckte sie und hob fragend eine Braue. Sie lachte und winkte noch wilder, bis er auf sie zukam. Die Grazie, mit der er sich bewegte, war die eines Tieres, fand Susanne. Schön anzusehen, aber nicht zu deuten.

Formvollendet verneigte er sich vor der Engländerin. »Signorina Lucinda. *Posso avere l'onore?*«

Das Mädchen lachte, schlug zum Spaß mit ihrem Fächer nach seiner Hand. »Achille, Sie Schuft. Sie wissen, dass Sie mir auf Italienisch ins Ohr blasen können, was Sie wollen. Ich verstehe kein Wort.«

»Um Ihnen ins Ohr zu blasen, müsste ich mich ja bücken«, wechselte er in ein fließendes, wie mit Samt überzogenes Englisch und klopfte sich auf den Rücken. »Ich gehe auf die dreißig zu. Ich habe es im Kreuz.«

»Ausgerechnet Sie!« Ihr Lachen war hell und voller Glück. »Ich wette, Sie sind den ganzen Weg aus Ihrem wundervollen Santa Maria delle Vigne bis hierher auf Ihrem Mörder von Pferd galoppiert und haben nicht einmal Pause gemacht.«

»Virgilio ist kein Mörder«, sagte er, reichte ihr die Hand und führte sie aus der Obhut ihrer Eltern fort.

»Aber gefährlich!«

Sie begannen zu tanzen, ihre Körper wie Puzzleteile, die sich ineinanderfügten. »Wissen Sie etwas Schönes, das nicht gefährlich ist?«

Susanne riss sich zusammen und wandte sich ab. »Entschuldige, Lu. Wo waren wir stehen geblieben?«

Müde verzog er den Mund. »Gib dir keine Mühe. Glaubst du, ich weiß nicht, dass du liebend gern jemanden finden würdest, der dich mit dieser Wiedergeburt von Casanova bekannt macht? Ich weiß so manches, Suse. Da ich niemandem wichtig genug bin, um vor mir den Mund zu halten, bekomme ich erstaunlich viel mit.«

Er trank schon wieder. Susanne erinnerte sich nicht, ihn je etwas anderes als das Nährbier, das der Vater ihnen verordnete, trinken gesehen zu haben. Er war dünn, litt unter Magenverstimmungen, und der ungewohnte Champagner, der auch ihr zu Kopf stieg, bekam ihm offenbar schlecht.

»Ich weiß auch, dass Vater glaubt, ich bin schuld an Konrads Tod«, sagte er. »Mutter genauso und womöglich auch Max, nur ist der zu anständig, es mir zu zeigen. Ich hätte eben schneller sein müssen, stärker, edelmütiger. Hätte mich tiefer ins Wasser beugen und in die Tiefe hinunterziehen lassen müssen, mein Leben für das von Konrad geben.«

»Das ist doch Unsinn, Lu! Du hast zu viel getrunken, und etwas schlägt dir heute Abend aufs Gemüt. Warum gehen wir nicht auf die Terrasse? Der Garten duftet bei Nacht ganz wunderbar, und ob wir fehlen, fällt ohnehin keinem auf.«

»Du hast recht«, sagte Ludwig. »Ich habe zu viel getrunken, und ich habe sogar vor, noch mehr zu trinken. Lass mich einfach reden, ja? Es fühlt sich so gut an. So wie damals, als Dr. Hähnlein mir den Furunkel am Hals geöffnet hat. Wochenlang war ich vor Schmerz wie toll, und dann – ein einziger kleiner Schnitt, der ganze Eiter floss ab, und ich konnte wieder frei atmen.«

Max tanzte mit Sybille. Achille Giraudo und die Engländerin schwebten an ihnen vorbei.

»Warum hast du damals eigentlich nicht früher etwas gesagt?«, fragte Susanne. »Wegen des Furunkels, meine ich.«

»Ich wollte niemanden stören«, sagte er. »Ich will nie jemanden stören, und dich will ich nicht auf die Terrasse entführen, wo du dich mit jeder Faser danach sehnst, hier im Saal zu bleiben. Ich hab dich lieb, Schwesterchen, ich will, dass du Glück im Leben hast. Die zwei anderen hab ich auch lieb, aber bei dir hatte ich immer das Gefühl, dass uns mehr verbindet. Su und Lu. Die beiden nicht besonders Wichtigen.«

»Ich hab dich auch lieb, Lu.« Sie griff nach seiner Hand. »Mir bist du wichtig.«

»Und du mir.«

Er stand auf, hauchte einen Kuss auf ihr Haar und ging zum Tresen, um mit frischen Gläsern zurückzukehren. Susanne hatte von dem zweiten noch kaum getrunken. Warum eigentlich nicht?, fragte sie sich. Sie war nur dieses eine Mal in Italien. In ein paar Wochen würde sie wieder in Regensburg sein, in der Kinderstube, an deren winziges Fenster der Regen prasselte. Warum sollte sie nicht wenigstens einmal über die Stränge schlagen, Dinge aussprechen, die sie morgen bereute, das Gefühl genießen, dass das alles so schwer gar nicht war?

»Auf dich«, sagte sie, nahm ihm das volle Glas weg und trank. »Ob im Saal oder auf der Terrasse.«

»Und auf dich.« Ihre Gläser klirrten zu laut aneinander. »Egal, mit wie vielen Furunkeln mein Leben übersät ist – ich habe die beste Schwester der Welt.«

»Und ich habe den besten Bruder«, sagte sie. »Zwei beste Brüder. Dass mein kleiner Bruder gestorben ist, wird mich immer traurig machen, aber ich würde weder dich noch Maxl gegen ihn tauschen.«

»Wirklich nicht?« Er suchte ihren Blick. »Obwohl du auch glaubst, dass ich schuld an Konrads Tod bin?«

»Himmelherrgottsakrament!« Das war ein katholischer Fluch, den der Vater nicht duldete, und für gewöhnlich ließ Susanne das «Sakrament« weg. »Natürlich glaube ich das nicht, wie kannst du denn so etwas behaupten?«

In diesem Augenblick eilte an ihrem Tisch ein Kellner vorbei, der ein Tablett mit einer kunstvoll aufgetürmten Pyramide aus Pralinen balancierte. Das Meisterwerk aus weißer, milchkaffeebrauner und fast schwarzer Schokolade war offenbar von der Gesellschaft am vordersten Tisch bestellt worden, einem vornehm und steif wirkenden Kreis aus Herren in Galauniformen und Damen in hochgeschlossener Seide. Susanne war nicht sicher, ob ihr Ausbruch ihn erschreckt hatte oder ob er ohne Grund ausglitt und das Gleichgewicht verlor. Es geschah in Windeseile. Er schwankte ein wenig zur Seite, die Hand, die das Tablett hielt, kippte, und die köstliche Pracht stürzte zu Boden, wo die Kugeln in alle Richtungen davonrollten.

»*Porca miseria!*« Der Fluch des Kellners war ohne Zweifel nicht sauberer als ihrer, und auf seinem Gesicht malte sich Entsetzen. Wenn er die Herrlichkeit ersetzen musste, konnte er gut und gern um einen Wochenlohn ärmer sein. Zwei *piccoli* rannten mit Kehrschaufeln und

Wischlappen herbei, um die verstreuten Kugeln für den Abfall zusammenzufegen.

Das durfte nicht sein!

Susanne hatte eine dieser handgefertigten Pralinen mit ihrem Nachmittagskaffee serviert bekommen. Sie wusste, wie wundervoll komponiert sie waren, wie erlesen die Zutaten, eine jede ein Gedicht aus Geschmack, das auf der Zunge zerschmolz. Man würde sie abstauben können – ihre Schokoladenumhüllung war fest, und der Boden in diesem Saal wurde ständig gewienert. Ehe Susanne sichs versah, hatte sie dem schreckstarren Kellner das Tablett entwendet, kroch auf den Knien herum und sammelte die Pralinen ein.

»Suse, lass das doch!« Das war Ludwig. »Du bist doch keine Dienstmagd, das Zeug wird weggeworfen und fertig.«

»Dazu ist es zu schade«, sagte Susanne und streckte sich nach ein paar Kugeln, die unter den Tisch gerollt waren. »Und um mit anzupacken, wenn etwas herunterfällt, brauche ich ja wohl keine Dienstmagd zu sein.«

»*No, signorina*«, stammelte der Kellner in einer Mischung aus Italienisch und Deutsch. »Das Sie nicht dürfen, bitte, Sie ruinieren Ihre schöne Kleid, *il Suo bel vestito* …«

»So schön ist es gar nicht«, erwiderte Susanne und fuhr fort, Pralinen aufzusammeln. »Um die Schokolade täte es mir mehr leid.«

Vermutlich war sie betrunken und würde sich morgen vor Peinlichkeit winden, aber im Augenblick war ihr das egal.

»Die Signorina hat recht. Sie wissen ja sicher, wie lange es dauert, eine Praline dieser Qualität herzustellen. Sie wegzuwerfen wäre eine Schande.«

Susanne schreckte zusammen. Sie fuhr herum und sah in das Gesicht des schönen Italieners, der in seinem eleganten Frack neben ihr auf dem Boden kniete. Seine Mundwinkel zuckten, und in den dunklen Augen unter den wie mit der Feder gezeichneten Brauen funkelte Amüsement.

»*Ma no*, Signor Giraudo!«, rief der Kellner. »Bitte bemühen Sie sich nicht. Wir können die *cioccolatini* ja nun doch nicht mehr anbieten.«

»Dann schenken Sie sie eben uns«, sagte der Mann unbekümmert und ließ eine Handvoll Pralinen auf das Tablett in Susannes Schoß rollen. »Wir lassen eine solche Köstlichkeit nicht umkommen, habe ich recht, Signorina?«

Statt ihre Antwort abzuwarten, langte er nach einer der Schokoladenkugeln und schob sie sich in den Mund.

Susanne starrte ihn an. Sie hatte noch nie jemanden erlebt, der mit solchem Genuss etwas aß. Sie glaubte förmlich zu sehen, wie seine Zunge die Praline in seinem Mund bewegte, um jede Nuance ihres Geschmacks auszukosten.

Sie wusste nicht, was über sie kam. Flugs griff sie sich selbst eine Kugel und schob sie sich ebenfalls in den Mund, schmeckte die intensive Süße von Nugat, gehüllt in dunkle Bitterschokolade und zarten Splittern von Mandeln. Sie knieten einander gegenüber, aßen Schokolade und sahen einander in die Augen, bis sie beide lachen mussten.

Der Kellner, die *piccoli* und die Hotelgäste, die einen Ring um sie gebildet hatten, verschwanden. Nur die Musik war noch da. Und der Körper des Mannes so dicht bei ihrem, dass sein Duft sich in den Geschmack der Praline mischte.

Er schluckte die Reste hinunter, nahm ihr das Tablett ab und gab ihr die Hand, um ihr auf die Füße zu helfen. »Wenn Sie genug haben«, fragte er, ohne ihren Blick loszulassen, »wollen Sie dann mit mir tanzen?«

5

»Lieber Himmel, Suse, das ist ja so unglaublich aufregend. Er ist eindeutig der umwerfendste Mann, der von hier bis Regensburg herumläuft, und du musst es mir unbedingt genau erzählen!« Sybille ergriff ihren Arm und rüttelte ihn.

Susanne lag in der Dunkelheit still und wandte den Blick zur Decke des Himmelbetts, das sie sich mit ihrer Schwester teilte. Sie hatte gewusst, dass sie es Sybille würde erzählen müssen. Schließlich war ihre Schwester das neugierigste Wesen zwischen Bayern und Ligurien, und sie hatten sich immer alles erzählt.

Was mit »*alles*« gemeint war, wussten beide: das, was man nicht als Kind erlebte, sondern erst jetzt, als junge, fast erwachsene Frau. Das, was man mit einer Menge Gekicher oder verlegenem Drucksen seiner Schwester erzählen konnte, aber nicht seinen Brüdern und auch niemandem sonst.

Viel hatte es bisher allerdings nicht zu erzählen gegeben. Ein paar Tänze mit Harro Islinger auf ihrer Seite, eine so harm- wie hoffnungslose Schwärmerei für ihren Tanzlehrer vonseiten Sybilles. »Er ist so süß, und er tanzt wie ein Gott«, hatte sie damals gerufen. »Wenn ich ihn sehe, habe ich das Gefühl, mein Gesicht wird knallrot wie ein kandierter Apfel, und ich kann um keinen Preis stillstehen, sondern muss von einem Fuß auf den anderen trippeln. Was meinst du, Suse? Sind das die Zeichen dafür, dass ich verliebt bin?«

»Woher soll ausgerechnet ich das wissen?«, hatte Susanne zurückgefragt.

»Na, du bist doch verliebt – in Harro Islinger, oder etwa nicht?«
Susanne hatte überlegt und die Gelegenheiten Revue passieren
lassen, zu denen sie dem Kaufmannssohn begegnet war. »Vielleicht
ist Verliebtsein ja bei jedem Mädchen anders«, hatte sie zu Sybille
gesagt. »Für mich fühlt es sich eben ruhiger an – so ruhig, dass ich es
gar nicht sonderlich bemerke.«

»Arme Suse!«, hatte Sybille ausgerufen. »Du bist verliebt und be-
merkst es nicht einmal, und dabei soll es doch das Schönste auf der
Welt sein!«

»Ist es das Schönste auf der Welt, wenn du Tanzlehrer Palitzsch
triffst?«, hatte Susanne gefragt.

Sybille hatte kurz überlegt, dann gelacht und den Kopf geschüt-
telt. »Das Schönste ist, wenn ich nachts neben dir im Bett liege und
wir uns gegenseitig erzählen, was wir erlebt haben. Falls Verlieben
noch schöner sein soll, muss es erst noch kommen.«

So ähnlich hatte Susanne auch gedacht und war dankbar gewesen, ihre Schwester zu haben. Jetzt hingegen hätte sie sich ein Bett für
sich allein gewünscht, eine Tür, die sie hinter sich hätte schließen
können, damit sie nichts erzählen musste.

»Ich konnte es ja kaum fassen, als ich dich mit ihm tanzen sah«,
schwatzte Sybille wie üblich ohne Punkt und Komma drauflos. »Um
ehrlich zu sein, hatte ich mir selbst Chancen auf einen Tanz mit ihm
ausgerechnet, aber dann kam dieser zauberhafte Franzose, Thierry
Compagnat, aus Burgund, und seine Schwester – Clothilde, so ein
liebes Ding – wollte unbedingt Maxl kennenlernen, also habe ich die
beiden einander vorgestellt. Ja, ich weiß, Maxl ist verlobt, und Vevi ist
die Allerallerbeste, aber es sollte ja nur um einen harmlosen Tanz
gehen. In jedem Fall habe ich dich und Lu dadurch völlig aus den
Augen verloren und …«

»Hat denn Max nun mit dieser Clothilde getanzt?«, fiel ihr Susanne
ins Wort, um sie abzulenken.

Sybille lachte. »Mitnichten. Er hat Kopfweh vorgeschützt. Ich hätte es wissen müssen: Unser Brüderlein ist treuer als Gold, und die arme Clothilde war schwer enttäuscht. Aber jetzt erzähl du! Ich will endlich alles wissen – oh, Suse, er ist einfach umwerfend. Ich glaube, wenn du mit einem solchen Mann durch Regensburg spazieren würdest, hättest du einen Rattenschwanz von Frauen hinter dir.«

Sie sprach von Achille Giraudo wie von einem eleganten Accessoire, einem Schirm oder einer Handtasche, die man mit sich herumtrug, um beachtet zu werden. Susanne hingegen hatte begonnen, mit ihm zu tanzen, und sich gewünscht, sie wären beide unsichtbar. Stattdessen hatte sie die Blicke sämtlicher Damen wie Stiche in ihrem Rücken gespürt. Der Tanz war ein Walzer. Achille Giraudo hielt sie so leicht, als lägen seine Finger kaum auf, und führte sie so sicher, dass sie beim Tanzen nicht zu denken brauchte.

In der Tanzstunde und später zu den ein wenig verstaubten Anlässen der Regensburger Gesellschaft war sie sich vorgekommen wie ein Boot, das ein ungeübter Steuermann im Zickzack den Fluss hinunterlenkt. In seinem Arm hingegen wurde der Tanz zum Karussell auf der Dult, auf dem sie als Kind wieder und wieder hatte fahren wollen.

»Nur eine Fahrt!«, hatte ihre Mutter mit gnadenloser Strenge bestimmt, und Susanne wusste – auch in dieser Nacht galt: Nur eine Fahrt, nur eine Handvoll rasch verfliegender Augenblicke, dann wäre der Rausch der Geschwindigkeit, das Fliegen, bei dem sich die Welt um sie samt ihrer glitzernden Lichter drehte, vorüber. Nur einen Walzer lang sein Duft und die Wirkung seiner Nähe, als hätte sie nicht zwei Gläser, sondern eine ganze Flasche Champagner getrunken, der in goldenen Bläschen durch ihr Bewusstsein perlte. Sie wollte, dass diese Minuten ihr allein gehörten, dass niemand das Recht hatte, sie anzustarren und, sobald sie vorbeigewirbelt waren, in Getuschel auszubrechen.

In der Vierteldrehung neigte er den Kopf, bis sein Mund fast ihr Ohr berührte. »Denken Sie sich die Leute weg«, sagte er. »Sie können nicht anders. Ihr eigenes kleines Leben in ihren immer gleichen kleinen Bahnen langweilt sie zu Tode, also müssen sie glotzen, sobald etwas auch nur im Mindesten davon abweicht.«

»Ich dachte, die meisten wären Ihre Freunde«, rutschte es Susanne heraus.

»Meine Freunde? *Dio mio, no.*« Er legte den Kopf zurück und imitierte ein herzhaftes Gähnen, ohne sich die Hand vorzuhalten. Der Anblick seines Rachens, seiner blitzenden Zähne war so schockierend, dass Susanne innehielt.

Er schloss den Mund und drängte sie sachte wieder in den Tanz. »Soll ich mich entschuldigen?«, fragte er. »Macht es Ihnen etwas aus, wenn ich mich schlecht benehme?«

»Nein«, antwortete sie spontan. »Ich benehme mich ja selbst schlecht, ich kann mir einfach nie merken, wie man es richtig macht. Vorhin, als das mit den Pralinen passiert ist, war sogar mein eigener Bruder entsetzt.«

»Tatsächlich?« Er hob eine Braue. »Ich fand, Sie haben sich ganz reizend benommen.«

So schnell, dass sie ihm kaum folgen konnte, hob er die Hand, langte in die Tasche des Fracks und fischte eine der Schokoladenkugeln heraus, die er ihr in den Mund steckte. Gleich darauf lag seine Hand wieder unterhalb ihrer Schulter, und sie tanzten ohne Unterbrechung weiter.

Die Praline war wiederum eine, in der sich schmelzende Süße und eine Umhüllung aus Bitternis mischten, Karamell, Krokant und eine scharfe Note von Ingwer. Susanne hatte im Tanz die Augen geschlossen und sie gleich wieder geöffnet, weil sie ihn sehen wollte, den Nachgeschmack der Schokolade genießen und dabei in seine Augen blicken, die mit dem Licht im Saal die Farbe wechselten.

Das Lächeln, das in ihnen schimmerte, vollzog sein Mund nicht mit. Es gehörte allein Susanne, und sie würde es festhalten, bis die letzten Takte des Walzers zu Ende getanzt waren.

»Wenn es Ihnen wirklich nichts ausmacht, werde ich mich gleich noch einmal schlecht benehmen«, raunte er. »So skandalös schlecht, dass ich nicht versprechen kann, dass niemand kreischt.«

Die Musik klang aus. Er vollführte eine perfekte Verbeugung vor ihr und sandte ihr von unten herauf einen Verschwörerblick. Susanne musste lachen. Im nächsten Moment stand eine aparte, junge Italienerin in einem goldgelben Kleid neben ihnen. Der Tanzherr, den sie an der Hand hielt, wirkte atemlos, als hätte sie ihn mit sich gezerrt.

»Achille Giraudo, *carissimo* – endlich erwische ich Sie«, flötete sie. »Ich habe zu Federico gesagt, er soll tauschen, ich *muss* einfach mit Ihnen tanzen.« Sie wandte halb den Kopf nach Susanne. »Sie gestatten doch, meine Gute?«

»Ich bedaure«, sagte Achille Giraudo, ehe Susanne ein Wort herausbekam. »Das ist leider ganz und gar unmöglich.«

»Aber warum sollte es denn unmöglich sein?«

»Weil Fräulein Anneliese und ich etwas Unaufschiebbares zu besprechen haben und unbedingt weitertanzen müssen«, sagte er, nahm mit Susanne Tanzhaltung ein und begann mit dem ersten Taktschlag zu tanzen.

Die Dame in Gelb stand da wie ein begossener Pudel.

»Das können Sie doch nicht machen«, platzte Susanne heraus. Es war eines der ungeschriebenen Gesetze des Tanzbodens: Wenn eine Dame einen Partnertausch wünschte, hatten die Herren sich zu fügen, oder sie beleidigten sie.

»Sie haben gesagt, ich kann«, erwiderte er unbekümmert und führte sie von Neuem in die von Musik begleiteten, berauschenden Runden des Karussells. »Sie haben gesagt, wenn ich mich schlecht benehme, macht es Ihnen nichts aus.«

Er hatte etwas von einem zu Unrecht gescholtenen Jungen, und sie hatte Mühe, nicht schon wieder zu lachen, obwohl sie sich der Geschlechtsgenossin gegenüber schämte. »Anneliese heiß ich nicht«, sagte sie.

»Ich bitte um Vergebung. Es war das Erste, was mir einfiel. Wie heißen Sie?«

»Susanne.«

»Das gefällt mir besser«, sagte er. »Susanna, die Schöne, die aus der Bibel gestrichen wurde, weil zwei alte Lustmolche sich nach ihr verzehrten. Nein, schauen Sie mich nicht schon wieder derart entrüstet an. Es war so erfrischend, mit Ihnen zu reden, ohne sich beständig überlegen zu müssen, mit welchem Fuß man als Nächstes in einen Fettnapf tritt.«

»Ich habe Sie nicht entrüstet angesehen, sondern mich nur gefragt, ob Sie mit dieser aus der Bibel gestrichenen Schönheit tatsächlich mich meinen«, sagte Susanne.

Er betrachtete ihr Gesicht, wie um sich Zug um Zug einzuprägen. »Ja«, befand er dann. »Ja, ich denke, ich meine Sie. Stört es Sie sehr, aus der Bibel gestrichen zu werden?«

Es stört mich, aus Ihrem Leben gestrichen zu werden, hätte sie um ein Haar erwidert. Aber ein Ball war nur ein Ball, der irgendwann zu Ende ging, und dass Achille Giraudo sich einen Abend lang mit Susanne Märzhäuser amüsiert hatte, bedeutete nicht, dass sie für ihn eine Rolle spielte.

Sie hatten getanzt, gelacht und geredet, das Karussell hatte sich gedreht, und gerade als sie aufgehört hatte, sich vor dem Ende zu fürchten, und sich dem Augenblick hingab, folgte auf den letzten Ton des verklungenen Tanzes nicht der erste des nächsten, und die Musiker packten ihre Instrumente ein. Hoteldiener eilten im Saal umher und dämpften das Licht der Wandarme, *piccoli* sammelten geleerte Gläser und Teller von den Tischen.

Das Ende war da. Das Sandkorn im Stundenglas, das Susanne Märzhäuser gehört hatte, war durch das Glas geronnen und vorbei.

Der Abschied war so schnell vonstattengegangen, dass sie sich kaum eine Einzelheit in Erinnerung rufen konnte. Die Erkenntnis, dass sie ihn nicht wiedersehen würde, war wie eine Lawine gewesen, die jedes Wort in ihr erdrückt hatte. Die lächerliche Hoffnung, er könne sie um eine Verabredung bitten, erlosch, als er sich formvollendet vor ihr verbeugte und einen Kuss über ihre Hand hauchte, ohne sie zu berühren. Ganz so, wie es der Anstand vorschrieb und als hätte es die verflogenen Stunden nicht gegeben. Sie fielen aus der Zeit wie Träume oder Fantasien. Susanne wusste nicht, ob er im Hotel übernachtete oder nach Hause fuhr, sie wusste nicht, wo er wohnte, und in ein paar Tagen würde sie womöglich nicht mehr ganz sicher wissen, ob er überhaupt existiert hatte.

Sie hörte Sybille, die sich neben ihr unter der Bettdecke räusperte. »Ist dir klar, dass ich jetzt seit einer geschlagenen Viertelstunde darauf warte, dass du mir von deiner Ballnacht mit dem aufregendsten Mann des Hotels erzählst?«, fragte sie.

Susanne seufzte und zögerte noch eine kleine Weile länger. »Ich habe ja nichts zu erzählen, Bille«, sagte sie dann.

»Nichts?« Die Augen der Schwester weiteten sich. »Jetzt hör endlich auf, dich zu zieren, Suse. Willst du mich vielleicht mitsamt meiner Neugier am langen Arm verhungern lassen?«

Susanne sah über ihre Schwester hinweg auf die Wand, auf deren Blumenmuster das Licht der Nachttischlampe Schatten warf. »Ich habe wirklich nichts zu erzählen«, sagte sie. »Wir haben getanzt, es war schön, aber jetzt ist es vorüber. Ich werde ihn ja nicht wiedersehen.«

»Weshalb willst du ihn denn nicht wiedersehen?«, rief Sybille. »Bist du etwa nicht in ihn verliebt?«

Bin ich in ihn verliebt?, fragte sich Susanne und hätte beinahe aufgelacht. »Das tut nichts zur Sache«, sagte sie. »Weshalb sollte er mich wiedersehen wollen? Ich bin Susanne Märzhäuser aus Regensburg, kein Aschenputtel, das über Nacht zur Prinzessin geworden ist. Und jetzt schlaf, du Märchenfee, verschwinde in deine Traumwelt, in der nichts unmöglich ist.«

Sie griff über Sybilles Schulter hinweg und löschte das Licht, damit die Schwester ihr Gesicht nicht sah.

6

Am nächsten Morgen beim Frühstück war Susanne kaum in der Lage, sich von den zuvorkommenden Kellnern Speck und Rühreier auflegen zu lassen, weil sie sich von allen Seiten angestarrt fühlte. Appetit hatte sie ohnehin nicht. Statt wie sonst voller Neugier von allem zu kosten, stocherte sie in den Speisen, ohne hinzusehen. Stattdessen warf sie verstohlene Blicke über die Schultern von Eltern und Geschwistern, in der Hoffnung, Achille Giraudo doch noch irgendwo zu entdecken.

Die Hoffnung war vergeblich. Entweder er frühstückte nicht, oder – was wahrscheinlicher war – er war längst abgereist.

»Noch Kaffee, Signorina?« Einer der *piccoli* hielt ihr die Kanne vor Augen, aus deren Tülle es dampfte. Ehe sie sich entscheiden konnte, trat ein Kellner an seine Seite und deutete eine Verbeugung an. Es war der Unglücksrabe, dem gestern Abend die Pralinen heruntergefallen waren.

»Ich bitte, die Störung zu entschuldigen«, sagte er. »An der Rezeption ist ein Herr, der Sie zu sprechen wünscht.«

»Ein Herr?«

Susannes Vater blickte auf. Instinktiv erhob sie sich, ehe er es ihr verbieten konnte. »Sicher der Fotograf, der neulich im Garten Bilder gemacht hat«, erklärte sie hastig. »Ich habe ihn gebeten, mir die Abzüge zu zeigen.«

Im Erfinden von Ausreden hatte sie sich im Laufe der Jahre einiges Geschick angeeignet, um ihre ständigen Gänge zur Bibliothek zu erklären. Dass sie aber derart rasch, und ohne mit der Wimper zu zucken, eine Lüge herausbrachte, überraschte sie. Ohne die Reaktion ihres Vaters abzuwarten, folgte sie dem Kellner aus dem Saal.

Er stand am Tresen des Empfangs, stützte den Ellenbogen lässig auf das Holz und blickte auf, als er sie kommen hörte. Gekleidet war er in fleckenloses Weiß: schmal geschnittene Hosen aus beinahe durchscheinendem Stoff und über einem Hemd mit offenem Kragen einen dieser gerippten englischen Sportpullover, die locker auf seinen Hüften aufsaßen. In einer Hand ließ er sein Racket baumeln. »Spielen Sie mit mir Tennis?«, fragte er ohne eine Begrüßung.

»Ich frühstücke gerade«, erwiderte Susanne und hätte die Worte gleich darauf zurücknehmen wollen. Wie töricht war sie eigentlich? Sie hatte ihn wieder, er stand leibhaftig vor ihr – und jetzt verscheuchte sie ihn mit einem so dummen Satz?

Achille Giraudo allerdings schien nicht gewillt, sich verscheuchen zu lassen. Er grinste. »Das mit dem guten Benehmen muss ich noch üben, richtig?«

»Bei mir hat das Üben nichts genützt«, murmelte sie.

»Bei mir ist es noch schlimmer.« Seine Mundwinkel zuckten. »Ich bin zum Üben zu faul. Spielen Sie nach Ihrem Frühstück mit mir? Ich warte bei den Plätzen und tröste mich mit einem Kaffee nach dem anderen.«

Susanne konnte dem Spiel nicht viel abgewinnen. Ihr Ballgefühl war tatsächlich nicht vorhanden, und in dem mit Rüschen besetzten Tennisdress fühlte sie sich albern. Dennoch hatte sie sich noch nie in ihrem Leben so schnell umgezogen. Ihrem Vater erzählte sie, sie habe an der Rezeption eine Bekanntschaft getroffen, die sie beim Tennisspielen gemacht hatte: »Eine Reederstochter aus Triest. Ihrer Familie fehlt eine zweite Dame zum Doppel.«

Achille Giraudo saß an einem sonnenbeschienenen Tisch bei den

Plätzen, trank Kaffee und blätterte in einer Zeitung. Er schien ihr Kommen zu spüren und stand auf.

»Ich warne Sie«, sagte Susanne. »Ich bin die miserabelste Tennisspielerin, die Sie sich denken können.«

Er lachte. »Ich hatte vorschlagen wollen, das Tennisspiel auszulassen, aber das müssen Sie jetzt beweisen.«

Wie nicht anders zu erwarten, spielte er glänzend. Vermutlich verstand er sich auf all die Dinge, die ein Mann von Welt zu können hatte. Sie hingegen spielte noch übler als sonst, weil sie sich nicht auf ihre Schläge konzentrierte. Stattdessen musste sie unentwegt ihm zusehen, der an der Grundlinie tänzelte wie ein schönes Vollblut am Start. *Wie alt bist du eigentlich?*, schalt sie sich. Als fast erwachsene, gebildete Frau hätte sie wissen sollen, wie bedeutungslos Äußerlichkeiten waren, statt diesen Ausbund männlicher Attraktivität anzuhimmeln wie ein Schulmädchen.

Aber es war ja in Wahrheit gar nichts Äußerliches, das sie anzog. Es war die Lebensgier, die sich in den zuckenden Muskeln zeigte und ihre eigene zu spiegeln schien. Seine Augen funkelten vor Lust an allem, was er tat, vor Genuss, vor sinnlichem Vergnügen. Dann aber verdunkelten sie sich von einem Moment zum nächsten und ließen aufblitzen, was dahinter lauern mochte – Schmerzen, Leere, Einsamkeit. Susanne wusste es nicht zu benennen, doch sie erkannte es, weil sie etwas davon in sich selbst spürte.

Wieder drosch sie einen Ball ins Netz, weil sie viel zu spät hinsah. »Himmelherrgottsakrament«, entfuhr es ihr.

Er lachte auf, warf das Racket weg und setzte mit einem seitlichen Sprung über das Netz hinweg. Im Nu stand er hinter ihr, umfasste sie und korrigierte die Haltung ihrer Arme, spreizte mit seinen Füßen die ihren weiter auseinander. An Ohr und Wange spürte sie seinen Atem, und in ihrem Rücken nahm sie wahr, wie seine Brust sich hob und senkte. Nicht einmal der Lehrer, bei dem sie und Sybille Tennisstunden nahmen, hätte sich derart nah an eine Schülerin herangewagt.

»Das ist grandios«, sagte er.

»Was?«

»Himmelherrgott…?«

»Sakrament«, ergänzte Susanne und fühlte Hitze in den Wangen. »Bitte vergessen Sie, dass ich das gesagt habe.«

»Ihnen ist klar, dass ich es nun auf keinen Fall vergessen werde, oder?«

»Vermutlich«, entgegnete sie zerknirscht.

Er lachte. »Keine Sorge. Ich hätte es ohnehin nicht vergessen. Ich habe schon gestern zu mir gesagt: *Mannaggia alla madonna*, das ist der prächtigste Fluch, den ich in diesem verstaubten Kasten je vernommen habe. Und um das klarzustellen: Sie sind nicht die miserabelste Tennisspielerin, die ich mir denken kann. Sie könnten gut sein. Sie müssen nur Ihre Schlagtechnik ein wenig verändern.«

Er umfasste ihre Hand am Gelenk, holte mit ihr zusammen aus und ließ sie einen Bogen vollführen, der knapper und schärfer war als der, den der Lehrer ihr gezeigt hatte. Er fiel ihr leichter, schien weniger kompliziert.

»Monsieur Dubois hat gesagt …«, begann sie, doch er ließ sie nicht aussprechen.

»Monsieur Dubois unterrichtet nach einem Lehrbuch, in dem alle Menschen gleich aussehen«, sagte er. »Das ist beim Tennis so fatal wie beim Tanz, es verdirbt den Spaß. Sie zum Beispiel haben kein Ballgefühl, aber Sie sind schnell, und Sie haben unglaublich viel Kraft. Wer weiß, vielleicht erreicht man in unserer Zeit damit sogar mehr als mit allem Taktieren.«

Er zeigte ihr den Schlag noch einmal, und beim dritten Mal ließ er sie das Racket alleine führen. Nach drei weiteren Versuchen kehrte er in seine Hälfte zurück und spielte ihr sachte den Ball zu. Es war, als hätte sie Blut geleckt. Auf einmal machte es Vergnügen, in der milden, salzigen Luft hinter einem Ball herzuflitzen und zusammen mit Achille Giraudo zu lachen, wenn ein Schlag gelang.

Anschließend lud er sie ein, mit ihm im Café Excelsior an der Piazzetta, zwischen den sonnengelben Häusern, die aufs Meer gerichtet waren, einen Kaffee zu trinken. Sie sprachen über Tennis, über England, wo der Sport erfunden worden war, und über das englische Essen, das Achille grausig fand.

»Können Sie sich das vorstellen? Sie servieren dort kalten, zerstückelten Aal in Gelee und kippen Malzessig darüber. Und dann setzt sich ein Engländer, angeblich ein Vertreter des kultiviertesten Volkes der Erde, davor und stopft das in sich hinein. Ich frage mich ernsthaft: Kann man kultiviert sein, wenn man so etwas, ohne zu leiden, herunterbekommt?«

Er schüttelte sich und verzog das Gesicht zu einer so komischen Grimasse, dass Susanne lachen musste. Alles an ihm war intensiv. Farben, Duft, Präsenz. Unter den edlen Stoffen, die er trug, glaubte Susanne, ihn beständig zu spüren. Haut, unter der Blut pulsierte, Muskeln, die sich spannten und lockerten, der Brustkorb, der sich mit jedem Atemzug hob und senkte.

»Ich bin leider mit dem Sommelier des Hotels verabredet, der über die jetzt trinkbaren Jahrgänge meiner Barolos informiert werden will«, sagte er, als sie ihren Kaffee ausgetrunken hatten. »Ein grässlicher Langweiler. Was meinen Sie, soll ich ihn Ihretwegen versetzen, und wir fahren los und schauen uns die Abbazia della Cervara an?«

»Um Himmels willen, nein«, versicherte Susanne, während alles in ihr »ja, ja, ja«, rief. »Um meinetwillen dürfen Sie auf keinen Fall Ihre geschäftliche Verabredung versäumen.«

Er sah sie an. »Wirklich nicht? Auf keinen Fall? Auch nicht, wenn ich dann todtraurig bin?«

»Weshalb sollten Sie darüber todtraurig sein?«

Er gab keine Antwort, zog aber ein Gesicht wie ein betrübter Hund.

»Dann klagen Sie dem langweiligen Sommelier Ihr Leid, vielleicht kauft er Ihnen aus Mitgefühl das Doppelte ab«, sagte sie und musste schon wieder lachen. Hatte sie im ganzen vergangenen Jahr so viel gelacht wie an diesem einen Tag?

Er lachte mit. »Ich fürchte, das müssen Sie noch üben, wie Ihr Tennisspiel, Susanna. Sie hätten sagen sollen: ›Ach, lieber Signor Giraudo, ich bedaure ganz außerordentlich, dass Sie heute nicht mit mir zur Abbazia della Cervara fahren können, aber hätten Sie nicht stattdessen morgen Nachmittag Zeit?‹«

Susannes Lachen erstarb. »Anders als beim Tennis dürfte hier Üben nicht viel Zweck haben«, sagte sie

»He, perzechèlla, was ziehen Sie denn für ein Gesicht?« Er legte ihr zwei Finger unter das Kinn und hob es sacht, sodass sie ihn wieder ansehen musste. »Ich habe nur dummes Zeug geschwatzt. Ich will nicht, dass Sie es üben. Mir machen die Frauen, die all diese öden Floskeln vor sich hin beten wie ihren Rosenkranz, nicht den geringsten Spaß.«

»Und ich … mache Ihnen Spaß?«, fragte Susanne.

Wiederum gab er keine Antwort, ließ aber ihr Kinn nicht los und sah sie unverwandt an. »Fahren Sie morgen Nachmittag mit mir die Abbazia della Cervara ansehen?«, fragte er.

Susanne konnte nur nicken. Ihre Familie hatte für morgen irgendeinen Ausflug gebucht. Sie würde sich eine Ausrede einfallen lassen, vermutlich wieder die Freundin aus Triest.

Am nächsten Tag war der Himmel blass und überzog sich vor dem Abend mit einem so sachten Rot, als wäre er schüchtern und wünsche sich heimlich, dass ein Mädchen ihn küsste.

Achille wartete vor dem Gartenausgang auf sie. Nicht mit einem Pferdefuhrwerk, wie ihre Familie es an der Rezeption des Hotels gemietet hatte, sondern in einem schneeweißen, offenen Automobil. Susanne war nie zuvor in einem gefahren.

»Es ist ein Lancia Beta«, sagte er mit einem stolzen Leuchten in den Augen, wie sie es bei Konrad gesehen hatte, wenn dieser mit Maxls Dampfmaschine hatte spielen dürfen.

»Sehr beeindruckend«, bemerkte sie mit einer amüsierten Spur Spott. »Haben Sie sich den im Hotel geliehen?«

»Ich fahre keine geliehenen Wagen«, erwiderte er, öffnete den Schlag für sie und umrundete dann das Auto, um ebenfalls einzusteigen. »Gefällt er Ihnen? Das Modell ist brandneu, Ende letzten Jahres in Turin entwickelt worden.«

Sie fuhren die Bergstraße hinauf und dann am Meer entlang. Achille steuerte mit einer Hand und schien nach vorn, in die Ferne, zu blicken, nicht auf die Straße, die schmal und kaum befestigt oberhalb der Küste verlief. Unter ihnen fiel der Hang steil ab. Das Meer schillerte türkis und durchscheinend, als könne man ihm bis auf die Bodenwellen sehen. Obwohl sie so dicht an der Felskante entlangjagten, verspürte Susanne keine Angst.

»Es ist ein brandneues Modell, und Sie haben es sich sofort gekauft?«, fragte Susanne.

Statt des Homburgs trug er heute einen runden, flachen Strohhut, den er sich urplötzlich vom Kopf riss und auf den Rücksitz warf. »Dinge, die mir gefallen, muss ich besitzen«, sagte er. »Ich teile sie nicht. Ich will sie für mich allein.«

»Und Sie haben ihn hier bekommen? In Portofino?«

»In Turin«, sagte er. »Ich kenne jemanden bei Lancia, zu dem habe ich gesagt: Ignazio, ich will so einen Wagen, ich will ihn in Weiß, und ich brauche ihn jetzt, weil ich zum *Fine-d'inverno*-Ball nach Portofino muss. Eine Stunde später hatte ich ihn vollgetankt am Rinnstein stehen und bin losgefahren.«

»Ich dachte …«, entfuhr es Susanne, ehe sie sich bremsen konnte.

»Sie dachten was?«

»Ich dachte, Sie wären auf einem mörderisch gefährlichen Pferd namens Virgilio hierhergeritten«, bekannte sie kleinlaut. »Eine englische Dame, mit der Sie am Sonntag getanzt haben, hat so etwas gesagt.«

Achille lachte auf.

»Habe ich etwas Dummes gesagt?«, fragte sie.

»Etwas Dummes?« Beim Steuern um die haarscharfe Kurve wandte er ihr sein Gesicht zu. »Aber nein, nicht doch. Es ist nur lustig, wie Sie sich freimütig, ohne die geringste Scham rühmen, Ihre Tischnachbarn belauscht zu haben. Keine Sorge. Alle Leute tun es. Nur gibt niemand es zu.«

Die Luft war so mild, und die Düfte, die der verspielte Wind ihr entgegentrug, schienen benebelnd wie Alkohol.

»Ich wollte nicht lauschen. Es war nur so schwer zu vermeiden. Mein Bruder und ich gehören zu diesen Menschen, die niemand wahrnimmt, weshalb sich in unserer Gegenwart auch niemand Mühe gibt, leise zu sprechen.«

Er lachte wieder. »Ach was. Den Schuh brauchen Sie sich nicht anzuziehen. Lucinda Beresford hat ein Organ, das man der Erdbebenwarte melden müsste.«

Susanne hätte auch lachen wollen. Stattdessen sagte sie: »Es ist nicht nett, so über eine Dame zu sprechen, die große Stücke auf Sie hält.«

»Nein«, sagte er. »Es ist nicht nett. Ich bin nicht nett. Ich rede übel über Damen, und ich habe nicht einmal so viel Anstand, mich dafür zu schämen. Ist das sehr schlimm? Soll ich umdrehen und Sie zurück ins Hotel bringen?«

»Sie können hier auf der Straße doch gar nicht wenden.«

Einen Herzschlag lang schien er ehrlich verdutzt. »Stimmt ohne Frage. Was also können wir da tun?«

»Sie könnten versuchen, nett zu sein«, schlug Susanne vor. »Was Sie später über mich reden, macht mir nichts aus, aber während wir zusammen sind, möchte ich nicht gern abfälliges Gerede über andere Leute hören.«

»Und wenn ich nicht kann?«, fragte er.

»Was können Sie nicht?«

»Nett sein«, antwortete er. »Bringen Sie es mir bei? Wie ich Ihnen die Vorhand beim Tennis?«

»Ach was, das können Sie allein, wenn Sie wollen«, rief Susanne. »Sie haben nur keine Lust.«

»Stimmt«, gab er ein wenig kleinlaut zu.

Susanne konnte nicht anders. Sie lachten beide.

Kurz darauf bog er ab und lenkte den Wagen auf eine Art Feldweg, tauchte in eine Waldung aus Pinien, deren Kronen das Licht verschluckten. Als sie daraus auftauchten, erhob sich die Abtei in vielleicht einer halben Meile Entfernung. Das fahle Licht der Sonne fiel auf den sandgelben Stein des Klostergebäudes, das sich stumm und abweisend auf dem Plateau erstreckte. Reihen geschlossener Fensterläden kündeten von einem Leben im Verborgenen, einem Geheimnis, zu dem Besucher keinen Zutritt hatten. Wie schaffte man es, auf die Welt zu verzichten, nach der alles in Susanne sich sehnte, und was trieb einen Menschen dazu? Hinter dem dreistöckigen Gebäude ragten der Turm der Kirche und ein eisengrauer Wachturm auf.

Achille Giraudo fuhr noch ein kurzes Stück bergan, dann brachte er den Wagen mitten auf dem Weg zum Stehen. »Weiter schafft er es nicht. Er ist auf Schnelligkeit gezüchtet, nicht auf Trittsicherheit.«

»Was ist jetzt eigentlich mit Ihrem mörderischen Pferd?«, sprudelte Susanne heraus.

»Mir beim Reiten das Genick brechen und mich gleichzeitig mit meiner Raserei zu Tode fahren kann ich ja nicht«, sagte er, stieg aus und reichte ihr vom Rücksitz einen Schal aus blauem Chiffon, ehe er den Schlag für sie öffnete. »Virgilio hatte diesmal das Nachsehen. Er hat in Santa Maria delle Vigne bleiben müssen, doch bei der Anzahl Stuten, die in diesem Frühjahr zum Beschälen kommen, gehe ich davon aus, dass er es mir verzeiht.«

Sie hätte Entrüstung verspüren sollen. Kein Herr sprach in Gegenwart einer Dame von beschälten Stuten, und eine Dame, die etwas auf sich hielt, wurde zumindest dabei rot. Stattdessen fühlte sie sich auf seltsame Weise befreit. Ein bisschen wie an den Tagen, an denen sie ihr Sans-Ventre-Korsett nicht tragen musste und unbeschwert atmen konnte.

Sie stieg aus, und er hielt ihr den Schal hin. »Es ist erst März, die Sonne sinkt schnell, und es wird sofort kalt.«

Er ließ den Chiffon aus den Händen gleiten und begann, bergan zu steigen. Überrumpelt wickelte Susanne sich den Schal um den Hals. Der intensive Duft, den er ausströmte, gehörte zu einem der edlen französischen Parfüms, die sie vor ihrem Einzug ins Hotel Meraviglia nicht gekannt hatte.

Sammelte er Habseligkeiten, die eine Begleiterin in seinem Wagen vergaß, um galant die nächste damit auszustatten? Sie versuchte, nicht darüber nachzudenken, und schloss zu ihm auf. Vor dem geschmiedeten Tor in der Klostermauer blieben sie stehen. Achille drückte die Klinke herunter und hielt es mit übertriebener Geste für sie auf. »Willkommen in der Abbazia, Signorina. Darf ich mit Ihnen hineinkommen? Oder soll ich wie James, der Chauffeur, hier auf Sie warten?«

»Warum James?«, fragte sie.

»Heißen britische Chauffeure nicht immer James?«, fragte er zurück. »Ach nein, Sie sind ja gar keine Britin. Wie heißen Chauffeure bei Ihnen? Hans?«

»Das weiß ich nicht. Mein Vater fährt seinen Einspänner selbst und beschäftigt lediglich vier Bierkutscher.«

»Bierkutscher? Ist das Ihr Ernst?«

Zögernd betrat sie das Gelände, einen Vorgarten mit in geometrischen Mustern angelegten Rabatten. »Weshalb sollte es nicht mein Ernst sein? Mein Vater betreibt eine Brauerei.«

Achille Giraudo folgte. »Tatsächlich? Er macht – *Bier*?«

»Ist daran etwas Ehrenrühriges?«, fuhr sie ihn an. »Natürlich macht er es nicht mehr selbst, obwohl mein jüngerer Bruder das Handwerk noch erlernt. Mein Großvater hat es sogar noch selbst ausgefahren, und ich habe Ihnen nie vorgemacht, aus einer vornehmen Familie zu stammen.«

»Nein«, sagte er wie in Gedanken weit weg. »Das haben Sie nicht. Ansonsten hätte ich Sie nicht eingeladen, sich in mein Auto zu setzen. Und gefragt habe ich, weil mich die Entstehung geistiger Getränke magisch anzieht. Meine Familie macht Wein. Ich war schon als Fünfjähriger von den Maischebottichen nicht wegzubekommen.«

Susanne horchte auf. Augenblicke zuvor war sie noch entschlossen gewesen, dieser Sache, der sie nicht gewachsen war, ein Ende zu bereiten und ihm zu erklären, sie wolle zurück ins Hotel. Dieser Mann war ihr haushoch überlegen, sie war ein Spielzeug für ihn, das er demnächst fortwerfen würde. Gerade eben aber war es ihr vorgekommen, als hätte sie in seiner Stimme gespürt, was sie am wenigsten darin erwartet hätte: Schwäche. Sogar Schmerz.

»Es tut mir leid«, sagte sie. »Ich wollte Ihnen nichts unterstellen. Und ich war auch als Kind von den Maischebottichen nicht wegzubekommen, nur hatte mein Vater es nicht gern, wenn ich mich in der Brauerei aufhielt.«

»Warum nicht?« Er blieb stehen, und sie drehte sich um.

»Es ist eben kein Handwerk für Mädchen«, sagte sie. »Noch lieber als an der Maische stand ich ja an der brodelnden Sudpfanne und wollte probieren, wie die Stammwürze einkocht und der Geschmack sich verändert. Ich wollte es selbst einmal versuchen, wollte Hopfen und Würze zugeben und mein eigenes Rezept entwickeln. Unser Braumeister schlug die Hände über dem Kopf zusammen und schickte mich postwendend zurück zu meinem Vater. Der hat mir dann erklärt, dass Mädchen nichts von Bier verstehen und an dessen erhabenem Geschmack nichts zu panschen haben.«

»Wie sollen Sie auch etwas davon verstehen, wenn Sie es nicht versuchen dürfen?«, fragte er. »Und ohne Panschen wird kein Geschmack erhaben. Im Mittelalter sollen Weinbauern sogar mit Hühnerdreck als Würze experimentiert haben.«

Susanne lachte. »Bierbrauer auch. Es sollte die Gärung beschleunigen, und da Bier angeblich vor der Pest schützte, rissen die Leute den Brauern die Humpen aus den Händen.«

In seinen Augen wich der dumpfe Schmerz einem Ausdruck des Erstaunens. »Haben Sie's mal ausprobiert?«

»Das mit dem Hühnerdreck?« Sie schüttelte den Kopf. »Aber ich habe unserer Köchin Ilse einmal das Zuckerfass gestohlen und den Inhalt in den Sud geschüttet, als Braumeister Riedele austreten war. Es sollte ein Hochzeitsbier werden – ich war der Meinung, dann dürfte es nicht gar so bitter schmecken.«

Kurz hielt er inne. Dann lachte er schallend auf. »Recht haben Sie. Bitterkeit gibt's nach der Hochzeit noch genug. Ich fürchte aber, Applaus haben Sie für Ihren Geniestreich nicht geerntet, oder?«

»Eher nicht«, gab sie zu. »Es war mein letzter Besuch in der Braustube.«

»Wie schade. Ich bin sicher, an Ihnen ist eine Meisterin verloren gegangen. Ich jedenfalls hätte Ihnen meine Barolo-Maische für Ihre Schöpferkraft zur Verfügung gestellt.« Unverhofft verzog er den Mund. Das Lächeln machte ihn jünger und weniger unnahbar. »Nun ja. Zumindest den Bottich mit dem Verschnitt. Und ich hätte die Köchin angewiesen, sämtliche Süßungsmittel unter Verschluss zu halten.«

Er schloss zu ihr auf und reichte ihr den Arm. »Wollen wir uns die Kirche und die Gärten noch ansehen, ehe es dunkel wird?«

Sie nickte, überquerte mit ihm den Vorplatz und ging um das lange Gebäude herum. Hinter der hohen Fassade tat sich eine verborgene Welt auf. Rund um die kreuzförmig errichtete Kirche scharten sich Häuser, Stallungen und Wirtschaftsgebäude, grasten Ziegen, pickten Hühner, döste ein Esel im spinnwebhaften Schatten eines Olivenbaums.

Gleich dahinter begannen die Gartenanlagen. Es war doch noch Winter, die Zeit von Mangel und Kargheit, aber dieser erstaunliche Flecken Erde schien nichts davon zu wissen. Palmen ragten zwischen kugelig geschnittenen immergrünen Sträuchern auf, und über Pergolen und Lauben wucherte Blauregen, der vor violetten Blütentrauben strotzte, noch ehe er Blätter hervorbrachte. Zitronen- und Orangenbäume prangten in üppigem Grün, ihre Blüten glichen zarten Papierlaternen, und an den Zweigen hingen erste Früchte.

Wie war das möglich? Wenn es den Schöpfergott tatsächlich gab, hatte er dann Italien lieber als all die anderen Länder? War Italien das Lieblingskind, aus dem nichts zu werden brauchte, weil es genügte, so wie es war?

Achille Giraudo ließ ihr Zeit, stand an einen Pfeiler gelehnt und sprach kein Wort. Erst als Susanne sich wieder rührte, trat er an ihr vorbei und übernahm von Neuem die Führung. Ihr voran ging er durch den Säulengang hinüber in den Kräutergarten. Der feuchten Erde entstiegen in Schwaden die Düfte von Rosmarin, Salbei, Thymian, Minze und einem Kraut, das an holzigen Stängeln kleine, runde Blätter trieb.

Achille Giraudo bückte sich und brach einen Stängel ab. Wortlos griff er nach ihrer Hand und pflückte ihr ein paar der Blätter in die Handfläche.

»Was ist das?«

»*Origano*. Was das Wort bedeutet, weiß kein Mensch. *Erfrischung aus den Bergen* ist die wahrscheinlichste Variante. Keine Sorge, Sie können es essen. Sie haben es vermutlich schon längst getan, auch wenn der Küchenchef des Meraviglia jeglichen Geschmack verwässert, damit kein internationaler Gaumen sich empört.«

Susanne aß die Blätter aus ihrer Hand, wie eine der Ziegen es getan hätte. Sie schmeckten herb, würzig, nach Wald und Erde, ein wenig wie Pfeffer und beim Zerkauen ein wenig süß. Als sie aufblickte, sah sie sein Gesicht, das sich scharf gegen das sachte Rot des Himmels abzeichnete.

»Ist alles in Ihrem Land so extrem?«, entfuhr es ihr. »Das Wilde wilder und das Zarte zarter, das Laute lauter und das Stille stiller, das Schöne schöner und …« Sie brach ab.

»Das Hässliche hässlicher, ja«, sagte er. »Genau so ist es. Deshalb ist die ganze Welt uns verfallen und pilgert durch unsere Landschaften, und deshalb könnten wir der ganzen Welt das Genick brechen, wenn wir die Disziplin dazu besäßen. Na, kommen Sie. Darüber lohnt es nicht, sich den Kopf zu zerbrechen. Gehen wir in die Kirche, ehe die Mönche sich zur Vesper einfinden, und dann bleibt uns wohl nichts übrig, als zurückzufahren. Ihre Familie wird sich vermutlich schon sorgen, und ich weiß nicht, ob ich den Mut habe, es mit einem bayrischen Bierbrauer aufzunehmen.«

7

Vielleicht würde ihre Familie sich tatsächlich sorgen, wenn sie zum Abendessen nicht zurück war, doch Susanne bezweifelte es. Immerhin hatten ihre Eltern die Ausreden, die sie ihnen seit zwei Tagen auftischte, bereitwillig geschluckt und waren froh, sich nicht um sie kümmern zu müssen. Und ihre Geschwister würden sie nicht verraten, auch wenn Maxl hatte durchblicken lassen, dass ihm nicht wohl bei der Sache war. Sybille hingegen hatte kichernd geschworen, sie im Notfall zu decken. »Ich lüge das Blaue vom Himmel herunter, aber hinterher musst du mir dafür alles erzählen – jede kleinste Kleinigkeit.«

Aber ich will es ihr nicht erzählen, dachte Susanne. Sie wollte es nicht teilen, wie Achille sein weißes Auto nicht teilte, sondern wollte es alles für sich allein. Jeden Augenblick in der Kirche San Girolamo, die sie jetzt an seiner Seite betrat. Das gewaltige Kirchenschiff war menschenleer, jeder Schritt, jedes Räuspern hallte, und erschrocken blieb Susanne stehen.

»Was ist?«, fragte er.

»Ich bin – ich bin Protestantin.« Als würden die Säulen zu Staub zerfallen und das Dachgewölbe niederbrechen, weil eine Unbefugte das Gotteshaus betreten hatte.

»Davon stirbt man nicht, oder?« Selbst er sprach gedämpft.

Susanne schüttelte den Kopf. »In Regensburg, dort, wo ich herkomme, sind nur die Dummköpfe katholisch.« Himmelherrgottsakrament – wie konnte sie so etwas zu einem italienischen Katholiken sagen? »Ich meine, mein Vater behauptet, dass es nur die

Dummköpfe sind«, versuchte sie zu retten, was zu retten war. »Regensburg war als freie Reichsstadt protestantisch, ihr Rat und die Bürger konvertierten gleich nach der Reformation. Darauf ist er stolz.«

»Ihr Vater?«, fragte Achille. »Hat er im sechzehnten Jahrhundert gelebt, oder ist er Missionar?«

»Nein. Natürlich nicht. Es ist einfach so, dass Regensburgs Patrizier Protestanten waren, während die Katholiken aus der Umgegend zum Arbeiten kamen. Deshalb heißt es bei Männern wie meinem Vater bis heute: Wer katholisch ist, hat's nicht im Kopf.«

Achille malte mit der Schuhspitze im Staub. »Die Leute, die hierherkommen, sind alles Mögliche«, sagte er. »Katholiken, Protestanten, Juden, vermutlich ein paar Mohammedaner und Leute, die glauben, dass die Erde eine Scheibe ist und wir demnächst davon herunterrutschen. Die französischen Kartäuser, denen die Abtei vor ein paar Jahren übergeben worden ist, kontrollieren nicht, wer ein und aus geht, sondern freuen sich über die Spenden. Wir werfen einfach einen Haufen Münzen in den Opferstock, kaufen uns unseren Ablass und machen uns keine Sorgen, einverstanden?«

Erleichtert nickte sie. Ihr voran ging er weiter, trat in eine Nische mit einem Seitenaltar, über dem die Wand mit einem überlebensgroßen Fresko ausgemalt war. Ein Mann, der im Wüstensand kniete, der Oberkörper nackt, bis auf die Knochen ausgemergelt, das Gesicht vor Schmerz verzerrt.

Ein wenig zögerlich folgte ihm Susanne. Neben dem Altar stand ein schmaler Metalltisch voller brennender Kerzen. Achille Giraudo bekreuzigte sich, sank auf die Knie und nahm aus einem Kasten eine weitere Kerze, die er ansteckte und dazustellte. Er senkte den Kopf so tief, dass Susanne den Streifen bloßer Haut in seinem Nacken sah, das Stück Verwundbarkeit zwischen Haaransatz und Mantelkragen.

Ihn so demütig zu erleben zerbrach das Bild, das sie sich von ihm gemacht hatte. Was tat er da? Sprach er ein Gebet, bat er für seine

Sünden um Vergebung, war dieser zynische Spötter ein gläubiger Mann? Was immer er tat, tat er stumm. Nach einer Weile erhob er sich, steckte eine Münze in den Opferstock und klopfte sich den Mantel ab.

»Wollen Sie auch?«, fragte er, ohne sich umzudrehen. »Es tut nicht weh, keine Angst. Es nützt nur auch nichts.«

»Warum tun Sie es dann?«

»Eine Kerze zur Fürbitte stiften?« Seine Schultern zuckten. »Weil man es eben macht. Eins dieser Rituale, von denen man irgendwann kapiert, dass man sich davon nicht besser fühlt, die man aber auch nicht wagt, bleiben zu lassen.«

Susanne wünschte, sie hätte die Hand nach seiner Schulter ausstrecken und ihn zu sich herumdrehen können.

»Kommen Sie. Probieren Sie's aus. Denken Sie an Ihre tote Großmutter oder Ihren toten Lieblingsonkel und zünden Sie für ihr Seelenheil eine Kerze an.«

Konrad.

Es war, als hätte sie die ganze Zeit gespürt, dass sie Konrads wegen hierhergekommen war. Achille Giraudo machte einen Schritt zur Seite, und mit rasendem Herzschlag trat Susanne vor den Altar. Auf die Knie fiel sie wie von selbst, und im selben Augenblick begann sie zu weinen.

Ach, Konrad. Für dein Seelenheil braucht es doch keine Kerze, denn du warst ein so famoser kleiner Kerl. Falls es einen Himmel wirklich gibt, wer soll da denn hinkommen, wenn nicht du? Das Licht von der Kerze brauchen wir hier auf der Erde, Max und Bille, Lu und ich, denn ohne dich ist unser Leben so viel dunkler geworden.

Mit zitternden Fingern nahm sie die Kerze aus der Kiste, und Achille Giraudo hielt ihr sein entflammtes Feuerzeug hin. Sie bekam den Docht kaum entzündet, doch er half ihr und steckte mit ihr zusammen die Konrad-Kerze in einen Halter.

Du warst der Kleinste von uns, und wir hätten für dich da sein sollen. Aber wie es aussieht, warst du in Wahrheit der Größte, und nicht du hast uns gebraucht, sondern wir dich. Was wolltest du denn schon so früh in diesem Himmel, von dem niemand etwas weiß? Hier auf der Erde hättest du Vogelpfeifen, Schlittschuhe, Dampfmaschinen und deine liebsten Zuckerstangen mit Pfefferminz gehabt, und du hättest uns gehabt, wir wären noch fünf gegen den Rest der Welt.

Achille streckte ihr die Hand hin und half ihr in die Höhe. Um sie zu stützen, hielt er sie bei den Schultern. Sie sah zu ihm auf, sein Atem warm auf ihrem Gesicht.

»Geht es?«

Sie nickte. Mit einem Finger strich er ihr über die Wange.

»Wollen Sie es mir sagen?«

»Was?«

»Für wen Sie die Kerze angezündet haben.«

»Für meinen Bruder.« Mit jedem Wort wurde das Atmen leichter. »Konrad. Er ist nur fünf Jahre alt geworden, ist bei einem Unfall auf dem Eis gestorben. Es ist schon zehn Jahre her, aber ich kann nicht aufhören, daran zu denken, wie fröhlich er war. Daran, dass meine Geschwister und ich ihn hätten retten müssen, weil er zum Leben mehr Talent besaß als wir.«

Seine Augen, die auf sie hinuntersahen, hatten die Farbe von Bier. Nicht von Märzhäusers Märzen, das fast gelb war, sondern den Kastanienton des Bockbiers, das italienische Mönche erfunden hatten, weil es sie in der Fastenzeit vor dem Hunger bewahrte.

»Sie waren auch noch Kinder, oder etwa nicht?«, fragte er.

Susanne nickte.

»Dann sind Sie nicht schuld.« Er ordnete ihr Haar, strich ein paar Strähnen zurück. »Ihre Eltern versuchen vielleicht, Ihnen die Schuld aufzubürden, damit sie selbst davon nicht erdrückt werden, aber das ist Unsinn. Kinder sind nicht schuld.«

»Für wen haben Sie Ihre Kerze angezündet?«, fragte sie.

»Für meine Mutter«, antwortete er, blickte von ihr weg und begann, sie aus der Kirche zu führen.

Susanne zuckte zusammen. »Das tut mir leid«, war alles, was ihr einfiel.

»Braucht es nicht.« Er schob eine der eisernen Flügeltüren auf, doch das Licht, das in die Kirche strömte, war trübe und schon bereit zu verlöschen. »Es ist eine Ewigkeit her, und einen Menschen ans Leben zu verlieren ist härter als an den Tod.«

»Warum?«

»Weil man nicht aufgeben kann. Weil man daran verrückt wird.«

8

In der Nacht, in ihrem Prinzessinnenzimmer, löcherte sie wiederum Sibylle und wollte alles wissen. Etwas im Verhalten der Schwester schien jedoch verändert. Statt wie gewohnt vor Aufregung zu kichern, schien sie seltsam besorgt.

Susanne sagte ihr nichts. Dass sie mit Achille Giraudo in einer düsteren Klosterkirche gestanden und von Konrad, von Tod und Verlust geredet hatte, würde sie weder ihrer Schwester noch einem anderen Menschen erzählen. Sie hätte es nicht gekonnt, kein Wort davon herausgebracht, nicht einmal, wenn sie gewollt hätte.

»So schlimm?«, fragte Sybille.

»Was ist so schlimm?«, fragte Susanne zurück.

»Bist du so schlimm in ihn verliebt, dass es dir die Sprache verschlägt? Das darfst du nicht, Suse!« Sybilles Nägel gruben sich in ihren Arm. »Vergnügen kannst du dich, du glaubst ja nicht, wie ich es dir gönne, dass all die Dämchen im Speisesaal vor Neid grünlich glotzen. Aber du darfst dich nicht richtig in ihn verlieben, versprichst du mir das?«

»Warum darf ich das nicht?«, fragte Susanne, die selbst wusste, dass sie es nicht durfte. »Neulich schienst du ziemlich begeistert von der Aussicht, ich könnte verliebt in ihn sein.«

»Neulich war ich dumm«, konstatierte Sybille unverblümt. »Jetzt hab ich mich schlaugemacht und Angst um dich. Du hast doch überhaupt keine Ahnung, Suse. Das kommt davon, dass du die Liebesromane und den Kummerkasten in der *Gartenlaube* nicht liest, sondern nur dieses hochgestochene Zeug, aus dem man für sein Leben nichts lernt.«

»Und was lernt man für sein Leben aus der *Gartenlaube*?«

Sybille setzte sich im Dunkeln auf und sah sie aus ihren blauen Kinderaugen an. »Daraus lernt man, dass ein Mann, der so schön ist wie dein Herr Giraudo, nicht treu sein kann«, erklärte sie todernst. »Dass er mit einem Mädchen sein Spiel treibt, und dass sie auf der Hut sein muss, weil er ihr sonst ihren Ruf und ihre ganze Zukunft ruiniert.«

»Welche Zukunft kann er mir denn ruinieren?«

Sybille atmete schnaufend ein. »Nun – eben alles. Wenn man die, die ihn kennen, reden hört, wird's einem ganz schwummerig. Es wird sogar gemunkelt, er habe ein armes Geschöpf, das in ihn verliebt war, in den Tod gestürzt.«

Kurz herrschte Schweigen, doch Sybille hatte ihr Pulver noch lange nicht verschossen. Wie daheim hatte sie auch hier im Handumdrehen mit allen möglichen Leuten Bekanntschaft geschlossen und war das reinste Fangnetz für Klatsch. Über Achille hatte sie ein krudes Sammelsurium von Gerüchten in Erfahrung gebracht, die sie ungefiltert auf ihre Schwester niederprasseln ließ. Einiges hatte Susanne selbst gewusst, anderes ließ sich erraten, und nur weniges war neu.

Achille war der zweitgeborene Sohn des *cavaliere* Egidio Giraudo, eines Piemonteser Landadligen, der das weit über Italien hinaus berühmte Weingut seiner Familie betrieb. Während der älteste Sohn Battista in die Leitung der Geschäfte eingeführt wurde wie Max in die Brauerei, machte Achille in jedem Frühjahr die Runde durch die Luxushotels an der Riviera, um die Weine seines Vaters vorzustellen.

»Von hier reist er noch ein Stück die italienische Küste hinunter und dann in Richtung Frankreich weiter, *oh, là, là*. Was sich da abspielen wird, kannst du dir ja vorstellen.«

»Nein.«

»Nicht? Suse, ich glaube, du weißt wirklich nicht, was für ein kolossales Früchtchen dir da in den Schoß gefallen ist. Es gibt Damen, die sich ihre Ferien eigens so legen, dass sie mit dem Besuch des Herrn Giraudo zusammenfallen, alte Schachteln, junge Mädchen und sogar verheiratete Frauen!«

»Dafür kann er ja nichts«, sagte Susanne. »Soll er es ihnen verbieten?«

»Nun ja«, erwiderte Sybille, »er verleidet ihnen aber nicht gerade die Lust darauf. Perdita, die jüngste Tochter des Fabrikanten aus Exeter, zum Beispiel, möchte dir die Augen auskratzen. Sie sagt, all ihre Schwestern hätte Giraudo schon geküsst, und in diesem Jahr wäre sie an der Reihe gewesen.«

»Wenn sie so redet, ist sie es, die sich den Ruf ruiniert, nicht er«, sagte Susanne. »Und ihren Schwestern gleich mit.«

»Perdita sagt, es ist nicht so arg, wenn man es hier in der Fremde tut«, erläuterte Sybille. »Deshalb verreist man ja, damit man noch ein bisschen was erleben kann, ehe man heiratet und das alles für immer zu Ende ist. Man darf es nicht ernst nehmen, Suse. Das vor allem nicht.«

»Wer sagt dir, dass ich es ernst nehme?«, fragte Susanne.

»Ich weiß nicht«, stammelte Sybille. »Du – du siehst nicht aus, als wäre es ein Spaß für dich, und er macht dir doch vor, es ist ihm ernst.«

»Und warum bist du so sicher, dass es ihm nicht ernst ist? Weil ich nicht gut genug für ihn bin?«

»Aber Suse, sag doch so was nicht! Du bist die Beste und Liebste und hättest den besten Mann auf der Welt verdient. Aber Achille Giraudo wird weder dich noch eine von den anderen heiraten. Weil er nämlich eine italienische Prinzessin zur Braut hat, die züchtig im Piemont sitzt und auf ihn wartet.«

Diese gehörte zu den Informationen, die Susanne neu waren, und traf wie eine Nadelspitze, die ihre Seifenblase zum Platzen brachte. Warum aber? Hatte sie sich wahrhaftig eingebildet, Achille Giraudo zöge mit ihr durch Klosterkirchen, weil er eine Heiratskandidatin in ihr sah?

Sie hatte gewusst, dass er sich nur mit ihr vergnügte, zum Teufel, sie hatte das doch gewusst! Wieder und wieder hatte sie sich beschworen, es genau so zu betrachten – als ein Vergnügen, etwas, das sie in ihrem Herzen wie in einer Schmuckschatulle bewahren konnte, um es an lichtlosen Wintertagen hervorzuholen und sich daran zu erinnern: *Ich bin einmal glücklich gewesen.*

In Tante Lenes Schmuckschatulle lagen nur Einladungskarten zu den Hochzeiten anderer Leute und die Geburtsanzeigen von Kindern, die nicht sie geboren hatte. Sie aber hatte einmal drei Tage lang ein richtiges Leben gelebt.

Jetzt musste das ein Ende haben. Wenn er noch einmal kam, um sie abzuholen, würde sie ihm sagen, dass sie nicht mehr mit ihm unterwegs sein durfte. Er war verlobt. Es gab eine Frau, der er gehörte. Auf einmal schämte sie sich.

»Ach, Suse, es tut mir so leid.« Sybille schlang die Arme um sie. »Aber trotz allem habe ich es dir doch sagen müssen, oder nicht? Damit du keine Dummheit begehst und ihn etwas tun lässt, das dir sämtliche Aussichten zerstört.«

Was für Aussichten habe ich denn?, fragte sich Susanne. *Was außer diesen paar Tagen werde ich jemals haben?*

Zu ihrer Schwester sagte sie: »Keine Sorge, ich habe davon gewusst. Mir ist nur nicht klar, wo das Problem liegt. Wir haben uns ganz ansprechend unterhalten, und er hat mir ein paar Sehenswürdigkeiten gezeigt, das war alles. Was bitte schön ist dagegen zu sagen?«

»Donnerwetter«, platzte es aus Sybille heraus. »Meine Schwester ist ja eine richtig moderne Frau. Eine Suff … Suffra …«

»Suffragette«, half Susanne ihr. »Nein, eine Suffragette bin ich nicht, denn *suffrage* bedeutet Wahlrecht. Dafür gehen die Frauen in England auf die Straße, werden verprügelt und ins Gefängnis geworfen, während ich mich lediglich von einem kultivierten Herrn durch die Gegend kutschieren lasse.«

»Du weißt nicht, wie erleichtert ich bin.« Sybilles Umarmung geriet so fest, dass Susanne flüchtig fürchtete, keine Luft mehr zu bekommen. »Das alles ist aufregend, und im Automobil zu fahren muss ein Traum sein, aber eben noch hatte ich solche Angst, du brichst dir dabei das Herz. Weißt du was, liebe Suse? Ich glaube, es ist besser, wenn du dich nicht mehr mit ihm triffst. Er ist gefährlich, verstehst du das?«

Wissen Sie etwas Schönes, das nicht gefährlich ist?

Das hatte er die Britin Lucinda gefragt, und Susanne fiel keine Antwort ein. Höchstens Butterbrezn. Aber wer wollte schon sein ganzes Leben beim Brezn-Essen verbringen?

»Ich hätte mich ohnehin nicht mehr mit ihm getroffen«, sagte sie. »Wie gesagt, wir haben uns ein paar Tage lang recht nett unterhalten, aber damit ist es jetzt auch genug.«

»Gott sei Dank, meine liebe, liebe Suse. Die ganze Zeit über habe ich mich gefürchtet, dass der ekelhafte Joseph von Waldhausen auftaucht und ich ihn heiraten muss, aber auf einmal hat mir das mit dir viel mehr Furcht eingejagt.«

»Das braucht es nicht. Ich bin doch die vernünftige Susanne.«

»Ja, die bist du. Und wenn er kommt und dich wieder abholen will, dann gehst du nicht mehr mit, nicht wahr?«

»Nein. Dann gehe ich nicht mehr mit.«

Er würde ja gar nicht mehr kommen. Wahrscheinlich hatte er von der tollpatschigen Regensburgerin bereits mehr als genug.

Aber er kam wieder. Am nächsten Morgen lag neben ihrem Gedeck am Frühstückstisch ein Billett, in dessen Kopf in geschwungenem Schriftzug sein Name eingeprägt war.

Achille Giraudo di Monferrato
Santa Maria delle Vigne.

Wollen Sie heute mit mir zu Mittag essen?
Warnung: Der Koch würzt ungemildert, und der Wein könnte Ihnen
zu gewaltsam sein, aber der Ausblick lohnt sich.
Ich hole Sie um zwölf in der Halle ab.
A.

War es eine Unverschämtheit, wenn ein Mann, den man kaum drei Tage kannte, mit der Initiale seines Vornamens unterschrieb? War das ganze Schreiben mit seinem fordernden, selbstbewussten Ton eine Unverschämtheit? Susanne ließ das Billett unter den Tisch gleiten.

»Was hast du da?«, fragte ihr Vater. »Wer schickt dir das?«

»Die Reederstochter aus Triest – ihr wisst doch, die, die ich beim Tennis kennengelernt habe. Ihre Eltern laden mich ein, mit ihnen in der Umgebung zu Mittag zu essen.«

9

»Alici e farinata. Ein schlichtes Gericht, wie es Weinbauern essen, aber wenn es aus besten Zutaten gemacht ist, wüsste ich nicht, wozu man anderes bräuchte.«

Er schob ihr einen der kleinen Teller zu, die der Wirt ihnen hingestellt hatte, und begann, ihr von den Speisen aufzulegen: Sardellen, mariniert in einer goldgelb schimmernden Flüssigkeit, die nach Zitronen duftete, darin fein gehobelter Knoblauch und grob gehackte Petersilie. Dazu reichte er ihr einen Korb mit hauchdünnem, in Stücke gerissenem Fladenbrot. Der Wein, der in einer irdenen Karaffe auf dem Tisch stand, schimmerte ebenfalls goldgelb. Susanne fand ihn in der Tat gewaltsam. Extrem wie alles in diesem Land. Er überrollte ihren Geschmackssinn mit seiner erdigen, bitteren Süße und füllte ihr den Kopf mit tanzenden Sternen. Sie hätte ihn trinken wollen, ohne an die Folgen zu denken.

Sie waren wiederum die Küstenstraße entlanggefahren, dann bergan, bis sie ein Plateau unterhalb eines Weingartens erreichten, der in Terrassen in den Felsen hineingeschlagen worden war. »Hier wird es nie Fortschritt geben«, hatte er ihr erklärt. »In hundert Jahren werden die Leute noch genauso mit ihren Händen Wein ernten wie zu Beginn der Zeit.«

Susanne verstand. Für Hilfsmittel zur Lese war auf den schmalen Terrassen kein Platz.

»Deshalb ist Wein aus Ligurien selten und teuer, und wer große Mengen braucht, kauft welchen von uns dazu«, fuhr er fort. Längst war es zwischen ihnen üblich geworden, dass er sein Wissen über Wein mit ihr teilte und sie das ihre über Bier mit ihm. »Natürlich ist piemontesischer Wein in der Qualität überragend, aber dem kleinen Ligurer lassen sich Charme und Eigensinn durchaus nicht absprechen.«

Sie hatten das Auto stehen lassen und waren den Pfad zwischen den Terrassen mit den Reben hochgestiegen. Weil es steil und der Felsboden glatt war, gab ihr Achille die Hand. Susannes Blick flog vom Meer, das sich unter ihnen dehnte, den bewaldeten Berg hinauf und wieder zurück, und auf einmal kam es ihr vor, als stünde sie außerhalb ihrer selbst und betrachtete die zwei Menschen, die in dieser grünen Üppigkeit bergan stiegen. Das Herz schlug ihr. Sie sah ein Bild von Italien vor sich, ein Gemälde, wie sie es sich erträumt hatte, und sie selbst war ein Teil davon.

Der Besitzer des Weingutes betrieb ein kleines Wirtshaus, in dem man nur essen konnte, wenn man sich angemeldet hatte. Achille, der den Mann wie einen alten Kumpan Beppe nannte, hatte in der Früh einen Laufburschen aus dem Hotel geschickt, um ihnen einen Tisch im Freien, mit Blick auf Meer und Hang, zu reservieren. Obwohl er nicht hatte wissen können, ob Susanne seine Einladung annahm, hatte er offenbar ihr Menü bereits im Voraus bestellt, denn es gab keine Karte, aus der sie hätte wählen können. Vermutlich hatte er es eben doch gewusst, weil ja alle Frauen seine Einladungen annahmen. Zurückweisung kannte er nicht, und zur Not hätte sich eine andere gefunden.

Aber daran wollte sie jetzt nicht denken. Ihre glücklichen Augenblicke waren gezählt, und sie wollte jeden, der ihr blieb, genießen. Der Wein war köstlich und das Essen eine Offenbarung. Das hauchfeine Brot schmeckte nach Rosmarin und Nüssen, in den marinierten Sardellen mischte sich der salzige Meeresgeschmack mit der säuerlichen Frische von Zitronen und der Würze von Knoblauch und Kräutern. Susanne schloss die Augen und war sicher: Auch wenn sie das Gericht nicht gesehen hätte, hätte sie anhand der Geschmacksnoten seine Farben beschreiben können.

»Das mache ich auch manchmal«, sagte er. »Beim Essen die Augen schließen, damit nichts mich ablenkt.«

»Das Essen ist wundervoll«, rief Susanne. »Sagen Sie mir, woraus es gemacht ist? Das Brot, die Marinade für die Sardellen – es schmeckt wie dieser Blick: Als hätten das Meer und die Berge sich zusammengetan, um etwas Einzigartiges zu schaffen.« Würde er lachen? War es albern, dass sie über eine bäuerliche Vorspeise aus Brot und Fisch in solche Begeisterung geriet?

Er lächelte. »*Mare e monti*«, sagte er. »Meer und Berge. Das raten wir unseren Gästen, wenn sie uns fragen, wo es sich am besten essen lässt – am Meer und in den Bergen. Und wenn ein Mann einer Frau *mare e monti* verspricht, behauptet er damit, er werde ihr die Welt zu Füßen legen.«

Das Lächeln verschwand. Er trank Wein. »Die *farinata* wird aus gemahlenen Kichererbsen gebacken«, erklärte er dann. »Es ist eine Mahlzeit der Bauern, die sich oft nicht leisten können, von ihrem Hartweizen Mehl für sich selbst zu behalten. Und die *alici* dürfen Sie in nichts als herben Weißwein, Saft von reifen Zitronen und Olivenöl einlegen. Salz bringt der Fisch mit und Schärfe der Knoblauch und das Kraut. Das ist alles. Die meisten Gerichte aus den Küchen der großen Hotels schmecken trotz teuerster Zutaten nach nichts, weil ein Geschmack den anderen erschlägt.«

Wie immer, wenn sie vom Essen sprachen, ging er ganz darin auf. Susanne sah ihn beim Sprechen mit seinen schönen Händen fuchteln, wie so viele Italiener es taten, vergaß ihre Anspannung und musste lachen. »Mir ist noch nie ein Mann begegnet, der sich auf die Zubereitung von Essen versteht«, sagte sie. »Kochen Sie etwa selbst?«

»Nein«, sagte er. »Aber ich lasse mir nichts vorsetzen, das mir den

Appetit verdirbt. Auf meinem Teller und in meinem Glas genauso wenig wie bei meinem Schneider.«

Unwillkürlich betrachtete sie seinen Anzug aus feinem, taubengrauem Tuch und das Hemd mit dem offenen Kragen, in dem er einen weinroten Schal trug. Seine Art sich zu kleiden, war gewagt, provozierend, exzentrisch, dabei jedoch so perfekt und harmonisch wie das Essen auf ihrem Teller.

Der Wirt kam, räumte das Geschirr ab und stellte ihnen als zweiten Gang gedrehte Nudeln, *trofie*, in einer Soße aus Sahne, Nüssen und Muskat hin, die das Sardellengericht noch übertrafen. Einen Hauptgang mit Fleisch oder Fisch würde es nicht geben, erklärte Achille, nur Käse, Obst, tintenschwarzen Kaffee und Gebäck mit Orangenblütenwasser.

»Ich schlage mir nicht gern den Bauch voll«, sagte er. »Von einem guten Essen will ich nicht aufstehen, wenn mir schlecht ist, sondern wenn ich mich auf das nächste Mal freue.«

»Ich auch.« Es verblüffte sie jedes Mal aufs Neue, wie präzise er beschrieb, was sie beim Essen empfand.

Er schenkte ihr von dem Rotwein ein, den der Wirt zu den Nudeln gebracht hatte und der Rossese di Dolceacqua hieß.

»Das ist der kraftvollste Rote, den Sie in Ligurien bekommen«, sagte er. »Wenn Sie mehr Herz und mehr Würde in einem trockenen Rotwein wollen, müssen Sie mit mir nach Piemont kommen und meinen Barolo probieren, meinen schönen Sündenfall aus Nebbiolo, der Nebeltraube, der in Kastanienfässern reift, bis ein Tag seiner wert ist. Eine solche Majestät von einem Wein kann ich Ihnen hier nicht bieten.«

Der Gedanke war unglaublich schön, und ein paar Herzschläge lang trank sie von dem schweren Wein und gab sich der Vorstellung hin: Sie würde mit ihm in seine Heimat fahren, Meile um Meile durch Italien, er an ihrer Seite, eine Hand auf dem Steuer, der rote Schal und sein Haar im Wind flatternd. Er würde ihr das Land zeigen, auf dem er zur Welt gekommen war und das er nicht beim Namen nennen konnte, ohne dass sich in seinen Augen etwas veränderte. Mit all seinem Spott und seiner Nonchalance konnte er nicht verbergen, dass er diesen Ort liebte.

Der Traum war so weich wie das Licht des Nachmittags. Dann aber regte sich Wind, und sie wachte auf. »Warum ich?«, fragte sie. Die Worte schienen in der Luft zu klirren. Um keinen Preis hätte Susanne sie zurücknehmen können.

Er hob seine Braue. »Warum Sie?«

»Warum fahren Sie mit mir an all diese Orte, an denen es unfassbar schön ist, warum spielen Sie Tennis und tanzen mit mir, obwohl ich beides nicht kann? Warum verbringen Sie Ihre Zeit mit mir, obwohl es im Hotel von Schönheiten, die Ihnen zu Füßen liegen, wimmelt? Warum reden Sie mit mir, als wollten Sie mir Ihre Heimat zeigen, obwohl dort doch Ihre Verlobte auf Sie wartet?« Sie konnte ihn nicht länger ansehen. Mit einer Hand umfasste sie ihre Stirn und fühlte, wie ihr Blut an ihren Schläfen pochte.

»Meine Verlobte?«, fragte er.

Abrupt hob sie den Kopf und sah, wie er fragend die Hände spreizte. »Hieß es nicht, Sie würden …« Sie brach ab und senkte den Blick auf die Tischplatte.

Er schenkte ihnen Wein nach, erst ihr und dann sich selbst. »Ich dachte, Sie wären so stolz darauf, Protestantin zu sein«, sagte er. »Ich hatte nicht angenommen, dass Sie zu den Menschen gehören, die den Gott des Klatsches anbeten.«

»Es tut mir leid«, fiel Susanne ihm ins Wort. »Ich bin sonst keine, die hinhört, wenn über andere geredet wird, mir ist all das Gehechel und Gemunkel zuwider. Aber da es um Sie ging … da es um Sie ging, wollte ich alles wissen und habe auf jedes Wort gelauscht, das Sie betraf.«

Er stützte das Kinn in eine Hand. »Wenn Sie alles über mich wissen wollen – warum fragen Sie dann nicht mich?«

Susanne ballte die Fäuste und verbot sich, noch länger wie ein Schulmädchen herumzudrucksen. »Weil ich ein Feigling bin. Weil ich dachte, Sie schicken mich weg, wenn ich frage.«

»Vielleicht tue ich das«, sagte er. »Vielleicht schicke ich Sie aber auch weg, weil Sie hohles Gerede nachbeten. Welches Risiko Sie lieber eingehen, müssen Sie selbst entscheiden, das nehme ich Ihnen nicht ab.«

»Ich will lieber fragen.« Susanne schluckte mit knochentrockenem Gaumen. »Sind Sie verlobt, haben Sie einer Frau Ihr Versprechen gegeben wie mein Bruder Maximilian seiner Braut Genoveva Schierlinger?«

»Genoveva Schierlinger.« Seine Lider senkten sich halb über seine Augen. »Sie in Deutschland haben eigentümliche Ideen, bezaubernden Mädchen Namen zu geben.«

»Woher wollen Sie denn wissen, dass Vevi ein bezauberndes Mädchen ist?«

»Ihr Bruder ist ein schöner Mann. Und er erbt einen Betrieb, in dem vier Kutscher Bier ausfahren. Warum sollte das Mädchen, das er sich zur Braut wählt, nicht bezaubernd sein?«

Ja, warum nicht?, dachte sie. *Warum sollte irgendein Mann sich für ein Mädchen entscheiden, das ganz und gar nicht bezaubernd ist?*

»Um Ihre Frage zu beantworten«, fuhr er fort. »Nein, ich bin nicht verlobt. Ich bin es gewesen, ich habe einer Frau mein Versprechen gegeben, aber sie hat einen anderen geheiratet, und somit bin ich ein freier Mann.«

Wie hatte sie das fertiggebracht? Wie war es möglich, dass die Frau, die Achille Giraudo haben konnte, sich für einen anderen entschied? Er zerrte an seinem Kragen, als sei er ihm zu eng, saß dann wieder ruhig da und sah sie mit seinen Bockbieraugen an. »War das alles?«

»Meine andere Frage habe ich ja schon gestellt«, sagte sie. »Warum ich? Warum haben Sie ausgerechnet mich zum Tanzen aufgefordert, obwohl all die Lucindas und Perditas nur darauf gewartet haben, und warum haben Sie mich noch immer nicht zum Teufel geschickt, obwohl ich Ihnen mit meinem unbedachten Gerede pausenlos auf die Füße trete?«

Wind strich über die Haut auf ihren Armen, die von den Manschetten der Bluse nicht bedeckt war, und ließ die feinen Härchen sich aufrichten, obwohl ihr nicht kalt war.

»Vielleicht deshalb«, sagte er. »Weil Ihnen ständig etwas herausrutscht, das eine Lucinda oder Perdita nicht sagt. Vielleicht weil ich die Lucindas und Perditas satthabe, weil ich diese ganze falsche, ausgehöhlte Art satthabe und es unterhaltsamer fand, jemanden aufzufordern, der auf Knien durch den Ballsaal rutscht und exquisite Flüche von sich gibt. Augenblick, wie war das noch? *Himmelherrgottsakrament.*«

Susanne spürte, wie ihr die Röte ins Gesicht stieg.

»Vielleicht war mir nach nichts Bezauberndem, sondern nach etwas Besonderem«, fuhr er fort. »Vielleicht ödet mich diese ganze Bezauberei zwischen Mann und Frau an.«

Harro Islinger hatte sie verschmäht, weil er fand, sie sei nichts Besonderes. Achille Giraudo hingegen fand sie so besonders, dass er seine Lucindas und Perditas für sie stehen ließ. Natürlich war er nicht in sie verliebt, sondern verschaffte sich lediglich ein wenig Abwechslung, aber hier und jetzt beschloss Susanne, dass ihr das genug war. Die grünen Hügel, die das Meer säumten, kamen ihr vor, als würden sie singen. Einen Augenblick lang war sie eins mit sich und dem Glück und fragte sich nicht, was der nächste bringen würde.

Der Wirt Beppe kam mit den winzigen Tassen Kaffee, dessen Schwärze sich unter einer Schicht Schaum verbarg.

»Möchten Sie noch etwas trinken?«, fragte Achille Giraudo. »Um das Essen abzurunden?«

Auf ihr Nicken tauschte er ein paar leise gesprochene Worte mit Beppe. Der ging und brachte ihnen zwei Wassergläser mit einer goldbraunen Flüssigkeit.

Sie blickte auf und stellte fest, dass die Farbe der seiner Augen vollkommen glich. Mehr noch als die von Bockbier. Er hatte Alkoholaugen, und sie betrank sich an ihm. Der Geschmack der Flüssigkeit schoss ihr so scharf in die Kehle, dass sie nach Luft schnappte.

»Nichts für Sie?«

»Doch, doch«, beeilte sie sich zu versichern. »Ich habe nur das Gefühl, mir würde der Rachen geputzt.«

Er lachte. »Dagegen ist im Prinzip nichts zu sagen. Tatsächlich ist mir der hier aber auch zu streng. Er hat keinen Samt, keine Fruchtsüße, ist nicht zärtlich zum Gaumen. Der, den die Weinbauern bei uns brennen, ist wie ein Schlaftrunk, der himmlische Träume verspricht. Ich gebe ihnen Fässer aus Kirschholz, um ihn zu lagern, das macht ihn noch weicher.«

»Was ist es?«, fragte Susanne.

»Tresterbrand«, sagte er. »Grappa. Destilliert aus dem, was beim Weinmaischen übrig bleibt. Stängel, Häute, Kerne. Die Bauern können sich nicht leisten, das wegzuwerfen, also haben sie angefangen, sich Schnaps daraus zu brennen.«

»Und jetzt verkaufen sie ihn?« Es gab Theorien, dass Bier nicht viel anders erfunden worden war: In den Hochkulturen Mesopotamiens, die gerade erst erforscht wurden, hatten Menschen womöglich beim Backen übrig gebliebenen Teig vergären lassen und erstaunt festgestellt, dass dabei ein nahrhaftes Getränk entstand.

»Nicht in großem Stil, nein«, beantwortete Achille Giraudo ihre Frage. »Aber da es neuerdings so ungeheuer chic und bedeutsam wird, einer Nation anzugehören, braucht es ja nationale Errungenschaften, und der bescheidene Grappa könnte sich am Ende als unser Nationalgetränk wiederfinden.«

»Missfällt Ihnen das? Das mit den Nationen?«

»Es ist mir fremd«, sagte er. »Turin, meine Stadt, liegt zwischen Frankreich und der Schweiz und hat im Laufe ihrer Geschichte Römern, Langobarden, Franken, den Herzögen von Savoyen, Franzosen und Italienern gehört, die ihr alle von ihrem Besten etwas abgegeben haben. Soll mich das stören? Darf ich einen Weichkäse nicht mehr genießen, weil kein Italiener, sondern ein Franzose ihn aus der Milch seiner Ziegen geschöpft hat und das den Nationalisten nicht passt?«

Susanne gefiel, dass er mit ihr sprach wie mit einem Mann. Wie mit einem Wesen, das einen Verstand besaß. Sie musste an das futuristische Manifest des Dichters Marinetti denken, an die Abschnitte daraus, die ihr ein Rätsel geblieben waren.

Wir wollen den Krieg verherrlichen – diese einzige Hygiene der Welt – den Militarismus, den Patriotismus, die Vernichtungstat der Anarchisten, die schönen Ideen, für die man stirbt, und die Verachtung des Weibes.

»Sind Nationalismus und Patriotismus dasselbe?«

»Nicht ganz, nehme ich an. Ein Patriot kann vermutlich seine Heimat lieben, ohne Grenzzäune um sie zu ziehen und sie zur Nation erheben zu wollen. Aber darüber reden wir ein andermal, einverstanden? Nach dem Essen schlägt mir das auf den Magen, und der arme Grappa kommt nicht zu seinen Ehren«, antwortete er.

»Einverstanden.« Sie lachten beide. Es war ganz leicht. Das starke Getränk tat ihr gut. Es machte ihre Gedanken sanft und versponnen, als hätte sie auf der Welt keine Sorge. Ein Schlaftrunk, in der Tat. Als sie aufbrachen und zum Auto zurückkehrten, hätte sie ihren Kopf an seine Schulter lehnen, halb eindösen und stundenlang fahren wollen.

»Was machen wir morgen?«, fragte er, als die Kirchtürme von Portofino in Sicht kamen. »Wollen Sie Rapallo sehen, das Castello sul Mare? Ich bin nur noch bis Freitag hier, wenn Sie also mit mir hinfahren wollen, müsste es morgen sein.«

Mit einer Handvoll Worten hob er sie in den Himmel des höchsten Glücks und stürzte sie gleich darauf in den tiefsten Abgrund. Er wollte den morgigen Tag mit ihr verbringen, er war ihrer nicht überdrüssig, sondern würde sie an seiner Seite einen neuen wunderbaren Ort entdecken lassen. Am Tag darauf jedoch würde er nicht mehr da sein, würde weiterreisen, in die nächste Stadt, zum nächsten Hotel, in dem die weiblichen Gäste schon auf ihn warteten.

»Was ist?«, fragte er. »Keine Lust auf Rapallo oder keine Lust mehr auf mich?«

»Nein, nein, so ist es nicht«, rang sie sich ab. »Ich würde sehr gerne morgen mit Ihnen nach Rapallo fahren.«

»Das wäre also beschlossen.« Er überholte einen mit Kisten beladenen Eselskarren, neben dem ein Junge ohne Schuhe herging, und tauchte in die Nachmittagsträgheit Portofinos ein. »Treffen wir uns im Excelsior? Ich habe dort eine Besprechung. Sagen wir nach dem *pranzo*? Um zwei?«

Susanne nickte. Gleich darauf öffnete ein Page die Flügeltür, und Achille lenkte den Wagen zwischen blühenden Bäumen die Zufahrt hinauf. »Apollo, Schutzpatron Italiens«, murmelte Susanne, als die Statue vor dem Portal auftauchte.

»Wie bitte?«

»Die Skulptur«, sagte sie und wies nach vorn.

»Das ist nicht Apollo«, sagte er. »Das ist Bacchus, der Patron des Weines, der Ekstase und des Wahns.«

Vor dem Portal hielt er an. Unter dem von Säulen getragenen Vordach entdeckte Susanne einen Mann, dem der Grimm im Gesicht stand. Kaum fiel sein Blick auf sie, strebte er scharfen Schrittes auf sie zu.

»Ich denke, der Herr will etwas von Ihnen«, sagte Achille.

Der Herr war ihr Vater.

10

Vermutlich musste sie ihm zugutehalten, dass er die Szene nicht auf der Straße gemacht hatte, wo alle Welt sich daran hätte ergötzen können.

Alle Welt und Achille.

Letzteren ignorierte er, packte Susanne am Arm und riss sie aus dem Wagen. Während er sie hinter sich her ins Hotel zerrte, sah sie auf den Stufen ihre Geschwister stehen, Bille, Ludwig und Max, wie Orgelpfeifen aufgereiht.

»Vater, nicht doch«, vernahm sie Max' Stimme. Auch Sybille rief etwas, doch der Vater achtete nicht darauf und stürmte weiter. Er zog Susanne in die Suite, die er sich mit der Mutter teilte, schlug hinter sich die Tür zu und versetzte ihr zwei Ohrfeigen, die ihre Ohren zum Klingen brachten.

»Setz dich da hin.« Er wies auf einen Stuhl, der neben dem Sekretär an der Wand stand.

Susanne verbot sich, die Hand an ihre Wangen zu heben. Es war nicht der Schmerz, der brannte, sondern die Demütigung, wie ein Kind abgewatscht zu werden, da sie drei Tage lang gelebt und empfunden hatte wie eine Frau.

»Was glaubst du eigentlich, was du da machst?«, fragte er. »Mit dem Hallodri deinen Ruf ruinieren, damit ich auf dir sitzen bleibe? Nur damit du es weißt: Den Ruf deiner Schwester ruinierst du gleich mit. Wenn aus einem Stall ein verdorbener Apfel kommt, kauft die anderen auch keiner mehr.«

Äpfel wachsen an Bäumen, nicht in Ställen, fiel ihr ein. *Und sie fallen angeblich nicht weit vom Stamm.*

Ihr Vater ging zu dem Beistelltisch, auf dem seine Rauchwaren standen, griff nach einer Zigarre, setzte den Schneider an und verschnitt sie. Zornig schleuderte er das zierliche Werkzeug und die Zigarre auf den Tisch.

In die Schlafzimmertür trat Susannes Mutter in einem graublauen Nachmittagskleid, das derangiert aussah. Ihr Haar war nicht hochgesteckt, sondern hing ihr strähnig über den Rücken, und um die Augen lagen die tiefen Schatten, mit denen Susanne sie kannte. Vermutlich hatte sie sich nach dem Essen hingelegt, hatte ihr Veronal genommen und war wie zu Hause in einen ohnmachtsähnlichen Schlaf gesunken.

Mit glasigen Augen starrte sie im Salon umher, sah über ihre Tochter hinweg und blieb kurz an ihrem Mann hängen. Dann drehte sie sich um und verschwand, um wieder in ihrer eigenen Welt unterzutauchen, in der niemand sie erreichen konnte. Die Tür des Schlafzimmers zog sie hinter sich zu.

»Du siehst, was für eine Strapaze es für deine Mutter ist«, sagte der Vater. »Was die Reise mich gekostet hat, rechne ich dir nicht vor, denn davon verstehst du nichts. Ich habe mich deinetwegen in Ausgaben und Mühen gestürzt, habe in diesem Hotel voller aufgeblasener Pinkel den Hanswurst gegeben und wofür? Um für dich doch noch eine Partie aufzutreiben und dir das Elend meiner Schwester Lene zu ersparen. Ich war der Ansicht, ich dürfte dafür ein Quäntchen Dankbarkeit erwarten, doch stattdessen macht meine Tochter mich vor den versammelten Lackaffen zum Gespött.«

War das die Wahrheit? Hatte er gar nicht der Mutter wegen überstürzt beschlossen, nach Italien zu reisen? Susanne hatte schwer glauben können, dass er sich nach all den Jahren plötzlich für die Gesundheit seiner Frau interessierte. Noch weniger glaubhaft schien jedoch, dass er ihr zuliebe gefahren sein sollte. So lange ihre Erinnerung zurückreichte, fiel Susanne nichts ein, das er um ihretwillen getan hätte.

Täuschte sie sich in ihm? Jäh besann sie sich auf die seltsame Traurigkeit, die nach Harro Islingers Affront in seinem Blick gelegen hatte. *Wir sind eine Familie,* dachte sie. *Müsste das nicht bedeuten, dass wir wissen, was in uns vorgeht?* Auf einmal wünschte sie, sie hätte sich in seine Arme werfen können, wie es die Britin Lucinda bei ihrem Vater tat. Sie hätte ihm erklären wollen, warum sie ihn belogen hatte, und ihn bitten, sie zu verstehen.

»Wir reisen ab«, sagte er. »Geh auf dein Zimmer und fang an zu packen. Wenn deine Geschwister dir Saures geben, weil du ihnen die Reise verdorben hast, wirst du dich damit abfinden müssen.«

Susanne ging, weil es keinen Sinn hatte, gegen seine Anordnung anzukämpfen. Gleich hinter der Tür ihrer Suite erwartete sie ihre Schwester und schlang die Arme um sie. »Arme Suse, ach, du arme, liebe Suse.«

Susanne stand in der unverdienten Umarmung wie ein Stock. »Wir reisen ab«, teilte sie Sybille mit. »Es ist meine Schuld. Ich habe euch vier Wochen in Italien vermasselt.«

»Das macht nichts«, rief Sybille. »Liebe Suse, es ist doch völlig einerlei, ob wir in Italien oder in Regensburg hocken, solange wir nur zusammen sind. So sehe ich die Dinge, und vom Maxl weiß ich, dass er sie genauso sieht. Obendrein vermisst er seine Vevi, und dem Ludwig hat's hier, glaub ich, ohnehin nicht allzu sehr gefallen. Wir reisen gerne ab, wenn's für dich das Beste ist.«

»Es ist aber nicht das Beste für mich!«, rief Susanne und befreite sich. »Das Beste für mich waren diese drei Tage, die jetzt vorbei sind und nicht wiederkommen. Mit etwas Glück hätte ich noch einen vierten ergattern können, eine Fahrt nach Rapallo zum Abschluss, weil Signor Giraudo am Freitag nämlich weiterreist. Drei Tage, in denen ich einzig und allein an mich gedacht habe, waren wohl schon zu viel, und einen vierten zu verlangen war vermessen.«

»Er reist ab?«, stieß Sybille heraus. »Der gefährliche Herr Giraudo reist übermorgen ab?«

»Ja, er fährt weiter«, antwortete Susanne. »Er verhandelt mit den Hotels an der Küste über den Wein, den sie vom Gut seines Vaters kaufen. Dazu ist er schließlich hergekommen. Warum sollte er also nicht weiterfahren? Weil er mit einem Mädchen aus Bayern ein paar Ausflüge gemacht hat, worüber auf einmal alle Welt in Hysterie ausbricht?«

»Du lieber Himmel«, sagte Sybille. »Ich hole Max.« Das war ihre Maxime, um jede heikle Lebenslage zu bestehen: *Ich hole Max.*

»Was soll Max dabei?«

»Er ist unser Bruder.« Sybille war schon an der Tür.

Sie zu hindern hatte keinen Sinn, denn als Sybille die Tür aufzog, stand Max schon davor. »Ich wollte gerade klopfen.«

»Er reist ab«, rief ihm Sybille statt einer Begrüßung entgegen. »Der böse Herr Giraudo reist am Freitag ab.«

»Das weiß ich.« Max trat ein und wandte sich Susanne zu. »Wie fühlst du dich? Ich kann mir vorstellen, dass diese Sache alles andere als schön für dich gewesen ist, aber …«

»Aber dann war der ganze Wirbel ja umsonst«, fiel ihm Sybille ins Wort. »Am Freitag ist er weg, und wir hätten in Frieden weiter unsere Ferien genießen können.«

»Bis Freitag kann viel geschehen, Sybille«, beschied sie Max. »Seien wir froh, dass es noch einmal gut ausgegangen ist. Das ist wichtiger als Ferien.«

»Das habe ich ja auch gesagt«, verteidigte sich Bille. »Aber die arme Suse wäre nicht gar so traurig und das Ganze nicht so unangenehm für sie.«

»Wovon redet ihr überhaupt?«, fragte Susanne. »Was ist gut

ausgegangen, und warum geratet ihr dermaßen aus dem Häuschen? Ja, ich habe den Eltern nicht die Wahrheit gesagt, und nein, Signor Giraudo hat Vater nicht um Erlaubnis gebeten, aber auf Reisen sind eben die Sitten ein wenig gelockert, das habt ihr doch selbst erlebt. Muss man deshalb ein Gewese machen, als hätte Vater mit seiner peinlichen Szene die Welt vor dem Untergang bewahrt?«

»Susanne.« In voller Breite baute sich Max vor ihr auf und legte ihr die Hände auf die Schultern. »Selbstverständlich glauben wir dir, dass du dir nichts Böses dabei gedacht hast. Aber der Herr, an den du geraten bist, hat leider einen üblen Ruf. Es heißt, in den vergangenen Jahren hat er wiederholt Mädchen aus gutem Hause ins Unglück gestürzt. Eine junge Dame soll sogar zu Tode gekommen sein, und nicht einmal vor der Verlobten seines eigenen Bruders macht er halt.«

»Glaubst du jetzt auch schon, was in der Gerüchteküche getratscht wird?« Susanne schüttelte seine Hände ab und sprang zurück. »Was wäre denn, wenn jemand so etwas über dich in Umlauf brächte, wenn beispielsweise diese Clothilde behaupten würde, du hättest sie ins Unglück gestürzt, aus Wut darüber, dass du ihr einen Korb gegeben hast?«

»Das ist doch ein völlig anderer Fall. Ich bin verlobt, ich habe Fräulein Clothilde keine falschen Hoffnungen gemacht, während der bewusste Herr …«

»Ich finde, Suse hat recht.«

Alle drei fuhren herum. In der Tür stand Ludwig, umweht von Tabakgeruch, der verriet, dass er aus dem Rauchsalon kam. »Getratscht wird über jeden, und sicher steckt meist ein Körnchen Wahrheit darin. Muss man aber wegen ein bisschen Geschwätz gleich die eigene Schwester ans Messer liefern?«

»Kruzitürken, Lu!«, rief Sybille.

Max trat vor. »Ich glaube, wir beide sollten uns eine Zigarre gönnen«, sagte er und versuchte, Ludwig mit sich zu ziehen.

»Um ehrlich zu sein, habe ich Zigarren nie gemocht«, erwiderte Ludwig und zog aus seiner Brusttasche eine rote Schachtel mit dem Aufdruck Salem. »Zigaretten sind nicht so altväterlich und außerdem bekömmlicher. Mit meinen Zigaretten habe ich übrigens im Rauchsalon auf dich gewartet. Ich war der Meinung, wir wären verabredet, aber wie ich sehe, hattest du Dringenderes zu tun.« Er klopfte eine Zigarette aus der Packung und zündete sie an.

»Im Zimmer der Mädchen solltest du nicht rauchen«, sagte Max.

»Ich denke, zumindest Susanne hat jetzt andere Sorgen«, sagte Ludwig. »Mich erstaunt, dass sie noch mit euch spricht.«

»Warum sollte ich nicht?«, rief Susanne. »Gibt es etwas, das ich nicht weiß?«

»Ach.« Ludwig sah von Sybille zu Max und wieder zurück. »Ist das euer Ernst? Habt ihr es ihr nicht einmal gesagt?«

»Was haben Sybille und Max mir nicht gesagt?«, fragte Susanne wie ein Automat.

»Dass sie es waren, die unseren Herrn Vater über dein Stelldichein in Kenntnis gesetzt haben«, entgegnete Ludwig. »Hätte das jemand seinem Bruder angetan, würde sich alle Welt darüber erregen. Begeht man hingegen Verrat an seiner Schwester, darf man sich als Retter aufspielen und wird von aller Welt gelobt.«

11

An der Rezeption hatten sie ihr, ohne zu fackeln, seine Zimmernummer genannt.

Was sie vorhatte, war Wahnsinn, aber das spielte keine Rolle mehr. Sie klopfte an und wartete. »Nur noch ein einziges Mal«, hatte sie zu ihren Geschwistern gesagt. »Ich muss ihm Bescheid geben, dass ich morgen nicht mit nach Rapallo komme. Wenn ihr mir das nicht ermöglicht, braucht ihr nicht zu erwarten, dass ich noch einmal mit euch rede.«

Natürlich hatten sie versucht, sie umzustimmen. Sybille hatte geweint, und Max hatte ihr Verhalten kindisch genannt. Letzten Endes hatten sie auf Ludwigs Drängen jedoch beschlossen, ihr nachzugeben. »Du sagst ihm ab und kommst sofort zurück, versprochen?«, hatte Max sie beschworen. »Ich würde mir nie verzeihen, wenn jetzt noch etwas geschieht.«

Susanne hatte nichts anderes vor. Was hätte sie sonst auch tun sollen? Sich ihm anbieten, sich die Kleider vom Leib reißen? Das war albern. Sie waren nicht in der Oper, und für dramatische Hauptrollen war Susanne Märzhäuser die falsche Besetzung. Sie wollte sich entschuldigen. Ihm erklären, dass sie liebend gern mit ihm nach Rapallo gefahren wäre, und sich für die vergangenen Tage bedanken.

Sie klopfte noch einmal. Er durfte nicht schon zum Abendessen gegangen sein, denn dann verpuffte ihre einzige Chance, ihn noch einmal zu sehen. In ihrer Not drückte sie die Klinke herunter. Die Tür war nicht verschlossen. Als sie sie aufschob, kam er ihr entgegen – in Hemdsärmeln, ohne Kragen und Vorhemd, die Knöpfe geöffnet bis auf die Brust. Es verschlug ihr den Atem. Vergeblich bemühte sie sich, nicht auf das Haar zu starren, das aus dem Weiß des Stoffs quoll und noch schwärzer wirkte. »Ich wollte ... ich dachte ...«

»*Non fa niente.*« Er hielt ein Rasiermesser in der Hand, und die Haut über seiner Oberlippe war eingeschäumt. »Machen Sie die Tür zu.«

Der Salon seiner Suite war weit eleganter als der, den Sybille und Susanne sich teilten. Er ging ihr voran zu einer Sitzgruppe aus zierlichen Sesseln. Auf einen davon wies er. »Setzen Sie sich hin. Einen Augenblick. Ich bringe mich nur rasch in einen weniger skandalösen Zustand.«

Mitten im Raum lag ein aufgeklappter Koffer, in dem sich ein paar Kleidungsstücke stapelten. Der dünne weinfarbene Pullover, der auf dem Rücksitz des Autos gelegen hatte, mehrere feine weiße Hemden, Binder und ein Paar graue Hosen zu einem Straßenanzug. Susanne wandte sich ab, weil die Vorstellung, dass er all dies an seinem Körper getragen hatte, sie überwältigte.

Er war ins Badezimmer gegangen und kehrte in einem schwarz und golden gemusterten Morgenrock zurück. Den Schaum hatte er sich aus dem Gesicht gewischt. Nur sein Haar sah noch immer aus, als hätten Hände es zerwühlt. »Und jetzt sagen Sie mir, was für eine Lawine über Sie hinweggerollt ist. Sie waren vorhin so fröhlich, geradezu aufgekratzt. Wo ist das hin?«

»Sie reisen ab!«, brach es aus ihr heraus. »Ja, das haben Sie mir vorhin schon gesagt, aber jetzt habe ich es erst richtig begriffen. Und ich reise auch ab. Mein Vater ist außer sich, wir müssen sofort packen, und ich darf Sie morgen nicht noch einmal sehen.« Jetzt war schon alles egal. Auch dass sie zum zweiten Mal in drei Tagen als Häufchen Elend vor ihm saß und wie ein Schlosshund heulte.

Er ließ sie eine Weile lang weinen, dann ging er vor ihr auf die

Knie, hob mit einem Finger ihr Kinn und sah sie an. »Na, na. Meinen Sie nicht, wir bekommen das wieder hin?«

Heftig schüttelte Susanne den Kopf.

»Nicht die kleinste Hoffnung?« Er erhob sich. »Wollen Sie, wenn die Lage schon so düster ist, wenigstens etwas trinken? Grappa kann ich nicht bieten, aber Armagnac wäre da.«

»Was ist das?« Susanne schniefte.

»Armagnac?« Er ging zu einem Getränkewagen und schenkte braune Flüssigkeit in einen Schwenker. »Brandy aus der Gascogne. Snobs behaupten, es wäre ein Cognac für arme Leute, aber wenn es um Alkohol geht, macht den Armen niemand etwas vor. Die haben ihn nämlich nötiger als wir. Armagnac war schon ein ausgewachsener Brandy, als Cognac noch greinend in den Kinderschuhen steckte.«

Susanne hörte auf zu weinen. »Sie sind eine wandelnde Enzyklopädie, wenn es um Essen und Trinken geht.«

»Ich mag nur nichts zu mir nehmen, das keine Geschichte hat.« Er gab ihr den Schwenker und setzte sich ihr gegenüber auf die Armlehne des Sessels. »Ich hatte den Eindruck, Sie wären genauso.«

Susanne trank und verspürte augenblicklich Wärme im Bauch. »Ja«, sagte sie dann ein wenig verwundert. »Ich glaube, das bin ich. Als ich mit Ihnen essen war, kam es mir vor, als wären die Speisen Gemälde, die ich mit geschlossenen Augen vor mir sehen könnte. Ich habe Ihnen zugehört, und vor mir sind Bilder von Menschen und Landschaften aufgezogen, die diese Farben von Geschmack hervorbringen.«

Er sah sie an. »Und welche Farben hat Armagnac?«

»Rot und gelb und orange«, antwortete sie, ohne nachzudenken. »Feuerfarben. Bevor ich davon getrunken hatte, habe ich gar nicht gemerkt, wie kalt mir ist.«

»Soll ich dem Mädchen klingeln, damit es den Kamin einheizt?«

Sie schüttelte den Kopf. »Ich glaube, das hilft nicht. Mir ist im Innern kalt. Armagnac ist besser.«

Sein Blick ließ sie nicht los. »Warum ist Ihnen im Innern kalt, Susanna?«

Sie zuckte hilflos die Schultern. »Weil ich Sie nicht mehr sehe. Weil ich in mein Leben zurückmuss, von dem mir jetzt erst auffällt, wie leer es ist. Ich bin eine dumme Gans. Ich habe mir immer etwas auf meinen Verstand eingebildet, aber ich schwatze, ohne zu denken. Bitte entschuldigen Sie.«

Sie wollte aufstehen, stellte jedoch entsetzt fest, dass von Neuem Tränen ihr die Sicht raubten. Ihr Leben war tatsächlich leer, noch leerer als zuvor. Bisher hatte sie ihre Geschwister gehabt, hatte darauf vertraut, dass sie im Notfall füreinander da sein würden. Jetzt fror sie, als stecke sie wie Konrad im Eis, aber statt sie herauszuziehen, stießen Bille und Max ihr den Kopf unter eisiges, nachtschwarzes Wasser.

Er stand auf. In langsamen Schritten, die Hände im Rücken verschränkt, ging er vor der Sitzgruppe auf und ab. »Unser Leben ist leer, weil wir vor lauter Vorwärtsstreben nicht darauf achten, was uns unterwegs verloren geht«, sagte er.

Wieder einmal musste sie an Filippo Marinettis Manifest denken. »Dann sind Sie kein Futurist?«, fragte sie. »Kein Anbeter der schönen Geschwindigkeit?«

»Mein Lancia, sofern er voll ausgefahren wird, schafft knapp sechzig Meilen in der Stunde«, erklärte er. »Ich bin süchtig danach und kann den Tag nicht erwarten, an dem ein Wagen hundert Meilen und mehr zustande bringt. Ein Flugzeug, das unsere Luftwaffe von den Österreichern kauft, soll ein Gebirge von der Höhe der Alpen überfliegen und dabei Bomben abwerfen können. Falls eines Tages jemand gesucht wird, der so eine Flugmaschine zum Mond fliegt, melde ich mich. Doch, ich denke, ich gehöre auch zu den

Geschwindigkeits-Anbetern, und vielleicht passt mir das leere Leben ja ganz gut. Kein Gepäck, keine Last, nichts, auf das ich Rücksicht nehmen müsste.«

Er begann wieder, auf und ab zu gehen, während Susanne fieberhaft über das, was er gesagt hatte, nachdachte.

»Mich würde das übrigens interessieren«, sagte er dann. »Wie unser zorniger Herr Marinetti mit seinem Futurismus ausgerechnet bei Ihnen im Königreich Bayern gelandet ist.«

»Der Leiter unserer Stadtbibliothek hat es für mich besorgt«, stammelte sie. »Ich meine, sein Neffe. Ein Student der Kunst und Literatur. Ich habe nach einem Buch gesucht, um mein Italienisch zu verbessern, und er hat mir den Roman eines Mannes namens Gabriele D'Annunzio gebracht. Das *manifesto* lag zwischen den Seiten. Auf zwei Bögen getippt.«

Er blieb stehen und sah sie wieder an. »Sie haben einen Roman von D'Annunzio gelesen?«

»Das Italienisch war zu schwierig für mich«, gab sie zu. »Aber Herr Ungemach hat eine englische Ausgabe für mich aufgetrieben, damit habe ich mir geholfen. Ich weiß, ich hätte das Manifest zurückgeben müssen, aber ...«

»Ach was.« Achille Giraudo winkte ab. »Wer weiß, ob dieser Student der Kunst und Literatur es nicht eigens dort eingelegt hat, um es zu verbreiten. Eine Massenbewegung loszutreten, die alles Althergebrachte zerschlagen soll, kostet Geld, und Marinetti hat das Erbe seines Vaters längst verpulvert. Er ist auf die Hilfe seiner Jünger angewiesen.«

»Wollen die Futuristen das? Alles zerschlagen?« Ja, etwas in der Art stand darin: *Schönheit gibt es nur noch im Kampf und ein Werk ohne aggressiven Charakter kann kein Meisterwerk sein*, doch Susanne hatte angenommen, das sei lediglich symbolisch auf die Kunst bezogen gemeint.

»Sie wollen eine Zukunft, die gigantisch ist«, sagte er. »Dafür ist in der plüschigen alten Welt kein Platz. Im Übrigen halten sie Frauen für die Wurzel allen Übels. Wenigstens in diesem Punkt könnten sie nicht ganz unrecht haben.«

»Das ist Ihnen nicht ernst«, rief sie.

»Seien Sie sich dessen nur nicht zu sicher.« Flüchtig biss er sich auf die Lippen, ehe er das Thema wechselte: »Welchen Roman von D'Annunzio haben Sie gelesen?«

»*Il trionfo della morte*«, antwortete sie verlegen. »*Der Triumph des Todes.* Ich weiß, der Titel ist ein wenig melodramatisch, aber es war eben das einzige Buch, das ich bekommen konnte.«

»Wer weiß«, sagte Achille Giraudo. »Dieser D'Annunzio ist ein ziemlicher Teufelskerl. Er schläft mit der Duse, die die ewige Jugend gepachtet hat, fliegt solche Maschinen, die Bomben auf die Alpen werfen können, und schreibt neuerdings für den Film. So einer setzt vermutlich eher auf den Tod als auf eine wacklige Angelegenheit wie das Leben. Der Roman, den Sie gelesen haben, basiert angeblich auf den Theorien eines Ihrer Landsleute. Friedrich Nietzsche – brechen Sie sich an dem Namen nicht die Zunge? Er soll uns jedenfalls geraten haben, einen neuen Schlag von Übermenschen zu züchten und dazu die Minderwertigen, die wir schon haben, im großen Stil zu vernichten.«

»Sie lesen Nietzsche?« Er war ihr weltgewandt und klug vorgekommen, doch für einen Stubengelehrten hatte sie ihn nicht gehalten.

Ohne Frohsinn lachte er auf. »Sehe ich so aus? Nein, ich lese ihn nicht, ich habe nur gute Ohren, und beim Wein fangen Leute an zu schwatzen. Dieser Nietzsche hat offenbar erklärt, die Religion der neuen Zeit sei unendlicher Schmerz, denn Gott ist tot. Er ist dem Wahnsinn verfallen, so etwas fasziniert mich. In seinem Wahnsinn fragt er sich dasselbe wie wir: *Irren wir nicht wie durch ein unendliches Nichts?*«

Susanne schauderte. Sie musste gehen. Musste die Kraft finden, in ihre Suite zurückzukehren, ehe Sybille und Max einen bodenlosen Sturm lostraten. Sie griff nach ihrem Armagnac, doch das Glas war leer. »Ich muss zurück«, presste sie heraus. »Haben Sie vielen Dank, Signore Giraudo. Für alles, auch für dieses letzte Gespräch.«

»Ich heiße Achille«, sagte er. »Der mit der Ferse.«

Sie erhob sich und hatte Mühe, sicher zu stehen. War das die Wirkung des Alkohols? Die Leere? Das Nichts?

Mit einem Satz war er bei ihr, zog sie wieder in den Sessel und ging vor ihr in die Hocke. Die schwere Haarsträhne, die er sich aus der Stirn blies, fiel wieder herab. »Wenn Sie nicht mit Ihrer Familie heimfahren wollen«, fragte er, »wenn es Sie so sehr bedrückt, mich nicht mehr zu sehen – warum fahren Sie dann nicht mit mir?«

12

In den Morgenstunden, wenn sie fuhren und der Himmel sich von Licht überflutet über einer wie noch unberührten Erde wölbte, war es wie in ihrem Traum. Achille fuhr gern in der Früh, er liebte die Leere der Straße, das Gefühl, sie gehöre ihm allein. Er hielt das Steuer mit einer Hand, stützte den Ellenbogen auf die Autotür, und sein Schal und sein Haar flatterten im Fahrtwind. Neben ihm saß Susanne in eine Decke gehüllt, die Lider halb geschlossen, im Niemandsland zwischen Wachsein und Schlaf.

In diesen Stunden herrschte eine Harmonie zwischen ihnen, die keines Wortes, keiner Verständigung bedurfte. Die Straße, die sich Kurve um Kurve am Meer entlangwand, schien zu dieser Zeit des Tages kein Ende zu haben, und Susanne wünschte sich, sie hätte wirklich keines.

Halt machten sie in den Dörfern, wo Achille sie in seine bevorzugten Gasthäuser führte, am Ortsrand gelegene *osterie,* die Wein und kleine Gerichte servierten, selten mehr als Brot und Käse, Oliven, Salzmandeln und eingelegtes Gemüse. Wenn sie aßen, redeten sie mit der gleichen Intensität, mit der sie beim Fahren schwiegen, und abends, wenn sie ein Hotel erreichten, machten sie sich zum Abendessen frisch und redeten ohne Unterlass weiter.

Sie erzählte ihm von den Büchern, die sie gelesen hatte, und er erzählte ihr, was er darüber gehört hatte. Sie sprachen über die Orte, die sie gesehen hatten, und über das, was in den Zeitungen stand, die ihnen in den Hotels zur Verfügung standen. Sie erzählte ihm von

Regensburg, von den Legenden, die seine tausendjährige Geschichte begleiteten, und er erzählte ihr von seiner Heimat Piemont, was *Fuß der Berge* bedeutete, von dem Weingut in den Hügeln, auf dem er als Junge wie ein wildes Tier gelebt hatte, und von den Pferden, Salerner aus dem Süden mit Vollblutanteil, die seine Familie züchtete. Am liebsten erzählte er von Virgilio, dem Schimmelhengst, den er aus dem Leib einer sterbenden Stute geholt und aufgezogen hatte.

Nur von Menschen erzählten sie einander nicht. Susanne wusste von seiner Familie einzig, dass seine Mutter gestorben war, und Achille wusste von der ihren, dass sie einen Bruder namens Konrad gehabt hatte, der ebenfalls tot war.

In San Remo, einer mondänen Küstenstadt, über welcher der süße Duft seiner Blumenmärkte hing, ging er mit ihr in ein Lichtspielhaus, in dem hintereinander fünf Filme gezeigt wurden, keiner länger als Minuten. In allen spielte ein blond gelocktes Mädchen die Hauptrolle, das nicht älter sein konnte als sie selbst. Achille erklärte ihr, dass es Mary Pickford hieß und in Toronto, Kanada, zur Welt gekommen war. In einem der Filme spielte Mary Pickford eine Fischerstochter, die an einer windumtosten Küste auf ihren treulosen Verlobten wartete. Die Küste, an der der Film gedreht worden war, lag in New Jersey am Atlantischen Ozean.

»Es kommt mir so unglaublich vor«, sagte Susanne, als sie anschließend in einer *osteria* am Hafen eine Suppe mit frisch gefangenen Venusmuscheln, Tintenfischen, Barben und Garnelen aßen. »Ich habe heute Amerika gesehen. Ich habe ein Mädchen gesehen, das auf der anderen Seite der Welt lebt, und das alles ist möglich, weil ein schwarzer Kasten diese Bilder festhalten und ein anderer Kasten sie wieder ausspucken kann. Wir können das Leben der ganzen Welt kennenlernen, ohne uns vom Fleck zu rühren! Oh, Achille, macht es Ihnen etwas aus, wenn ich auf dieser Reise noch ganz oft ins Kino gehen will?«

Er lächelte. »Ich werde es überleben. Zwar muss ich dafür auf das außerordentliche Vergnügen, mit Ihnen zu tanzen und Tennis zu spielen, verzichten, aber …«

Sie schlug mit ihrer Serviette nach ihm und lachte befreit auf. »Ich finde es auf einmal so schön, in der neuen Zeit zu leben«, sagte sie. »Es ist gar nicht leer. Es kann so voll sein, wie wir es uns gestalten. Im Grunde gibt es ja gar keine Grenzen mehr – die ganze Welt steht uns offen.«

Sie hatte kaum Atem geholt, da fiel ihr noch etwas ein. »Und San Remo gefällt mir mit seinem Blumenduft, der mir den Verstand vernebelt. Es kommt mir vor, als wäre die Stadt dazu gemacht, in ihr jung zu sein. Ich habe immer gedacht, jung zu sein hieße, machtlos zu sein, aber hier frage ich mich auf einmal, ob die neue Zeit nicht der Jugend gehört.«

»Und dabei ist San Remo so alt.« Wenn er lachte und wenn sie Wein getrunken hatte, kamen ihr seine Augen dreieckig vor.

Tagsüber waren sie durch La Pigna gestreift, das aus dem Hochmittelalter stammende Labyrinth aus Straßen, das San Remos Herz bildete. Die Gassen waren hier unentwirrbar verwinkelt, die gelbbraunen Häuser regelrecht übereinandergebaut, um vor den Angriffen sarazenischer Piraten besser geschützt zu sein. Auf dem Cimitero Municipale, dem Friedhof, auf dessen Grabsteinen Namenszüge verwitterten, zeigte Achille ihr das Grab des Londoner Zeichners Edward Lear, der San Remo so schön gefunden hatte, dass er hier hatte sterben wollen.

Alfred Nobel hatte sich im Osten der Stadt eine weiße Villa unter Palmen bauen lassen, und der arme, todkranke Vater Kaiser Wilhelms, der nur neunundneunzig Tage lang selbst als Kaiser regiert hatte, war zur Kur nach San Remo gekommen, als keine Heilung mehr möglich war.

Vielleicht hatte der Blick über das Meer und über die funkelnden

Lichter der Häuser, die sich bis an den Fuß der Seealpen zogen, den Schmerz in ihm besänftigt. *Er besänftigt meinen Schmerz*, stellte Susanne verwundert fest. Sie war ein entlaufenes Mädchen, ihr Ruf zerstört, jede Heiratsaussicht zunichtegemacht. Ihre Familie würde sie vermutlich nicht wiedersehen, und ob sie noch einmal nach Regensburg käme, stand in den Sternen. Sie hätte aufgewühlt, verzweifelt, starr vor Furcht sein müssen, doch diese Gefühle kamen ihr weit weg vor, wie eine vage Erinnerung.

Sie wusste, diese Zeit würde enden, doch solange sie andauerte, würde sie alles, was sie ihr schenkte, auskosten.

Wo war die vernünftige Susanne hin?

Sie hatte ihre Eltern und Geschwister belogen, hatte sich unter weiteren Lügen ihren Pass von der Hotelrezeption erschlichen und war im Morgennebel mit einem fremden Mann zu einer Reise ins Ungewisse aufgebrochen – ohne Geld, ohne Schutz, nur mit einem Handkoffer als Gepäck. Sie hätte es niemandem erklären können, doch ihr selbst kam diese Entscheidung außerordentlich vernünftig vor.

Wenn sie als Kind, in der Adventszeit, über die Dult nach Hause gegangen war, hatte sie sich verzweifelt gewünscht, einer der Passanten möge stehen bleiben und ihr einen der süßen, rot kandierten Liebesäpfel schenken. Sie hatte das gelernt: Ein Kind und später eine Frau zu sein bedeutete, zu den Schwachen zu zählen und sich seine Wünsche nicht erfüllen zu können, sondern darauf hoffen zu müssen, dass ein anderer es tat. War es da nicht mehr als vernünftig zuzugreifen, wenn ihr endlich jemand einen Apfel hinhielt? Wohin auch immer sie nach dieser Reise würde gehen müssen, sie würde es nicht mit leeren Händen tun.

Wie hatte sie annehmen können, einen Mann wie Harro Islinger zu heiraten, sei besser, als in Tante Lenes Kammer zu versauern? Vielleicht musste man einen Liebesapfel erst einmal in den Händen halten, um zu begreifen, dass es dazu keine zweite Wahl gab. Dabei hatte sie in den Apfel nicht einmal hineingebissen, doch das lag nicht an ihr. Hätte sie die Wahl gehabt, hätte sie keinen Augenblick lang gezögert.

Achille Giraudo, dem sein Ruf als Verführer vorauseilte, betrug sich ihr gegenüber nie anders als der perfekte Gentleman. Leute, die ihnen begegneten, sprachen Susanne mit Signora an, weil sie sie für seine Frau hielten, und Achille widersprach niemals. In den Hotels, in denen man ihn kannte, schob er dem Empfangschef Geld hin, damit dieser auf das Alter in ihrem Pass keinen zweiten Blick warf, aber er nahm gewissenhaft jedes Mal zwei Zimmer, zwar nebeneinander gelegen, doch mit fest verschließbaren Türen. Manchmal gab er ihr seine Hand, wenn sie über unwegsames Gelände wanderten, manchmal berührte er ihre Wange, weil sie ihm traurig erschien, doch er tat nichts, das Max nicht ebenso getan hätte. Wenn sie sich nach einem der seligen, übervollen Tage auf dem Gang verabschiedeten, beugte er sich über ihre Hand und hauchte einen Kuss in die Luft.

An mir liegt es nicht, dachte sie ohne Scham. Sie war einmal ein wagemutiges Mädchen gewesen, war in die höchsten Zweige der Kastanie geklettert und hatte keine Verzagtheit gekannt. Wenn sie Achille Giraudo betrachtete, spürte sie, dass diese Abenteuerlust in ihr noch lebendig war.

Sie war verliebt in ihn. Sie hätte in den Liebesapfel beißen wollen, dass die kandierte Schale krachte.

Er war es, der von dem, was sie ihm gern angeboten hätte, nichts nahm. Sie war für ihn ohne Reiz, darin machte sie sich nichts vor. Zwischen ihnen gewachsen war stattdessen eine Art von Freundschaft, und die war kostbar für sie, auch wenn sie sich im Geheimsten etwas anderes ersehnte.

Nimm dir, was du bekommen kannst. Das war ihr Motto, seit sie aufgebrochen waren. Hier in San Remo, wo sie seit drei Tagen logierten, fühlte sie sich so gelöst wie nie und war froh, dass ihnen noch ein weiterer Tag blieb. Anschließend würden sie die Grenze nach Frankreich überqueren und nach Monaco, Nizza und Antibes weiterreisen.

»Susanna?«

Sie schreckte aus ihren Gedanken und sah, dass der Wirt an ihren Tisch getreten war. »Möchten Sie Kaffee? Espresso? Ich bin sicher, man würde Ihnen hier auch einen Viennese machen, wenn Sie sich einen wünschen.«

»Keinen Kaffee für mich«, bat Susanne, denn sie wollte aus dem träumerischen Zustand nicht herausgerissen werden. »Aber einen Grappa würde ich gern trinken.«

»Grappa!«, rief der Wirt entsetzt und warf die Hände in die Luft. »*Madonna mia*, Signora, Sie sind hier in San Remo, am Puls der feinen Welt, nicht bei den Bauern, die ihre Trauben mit den Füßen stampfen. Einen Amaro bekommen Sie von mir, meine Hausmarke, und weil ich ein Bertoldo bin und heute mein Namenstag ist, geht der auf mich und kostet keinen Soldo.«

»*Che gentile*«, sagte Susanne und freute sich darüber, dass das Italienische ihr immer selbstverständlicher über die Lippen kam. Sie wollte eben dem Mann gratulieren, als ihr Achille ins Wort fuhr: »Ihr Namenstag? Der Tag des heiligen Bertoldo von Kalabrien? Aber der ist doch erst am 29. März.«

»Ganz richtig, *mio bel Signore*, ganz richtig.« Der Wirt, der Bertoldo hieß, lachte. »Der 29. März ist mein Namenstag, und der 29. März ist heute.«

»Aber nein, heute ist …«, begann Achille, brach ab und presste sich die Hand auf die Stirn. Alle Leichtigkeit war einem Ausdruck gewichen, der Susanne erschreckte. Er sah aus, als litte er tiefe Qual. »Ich habe mich wohl geirrt«, murmelte er. »Ich war der Meinung, es sei erst der 27.«

»*Niente di male*«, rief der Wirt heiter. »Wenn Sie zwei Tage von Ihrer Zeit in San Remo verloren haben, müssen Sie diesen dreifach genießen. Ich bringe Ihnen meinen Amaro. Einen Doppelten. Nein, keine Widerrede, ich bestehe darauf.«

»Ist es schlimm?«, fragte Susanne, sobald er hinter der Theke verschwunden war. »Kommen Sie jetzt zu spät nach Monaco, gibt es deswegen Probleme?«

»Ich komme nach Monaco, wann ich will, und wem es nicht passt, der soll sehen, wo er seinen Wein kauft«, erwiderte er schroff. »Nein, es gibt keine Probleme, ich habe mich nur geirrt. Und jetzt würde ich gern gehen, ich bin müde und habe auf das, was Herr Bertoldo seinen Amaro nennt, keine Lust.«

Susanne hatte ihn so noch nicht erlebt. Er mochte ein wenig selbstherrlich sein, aber die Menschen, die ihn in Gasthäusern, Geschäften und Hotels bedienten, überschüttete er sonst mit seinem Charme. Als der Wirt mit den Gläsern kam, war er schon aufgestanden und fischte seinen Mantel vom Haken. Susanne entschuldigte sich hastig, ehe sie ihm hinterhereilte.

Sie waren zu Fuß gekommen und gingen zu Fuß zurück zum Hotel. Die Promenade mit ihren Blumenständen, den Tänzern, fliegenden Händlern und Feuerschluckern erwachte jetzt erst richtig zum Leben. Die Nacht war sternenklar. Unterwegs sprach Achille kein Wort und schritt so schnell aus, dass Susanne Mühe hatte, mit ihm mitzuhalten. Fieberhaft überlegte sie, wer etwas falsch gemacht hatte – Bertoldo, sie selbst, Achille? Wenn er in Monaco nicht zu einem festen Termin eintreffen musste – was war dann so katastrophal daran, dass heute schon der 29. März war?

In der Empfangshalle, die wie stets von gedämpfter Klaviermusik und dem intensiven Duft nach Rosen erfüllt war, ließ sich Achille beide Schlüssel geben und reichte ihr noch immer stumm den ihren. Lediglich mit dem Rezeptionisten wechselte er ein paar Worte, jedoch so leise, dass Susanne nichts verstand. Dann stieg er ihr voran die breite, mit rotem Teppich ausgelegte Treppe hinauf. Den Lift benutzte er nicht gern, er hatte ihr erklärt, er fühle sich darin wie in einem Sarg, der zwischen Himmel und Hölle auf- und abgondelte.

Sie hatten ihre Zimmer im dritten Stock, die Balkone zum Meer hin. Vor seiner Tür blieb er stehen, heute ohne ihre Hand in die seine zu nehmen. »Gute Nacht.«

»Ihnen auch gute Nacht und vielen Dank für den Tag.« Susanne fühlte sich hilflos. »Wenn ich irgendetwas für Sie tun kann ...«

Sie brach ab, weil das albern war, aber er blickte auf. Sein Gesichtsausdruck schien gequält, sein Blick geradezu flehend. »Sind Sie sehr müde, Susanna?«

»Nein. Nicht sehr.«

»Würde es Ihnen etwas ausmachen, noch eine Weile mit mir zusammenzusitzen? Ich habe einen schweren Wein auf mein Zimmer bestellt, ich werde mich heute Nacht betrinken, und ich bin betrunken keine angenehme Gesellschaft. Fühlen Sie sich dem gewachsen?«

Über die Antwort dachte sie nicht nach. »Ich bleibe gern mit Ihnen auf. Dass Sie sich betrinken wollen, stört mich nicht.«

13

Er ließ sie eintreten, ohne Licht zu machen. Vor dem Balkon waren die Vorhänge zurückgezogen und gaben den Blick auf die erleuchtete Stadt und das Meer, das Mond und Sterne spiegelte, frei. Es war so überwältigend schön, dass Susanne die Brust eng wurde, als wäre ihr Herz für diese Schönheit zu klein.

Achille zündete eine Kerze an und stellte sie auf den Teetisch.

»Genügt Ihnen das, um sich zurechtzufinden? Ich habe das Gefühl, im Augenblick nicht mehr Licht zu ertragen.«

»Ich finde es schön, im Dunkeln zu sitzen.«

Ein Etagenkellner kam mit einem Wagen, auf dem drei dunkle Flaschen ohne Etikett standen. »Verstärkter Wein«, erklärte Achille. »Aus der Gärung herausgerissen und mit mehr Alkohol versetzt. Ich würde meiner Nebeltraube so etwas nicht zumuten, doch die Sizilianer schwören darauf. Das Ergebnis ist meist unerträglich süß, aber ein paar Flaschen trockener, zehn Jahre gelagerter Roter sollten in keinem Weinkeller fehlen. Seien Sie vorsichtig damit, der Alkoholgehalt ist fast doppelt so hoch. Oder seien Sie nicht vorsichtig. An einem Kater stirbt man schließlich nicht.«

Flüchtig musste Susanne lächeln.

»Was ist komisch?«

»Nichts. Nur dass Sie keinen Wein trinken können, ohne zuvor seinen Eigenheiten eine Hymne zu widmen. Selbst wenn es Ihnen so elend geht wie jetzt.«

»Was bringt Sie zu der Annahme, es ginge mir elend?«

»Ich sehe Sie an«, sagte sie. »Um ehrlich zu sein, sind Sie gerade nicht sehr gut darin, es zu verbergen.«

Er hielt ihrem Blick eine schweigende Weile lang stand, ehe er sich abwandte und Wein aus einer bereits entkorkten Flasche in zwei Gläser schenkte. »Nein, wohl nicht«, sagte er dann. »Was wissen Sie über mich, Susanna?«

»Über Sie?«, stammelte Susanne, von der Frage überrumpelt. »Dass Sie aus dem Pièmont stammen, von einem Gut, das Santa Maria delle Vigne heißt, dass Sie Ihren Wein lieben, dass Ihre Mutter gestorben ist …«

»Viel ist das nicht.« Er schob ihr ein Glas hin und trank von seinem. »Und was hat man Ihnen über mich erzählt?«

»Nichts«, rief sie, »ich meine – ich bin kein sehr geselliger Mensch, ich bekomme von Klatsch und Tratsch wenig mit.«

»Ihre Schwester aber dafür umso mehr, habe ich recht? Also los – lassen Sie mich wissen, was Ihre Schwester aufgeschnappt hat. Dass ich von Turin bis Nizza heiratsfähige Mädchen verderbe? Dass ich vor nichts haltmache, dass ich eine Tochter aus gutem Hause in den Tod getrieben habe, weil ich genug von ihr hatte und sie mir im Weg war?«

Auf seinem Gesicht lagen Schatten, die mit dem Flackern der Kerzenflamme tanzten. In Susannes Ohren klopfte ihr Blut wie eine kleine Trommel.

»Sie sind ein leichtsinniges Mädchen, Susanna«, fuhr er fort. »Was ist, wenn es stimmt, wenn ich mit der armen Irma im Morgengrauen in der Gischt der Brandung gestanden und zu ihr gesagt habe: ›Na los, steig in das Boot und lass dich hinaustreiben. Es geht ganz schnell, es tut nicht weh, und wozu willst du noch leben ohne mich?‹«

Ihr Blut pochte weiter. Beim Versuch, ihr Glas zum Mund zu führen, zitterte ihr die Hand.

»Und wenn Sie die Nächste sind? Wenn ich Sie satthabe und dieses Theater nur aufziehe, um Sie loszuwerden?«

»Dann bräuchten Sie sich nicht all die Mühe zu machen«, rang sie sich ab. »Sagen Sie mir einfach, ich soll gehen, und ich breche morgen früh auf.«

»Wohin denn, Susanna?«

»Das ist nicht Ihr Problem.« Sie trank Wein. »Vielleicht borge ich mir Geld für eine Pension von Ihnen, und vielleicht zahle ich es nicht zurück, aber das ist alles, was Ihnen droht.«

Er sah sie wieder an. »Sie sind nicht nur ein leichtsinniges, sondern ein höchst bemerkenswertes Mädchen. Wenn ich geplant hätte, Sie umzubringen, würde es mir jetzt leidtun.«

»Sie haben nicht geplant, mich umzubringen«, presste sie heraus. »Und Sie haben auch das Mädchen, das ins Wasser gegangen ist, nicht umgebracht.«

»Nein«, sagte er und sah an ihr vorbei aus dem Fenster. »Aber vielleicht hätte ich sie daran hindern können, es selbst zu tun. Sie war gemütskrank, zumindest ist sie in Straßburg in einer Klinik gewesen. Was wissen wir schon darüber? Manche Menschen zerschellen am Leben wie Boote an Klippen. Zu mir hat sie gesagt, wenn ich sie nicht liebe, wolle sie sterben. Ich habe gelacht und erwidert, ich ginge gern auf den Blumenball in Rapallo mit ihr, aber lieben könne ich nur eine, und die sei nicht sie. ›Davon stirbt man nicht‹, habe ich gesagt. Am nächsten Morgen war sie fort. Ihren Leichnam und das zerschellte Boot hat man erst Wochen später gefunden.«

»Wie lange ist das her?«

»Sieben Jahre.«

Ein verstohlener Blick auf seinen Pass hatte ihr verraten, dass er 1883 geboren und damit knapp siebenundzwanzig Jahre alt war. Als das Mädchen gestorben war, war er zwanzig gewesen. Kaum älter als sie und jünger als Ludwig. »Es ist traurig«, sagte sie. »Aber es ist nicht Ihre Schuld.«

»Das habe ich auch gedacht. Ich bin mir nur nicht mehr so sicher.« Er trank sein Glas leer, doch statt es noch einmal zu füllen, stand er auf und begann, vor dem Fenster auf und ab zu gehen. »In unserem Dorf lebt eine Witwe, die wir alle die Hundertjährige nennen. Inzwischen ist sie vielleicht an die hundertdreißig. Sie streunt herum und liest allen die Zukunft aus der Hand. Meine hat sie sich geschnappt, als ich noch in Turin zur Schule ging und über den Sommer nach Hause kam. Ich habe sie ihr weggerissen und gerufen: ›Zieh Leine, alte Vettel, du stinkst.‹ Sie hat ein Auge zugekniffen und mich mit dem anderen angestiert. ›Von deinem Leben kann ich nichts erkennen‹, hat sie gesagt. ›Aber wo immer du auftauchst, sehe ich den Tod.‹«

»Sie wollte sich wichtigmachen.«

»Natürlich.«

»Sie glauben nicht daran, nicht wahr?« Ihr war kalt. In diesen Hotelzimmern gab es mit Kohle gefüllte Feuerschalen, um sich die Füße zu wärmen, doch die seine war erloschen.

»Einer wie ich ist ja stolz darauf, an nichts zu glauben«, entgegnete er.

»Das mit dem Mädchen war ein unglückliches Zusammenspiel von Umständen«, sagte Susanne. »So wie bei meinem Bruder. Daran hat niemand schuld, aber man denkt sein Leben lang darüber nach. Als würde es leichter, wenn wir nur einen Schuldigen benennen könnten.«

»Ja, vielleicht ist es so.« Er nahm von der Chaiselongue eine Wolldecke und legte sie ihr über die Schultern.

Dankbar zog sie die Decke um sich, verkroch sich regelrecht in dem weichen Stoff. »Ist sie an einem 29. März gestorben?«, fragte sie. »Geht es Ihnen deshalb nicht gut?«

»Nein.« Er kehrte zum Tisch zurück und schenkte ihre Gläser voll.

»Mit der armen Irma Pourtalès hat es nichts zu tun, und warum ich Ihnen davon erzählt habe, weiß ich nicht.«

Im Stehen leerte er ein halbes Glas, dann sah er wieder an ihr vorbei in die Nacht. »Der Wein hilft nicht, und mir ist kalt.«

Ihre Blicke trafen sich. »Haben Sie Angst, Susanna? Haben Sie Angst vor mir?«

»Nein.«

Vor dem, was er ihr sagen wollte, vor der Achillesferse, die er im Begriff stand zu entblößen, hatte sie eine Angst, die ihr die Kehle zuschnürte, doch sie fürchtete nicht im Geringsten, er könne ihr ein Leid zufügen. Warum war sie sich dessen so sicher, woher wollte sie wissen, dass kein Verbrecher in ihm steckte? *Weil ich nicht für ihn empfinden könnte, was ich empfinde*, gab sie sich selbst eine Antwort, die in diesem Augenblick für sie ausreichend war.

»Ich habe Sie mitgenommen, obwohl ich wusste, was es für Sie für Folgen hat«, sagte er. »Sie werden in Ihrem Regensburg nicht heiraten können, und es ist kaum davon auszugehen, dass Ihr Vater Sie wieder in sein Haus aufnimmt. Ich habe Ihnen das gesamte Leben ruiniert, und ich habe keine Ahnung, was aus einem Mädchen in Ihrer Lage wird.«

Er sprach es vor sich hin, als müsste er sich selbst die Ungeheuerlichkeit seiner Tat bewusst machen.

»Ich habe auch gewusst, was diese Reise für Folgen hat«, wandte Susanne ein. »Sie brauchen sich dafür also nicht anzuklagen. Ich fahre mit Ihnen, solange wir beide es wollen, und wenn Sie es nicht mehr wollen, werde ich schon zurechtkommen. Die Welt ist groß. Frauen meines Alters spielen in Filmen und reisen um die Erde. Da kann es wohl nicht so schwer sein, irgendwo eine Stellung zu ergattern, die mir ein Dach über dem Kopf und etwas Wein und Brot sichert. Und wenn es mir nicht mehr passt, reise ich eben weiter.«

Das klang nach der Abenteurerin, die sie gern gewesen wäre. In

Wahrheit dachte sie über den Moment, in dem er sie wegschicken würde, einfach nicht hinaus.

»Susanna.« Fast flüsterte er, und seine Augen wirkten glasig. »Ich lege mich hin, ich habe das Gefühl, ich kann mich auf den Beinen nicht mehr lange halten. Kommen Sie mit? Ich tue Ihnen nichts, jedenfalls nichts, was ich Ihnen nicht längst getan hätte, und im Schlafzimmer ist es wärmer.«

Sie konnte nur nicken.

Er nahm einen Korkenzieher, öffnete die zweite Flasche und trug sie mit der Kerze hinüber ins Schlafzimmer. In dem Zimmer, in dem er ebenfalls kein Licht machte, stand ein breites Bett, das für ein Paar gedacht war. Er stellte Wein und Kerze auf den Nachttisch. Dann riss er sich die Kleider herunter, Rock und Kragen, Weste und Vorhemd, warf alles auf einen Stuhl und legte sich in Hemd und Hosen aufs Bett.

Susanne zögerte. Dann aber knöpfte sie sich das Kleid auf und ließ es zu Boden fallen, löste auch den Strumpfhalter und rollte sich die Strümpfe herunter. Ihr Korsett trug sie nicht mehr, seit sie mit ihm aufgebrochen war. Ohne Sybilles Hilfe bekam sie es nicht richtig geschnürt, und es schien ihr nicht länger zu passen. Sie war keine Frau mehr, die sich einschnüren ließ, sie war frei und wahnsinnig genug, sich zu einem Mann ins Bett zu legen, der sie nicht heiraten würde und von dem sie im Grunde nichts wusste.

Die Bettlaken waren seidenglatt und wie Eis. Achille legte den Arm um sie und zog sie zu sich. Dann breitete er die Decke über sie beide, zerrte sie hoch bis über ihre Köpfe, sodass sie still, aneinandergeschmiegt, wie in einer Höhle lagen. Ihre Körper zitterten. Er begann, sie zu streicheln, fuhr unter ihr Hemd und rieb ihre bloßen Schultern, um sie zu wärmen. »Wir Italiener bauen unsere Häuser für den Sommer«, sagte er. »Mauern, die sich in der Sonne nicht erhitzen und die Räume kühl und luftig halten. Wir sind wie Kinder, wir weigern uns, daran zu denken, dass der Winter auch uns erwischt, und dass er lange dauert.«

Von mir aus kann er ewig dauern, dachte Susanne, lag in seinen Armen still und spürte die Konturen seines Körpers, den Brustkorb, die Rippen, die feste Bauchdecke und die schmalen Hüften. Wie von selbst begann sie, ihn ebenfalls zu streicheln, erst durch den Stoff, dann an Schultern und Schlüsselbeinen, dort, wo nackte Haut war. Am Ansatz des Halses ertastete sie eine Ader, in der sein Blut pulsierte. Sie ließ zwei Finger dort liegen und spürte, wie sich in ihr Wärme ausbreitete. Sie wollte die Hand unter sein Hemd schieben und die Brust hinunterstreichen, doch er hielt sie fest. »Nicht, Susanna. Lieber nicht. Es ist genug.«

Aber ich will, dachte sie. *Ich will alles. Ich will dich.*

Um ein Haar hätte sie es herausgeschrien, hätte ihn angebettelt, mit ihr zu tun, was er mit dem Mädchen aus Straßburg getan hatte, sie zur Frau zu machen, sie zu lieben.

Ich bringe mich nicht um. Es wird mich lebendig machen, und ich werde, solange ich lebe, davon zehren.

Sie hörte sich stöhnen und konnte kaum fassen, dass es ihr Körper war, dem sich dieser kraftvolle, archaische Laut entrang. Er beugte sich über sie, um ihre Lippen mit seinen zu verschließen. Er küsste sie. Schmeckte nach Wein und Pfefferminz. Sie ließ ihre Zunge über die Haut seines Gaumens und über die glatte Reihe seiner Zähne gleiten und kam sich vor wie ein Eroberer, der sein eingenommenes Land abschreitet.

Gab es das? Frauen, die Länder eroberten?

Sachte zog er seine Zunge aus ihr, gab ihr noch einen Kuss und löste sich. »Dabei bleibt es, hörst du? Du bist doch sonst so ein vernünftiges Mädchen.«

»Und wenn ich es satthabe, vernünftig zu sein?«

»Pst. *Stai zitta,* sei doch still.« Er setzte sich halb auf, ohne sie aus seinen Armen zu lassen. »Trinken wir noch Wein. Wir haben uns die Nerven aufgepeitscht und müssen sie irgendwie wieder beruhigen.« Er schenkte nur ein Glas halb voll und gab es ihr. Ihr Kopf lag an seiner Brust, und beim Trinken verschüttete sie ein paar Tropfen, die sich blassrot auf dem weißen Stoff seines Hemds ausweiteten.

»Es tut mir leid.«

»Non fa niente, perzechèlla, macht gar nichts.« Er strich ihr das Haar hinters Ohr und küsste ihr Ohrläppchen. »Aber jetzt machen wir nichts Dummes mehr, va bene? Glaub mir, ich habe genug Sünden begangen, um mit tausend Jahren Höllenfeuer bestraft zu werden, und ich halte schon eine Nacht kaum aus. Ich kann keinen feinen, kleinen Kerl wie dich noch tiefer ins Verderben reißen, das wäre selbst für mein verkommenes Gewissen zu viel. Ich wünschte, ich hätte dich auf deinen Knien durch den Ballsaal rutschen und prachtvoll vor dich hin fluchen lassen, ich hätte mich umgedreht und wäre gegangen, weil du für einen wie mich zu wertvoll bist.«

»Und was ist mit mir?«, fuhr sie auf. »Was ist mit dem, was ich mir wünsche?«

Er umfasste ihren Hinterkopf und gab ihr erneut von dem Wein zu trinken. »Wenn du partout etwas Verruchtes tun musst, betrink dich. Wie gesagt, an einem Kater stirbt man nicht, sondern ist zwei Tage später wie neu.«

»Ich will nicht wie neu sein, Achille. Ich will nicht sterben, als hätte ich überhaupt nicht gelebt.«

Einen Moment lang schwieg er verdutzt. Dann stellte er das Glas weg und schloss sie in die Arme. »Ach, perzechèlla, kleines Mädchen, du bist doch vom Sterben noch eine Ewigkeit entfernt. Seid ihr alle so, dort drüben in Deutschland? So ernst und todesmutig und entschlossen? Ich glaube, ich würde ganz gerne einmal hinfahren und mir das anschauen.«

Ehe er weitersprechen konnte, küsste sie ihn. Sie rollten über das

Bett, die Münder aufeinandergepresst und ihre Hände in seine Schultern verkrallt. Dass sie ihm wehtat, bemerkte sie erst, als er sich befreite, um sie gleich darauf wieder zu umarmen. Mit seinen streichelnden Händen beschrieb er ihren Körper. Sie zerrte am Ausschnitt seines Hemds, bis er es sich über den Kopf zog, und erschrak ein wenig vor dem dichten schwarzen Haar auf seiner Brust. Es war ein wohliger Schrecken, der sich steigerte, als sie seine Taille hinunterfuhr und ihm die Hosen von den Hüften strich.

Ein Laut entfuhr ihr.

Er schob sie weg, zog die Decke über sich und wollte sich aus dem Bett schwingen. »Lass mich das in Ordnung bringen.«

Sie hielt ihn fest. »Nein. Lass mich es tun.«

»Du bist noch ein Kind, *perzechèlla*, wie eins der kleinen Kaninchen bist du, das uns den Boden aufwühlt und die Trüffel stiehlt, aber beim Anblick eines Menschen zu Tode erschrickt. Es macht dir Angst, du armes unschuldiges Kaninchen. Bleib bei deinen Trüffeln. Ich habe geglaubt, das sei gar nicht möglich, aber du rührst mich, weißt du das?«

»Ich will dich nicht rühren«, rief sie und warf die Arme um ihn. »Ich will, dass du mich willst.« Sie wollte kein Kaninchen sein, sondern die schwarze, tödlich gefährliche Schlange auf der Zeichnung in der Pinakothek, die *Sinnlichkeit* hieß.

»Wünsch dir das nicht.« Er befreite sich, drehte sich von ihr weg und tat, was er gesagt hatte: Es in Ordnung bringen, sich darum kümmern. Sie sah seinen entblößten Rücken zucken, bis er sich mit einem Ruck nach vorn krümmte, einen kleinen Laut von sich gab und sofort entspannte.

Sie schloss die Arme um seinen Rücken und begann wieder, ihm die glatte Haut der Schultern zu streicheln. Ein Schweißfilm lag darauf, doch sein Körper hörte nicht auf, wie vor Kälte zu zittern. Eine Weile lang blieb er reglos liegen, dann drehte er sich zu ihr und setzte sich von Neuem auf. Seine Augen schillerten im Dunkel, und in seinem Gesicht stand dieselbe Qual, die sie darin wahrgenommen hatte, als sie vorhin ins Hotel gekommen waren.

»Ich kann nicht, Susanna.« Er stöhnte wie unter Schmerzen. »Ich kann hier nicht mehr sein und so tun, als wäre nichts geschehen, und ich kann auch nicht nach Frankreich fahren. Ich habe es versucht, ich habe alles getan, um an diesem verfluchten 29. März weit weg zu sein, aber ich halte es länger nicht aus. Ich muss zurück nach Hause.«

14

Sie hieß Emilia. Die Frau, die er liebte. Emilia Filangeri, geboren auf einem Schloss, das den Namen Settecolline trug und ihrer Familie seit sieben Generationen gehörte. Was sollte eine Susanne Märzhäuser aus Stadtamhof, deren Urgroßvater Bierkutscher gewesen war, dagegen aufbieten?

»Wir waren Nachbarskinder«, erzählte er ihr in dem auf einmal wieder eisigen Dunkel der Nacht. »Aufgewachsen zwischen Wäldern, in denen Wildschweine nach Trüffeln scharren, und Hängen voller Weinstöcke, unter denen winzige Erdbeeren wachsen. Mein Bruder Battista war der brave, gesittete Sohn und ich der unbändige Tunichtgut, dem selbst mit der Peitsche nicht beizukommen war. Wenn ich davonlief, bekam mich drei Tage lang niemand zu fassen, und Emilia Filangeri habe ich von dem Moment an geliebt, in dem ich begriff, dass diese Wellen von Honighaar, die ihr den Rücken hinunterflossen, noch lange nicht das Schönste an ihr waren.«

Es war wie bei Max und Vevi. Eine Kinderliebe, ein Versprechen fürs Leben. Nur war es bei Max und Vevi hell und harmlos. Erwachsene hatten es rührend gefunden, wenn sie Hand in Hand am Ufer der Donau entlangspaziert waren, und Kinder waren ihnen nachgehüpft und hatten gespottet: »Eins, zwei, drei, was seh ich da? Ein verliebtes Ehepaar!« In dem, was Achille Giraudo und Emilia Filangeri verband, war nichts Helles und Harmloses, nichts Rührendes und nichts zum Spotten, sondern düstere, schicksalhafte Kraft.

»Einmal habe ich zu ihr gesagt: ›Wenn ich dich nicht heiraten kann, werde ich dich töten müssen.‹ Und sie hat geantwortet: ›Und dich mit dazu.‹ Da waren wir vierzehn, und ein bisschen überspannt sind ja wohl alle Vierzehnjährigen, aber später habe ich mich gefragt: *Wenn Emilia und ich von der Liebe reden, warum reden wir immer auch vom Tod?* Mein Vater schlug mich noch immer mit der Peitsche, doch weil das nicht fruchtete, drohte er mir, wenn ich mich nicht bessere, dürfe ich Emilia Filangeri nicht heiraten. Das fruchtete erst recht nicht. Mit der Peitsche hatte er mich nie einschüchtern können, und über Emilia und mich besaß er keine Macht.«

Endlich erzählte er ihr, worauf sie gebrannt hatte: von den Menschen, mit denen er aufgewachsen war, von der Familie, der er entstammte. Sein Vater war Egidio Giraudo der Zweite, Sohn von Egidio Giraudo dem Ersten, der im Sardinischen Krieg, in der Schlacht von Solferino gekämpft und den Weg in ein vereintes Italien geebnet hatte. Vom Schlachtfeld war er seiner eigenen Legende nach unverzüglich heim nach Piemont geritten, um nach seinem Wein zu sehen und seine Braut, die dralle Elia d'Amiati, zu schwängern. Drei Monate später hatte er einen üppigen Jahrgang Nebbiolo-Trauben geerntet, und neun Monate später war sein Stammhalter – Achilles Vater – zur Welt gekommen.

In den folgenden sechs Jahren kämpfte Egidio der Erste unermüdlich weiter für Italiens Einheit, kam zur Weinlese nach Hause und ritt schließlich unter Giuseppe Garibaldi in die Schlacht bei Bezzecca, in der endgültig der Sieg erfolgte. Dafür wurde er von Vittorio Emanuele II., dem frisch gekrönten König der jungen Nation, in den Adelsstand erhoben. Er hatte ein Auge verloren und die Beweglichkeit des linken Arms eingebüßt, platzte vor Stolz auf seinen Kriegsruhm und war damit zufrieden, sich für den Rest seines Lebens um seine Frau und seinen Wein zu kümmern.

»Krieg und Wein und Frauen«, erzählte Achille, »das war die Welt meines Großvaters. Er hatte Talent zu allen dreien, und mein Vater hat Talent zu nichts. Er hat ein Leiden im Rücken, das ihn schon als Rekruten untauglich machte, sein Wein wird stets von der Reblaus befallen, und meine Mutter, die er sich gegen ihren Willen aus Neapel holte, hat er nie glücklich gemacht. Kein Jahr nach der Hochzeit hat sie ihm Zwillingssöhne geboren, und als er ihr zehn Jahre später noch einmal ein Kind aufzwang, starb sie bei der Geburt. Ich glaube, sie war erleichtert darüber.«

Das Kind, das zehn Jahre nach Achilles Geburt seine Mutter das Leben gekostet hatte, war seine Schwester Fabrizia. Von ihr schien er nicht sprechen zu können, ohne dass in seiner Stimme ein Lächeln schwang. »Battista, mein Bruder, ist weich wie Wachs und hat den Fluch meines Vaters geerbt: Er ist ständig krank, und was er anfängt, misslingt. Aber die Kleine, *la picinina*, steckt das Leben in die Tasche.«

Sein Bruder, nur dreizehn Stunden älter als er, war der Erbe und der Liebling des Vaters.

»Mein Großvater hat darauf beharrt, der Erbe müsse ich sein. Er hatte das beschlossen, als er uns als Neugeborene in den Bottich mit frisch gelesenen Trauben hielt, damit wir sie mit bloßen Füßen zerstampften. Der Tradition zufolge macht das den Wein süffig und den Nachwuchs kräftig, aber mein Großvater zog den wimmernden Battista gleich wieder heraus. ›Der ist zu schwach, bei dem nützt das nichts‹, hat er gesagt und mich in der Maische planschen lassen, bis ich fast ersoffen wäre. Er hatte ein Lachen wie eine Feldhaubitze, und wäre es nach ihm gegangen, hätte er die Leitung des Gutes mir übergeben. Stattdessen ist er mit fünfundsiebzig auf der *Festa della vendemmia*, dem Weinlesefest, vom Schemel gekippt und war tot. Meine Großmutter lebt noch, hat Haare auf den Zähnen und wünscht meinem Vater täglich die Pest an den Hals, doch das Zepter führt jetzt er.«

Susanne hatte ihn gefragt, ob er seinen Bruder mochte.

»Battista?«, hatte er zurückgefragt. »Battista mag jeder, weil er ja nie etwas Böses tut und nie für irgendeine Malaise etwas kann. Er ist ein Heiliger, der dafür vergöttert wird, dass er blutüberströmt an einem Pfahl hängt. Er braucht keinen Finger zu krümmen, es bricht schon alles zusammen, wenn er nur stillsitzt und beteuert, er habe das doch nicht gewollt.«

Nach dem Tod der Mutter war Agata, die verwitwete Schwester von Achilles Vater, mit ihrer Tochter eingezogen und hatte die Führung des Haushalts übernommen. Sie lag in ständigem Kriegszustand mit ihrer Mutter und verzweifelte an Achilles Ungezogenheit. Diese Teile der Erzählung waren komisch – und dann auch wieder nicht.

»Sie hat mich durch sämtliche Gänge des Hauses verfolgt, um mich mit dem Handfeger zu verprügeln. Einmal hat sie sich dabei den Fußknöchel gebrochen und musste nach Turin geschafft werden, um sich eingipsen zu lassen.«

»Es kann nicht schön für dich gewesen sein, in diesem Haus aufzuwachsen«, sagte Susanne und musste an ihre eigene Kindheit denken. Schläge, die über das übliche Maß hinausgingen, hatte von ihnen nur Ludwig bekommen, aber sie glaubte, das Gefühl wiederzuerkennen, für ihre Eltern eine Enttäuschung und ihnen im Grunde gleichgültig zu sein.

»Doch«, hatte Achille erwidert, und sein Gesicht hatte wieder diesen Ausdruck zwischen Versonnenheit und Schmerz angenommen. »Doch, es war schön, in Santa Maria delle Vigne aufzuwachsen. Es war schön, weil Emilia und ich uns hatten, weil wir frei waren und uns wie Riesen fühlten. Wir waren sicher, die Zukunft wäre unser und von den Alten mit ihrem Gift könnte keiner uns hineinpfuschen.«

»Aber so war es nicht?« Musste es nicht so sein, wenn eine solche Liebe zwei Menschen stärkte?

Statt einer Antwort sprach er einfach weiter: »Ich ging zum Militär, und als ich zurückkam, begann ich, die Hotels an der ligurischen

Küste zu bereisen. Ich hatte diese Unruhe in mir, musste hinaus, konnte mir nicht auf dem Gut, das meinem Bruder gehören würde, den Hintern platt sitzen. Schnell erkannte ich, dass es mir lag, unseren Wein zu verkaufen und Preise zu erzielen, die er verdiente. Mein Vater und Battista waren sich dafür zu fein, aber ich war auf diesen Reisen in meinem Element. Emilia klagte, es falle ihr schwer, so lange von mir getrennt zu sein, aber ich genoss es, mich nach ihr zu sehnen. Nachts lag ich in der Fremde wach und malte mir aus, wie sie mir den Weg zwischen den Hügeln hinunter entgegenlaufen würde.«

Susanne biss sich auf die Lippen. Sie war zurechtgekommen, solange sie sich vorgemacht hatte, dass er für keine Frau ernsthafte Gefühle hegte. Seine Erzählung aber ließ keinen Zweifel daran, dass er jemanden liebte, dass seine Gedanken Tag und Nacht um eine Frau kreisten.

Emilia Filangeri.

Offenbar hatte sie erst jetzt, da sie den Namen dieser Frau kannte, wirklich begriffen, dass er für sie unerreichbar war.

Eine letzte Spur Zweifel blieb dennoch. »Wenn du sie so geliebt hast«, begann sie, »warum hat sie dir dann nicht genügt?«

»Weil ich ich bin.« Er stand auf und ging bis zur Taille nackt zum Fenster. »Ich habe es Emilia erklärt, ich war sicher, sie würde es begreifen: Was immer ich mit anderen Frauen trieb, betraf nur mich, nicht sie. Es war, als müsste ich mir etwas beweisen, als risse ich mit meinen Skandalen all diesen Vornehmtuern die Masken herunter und zeigte ihnen, wie hohl sie waren. Mit Emilia hatte das nichts zu tun. Sie war mir immer genug. Sie war alles, was ich jemals wollte.«

Kurz schwieg er, schien ein Licht zu verfolgen, das weit hinten auf dem Wasser aufblinkte. Ein Schiff, allein in der Nacht. Waren die, die darauf schliefen oder wachten, unterwegs zu Menschen, denen sie sich zugehörig fühlten, oder trieben sie verloren durch ein Universum, das keine Antwort gab?

»Ich war sicher, meine Unrast würde sich legen, wenn wir erst verheiratet wären«, sprach er weiter. »Wenn wir ein Heim teilen würden, in dem die Luft nicht vergiftet wäre, und Tag und Nacht beieinander wären. Ich glaube noch jetzt, dass es so gekommen wäre. Aber Emilia hat eines Tages aufgehört, daran zu glauben.«

Er starrte hinaus in die Nacht, und Susanne starrte auf seinen Rücken. »Was ist geschehen?«, fragte sie.

»Sie hat geheiratet«, sagte er. »Gestern, am 29. März. Seit dem vergangenen Vormittag ist sie meine Schwägerin.«

Er hatte Geld gespart. Er hatte Experimente mit seinen Nebbiolo-Trauben begonnen und mit Emilia davon geträumt, einen eigenen Weinberg zu kaufen, um hochpreisige Weine von einzigartiger Qualität zu erzeugen. »Wir haben uns ausgemalt, die großen Luxusliner zu beliefern, Hollywoods Filmstudios, die Fürstenhäuser von Sankt Petersburg bis Teheran. Es gab keinen Stern, nach dem wir nicht gegriffen hätten. Nur hatte Emilia irgendwann die Sterne satt und wollte Boden unter ihren Füßen. Und ich, mit meinem Kopf in den Wolken, habe nichts davon bemerkt.«

Im vergangenen Herbst, auf dem Fest der *Vendemmia,* der Weinlese, hatte er sie bitten wollen, seine Frau zu werden, wie es zwischen ihnen seit Jahren vereinbart war. Danach wollte er bei ihrem Vater um ihre Hand anhalten.

Er war vor ihr auf die Knie gegangen und hatte ihre Hand genommen, um ihr seinen Ring anzustecken. »Sie hat sich losgerissen wie ein wildes Tier, sodass der Ring auf den Boden fiel. ›*Madonna mia,* bitte steh auf‹, hat sie gerufen. ›Hat es dir denn noch niemand gesagt? Ich bin Battista im Wort. Im Frühling überträgt dein Vater ihm die Leitung der Geschäfte, und ich werde seine Frau.‹«

Susanne war zu ihm gelaufen, hatte die Arme um seinen Rücken schlingen wollen, doch sie erkannte, dass sie es nicht durfte. So hob sie nur die Wolldecke vom Sessel und legte sie ihm um die verkrampften Schultern. Es dauerte lange, bis er sich umdrehte und wieder sprach. Der Tag dämmerte schon, das Schwarzblau der Nacht war dort, wo Himmel und Meer sich berührten, bereits nicht mehr undurchdringlich.

»Ich bin weggefahren und habe mich geweigert, an dieser Hochzeit teilzunehmen«, sagte er. »Den Skandal wird mir meine Familie kaum verzeihen, aber ich lege darauf auch keinen Wert. Ich war entschlossen, nicht zurückzukommen, einfach weiter die Küste hinaufund hinunterzufahren, bis mir das Geld ausginge oder ich mir an irgendeiner Mauer den Schädel einschlüge. Aber es geht so nicht. Ich halte es nicht aus. Ich muss dorthin zurück und es mir ansehen. Mein Mädchen mit meinem Bruder. Mein Zwilling, der meinen Wein und mein Zuhause erbt, mit der Liebe meines Lebens.«

»Warum willst du dir so wehtun?«, rief Susanne. »Warum wartest du nicht ab, bis über alles Gras gewachsen ist?«

»Weil darauf keines mehr wächst«, sagte er. »Weil ich es sehen muss, um glauben zu können, dass es keinem absurden Albtraum entsprungen, sondern die Wirklichkeit ist. Vorher bin ich nicht in der Lage, mir zu überlegen, was aus dem verdammten Rest von meinem Leben werden soll.«

Er war zu dem Stuhl gegangen, auf den er am Abend seine Kleider geworfen hatte, und hatte begonnen, sich anzukleiden. »Ich reise ab«, sagte er. »Nicht heute, ich habe noch ein paar Sachen zu erledigen, aber morgen früh. Für dich tut es mir leid, Susanna. Du warst ein guter Kamerad.«

Als sie keine Antwort gab, ließ er die Hemdknöpfe los und drehte sich nach ihr um. »Du kannst bleiben, so lange du willst. Ich lasse dir Geld hier, ich kann mit Bekannten sprechen, die vielleicht eine Gesellschafterin suchen. Ich hätte dich nicht in diese Lage bringen dürfen, es gibt dafür keine Entschuldigung. Du hättest wahrlich anderes verdient.«

»Passt schon«, hörte Susanne sich ins Grau des erwachenden Tages sagen. »Ich bin durchaus in der Lage, meine eigene Entscheidung zu treffen, und du hast mich zu nichts gezwungen.«

Wäre ich an der Stelle deiner Emilia gewesen, hätte nichts und niemand mich zwingen können, einen anderen zu heiraten, dachte sie. *Keine Aussicht auf ein Erbe, kein Vater, keine Angst vor ungewisser Zukunft. Nichts.*

»Susanna.«

»Was ist noch? Zerbrich dir meinetwegen nicht den Kopf.«

»Wenn es dir geht wie mir, wenn dir alles, was über die nächsten Stunden hinausreicht, gleichgültig ist, dann könntest du mit mir kommen.«

»Mit dir? Wohin?«

»Nach Piemont. Nach Santa Maria delle Vigne.«

Es hatte nur eine Antwort gegeben.

Andererntags fuhren sie wiederum los, die sich windende Küstenstraße entlang, unter von Licht überfluteten Himmeln und so, als gehöre ihnen für Stunden die Welt noch allein. Noch immer war zwischen ihnen eine Harmonie, die es ihnen erlaubte, miteinander zu schweigen. Nur die Leichtigkeit war verschwunden, sein lässiger, auf die Autotür gestützter Ellenbogen und ihr wohliges Dösen zwischen Wachsein und Schlaf. Das Steuer umfasste er mit beiden Händen, und sein Blick war auf die Straße gerichtet.

Nach einem halben Tag Fahrt durch Seebäder und Fischereihäfen bog er abrupt von der Küstenstraße ab, und sie setzten ihren Weg durchs Landesinnere fort, rumpelten über Feld- und Waldwege, holprige Dorfgassen und unbefestigte Bergstraßen. In einer Wirtschaft, an deren Tür ein Werbeplakat für den Bitter Campari prangte, aßen sie zu Abend, und er mietete das einzige Zimmer für die Nacht.

Das Bett war schmal, der ganze Raum eng. Statt der Badezimmer der Luxushotels gab es einen Waschtisch mit Krug und Schüssel und einen Abort auf dem Gang. »Ich kann auf dem Sessel schlafen«, schlug Achille vor, doch Susanne schüttelte den Kopf. Auch wenn sie sich keiner Hoffnung mehr hingab, war seine Nähe ihr ein Trost.

Im Bett nahm er sie in die Arme, hielt sie sanft, ließ keine stürmische Liebkosung zu. Sie lag so nah bei ihm, dass sie seinen Herzschlag spürte, und empfand trotz allem eine Geborgenheit, die sie nicht kannte. *Und wenn ich nur das haben könnte und sonst nichts*, dachte sie, *ich würde es für den Rest meines Lebens nehmen.*

»Du bist ein tapferes Mädchen«, sagte er, und sein Atem traf ihr Gesicht. »Ich bin dir dankbar, *perzechèlla*, und ich will dir etwas dafür geben. Möchtest du Turin sehen, ehe wir nach Santa Maria delle Vigne fahren?«

»Turin?« Sie wollte mit ihm sehen, was immer es zu sehen gab. »Erzähl mir davon.«

»Es war die Hauptstadt des Königreichs Piemont-Sardinien. Es war auch die erste Hauptstadt des Königreichs Italien, aber Rom darf sich wohl rühmen, größer zu sein. Turin kratzt das nicht, wie es keine schöne Frau kratzt, wenn eine andere sie in der Breite übertrifft.«

»Natürlich will ich es sehen.«

»Dann fahren wir morgen hin und bleiben über Nacht im Torino Palace. Es wird dir gefallen, vor allem nach dem überbordenden Luxus dieses Ambientes.«

»Mir gefällt es auch hier«, widersprach sie.

Er strich ihr über die Wange. »Ich sage doch, du bist ein tapferes Mädchen. Aber ich bin der Teufel, dem du den kleinen Finger gegeben hast und der jetzt die ganze Hand will. Ich bitte dich, mir noch einen weiteren Gefallen zu tun.« Er schwang sich aus dem Bett, streifte seinen Morgenmantel über und ging, um etwas aus seiner Reisetasche zu holen. Als er zurückkam, zündete er die Petroleumlampe auf dem Nachttisch an und gab ihr eine mit Samt bezogene Schachtel.

Susanne klappte sie auf und starrte fassungslos auf den Ring mit dem rautenförmigen, mondweißen Diamanten.

»Das Palace ist konservativer als Königin Victoria im Grabe«, sagte er. »Wenn ich dich als meine Verlobte vorstelle, drückt die Direktion vermutlich ein Auge zu, aber anders darf kein minderjähriges Mädchen ohne Angehörige dort übernachten. Vor allem aber kann ich kein Mädchen, mit dem ich nicht verlobt bin, ins Haus meiner Familie bringen.«

Als hätte jemand einen Schalter betätigt, schlug die Stimmung um. Susannes Gefühle, die eben noch wild durcheinandergewirbelt hatten, kamen auf einen Schlag zum Erliegen, und ihre Gedanken schienen ihr kühl wie Glas. Sie rückte von ihm ab. »Es ist auch angenehmer für dich, nicht wahr?«, fragte sie. »Wenn du vor Emilia und Battista dastehst, als hättest du dich im Nu mit einer anderen getröstet?«

»Ja«, sagte er so kalt wie sie. »Das auch. Macht es dir etwas aus?«

»Nein«, log sie, zwang sich, den Ring aus der Schachtel zu nehmen und ihn sich auf den Finger zu schieben. Er war ihr zu klein, die schöne Emilia hatte zweifellos Finger wie eine Elfe, doch sie schob und drückte, bis er ihr über den Knöchel rutschte. »Darf ich den behalten?«

»Natürlich.«

»Damit bin ich nicht schlecht bezahlt«, sprach sie gegen den Zorn und die Traurigkeit an, die in ihr tobten. »Und etwas, das sich zu Geld machen lässt, werde ich hinterher ja wohl brauchen.«

15

Piemonte, Fuß der Berge, hieß das Land. In Turin, so hatte Achille erklärt, könne man keine zwei Straßen weit nach Norden oder Westen gehen, ohne die Alpen zu sehen. *Wie in Regensburg,* hatte Susanne gedacht. Wo aber Regensburg sich als Reichsbürgerin des Mittelalters präsentierte, war Turin eine barocke Königin. Susanne fühlte sich ein wenig daheim und ein wenig fremd in ihren Straßen mit den hohen Wohnpalästen, den Arkaden voller erlesener Geschäfte und den Plätzen mit den eleganten Kaffeehäusern. Sie ging am Po wie an der Donau entlang, ein wenig vertraut und ein wenig überwältigt.

»Wenn Wien und Paris miteinander ein Kind gezeugt hätten, dann hätten sie es hier, zwischen unseren Alpen und den Hügeln des Monferrato, in die Wiege gelegt und von einer Piemontesin aufziehen lassen«, sagte Achille, und Susanne ärgerte sich, weil sie seine Art, das, was er liebte, zu beschreiben, nicht mehr so schrecklich gern mögen wollte.

Sie hatten nicht nur die Berge und den großen Strom, sondern noch etwas anderes gemeinsam, Regensburg und Turin: Sie waren im Laufe ihrer Geschichte bedeutende, machtvolle Städte gewesen, die von den neu gegründeten Nationen, die sie sich einverleibt hatten, nicht länger gebraucht wurden. Auch das fiel Susanne in den Gesprächen mit Achille auf: Deutschland und Italien, die wie zwei Seiten einer Medaille daherkamen, waren die Neuankömmlinge in der europäischen Staatenfamilie. Zwischen altbewährten Nationen wie Großbritannien, Frankreich und dem russischen Reich nahmen sie sich aus wie kleine Geschwister, die mit den Füßen aufstampften, um sich zu behaupten.

»Den Reichtum der Kolonien werden unsere zwei sich nicht entgehen lassen«, hatte Achille gesagt. »Schon gar nicht, da sie beide auf vergangene Größe blicken und meinen, sie stünde ihnen noch immer zu. Die Alten, die den Kuchen unter sich aufgeteilt haben, werden sich warm anziehen müssen, wenn euer alleinherrschender Wilhelm und unser an den Schnüren des Parlaments zappelnder Vittorio Emanuele aufmarschieren und sich ihr Stück abschneiden wollen.«

Die zwei Städte, Regensburg und Turin, die beide ihres Glanzes beraubt worden waren, gingen mit dem Verlust völlig unterschiedlich um: Während die Bayerin in einen Dornröschenschlaf verfallen war, als warte sie ernsthaft auf einen Prinzen, der sie wach küsste, hatte die Piemontesin die verlorene Bedeutung prompt durch eine neue ersetzt: Innerhalb weniger Jahrzehnte war Turin zu einer modernen Industriemacht aufgestiegen, wovon nicht nur die Automobilwerke Fiat und Lancia kündeten. Zudem zog sie mit ihrem vibrierenden Leben Kunst und Kultur, Jugend und Rebellion zu sich. Verlagshäuser und Galerien siedelten sich an, die Universität blühte, und die Intellektuellen, die mit ihren Zeitungen und Manuskripten debattierend um Cafétische saßen, verliehen der Stadt einen avantgardistischen Nimbus.

»Wenn Sozialismus eine Religion ist, dann ist Turin sein Heiliger Stuhl«, sagte Achille.

»Ist er eine Religion?«, fragte Susanne.

Achille zuckte die Schultern. »Vielleicht weiß er das selbst noch nicht. Vielleicht kann er noch alles werden, und Turin ist der Ort, um es auszuprobieren. Dein Futurismus hat hier auch eine Hochburg, und wenn sich das alles hier vermischt, weil wir Italiener ja keine Ordnung halten können, was für ein Bicerin kommt dann wohl dabei heraus?«

Bicerin hieß das Getränk, das aus pechschwarzem Kaffee, gesüßter Schokolade und Sahne bereitet wurde und im Glas serviert den Turinern als eine Art Heiligtum galt.

Statt der einen vereinbarten Nacht blieben sie drei Tage. Sie erklommen die Treppen im Innern der kürzlich erbauten Mole Antonelliana, dem höchsten begehbaren Gebäude Europas, und blickten hinunter auf die sonnenbeschienenen Dächer der Stadt. Sie aßen gefülltes Gebäck im Caffè Ligure, wo Achille zufolge der schwarze Espresso erfunden worden war, besichtigten die Paläste der Herzöge von Savoyen und den Dom San Giovanni, der im Vergleich zu Regensburgs Dom schlicht war, jedoch in einer eigens errichteten Kapelle die *Sindone*, das geheimnisvolle heilige Grabtuch, barg. Angeblich war das Tuch um den Leib des gekreuzigten Christus gewickelt worden und trug auf unerklärliche Weise einen Abdruck seines Körpers und seines von Trauer um die Menschen gezeichneten Gesichtes auf sich.

Aus aller Welt pilgerten Gläubige nach Turin, um sich im Vorraum der Kapelle auf die Knie zu werfen und um Beistand zu flehen. Vor den Toren priesen fliegende Händler ihre Heiligenbildchen und Devotionalien an und freuten sich über den reißenden Absatz. Susanne musste an ihren Vater denken, der sich zu ereifern pflegte, Katholiken würden auf jeden Hokuspokus hereinfallen. »Das mag schon sein«, erwiderte Achille, als sie es ihm erzählte. »Vielleicht sind wir aber auch einfach bequemer als ihr. So ein Gott zum Anfassen, den man auf grellbunten Bildchen mit nach Hause nehmen kann, lässt sich leichter handhaben als der eure, der praktisch die ganze Arbeit seiner Erschaffung euch überlässt.«

Es war schön. Achille steckte voller Geschichten, und wer mit ihm unterwegs war, konnte sich jeden Baedeker sparen. Es tat auch noch immer gut, mit ihm zu sprechen, weil sie solche Gespräche ihr Leben lang vermisst hatte. Seine Art zu denken interessierte sie, und die ihre interessierte erstaunlicherweise ihn, doch das stillschweigende Einverständnis zwischen ihnen war verloren.

Die Brille, die die Welt in Rosa tauchte, war zersprungen und würde sich nicht ersetzen lassen. Sie hatte sie getragen, seit sie aus Portofino abgereist waren. Jetzt aber stand ihr klar vor Augen, dass Achille sie benutzte. Er hatte sie mitgenommen, weil es wie Balsam auf der Wunde seines angeschlagen Stolzes wirkte, wenn er in den Hotels, in denen er bekannt war, mit einem Mädchen auftauchte. Seine Bekannten würden die Tatsache, dass Achille Giraudo nicht lange getrauert, sondern sich mit einer neuen Eroberung getröstet hatte, weitertragen, und im Handumdrehen würde sie bei Emilia Filangeri landen.

Sie wusste jetzt Bescheid. In ihren Zorn auf ihn mischte sich Zorn auf sich selbst, weil sie so lange ihrem Selbstbetrug erlegen war. Sie hatte sich vorgemacht, er schätze sie wie einen Freund, er aber hatte sie benutzt wie eine käufliche Frau. Immerhin wie eine, die er ordentlich bezahlte. Die Luxushotels, der Wein, die teuren Menüs, da kam viel zusammen, und der Ring war zweifellos ein Vermögen wert.

In Turin stattete er sie obendrein mit einer neuen Garderobe aus, brachte sie zu einem Schneider, mit dem er – wie mit der halben Welt – befreundet war und ließ ein paar Tageskleider und eines für den Abend auf Susannes Größe umarbeiten. Anschließend ging er in der Galleria Umberto I. zu einem Antiquitätenhändler und suchte mehrere große Figuren aus niederländischem Porzellan aus, die eine Schäfergruppe bildeten und die er sich ins Hotel schicken ließ.

»Wozu brauchst du die?«

»Ich schulde meinem Bruder noch ein Hochzeitsgeschenk.«

»Sammelt dein Bruder Porzellan?«

»Nicht, dass ich wüsste«, entgegnete Achille. »Die Figuren waren teuer, sie sind nutzlos, und sie sind geschmacklos, sie werden Battista großartig gefallen.«

In der Nacht vor der Abreise lag Susanne in ihrem fürstlichen Zimmer wach und fragte sich, warum sie nicht ihren gepackten Koffer nahm, an der Rezeption ein Fuhrwerk bestellte und sich zum Bahnhof bringen ließ, ehe Achille erwachte. Mit dem Verkauf des Rings würde sie sich eine Weile lang über Wasser halten und in Ruhe eine Stellung suchen können. Warum tat sie es nicht?

Warum begann sie nicht ihr eigenes Leben, das einer unkonventionellen Frau, die sich um niemandes Ansicht scherte und die frei war, weil sie nichts zu verlieren hatte? Hatte sie sich nicht jahrelang gewünscht zu reisen? Sie hätte an der Stazione Porta Nuova jeden Zug nehmen können, einfach einsteigen und ihren Sorgen davonfahren, nach Rom, Florenz, Neapel, wonach auch immer ihr der Sinn stand.

Warum blieb sie stattdessen hier und wartete darauf, in der Früh wie ein Accessoire in einen Ort namens Santa Maria delle Vigne verschleppt zu werden, an dem kein Mensch sie um ihrer selbst willen willkommen heißen würde?

War sie überhaupt einem Menschen um ihrer selbst willen willkommen? Und wenn nicht – war sie dann nicht besser dran, indem sie auf die Menschen gleich ganz verzichtete?

Darüber nachzudenken war müßig, denn sie würde es nicht tun. In keinen Zug steigen, nicht nach Neapel fahren, nicht auf Menschen verzichten und vor ihnen flüchten.

Der Grund lag auf der Hand: Sie konnte nicht anders. Lieber nahm sie einen Achille Giraudo, der sie wie einen Gegenstand ausnutzte, als gar keinen. Sie war in ihn verliebt, sogar jetzt noch. Sie war süchtig nach den Gesprächen mit ihm, nach den gemeinsamen Mahlzeiten, in denen sie über Zutaten philosophierten und sich verrückte Rezepte ausdachten, nach seiner Nähe, seinem Duft, der Wärme seines Körpers, in der sie sich verloren hatte. Sie war ohne ihn allein gewesen und würde wieder allein sein, wenn er ging. Dieses Wissen hinderte sie, ihre Würde zu schützen, und das war es, was sie mehr als alles in Zorn versetzte.

Am Morgen, nach dem Frühstück, zu dem sie beide so gut wie nichts aßen, brachen sie auf. Achille schwieg brütend vor sich hin, das Wetter war kühl und der Himmel verhangen, aber das alles nahm der Landschaft nichts von ihrem Liebreiz.

Er brauchte ihr nicht zu sagen, dass sie nun in das Land einfuhren, in dem er seine Kindheit verbracht hatte, denn das war nicht zu verkennen. Es war, als hätte man ein Märchen erzählt bekommen und fände sich auf einmal in dessen Welt. Grüne Hügel, abwechselnd mit Wald und mit aufsprießenden Reben bewachsen, zogen ihre Wellen, so weit das Auge reichte. In den Ebenen grasten Schafe, Ziegen, ab und an ein Pferd oder ein weißes Rind mit schwerem Nacken. Unter silbrigen Blättern von Olivenbäumen und fast schwarze Kronen von Pinien schmiegte sich hier eine Kate, dort ein Haus, entfaltete sich ein kleines Dorf wie aus der Spielzeugkiste eines Kindes gekullert.

Irgendwann wurde die Landstraße breiter und besser befestigt. Zu beiden Seiten säumten sie Koppeln mit Pferden, Felder, auf denen Saat spross, und Haine mit blühenden Apfelbäumen. Aus dem Augenwinkel sah Susanne, wie Achilles Kiefermuskeln sich spannten. Der Griff um das Steuerrad wurde fester, und den Arm hinauf rann ein Zittern. Sein Blick war starr geradeaus gerichtet.

In keiner Meile Entfernung erhoben sich zwei weitere Hügel, und zwischen ihren Kuppen, in einer von Wald geschützten Senke, stand das Haus. Es war weiß, drei Stockwerke hoch, und die Front mit den Reihen hoher Fenster beherrschte das Tal. Nebengebäude, im gleichen Weiß getüncht, gruppierten sich um es und bildeten mit ihm einen eigenen Kosmos, der in den Schutz einer Glaskugel passte.

Das Paradies.

Inzwischen aber war sie nicht mehr die ahnungslose Susanne, die vor einem Monat in Italien angekommen war, sondern hatte gelernt, dass das Paradies immer das war, was die, die es bewohnten, aus ihm machten.

»Susanna.« Unverwandt sah er nach vorn.

»Wir sind gleich da, ich weiß«, sagte sie. »Du brauchst mich nicht zu warnen.«

»Ich habe aus Turin telegrafiert. Sie wissen, dass wir kommen.«

»Wir beide?«

»Ich und meine Braut, Signorina Susanna Märzhäuser aus Deutschland.«

Susanne versteifte sich, und die Steifheit setzte sich bis in ihre Waden fort. »Sie werden dir glauben, oder?«

»Warum sollten sie nicht?«

»Weil ich nicht aussehe wie deine verdammte Braut, Himmelherrgottsakrament«, platzte sie heraus. »Weil mich selbst die exquisiten Kleider, mit denen du mich ausstaffiert hast, nicht zu einer Frau machen, die ein Mann wie du heiraten würde, solange ihn keine höhere Macht dazu zwingt.«

»*Himmelherrgottsakrament*« Einen Herzschlag lang wandte er ihr das Gesicht zu. »Ich hatte Angst, ich würde das nie wieder hören, weißt du das?«

»Wenn du keine anderen Sorgen hast, musst du ein glücklicher Mann sein, Achille.«

»Meinst du?«

Sie gab keine Antwort. Nach einer Bodenwelle kam die weiße Mauer in Sicht, die den Garten umgab. Das Tor aus schwarzem Eisen war gewiss zwei Mann hoch, und zwischen den Streben der Flügel war ein Paar sich bäumender Tiere eingeschmiedet: rechts ein Stier mit stoßbereiten Hörnern, links ein geflügelter Greif mit gestreckten Krallen. Beide Flügel standen offen, bereit, den Sohn des Hauses einzulassen.

»Mein Großvater hat das machen lassen«, murmelte Achille kaum hörbar. »Ehe er meine Großmutter hergebracht hat. Den Stier als Wappentier von Turin und den Greif für die Stadt Genua, aus der ihre Familie stammte. Ich denke, sie haben so gelebt, immer kampfbereit, immer einer an der Gurgel des andern. Aber sie hatten eine Menge Spaß dabei und haben einander ohne Frage imponiert.«

Er lenkte den Wagen durch das Tor. Der Kies der Zufahrt knirschte unter den Reifen, und aus dem vagen Bild des Hauses schälten sich Einzelheiten. Wie im Kino, erinnerte sich Susanne, in dem Film mit Mary Pickford, als die Kamera langsam herangefahren war und sie zuerst das Bootshaus, den Fischerkahn, die zusammengezimmerte Hütte gesehen hatte, dann die Gestalt des Mädchens, das mit wehendem Haar davorstand, ihr Gesicht, ihren Blick in die Weite und zuletzt ihre Sehnsucht, ihre Verzweiflung und Verlorenheit.

Das Haus war jetzt deutlich zu erkennen. *Wäre das, was Achille und ich aufführen, keine Farce, so wäre dies hier mein künftiges Heim,* durchfuhr es sie. Von der geöffneten Vordertür führte eine Treppe hinunter auf den Weg. Zierliche Säulen trugen das Vordach, und auf der Treppe wartete eine Anzahl von Menschen. Ganz vorn, auf der untersten Stufe, stand ein Mädchen, das im Alter ihrer Schwester sein musste. In ihren Zügen stand noch die kindliche Arglosigkeit, die sie von Sybille kannte, auch wenn die Haltung längst die einer Frau war. Sie hatte das gleiche dichte, gewellte Haar wie Achille, nur geriet, was bei ihm mühsam gebändigt wirkte, bei ihr vollkommen außer Rand und Band.

Sobald sie das Auto sah, rannte sie los, an ihrer Seite ein weißer, wolliger Riesenhund, der sie in fröhlichen Sätzen umsprang. »Achille, *cattivone*, warum hast du mich nicht mitgenommen? Ich habe dich so furchtbar vermisst, und alles war ganz und gar grässlich ohne dich.«

Achille bremste, dass der Kies knirschte. Er stieß die Wagentür auf, dass der Hund an ihm hochspringen konnte, umschlang mit einem Arm seine Schwester und ließ auf beide eine Flut italienischer Liebesworte niederregnen.

Dass noch jemand im Wagen saß, schien vergessen. Susanne saß still und betrachtete die Menschen auf der Treppe. Die Frau, die in der Tür stand, war rundlich, klein, mit einem Gesicht wie ein Apfel. Sie achtete darauf, die Breite der Tür für sich einzunehmen, und schien um sich einen Bannkreis gezogen zu haben, in den niemand eindringen durfte. Der Ausdruck des Triumphes auf ihren Zügen war nicht zu verkennen. Ihre schwarzgrauen Massen von Haar trug sie auf den Kopf getürmt und stand in ihrem Witwenkleid so gerade wie ein Stock. Ihr Alter ließ sich nicht schätzen. Sie konnte genauso gut sechzig wie achtzig Jahre alt sein und würde mit hundert gewiss kaum anders aussehen.

Nonna Elia. Die Königin des Hauses.

Zu ihrer Linken stand ihre Tochter Agata, die Prinzessin, die keine war. Achille hatte sie als »schmallippig« beschrieben, und das eine Wort genügte, um sie zu erkennen. Sie trug ebenfalls Witwenkleidung, und die junge Frau, die sie wie ihren Besitz am Ellenbogen festhielt, wirkte so bedrückt, als wäre auch sie bereits im Witwenstand.

Zur Rechten der Matriarchin stand die männliche Ausgabe von Agata – schmallippig, blass, das schüttere Haar zurückgekämmt. Achilles Vater. Susanna musste an die Erzählungen von seinem Großvater, Egidio dem Ersten, denken. Wie verwunderlich, dass zwei derart sanguinische Eltern zwei derart blutleere Kinder hervorgebracht hatten! Achille und seine Schwester waren eindeutig den Großeltern oder der Mutter aus dem Süden nachgeschlagen, während das Ebenbild des Vaters auf der Stufe unter ihm stand.

Auf einmal tat Battista Giraudo ihr leid. Und wenn er hundertmal der Liebling des Vaters war, wie sollte dieser bleiche, schmächtige Jüngling neben einem Vulkan wie Achille bestehen? Er sah aus wie ein höflicher, ehrlicher Mann, der sich selbst zurücknahm und auf das Wohl von anderen bedacht war.

Sie rief sich zur Ordnung. Wie kam sie dazu, so über einen Mann zu denken, den sie nicht kannte? Dafür, dass sie falschlag, war die Frau an seiner Seite Beweis genug. Emilia, das Kronjuwel. Die Battista seinem Bruder weggenommen hatte. Sie war zierlich und fast einen Kopf kleiner als ihr Mann. Ihr Gesicht gehörte zu jenen, die man wiederzuerkennen glaubte, weil sie die Kunstwerke der Weltgeschichte inspiriert hatten. Es war so zart, so ebenmäßig und so unnahbar schön wie Botticellis *Venus*, die der Muschel entstieg, und ihr Haar hätte sie wie jene tragen können. Ihr Kostüm war wie für eine Jägerin geschnitten, tannengrün mit schwarzen Besätzen, in vollendetem Einklang mit ihrem Teint und der Honigfarbe ihres Haars. Emilia Filangeri würde niemand, der sie einmal gesehen hatte, wieder vergessen. Und wer sie einmal geliebt hatte, konnte unmöglich jemals damit aufhören.

Wie eine Frontlinie stand die Familie Giraudo vor der Tür ihres Hauses. Sie mochten sich untereinander spinnefeind sein, doch hier und jetzt schienen sie wie gegen einen gemeinsamen Feind vereint.

Achille fuhr fort, mit einer Hand den Hund zu liebkosen und mit der anderen seiner Schwester das Haar zu zerzausen. »Ich habe dich vermisst, *picinina*, weißt du das?«

»Oh, sei bloß still, denn ich habe dich ganz entsetzlich vermisst«, rief Fabrizia und warf theatralisch die Arme in die Höhe. »Ohne dich war es einfach grauenhaft, diese ganzen Verwandten und Bekannten mit ihrem unsäglichen Gerede. Abgereist sind auch noch nicht alle, und allmählich bekomme ich Angst, sie wollen sich für immer bei uns einnisten.«

»Ach, komm.« Achille lachte. »Gar so furchtbar wird es schon nicht gewesen sein. Du willst ja wohl nicht behaupten, dass sich überhaupt kein junger Herr gefunden hat, mit dem du gerne getanzt hast? Nicht einmal Cesare Ferrara?«

»Doch, will ich«, erwiderte sie resolut und schlug ihm spielerisch die Hand weg. »Cesare Ferrara ist zum Schmelzen, aber Battista hält ihn für einen Windhund und würde mir nie erlauben, ihn zu heiraten. Und die anderen sind aufgeputzte Bauern, das weißt du. Wenn ich nach San Remo käme oder noch besser nach Paris, sähe die Sache anders aus, aber hier gibt es gar nichts für mich, nur Langeweile.«

Er lächelte. »Was soll ich dazu sagen?«

»Dass es dir leidtut, einfach weggefahren zu sein. Dass du mich das nächste Mal mitnimmst, denn jetzt, da Battista das Sagen hat, ist hier nichts mehr los. Papa ist im Übrigen furchtbar wütend, weil du nicht auf der Hochzeit warst, Tante Agata sagt, aus dir wird in jedem Fall ein Verbrecher, der die Familie in den Abgrund zieht, und Emilia wird nie wieder ein Wort mit dir sprechen. Zumindest bis heute Abend nicht.«

Sie redeten weiter, tauschten die kleinen Anspielungen und Witze, in die nur Mitglieder einer Familie eingeweiht waren, und hatten Susanne endgültig vergessen. Sie gehörte zu niemandem hier und hätte nicht herkommen dürfen, doch jetzt, da sie sich meilenweit wegwünschte, war es zu spät.

Dann aber tauchte doch noch ein Mensch auf, zu dem sie gehörte. Von der Seite, um das Gebäude herum, eilte ein blonder Mann im grauen Anzug und hob lächelnd die Hand, um ihr zu winken. Ein Mann, der hier nichts verloren hatte und der eigentlich gar nicht hier sein konnte.

Ihr Bruder Ludwig.

16

»Ich glaube, ich habe wirklich mit Menschen- und mit Engelszungen auf Vater eingeredet.« Nebeneinander gingen Susanne und Ludwig nach dem Frühstück den Waldweg hinunter. Die frischen Düfte nach Pinienharz, Minze und aufgewühlter Erde erlaubten ihr, wieder freier zu atmen. »Mindestens eine Stunde lang hat er darauf beharrt, wir würden alle unverzüglich abreisen, du seist für ihn gestorben, und er habe nur noch drei Kinder.«

»So habe ich es mir vorgestellt«, sagte Susanne. »Dass ich für euch gestorben bin und so auch keinem von euch mehr schade.« Durch das Geflecht der Kronen drang wenig Licht, und im Gehen hörte sie kaum ihre Schritte, weil der Boden aus Nadeln und Laub die Geräusche verschluckte.

»Hast du das wirklich gedacht?« Ludwig blieb stehen und versperrte ihr den Weg. »Wir haben uns zu Tode gesorgt. Nicht nur ich, sondern Max und Bille genauso. Ich habe ihnen schon gestern telegrafiert, dass du hier erwartet wirst, und muss es noch einmal auf die Post im Ort schaffen, damit sie erfahren, dass du wohlbehalten eingetroffen bist. Die beiden mussten sich natürlich bedeckt halten – Sybille ist Vater ausgeliefert, und Max hat auch an Vevi und die Zukunft zu denken. Deshalb haben wir beschlossen, dass ich mit dem Vater rede, und so unglaublich es klingt – dieses eine Mal hat mein Reden tatsächlich etwas bewirkt.«

»Ich bin dir so dankbar, Lu. Du hättest das nicht für mich tun sollen. Ich selbst habe nicht an euch, sondern nur an mich gedacht.«

Susanne schämte sich. Am meisten schämte sie sich, weil sie auch jetzt kaum an Bille, Lu und Max denken konnte, sondern nur an den Mann, der hier mit seiner Liebsten entlanggegangen war. So leise, dass nicht einmal ein Tier aufschreckte, und als wären sie die einzigen Menschen.

»Warum solltest du nicht einmal das Recht haben, an dich zu denken?«, fragte Ludwig. »Du hast dich in jemanden verliebt. Du wolltest ihn nicht aufgeben, wie der Vater es verlangte, und von uns hat niemand dir zugehört. Was hättest du also tun sollen? Glaub mir, Su, ich verstehe dich.«

»Du verstehst, dass ich mich in Achille verliebt habe?«, fuhr sie auf. »Ich dachte, für euch wäre er eine Art Satan in Menschengestalt.«

»Im Gegenteil«, widersprach Ludwig. »Ich fand ihn gestern Abend sehr sympathisch. Hinterher, beim Rauchen im Herrenzimmer, haben wir uns noch über diese neue italienische Bewegung unterhalten: Futurismus. Weg mit dem Alten, Schluss mit dem rückwärtsgewandten Gejammer, stattdessen alle Macht der Zukunft. Ich denke, für uns im ewig gestrigen Deutschland wäre eine solche Rebellion der Jugend ein Segen. Wenn sie nicht kommt, werden wir untergehen.«

Ludwig hatte sich in Euphorie geredet, und Susanne hätte um ein Haar gelächelt. Achille hatte diese Wirkung auf Menschen. Obwohl er sich nur selten echauffierte, steckte die Leidenschaft, die unter seiner Oberfläche lebte, an.

Sie hatten mit den Giraudos und einer Anzahl verbliebener Hochzeitsgäste in dem lachhaft prunkvollen Speisesaal zu Abend gegessen, und Achille war so ziemlich der Einzige gewesen, der mit Ludwig Deutsch gesprochen hatte. Susanne hatte sich von allen erdenklichen Gefühlen übermannt gefühlt und Mühe gehabt zu begreifen, was vor sich ging: So kühl die Begrüßung der Giraudos auch ausgefallen war, hatten sie offensichtlich akzeptiert, dass Achille sie zu seiner Braut erwählt hatte. Die Gäste musterten sie mit ungenierter Neugier, wünschten *auguri* und brachten Trinksprüche auf das zweite Brautpaar aus.

Und weil sie Achilles Braut war, weil Verlobung gefeiert werden musste, hatten sie anstandslos hingenommen, dass vorgestern – nicht lange nach Achilles Telegramm – ihr Bruder aufgetaucht war. Streng genommen war Ludwig gekommen, weil der Vater ihn mit einem Ultimatum geschickt hatte: Wäre es nach Alfons Märzhäuser gegangen, so wäre Susannes Verstoßung unwiderruflich geblieben. Weil aber Ludwig nicht aufgehört hatte, ihn zu beschwören, hatte er schließlich nachgegeben. Ludwig erhielt die Erlaubnis, die Flüchtige ausfindig zu machen und Susanne vor die Wahl zu stellen: Wenn sie Vernunft annahm und mit ihm nach Hause zurückreiste, würde sie sich zwar mit dem Leben eines gefallenen Mädchens abfinden müssen, doch sie würde in ihrem Elternhaus in Gnaden Aufnahme finden. Weigere sie sich jedoch und setze ihr skandalöses Verhalten fort, so hätte sie kein Elternhaus mehr.

An der Rezeption des Meraviglia hatte Ludwig lediglich in Erfahrung bringen können, dass Signor Giraudo die Hotels an der ligurischen Küste abfuhr, doch offenbar hatte er Susanne und Achille überall verfehlt. »Ich hatte ja kein Automobil zur Verfügung, sondern war auf die Eisenbahn und Mietkutschen angewiesen. Auf die Idee, ihr könntet auf das Gut der Giraudos gefahren sein, kam ich erst, als ich mir keinen Rat mehr wusste. Dann allerdings war es ein Leichtes, die Adresse herauszufinden. Wer hier Wein trinkt, scheint die Familie zu kennen, und Leute, die keinen Wein trinken, gibt es nicht.«

Die Giraudos hatten angenommen, Ludwig habe getan, was für einen italienischen Bruder selbstverständlich war: Er sei angereist, weil seine Schwester sich verlobte.

»Diese Leute in ihrem Schloss der Weinkönige sind ein einziger

Widerspruch«, erzählte er Susanne. »Bis auf die zum Niederknien schöne Frischvermählte, die sich immerhin herabließ, mir mit praktischen Fragen behilflich zu sein, haben sie mich alle behandelt, als wäre ich Luft. Dennoch haben sie darauf bestanden, mich in einer Art Fürstensuite einzuquartieren, sooft ich auch beteuerte, ich würde mir ein Zimmer im Dorfgasthaus nehmen. Seither klopft alle halbe Stunde ein entzückendes Dienstmädchen an und fragt französisch radebrechend, womit sie mir dienen könne. Mir wird das Frühstück im Bett serviert und zur blauen Stunde ein Wagen mit Spirituosen zur Tür hereingeschoben. Nur reden will niemand mit mir. Verstehe einer die Welt.«

»Ich glaube, bei uns wäre es nicht anders«, sagte Susanne. »Wenn Sybille Joseph von Waldhausen heiraten würde, müssten die Herrschaften sich ja auch mit uns abfinden. Da säße dann ein Fürst von Thurn und Taxis neben dem Mann, der das Bier für seine Dienstboten braut, und müsste der Höflichkeit Genüge tun. Das heißt aber noch lange nicht, dass wir in seinen Augen höher stehen als die Straßenfeger, die die Äpfel seines Reitpferds von der Straße schaufeln.«

Ludwig nahm ihre Hand, und sie gingen weiter über den federnden Waldboden. »Du hast dich verändert, weißt du das?«

»Nein.«

»Meine kluge Schwester warst du immer, und ich habe dich bewundert, auch wenn du das vermutlich nicht mitbekommen hast. Aber jetzt bist du – wie soll ich es sagen, nicht nur klug, sondern fast ein bisschen weise. Du bist so erwachsen geworden, Su, so weltgewandt. Ich glaube, du hast keine Ahnung, wie stolz ich darauf bin, dein Bruder zu sein.«

Diesmal war es an ihr, stehen zu bleiben und ihn zu umarmen. »Danke, Ludwig. Und du hast keine Ahnung, wie froh ich bin, dass du gekommen bist. Dass die Giraudos ekelhaft zu dir sind, tut mir leid, aber ich fürchte, es gibt nichts, was ich dagegen tun könnte. Zu mir sind sie nicht anders.«

»Ich weiß, mein Schwesterchen. Lass die alte Garde granteln, mir macht das nichts aus. Die schöne Donna Emilia war ja immerhin höflich, und dein Achille ist ein Kerl nach meinem Herzen. Ich habe in meinem Leben nie einen Freund gehabt. Ich dachte, ich hätte damit abgeschlossen, aber als ich gestern mit Achille beim Rauchen saß, ist diese alte Sehnsucht wieder aufgeflammt. Was meinst du? Würde der Mann deines Herzens sich damit abfinden können, nicht nur Susanne Märzhäuser zur Frau, sondern obendrein Ludwig Märzhäuser zum Freund zu bekommen?«

Vielleicht erst in diesem Moment wurde Susanne klar, dass Ludwig wirklich annahm, Achille würde sie heiraten.

»Du wirst mich ziemlich oft hier in dein Paradies einladen müssen, Schwesterchen«, fuhr er fort. »Im Übrigen sollte ich mich im Namen der Familie bei ihm entschuldigen, weil wir die Möglichkeit, dass er sich als Ehrenmann erweisen und dich heiraten würde, nicht einmal in Betracht gezogen haben. Seid uns deswegen bitte nicht gram. Wir haben so wenig Erfahrung mit dem Leben außerhalb der Betulichkeit von Stadtamhof.«

Dies wäre der Augenblick gewesen, in dem sie ihm hätte sagen müssen: *Und ihr hattet recht, er käme nie im Leben auf die Idee, mich zu heiraten*, doch ihre Lippen waren versiegelt.

»Ich freue mich für dich so sehr«, redete Ludwig weiter. »Ich bitte Battista, mich nach Casale mitzunehmen, damit ich den Eltern telegrafieren kann. Die Giraudos wundern sich, dass außer mir niemand aufkreuzt, und recht haben sie. Zu deiner Verlobung mit einem Herrn, der es mit den Waldhausens aufnehmen kann, sollte die Familie ja wohl anwesend sein.«

»Lu«, sagte sie und umarmte ihn noch einmal. Sie hatte nicht gewusst, dass sie ihm so viel bedeutete, sie hätte es nach dem Ballabend im Meraviglia ahnen müssen und kam sich deswegen schäbig vor. »Lu – bitte telegrafiere den Eltern nicht. Ich freue mich, dass du da bist. Das ist mehr als genug.«

»Du nimmst ihnen übel, was sie getan haben, richtig? Ihnen allen, Su? Auch Max und Bille?«

»Ich nehme niemandem etwas übel. Ich …«

»Du schämst dich für sie«, konstatierte er. »Glaub mir, ich schäme mich selbst.«

»Dazu hast du keinen Grund. Die Giraudos mögen Waschtische aus rosenfarbenem Marmor und genug Dienstboten für Schloss Neuschwanstein haben, aber unter dem Lack sind sie genauso eine zerstrittene, missgünstige, übereinander herziehende Sippe wie wir. Sie sind nicht einmal gut erzogen, denn ansonsten würden sie uns nicht so behandeln. Ich will einfach nur nicht noch mehr Menschen hier, das ist alles.«

»Das verstehe ich«, sagte er. »Ihr wart miteinander allein, du und dein Achille. Ihr wärt es gern noch immer, nicht wahr?«

So wie es war, als sie allein gewesen waren, würde es nie wieder sein. Es war eine Lüge gewesen, und dennoch schnürte die Trauer darum ihr die Kehle zu. »Es ist schon in Ordnung. Dich habe ich gern hier.« *Nur wie ich dir klarmachen soll, dass diese Verlobungsgeschichte eine Farce ist, weiß ich nicht.*

Ludwig lächelte. »Wenn ihr erst verheiratet seid, werdet ihr ja in Hülle und Fülle Zeit für euch allein haben. Denk nur an die Flitterwochen! Dein Schwager scheint mit seiner Frau so etwas gar nicht gemacht zu haben, aber ich kann mir kaum vorstellen, dass dein Achille sich da lumpen lässt.«

»Battista und seine Frau fahren später im Jahr nach Frankreich«, sagte Susanne, die Achille bereits danach gefragt hatte. »Emilias Vater ist schwer krank. Sie will nicht im Ausland sein, wenn er stirbt, daher haben sie die Reise verschoben.«

»Das ist natürlich verständlich. Und wann soll eure Hochzeit sein? Habt ihr ein Datum schon festgesetzt?«

»Nein, noch nicht, wir wissen ja nicht einmal, wie es mit der Verlobung weitergeht«, antwortete sie brüsk. »Bitte, Lu, stell mir nicht all diese Fragen. Das alles ist so schnell gegangen, ich weiß doch selbst das meiste noch nicht.«

»Es tut mir leid.«

»Das muss es nicht.«

Eine Zeit lang trotteten sie schweigend nebeneinanderher, bis der Waldweg sich verengte, sodass Ludwig vorangehen musste. Susanne folgte in kurzem Abstand, und nach ein paar Schritten vernahm sie Geräusche. Fast gleichzeitig blieben sie stehen, um zu lauschen: Trampeln und Knacken, Knirschen und eine Art Röcheln.

»Wildschweine«, sagte Ludwig. »Achille hat gestern erwähnt, dass sie die Gegend unsicher machen. Sie wühlen jeden Zoll Boden um, in dem sie einen der weißen Frühlingstrüffel wittern.«

»Frühlingstrüffel?«

»*Tartufi bianchetti*«, erklärte Ludwig stolz. »Du siehst, selbst dein Bruder, der sich mit Sprachen so schwertut, schnappt ein paar Brocken auf. Diese Pilze, die unter der Erde wachsen, hast du noch nicht serviert bekommen, aber ich garantiere dir, sie gehören zum Köstlichsten, was es gibt. Und die *bianchetti* sind nur die Vorhut, hat Achille gesagt. Die beste Trüffelzeit ist der Herbst, zu dem er mich bereits eingeladen hat.«

Nach nur einem Tag schien Achille mit ihrem Bruder vertrauter als mit ihr. Warum spielte er ein solches Spiel mit Ludwig, heuchelte ihm Freundschaft vor und verabredete Besuche, von denen er wusste, dass sie nie stattfinden würden?

»Er hat versprochen, dass wir beide dann auf Trüffeljagd gehen«, erzählte Ludwig weiter. »Dazu verwendet man keinen Hund, sondern ein eigens abgerichtetes Hausschwein, eine Sau, die sich verhält wie eine Wildschweinbache. Die spürt den Trüffel nämlich auf, weil der Duft, den er verströmt, dem des liebestollen Keilers gleicht. Ein Mahl der Leidenschaft also. Hast du das gewusst?«

Gab es in diesem Land auch Nahrungsmittel, die ohne Geschichten daherkamen, oder erfand Achille ihnen eine, wenn es keine gab?

»Auch deshalb war der Trüffel im Römischen Reich der Liebesgöttin Venus geweiht«, fuhr Ludwig fort. »Und weil er im Verborgenen gedeiht wie heimliches Begehren. Im Mittelalter war er verboten. Die Kirche verdammte ihn als dämonisch, es hieß, er wecke sündige Lüste, und wer davon esse, sei nicht länger Herr über sich selbst.«

»Und das alles hat dir Achille erzählt?«

Ludwig nickte. »Er hat Talent zum Erzählen, dein Bräutigam. Überhaupt sprüht er nur so vor Talenten. So wie er sich mit jedem Detail des Weinanbaus auskennt, wäre er weit eher geeignet, das Gut zu führen als sein saftloser Bruder, den es nicht einmal sonderlich interessiert.«

»Woher willst du das wissen?«, fuhr sie ihn grundlos an. »Du kennst die beiden doch gar nicht, du hast nicht mehr als ein paar Stunden mit ihnen verbracht.«

»Aber ich stecke in Achilles Schuhen«, sagte Ludwig. »Findest du nicht, dass die Lage zwischen ihm und Battista der von mir und Max gleicht? Weißt du, was Max in Portofino zu mir gesagt hat? ›Das Beste an diesem Italienurlaub ist, dass wir nicht pausenlos Märzhäusers Bier trinken müssen.‹«

»Ludwig, ich weiß, das alles ist nicht gerecht.« Susanne unterdrückte ein Seufzen. »Bestimmt wird Max dankbar sein, wenn du ihm bei der Leitung der Geschäfte hilfst, und ihr werdet ein großartiges Gespann abgeben. Aber Achille und Battista sind andere Menschen, und das hier ist ein anderes Land, dessen Sitten und Gesetze wir nicht kennen.«

»Damit hast du recht«, sagte Ludwig, verließ den stockschmalen Weg und schlug sich seitlich ins Dickicht, in die Richtung, aus der die Geräusche kamen. »Es ist ein anderes Land, es kommt mir archaischer, zügelloser vor, mehr von Blut und Leidenschaft regiert, und vielleicht entspricht das ja unserer wahren Natur. Dass ein Mann noch ein Mann sein darf, dass er zur Verteidigung seiner Ehre die Waffe ziehen kann und sich nehmen, was ihm gehört – womöglich ist das die Ordnung, für die wir gemacht sind.«

Der Himmel schien sich zu verdunkeln, obwohl es dafür zu früh war und in Wahrheit nur die Kronen über ihren Köpfen dichter wurden. Susanne fröstelte. »Ich mag nicht, wenn du so redest«, sagte sie.

»Schon gut, vergiss es.« Ludwig spähte zwischen den Stämmen der Bäume hindurch. »Ich habe mich nicht in die Angelegenheiten deiner neuen Familie einmischen wollen. Aber die nach Trüffeln wühlenden Wildschweine würde ich mir gern aus der Nähe ansehen. Gefährlich sollen die Biester ja nur sein, wenn die Bachen Frischlinge haben.«

Susanne war alles recht, solange es ihn davon abhielt, länger über Achille, Battista und die schöne Frau zwischen beiden nachzudenken. Wenn sie die Tiere nicht vertreiben wollten, mussten sie sich leise verhalten, also schlugen sie sich schweigend durch den Wald. Eine Weile war es still bis auf ein gelegentliches Röcheln und Grunzen, dann brach auf einmal Lärm los, als galoppierte ein Pferd durch das Unterholz.

Das Tier aber war kein Pferd, sondern tatsächlich eine Bache. Wie in höchster Panik schoss das Tier zwischen den Stämmen hindurch und sprengte in höchstens fünf Schritten Abstand an ihnen vorbei.

Susanne hielt den Atem an. Der Anblick der wilden Kreatur war schön und erschreckend zugleich und wühlte etwas in ihr auf. Das, was Ludwig über das Archaische, Zügellose im italienischen Wesen gesagt hatte. Sie wollte daran nicht denken. Was sie an Italien liebte, war seine Zivilisation, seine Kunst und verfeinerte Lebensart. Sie sah dem Wildschwein nach, das auf eine Anzahl kräftig gewachsener Bäume zustob, die sich um eine Vertiefung scharrten. Dort verbarg es sich. Es war ein so großes, bedrohlich wirkendes Tier und hatte doch nichts als Angst.

Susanne drehte sich um und sah, dass Ludwig sich zwischen Stämmen hindurchzwängte und über Gehölz stieg, das die Bache umgepflügt hatte. »Etwas muss sie aufgestört haben«, sagte er.

»Was geht uns das an?« Plötzlich wollte sie um jeden Preis, dass er mit ihr den Weg zurückging, den sie gekommen waren.

»Es interessiert mich. Was schlägt ein so wehrhaftes Tier in die Flucht?«

»Menschen«, sagte Susanne.

»Aber es ist doch geradewegs auf uns zugerannt.«

Er ging weiter, und sie folgte ihm. Erst jetzt bemerkte sie, dass ein Geräusch, das fehl am Platz schien, zu ihnen herüberdrang.

Menschenstimmen.

Susanne packte Ludwig am Arm, zog ihn hinter einen Strauch und presste ihm die Hand auf den Mund. »Sag kein Wort«, flüsterte sie. »Um alles in der Welt, sag kein Wort.«

Nicht weit vor ihnen tat sich zwischen den Pinienstämmen und dem Gebüsch eine schmale Lichtung auf, die nur durch einen Spalt Einblick bot und ansonsten geschützt war. Es war, als stünde man am Guckloch eines Kaiserpanoramas und blickte auf das erste der fliegenden Bilder, auf dem die zwei Darsteller einander gegenüberstanden.

Die sündhaft schöne Frau und der sinnliche, dunkle Verführer, der zu ihr passte.

Emilia Filangeri und Achille Giraudo.

Im Kaiserpanorama und selbst in den modernen Lichtspielhäusern mussten die Zuschauer sich mit stumm ablaufenden Bildern zufriedengeben. Hier aber bekamen sie Ton geboten, das ganze Drama plastisch und in Farbe.

»Ich kann nicht fassen, dass du dazu fähig bist, Achille.« Sie trug ihr Jagdkostüm, eine Diana, die auf Menschen zielte, und an ihrem Hütchen steckte eine kecke Feder.

»Warum sollte ich nicht? Was brächte es mir ein, wenn ich es nicht täte? Läufst du mit mir davon?«

»*Saltimpalo,* das ist doch nicht möglich. Warum verstehst du denn nicht? Mein Vater …«

Sie wollte die Arme um ihn schlingen, aber er stieß sie zurück.

»Lass deinen Vater aus dem Spiel. Dies hier ist deine Entscheidung, Emilia. Du hast die Wahl, und du trägst die Verantwortung. Du bist kein kleines Mädchen mehr, das für alles, was es verpfuscht, anderen die Schuld zuschieben kann.«

»Achille!«

In einer Oper, wie Susanne sie mit ihren Eltern im Regensburger Stadttheater erlebt hatte, hätten die beiden nicht aufgehört, einander anzusingen, bis sie sich in den Armen lagen oder einer von ihnen an Schwindsucht gestorben war und der Vorhang fiel. Im viel kürzeren, rasanteren Film war für so etwas keine Zeit, und dem modernen Zuschauer fehlte dafür die Geduld. Eine Wendung musste her, ein schockierendes Ereignis, ein Höhepunkt!

Die Zweige im Rücken der Darsteller teilten sich. Ein Gesicht tauchte auf, ein fragend geöffneter Mund. Mann und Frau stoben auseinander. »Emilia, *tesoro,* hier also bist du«, sprudelte Battista heraus. »Zia Agata und ich, wir haben dich überall gesucht.«

17

Abends saßen sie wieder um den Tisch im Speisesaal versammelt, als wäre nichts vorgefallen. Battista war Susanne gegenüber platziert worden. Um ihn nicht ansehen zu müssen, betrachtete sie die überlebensgroßen Figuren der Fresken, mit denen die Wände bemalt waren. Auf den ersten Blick waren es Szenen rund um Essen und Trinken, die auf den leuchtenden Gemälden dargestellt waren, auf den zweiten aber waren es Bilder von Verführung, Liebe und Tod.

Eva, die mit der Schlange um den Hals den verbotenen Apfel pflückte.

Paris, der einen Apfel zum Preis für die schönste Frau auslobte und damit drei Göttinnen zu Todfeindinnen machte.

Die stolze Königin Dido, die den treulosen Aeneas vor dem Unwetter rettete und mit Wein und Trauben labte. Nur Wochen später würde er schuld an ihrem Tod sein.

Als zweiter Gang wurden dampfende Schüsseln voll Teigwaren serviert, über denen Butter geschmolzen, duftender Käse und die viel zitierten Trüffel gehobelt worden waren. Sonst nichts. Es faszinierte Susanne immer wieder aufs Neue, wie es der italienischen Küche gelang, aus einer Handvoll Zutaten ein Geschmackserlebnis zu bereiten, das in seiner Tiefe und Vielfalt nicht zu übertreffen war.

Gemäß der Tischordnung, die Zia Agata festlegte, saß sie zwischen Achille und Ludwig, der seinen Ellenbogen gegen ihren stieß. »Habe ich es dir nicht gesagt? *Tartufi bianchetti.* Das reinste Liebesmahl, so unwiderstehlich wie der Kuss einer schönen Frau.«

Er grinste, und sie wünschte ihn zum Teufel. Warum musste sie bei seinen Worten auf Emilias Lippen starren, die ihr geschwollen vorkamen, wie wund geküsst? In der aufgeladenen Atmosphäre konnte sie nicht länger schlucken. Heute Mittag im Wald hatte sie Ludwig am Arm packen und mit sich davonzerren müssen, ehe Achille, Emilia oder Battista sie bemerkten. Als sie aus dem Waldsaum brachen, fanden sie dort Achilles schönes milchweißes Pferd, das er wie einen Menschen liebte. Es graste mit schlagendem Schweif und beachtete sie nicht, spielte nicht einmal mit den feinen Ohren.

Achilles feinen Ohren hingegen entging kein Wort. »Liebesmahl trifft es«, sagte er über Susanne hinweg zu Ludwig. »Die meisten Leute halten ja Schweine für stumpfsinnig, aber so eine Bache ist ein raffiniertes Tier. Wenn ihr der Sinn nach Liebe steht, geht sie Trüffel ausgraben und lässt den Keiler im Regen stehen, weil sie weiß: Je länger er zappelt, desto wilder wird er auf sie.«

Mehrere der Herren lachten, während Zia Agata aufstöhnte. Ludwig lachte am lautesten.

Susanne spürte die Wärme der zwei Männerkörper und hatte das Gefühl, sie werde zwischen ihnen ersticken. Sie musste hier weg. Sie hielt diesen Irrsinn nicht länger aus.

Emilia saß züchtig, mit gesenktem Kopf, neben ihrem Ehemann, spießte winzige Bröckchen der Trüffel auf die Gabel und versuchte zu verbergen, dass ihr Blick von einem zum anderen flog, von Achille zu Ludwig und zurück. An ihrer anderen Seite saß ein Herr mit weißem Haar, der als ihr Vater vorgestellt worden war. Auf Susanne machte er einen höchst lebendigen Eindruck, und er aß mit gesundem Appetit.

»Der Wildsau, der wir heute im Wald begegnet sind, ist das Liebesmahl allerdings verleidet worden«, radebrechte Ludwig, der bisher Deutsch gesprochen hatte, auf Italienisch. Er hatte erstaunlich schnell gelernt – offenbar war er sprachlich doch nicht so unbegabt, wie er sich einschätzte.

Emilia erstarrte die Hand mit der Gabel, und Susanne versetzte Ludwig unter dem Tisch einen Tritt. Beides blieb ohne Wirkung. »Das arme Biest ist gerannt wie von Dämonen gehetzt«, berichtete er eifrig. »Es hat sich hinter dicke Bäume geflüchtet und in einer Mulde versteckt. Ich frage mich, was da los war, das so ein Tier in solchen Schrecken versetzt.«

Was wollte er damit bezwecken? Hatte er vor, Achille vor seiner Familie bloßzustellen, weil er annahm, dass dieser seine Schwester betrog? Wie viel hatte er von dem, was sich zwischen Achille und Emilia abgespielt hatte, verstanden? Sie hatte versucht, den Vorfall herunterzuspielen, Ludwig mit Gerede über das weiße Pferd und den Weinbau abzulenken. Vor dem Haus hatte sie ihn zur Sicherheit noch einmal zurückgehalten. »Zieh keine Schlüsse, Ludwig, ich bitte dich. Vergiss das Ganze, und um alles in der Welt – sag kein Wort.«

Dann waren Fabrizia und ihre missgelaunte Cousine Tommasina im Tennisdress aus dem Haus gekommen, und Susanne war in ihr Zimmer gegangen, um ihre Gedanken zu ordnen. Irgendwie musste sich dieses Knäuel, das sich immer heilloser zu verknoten schien, auflösen lassen, ehe sie alle darin verfangen waren. Eine Lüge zog die andere nach sich, und inzwischen war sie nicht mehr sicher, ob überhaupt noch etwas der Wahrheit entsprach. Es war ihr nicht gelungen, ihre angespannten Nerven zu beruhigen. Jetzt saß sie hier und war sicher, dass jeder ihr ansah, wie ihr Herz raste und ihr der Schweiß ausbrach.

Achille hingegen schien vollkommen beherrscht. »Sie sagen, das Wildschwein hat sich zum Schutz in eine Mulde gelegt?«, fragte er auf Deutsch.

»Ja, ich wüsste gern, was es so erschreckt hat«, erklärte Ludwig. »Meine Schwester und ich können es nicht gewesen sein, denn es preschte geradewegs auf uns zu. Ich nehme also an, dass noch andere Menschen im Dickicht unterwegs gewesen sein müssen.«

»Seien Sie auf der Hut, Ludwig«, sagte Achille. »Sie kennen sich mit den Tieren nicht aus und können ihr Verhalten nicht einschätzen. Vor einem Menschen flieht kein Wildschwein. Es läuft ein Stück weiter in den Wald, und wo das nicht möglich ist und es sich bedrängt fühlt, greift es an. Wenn es sich in einer Mulde zwischen starken jungen Bäumen versteckt hat, dann aus einem anderem Grund.«

»Und warum?«, wollte Ludwig wissen.

»Weil sich das Wetter ändert. Das Wildschwein besitzt ein hochfeines Gespür für alles, was in der Luft liegt, jede kleinste Störung in der Atmosphäre, jede Gefahr im Verzug. Wir Menschen bemerken so etwas ja immer erst, wenn es zu spät ist und das Kind längst im Brunnen liegt.«

»*Mannaggia, stai zitto!*«, platzte Emilia heraus und ließ die Gabel fallen. *Verdammt, sei still.*

Achille trank Wein, stützte das Kinn in eine Hand und sah sie unter gesenkten Wimpern an. »Mir zu befehlen ist sinnlos, schöne Schwägerin. Ich dachte, das wäre dir bekannt.«

Zu Susannes Erleichterung traten in diesem Moment die beiden Hausdiener vor, um das Trüffelgericht abzuräumen und den Fleischgang aufzutragen. *Ich muss hier weg*, dachte sie. *Nicht nur heute Abend, sondern für immer.* In ihrer Verzweiflung traf sie ihre Entscheidung: Sie würde Achille erklären, dass sie nicht länger mitspielte. Anschließend würde sie Ludwig die Wahrheit sagen und ihn bitten, mit ihr nach Hause zu fahren. In Tante Lenes Zimmer vor sich hin zu dämmern konnte nicht halb so zerstörerisch sein, wie in einem Kartenhaus aus Lügen zu leben.

Anderntags hoffte sie, Achille beim Frühstück abzupassen, erfuhr aber, dass er der morgendlichen Mahlzeit fernbleiben würde. Es war die einzige, die im Haus der Giraudos karg ausfiel und aus nicht mehr als Kaffee und schwach gesüßten *biscotti* bestand. Am Tisch versammelt waren nur Frauen: Agata, Tommasina, Fabrizia und Emilia. Auf Susannes Frage, wo sie Achille finden könne, reagierten sie mit nicht länger verhohlener Feindseligkeit.

»Wir sind nicht seine Hüterinnen«, versetzte Emilia, und Fabrizia fügte hinzu: »Wenn er Ihnen nicht gesagt hat, wo er zu finden ist, dann will er wohl nicht gefunden werden.«

Dann aber wurde ihr Hilfe von unerwarteter Seite zuteil: Nonna Elia betrat den Raum und hatte offenbar den Wortwechsel mit angehört. »Ist er abends nicht aufzutreiben, kann niemand Ihnen helfen«, sagte sie. »Darein müssen Sie sich fügen, oder Sie heiraten den falschen Mann. Am Morgen aber gehört er nur einem: seinem Virgilio, den er mehr liebt als irgendeine Frau.«

Susanne bedankte sich und erhaschte im Gehen den triumphierenden Blick, den die alte Dame Emilia zuwarf – und den erbitterten Zorn, mit dem diese ihn erwiderte.

Über der Wiese vor dem Haus lagen Nebel, die sich teilten und wie Gespenster davonhuschten. Bisher war es so windstill gewesen, dass es Susanne vorgekommen war, als würden die Berge das Gut wie in einem Kessel schützen. Heute aber bog Wind das Gras, und aus dem Boden stieg der Duft nach feuchter, sumpfiger Erde. Etwas lag in der Luft. Etwas, das Wildschweine im Voraus spürten.

Ehe sie Achille und Virgilio sah, fühlte sie den Boden unter den Hufschlägen des Pferdes beben. Sie jagten den Hang hinunter und dann im Handgalopp über das freie Feld, der Reiter tief auf den Hals des Pferdes geduckt und das Pferd dicht über dem Boden wie ein Geschoss. Einen Herzschlag lang gönnte sie es sich, den Anblick zu genießen: Wie viel Kraft darin lag, wie viel Lust am Leben. Dann ging sie hinüber zum Abreiteplatz vor den Stallungen. Am Hang dahinter erstreckten sich Koppeln für die Salerner Stuten aus der Zucht, die Egidio der Erste hier begonnen hatte.

Als Achille ihr davon erzählt hatte, waren sie noch an der ligurischen Küste unterwegs gewesen. Susanne hatte den Glanz in seinen Augen gesehen und gedacht: *Er gehört dorthin. Nach Piemont. Zu seinen Pferden und seinem Wein.* In den letzten Tagen hatte sie erlebt, dass dies in viel tieferem Sinne zutraf, als sie es sich hätte ausmalen können. Er war mit diesem Land verwachsen, so, als schöpfte er aus seinem Boden Kraft. Ludwig hatte recht: Battista hätte in einem Bureau in der Stadt sitzen und hinter einem Schreibtisch Geschäfte abwickeln können, aber Achille war für dieses Land gemacht.

Er ließ den Schimmel galoppieren, bis er den kurzen Weg hinauf zu den Stallungen erreicht hatte. Dort nahm er die Zügel auf, ließ Virgilio in Trab fallen, und als er schließlich im Schritt ging, beugte er sich vornüber, schmiegte das Gesicht in seine Mähne und streichelte ihm den Hals. Aus seinem Mund perlte wiederum eine Kaskade italienischer Liebesworte.

Im Schritt glitt er aus dem Sattel, blickte auf und entdeckte Susanne. »Oh«, sagte er. »Du. Ist etwas nicht in Ordnung?«

»Das ist nicht dein Ernst, oder?«

Sie hatte ihn so heftig angefahren, dass der Schimmel scheute. Achille umfasste eines seiner Ohren und flüsterte hinein, bis das Tier sich beruhigte. »Ich muss dich bitten, dich zu beherrschen. Virgilio ist ein geschlechtsreifer Hengst, umgeben von rossigen Stuten. Wenn er in Erregung gerät, könnte das gefährlich werden, nicht anders als beim Wildschwein, mit dem dein Bruder besser keine Spiele treibt.«

»Du weißt so gut wie ich, wovon mein Bruder gesprochen hat«, brach es aus ihr heraus, doch immerhin gelang es ihr, ihre Stimme zu dämpfen. »Uns verbietest du, Spiele mit Tieren zu treiben – aber du selbst spielst mit Menschen, weil die nicht wagen, sich gegen dich zu wehren.«

Sein Gesicht verschloss sich. »Soweit ich weiß, habe ich dich zu nichts gezwungen.«

»Nein, das hast du nicht«, gab sie zu. »Aber du gibst dir nicht die geringste Mühe, mir dein Spiel zu erleichtern, und jetzt ziehst du meinen Bruder mit hinein, und das ist zu viel.«

»Dein Bruder ist ein netter Kerl. Warum hast du ihm eigentlich nie von deinem futuristischen Manifest erzählt? Graf Ferrara, der heimliche Liebste meiner Schwester, hat ihm gestern Nacht einen seiner ekstatischen Vorträge gehalten, und dein Bruder ist von Marinettis Ideen zur Schönheit des Kampfes hin und weg. Ein echter Mann der Zukunft.«

Du bist keiner, durchfuhr es Susanne. Vielleicht fühlst du dich so, wenn du in deinem verrückten Automobil durch die Gegend rast und dich an Fortschritt und Technik berauschst. Aber zugleich liebst du dieses Leben auf deinem Land, wo die Zeit langsam verstreicht und nichts sich je ändern lässt. Du liebst es mindestens so sehr, wie du es hasst.

»Wenn er nur nicht so viel rauchen würde«, sagte Achille. »Nach einer Stunde in seiner Gesellschaft tränen mir die Augen, und meine Kehle fühlt sich an wie ein Reibeisen.«

Erst jetzt fiel Susanne auf, dass sie Achille nie hatte rauchen sehen. Er lockerte den Sattelgurt des Hengstes, fasste die Zügel unter dem Gebiss und wollte das Tier an ihr vorbeiführen. »Tut mir leid, Susanna. Virgilio muss nach dem Ritt trocken geführt werden, um sich abzukühlen. Wenn du mit mir sprechen willst, wirst du mich begleiten müssen.«

Da ihr keine Wahl blieb, ging sie mit ihm, während er begann, den Hengst, dessen Schenkelmuskeln unter dem schweißnassen Fell spielten, um den Platz zu führen. »Ich bleibe nicht länger hier«, sagte sie. »Mein Vater ist bereit, mir zu verzeihen, wenn ich mit Ludwig nach Hause fahre. Und genau das habe ich vor. Ich will, dass du deiner Familie die Wahrheit über diese Verlobung sagst, denn Ludwig und ich reisen morgen ab.«

Achille strich dem Pferd über den Hals und ließ sich keine Regung anmerken. »Und dessen bist du dir sicher?«, fragte er. »Du willst lieber bei deinem Vater in der Jungfernkammer versauern, als hier bei uns zu bleiben, wo du frei bist und tun kannst, was du willst?«

»Ich will mir im Spiegel ins Gesicht sehen können«, sagte Susanne. »Und ich will mir nicht vor jedem Wort überlegen müssen, ob es einen Faden des Lügennetzes zerstört, in dem ich mich verfangen habe. Für dich mag das amüsant sein, eine Draufgabe, die das Spiel mit der Frau deines Bruders noch reizvoller macht, aber ich bin die Falsche dafür. Wir waren uns einig, dass unsere Vereinbarung gilt, bis sie für einen von uns nicht mehr passt, und für mich passt sie nicht mehr. Ich löse sie auf.«

»Und dass du mich damit in eine höchst prekäre Lage bringst, ist dir gleichgültig?«

»Du wirst dich schon wieder herauswinden«, antwortete sie. »Abgesehen davon war es dir ja auch gleichgültig, in was für eine Lage du mich gebracht hast.«

»*Touché*«, sagte er. »Der Punkt geht an dich.«

Eine Weile lang gingen sie schweigend nebeneinanderher. »Gibst du mir wenigstens ein paar Tage Zeit, um mir etwas aus den Fingern zu saugen, ja?«, fragte er dann.

Susanne dachte: *Ich sehe ihn nie wieder. Wenn er jetzt zustimmt und wir die Sache besiegeln, fahre ich ab, und er verschwindet aus meinem Leben.* Sie zwang sich weiterzusprechen: »Sag deiner Familie einfach, wir haben uns geirrt, und lass Ludwig und mich morgen nach Casale an den Zug bringen. Zögere es nicht noch hinaus, Achille. Die Quälerei hat lange genug gedauert.«

»So schlimm?«

Von der Seite spürte sie seinen Blick, wandte sich ihm jedoch nicht zu, sondern nickte nur.

»Das bedaure ich«, sagte er. »Ich dachte, du würdest hier den Frühling genießen, könntest reiten, Tennis spielen …«

»Ich will nicht reiten und Tennis spielen«, sagte Susanne. »Ich will ein klares, ehrliches Leben führen.«

Er blieb stehen und hielt ihr seine Hand hin. In seinen Augen flackerte etwas auf, doch er bewegte den Kopf, wie um es abzuschütteln. »In Ordnung«, sagte er dann. »Ich hoffe, du glaubst mir, dass ich nichts Übles im Sinn hatte, und behältst vielleicht doch das eine oder andere in freundlicher Erinnerung. Mit meiner Familie spreche ich später, und für eure Heimreise sorge ich. Alles Gute, Susanna.«

»Dir auch«, krächzte sie, ohne seine Hand zu nehmen.

Noch ein paar Atemzüge lang hielt er sie ihr hin, dann drehte er sich um und ging mit seinem Pferd in Richtung der Stallungen davon. Der Schweif des Tieres schlug hin und her, und Achille zog seinen Jagdrock aus und warf ihn sich über die Schulter. Ohne dass er die Zügel hielt, gingen sie Seite an Seite, ganz eins mit sich und der Welt. Susanne glaubte, durch den dünnen Stoff von Hemd und Reithose die Konturen seines Körpers zu erahnen, die Schulterblätter, die schmale Beuge der Taille, Hüften, lange Beine – Details eines Körpers, den sie in den Armen gehalten, den sie mit fliegenden Fingern ertastet, dem sie den Schweiß von der Haut geküsst hatte.

»Achille, warte! Ich habe mit dir zu reden.«

In raschen Schritten strebte Battista an ihr vorbei. Er trug einen Tweedanzug mit Querbinder und kam ihr so angezogen und ausstaffiert vor, dass Achille im Vergleich dazu nackt wirkte.

Der drehte sich um. »Muss das jetzt sein?«, fragte er gelangweilt. »Ich würde mich gern um unseren Zuchthengst kümmern, und danach will ich sehen, wie es um Pipistrella und Leto steht. Wenn mich nicht alles täuscht, ist der Zeitpunkt ideal, um ihnen Virgilio auf die Koppel zu stellen. Beide sind in der ersten Rosse nach dem Winter, und bei Leto dürfte es bereits der vierte Tag sein.«

»Darum geht es«, unterbrach ihn Battista. »Wir machen mit den Pferden nicht weiter, Achille, Papà und ich sind uns einig. Es ist zu teuer, zu aufwendig, für solche hochgezüchteten Reitpferde zahlt niemand entsprechende Preise.«

»Und? Wo liegt das Problem?« Achille beherrschte sich sichtlich, um das Pferd nicht zu erschrecken, doch sein Gesicht schien sich zu verdunkeln wie der Himmel. »Unser Großvater hat diese Zucht nicht begonnen, um Reibach zu machen, sondern weil ihm an Schönheit gelegen war. Diese Pferde sind wie unser Wein, wie unsere Frauen: Sie gehen ins Blut, sie machen aus deinem gewöhnlichen kleinen Leben etwas Einzigartiges. Ein Pferd aus Santa Maria delle Vigne besitzt du einmal und nie wieder. Der Preis, den das wert ist, ließe sich in Geld nicht errechnen.«

»Das mag alles sein«, sagte Battista. »Aber es lohnt sich nun einmal nicht, und es ist jetzt beschlossene Sache. Der Hengst wird verkauft. Papà und ich haben uns aber überlegt, dass du eine der Stuten zum Reiten behalten kannst.«

»Un' attimo, caro fratello«, spuckte Achille aus wie Gift. »Einen Augenblick, lieber Bruder. Hast du gerade gesagt, du willst mein Pferd verkaufen? Du maßt dir an, dieses Pferd, das ich von seinem ersten Lebenstag an umsorgt habe und das keinem Menschen als mir gehört, zu stehlen und an irgendeinen Idioten zu verscherbeln?«

»Achille, das ist doch sinnlos. Wir betreiben kein Gestüt, und wir brauchen keinen Deckhengst. Was wir hingegen brauchen, um im Weingeschäft mitzuhalten, ist Liquidität.«

»Du willst mir erzählen, was wir brauchen, um mitzuhalten, du?« Achille strich dem weißen Hengst noch einmal den Hals, klopfte ihm auf die Kruppe und ließ ihn in Richtung Stall davontraben. Dann schnellte er zu seinem Bruder herum: »Hör zu, was ich dir stattdessen erzähle, imbecille: Um mithalten zu können, brauchen wir einen Mann, der etwas von Wein versteht, einen Mann, der Blut in den Adern hat. Um mithalten zu können, brauchen wir einen, der weiß, was Genuss ist, Lebensfreude, Rausch, Passion. Keinen

Schlappschwanz, der nicht genug Saft hat, um die eigene Frau drei Tage lang in seinem Bett zu halten!«

Battista stieß einen schrillen Laut aus, ballte die Faust und drosch sie Achille ins Gesicht. Der aber lachte, tänzelte zur Seite und spuckte ein wenig Blut auf den Boden. »Wenn du mehr nicht zustande bringst, tut deine Frau mir leid, obwohl ja jeder so liegt, wie er sich bettet.«

Susanne fuhr herum und rannte über den Platz zurück. Sie wollte nicht länger hören, wie die beiden einander zerrissen, der eine dem andern nicht im Mindesten gewachsen. Sie musste hier weg. Gleich morgen früh. Die Welt, in die sie geraten war, unterlag Gesetzen, die sie nicht verstand, und dass sie sich dabei das Herz gebrochen hatte, war vermutlich das kleinste Übel.

18

Als wäre der Tag noch nicht bis zum Bersten voll mit Zwietracht, stritt sie sich mit Ludwig. Er wollte nicht abreisen. Als sie ihm so panisch, wie sie sich fühlte, ins Gesicht warf, ihre Verlobung habe nie existiert, schien ihn das kaum zu erschüttern.

»Es ist wegen der Sache im Wald, nicht wahr?«, fragte er. »Nun gut, Su, vielleicht ist es wirklich das Beste, wenn ihr beide nicht gar so schnell heiratet, aber warum müssen wir denn deshalb abreisen? Was spricht gegen Freundschaft? Ich muss dir sagen, ich habe mich noch bei keinem Menschen so willkommen gefühlt wie bei Achille. Er nimmt mich ernst, er hört mir zu, ihn interessiert, was ich zu sagen habe. Gestern Abend kam dann noch Cesare dazu, der Zukünftige der jungen Fabrizia. Er ist ein waschechter Conte, hat eine politische Karriere vor sich, aber die beiden behandeln mich wie ihresgleichen. Kannst du dir vorstellen, was das für mich bedeutet? Nicht einmal mein eigener Bruder hat es je getan.«

Er tat ihr leid. Er hätte das Recht gehabt auszukosten, was er in Jahren entbehrt hatte. Wie einsam er sich fühlte, hatte sie nie bemerkt, hatte wohl auch zu jenen gehört, die ihm nicht richtig zuhörten, doch seinen Wunsch konnte sie ihm nicht erfüllen. »Wir müssen hier weg, Ludwig. Achille lässt uns morgen nach Casale bringen, er kümmert sich um unsere Rückreise, und jetzt will ich nicht mehr darüber sprechen.«

Sie geriet außer Atem und bemerkte, dass ihr Körper zitterte. Wind schlug Schneisen ins Gras und ließ sie schaudern. Was war mit ihr los? Hatte sie sich verkühlt, sich irgendetwas eingefangen, oder wurde man krank, weil man die Liebe seines Lebens verlor?

Es klang so albern. Vor sechs Wochen hatte sie Achille noch nicht einmal gekannt, und das ganze Drama war kein Grund, sich zu ängstigen, als drohe der Weltuntergang.

Sie sah nach oben. Der graublaue Schleier, hinter dem der Himmel versteckt gewesen war, hatte sich zu einer bleiernen Decke aus Wolken verdichtet, die wie gehetzt darüberzogen. Fast verspürte sie Erleichterung. Es war nichts. Nur ihre absurde Angst vor Wintergewittern. Dabei war der Winter vorbei, es war *bel aprile,* der liebliche April, dem die Piemonteser Liebeslieder sangen. Selbst wenn sie die Zeichen richtig deutete und es heute Abend einen Sturm gab, wusste sie ja, dass dieser für Menschen, die ein Haus hatten, keine Gefahr barg.

»Ich gehe packen«, sagte sie zu Ludwig. »Bitte tu du dasselbe. Heute Abend essen wir noch einmal mit den Giraudos, und umso mehr kannst du die Zeit genießen.«

Susanne ging in ihr Zimmer in dem Flügel, der für Gäste genutzt wurde, und machte sich an die Arbeit. Zu packen hatte sie mehr als erwartet. Sie war mit so wenig aufgebrochen und hatte nicht bemerkt, wie sich im Laufe ihrer Reise Dinge angesammelt hatten: Souvenirs, die Achille ihr gekauft oder die sie auf ihren Streifzügen gefunden hatten. Bücher, die er für sie ausgewählt hatte, und zuletzt die Kleider, die er für ihren Auftritt als seine Verlobte angeschafft und von denen sie die meisten noch nie getragen hatte.

In ihren steifen Koffer passte nicht einmal die Hälfte. Der Zeitpunkt, zu dem die despotische Agata mit ihrem Gong zum Abendessen rufen würde, rückte näher, und Susanne war von dem Gedanken besessen, sie müsse bis dahin alles gepackt haben. Andernfalls würde sie womöglich einen Rückzieher machen. Von den Muscheln, die sie in der Gischt des noch winterlichen Meeres gesammelt hatten, konnte sie sich nicht trennen und auch nicht von den beiden Romanen von Gabriele d'Annunzio, *Il Fuoco, Das Feuer* und *L'innocente, Der Unschuldige*, die er ihr nach ihrem ersten Gespräch über den Dichter in einer Buchhandlung hatte einpacken lassen.

Also würde sie die Kleider zurücklassen. Sie bedeuteten ihr nichts, kamen ihr vor wie Theaterkostüme für eine Traumrolle, die am Ende eine andere bekommen hatte. Sie faltete sie in einem Stapel auf die Kommode. Ihre übrige Habe stopfte sie in den Koffer und presste sich mit ihrem ganzen Gewicht darauf, bis sich die Schnallen schließen ließen. Wenn die Muscheln dabei zerbrachen, sollte es eben so sein. Es zerbrach so viel, ohne dass ein Hahn danach krähte.

Sie sah sich im Zimmer um. Es wirkte sauber, aufgeräumt, unbewohnt. Keine Spur mehr von ihr, kein Anzeichen, dass es Susanne Märzhäuser hier für ein paar Tage gegeben hatte.

Als Letztes fiel ihr Blick auf den Ring. Sie hatte ihn zu Geld machen wollen, hatte trotzig befunden, dass er ihr zustand, und wünschte sich jetzt nur, ihn loszuwerden. Er hatte ihr nie gehört, war für die rosenfingrige Emilia ausgewählt worden und passte ihr nicht. Mit einiger Mühe bekam sie ihn über ihren Knöchel geschoben und legte ihn auf den Kleiderstapel.

Danach blieb ihr nichts mehr zu tun. Als sie kurz das Fenster öffnete, weil die Luft ihr stickig vorkam, blies der Wind, der etwas Unnatürliches hatte, den Spitzenvorhang ins Zimmer, und sie schlug es hastig wieder zu. Bis schließlich Agatas Gong ertönte, saß sie still und verbot sich zu weinen.

Sie ging langsam hinüber ins Hauptgebäude, wollte nicht zu den Ersten gehören und sich womöglich gezwungen sehen, Konversation zu machen. Als sie jedoch in den Saal trat, war die Versammlung, die sie dort vorfand, kleiner als erwartet. Der Tisch war für vierzehn gedeckt, was bedeutete, dass von den Gästen noch weitere abgereist waren. Emilias Vater war da und trank einen großen

Campari, während der politisch ambitionierte Graf Ferrara fehlte. Wenige Augenblicke nach Susanne traf er jedoch ein. Er wirkte gehetzt, echauffiert, seine Wangen waren vom Wind gerötet.

»Sie entschuldigen, meine Gnädigste«, sagte er und drängte sich an ihr vorbei. Vermutlich auf Battistas Geheiß hatte Agata ihn so weit von Fabrizia entfernt platziert. Als seine Tischdame fungierte die unbeholfene Tommasina, die er geflissentlich übersah, um sich Ludwig zuzuwenden. Dieser saß an Tommasinas anderer Seite, trank ebenfalls Campari und gab dem Grafen mit Feuereifer Antwort. Susanne nickte ihm zu und setzte sich auf ihren Platz zu seiner Linken. Vor den mannshohen Fenstern tobte ein Wind, dass die Scheiben klirrten und sie glaubte, im Innersten zu schaudern.

Von der Familie fehlten Achille, Battista und Nonna Elia. Egidio, am Kopf der Tafel, schien bereits die Geduld zu verlieren und klopfte mit seinem Messer an den Tellerrand.

»Chiaretta«, rief er eines der Dienstmädchen, »wenn meine Söhne es nicht für nötig halten, pünktlich zu Tisch zu erscheinen, sollen sie ihre *cena* eben kalt essen. Geben Sie in der Küche Bescheid, dass aufgetragen werden kann. Aber vorher schließen Sie die Vorhänge. Von dem Unwetter, das da aufzieht, lasse ich mir nicht den Appetit verderben.«

Chiaretta und ein weiteres Mädchen zogen die schweren Samtvorhänge vor die Scheiben und schlossen das Nahen des Sturmes aus. Susanne war ihnen dankbar. Wenig später erschienen die Hausdiener mit Brotkörben, gefüllten Teigwaren und einer Gemüsesuppe.

Während die Suppe aufgeschöpft wurde, stürmte Nonna Elia in den Saal, ihre Turmfrisur aufgelöst, die grauschwarzen Haarmassen bis zur Taille offen. Auf einmal ließ sich erkennen, wie begehrenswert sie für ihren Mann gewesen sein musste, der aus der siegreichen Schlacht gekommen war, um sich um seine Frau und seinen Wein zu kümmern.

Alle starrten sie an.

»Warum setzt du dich nicht, Mutter?«, fragte Egidio. »Wir haben mit dem Essen bereits angefangen, weil uns die Lust vergangen ist, auf die säumigen Herrschaften zu warten.«

»Ich setze mich nicht, weil ich mich nicht setzen will.« Elias Augen blitzten. »Ich habe Achille gesucht. Ich kann ihn nicht finden. Ob ihr esst oder nicht, ist mir egal.«

Unvermittelt griff Susanne nach Ludwigs Hand und hielt sie fest. Gegen diese Familie hätte sie selbst ihre eigene nicht tauschen wollen. Es schien kaum zwei zu geben, die einander nicht hassten, und keine Oberfläche, unter der kein böses Blut brodelte. Ludwig erwiderte den Druck. Zweifellos war nun auch er erleichtert, dass sie morgen abreisten.

Die Hausdiener gingen unbeirrt weiter um den Tisch und schenkten violetten Wein in die Gläser. Sie hatten offenbar gelernt, die Anwandlungen ihrer Herrschaft zu ignorieren und stur die ihnen aufgetragene Arbeit zu verrichten.

»Worum geht es denn?«, fragte Egidio.

»Das sage ich Achille, nicht dir«, versetzte seine Mutter. »Weiß einer von euch, wo ich ihn finde?«

»Mein Herr Sohn pflegt sich bei mir nicht abzumelden«, giftete Egidio. »Er tut, was er will, das hat er immer getan, und was er einmal anrichten wird, weil wir ihm keinen Einhalt gebieten konnten, das sehe ich in meinen Albträumen.«

»Seine Mutter hat ihn verzogen«, kam es in bitterem Ton von Agata. »Die Neapolitanerin. *La terrona.* Wenn er Schläge verdiente, hat sie ihn mit Zucker gefüttert, ihn an sich gedrückt und ist verschwunden. Er macht das bis heute so. Sooft er sich einem Problem nicht stellen will, verschwindet er. Ich möchte Gift darauf nehmen, dass er mit diesem Mörderpferd über alle Berge ist.«

»Mit Verlaub, Don Egidio«, wandte sich Ferrara an Achilles Vater, ohne sie zu beachten. »Unser Italien braucht Männer, denen niemand Einhalt gebieten kann. Zahme Kälber, die den Großmächten die Hände lecken, hat dieses Land schon so viele, dass es an ihnen zugrunde gehen wird.«

»Ihr seid ja alle verrückt.« Elia wandte sich zum Gehen.

»Signora, warten Sie.« Emilia sprang auf. »Ich bin auch auf der Suche, ich kann meinen Mann nirgends finden, und allmählich beginne ich, mir Sorgen zu machen.«

Das Licht des Kronleuchters fiel auf ihr Gesicht und offenbarte, dass sie die Wahrheit sagte. Sie machte sich tatsächlich Sorgen. Ihre tiefdunklen Augen waren geweitet, und es war möglich, dass sie geweint hatte.

Nonna Elia drehte sich um.

»Wo Battista ist, ist mir egal«, sagte Fabrizia. »Aber Ulysse ist auch weg. Vor dem Essen tobt er sich oft auf den Koppeln aus, aber heute ist er nicht zurückgekommen.«

Diese Aussage war es, die die Gesellschaft in Aufruhr versetzte. Die Teller mit Suppe blieben stehen, die Weingläser allerdings wurden weiter geleert, selbst wenn die Trinkenden aufsprangen und erregt debattierten. Susanne brauchte eine Weile, ehe ihr klar wurde, dass Ulysse der Hund war. Wenn sie ihn seit ihrer Ankunft gesehen hatte, war er entweder Fabrizia oder Achille um die Beine getollt.

»Battista hat ihn mitgenommen«, sagte Emilia zur allgemeinen Verblüffung. »Was starrt ihr mich so an? Er ist ein Hütehund, er ist dazu da, uns zu schützen, oder nicht? Battista wollte die Hänge mit den Barbera-Trauben inspizieren, er hat den Verdacht, dass die Leute die Reben zu stark zurückgeschnitten haben. Außerdem vermutet er seit Wochen Diebe in der Gegend. Wegen des Sturms war es dort draußen stockfinster, deshalb wollte er den Hund mitnehmen.«

»Was für ein erstaunliches Gemenge von Unsinn«, bemerkte Nonna

Elia. »Emilia Filangeri, ich habe dich einmal für ein kluges Mädchen gehalten, doch wie es aussieht, war der Wunsch der Vater des Gedankens. Barbera-Reben müssen kurz geschoren werden wie Mönchsköpfe, ansonsten treiben sie schlimmer aus als die Dummheit und bringen wasserdünnen Wein hervor.«

»Genau das wollte Battista«, gab Emilia zornig zurück. »Große Mengen eines preiswerten Weins erzeugen, der sich an die Gaststätten der Umgebung verkaufen lässt. Er hat an dem überteuerten Barolo schon genug, seiner Ansicht nach ist der Profit bei einem Alltagswein größer.«

»Aha«, machte Nonna Elia. »Und wie lautet deine eigene Ansicht zur Erzeugung von Billigwein auf unseren Hängen?«

Emilia zuckte die Schultern. »Was geht das mich an? Ich bin eine Frau. Battista ist der Herr, und Battista wollte nicht, dass die Reben beschnitten werden. Er hat es den Leuten gesagt, aber sie hören nicht auf ihn, sondern machen sich hinter seinem Rücken lustig über ihn.«

Susanne starrte auf den roten Samt des Vorhangs. Trotz der dämpfenden Wirkung hörte sie auf einmal wieder, wie der Sturm heranrollte, wie Wind gegen die Scheiben tobte und sie in ihren Rahmen klirren ließ.

»Ich will meinen Hund! Da draußen geht gleich die Welt unter!« Fabrizia kämpfte gegen Tränen.

»Was für ein Haus ist das eigentlich, in dem um einen Hund mehr Gewese gemacht wird als um einen Menschen?«, rief Emilia.

Eine Weile lang sprach alles durcheinander, bis der Conte Ferrara sich Gehör verschaffte. »Warum senden wir nicht Männer vom Personal als Suchtrupp aus?«, schlug er vor. »Solange es trocken bleibt, könnte man Fackeln benutzen, und ich würde mich bereit erklären, den Trupp zu leiten.«

In diesem Moment brach vor den Fenstern der Regen los. Wogen prasselten gegen das Glas wie Hagel, wie Geschosse.

Im Gang wurden Schritte laut, und gleich darauf trat Achille ohne Hut, Rock und Mantel in den Raum. Sein Haar tropfte, sein Hemd klebte ihm auf der Haut, und über sein Gesicht rann Regen. Davon abgesehen schien ihm jedoch nichts zu fehlen. Vor Erleichterung fühlte Susanne sich schwach.

»Was ist denn hier los? Gibt es nichts zu essen?« Er schüttelte sich wie ein Hund.

Nonna Elia, die der Tropfenhagel traf, lachte auf und gab ihm einen zärtlichen Streich auf die Wange. »Es dürfte alles kalt sein. Aber wenn du Maria hübsch bittest und dich wie ein zivilisierter Mensch trocken anziehst, wird sie es sich sicher nicht nehmen lassen, dir etwas Warmes zuzubereiten.«

Achille beugte sich zu ihr und küsste sie auf die Stirn. Dann langte er über den Tisch, griff sich ein Weinglas und trank es leer. Er wollte gehen, doch seine Schwester rief ihn zurück: »Hast du denn Ulysse nicht bei dir? Ich kann ihn nicht finden, Achille, er ist schon seit heute Nachmittag weg!«

»Ulysse?«, rief Achille. »Er ist bei dem Wetter draußen?«

»Und dass euer Bruder verschwunden ist, ist euch wohl beiden egal!«, rief Emilia und vertrat Achille den Weg. »Wo bist du überhaupt gewesen, dass dir Battista nicht begegnet ist?«

»Ich suche meinen Hund«, schoss Achille zurück. »Für deinen Mann bist du zuständig.«

Die Gesellschaft löste sich auf. Irgendwann wurde der Vorschlag des Grafen umgesetzt und ein Suchtrupp mit Fackeln entsandt. Da die Hausdiener mitgingen, übernahmen es die Mädchen, aus der Küche kalte Platten aufzutragen. Manch einer versuchte, seine Nerven zu beruhigen, indem er wahllos aufgeschnittenes Fleisch, Käse und eingelegtes Gemüse in sich hineinstopfte, andere, wie Susanne, brachten nichts herunter. Wein tranken alle. Eine Flasche nach der anderen wurde geöffnet, geleert und ersetzt.

Bei nächster Gelegenheit schob sich Achille zu ihr und Ludwig durch. Er war bleich, wirkte zerstreut und erschöpft. »Legt euch besser schlafen, ihr habt morgen einen langen Tag vor euch«, sagte er. »Ehe das Wetter sich nicht beruhigt, können wir nichts tun.«

»Warum gehst du nicht mit dem Suchtrupp mit?«, entfuhr es Susanne.

»Weil es sinnlos ist«, sagte Achille. »Der Wind bläst die Fackeln aus, und niemand sieht seine Hand vor Augen.«

»Ich würde gern helfen«, warf Ludwig ein.

Achille schüttelte den Kopf. »Glauben Sie mir, es ist gefährlich, zurzeit da draußen herumzulaufen, erst recht, wenn man das Gelände nicht kennt. Sobald der Sturm sich legt, ziehen wir noch einmal los, und sicher werden wir die beiden dann finden. Ich nehme an, das Unwetter hat sie überrascht, und sie haben sich irgendwo untergestellt.«

Susanne und Ludwig gingen schließlich auf ihre Zimmer, wie er es ihnen geraten hatte. Susanne legte sich in ihren Kleidern aufs Bett. Vor dem Fenster wütete der Sturm, und an Schlaf war nicht zu denken.

Irgendwann musste sie aber doch eingeschlafen sein, denn ein wolfhaftes Heulen schreckte sie wach. Ohne je etwas dergleichen gehört zu haben, wusste sie, worum es sich handelte: um den Klagegesang von Frauen, die den Tod eines Menschen beweinten.

Im Morgengrauen, als der Sturm sich legte, hatte der Suchtrupp Battista gefunden. Er lag am Fuß eines Hangs und hatte ein Messer im Hals. In ein paar Schritten Entfernung lag der weiße Hund, der ebenfalls erstochen worden war.

Die Polizei kam eine Stunde später, Susanne wusste nicht, wer sie verständigt hatte. Sie verhafteten Achille wegen Mordes an seinem Bruder und schleiften ihn zu ihrem Wagen, sosehr er sich bäumte und wehrte. Schließlich schlug ihm einer mit einem Knüppel über den Kopf, dass er niedersackte und sich willenlos ziehen ließ. Susanne stand am Fenster und schrie ihm aus Leibeskräften hinterher, doch er hörte sie nicht.

ZWEITER TEIL

Weltensturm

Regensburg
April 1913

»Niemand tötet sich aus Liebe zu einer Frau. Man tötet sich, weil Liebe – jede Liebe – uns in unserer Nacktheit enthüllt, in unserem Elend, unserer Verwundbarkeit, unserem Nichts.«

Cesare Pavese, *Das Handwerk des Lebens*

19

Susanne schrie aus Leibeskräften, doch sie war allein, und niemand hörte sie. Seit Stunden hatte sie nur noch wimmern können, und woher ihr Körper jetzt die Kraft zu einem so erderschütternden Schrei nahm, war ihr ein Rätsel.

Es war zu spät. Die Frau namens Marthe, die sich um sie hätte kümmern sollen, war fort. Es waren ja so viele Stunden verstrichen, ohne dass etwas vorwärtsging. Von allem, was Susanne gewesen war, war nur noch der Schmerz übrig, und auch der war kaum noch spürbar, weil das Leben aus ihrem Körper sickerte wie Maische aus einem angestochenen Fass.

Sie hatte schließlich nicht länger gekämpft, sondern den Kopf auf das nass geschwitzte Laken sinken lassen und darauf gewartet, dass sie an ihrer Schwäche starb. Jetzt aber kehrte der Schmerz mit einer Wucht zurück, der den entkräfteten Körper zerriss. Es zerfetzte alles, was sie gewesen war, was sie erlebt, erdacht, geliebt, gefürchtet und gewünscht hatte.

Die Tür flog auf. Durch ein Rauschen hörte sie Rufe, und durch Schleier sah sie Gesichter, die vor ihr auf und ab tanzten. Eines gehörte der Frau, Marthe, ein rötliches, raues Gesicht, in dem sie Verachtung für ihr Versagen entdeckte. Die beiden anderen waren Männergesichter, doch der Mann, nach dem sie sich sehnte, war nicht dabei.

Das war gut. Er sollte sie so nicht sehen. Außerdem musste er unten im Restaurant bleiben, sie hatte von ihm verlangt, es ihr zu schwören: »Was immer geschieht, wer immer dich holen will, du hörst nicht hin, sondern bleibst im Restaurant, bis die letzten Gäste gegangen sind.«

Es war das erste Jahr, der erste noch kühle Frühling. Die Gäste kamen zwar nicht in Scharen, aber doch jeden Abend eine Handvoll, und manchmal waren welche darunter, die bei einem Glas Wein den Blick auf die Donau genossen, bis die Sperrstunde ein Ende erzwang. Dafür hatten sie gekämpft und mussten jetzt weiterkämpfen. Das Restaurant war ihr Traum, das Einzige, was von ihr bleiben würde.

Meine Spur in der Welt. Meine ganz, ganz kleine.

»Wie lange geht das schon?«, fragte einer der Männer, von dem sie statt der Augen nur Brillengläser glitzern sah. Er setzte sich neben sie auf das Bett und drückte ihr auf den Leib wie auf einen Blasebalg. Susanne schrie auf.

»Achtundvierzig Stunden«, antwortete Marthe.

»Und warum zum Teufel haben Sie uns nicht früher verständigt?«, herrschte der Mann sie an. »Sie muss ins Spital, sofort. Wir hätten einen Schnitt machen müssen, schon vor weiß Gott wie langer Zeit.«

»Verständigt hab ich Sie nicht, weil die Herrschaften doch in keiner Kasse sind«, verteidigte sich Marthe energisch. »Und Geld haben's auch nicht. Hat mir die Frau eigens aufgetragen, grad als es losging: ›Holen S' nicht den Doktor, Marthe, noch einmal ins Spital, das brächte uns an den Bettelstab‹.«

Ja, dachte Susanne, der ihr Bauch zerplatzte, ja, das habe ich gesagt, denn das erste Mal ist noch gar nicht abbezahlt, und wozu ist es gut, wenn man doch hinterher mit leeren Händen heimgeht? Ich hätte es nicht noch einmal versuchen dürfen, nicht darum betteln, nicht flehen, drohen, erpressen. Ich hätte in der Nacht von keinem kleinen Jungen träumen dürfen, der mit einer Sternenlaterne die Straße entlangtanzt, von keinem kleinen Jungen, der auf einer Vogelpfeife spielt.

Der Arzt stöhnte. »Die Leute kümmern sich nicht. Die geben ihr Geld für jeden Plunder lieber aus als für ihre Gesundheit, und hinterher gibt's dann Heulen und Zähneklappern. Und wer hat's auszubaden? Wir.«

»Wenn ich vielleicht einmal einen Blick drauf werfen dürfte, Herr Doktor«, sagte der jüngere Mann. »Fürs Spital und für einen Schnitt ist's ja jetzt ohnehin zu spät.«

»Was soll's? Schaden wird's wohl kaum. Ist das Mädel katholisch? Den Priester könnt's brauchen.«

Der Bebrillte stand auf, und der jüngere Mann trat vor das Bett und tastete mit zwei, drei Griffen über Susannes Bauch. »Das Kind liegt quer«, sagte er ohne Umschweife. »Die Wehen bringen nichts voran, die quälen sie nur. Raus kann's auf die Weise nicht, und zum Schneiden fehlt uns die Zeit.«

»Und nun stirbt's?«, fragte Marthe. »Ach Gott. Eins ist ihr ja schon totgegangen, und vielleicht ist's das Beste, das arme Ding stirbt gleich mit.«

»Ich muss es drehen«, sagte der Arzt. »Wenn ich es schaffe, es herauszuholen, können wir sie durchbekommen.«

Ich will nicht, dachte Susanne. *Ich will keine Schmerzen mehr haben, keine toten Kinder, keine Träume, die sich nicht erfüllen.* Vor ihrem trüben Fenster erlosch schon wieder ein Tag, und sie würde nicht noch einmal die Kraft aufbringen, einen neuen zu beginnen.

»Das geht nicht«, sagte der Bebrillte. »So etwas wird nicht gemacht.«

»Pfannenstiels Kaiserschnitt wurde vor zehn Jahren auch noch nicht gemacht«, erwiderte der Jüngere und trat aus Susannes Blickfeld. Sie hörte ihn am Waschtisch mit Wasser plätschern, dann kam er zurück, kniete sich vor das Bett und spreizte ihr die Beine. Eine Hand legte er ihr auf den Leib, die andere schob er in sie hinein. Der Schmerz war eine Leuchtrakete, die durch die Decke schoss, war ein

Messer, das sich in ihr drehte. Sie schrie und schrie, war kein Mensch mehr, sondern nur noch Schrei.

Dann hörte sie auf. Abrupt und ganz von allein. Ausgepumpt fiel sie aufs Bett zurück und starrte mit aufgerissenen Augen in die Höhe. Das Kind, das er wie einen blauen Blitz aus ihr herausgezogen hatte, hing schlaff über seinem Arm. Er schlug es auf die Hinterbacken, gab ihm hintereinander drei klatschende Schläge, als wäre das arme, schlaffe Bündel lebendig und hätte eine harmlose Missetat begangen. Susanne wollte ihn hindern, doch sie hatte keine Kraft. Zwischen ihren Beinen spürte sie, wie ihr Blut in Strömen aus ihr heraussickerte.

Geben Sie es doch mir, wollte sie sagen. *Nur einen Augenblick.* Das andere hatten sie ihr gleich weggenommen. »Es sieht nicht wie ein Mensch aus, es würde Sie nur in Schrecken versetzen«, hatten sie gesagt.

Er schlug es noch einmal, diesmal fester, und mit einem Mal begann es zu schreien. In den schlaffen Körper kam Spannkraft, und die blaue Haut färbte sich rot.

»Sie haben einen Buben«, sagte der junge Arzt. »Er ist kräftig, er wird's wohl schaffen, aber weitere Kinder sollten Sie zu Ihrem eigenen Besten nicht bekommen.«

20

Marthe ging, nachdem sie das Kind gewaschen, gewickelt und angekleidet hatte, und der bebrillte Arzt ging mit ihr. Nur der Jüngere blieb noch und dokterte eine Weile lang in Susannes Unterleib herum, diesen Teilen, von denen ihre Kinderfrau ihr einst erklärt hatte, man dürfe sie beim Waschen nicht anschauen. Sie bemerkte es kaum. Sie hielt ihren Sohn im Arm und verlor sich in der Tiefe seiner Augen.

Ich habe von dir geträumt, bevor ich dich kannte. Wovon hast du geträumt, solange du in mir schliefst?

»Nur keine Sorge«, sagte der Arzt, der Dr. Friedländer hieß und ihr Kind gerettet hatte. »Ich behandle an drei Tagen pro Woche für die Fürsorge, ich rechne es darüber ab. Morgen komme ich noch einmal und sehe mir an, ob die Blutungen aufgehört haben, und ob Sie genug Milch haben, um das Kind zu nähren. Alleine sollten Sie aber über Nacht nicht bleiben. Wo kann man Ihren Mann denn erreichen?«

Susanne schüttelte den Kopf. »Mein Mann hat keine Zeit. Er wird in unserem Restaurant gebraucht. Im Ponte di Pietra.«

»Wie bitte?«

»Ponte di Pietra«, wiederholte Susanne. »Das bedeutet *Steinerne Brücke*, und eines Tages wird den Namen ganz Regensburg kennen. So wie den von der Wurstkuchl. Unser Ponte ist gleich nebenan, es ist das einzige italienische Restaurant im Königreich Bayern und steht bei der Brücke, mit Blick auf die Donau, nur ein paar Schritte von hier.«

Dr. Friedländer lächelte. »Das klingt sehr verlockend. Aber Pflege brauchen Sie trotzdem. Wenn Ihr Mann nicht selbst kommen kann, soll er jemanden schicken.«

Wir haben ja niemanden, dachte sie. *Keinen als Loibner, den Koch*, aber das klang, als wäre sie einsam, und das war völlig falsch. Sie würde nie wieder einsam sein. In ihrem Arm hielt sie ihr Glück, ihren Für-immer-Menschen, den nichts und niemand ihr mehr nehmen würde.

»Mein Mann kommt nach der Sperrstunde«, sagte sie zu Dr. Friedländer. »Gehen Sie ruhig nach Hause, sicher wartet Ihre Frau auf Sie. Sie haben mehr für mich getan als irgendein Mensch, und dabei kennen Sie mich gar nicht. Wenn Sie einmal jemanden brauchen, bitte kommen Sie zu mir, und ich tue für Sie, was immer Ihnen hilft.«

Sie wollte ihn loswerden und mit ihrem Kind allein sein. Zugleich hätte sie ihm jede Wohltat auf der Welt erweisen wollen, wissend, dass sie ihre Schuld bis an ihr Lebensende nicht abtragen konnte.

Dr. Friedländer lachte. »Das tun alle Frauen, wenn sie frisch von einem Sohn entbunden sind: Sie versprechen ihrem Arzt, oder wer immer sonst ihnen geholfen hat, die Welt. Aber das legt sich wieder. Spätestens wenn die kleinen Bengel das erste Mal so ungezogen werden, dass man sie zum Mond wünscht.«

»Bei mir legt es sich nie«, sagte Susanne. »Mein Sohn wird nicht ungezogen, ich werde ihn nie zum Mond wünschen, und ich werde nie vergessen, was Sie für mich getan haben.«

Ihre Blicke trafen sich. Er hatte Augen wie Haselnüsse und wirkte verwundert, ja berührt. »Meine Mutter behauptet das auch«, sagte er. »Dass ich nie ungezogen war, sondern immer ein Engel, meine ich. Ihr Angebot ist sehr freundlich. Vielleicht sollte ich einmal in Ihrem Restaurant vorbeischauen und mich zum Essen einladen lassen, solange Sie mich noch in Erinnerung haben.«

»Tun Sie das. Wir servieren Ihnen eine Carne cruda, in der Sie allen Saft und alle Würze der piemontesischen Wiesen schmecken, scharfen Tume-Käse, bei dem es Ihnen den Gaumen zusammenzieht, und zum Dessert eine Zabaglione, mit nur halb süßem Marsala aufgeschlagen. Dazu unseren Barbera mit seiner noch jungen Frische und nach dem Essen ein Grappa, den Zaubertrank der Bauern aus dem Monferrato, der Sorgen vertreibt.« Sie hatte sich in Erschöpfung geredet und musste Atem holen. »Ihnen und natürlich auch Ihrer Gattin steht im Ponte di Pietra alles frei«, fügte sie dann an. »Aber damit ist es lange nicht getan.«

Er lachte wieder. »Das ist mir allerdings noch nie vorgekommen, dass eine frisch Entbundene mir eine derart illustre Speisekarte herunterbetet. Vielen Dank, ich komme gern, nur müsste ich statt der Gattin meine Mutter bringen. Ich bin Junggeselle.«

»Natürlich. Ihre Mutter ist willkommen.«

Unschlüssig erhob er sich. »Mir wäre dennoch lieber, wenn wir Ihren Mann hier hätten. Dieses eine Mal wird den Trank nach dem Essen vielleicht jemand anders servieren können?«

Wir haben ja noch niemanden anders, wollte sie ihm erklären. *Wir haben doch mit nichts angefangen und müssen uns unseren Weg erst erkämpfen. Und dennoch haben wir alles. Ich bin die reichste Frau auf der Welt.* Sie sah in die blauen Augen ihres Kindes, die offen standen und ihr begegneten, als käme es von weit her und hätte die Weite noch im Blick.

Sie sann auf eine Antwort, die ihn zum Gehen bewegen könnte, hatte aber die Frage vergessen. Im nächsten Moment wurde die Tür aufgeschoben, und in den Spalt drängte sich ihr Mann.

Er war außer Atem, war offenbar die drei Stockwerke hinauf zu ihrer Mansarde gerannt. Blass war er auch. Schien seiner selbst nicht sicher und blieb zögerlich stehen. Sie hatte ihn in so vielen Situationen abseits der Normalität gesehen und doch noch nie so wie jetzt. Verstört und linkisch. Sie wollte ihm danken. Wollte ihm sagen, dass er seinen Teil ihrer Übereinkunft eingehalten und seine Schuld abgegolten hatte, dass er sich beruhigen sollte und sie nun nichts mehr von ihm verlangen würde.

»Guten Abend«, sagte er leise. »Die Hebamme hat mir Bescheid gesagt. Ist es wahr? Es ist gut gegangen? Ich habe …«

Dr. Friedländer hatte seine Tasche fertig gepackt und wandte sich zum Gehen. »Ja, mein Herr. Ich gratuliere, Sie haben einen gesunden Sohn. Die Geburt war allerdings sehr schwer, Ihre Frau ist schwach und sollte nicht allein bleiben. Und sie sollte keine Kinder mehr bekommen. Eine weitere Schwangerschaft könnte ihr Leben kosten.«

»Aber wir brauchen doch keine Kinder mehr«, sagte Achille fassungslos und starrte das Kind an, das in Susannes Arm lag. »Wir haben ja eines, wir haben eines, das lebt.«

Dr. Friedländer lachte sein freundliches Lachen. »Das ist die richtige Art, die Dinge zu betrachten. Alles Gute. Ich schaue morgen am Vormittag noch einmal vorbei.«

Er wollte das Zimmer verlassen, doch Achille versperrte ihm in seiner ganzen raumgreifenden Atemlosigkeit den Weg. Hastig langte er in seine Hosentasche und förderte eine Handvoll Münzen und Scheine zutage. »Genügt das? Es hat Sie doch sicher noch niemand bezahlt.«

Überrumpelt starrte Dr. Friedländer auf das Geld, zweifellos die gesamten Einnahmen des Abends. »Ich habe Ihrer Frau schon gesagt, das geht in Ordnung. Ich kann es über die städtische Fürsorge verrechnen.«

»Kommt nicht infrage.« Kurzerhand stopfte ihm Achille das Geld in die Westentasche. »Mein Sohn ist kein Fall für die Fürsorge. Für seine Erziehung, seine Ausbildung und alles, was er sonst noch braucht, kommt sein Vater auf. Für seine Geburt erst recht. Und wenn Sie erlesen zu speisen wünschen – Sie sind unser Gast.«

»Dann bedanke ich mich«, sagte Dr. Friedländer und schüttelte Achille die Hand. »Ihre Frau hatte mich auch schon eingeladen, also nehme ich an, dass ich demnächst meine Hosen werde weiten lassen müssen.«

Friedländer ging, und Achille blieb unschlüssig stehen, den Blick auf das Gesicht ihres Kindes gerichtet. Endlich hob er den Kopf und sah Susanne an. »Darf ich?«

Sie nickte.

Er bewegte sich nahezu lautlos durch den Raum und setzte sich an ihre Seite, sodass sie die Wärme seines Körpers spürte. Lange blieben sie reglos, sahen unverwandt in eine Richtung, betrachteten den winzigen Menschen, der aus ihnen beiden gewebt und doch ein gänzlich eigenes Geschöpf geworden war. Die Schmetterlingslippen, die Lider wie Perlmutt, die von der Anstrengung gerunzelte Stirn, an der schwarzes, schweißnasses Haar klebte. Waren alle Menschen, wenn sie geboren wurden, so vollkommen, so fehlerlos, so, als könnte nie etwas Gemeines, Böses, Hässliches von ihnen ausgehen?

Vorsichtig, fast als fürchte er sich, streckte Achille einen Finger aus und berührte das Händchen des Kindes. Die Hand war ein winziger Seestern, wie sie ihn am Strand von San Remo gefunden, behutsam aufgehoben und zurück ins Meer geworfen hatten, wo er in seinem Element war.

Du aber musst hierbleiben, hörst du, mein Kleines? Du darfst nicht zurück in dein Element, weil ich es nicht ertragen würde, dich zu verlieren. Ich würde alles für dich tun. Nur dich hergeben nicht.

Der Seestern öffnete sich, nahm Achilles Finger und schloss sich um ihn. Achille entfuhr ein Laut. Susanne blickte auf und sah ihn lächeln. Sie konnte sich nicht erinnern, ihn seit dem Tag, an dem er Santa Maria delle Vigne verloren hatte, je anders als aus Höflichkeit lächeln gesehen zu haben. Jetzt aber war in seinem Lächeln ein Leuchten, ein staunendes, ungläubiges Glück, in dem sie ihr eigenes erkannte.

War es möglich?

Er war ihr Mann, sie waren seit bald drei Jahren vor dem Gesetz und der römisch-katholischen Kirche, zu der sie hatte übertreten müssen, verbunden und hatten doch nie zusammengehört. Nicht einmal in den Nächten, in denen die Kinder gezeugt worden waren, das erste, das tot auf die Welt gekommen war, und das zweite, das ihnen bleiben würde. Jetzt aber gehörten sie zusammen, Susanne konnte förmlich spüren, wie sie zu einer Einheit verschmolzen.

Sie waren kein Liebespaar wie Max und Vevi. Aber sie waren eine Familie. Sie hatten etwas gemeinsam, das kostbarer war als alles, was Emilia Filangeri je von ihm besessen hatte.

Ein Kind.

»Glaubst du, er weiß es?«, flüsterte Achille, als fürchtete er, seinen Sohn mit den weit geöffneten Augen aus einem Traum zu schrecken. »Glaubst du, er weiß, dass ich sein Vater bin?«

»Ich glaube, er weiß alles.«

»Ja.«

Von der unbequemen Haltung zitterte ihm die Hand, doch seinen Finger in der Faust seines Sohnes hielt er stockstill. Sehr langsam schloss der kleine, von weit her gereiste Ankömmling seine Augen und schlief ein.

Wir sind Hirten. Hüter. Wir bewachen den Schlaf eines Menschenkindes. Was könnten wir je tun, das bedeutsamer wäre, und wie könnten wir je annehmen, unser Leben hätte keinen Sinn?

»Ich will ihn immer beschützen, Susanna«, flüsterte Achille mit bebenden Lippen. »Ihm alles geben. Ich will, dass er glücklich ist.«

»Ich auch«, flüsterte sie zurück.

Und eine Vogelpfeife auf der Dult will ich ihm kaufen und ihm versprechen: Dich hab ich lieber als Mandelsplitter und alle kleinen Sterne.

Über Achilles Gesicht rannen Tränen. »Tullio«, sagte er. »Wäre es dir recht, wenn er den Namen Tullio bekäme?«

Susanne wusste, dass es in seiner Heimat üblich war, einem erstgeborenen Sohn den Namen des väterlichen Großvaters zu geben. Dass sein Bruder Egidio geheißen hatte und nur zur besseren Unterscheidung bei seinem zweiten Vornamen Battista gerufen worden war, hatte sie erst bei den Vernehmungen auf der Polizeiwache in Casale erfahren. Den Namen seines Vaters würde Achille ihrem Sohn jedoch nicht geben wollen, und der Name ihres Vaters stand für Susanne außer Frage. Ihr Vater hatte sie aus dem Familienstammbuch ausgestrichen, und sein Vater hatte ihn öffentlich für enterbt erklärt. Die beiden Großväter würden nie den Wunsch äußern, ihr Enkelkind kennenzulernen. Weshalb also hätten sie in dessen Namen geehrt werden sollen?

Susanne hatte erwogen, Ludwig zu ehren, denn er hatte zu ihnen gehalten und dafür die größten Opfer erbracht. Ohne ihn wäre Achille nicht hier und ihr Sohn nicht auf der Welt. Ludwig hätte es verdient, dass sein Neffe seinen Namen trug. Susanne aber wünschte ihrem Kind einen Namen, der ihm allein gehörte, einen einzigartigen Namen für einen einzigartigen Menschen.

Der Name Tullio gefiel ihr auf der Stelle. Sie sah dabei einen kleinen Jungen vor sich, der sich ausgelassen einen Hang hinunterkugeln ließ und vor Glück laut lachte.

Ihren kleinen Jungen.

Tullio Giraudo.

»Tullio ist schön«, sagte sie, berührte den Schopf ihres schlafenden Sohnes und stellte sich vor, wie sie ihn mit dem Namen Tullio ansprechen, ihn rufen und *Tullio Giraudo* auf die erste Seite seiner Kinderbücher schreiben würde.

Nicht in *Struwwelpeter*. Keine Geschichten von Kindern, die vom Sturm davongerissen wurden, sondern Bücher, die von freundlichen Bären erzählten, die im Mondlicht tanzten.

»Dann ist es beschlossen?«, fragte Achille. »Unser Tullio?«

Susanne nickte. »Hast du ihn nach jemandem benannt? Hattest du einen Freund, der Tullio hieß?«

»Meine Mutter«, sagte er stockend. »Ihr Name war Tullia Agostina Annunziata. Als ich ein kleiner Junge war, fand ich, das wäre der schönste Name der Welt.«

Sachte schloss Susanne ihre Hand um seine, deren Finger Tullio umklammert hielt. Sie waren noch eine Weile lang still, gönnten sich noch ein paar Augenblicke, um sich in die Zärtlichkeit des neuen Lebens hineinzutasten und zu begreifen, dass nun alles gut war und bleiben würde. Dann wurde es Zeit für die Dinge des Alltags, die auch gut waren, denn was immer sie fortan taten, taten sie für ihren Sohn.

»Was ist mit dem Restaurant?«, fragte Susanne. »Hast du es allein gelassen, nur mit Loibner zur Aufsicht? Und dann noch die Tageseinnahmen dem Arzt gegeben? Wovon sollen wir morgen den Fritsche bezahlen, der die Eier liefert?«

»Das musste ich doch«, sagte er. »Dem Arzt, der unseren Sohn auf die Welt geholt hat, das Geld geben.«

»Ja, das musstest du.«

»Bist du mir böse?«

»Nein.« Sie strich ihm über die Hand. »Aber jetzt musst du gehen, ehe uns sämtliche Gäste die Zeche prellen. Es waren doch noch Gäste da, nicht wahr, Achille? Das Restaurant wird seinen Weg doch machen, es wird Tullio an nichts fehlen?«

»An nichts«, sagte Achille. »Weder Tullio noch dir. Ich werde für euch sorgen, Susanna. Im nächsten Frühjahr, noch ehe Tullio laufen gelernt hat, bringe ich euch aus diesem Loch heraus, und kein Geheimrat Bernheimer greint mehr nach seiner Miete. Bis zum nächsten Frühjahr ist das Obergeschoss fertig, die Keller sind geräumt, und meine Familie zieht in ihr eigenes Haus.«

Das war unmöglich zu schaffen, doch es ihn mit solchem Feuer versprechen zu hören war schön. Sie hatten den Stockwerkbau, der aus dem fünfzehnten Jahrhundert stammte, mit dem schmalen Kredit, den man ihnen gewährte, kaufen können, weil er als baufällig galt und sich kein Abnehmer fand. Die Lage an der Steinernen Brücke, Regensburgs sagenumwobenem Wahrzeichen, die Susannes Geburtsort Stadtamhof mit der Altstadt verband, war ideal, doch lediglich das Erdgeschoss und die Nebengebäude im Hof waren nutzbar. Ober- und Dachgeschoss hingegen waren mehr schlecht als recht vor dem Einsturz gesichert. Keine andere Stadt in Bayern verfügte über so viele gut erhaltene Bürgerhäuser des Mittelalters wie Regensburg, doch das ihre gehörte nicht dazu.

Susanne und Achille waren dennoch Feuer und Flamme gewesen. Wie in der Epoche seiner Entstehung üblich, war das Erdgeschoss nicht in Kammern unterteilt, sondern bestand aus einer einzigen Wohnhalle, in der zur Glanzzeit des Hauses Feste gefeiert, Gäste bewirtet und Geschäfte abgeschlossen worden waren. Der weitläufige Saal war für den Speiseraum eines Restaurants ideal, und die niedrige Decke aus Bohlen und Balken vermittelte Behaglichkeit. Statt eines Biergartens, wie er in Regensburg immer beliebter wurde, würden sie sich vorn, zur Donau hin, eine Terrasse zimmern und eine Laterne aufhängen wie in den Gassen der ligurischen Dörfer. Die einstigen Wirtschaftsgebäude im Hof taugten derweil als Küche, Lager und Abtritt.

Mehr brauchten sie nicht. Dass das Haus bis fast ans Flussufer unterkellert war, würde sich später als nützlich erweisen, wenn sie es sich leisten konnten, das mittelalterliche Gewölbe vom Geröll zu befreien und zu sichern. Für den Anfang genügte ihnen, was sie hatten. Nur wohnen mussten sie irgendwo, möglichst nah beim Restaurant. Da sie sich mit allen Kräften in den Aufbau ihres Geschäfts stürzen wollten und eine Wohnung nur zum Schlafen brauchten, schien die Mansarde – ein Zimmer mit Küchenzeile –, die sie von

einem pensionierten Geheimrat anmieten konnten, eine annehm-
bare Lösung.

Susanne zollte Achille Bewunderung, weil er hier wohnen konnte.
Für sie selbst war jetzt, da sie ihr Leben in die Hände nahm, alles besser als ihr Elternhaus am anderen Ende der Brücke. Er aber hatte wie
ein Prinz in einem Schloss gelebt, war in den luxuriösesten Hotels
seines Landes verwöhnt worden, und jetzt hauste er in einer Kammer unter dem Dach, in der es im Sommer drückend heiß wurde und
im Winter kaum Licht gab.

Insgeheim hatte sie befürchtet, dass er bald die Waffen strecken
würde, aber er klagte nie, sondern widmete sich mit Haut und Haar
der Arbeit. Darin waren sie eins, zogen am selben Strang. Es war
eines von drei Versprechen gewesen, die er ihr gegeben hatte. Das
zweite würde er nicht brechen, und die Erfüllung des dritten lag
schlafend in ihrem Arm.

Ihn jetzt so sprechen zu hören, als wäre das Kind nicht nur ihr,
sondern auch sein Traum gewesen, war viel mehr, als sie erwartet
hatte.

»Wegen der Gäste im Ponte brauchst du keine Angst zu haben«,
sagte er, während er sich bemühte aufzustehen und sich doch von
Tullios Anblick nicht losreißen konnte. Die Aprilnacht war kalt. Hier
drinnen aber, in dem winzigen Zimmer, war eine Wärme, in der
Susanne ewig hätte bleiben wollen. »Das junge Mädchen, Golda, hat
gesagt, ich soll mir keine Sorgen machen. Sie kassiert ab, bis ich
zurück bin, und dann geht sie und pflegt dich und unseren Sohn.«

»Was für ein junges Mädchen? Welche Golda?«

»Habe ich vergessen, dir das zu erzählen? Deine Schwägerin
Genoveva hat Golda geschickt, damit sie dir mit dem Kind eine Hilfe
ist.«

Jetzt erinnerte sie sich. Golda hieß das Mädchen mit den rost-
braunen Flechten, das Max und Vevi eingestellt hatten, als Vevi

schwanger gewesen war. *In der Hoffnung.* So hatte sie es ausgedrückt: »Ich bin in der Hoffnung, Suse. Zu meinem großen Maxl werde ich noch einen kleinen Maxl bekommen, ist das nicht wundervoll? Oder eine Maximiliane, die wäre mir auch recht – am besten einen ganzen Stall voll von beidem.«

Dabei hatte sie herzlich gelacht, wie es ihre Art war, und sich entschuldigt, dass Susanne nicht Patin werden durfte: »Du weißt, dass dein Bruder und ich keine lieber hätten als dich, aber mit eurem Herrn Papa wagt der Maxl sich's nicht zu verscherzen. Du wirst trotzdem die Lieblingstante vom kleinen Maxl-Zwergerl werden, ganz bestimmt.«

Das kleine Maxl-Zwergerl jedoch würde nie eine Lieblingstante haben. Es war nicht lebend zur Welt gekommen, so wenig wie das Kind, das Susanne zu jener Zeit erwartet und von dem sie Vevi an jenem Tag nichts erzählt hatte. Sie waren alle vier gleichzeitig *in der Hoffnung* gewesen: Susanne, Vevi, Sybille und Mechthild Krause, die Ludwig geheiratet hatte. Mechthild hatte ein properes Zwillingspaar namens Helene und Holdine zur Welt gebracht und Sybille nur vier Wochen später einen gesunden Sohn, der nach seinem Vater Joseph genannt wurde. Susannes und Vevis Kinder hingegen wurden tot geboren, das von Vevi noch so klein und kümmerlich, dass sich nicht einmal sagen ließ, ob ein Maxl oder eine Maximiliane draus geworden wäre.

»Was für ein böses, ungerechtes Pech, Bruderherz«, hatte Ludwig gesagt. »Aber das nächste Mal klappt es, und ehe du dichs versiehst, hast du dein halbes Dutzend versammelt.«

Sie hatten es alle geglaubt. Max und Vevi mit ihrer einzigartigen Liebe, mit all dem Geld und dem sorgenfreien Leben waren dazu gemacht, viele Kinder zu bekommen. Vevi aber war nicht wieder schwanger geworden. Sybille hatte ein Jahr nach ihrem Joseph eine ebenso kerngesunde Maria zur Welt gebracht, doch die liebevoll eingerichtete Kinderstube bei Max und Vevi blieb leer.

Golda, die Kinderpflegerin, für die es kein Kind zu pflegen gab, hätte wieder entlassen werden können, aber Vevi behielt sie im Haus. Sie mochte das Mädchen, das erst sechzehn Jahre alt war, gern, und sie war eine so warmherzige Frau, die ihre brachliegende Mütterlichkeit nun der mutterlosen Golda zukommen ließ. »Ich werde sie ja noch brauchen«, erklärte sie mit erzwungener Heiterkeit. »Wenn sich erst wieder ein Kleines anmeldet, werde ich froh sein, ein so zuverlässiges und liebes Mädel im Haus zu haben.«

Und jetzt schickte sie dieses Mädel Susanne und rieb sich damit Salz in die Wunde, hielt sich vor Augen, dass auch ihre dritte Schwägerin nun ein Kind hatte, während sie noch immer mit leeren Armen dastand.

»Das geht nicht«, sagte Susanne. »Hier ist doch schon für uns nicht genug Platz, wo soll das Mädel denn schlafen? Außerdem können wir sie nicht bezahlen.«

»Deine Schwägerin will sie bezahlen«, sagte Achille. »Schlafen soll sie weiterhin bei ihr, in deinem Elternhaus.«

»Das können wir nicht annehmen.«

»Ich habe das auch gesagt«, erwiderte er. »Ich habe ihr erklärt, ich bin arm, aber kein Mann, der Almosen nimmt.«

»Und sie?«

»Sie hat mir mit ihrem Handschuh einen Klaps verpasst und gesagt: Ich gehöre aber zur Familie, mein stolzer Herr Italiener, also werde ich wohl meinem Neffen oder meiner Nichte ein wenig das Nest polstern dürfen. Obendrein ist die Golda ein feines Mädel, das sich schämt, für ihren Unterhalt nicht zu arbeiten. Also erweist ihr mir einen Gefallen, wenn ihr ihr eine Beschäftigung gebt.«

»Himmelherrgott. Das ist so durch und durch Vevi.«

»Und weißt du, was? Sie hat recht. In einer Familie hilft einer dem anderen aus, und eines Tages wird die Reihe auch an uns sein, deinem Bruder und Genoveva beizuspringen.«

Rasch umfasste sie seine Hand noch einmal. Seine Familie hatte alles andere getan, als ihm auszuhelfen, und die Wunde würde womöglich nie verheilen. Susanne sah auf das Gesicht ihres Kindes, für das sie noch vor einer Stunde ohne Wimpernzucken gestorben wäre. Auf einmal kamen ihr sowohl Achilles Vater als auch ihre Eltern wie Wesen vor, die unmöglich derselben Art angehören konnten wie sie.

Es kann gar keine Hölle geben, durch die ich für dich nicht gehen würde, versprach sie ihrem Buben stumm. *Was immer du auch getan hättest. Es wäre mir bis dorthinaus egal.*

»Du hast recht«, sagte sie zu Achille. »In einer Familie hilft einer dem anderen aus. Und das werden wir auch tun, nicht wahr? Wir werden für Tullio eine Familie sein, in der keiner, der in Not ist, sich allein fühlt?«

»Ja, *perzechèlla*«, sagte er rau. »Das werden wir sein, von heute an jeden Tag. Mach dir keine Sorgen. Ihr seid meine Familie. Ich bin für euch da, mit allem, was ich bin.«

Perzechèlla hatte er sie nicht mehr genannt, seit sie damals nach Santa Maria delle Vigne gekommen waren. Es war kein piemontesisches, sondern ein neapolitanisches Wort, es bedeutete *kleines Mädchen*, und er hatte es von seiner Mutter gelernt.

Sie strich über seine Hand. Unter ihren Fingern spürte sie, wie Tullios Seestern-Händchen sich öffnete und Achille freigab. Achille beugte sich vor und streifte mit den Lippen erst den dunklen Schopf des Kindes, dann den von Susanne. »Passt gut auf einander auf, *mia grande gattopardessa e mio piccolo gattopardino*, meine große Leopardin und mein kleines Leopardchen.« Er erhob sich und ging zur Tür, ohne sich das Haar zu richten oder sich die Tränen abzuwischen. »Ich komme zurück, sobald das Restaurant abgesperrt ist.«

»Was machen wir denn jetzt mit Golda?«, fragte Susanne. »Ich stimme dir zu, wir sollten Vevis Großzügigkeit nicht zurückweisen. Aber mir widerstrebt der Gedanke, Tullio in fremde Hände zu geben. Ich möchte alles für ihn selbst tun. Am liebsten hätte ich, dass er und ich unzertrennlich sind.«

»Das seid ihr doch«, entgegnete Achille. »Auch wenn du nicht jede seiner Windeln selbst wechselst. Ich hatte eine Kinderfrau und etliche Leute, die sich einmischten, aber unzertrennlich waren wir trotzdem, meine Mutter und ich. Lass Golda dir einfach ein wenig unter die Arme greifen und nimm unseren Sohn, solange er so klein ist, nicht ins Restaurant mit, sondern lass ihn in ihrer Obhut daheim. In ein paar Monaten schicken wir sie dann zu deiner Schwägerin Genoveva zurück, weil sie sie selbst brauchen wird.«

»Du hast recht, so werden wir's halten.« Susanne war so glücklich, dass sie alle anderen auch glücklich sehen wollte. »Aber tu mir einen Gefallen, hör auf, *deine Schwägerin Genoveva* zu Vevi zu sagen. Das hört sich an, als wäre sie mindestens fünfzig Jahre alt und trüge Kleider mit Turnüre.«

»Oh«, sagte er. »Nein, das tut sie gewiss nicht. Sie trägt gern diese neuen, hübschen, hochgeschlossenen Kleider, ein wenig bieder vielleicht, aber äußerst fraulich. Und sie ist überhaupt sehr hübsch. Sie hat auch schon zu mir gesagt, ich soll sie nicht Frau Märzhäuser nennen, da wir doch Schwägerin und Schwager sind. Selbst wenn wir offiziell nicht miteinander verkehren dürfen.«

Susanne lachte wieder. »Du flirtest mit ihr.«

Er sah sie nachdenklich an. »Nein, *perzechèlla*, ich glaube, das kann ich gar nicht mehr.«

»Und ich glaube, du wirst es immer können. Es ist deine Natur.«

Einer seiner Mundwinkel zuckte. »Ich muss gehen, meine liebe Leopardenmutter. Ich beeile mich, ich bin so schnell wie möglich zurück.« Er entriegelte die Tür, dann drehte er sich noch einmal um: »Und Susanna – danke.«

»Das musst du nicht sagen. Du hast dein Versprechen gehalten, und was immer du mir verdankst, ist jetzt bezahlt.«

Sein Blick ruhte lange auf ihr, als wollte er sich das Bild von ihr mit ihrem Sohn im Arm einprägen. »Nein«, sagte er dann, »das ist es nie«, blies ihnen einen Kuss zu und ging.

21

Es war Susanne kein Geheimnis, dass die Gäste, die beschlossen, dem neuen Restaurant mit den fremdartigen Speisen einen Besuch abzustatten, zum größten Teil Frauen waren – Frauen, die ihre Männer dazu überredeten, weil sie den schönen Achille Giraudo aus der Nähe sehen wollten. Dessen Anziehungskraft war umso größer, weil ihn der unwiderstehliche Hauch des Verruchten umwehte. Nicht genug damit, dass er die hausbackene Susanne Märzhäuser entführt und gegen den Willen ihres Vaters geheiratet hatte, nein, er hatte obendrein eine Leiche im Keller. Eine echte. Es wurde gemunkelt, er solle an einem nebligen Morgen in einem entlegenen Winkel Italiens seinen Bruder ermordet haben.

Die Regensburger liebten so etwas. Vor dem Haus des Glockengießers, der vor siebenhundert Jahren einen Rivalen aus Eifersucht enthauptet hatte, prangte bis heute ein steinerner Kopf mit vor Entsetzen geweiteten Augen, zu dem die Leute pilgerten, um sich am Grauen zu weiden. Ein lebender Mörder war noch um etliches ergötzlicher als ein steinernes Opfer. Und wenn der Mörder eine solche Augenweide war wie Achille Giraudo, nahm man es gerne auf sich, einen Abend lang so obskure Dinge wie Ziegenbraten oder gehacktes Eselsfleisch zu essen.

Susanne machte sich keine Illusionen darüber. Im Gegenteil. Sie schlug daraus Kapital. Für sie bestand kein Zweifel daran, dass die Leute wiederkommen würden, wenn sie einen Capretto arrosto, einen Brasato al Barolo oder eine der anderen Köstlichkeiten des

Ponte di Pietra erst einmal probiert hatten. Nur hineinlocken mussten sie die skeptische Bagage, und wenn das Charisma ihres Mannes dieses Kunststück vollbrachte, sollte es ihr recht sein.

Ihr war auch klar, dass all diese Bürgersfrauen und ihre halbwüchsigen Töchter ihren Mann insgeheim mit Mitleid überhäuften. Das Getuschel war schließlich nicht zu überhören.

»Was für ein reizender Mensch. Wenn der einen ums Eck gebracht hat, wird's wohl seinen Grund gehabt haben. Aber können S' mir mal erklären, warum er sich ausgerechnet das fade Märzhäuser Madel angelacht hat? Da ist ja mehr Charme an einem Schneebesen und mehr, wie soll ich sagen, Figur.«

»Haben Sie's nicht gehört? Erpresst soll sie ihn haben.«

»Das harmlose Dingerl? Nie im Leben. Eher hat sie ihn aus dem Kerker freigekauft, geradewegs unterm Henkersbeil weg.«

Unterm Henkersbeil. Die Worte riefen Erinnerungen wach, die dicht unter der Oberfläche ruhten und ließen Bilder aufsteigen. Auch sie selbst hatte damals so gedacht: *Wenn kein Wunder geschieht, wenn niemand ihm zu Hilfe kommt, stirbt er unter dem Henkersbeil.* Tatsächlich war jedoch im Königreich Italien die Todesstrafe schon im Jahre 1889 abgeschafft worden. Achille hätte nicht mehr geblüht, als bis an sein Lebensende im Le Nuove Gefängnis zu versauern. Ob er das überlebt hätte, war allerdings eine andere Frage, aber darüber dachten die Regensburger Damen nicht nach. Schließlich hatte keine von ihnen Achille Giraudo zu Gesicht bekommen, als er überhaupt nicht schön war, weder charmant noch anziehend und nicht einmal sauber.

Jener Achille – elend, mager, vor Kälte zitternd und zum Himmel stinkend – gehörte Susanne allein.

Die Erinnerung an die Verzweiflung, die sie verspürt hatte, an das Gefühl völligen Alleinseins und völliger Hilflosigkeit suchte Susanne noch immer in manchen Nächten heim, wenn sie aus Träumen schreckte und glaubte, wieder dort zu sein. In Santa Maria delle Vigne, in den verhangenen Frühlingstagen nach dem Sturm.

Für seine Familie standen zwei Dinge fest: Achille war Battistas Mörder, und er musste dafür ohne Gnade bestraft werden. Sein Vater ließ seine Konten sperren, seine Guthaben einziehen und in der Sonntagsausgabe von *La Stampa* veröffentlichen, dass er seinen Sohn enterbe. Achille Giraudo, der Lebemann, der mit Geld um sich geworfen hatte wie ein Clown mit Konfetti, besaß nicht mehr als die Kleider auf seinem Leib und womöglich nicht einmal die.

Susanne wusste nicht, dass das junge Italien seine Schwerverbrecher am Leben ließ. Ein Staat, der keine Todesstrafen verhängte, war für sie ebenso undenkbar wie einer, der das Wahlrecht für Frauen einführte. Sie wagte nicht, die Augen zu schließen, obwohl sie ihr vor Müdigkeit brannten, weil in der Schwärze ein Bild von Achilles Körper vor ihr aufstieg, der an einem Strick unterm Galgen zappelte. Auf dem Galgenberg in Regensburg wurde nicht mehr gehenkt, weil man den Delinquenten inzwischen die Köpfe abschlug und daraus nicht länger ein öffentliches Spektakel machte. Zahllose Einwohner spazierten dennoch des Sonntags gern dort hinauf und genossen den behaglichen Grusel. Für Tage und Wochen war Susanne überzeugt, Achille werde auf derart grauenhafte Weise sterben und sie ließe ihn im Stich, weil sie nicht fähig war, es zu verhindern.

Sie musste aus dem Haus der Giraudos weg, und zwar so schnell wie möglich. Sie alle verteufelten ihn. Mauro, der Hausdiener, wagte es auszuspucken, als jemand Achilles Namen nannte. Seine Schwester Fabrizia, die den Boden angebetet hatte, über den er ging, schrie durch die Halle, ihr Bruder habe ihren Hund erstochen und solle dafür zur Hölle fahren. Nonna Elia zog sich in ihr Zimmer zurück und war für niemanden zu sprechen. Emilia wallte tief verschleiert und in maßgeschneiderten Witwenkleidern über die Gänge, sodass

Susanne sich fragte, ob die imposante Trauergarderobe für den Fall der Fälle schon bereitgelegen hatte. Und Egidio ließ stündlich weitere Notare auflaufen, um seinen zweitgeborenen Sohn aus seinem Leben auszuradieren.

Die Lage war unerträglich, und Susanne war auf sich gestellt. Ludwig erschien ihr noch betroffener als sie selbst und vor Entsetzen gelähmt. Sie musste für sie beide handeln. Irgendwie schaffte sie es, den Ring mit dem Monddiamanten vom Kleiderstapel zu nehmen, ihn bei einem Pfandleiher in Casale für einen lächerlichen Preis zu verkaufen und dafür ein Zimmer in einer Pension zu mieten.

Damit war jedoch lediglich das kleinste ihrer Probleme gelöst. Achille brauchte einen Anwalt, der fürs Erste zumindest erreichte, dass jemand ihn besuchen und ihm frische Kleidung bringen durfte. Susanne würde keine Ruhe finden, ehe sie sich nicht überzeugt hatte, dass es ihm gut ging, dass er ordentlich behandelt wurde, dass er vor Einsamkeit und Angst nicht den Verstand verlor. Aber kein Anwalt, an den sie sich wandte, war bereit, ohne Vorauszahlung tätig zu werden. In dieser archaischen, entlegenen Bergwelt, in der jeder jeden kannte, reisten Gerüchte schneller als Sturmwolken, und der *Brudermord im Weinberg* galt als heikle Angelegenheit. An der verbrannte sich niemand die Finger, ohne ein fürstliches Schmerzensgeld in Rechnung zu stellen.

Susanne waren die Hände gebunden, jeder Weg schien versperrt. Da erwachte Ludwig aus seiner Starre. Zum zweiten Mal sprang er als Retter in der Not für seine Schwester in die Bresche. »Schaffst du es, hier allein die Stellung zu halten?«, fragte er sie. »Nicht nur ein paar Tage, sondern mehrere Wochen lang?«

»Du willst nach Hause?«, fragte sie niedergeschlagen zurück.

»Ja, aber nur, um Geld zu beschaffen«, erwiderte er. »Um Beziehungen spielen zu lassen und dafür zu sorgen, dass dein Achille den besten Anwalt bekommt, den dieses Land zu bieten hat.«

»Was hast du denn für Beziehungen?«, entschlüpfte es ihr, ehe sie es verhindern konnte.

»Keine«, antwortete er. »Aber ich bin entschlossen, das zu ändern.«

Er hatte sich nicht mit Palavern aufgehalten, sondern sich anderntags mit dem ersten Zug auf den Weg gemacht. Er würde etliche Male umsteigen müssen und konnte nicht einmal sicher sein, ob das bisschen Geld, das er bei sich hatte, ihn bis Regensburg bringen würde, doch er zögerte nicht, sondern brach einfach auf. Susanne begleitete ihn bis ans Bahngleis. Als er schon in seinen Waggon gestiegen war und sich noch einmal aus dem Fenster lehnte, wagte sie endlich, ihn zu fragen: »Sag es mir, Ludwig – glaubst du, dass Achille es getan hat?«

Er sah sie schweigend an, so lange, dass sie schon fürchtete, der Zug werde anfahren, ohne dass er ihr geantwortet hatte. »Was in jener Sturmnacht wirklich geschehen ist, werden wir vermutlich nie erfahren«, sagte er dann. »Von den zwei Menschen, die es gewusst haben, kann der eine nicht mehr sprechen, und der andere wird es uns nicht sagen. Ich versuche, darüber nicht nachzudenken, Su. Dass du an ihm festhältst, und dass ich dir helfe, wenn ich ihm helfe, ist alles, was ich wissen muss.«

Damit stand fest, dass auch er Achille für den Mörder hielt. Tief in Gedanken versunken kehrte Susanne in die Pension zurück. Wenn sie ehrlich zu sich war, rechnete sie nicht damit, dass Ludwig etwas erreichte. Er hatte nach Hause gewollt und einen Grund dafür gesucht, der sich mit seinem Gewissen vereinbaren ließ. Sie konnte es ihm nicht verübeln. Was in seiner Macht stand, hatte er für sie getan, und er hatte dafür nie eine Gegenleistung verlangt.

Sie kämpfte weiter darum, eine Verbindung zu Achille herzustellen, fuhr nach Turin und lief von Amt zu Amt, bettelte in Zeitungsredaktionen um Hilfe und flehte sogar wildfremde Leute in Bars an. Wenn sie abends zurück nach Casale, in ihr spartanisches Pensionszimmer kam, wartete nichts als Alleinsein und Angst auf sie. In manchen Nächten rannte sie in dem engen Raum wie ein Käfigtier auf und ab und fühlte sich, als würden die Wände ihr den Schädel zerquetschen.

Einen Anwalt, der sich bereit erklärte, Achille im Gefängnis aufzusuchen und ihr einen Teil des Honorars zu stunden, fand sie schließlich in einem schmierigen Hinterhausbureau in Turin. Der Mann musste mindestens siebzig sein und hatte vermutlich in seinem Leben noch keinen Prozess gewonnen, doch ihm verdankte sie die Information, dass Achille zumindest kein Todesurteil drohte.

»Ob das allerdings besser ist, wage ich im Fall Ihres Herrn Bräutigam zu bezweifeln«, erklärte er ihr nach dem Besuch im Gefängnis Le Nuove. »Ein Untersuchungshäftling, der sich so schwertut, ist mir selten begegnet. Und einer, auf den das Wachpersonal es dermaßen abgesehen hat, schon gar nicht. Die Leute sind aufgebracht, sie leben von Hungerlöhnen wie die meisten in diesem elenden Land, und wenn sie ein Herrensöhnchen in die Finger bekommen, ziehen sie sich nicht die Samthandschuhe an. Um die Wahrheit zu sagen, ich bezweifle, dass der feine Herr Giraudo es lange macht, wenn Sie ihn da nicht herausholen. Er ist jetzt schon am Ende. Er ist nichts gewohnt.«

»Ich will ihn ja dort herausholen!«, rief Susanne.

»Ich mache Ihnen einen guten Preis«, entgegnete der Anwalt, und damit war das Gespräch beendet. Sie besaß keine Lira mehr, wusste nicht, wovon sie den gestundeten Betrag begleichen sollte, und würde am Ersten auch ihr Zimmer nicht mehr zahlen können.

Es war hoffnungslos. Dann aber, als sie kaum mehr an ihn dachte, traf in der Pension ein Telegramm von Ludwig ein.

Er kabelte ihr Namen und Adresse einer Bank, an die er Geld für sie transferiert hatte. Zusätzlich sandte er ihr die Adresse eines renommierten Turiner Anwalts, der bereit war, sich ihres Falles anzunehmen und Achille zu vertreten. Wie er das alles bewerkstelligt hatte, erfuhr sie erst zwei Wochen später, als ein Brief von ihm eintraf, der beinahe umfangreich genug war, um als Buch durchzugehen.

Nein, Su, liebstes Schwesterherz, quäl Dich nicht und belaste nicht Dein Gewissen, was Du zu tragen hast, ist mehr als genug. Du bist in Not, und wir sind Deine Geschwister. Wenn wir Dir nur ein wenig damit helfen konnten, haben wir alles gerne getan.

Das, was sie getan hatten, war nicht zu fassen: Ihr Bruder Ludwig war hingegangen und hatte Mechthild Krause mit der wie ein Bleistift angespitzten Nase einen Heiratsantrag gemacht.

Ich habe bei ihrem Vater vorgesprochen und keinen Hehl daraus gemacht, dass ich unverschuldet in einen finanziellen Engpass geraten bin. Achilles Fall habe ich ihm in einer geringfügig abgewandelten Form geschildert und dabei natürlich mehrfach betont, dass an seiner Unschuld kein Zweifel besteht. Man möchte es nicht glauben, aber Augustus Krause ist für sein Alter ein ganz patenter Mensch mit verblüffend modernen Ansichten. Überdies ist er von Hause aus selbst Jurist und verkehrt in entsprechenden Kreisen.

Krause war Teilhaber in der Bleistiftfabrik Rehbach, die am Ägidienplatz ihren Sitz hatte und bis auf die neuen Manufakturen für Porzellan und Schnupftabak das einzige Industrieunternehmen Regensburgs darstellte. Er war auch Gemeindebevollmächtigter, saß im Magistrat der Stadt, und der neue Bürgermeister Gessler war sein Patensohn. An Geld fehlte es ihm nicht, ebenso wenig an den Beziehungen, von denen Ludwig gesprochen hatte. Und er mochte Ludwig.

Er sagt, ich bin ein Schwiegersohn nach seinem Herzen, was kein Wunder ist, denn er ist weder dumm noch blind, sondern sich darüber bewusst, dass für seine Tochter die Auswahl beschränkt ist. Nun, da ich zur Familie gehöre, hat er nichts dagegen, uns auszuhelfen. Zwar wünscht er, offiziell mit der Sache nicht in Verbindung gebracht zu werden, und verlangt auch von mir, mich zu distanzieren, aber damit befassen wir uns, wenn wir Euch in Sicherheit wissen. Jetzt zählt erst einmal das Dringendste. Ich hoffe, die Geldanweisung hat Dich erreicht, ebenso wie die Adresse von Avvocato Costantino Danieli. Ein Bekannter, der dem diplomatischen Corps angehört, hat Augustus Krause den Mann empfohlen.

Ludwig schrieb noch seitenweise weiter über Möglichkeiten, die Augustus Krause zu ihrer Unterstützung offenstanden, sollte dieser Weg fehlschlagen. Nicht minder ausführlich schrieb er über die Dinge, die Susanne tun sollte, sobald sie das Geld in Händen hielt: gut essen gehen, in ein besseres Quartier ziehen und einkaufen, was sie für den Sommer benötigte, denn es würde *ihr gewiss noch eine lange Leidenszeit bevorstehen, ehe Achille in Freiheit ist und ihr über weitere Schritte nachdenken könnt.*

Er schrieb von Paketen, die er ihr schicken wollte, und von Listen, die sie ihm zu diesem Zweck zukommen lassen sollte, und er empfahl ihr eindringlich, sich an Cesare Ferrara zu wenden, für den Fall, dass sie vor Ort Hilfe benötigte.

Ich halte Ferrara für einen Mann aus ausgezeichnetem Holz, für einen, dem es um eine höhere Art von Gerechtigkeit zu tun ist, als sie sich im schnöden Buchstaben des Gesetzes findet. Hat ein Mann, der bis aufs Blut gereizt wird, kein Recht, sich zur Wehr zu setzen? War die Menschheit nicht jahrhundertelang gut damit bedient, solche Fragen der Ehre in die eigenen Hände zu nehmen? Ich hatte Grund zu der Annahme, dass der Graf in diesen Fragen nicht anders denkt als ich, und mich daher noch vor meiner

Abreise in einem Brief an ihn gewandt. Nun erhielt ich Antwort von ihm an die hiesige Adresse. Leider hatte er mir früher nicht schreiben können, weil er derzeit dabei ist, mit politischen Weggefährten eine Partei zu gründen, doch er bietet uns seine Hilfe an.

Über Ferraras Partei, die *Associazione Nazionale Italiana* hieß und Italien ein neues Imperium erkämpfen sollte, schrieb er zwei vollständige Seiten, über die Susanne zum größten Teil hinweglas. Er schrieb auch noch über das Wetter in Regensburg, über die Bauarbeiten für den neuen Luitpoldhafen, wo Erdölimporte aus Rumänien empfangen werden sollten, und darüber, wie sehr sie alle – er selbst, Sybille, Max und Vevi – Susanne vermissten.

Lediglich über eines schrieb ihr Bruder in seinem beredten Brief nicht ein einziges Wort: Über die Gefühle, die sich bei der Vorstellung in ihm regten, eine Frau zu heiraten, die er Mechthild Bleistiftnase nannte und für die er keinen Funken Liebe empfand.

22

Mitleid mit der Geschlechtsgenossin, die ohne einen Funken Liebe geheiratet wurde, streifte Susanne höchstens flüchtig. Angst und Not machten selbstsüchtig, und sie besaß nicht die Kraft, auch noch Gefühle für Mechthild aufzubringen. Die Sorge um Achille verschlang sie, und dazu war sie erschüttert von dem, was ihre Geschwister ihretwegen auf sich nahmen. Wie sollte sie es ihnen jemals zurückzahlen? Was geschehen war, ließ sich schließlich nicht rückgängig machen. Ludwig und Sybille würden damit zurechtkommen müssen. Ihr Leben lang.

Susanne hielt sich an Ludwigs Anweisungen, suchte Avvocato Danieli auf und verpflichtete ihn als Achilles Rechtsbeistand. Allein die Vorauszahlung, die er verlangte, war so hoch, dass ihr schwindlig wurde. Sie war nicht in ein besseres Quartier umgezogen, kaufte über das bisschen Brot und Käse, das sie aß, nichts ein, und dennoch war das Geld, das Ludwig ihr gesandt hatte, mit der Zahlung der Summe so gut wie aufgebraucht.

Einmal mehr trottete sie zurück in ihr trostloses, inzwischen drückend heißes Pensionszimmer und verbrachte eine höllische Nacht, weil sie nicht wusste, wie es weitergehen sollte. Am nächsten Vormittag kam ein weiterer Brief von Ludwig, der sich diesmal auf wenige Sätze beschränkte, dem aber ein langer Brief von Sybille beilag.

Arme Sybille. In der Schule war sie verzweifelt, wenn sie mehr als drei Zeilen hatte schreiben müssen. Was musste in ihr vorgegangen sein, dass sie jetzt freiwillig drei Seiten füllte?

Es wird so traurig sein, ohne Dich zu heiraten, Suse, so ganz furchtbar traurig. Ich habe Angst, dass ich an Vaters Arm diesen endlosen Gang des Doms hinuntermarschiere und irgendwo zwischendurch in Tränen ausbreche, weil ich Dich unter all den Gästen nirgends finde. Ja, Du hast richtig gelesen, ich heirate im Dom, und Vater trifft nicht der Schlag, er stößt keine Morddrohung aus und enterbt mich nicht, sondern erbietet sich, friedlich wie ein Schaf mit seiner Tochter vor einen katholischen Altar zu trotten. Ich glaube, er hat jetzt erst begriffen, dass nicht alle katholischen Einwohner der Stadt Bauern und Lumpensammler sind, sondern die hochedle Sippe derer von Thurn und Taxis ebenfalls dem römischen Bekenntnis angehört.

So war Sybille. Machte aus allem einen Scherz, gab sich, als wäre das Ganze nicht mehr als eine komische Episode, um in Winkeln des Schulhofs mit Freundinnen darüber zu kichern. Im Grunde war sie das schließlich noch – ein Schulmädchen, ein quietschfideles Ding voller Lust aufs Leben. Und dennoch hatte sie sich bereit erklärt, sich in dem großen, ernsten Dom in die Hände eines Mannes zu geben, vor dem halb Regensburg sich fürchtete. Susanne glaubte, in den Zeilen voller lustiger Anekdoten über die eingeladenen Verwandten zu spüren, wie ihrer Schwester die Hand zitterte und wie sie sich verkrampfte, um ihre Furcht auszuhalten.

Sybille heiratete Joseph von Waldhausen, der Bedienstete mit der Reitpeitsche schlug und Besucher aus dem Fenster seiner Stadtburg stieß. Vielleicht waren das nur Gerüchte, versuchte Susanne sich zu beruhigen. Aber selbst wenn es welche waren, wenn Joseph von Waldhausen nicht mehr als ein harmloser Giftzwerg war – ihre kleine Schwester mit ihren Träumen von der Liebe würde eine Ehe eingehen, ohne je verliebt gewesen zu sein.

Ich selbst habe so viel mehr, dachte sie über den Seiten des Briefes. Der Mann, den sie liebte, saß wegen Mordverdacht im Untersuchungsgefängnis, er erwiderte ihre Gefühle nicht, und wenn es ihr gelingen sollte, ihn aus der Haft zu befreien, würden ihre Wege sich trennen. Aber was immer auch geschah und was aus ihr wurde – sie hatte einmal geliebt, sie war einen Augenblick lang außer sich vor Glück gewesen, und all das blieb Sybille verwehrt.

Ihre Schwester hatte ihren Vater erpresst: Sie würde Joseph von Waldhausens Antrag annehmen, wenn der Vater sich seinerseits bereitfand, einen Teil ihrer Mitgift nicht an den künftigen Schwiegersohn, sondern an die Tochter direkt auszuzahlen. Andernfalls, so hatte sie gedroht, würde sie Waldhausen ins Gesicht sagen, was sie von ihm hielt, würde eine hysterische Szene hinlegen, und ob der Vater sie hinterher dafür verprügelte, sei ihr egal.

Der Vater brauchte keine drei Atemzüge, um seine Entscheidung zu fällen. Das Geld leitete Sybille an Ludwig weiter, der es postwendend für Susanne an die Turiner Bank kabelte. Außerdem war ihre Schwester nun ein – wenn auch nur weitläufig verwandtes – Mitglied des Hauses Thurn und Taxis, das sechshundert Jahre lang für den deutschen Postbetrieb gesorgt hatte und dem weitgespannten Netz des europäischen Adels angehörte. Sybille erpresste auch ihren Verlobten: Sie brachte ihn dazu zu versprechen, dass er sich mit seinen Verbindungen zum italienischen Königshaus Savoyen für Achille Giraudo verwenden würde. Seine junge Braut versprach im Gegenzug, dass sie mit ihrer Schwester und deren zwielichtigem Kreis keinerlei Kontakt pflegen würde.

Max hatte dies ohnehin versprechen müssen. Er wollte Vevi heiraten, die er nicht bekommen würde, wenn er es sich seiner sittenlosen Schwester wegen mit seinem Vater verdarb. Er brauchte die Brauerei als sein Erbe und sein Elternhaus in der Andreasstraße, um seine junge Frau heimzuführen.

Es wird nichts so heiß gegessen wie gekocht, schrieb Ludwig an Susanne. *Bille und Max werden schon Wege finden, Dich zu sehen, und was mich betrifft, so lasse ich mir ohnehin nichts verbieten. Sorg Dich nicht. Denk jetzt nur an Achille und Dich. Alles andere wird sich finden.*

Das war es, was Susanne tun wollte. Sie zwang sich, alles andere zu verdrängen und sämtliche Kräfte auf dieses eine Ziel zu konzentrieren. Mit den Fäden, die im Hintergrund gezogen wurden, und dem Geld, das sie zu Avvocato Danieli trug, wendete sich das Blatt. Als offiziell berufener Anwalt durfte Danieli seinen Mandanten im Gefängnis besuchen, und Susanne durfte Pakete zusammenstellen, die Achille überbracht wurden. Daran, dass er wegen Mordes vor Gericht gestellt werden würde, änderten die neuen Gegebenheiten jedoch nichts.

Der Sommer ging vorbei, fast ohne dass Susanne ihn bemerkt hatte. Die Tage wurden kürzer, die Dunkelheit tiefer und die Nächte in ihrem Pensionszimmer kalt. Für Mitte November war der Prozess anberaumt. Susanne hatte nicht die geringste Ahnung, wie ihre Chancen standen, und wurde mit jedem Tag nervöser.

»Ich bin besser offen zu Ihnen«, sagte Danieli im Oktober, als er sie zu einem Gespräch einbestellt hatte. »So wie ich den Stand der Dinge überblicke, halte ich es für so gut wie sicher, dass Ihr Bekannter verurteilt wird. Die bemerkenswerte Witwe fährt eine ziemlich vernichtende Waffe auf: Sie trägt für alle Welt sichtbar das Kind des Opfers im Bauch.«

Susanne fuhr zusammen. Damit, dass Emilia schwanger sein könnte, hatte sie nicht im Mindesten gerechnet. Natürlich würde die Anklage darin eine Verstärkung des Motivs sehen: der verlassene Liebhaber, der in Raserei zum Messer griff, als er erfuhr, dass die Geliebte ein Kind von seinem Bruder trug.

»Es sei denn«, fuhr der Anwalt, der auf irgendetwas kaute, fort, »es sei denn, wir ändern etwas an der Beweislage.«

Trotz seiner vornehmen Kanzlei unweit des *Palazzo Madama* kam der Mann Susanne kaum weniger schmierig vor als der, den sie selbst in einem Hinterhausbureau aufgetan hatte. »Ist das denn möglich?«, fragte sie.

Der Anwalt, dessen Schnurrbartspitzen auf seine Oberlippe lappten, verzog den Mund zum Lächeln. »Es gibt Mittel, die so gut wie alles möglich machen. An Ihrer Stelle würde ich erwägen, noch etwas von meiner Barschaft zu opfern, um notfalls den einen oder anderen Zeugen freundlich zu stimmen. Handsalbe nennen wir das. Ein treffender Ausdruck, wie ich finde. Darüber hinaus würde ich Sie gern als Zeugin benennen. Wenn Sie sich dem gewachsen fühlen, versteht sich.«

»Mich?«, fragte Susanne überrumpelt. »Aber was könnte ich denn aussagen, ich war doch nicht dabei, ich weiß doch nichts.«

Er fasste sie ins Auge. Das Weiße seiner Augäpfel war blutunterlaufen. »Wenn Sie diesen Prozess gewinnen wollen, schlage ich Ihnen vor auszusagen, dass Sie den fraglichen Abend mit Achille Giraudo verbracht haben«, sagte er. »Sie sind zusammen in Ihrem Zimmer im Gästetrakt des Hauses gewesen und haben miteinander den Geschlechtsakt ausgeführt, bis Ihnen einfiel, dass Sie zu spät zum Abendessen kommen. Sodann haben Sie sich getrennt, um Ihr Tun zu verbergen. Signor Giraudo lief einmal ums Haus, um vorzugeben, er habe draußen zu tun gehabt, und Sie begaben sich allein in den Speisesaal.«

Susanne saß ihm gegenüber im Stuhl und hatte Mühe, sich zu sammeln. Nie zuvor hatte ein Mann in ihrer Gegenwart das Wort *Geschlechtsakt* benutzt. Was er vorschlug, hätte zur Folge, dass ihr Ruf endgültig vernichtet war. Das Gericht würde zu Protokoll nehmen, dass sie ihre Unschuld an einen des Mordes verdächtigen Mann verloren hatte. Außerdem würde sie womöglich des Meineides und sogar der Beihilfe angeklagt werden. War sie bereit, dieses Risiko einzugehen? Es kam ihr vor, als irre sie nur mit einem Hemd bekleidet

durch Turins Straßen, wie es ihr in manchen Träume geschah, und
Danieli würde sie dazu auffordern: »*Ziehen Sie das Hemd auch noch aus.
Werfen Sie es weg, gehen Sie splitternackt weiter.*«

»Wer … wer soll mir denn glauben?«, stammelte sie schließlich.
»Es haben ja alle gesehen, dass ich lange vor Achille Giraudo zum
Essen gekommen bin. Als er selbst kam, war die Suppe bereits aufge-
tragen, und es wurde nach ihm und seinem Bruder gesucht.«

»Das ist bald sieben Monate her«, erwiderte Danieli. »Wer will es
jetzt noch mit Sicherheit bezeugen? Wollen Sie etwa behaupten,
jemand habe an diesem Abend Ihrem Erscheinen besondere Aufmerksamkeit gezollt?«

»Nein. Niemand. Einer der Gäste, der Conte Ferrara, müsste mich
bemerkt haben, weil ich ihm im Weg stand.«

»Das ist mir bekannt.« Avvocato Danieli nahm eine spitze Feile
aus einer Schublade und begann, die Fingernägel seiner Linken damit
zu bearbeiten. »Des Contes wegen brauchen Sie sich nicht den Kopf
zu zerbrechen. Wir sind Parteigenossen. Für das Problem ist gesorgt.«

Susanne hörte das leise schabende Geräusch, sah Nagelspäne auf
die verstreuten Dokumente rieseln und verspürte Übelkeit.

»Kennen Sie den Unterschied zwischen einem brauchbaren
Anwalt und einem, der sein Geld nicht wert ist?«, fragte Danieli.

»Nein.«

»Der brauchbare kennt die Männer, mit denen er es zu tun bekommen wird, wie seine eigene Bagage. Der andere nicht. Giudice
Frombatta, der Richter, der mit Ihrem Fall betraut ist, ist eine verfet-
tete, abstoßend hässliche Wechselkröte, dem eine Gemahlin, die
bedeutend erfreulicher anzusehen war, ein Paar mächtige Hörner
aufgesetzt hat. Giudice Frombatta hat für Frauen vom Kaliber der
Dame Filangeri nicht sonderlich viel übrig. Wenn ich sie mit ein bisschen Dreck bewerfe, ein paar Zeugen präsentiere, die sie als loses
Vögelchen darstellen, das den Hals nicht voll bekommen konnte –

Frombatta wird mich nicht hindern, sondern darauf anspringen wie ein Hund auf den Knochen.«

Er legte die Feile beiseite und betrachtete sein Werk. Susannes Magen zog sich zusammen.

»Und dann kommen Sie daher«, sagte er. »Ein nettes, unbescholtenes Mädchen, züchtig gekleidet und keiner größeren Sünde schuldig als eines verfrühten Vergnügens mit dem Bräutigam. Es ist nicht unwahrscheinlich, dass er Ihnen glaubt. Verkaufen müssen wir ihm, dass diese trauernde Witwe Dutzende von Liebhabern hatte, von denen jeder eher als Täter infrage kommt als ihr Schwager. Und dass sie gegen den nämlichen Schwager einen Groll hegte, weil er ihr die unscheinbare Susanna vorzog. Wenn er sich den Bären aufbinden lässt, ist nicht ausgeschlossen, dass wir als Sieger vom Platz gehen.«

Ehe Susanne in den Zug zurück nach Casale stieg, musste sie sich in einen Straßengraben übergeben.

Anderntags fuhr sie wieder nach Turin, um Avvocato Danieli mitzuteilen, dass sie sich auf seine Strategie einlassen würde. Eine andere hatte sie nicht. Ihr blieb nichts übrig, als darauf zu vertrauen, dass der Anwalt, für dessen Bezahlung zwei ihrer Geschwister ihre Zukunft verscherbelt hatten, wusste, was er tat.

Der Prozess war eine Schlammschlacht, und zwar eine, in der scharf geschossen und keine Gefangenen gemacht wurden. Zum ersten Mal seit sieben Monaten sah sie Achille wieder. Er saß zwischen zwei Polizisten in der Anklagebank, hielt sich mit gefesselten Händen an der Barriere fest und trug einen graublauen Anzug, der ihm nicht stand. Susanne erkannte ihn nicht. Oder besser: Sie erkannte, dass es den, den sie gekannt hatte, nicht mehr gab. Und dass sie diesen Fremden, der blicklos vor sich hin starrte, nicht weniger liebte als den andern, sondern mehr.

Den Blick auf die Galerie, wo in der ersten Reihe Achilles Familie saß, versuchte sie zu vermeiden, doch es gelang ihr nicht. Emilia in tiefstem Schwarz und mit hochgewölbtem Leib sah aus wie die Personifizierung des Leidens, auch wenn auf ihrem verschleierten Hut schwarze Federn tanzten. An ihrer Seite saß Tommasina, die unentwegt schluchzte, während Zia Agata und Egidio wie versteinert wirkten. Nonna Elia und Fabrizia waren der Verhandlung ferngeblieben. Ebenso fehlte jede Spur des Parteien gründenden Grafen Ferrara, doch das Hausmädchen Chiaretta, das seine gesamte Aussage weinend vortrug, erwähnte die Hundertjährige, die aus der Hand las, und versetzte damit den Saal in Schweigen: »In der Hand vom jungen Herrn Giraudo hat sie nur den Tod gesehen, immer und überall den Tod.«

Nach ihrer eigenen Aussage, die nicht länger als ein paar Minuten dauerte, wurde Susanne aus dem Saal geschickt. Sobald der Richter eine Pause verordnete, kam Avvocato Danieli zu ihr auf den Gang und sagte, sie könne sich auf den Heimweg machen.

»Halten Sie sich sicherheitshalber bereit. Ich denke jedoch nicht, dass wir Sie noch einmal brauchen werden, Signorina.«

»Werden sie ihn freisprechen?«

»Das ist so unmöglich vorherzusagen wie das Wetter. Aber wer weiß. Die allzeit bereiten Briten haben ja angeblich Wege gefunden, aufziehende Stürme so früh wahrzunehmen, dass kein Schiff in ihrem Riesenreich mehr daran zerschellt. Gehen Sie in Ihr Hotel und ruhen Sie sich aus. Sobald ich mehr weiß, gebe ich Ihnen Bescheid.«

Sie war zu Beginn des Prozesses nach Turin, in eine Absteige am Bahnhof Porta Nuova, umgezogen, in der die ganze Nacht hindurch Türen knallten und Frauen und Männer durcheinanderschrien. Zum Ausgleich fragte niemand nach ihren Papieren. Die Absteige war eine Art Sammelbecken der Hoffnungslosen – Kleinkriminelle, Heimatlose, Auswanderungswillige ohne Visa warteten hier auf die besseren Tage, die nicht kamen. Längst hatte Susanne gelernt, dass das Italien der Luxushotels, der sonnenüberfluteten Küstenstraßen, der vornehmen Cafés und Restaurants wie die bunte Verpackung einer Ware war, die reiche Kunden anlocken sollte. Die Ware darunter aber war bis ins Innerste verrottet. In Scharen strömten junge Italiener in die Häfen, um Passagen in die Neue Welt zu ergattern, weil es in ihrer Heimat keine Arbeit, keine Hoffnung und keine Zukunft für sie gab.

Das hinter der Verpackung verborgene Italien war ein Pulverfass, das in wachsender Spannung auf etwas wartete. Und nicht viel anders kam Susanne sich selbst vor.

In ihrem Zimmer verharrte sie drei Tage und Nächte und wagte kaum, das Haus zu verlassen. Am Morgen des vierten Tages traf ein Bote mit der Nachricht ein, Avvocato Danieli bitte sie zu einer Unterredung. Susanne fragte sich, ob ihr Herz sich je wieder erholen würde, nachdem es derart bis zum Zerspringen geklopft hatte. Der Anwalt hingegen teilte ihr seelenruhig mit, es sei noch eine abschließende Spesenrechnung zu begleichen, und die üblichen Formalitäten würden einige Tage in Anspruch nehmen. Die aber kämen ihr sicher gelegen, um sich vorzubereiten.

»Sie werden Signor Giraudo ja irgendwo unterbringen müssen, wenn Sie ihn wiederhaben. Am Freitag um zehn Uhr wartet er vor dem Tor von Le Nuove auf Sie. Wenn Sie nicht auftauchen, steht er da wie bestellt und nicht abgeholt.« Darüber brach er allen Ernstes in Gelächter auf, ehe er aufstand und Susanne entließ.

Auf dem Rückweg taumelte sie durch die Straßen, ohne wahrzunehmen, wohin sie ging. Sie geriet in einen Protestzug gegen das Zensuswahlrecht und wäre um ein Haar von einem Polizisten niedergeknüppelt worden. Sein Schlagstock streifte ihre Schulter, und sie war sich nicht sicher, ob sie überhaupt etwas spürte. In der Absteige nahm sie ein zweites Zimmer für Achille und kaufte einem Mann, der mit gebrauchten Kleidern handelte, ein paar Stücke ab. Dazu Kamm und Seife, ein Rasiermesser. Was sonst benötigte ein

Mann? Sie hatte so gut wie kein Geld mehr. Um eine Fahrkarte zurück nach Regensburg zu lösen, würde sie sich irgendeine Art von Arbeit suchen müssen.

Aber was sollte sie in Regensburg? Wo sollte sie dort hin?

Sie konnte so weit nicht denken, sondern nur bis zum Freitag, an dem Achille aus dem Gefängnis entlassen werden würde. Sieben Monate lang hatte sie nichts anderes getan, als um diesen Moment zu kämpfen, und dahinter schien völlige Leere zu liegen.

An dem Morgen, als sie vor dem eisernen, von Pilastern gesäumten Tor auf ihn wartete, lag auf den Pflastersteinen der Straßen Reif. Der Mann, der ihr entgegenkam, torkelte wie ein Betrunkener, und als er sich näherte, sah sie, dass er am ganzen Körper zitterte. Das Hemd, das er trug, war ihm zu weit, doch aus den Ärmeln ragten seine Gelenke wie bei einem Kind, das in einem Hauseingang zum Betteln saß. Sie wollte ihn umarmen, fand, es sei ihre Pflicht, ihm zu zeigen, dass ihr der Dreck und der Gestank nichts ausmachten, doch ihre Arme waren zu schwer, um sie zu heben. Einen langen Schritt vor ihr blieb er stehen.

»Susanna.«

Er war geschlagen worden. Jeder, den sie gesprochen hatte, hatte erzählt, dass die Wärter zum Knüppel griffen, wenn sich ein Häftling nicht fügte. Die Wunde auf seiner Wange war frisch, und die Schwellung um sein Auge schien noch zu wachsen. »Er kann kaum erwarten, dass sie ihn da drinnen mögen«, hatte Avvocato Danieli ihr erklärt. »Einem Räuber oder Randalierer bringen sie sogar Mitleid entgegen, denn die Zeiten sind übel, und auch ein Gefängniswärter weiß oft nicht, wovon er zu Hause seine Mäuler stopfen soll. Aber ein Italiener bringt seinen Bruder nicht um. Das ist kein Verbrechen, das ein Mann einem anderen verzeiht.«

Susanne hatte oft mit dem Gedanken gespielt, ihn zu fragen, ob er an Achilles Unschuld glaube, und es nie gewagt. Jetzt wusste sie, dass er ihn für schuldig hielt. Gab es überhaupt jemanden, der es nicht tat? Sie blickte auf.

»Sieh mich nicht an, Susanna.«

»Zu spät.«

Er senkte den Kopf. »Was wird jetzt?«

»Ich habe vorn an der Straße eine Mietdroschke stehen. Der Fahrer bringt uns in eine Pension bei der Porta Nuova, wo ein Zimmer für dich reserviert ist.«

»Ich frage mich, wie du für all das bezahlt hast.«

Die Frage würde sie später beantworten, nachdem er sich gewaschen und die mitgebrachten Kleider übergestreift hatte, die ihm um den Körper schlackern würden. Sie musste ihm Rede und Antwort stehen, durfte ihm die Opfer nicht ersparen, die seine Befreiung andere Menschen gekostet hatte.

Menschen, die er kaum kannte. Ihr Bruder und ihre Schwester.

Sie hätten zu Fuß gehen können, sie war nicht sicher, was sie veranlasst hatte, Geld für einen Wagen auszugeben. Jetzt war sie froh, dass sie es getan hatte. Sie wünschte sich nur, den schlotternden Rest von einem Menschen in Sicherheit zu bringen, an einen Ort, wo keine Blicke ihn quälten.

Sobald sie ihn in der Pension abgesetzt hatte, lief sie zum *alimentari* an die Ecke und kaufte alles, was sie für ihre paar Lire bekam: Brot und Käse, eine halbe Salami mit Knoblauch und zwei Flaschen billigen Wein. Sie wollte, dass sie sich volllaufen lassen konnten, eine Stunde lang alles vergessen und zu Atem kommen. Sie wollte, dass sie an diesem Abend nicht mehr nach draußen mussten, nirgends essen gehen, nicht einmal in der entlegensten Osteria. Im Laufen hatte sie das Gefühl, dass sämtliche Passanten sie anstarrten, mit den Fingern auf sie zeigten, ihre Geschichte kannten.

Mit ihren Einkäufen klopfte sie an die Tür seines Zimmers, und er riss die Tür auf, als hätte er dahinter gewartet. Er hatte Fieber, seine

Augen glühten, und die Wunde auf seiner Wange war brandrot.

Morgen früh werde ich gehen, dachte sie, irgendwie bringe ich auch dazu noch die Kraft auf. Nur heute Nacht bleibe ich. Heute Nacht sind er und ich hinter dieser Tür allein.

23

Sie hatte angenommen, sie würden beide kaum etwas herunterbekommen, aber er aß wie ein hungriger Hund. »Das ist so gut«, sagte er und hielt das Stück luftgetrocknete Wurst in die Höhe. »Dieser Duft nach Dingen, die tatsächlich darin sind, nach Muskat, nach Knoblauch, nach dem Fleisch beim Mahlen zugesetztem Wein – ich glaube, ich kann niemandem begreiflich machen, wie sehr ich mich danach gesehnt habe.«

Daran erkannte sie ihn wieder: Diese Leidenschaft, mit der er Essen als ein Kulturgut betrachtete, war in ihm noch lebendig. Im selben Atemzug wurde ihr bewusst, dass sie auch in ihr noch lebendig war. Sie konnte nicht essen, aber sie griff instinktiv nach der Wurst und prüfte den Duft, der etwas Herbes, Ehrliches hatte.

»Dort drinnen ist mir klar geworden, dass ich das an meinem Land liebe«, fuhr Achille fort. »Seine einfachen, guten Zutaten, die es in Fülle hervorbringt. In Italien, wenn es nicht von Ignoranten regiert würde, wenn es mit diesem Reichtum sorgsam umginge, bräuchte nie ein Mensch zu hungern, weißt du das? Es bräuchte nie ein Mensch Fraß wie aus dem Schweinetrog in sich hineinzustopfen. Gutes Essen ist Menschenwürde. Ich habe das nicht gewusst.«

»Nimm noch den Rest.« Sie schob ihm den Käse hin.

»Hast du keinen Hunger?«

Sie schüttelte den Kopf.

Wein tranken sie beide. Susanne brauchte ihn, um ihm zu erklären, was ihre Geschwister um seinetwillen getan hatten, und Achille brauchte ihn, um es zu ertragen. Sobald die zwei Flaschen leer waren, ging sie die schief getretene Treppe hinunter und bat den Wirt um eine dritte.

Als sie zurückkam, war alles Tageslicht erloschen, und nur der gelbe Schein der Straßenlaterne drang ins Fenster, begleitet von holperndem Klopfen, wann immer eine Kutsche über das Kopfsteinpflaster rollte. In diesem Raum gab es nichts als das Bett, einen Haken für Kleider, einen Waschtisch und einen Stuhl, und ehe sie gegangen war, hatte sie auf dem Stuhl gesessen und Achille auf dem Bett. Jetzt, da sie wiederkam, lag er vor dem Bett auf den Knien.

»Susanna«, sagte er.

Sie schob sich an ihm vorbei, ohne ihn zu berühren, und wollte die Petroleumlampe auf dem Nachttisch anzünden.

»Nein, bitte«, sagte er. »Mach kein Licht.«

Sie schob sich noch einmal an ihm vorbei und setzte sich wieder auf den Stuhl.

Er hielt den Kopf so tief gesenkt, dass sie im Licht der Laterne seinen spitzen Nackenwirbel sah. »Was Ludwig und die kleine Tänzerin – Sybilla – für mich hergegeben haben, kann ich ihnen nicht zurückgeben«, sagte er.

»Ich weiß. Versuch, nicht darüber nachzudenken. Sie haben es ja nicht für dich, sondern für mich getan.«

Er starrte noch immer auf den Boden und rührte das Glas, das sie ihm vollgeschenkt hatte, nicht an. »Für das, was du getan hast, kann ich mich nicht einmal bedanken. Es würde so billig klingen. So lächerlich.«

»Bedank dich nicht.« Sie hielt ihr eigenes Glas so fest in den Händen, dass sie Angst hatte, es zwischen ihren Fingern zu zerdrücken.

»Ich war immer einer, der mit Worten spielen konnte wie Kinder mit Murmeln.«

»Das weiß ich. Ich habe es erlebt.«

»Ich schulde dir mehr als das. Mehr als Murmeln.«

Sie sah zum Fenster, auf dessen Scheibe die Glitzerstreifen dünnen Regens auftrafen, um nicht länger auf den Wirbel in seinem Nacken zu blicken. »Du hast mich um nichts gebeten, also bist du mir auch nichts schuldig.«

»Doch, Susanna«, sagte er zum Boden gewandt. »Ich bin dir mein Leben schuldig. Wenn du mich nicht herausgeholt hättest – bitte glaub mir, ich wäre da drinnen gestorben.«

»Ich denke, das weiß ich«, entgegnete sie.

»Ich wäre dir schuldig, dich zu heiraten.«

Susanne zwang sich, ihre Finger von dem Glas zu lösen. Sie klemmte es zwischen ihre Knie und schenkte es voll bis zum Rand. Als sie es hob, verschüttete sie Wein auf ihren Rock, aus dem sie erst vor Tagen Flecken herausgerieben hatte. »Du solltest mit dem, was du sagst, besser vorsichtig sein«, rang sie sich ab. »Ich könnte dich beim Wort nehmen.«

»Und wenn du es tätest?«

Susanne trank Wein in zwei großen Schlucken. Dazwischen hämmerte ihr Herz an ihre Brust, als schlüge ein Specht ein Loch in einen Stamm.

»Dann wärst du mit einem Menschen verheiratet, den du nicht liebst. Wie mein Bruder Ludwig, wie meine Schwester Sybille. Willst du dich damit bestrafen, Achille?«

Er gab keine Antwort.

»Ich will das nicht«, sagte sie. »Deine Strafe sein. Ich dachte, ich wäre mir für nichts mehr zu schade, aber dafür doch.«

»Du bist keine Strafe. Du bist das Beste, was ich habe. Mein Freund. Ich habe immer Hinz und Kunz gekannt, mein Leben war ein Karussell von Menschen, aber ich habe nicht gewusst, wie sehr man einen Freund braucht. Ich dachte, es ist genug, Santa Maria delle Vigne zu haben. Und …«

»Und Emilia?«

Er nickte.

»Achille«, sagte sie mit trockener Kehle, »wenn du mich heiratest, raubst du dir die Möglichkeit, noch einmal eine Frau zu lieben, wie du Emilia geliebt hast.«

Und wenn ich dich heirate, raube ich mir die Möglichkeit, dass mich je ein Mann so liebt.

»Ich kann das nicht mehr.« Er hob den Kopf und sah ihr mit flackerndem Blick entgegen. »Und wenn ich es könnte, würde ich es nicht wollen.«

Ratlos schwiegen sie. Achille rollte sein Weinglas in den Händen und trank endlich doch. »Ich habe dir nichts zu bieten«, sagte er dann. »Aber ich würde aus dem Nichts etwas machen. Nicht hier, wo jeder mich kennt und sie mich nicht einmal eine Straße kehren oder einen Koben voller Schweine hüten lassen. Anderswo. Wo ich mir etwas aufbauen kann.«

Susanne überlegte. »Dir ist das ernst, nicht wahr?«

»Ja.«

Wie im Fieber flogen ihre Gedanken: Er wollte sie heiraten. Er wollte ihr schwören, bei ihr zu bleiben bis ans Ende ihrer Tage. Sie konnte ihn nicht haben, wie Emilia ihn gehabt hatte, doch wo immer sie hinging, würde er mit ihr gehen.

Ich habe keine Wahl, dachte sie. Sie war vor Sehnsucht nach ihm krank gewesen, und der Gedanke, ihn zu verlieren, hatte sie zu einem hilflosen Häufchen Elend reduziert. Dann aber begehrte etwas in ihr auf, etwas, das so wütend war wie die Leute in den Straßen, die gegen ihre Armut und ihre Unfreiheit anrannten und sich von den Polizisten mit ihren Knüppeln nicht einschüchtern ließen. Sie wollte ein Wahlrecht haben. Wenn nicht über die Regierung ihres Landes, so doch über ihr eigenes Leben.

Sie hatte diese sieben Monate überstanden, hatte sich allein in einem fremden Land durchgeschlagen und erreicht, wofür sie gekämpft hatte. Sie war kein hilfloses Häufchen Elend. Sie würde nie wieder eines sein. »Willst du mich heiraten, weil du annimmst, ich bete dich selbst jetzt noch an und stelle keine Ansprüche?«, fragte sie. »Wenn ja, dann muss ich dir sagen, dass du dich irrst. Ich könnte nicht einwilligen, dich zu heiraten, ohne Bedingungen zu stellen.«

Eine Bewegung zuckte über sein Gesicht.

»Überrascht dich das?«, fragte sie.

Statt einer Antwort fragte er zurück: »Was wären deine Bedingungen? Ich weiß, ich habe mir nicht gerade den Ruf erworben, fähig zur Treue zu sein, aber es hat sich so vieles geändert, und vielleicht …«

»Was du im Verborgenen mit mir unbekannten Frauen tust, ist deine Sache«, fuhr sie ihm scharf ins Wort. »Solange du mir versprichst, dass du mich nicht entwürdigst, indem du es öffentlich machst. Und dass du mit Emilia Filangeri nie wieder verkehrst.«

»Emilia ist …«, begann er, brach jedoch ab.

»Ich will nicht wissen, was Emilia ist«, sagte Susanne. »Nur dir begreiflich machen, dass du dich entscheiden musst. Wenn du mich heiraten willst, kann es in deinem Leben keine Emilia mehr geben.«

Langsam nickte er und sah dann wieder zu ihr auf. »Das verspreche ich.«

»Es ist noch nicht alles.«

»Nein. Natürlich nicht.«

»Wenn du tust, was du gerade gesagt hast – einen neuen Anfang machen, dir etwas aufbauen –, dann will ich, dass du es mit mir zusammen tust. Ich weiß noch nicht, was ich überhaupt für Ideen habe, aber ich weiß, dass ich das, was ich anpacke, gut machen werde.«

»Ich glaube, das weiß ich auch.« Einen Herzschlag lang verzogen sich seine Lippen.

»Ich will nie wieder mit leeren Händen dastehen«, sagte sie. »Ohne Geld, ohne Macht, ohne die Möglichkeit, für mich zu sorgen, weil ich kein Mann bin. Wenn du mich nimmst, wirst du mich als die eigenwillige Frau nehmen müssen, die ich nun einmal bin. Ich werde keine Hüte mit Federn tragen, und ich werde mich auch in kein Korsett mehr zwängen, und du wirst es aushalten müssen, dass deine Kumpane die Stirnen runzeln und dich fragen, was du mit dem Mannweib willst.«

»Ich habe ja keine Kumpane.«

»Du wirst schon wieder welche finden. Du bist viel zu gesellig, um als einsamer Wolf durchs Leben zu streunen.«

»Wer weiß«, murmelte er. »Irgendwann vielleicht. Im Moment wäre ich ganz gern mit dir ein Paar von einsamen Wölfen.«

»Als mein Mann hättest du vor dem Gesetz das Recht, über mich zu verfügen, wie es bisher mein Vater innehatte«, sagte Susanne. »Versprich mir, dass du mir nie verbieten wirst, zu arbeiten, Geld zu verdienen, mit meinem Leben anzufangen, was ich damit anfangen will.«

Unfroh lachte er auf, schob die Hände in die Hosentaschen und stülpte sie um. »Ich bin wohl kaum in der Position, dir das Geldverdienen zu verbieten. Im Gegenteil. Ich werde dich händeringend darum bitten müssen.«

»Nicht nötig. Ich suche mir morgen Arbeit. Bei uns daheim gehen schon Zwölfjährige in Stellung, also wird sich wohl jemand finden, der eine bald Zwanzigjährige, die kräftig ist und keine Ansprüche stellt, gebrauchen kann.«

»Ich will nicht hierbleiben, Susanna. Hier finden schon die keine Arbeit, die auf ihrer Weste kein Staubkorn haben. Einem wie mir, der bis zum Hals in der Jauche steckt, gibt kein Mensch eine Chance.«

»Das weiß ich. Aber ich habe nicht einmal mehr das Geld, das es kosten würde, von hier abzureisen.«

Sie sah, wie er sich schämte, aber helfen konnte sie ihm nicht. »*D'accordo*«, sagte er nach einer Weile. »Ich verstehe mich auf Wein. Und auf Pferde. Ich werde die Klinken der Umgebung putzen und um Arbeit betteln, egal zu welchem Preis. Wir bleiben hier, bis wir das Geld zusammenhaben, um anderswo neu anzufangen.«

Seine Schultern zitterten. Der altersschwache Ölofen bekam das Zimmer nicht warm, und der fadenscheinige Rock, den er trug, war viel zu dünn. Susanne stand auf, hob eine wollene Decke vom Bett und legte sie ihm um die Schultern.

»So etwas sollte ich für dich tun«, sagte er dankbar. »Nicht umgekehrt.«

»Das geht in Ordnung«, sagte sie. »Wir könnten versuchen, es gegenseitig zu tun. Aufeinander achten. Uns aushelfen. Wir werden ja auf uns allein gestellt sein und einen ziemlich steinigen Weg zu gehen haben.«

»Ich täte das gern. Unseren steinigen Weg mit dir gehen und darauf achten, dass keiner von uns stolpert. Meinst du, du bekommst deines Vaters Unterschrift zur Heirat mit mir?«

»Auf keinen Fall«, sagte Susanne, »aber das regle ich.« Sie würde noch einmal Ludwigs Hilfe in Anspruch nehmen müssen, ihn bitten, herzukommen und als ihr Vormund die Unterschrift zu leisten. *Zum letzten Mal*, schwor sie sich. »Da ist noch etwas«, sagte sie zu Achille. »Noch ein Versprechen, das ich von dir brauche.«

»Sag es.«

Sie setzte sich wieder auf den Stuhl und griff nach ihrem Glas. Ehe sie es aber zum Mund führte, wurde ihr klar, dass sie den Rest darin nicht mehr trinken wollte. »Ich weiß, dass du mich nicht begehrst. Und ich werde mich nicht erniedrigen, indem ich noch einmal versuche, dich dazu zu bewegen. Einmal aber wirst du dich überwinden müssen und mit mir …«

Verzweifelt suchte sie nach dem richtigen Ausdruck, doch ihr

Kopf war leer, nichts als das unsägliche Gespräch mit dem Anwalt fiel ihr ein. Sie drehte sich zur Wand. »Einmal wirst du dich überwinden und mit mir den Geschlechtsakt ausführen müssen. Ich bin ahnungslos wie eine Nonne, aber ich weiß, dass der Storch keine Kinder bringt. Und dass ich eines will.«

24

Sie blieben noch einmal sieben Monate in Turin. Einen zum Gotterbarmen kalten Winter lang und einen Frühling, der so schön war, weiß und rosa blühend und voller milder Abende wie jener vor einem Jahr, als sie zusammen in die Stadt gekommen waren. Sie waren nur ein Jahr älter, und doch kam es Susanne vor, als läge zwischen dem Mädchen, das sie damals gewesen, und der Frau, die sie seither geworden war, mehr als ein Jahrzehnt.

Um Geld zu sparen, waren sie in ein einziges Zimmer im Haus einer Witwe am Corso Sebastapoli gezogen, nahe dem Stadion, in dem an Samstagen vor einer Unmenge johlender Menschen Fußballspiele ausgetragen wurden. In Susannes bayerischer Heimat war das aus England stammende Spiel als unpatriotisch verpönt und für Minderjährige sogar verboten, aber hier in Turin schienen die Männer, die in den neuen Fabriken arbeiteten, ihm mit Haut und Haar verfallen. Das Haus der Witwe, die darauf bestand, Mamma Donatella zu werden, besaß nur zwei Stockwerke und das Obergeschoss nur zwei Zimmer, von denen eines die Witwe und das andere Susanne und Achille bewohnten.

Im Untergeschoss hingegen betrieb Mamma Donatella einen Ausschank, in den die Arbeiter morgens auf einen Kaffee und einen Bitter kamen und sich abends mit billigem Wein und Selbstgebranntem volllaufen ließen. Tagsüber kochte sie in einem riesigen Kübel lange Nudeln, die sie zuvor auf quer durch den Raum gespannten Wäscheleinen getrocknet hatte. Sie servierte sie mit passierten

Tomaten, goldgelbem Öl und Knoblauch. Andere Gerichte gab es bei ihr nicht, doch dieses eine lockte die Männer vor den samstäglichen Spielen in Scharen in die Wirtschaft. Sie tranken literweise Wein, schaufelten Mamma Donatellas Spaghetti in sich hinein und fachsimpelten mit rudernden Gesten und einer Flut von Flüchen über Fußball.

Abends, wenn die Partie vorüber war, kamen sie mit ihren Familien wieder, mit schönen Frauen in billigen Kleidern und Unmengen krakeelender Kinder. Wenn ihre Mannschaft, die den Namen Juventus, *Jugend*, trug, das Spiel gewonnen hatte, feierten sie bis in die Nacht, lachten, küssten ihre Kinder, ließen anschreiben und spielten Karten. Hatte der Club mit dem schönen Namen jedoch verloren, sprachen sie nicht vom Fußball, sondern von Politik, von der feuchten Kälte in ihren überfüllten Wohnungen, von dem Hungerlohn, für den sie in den Autofabriken von Fiat und Lancia schufteten, von Luigi Luzzatti, dem Ministerpräsidenten, der sich um die Armen nicht scherte und die versprochene Reform des Wahlrechts niemals vors Parlament bringen würde.

»Dem Juden quillt das Geld aus Nase und Ohren – einen Kerl, dem drei Banken gehören, weshalb soll's den kratzen, wenn uns unsere Kinder im Dreck verrecken?«

»Trotzdem muss er seine Versprechen halten, oder wir holen ihn von seinem Sockel! Jeder Mann, der lesen und schreiben kann, darf wählen, hat er gesagt.«

»Nur, wer lesen und schreiben kann? Dann sieht es für dich ja trüb aus, Guiseppe!«

Alles grölte vor Lachen, aber gleich darauf wallte wieder der Zorn auf, und nicht selten gingen Flaschen und Gläser zu Bruch. Wenn die Nacht voranschritt und der Pegel der Trunkenheit stieg, ergingen sie sich über die *terre irredente*, die *unerlösten Gebiete* in Tirol, in Triest, in Dalmatien und Istrien, wo Italiener lebten, die aber von den Unterdrückern der Österreichisch-Ungarischen Monarchie geknechtet wurden.

Susanne nahmen sie erst als eine der Ihren auf, als Achille ihnen versichert hatte, dass sie Deutsche, nicht Österreicherin war. »Gegen euren Kaiser Guglielmo ist nichts einzuwenden. Der lässt sich keinen Sand in die Augen streuen, sondern würde sich lieber heute als morgen holen, was ihm gebührt.«

Lesen konnten die wenigsten, doch sie schleppten ständig zerfledderte Zeitungen mit sich herum, in denen Politiker und Kulturgrößen in gellenden Worten forderten, sich diese Gebiete notfalls mit Gewalt einzuverleiben. Darüber hinaus müsse Italien wie jede Großmacht Kolonien bekommen, die Erbin des Römischen Reiches dürfe nicht länger als arme Verwandte am Tisch der europäischen Staaten sitzen und mit Brosamen abgespeist werden.

Der, der am wildesten, glühendsten, feurigsten zu diesen Fragen schrieb, war Gabriele D'Annunzio. Susanne, deren Italienisch täglich besser wurde, las mit einer Mischung aus Faszination und Beklemmung seine Artikel. Die Sprachgewalt des Dichters war hier noch imposanter als in seinen Romanen und Dramen, sie war, als werde man in ein Meer aus Worten gestürzt, das kein Ende nahm, sondern immer wieder neue Wellen schlug. Nur war das Meer keines aus Wassern. Sondern eines aus Flammen.

Eines Tages brachte der bullige Bursche namens Giuseppe, der meistens den Wortführer gab, ein Plakat mit, das er mit Reißzwecken neben Mamma Donatellas Tresen an die Wand steckte. Es zeigte einen stolz in die Ferne blickenden Offizier mit italienischer Fahne, der einem Grüppchen zerlumpter Arbeiterfamilien den Weg zu einer Art Luftspiegelung wies, zu einer umwölkten, wohl afrikanischen Landschaft. In brandroten Lettern war darüber gedruckt:

Italien, hol dir, was dein ist.
Associazione Nazionalista Italiana

Ein anderer, ein bebrillter Student, der dürr wie ein Zweig war und Giuseppe höchstens bis zur Schulter reichte, riss das Plakat wieder ab, fing mit den anderen Streit an, und wie so oft kam es zu einer Schlägerei. Der Kleine, der Antonio Gramsci hieß und Philosophie studierte, interessierte sich nicht für Fußball, sondern kam der Pasta wegen zu Mamma Donatella und brachte stets einen Stapel Bücher mit, über die er sich beim Essen beugte.

»Der arme *nanerottolo* hat ein Stipendium, weil er so schlau ist«, erzählte Mamma Donatella Susanne und Achille. »Soll von siebzig Lire einen ganzen Monat leben – davon können wir Dummen nicht mal sterben, wozu ist es also gut, so ein Schlaukopf zu sein? Zu mir kommt er und stürzt sich auf meine Spaghetti, weil er billiger und besser in diesem gottverdammten Land nichts kriegt. Dreimal in der Woche schlägt er sich den Bauch voll, sagt er, dann ist ihm an den anderen Tagen so schlecht, dass er nichts zu essen braucht. Was für ein Jammer. Wenn ich seine Mutter wäre, ich würde bei Tag und bei Nacht nicht aufhören zu weinen.«

Um die Partei, die Cesare Ferrara mit seinen Verbündeten gegründet hatte, stritten Mamma Donatellas Gäste sich häufig. Die eine Hälfte, die wie Giuseppe in der Autofabrik arbeitete, versprach sich von den Nationalisten und ihrem Plan, Italien ein neues Imperium zu erkämpfen, das Heil und die Erlösung. Die anderen hingegen, von denen manche wie Gramsci mit Büchern und Papieren einrückten, hingen dem Partito dei Lavoratori Italiani an, der *Partei der italienischen Arbeiter,* die sozialistische Ideen vertrat und sich Straßenschlachten mit der Polizei lieferte.

An anderen Tagen stritten die Männer sich um Fußball, um Geld, um Frauen und ums Kartenspielen. Susanne lernte innerhalb des ersten Monats, bei dem Lärm, der die halbe Nacht hindurch tobte, zu schlafen. Beinahe empfand sie ihn als beruhigend, als Teil jener nicht ganz wirklichen Übergangswelt, in der sie mit Achille lebte. Oft schlossen sie sich ihnen an, aßen sich an den tatsächlich köstlichen Spaghetti satt, und Susanne beobachtete geradezu gebannt, was sich zwischen den Leuten abspielte.

»Habt ihr so etwas nicht bei euch in Regensburg?«, fragte Achille. »Nationalisten und Sozialisten, die sich die Köpfe darüber einschlagen, wer die Welt aus ihrem Elend rettet?«

»In München vielleicht«, erwiderte Susanne. »Aber nicht bei uns. Ja, wir haben die Alldeutschen, die am Ägidienplatz Plakate für die Fortsetzung des Krieges bei den Hottentotten aufgehängt haben, und wir haben die Sozialdemokraten, die mein Vater seit Jahren verbieten lassen will, die inzwischen aber sogar im Landtag sitzen. Dass sich jemand deswegen ereifert, habe ich nie erlebt. Gegen das, was sich hier abspielt, kommt mir Regensburg vor wie eine Märchenwelt, die hinter sieben Bergen aus der Zeit gefallen ist.«

»Susanna«, sagte Achille. »Was sind Hottentotten?«

Sie wusste es auch nicht genau, nur dass vor ein paar Jahren in der Zeitung gestanden hatte, in Wahrheit hätten die Hottentotten die Wahl zum Reichstag entschieden. »Irgendein Volk in Afrika, in den deutschen Kolonien. Es hat dort einen Aufstand gegeben, die Kämpfe haben Jahre gedauert und Unmengen an Geld gekostet. Mehr weiß ich nicht.«

Achille erkundigte sich bei dem kleinen Antonio Gramsci und erfuhr, dass das Volk, um das es ging, sich selbst Nama nannte und einer Völkerfamilie namens Khoikhoi angehörte. »Wie passt so viel Wissen in eine so kleine Nuss von einem Kopf?«, fragte er Susanne. »Gramsci sagt, dieses Wort Khoikhoi bedeutet in der Sprache dieser Leute *wahre Menschen*. Ist das nicht merkwürdig? Wir streiten uns darüber, ob Briten und Franzosen und Belgier und so weiter das

Recht haben, ganz Afrika für sich zu behalten, oder ob sie uns ein Stück abgeben müssen – und die Leute, die in den Ländern leben, nennen sich *wahre Menschen*. Laut Gramsci sind die Hälfte von ihnen in diesen Kämpfen umgekommen, und wir täten gut daran, unsere Scharen von Armen zu versorgen, statt Geld für Kolonialkriege zu vergeuden.«

»Aber sollen die Kolonien uns nicht gerade Geld verschaffen?«, fragte Susanne. »Die Bodenschätze, der Lebensraum – bei uns heißt es, ohne einen solchen Platz an der Sonne käme Deutschland nie auf einen grünen Zweig.«

»Frag nicht mich, frag Gramsci«, sagte Achille. »Der hat mir mit seinen *wahren Menschen* einen Floh ins Ohr gesetzt.«

Es tat wieder so gut, mit ihm zu reden, es brachte sie zum Denken. Oft saßen sie in ihrem Zimmer wach und debattierten die halbe Nacht, obwohl ihnen vor Erschöpfung jeder Knochen schmerzte. In anderen Nächten setzten sie sich zu Gramsci und ließen sich von ihm Vorträge darüber halten, dass kein Volk untergehen musste, damit ein anderes lebte, sondern dass Veränderungen erforderlich waren.

»Die Krise, in der wir stecken, beruht darauf, dass das Alte im Sterben liegt«, erklärte er. »Es kämpft jedoch verbissen weiter, um zu verhindern, dass das Neue zur Welt kommt.«

Susanne fragte ihn, ob es dieses Neue sei, für das die Futuristen eintraten, doch von Marinetti und seiner Anhängerschaft hielt Gramsci nichts. »Um etwas zu ändern, brauchen wir Menschen, die nüchtern und geduldig denken«, sagte er. »Nicht solche, die jeder lautstark verbreiteten Dummheit nachjagen. Wenn wir unsere Köpfe gegen eine Wand rammen, zerplatzen unsere Köpfe. Nicht die Wand.«

Ab und an brachte Gramsci einen Parteigenossen namens Matteotti mit, der ein paar Jahre älter, ein wenig besser gekleidet und bildhübsch mit fast mädchenhaften Zügen war. Mit ihm stritt sich

Gramsci über die Parteizeitung *Avanti!*, weil sie ihm zu gemäßigt war, in ihrem Eintreten für die Rechte der Arbeiter nicht weit genug ging.

»Wie radikal hättest du es denn gerne?«, fragte Matteotti. »Gehörst du allen Ernstes zu denen, die den geifernden Mussolini zum Chefredakteur machen wollen?«

»Mussolini ist ein Wirrkopf, der bei den Nationalisten besser aufgehoben wäre. Aber wenn wir nicht weitergehen als die paar vornehmen Menschenfreunde unter den Rechtsliberalen, dann führt die sozialistische Partei sich selbst ad absurdum.«

Nach all diesen Streitigkeiten beglich jedoch Matteotti Gramscis Zeche, und die beiden – der eine lang, der andere kurz – gingen vereint ihres Weges. Wenn Matteotti nicht kam, bestand statt seiner Achille darauf, für Gramsci zu zahlen, obwohl sie sonst jede Lira dreimal umdrehten. Der kleine Student war so klapprig, dass er zuweilen vor Schwäche ohnmächtig wurde, er sollte wenigstens einmal täglich eine Mahlzeit in den Magen bekommen.

Wir haben so viel, dachte Susanne eines Nachts, als sie nach einem solchen Gespräch in ihr Zimmer kamen. Ihr Fenster war bis zur Hälfte zugeschneit, und im Ofen war kein Öl mehr, aber in ihr Bett hatte Mamma Donatella ihnen einen angewärmten Backstein gelegt, und Achille fiel sofort, als er in die wohlige Wärme eingetaucht war, in Schlaf. *Wir haben so viel, dass wir uns leisten können, einem, der weniger hat, einen Teller Pasta auszugeben.* In diesen Monaten lernte sie, dass ein Unterschlupf bei Menschen, denen man willkommen war, ein Zuhause darstellte, so unzureichend er auch sein mochte. Sie war in dem windschiefen Haus über Mamma Donatellas Wirtschaft zu Hause, mehr, als sie es irgendwo sonst gewesen war.

In den ersten Wochen hatte Achille wie Giuseppe und die anderen in der Autofabrik gearbeitet, bei Fiat, nicht bei Lancia, wo er einst mit einem Fingerschnippen ein weißes Traumauto gekauft hatte. Er stand mit etlichen anderen in einer Fertigungshalle und setzte immer gleiche Teile für ein Modell zusammen, das in Großserie gehen sollte. Susanne fürchtete, er werde nicht lange durchhalten. Die geisttötende Arbeit war das Letzte, für das der sprühende, fantasievolle Achille sich eignete, doch er beklagte sich nicht, sondern trat tapfer allmorgendlich in frostklirrender Dunkelheit seine Schicht an.

Dann aber, ein paar Tage vor Weihnachten, gelang es ihm, sein Schicksal zu wenden. Die Fabrik verfügte über einen im Keller gelegenen Speisesaal, in dem die Arbeiter sich mitgebrachtes Essen aufwärmen konnten. Giovanni Agnelli, der leitende Direktor des Unternehmens, schien ein vorausschauender Mann, der nicht nur die Bedeutung des Automobils frühzeitig erkannt hatte. Ihm entging nicht, dass es unter den Arbeitern in seinen Hallen brodelte. Um sie zu befrieden, kündigte er ihnen an, fortan in jenem Saal eine Werkküche zu betreiben und sie umsonst zu beköstigen.

Wie Achille es angestellt hatte, in diese Küche versetzt zu werden, wusste Susanne nicht. Sie hatte erwartet, vor den Bedingungen in der Kantine würde sein Magen, der gutes Essen so sehr liebte, die Waffen strecken, doch das Gegenteil war der Fall: Er stürzte sich mit Leib und Seele in die Aufgabe.

»Ich habe das schon im Gefängnis gedacht«, erklärte er ihr. »Unser Land ist voller Vulkanerde, es ist das fruchtbarste Land auf der Welt, ob du nun Tomaten anbaust oder große Ideen. Wenn du in diesem Land auf den Boden spuckst, wächst ein Spuckebaum. Mit einem solchen Überfluss an Zutaten kann man anständig kochen, es braucht kaum etwas zu kosten. Du siehst es am Grappa, oder? Was für eine Offenbarung an Geschmack, gefertigt aus Abfällen! Und du siehst es genauso an Mamma Donatellas Spaghetti: Sie nimmt mit, was auf den Märkten weggeworfen würde, und macht daraus ein Fest.«

»Dass du dich aufs Essen verstehst, wusste ich«, sagte Susanne. »Aber dass du auch kochen kannst, überrascht mich dann doch.«

»Mich auch«, bekannte Achille. »Aber warum eigentlich? Einer, der weiß, wie Farben und Formen zusammengehören, sollte auch ein Bild malen können, oder nicht?«

Sie wusste, was er meinte. Er verfügte über die größere Erfahrung, doch sie besaßen es beide: das Talent, Aromen, Düfte, Texturen und Farben zusammenzufügen, sodass sie einander verstärkten, sich halfen, ihre Wirkung zu entfalten. Sie selbst hatte Arbeit bei einer Putzmacherin gefunden, die jedoch nur selten Geld hatte, sie für das Austragen der Waren zu entlohnen. Jetzt aber holte Achille sie zu sich in die Werkskantine von Fiat, wo sie in erstickender, dampferfüllter Hitze aus angefaultem Gemüse Eintopfgerichte bereiteten.

Susanne hatte nie zuvor etwas gekocht, doch in der dürftig ausgestatteten Küche konnte sie üben, ohne dass ihr jemand auf die Finger sah. Sie lernte schnell. Es war harte Arbeit, es brachte ihnen zerschnittene Finger, aufgequollene Hände und Schmerzen in sämtlichen Muskeln ein, und es wurde elendig schlecht bezahlt. Aber es war das, was sie wollten. Wenn sie mit ein wenig gehacktem Basilikum, Knoblauch und geriebenen Pfefferschoten aus matschigen Tomaten und Auberginen eine pikante Soße zauberten, lachten sie einander durch die aromatischen Dampfwolken zu wie im Triumph. Auf seltsamen Wegen und völlig unverhofft hatten sie gefunden, wonach sie gesucht hatten.

Die Arbeiter strömten in die Kantine, standen mit ihren Henkeltöpfen Schlange und machten keinen Hehl daraus, wie sehr es ihnen schmeckte. »Du bist zu beneiden«, riefen sie Achille zu. Und: »Wenn meine Frau daheim so kochen könnte, säh mich keines von den leichten Mädchen.«

Susanne liebte das Experimentieren, das Sichten der Zutaten und Erraten, was davon zusammenpasste. Sie liebte es, neben Achille zu stehen und mit aller Kraft ihrer Arme in den großen Kesseln zu rühren, doch am meisten liebte sie es, dass das Ergebnis – etwas, das sie gemacht hatte – Menschen in Begeisterung versetzte.

Sie gaben nur aus, was zum Überleben unverzichtbar war, und sparten jeden Centesimo, der übrig blieb. Viel blieb nie übrig. Dank eines Geschenks von Mamma Donatella hatten sie dennoch im Frühling genug zusammen, um die Heiratsgebühr zu entrichten. Susanne schrieb Ludwig, der ohne Federlesens anreiste. »Wir vermissen dich so sehr, Su«, sagte er, nachdem sie ihn vom Bahnhof abgeholt hatten. »Wenn ihr anderswo neu anfangen wollt – kommt nach Regensburg. Ich bin kein reicher Mann, umso weniger seit Vater mich aus seinem Testament gestrichen hat. Aber mein Schwiegervater hat mich bei Rehbach untergebracht, und was immer mein Name wert ist, würde ich für euch verwenden.«

Einmal mehr machte das Opfer, das ihr Bruder für sie erbracht hatte, Susanne sprachlos. Zu allem hatte er die Enterbung in Kauf genommen, weil er sich nicht verbieten ließ, mit ihr zu verkehren.

»Ihr wärt in Regensburg nicht allein«, sagte er. »Du kennst Mechthild. Sie hat sich schon immer moralisch erhaben über die ganze Welt gefühlt, und natürlich fühlt sie sich jetzt erhaben über dich. Der Herr in meinem Haus bin aber immer noch ich, einerlei, wie oft sie mich daran erinnert, dass ihr Vater dafür bezahlt hat. Meine Schwester und mein Schwager werden unter meinem Dach stets willkommen sein. Ihr hättet in Regensburg einen Bruder, Su.«

Tief beschämt sprach Susanne mit Achille, und der sprach mit Ludwig. »Ich würde sehr gern mit deiner Schwester nach Regensburg kommen. Und ich würde dir gern eines Tages vergelten, was du für mich und meine Frau getan hast.«

»Nicht doch.« Verlegen winkte Ludwig ab. »Ich betrachte dich als Freund, Achille. Was man für Freunde tut, ist gern getan.«

Achille schloss die Arme um ihn und klopfte ihm sachte aufs Schulterblatt. »Wir sind keine Freunde, Ludwig. In meinen Augen sind wir Brüder, und nur von einem Bruder könnte ich annehmen, was du uns gibst.«

In Achilles Umarmung, fast verdeckt von seinen breiten Schultern, wirkte Ludwig noch schmächtiger als sonst. Als Achille ihn freigab, sah Susanne, dass seine hageren Wangen von Röte überzogen waren. »Du weißt nicht, wie sehr mich das ehrt, Achille«, sagte er. »Ich habe ja einen Bruder, der mir viel bedeutet, aber dieses Band zwischen uns ist noch einmal etwas anderes. Vielleicht weil wir beide uns von unserer Natur her ähnlich sind?«

Achille klopfte ihm wiederum den Rücken. »Diese Dinge lassen sich nicht genau erklären, denke ich, und wozu soll das auch nötig sein? Mir genügt, dass du weißt: Ich bin da, wenn du mich brauchst, und das meine ich, wie ich es sage.«

Die Hochzeit in Turins Chiesa dello Spirito Santo war eine hastige Angelegenheit mit niemandem als Ludwig, Mamma Donatella, Antonio Gramsci und Giacomo Matteotti als Gästen. Dennoch war Susanne, der Matteotti das Brautkleid seiner Schwester geborgt hatte, tief beeindruckt, ja eingeschüchtert von dem Zeremoniell, dem Weihrauch, den lateinischen Formeln und dem dunklen Brausen der Orgel. Dies hier schien ernster, schicksalhafter, als sie es aus der nüchternen Dreieinigkeitskirche kannte. Am Abend vor der Trauung hatte der Priester, der ihren Übertritt regelte, ihr erklärt, dass die Eheschließung der römisch-katholischen Kirche ein Sakrament und durch nichts, das Menschen taten, zu lösen sei.

Während sie so tief, dass die Kälte des Bodens ihr Gesicht traf, neben Achille kniete, überkam sie eine solche Furcht, dass sie hätte aufspringen und aus der Kirche flüchten wollen. Das, was sie hier schwor, noch dazu in einer Sprache, die ihr auf einmal wieder fremd war, erschien ihr so gewaltig, dass sie sich sicher war, ihm nicht gewachsen zu sein.

Später erzählte sie Mamma Donatella davon, die sie nach oben in ihr Zimmer führte. Sie hatte ihr knirschendes Bettgestell mit Blumen und Schleifen als Brautbett hergerichtet.

»Ach, du arme Kleine, *povera fanciulla*«, rief die alte Frau und nahm sie in die Arme. »Mach dir darum keinen Kopf, das geht jeder Braut so, dazu braucht der Angetraute kein entlassener Sträfling und kein so gefährlicher Bursche wie der deine zu sein. Dazu hat ein Mädchen seine Mutter, dass sie ihr das in der Nacht vor der Hochzeit erklärt, und wo deine Mutter abgeblieben ist, du kleines Waisenkind, das möchte ich nicht wissen.«

»Kann es denn trotzdem gut gehen?«, fragte Susanne. »Auch wenn man vor dem Altar solche Angst bekommt?«

»*Dio mio*, wer weiß schon, ob was gut oder schlecht geht?«, sagte Mamma Donatella. »Wenn wir's wissen, liegen wir ja schon im Grab, und es kann uns von Herzen gleichgültig sein.«

Gramsci, Matteotti und auch Giuseppe und sein Haufen hatten im Ausschank eine Feier für das Brautpaar auf die Beine gestellt. Ihre Frauen brachten jede einen Teller mit Eingelegtem oder Gesottenem mit, Matteotti zahlte den Wein, und Mamma Donatella steuerte ihren Selbstgebrannten bei. Ausnahmsweise stritten sie sich weder um Fußball noch um Politik, sondern bemühten sich, ein geliehenes Urania-Grammofon zum Laufen zu bekommen und die eine Schallplatte abzuspielen, die sie hatten auftreiben können.

Mamma mia, gib mir hundert Lire,
Denn ich will nach Amerika gehen.
Wenn du aber gehst, mein Sohn,
Dann fürchte ich, dass ich dich nie mehr sehe.

»Nicht gerade passend für eine Hochzeit«, brummte Mamma Donatella. Gramsci aber hielt eine Rede, in der er dem Wunsch Ausdruck verlieh, Italien werde bald ein Land sein, in dem es Lohn und Brot für alle gäbe und nicht länger Hunderttausende von jungen Leuten nach Amerika auswandern und Mütter sich die Augen ausweinen müssten. »Und wenn es so weit ist«, sagte Gramsci, der sonst nie etwas trank, und hob sein Glas, »dann hoffen wir, dass so feine Landsleute wie Achille und Susanna zurückkommen werden, weil wir sie hier nämlich brauchen.«

»Auf Achille und Susanna«, riefen alle, und als wäre das alles nicht genug, hatten sie von ihrem bisschen Lohn Geld gesammelt und es in einen zerknitterten Umschlag gestopft, den Giuseppe ihnen überreichte.

»Für euren neuen Anfang«, sagte er ungewohnt befangen. »Hundert Lire sind es nicht gerade, aber es ist ja schon manch einer reich geworden, weil er im richtigen Moment einen *centesimo* zur Hand hatte.«

Zuletzt rückte noch Ludwig mit seinem Geldgeschenk heraus, vom dem sie nicht nur die Fahrt nach Regensburg, sondern auch ihren Unterhalt in den ersten Wochen würden bestreiten können. Ihre Zeit in dem Dachzimmer am Corso Sebastapoli war zu Ende. Sie konnten ihre Arbeit in der Werksküche von Fiat, die sie selbst aufgebaut hatten, kündigen und mit Ludwig nach Deutschland reisen.

In der Nacht – ihrer Hochzeitsnacht, zu der Achille von Sozialisten wie Nationalisten mit anzüglichen Ratschlägen bedacht worden war – lagen sie nebeneinander, ohne sich zu berühren, wie in so vielen Nächten zuvor. Susanne trug das am Hals bestickte Nachthemd, das Mamma Donatella ihr hingelegt hatte, als könne die Wirtin gekränkt sein, wenn sie ihr Geschenk nicht würdigte, und kam sich albern vor.

»Susanna.« Achille streckte die Hand aus und strich ihr das Haar von der Wange, so unverhofft, dass sie erschrak. Seine Hand wanderte ihren Hals hinunter und über die Schulter, von der der Stoff gerutscht war. Wohlige Schauder rieselten wie Sommerregen über ihre Haut. Wenn sie dem keinen Riegel vorschob, wäre es mit ihrer Beherrschung vorbei.

»Das brauchst du nicht zu tun«, rief sie schnell. »Nicht jetzt, wo wir kein Heim haben und nicht wissen, was aus uns wird. Mein Kind will ich erst bekommen, wenn ich sicher bin, dass es ihm an nichts fehlen wird.«

Seine Hand war unter den Stoff gewandert und streichelte den Ansatz ihrer Brust. Er hielt inne. »Du willst nicht, Susanna?«

Es kostete sie alle Kraft, den Kopf zu schütteln. Was glaubte er? Dass er in der Hochzeitsnacht seine eheliche Pflicht erfüllen musste? Sie wollte das nicht. Es tat ihrem Stolz nicht gut, und sie wünschte nicht, dass er sich zwang.

»Wir können für ein Kind doch noch nicht sorgen«, presste sie heraus.

»Nein, das können wir nicht«, sagte er in Gedanken und zog seine Hand unter dem Stoff ihres Nachthemds hervor. »Darf ich dich aber heute Nacht im Arm halten? Da wir doch immerhin fortan als Mann und Frau zusammen sind?«

Susanne nickte, und er breitete den Arm um sie. Sie fand es wunderschön, so dicht bei ihm zu liegen, und fühlte sich geborgen, auch wenn der Wunsch, ihm noch viel näher zu sein, sie quälte.

»Über etwas muss ich mit dir sprechen«, sagte er irgendwann.

»Über was?«

»Ehe wir abreisen, muss ich noch einmal fort.«

»Wohin?«, fragte sie.

»Nach Monferrato. Matteotti treibt einen Wagen auf, den ich mir für einen Tag leihen kann.«

»Um Emilia zu sehen?«, fuhr Susanne auf, und es war ihr, als stürzten all die Befürchtungen, die sich in der Kirche über ihr aufgetürmt hatten, auf sie nieder.

»Nein«, sagte er. »Um Michele zu sehen.«

»Was für einen Michele?«

»Michele Pantigliate«, antwortete Achille. »Er betreibt das Weingut neben dem meines Vaters, und ich habe einmal zu ihm gesagt, wenn er mehr Land hätte, würde ich ihn als einen ernsthaften Konkurrenten fürchten.«

Sie hatte ihn Santa Maria delle Vigne nie *das Weingut meines Vaters* nennen hören. Angestrengt lauschte sie, doch selbst im Nachhall der Worte fand sie keinen Schmerz.

»Wozu musst du diesen Mann sehen?«, fragte sie.

»Wir brauchen jemanden, der uns Wein liefert«, sagte er. »Barolo und Barbera. Und ich will Grappa nach Deutschland bringen, du hast gesagt, bei euch weiß kein Mensch, was für ein Segen Grappa ist. Mein Vater kommt nicht infrage, so wie dein Vater uns wohl kaum Bier liefern wird.«

Ein Restaurant. Der neue Anfang, den sie sich aufbauen wollten, musste ein Restaurant sein. »*Bier und Barolo*«, sagte Achille. »Das wird unser Motto. Ich habe gedacht, du möchtest zu Pantigliate vielleicht mitkommen. Du bist zäher als ich und lässt dir kein X für ein U vormachen. Und besser rechnen kannst du allemal.«

Susanne war sicher, dass sie es nie vergessen würde. In ihrer Hochzeitsnacht in Mamma Donatellas Dachzimmer hatte sie nicht bekommen können, wonach ihr Körper sich mit jeder Faser sehnte. Aber sie hatte bekommen, wonach ihre Seele sich sehnte: Ihr Mann hatte sie ernst genommen, er hatte ihr bewiesen, dass er in ihr seine Gefährtin sah, und aus diesem Wissen war ihr Traum geboren worden.

»So ist es gewesen«, raunte Susanne hinunter auf den Kopf ihres Kindes, das sie gestillt und in den Schlaf gewiegt hatte, um es gleich Golda zu übergeben und an ihre Arbeit im Ponte di Pietra zurückzukehren. »Wir haben nie ein Wort darüber verloren, dass wir ein

Restaurant eröffnen wollten, wir haben einfach gewusst, dass es das war, was wir tun würden. Die italienische Küche, diesen Ausdruck von Lebensart und Lebensfreude nach Regensburg bringen. Und zugleich das Beste von dem einbeziehen, was die hiesige Küche zu bieten hat. Bier und Barolo. Kaum waren wir angekommen, hat dein Vater nach einem Koch gesucht, einem talentierten jungen Mann, der sich von uns heranbilden ließ. Als er Sebastian Loibner fand, hat er ihn schlankweg eingestellt. Wir hatten noch keinen Herd, geschweige denn ein Haus, aber er hat auf einer Parkbank einen Vertrag aufgesetzt. So ist dein Vater, mein Leopard. Wenn er etwas will, dann kennt er kein Halten.«

Sie küsste Tullio auf den Oberkopf, wo an einer zarten, noch nicht von Knochen geschützten Stelle sein Leben klopfte, und schloss kurz die Augen.

Wir haben alles wahr gemacht, was wir uns vorgenommen haben, dachte sie. Das Restaurant aufzubauen würde noch Zeit brauchen, doch sie waren auf einem guten Weg. *Was wir zusammen durchgestanden haben, kann von den Damen, die sich im Ponte die Münder zerreißen, keine ermessen. Sollen sie deinen Vater anhimmeln und über den Tisch hinweg mit ihm flirten, solange sie dafür ihr arrosto, ihre pasta und ihr dolce bezahlen. Ich nehme stattdessen das, was er keiner als mir gibt und was mir unbezahlbar ist: seine Freundschaft, unser gemeinsames Ziel und die Gewissheit, dass wir einander in keiner Not alleinlassen.*

Wir drei, mein Leopardenkind. Mein Tullio.

Hab keine Angst, denn du wirst nie allein sein. Vielleicht arm, vielleicht geächtet, aber niemals allein.

An ihrer Brust klopfte Tullios Herz, und Susanne küsste ihn noch einmal, schwindlig vor Glück. Alles war gut. Diese Wohnung mochte schäbig sein, sie war eng und düster, aber sie war ihre Burg, hinter deren Tor sie geborgen waren.

25

Juni 1914

Sie trafen sich hinter der westlichen Stadtgrenze, wo niemand sie vermutete, und fuhren mit Vevis offenem Einspänner die Donau entlang bis zu der Stelle, wo ihr Nebenfluss, die Naab, sich mit ihr vereinte. Noch ein Stück weiter, hinter dem verschlafenen Flecken Mariaort, durchquerte die Naab eine Senke, in der sie sich zwischen hohem Gras, Schilf und sandigem Boden zu einem Oval verbreiterte. Die Ufer waren flach, frei von Böschung, das Wasser seicht abfallend, sodass sich die Stelle selbst für kleine Kinder zum Baden eignete.

Dorthin fuhren sie zu ihren langen, heimlichen Nachmittagen, die etwas von nostalgischer Erinnerung hatten, noch ehe sie vorüber waren. Ihren *Schwesternclub* nannten sie die Zusammenkünfte und erklärten Golda unter Gelächter, sie sei zur Ehrenschwester ernannt. Die Männer gründeten fortwährend irgendwo Herrenclubs nach dem Vorbild der Briten – warum also nicht auch sie?

Für gewöhnlich waren sie an Wochentagen unterwegs, wenn ihre Männer beschäftigt waren, während die Sonntage der Familie vorbehalten waren. Heute aber war Veitstag, der Tag des heiligen Vitus, und da Joseph von Waldhausen diesen Namen unter seiner Reihe von Vornamen trug, nutzte er die Gelegenheit zu einem Gelage, bei dem Frauen und Kinder unerwünscht waren.

Seine Frau durfte also mit ihrer höchst respektablen Schwägerin Vevi einen Badeausflug unternehmen und ihm »die Bälger vom

Hals halten«. Dass die höchst unrespektable Schwester Susanne auch mit von der Partie war, blieb dem Herrn von Waldhausen verborgen.

Das Wetter war herrlich, und Susanne genoss jeden Augenblick. Das Hufgeklapper des trabenden Pferdes glich dem Rhythmus eines sommerlichen Liedes, und die Landschaft, die vorbeizuckelte, war so hellgrün und lieblich, als könne unmöglich je etwas geschehen, das diese Schläfrigkeit aufstörte. Auf den Südhängen der Donau sprossen die Elbling-Reben für den Baierwein. Wenn sie daran dachte, wie Achille dieses Getränk zum ersten Mal probiert hatte, musste sie noch immer lachen.

»Susanna, ich bitte dich, dieser Wein hat keinen Körper, kein Bukett, keinen Charakter! Ehe ich mir solche Plörre ins Glas gießen lasse, kann ich Wasser trinken wie das Vieh.«

Sie hatte vorgeschlagen, den von falschem Mehltau und dürren Erträgen gebeutelten Traditionswein der Gegend billig aufzukaufen und als preiswertes Angebot neben den piemontesischen Weinen auf die Karte zu setzen. Achille aber war darüber geradezu in Entsetzen ausgebrochen. »*Mannaggia*, Susanna, bei all meinem Respekt für deinen Geschäftssinn – auf unserer Karte darf sich gern vieles finden, das jedermann bezahlen kann, aber nichts, was zweiter Wahl ist. Das war unser Konzept, erinnerst du dich? Nicht der Preis entscheidet, sondern die Qualität.«

Ja, Susanne erinnerte sich, und trotz aller anfänglichen Schwierigkeiten begann dieses Konzept, sich zu bewähren. Sie hatten damals das Haus an der Brücke, an Regensburgs ältestem Wahrzeichen, gesehen, und Susanne hatte gesagt: »Ein italienisches Restaurant ist etwas ganz Neues, und die Regensburger lieben das Alte. Wenn wir ihnen aber hier, an ihrem traditionsreichsten Ort, das Neue präsentieren, machen wir es ihnen vielleicht leichter.«

Achille hatte genickt und sie dann gefragt: »Diese Brücke ist durch einen Wettbewerb der beiden besten Baumeister der Stadt entstanden, nicht wahr?«

»Dem des Domes und dem der Brücke«, erwiderte Susanne. »Der schnellste sollte gewinnen, und der Legende nach hat der Brückenbaumeister sich den Teufel zu Hilfe geholt.«

»Das passt zu uns«, sagte Achille. »Wir werden ihnen nur bieten, was jeden Wettbewerb gewinnen könnte, und wenn der Teufel uns helfen will, ist er herzlich eingeladen.«

Susanne hatte ihm nicht gesagt, dass der Teufel die Seelen der drei ersten Geschöpfe, die über die Brücke gehen würden, zum Preis gefordert, und dass der unterlegene Dombaumeister sich in die Donau gestürzt hatte. Sie war nicht gewillt, sich von Aberglauben verunsichern zu lassen. Die Erinnerung an die Hundertjährige, die überall, wo Achille auftauchte, den Tod gesehen hatte, war ihr schon beklemmend genug. Ihr Restaurant hatte ein gut durchdachtes Konzept, das war es, was zählte, und Achille hatte recht, in der Frage der Weinkarte darauf zu pochen.

Also kein Baierwein im Ponte di Pietra Anfangs hatte es einiges Murren gegeben, weil die edlen Piemonteser, die sie von Michele Pantigliate bezogen, nun einmal ihren Preis hatten, und gelegentlich hatte sich ein Gast ereifert: »Sollen unsere Weinbauern, die schon den heiligen Emmeram bewirtet haben, am Bettelstab enden, weil wir uns überteuertes Gesöff von den Welschen kommen lassen?«

Achille aber hatte seinen Charme spielen lassen, um die Gäste zu überzeugen, dass sein Restaurant das Beste der beiden Kulturen zu vereinen wünschte: »Glauben Sie mir, ich würde nicht wagen, Ihnen Bier aus meinem Heimatland zu servieren, weil es mit dem Bier, das Sie hierzulande brauen, nicht mithalten kann.«

Das schmeichelte dem Stolz der Regensburger, und die meisten ließen sich das Bier, das die neu eröffnete Brauerei Gruber für sie braute, gern schmecken. Fanden sich noch immer gerunzelte

Stirnen, so lud sich Achille den kleinen Tullio auf die Hüfte und wandte sich den anwesenden Damen zu. »Sehen Sie sich meinen Buben an, *mio bimbo picinino*«, bekundete er strahlend. »In ihm ist auch das Beste unserer beiden herrlichen Länder vereint.«

Damit brachte er jede Festung zum Schmelzen, denn nichts war unwiderstehlicher für Damen als ein schöner Mann, der sich liebevoll um sein Kind kümmerte. Tullio aber, der auf Susannes Knien saß und still und glücklich dem Verstreichen der Landschaft zusah, war das zauberhafteste Kind, das ein Mensch sich vorstellen konnte.

Vevi und Sybille, mit denen sie heute endlich wieder einmal unterwegs waren, fanden es auch. Sybille hielt ihr eigenes Kind, die zweijährige Maria, daumenlutschend auf dem Schoß, während ihr Sohn, der dreijährige Joseph, den alle Seppi riefen, auf dem Wagenboden herumkasperte. Vevi dagegen saß auf dem Bock, lenkte ihren Apfelschimmel und hatte ihre Nichten der Obhut Goldas übergeben, die auf jedem Knie eines balancierte. Keine von ihnen machten einen Hehl daraus, dass sie alle fünf Kinder der Familie liebten, dass aber die Liebe zu Tullio auf einem anderen Blatt stand.

»Findest du es eigentlich gerecht, dass du dir zum hübschesten Mann nun auch noch das hübscheste Kind geschnappt hast?«, pflegte Sybille Susanne zu necken. Sie lachte und alberte noch immer, wo sie nur konnte, doch in der Alberei schwang ein Ernst mit, der sich nicht überhören ließ. Vevi ihrerseits, die arme, liebe Vevi, die sich mit verzweifelter Sehnsucht ein Kind wünschte, überschüttete ihre Nichten und Neffen mit Hingabe, verschleierte jedoch nicht, dass es Tullio war, den sie vor lauter Liebe hätte auffressen wollen.

Sie litt darunter, dass sie offiziell mit Susannes Familie nicht verkehren und somit den Kleinen nie bei sich zu Hause bewirten durfte, wie sie es mit Seppi, Maria, Holdine und Helene tat. »Es ist das reinste Schlaraffenland«, hatte Sybille, deren Mann auf eiserne Strenge in der Kindererziehung pochte, Susanne erzählt. »Zu Hause bekommen die kleinen Ungeheuer zum Tee, wenn's hochkommt, eine Butterbrezn. Bei Tante Vevi dagegen werden sie mit Kuchen und Wuchteln, mit Strudel und Vanillesoße und obendrein mit Schokolade und Bonbons gemästet, bis nichts mehr hineinpasst, und ohne ein neues Spielzeug kommt keins von ihnen je heim. Die arme Vevi. Warum ist denn so einer, die zur Mutter geboren ist, kein Kind vergönnt?«

Zur Mutter geboren war Vevi in der Tat. Sie holte Holdine und Helene so häufig zu sich, dass die zwei in Stadtamhof mehr zu Hause schienen als in ihrem Elternhaus in der Schäffnerstraße, hinter der neuen Synagoge. Laut Ludwig war Mechthild von einem krankhaften Geiz besessen, der sie davon abhielt, Geld für eine Kinderfrau auszugeben. Auch sonst hielt sie ihre Töchter kurz und hatte nichts dagegen, dass ihre wohlhabende Schwägerin die beiden fortwährend in ihrem Haus beköstigte. Hätte sie allerdings gewusst, dass die als grundehrlich bekannte Vevi ihre Mädchen hinterrücks auf Ausflüge mit der verstoßenen Susanne schleppte, hätte sie den Besuchen ohne Zweifel einen Riegel vorgeschoben.

Sybille war es ebenfalls verboten, ihre Schwester zu sehen, und so blieben ihnen nur die Fahrten zu ihrem geheimen Ort. Sie hatten ihn fast erreicht. Vevi drehte sich in der Fahrt nach ihnen um. »Und, mein süßer Tullio-Tatzenbär, freust du dich schon aufs Baden? Und freust du dich auf Tante Vevis Picknickkorb? Willst du wissen, was sie für dich hat einpacken lassen? Knieküchle. Mit Marillenkonfitüre. Und einen Gugelhupf mit mehr Rosinen, als du Locken hast. Ach nein, das geht ja dann doch nicht. Mehr Locken, als sich auf deinem Kullerkopf ringeln, bekommt nicht einmal die wackere Ilse in einen Kuchen gestopft.«

Mit seinen großen, zum schwarzen Haar hellen Augen erwiderte Tullio ihren Blick, als verstünde er jedes Wort. Er war ja der Kleinste der Kinderschar, hatte vor drei Monaten gerade seinen ersten Geburtstag gefeiert und konnte unmöglich so viel begreifen wie die anderen, die längst nach den angekündigten Süßigkeiten krakeelten. Eines aber begriff er, schon solange er auf der Welt war: Er wusste, was Liebe war. Um seine Mundwinkel stahl sich ein Lächeln, das er Vevi schenkte. Nicht für Kuchen und Zuckerzeug, sondern weil sie seine Tante Vevi war, die er von Herzen lieb hatte.

Tullio begegnete Menschen ohne Arg und Angst. Er war ein stilles, zufriedenes Kind, forderte wenig, fand immer Beschäftigung und war sich meist selbst genug. Wenn ihm aber ein Mensch seine Zuneigung zeigte, gab Tullio sie auf seine leise, überwältigende Weise zurück. Susanne sah, wie die arme Vevi bei seinem Lächeln aufblühte. Auf einmal schien sie sich der sommerlichen Wärme bewusst zu werden, knotete ihre Stola auf, um ihrer Haut etwas Sonne zu gönnen, und lachte verwundert auf. »Flirtest du etwa mit deiner Tante, mein kleiner Charmeur? Was werden wir denn eines Tages tun, wenn du größer bist und wie ein Rattenfängerlein allen Mädchen von Regensburg die Herzen brichst?«

»Vevi, schau auf den Weg!«, rief Sybille ebenfalls lachend. »Sonst geht dir am Ende der Gaul durch, und wir purzeln runter wie die Zwiebeln vom Gemüsewagen.«

Vevi aber war eine ausgezeichnete Fahrerin, die es liebte, ihren Wagen selbst zu lenken. »Ach was«, rief sie ausgelassen, wie sie als junges Mädchen gewesen war. »Ich bringe meine hübsche Ladung schon sicher ans Ziel. Sowieso sind wir ja gleich da.«

»Mir ist heiß«, jammerte eine von Ludwigs Zwillingstöchtern, die zu unterscheiden Susanne schwerfiel. »Ich hab Hunger. Ich will was zum Naschen.«

Seppi, der noch immer auf dem Wagenboden herumkroch, schoss in die Höhe und hielt seiner Cousine einen gerade gemachten Fund vors Gesicht. »Lakritz«, verkündete er stolz.

Das kleine Mädchen – Holdine, glaubte Susanne – kreischte auf und tat ihr leid. Zugleich aber musste sie über Seppi lachen. Was er der Kleinen hingehalten hatte, war ein dicker Käfer mit zappelnden Beinen und schwarzem Panzer. Um andere derart auf die Schippe zu nehmen, war er eigentlich noch zu klein, und vielleicht hatte er das Tier ja wirklich für ein Stück Lakritz gehalten. Aber dieser Seppi, der mit seinem borstigen Haar und den abstehenden Ohren so hässlich war wie seine Mutter hübsch, kam Susanne nicht zum ersten Mal vor wie ein höchst gewitzter Kopf.

»Du liebe Zeit, Seppi, wenn dein Vater das sieht, gibt's den Hosenboden versohlt, dass es kracht«, rief Sybille, wies aber nicht auf den Käfer, sondern auf Seppis kniekurze Hosenbeine, die schwärzliche Dreckränder zierten.

»Ach nicht doch!«, rief Vevi, die das Pferd zum Schritt zügelte und über eine Bodenwelle ihrem Lieblingsplatz zulenkte. »Ich weiß, ich bin noch keine Mutter und sollte mich nicht einmischen. Aber der Seppi ist doch ein Lieber, er ist noch so klein, und so ein Bub verdreckt sich nun mal – meinst nicht, da geht's ohne Schläge?«

Sybille seufzte. »Du predigst der Falschen, Süße. Ich bin zur Kindererziehung völlig ungeeignet und finde alles, was die zwei so anstellen, zum Totlachen. Mein Mann allerdings sieht die Sache anders. Er sagt, so wie ich die Kinder verzärtele, wird aus seinem Sohn nie ein ordentlicher Mann.«

Susanne musste an ihren Schwager denken, den Ludwig einen Giftzwerg genannt hatte. Glaubte Joseph von Waldhausen, sein Sohn würde größer, stattlicher, männlicher geraten als er selbst, wenn er beizeiten ausreichend Prügel bekam? Antonio Gramsci fiel ihr ein. Wie zerbrechlich er ausgesehen hatte, wenn er neben dem hochgewachsenen Matteotti hergegangen war. Dennoch hatte sie nie auch nur im Entferntesten daran gedacht, er sei kein ordentlicher Mann.

Was war das überhaupt – ein ordentlicher Mann?

Der, mit dem sie verheiratet war, hatte von ordentlichen Männern zu schwadronieren begonnen, als Italien vor knapp drei Jahren tatsächlich in einen Krieg um ein neues Imperium gezogen war. Im September 1911 hatten Truppen des Königreiches quasi über Nacht Teile von Libyen, die zum Osmanischen Reich gehörten, besetzt, um sich den viel zitierten Platz an der Sonne zu sichern.

»Das ist mein Bataillon, das sie dorthin geschickt haben«, war es aus Achille herausgebrochen. »Meine Alpini, mein Bataillon Fenestrelle, haben sie in die libysche Wüste geschickt, und General Pecori Giraldi befehligt es noch immer. Er mochte mich, der alte Polterkopf. Er hat gesagt, wenn man mich einmal täglich durchprügeln dürfte, würde ein ziemlich brauchbarer Kerl aus mir.«

»Wenn das ein Kompliment sein sollte, will ich nicht seine Beleidigungen hören«, hatte Susanne erwidert.

Von seinem Militärdienst hatte er nie zuvor erzählt. In der Wirtschaft, bei Mamma Donatella, hatten die Männer mit ihren Heldentaten geprahlt. Aus Maxls Offizierslehrgang hing eine Urkunde im Herrenzimmer ihres Vaters, während Ludwig wegen einer Schwäche auf der Lunge ausgemustert worden war. Seltsamerweise hatte Susanne nie daran gedacht, dass auch Achille diese Zeit absolviert haben musste, die Männer jeglicher Herkunft auf undurchsichtige Weise verband.

»Jetzt würde Pecori Giraldi nicht länger denken, dass etwas Brauchbares aus mir werden könnte«, hatte Achille an jenem Tag gesagt. »Ich bin ja kein ordentlicher Mann mehr, der seinem Vaterland zu Diensten sein kann. Ein Verbrecher bin ich, freigesprochen nur aus Mangel an Beweisen. D'Annunzio, der jahrelang nach Krieg gebrüllt hat, ist vor seinen Gläubigern nach Frankreich geflüchtet, und ich verkrieche mich im Märchenwald. Schandflecken wie uns will Italien nicht auf seiner Fahne haben.«

Als Italien ein Jahr später den Krieg gewonnen hatte, gratulierten ihm zwei Postzusteller, Vater und Sohn, die nach der Arbeit auf eine Mahlzeit ins Ponte di Pietra kamen. »Euer Vittorio hat's fei richtig

gemacht«, sagte der Vater. »Und fliegen tut's ihr jetzt auch, wer hätte
das gedacht. Daran soll sich der Wilhelm da in Preußen mal eine
Scheibe abschneiden.«

»Zusammentun sollten sie sich!«, legte sich der Sohn ins Zeug.
»Wozu haben wir denn den Dreibund mit den Österreichern, wenn
nicht, um den andern zu zeigen, was eine Harke ist?«

Achille gab den beiden einen Grappa aus, hielt sich ansonsten
jedoch bedeckt. Abends sagte er zu Susanne: »Erinnerst du dich, wie
wir über dieses Flugzeug gesprochen haben, über die Etrich Taube,
aus der angeblich Bomben über den Alpen abgeworfen werden können? Das mit den Alpen war übertrieben, aber über der libyschen
Wüste hat tatsächlich ein Kerl namens Cavotti eine solche Bombe
abgeworfen. Anderthalb Kilo schwer. Die Futuristen mit ihrem
Sturm, der alles Alte hinwegfegen muss, haben vielleicht doch die
Zukunft vorausgesehen.«

Susanne hatte zu der Zeit gerade erfahren, dass sie nach der Tot-
geburt wieder schwanger war, und das Gespräch über Bomben
widerstrebte ihr. Aber sie war ja auch kein Mann. Vielleicht zum ersten Mal in ihrem Leben war sie darüber froh.

Etwas tippte an ihre Wange und holte sie aus ihren Gedanken
zurück in den sonnigen Tag. Veitstag, Sonntag, ein langer, sonniger
Nachmittag, den sie mit diesen zwei Lieblingsfrauen und ihren Kindern verbringen konnte.

Ihr Sohn tippte mit seinem Seesternfinger noch einmal an ihre
Wange, auf seinem Kindergesicht das süßeste Lächeln. »Mammina?«,
sagte er. »Meine kleine Mamma?«

Er sprach noch nicht viel. Nur ein paar Worte. Aber er sagte mehr,
als ihr enges Herz an Glück ertrug.

»Du träumst ja, Suse«, rief Sybille mit einem zärtlichen Lachen.
»Seit du den Kleinen hast, bist du eine richtige Romantikerin geworden.« Sie sammelte ihre Kinder und sämtliches Sandspielzeug ein

und sprang vom Wagen. Golda war bereits ausgestiegen und hob erst Holdine und Helene und dann den Picknickkorb herunter. Vor ihnen, hinter dem Sandstreifen, glitzerte das Wasser wie ein Spiegel.

»Ach was, unsere Suse war immer eine Romantikerin«, widersprach Vevi, die ebenfalls abgestiegen war und die Trense abschnallte, damit das Pferd an dem hohen, noch nicht vergilbten Gras rupfen konnte. »Ansonsten hätte sie keine so romantische Heirat geschlossen, oder? Sieh dir uns zwei an – wir haben getan, was von uns erwartet wurde. Suse dagegen hat alles aufgegeben, um für ihre Liebe zu leben.«

»Aber du liebst den Maxl doch auch«, widersprach Sybille. »Ich habe euch zwei immer schrecklich romantisch gefunden, wie ihr Hand in Hand über die Dult spaziert seid und euch auf der Schiffsschaukel ewige Treue geschworen habt.«

»Ja«, sagte Vevi und schluckte etwas herunter. »Meinen Maxl lieb ich. Das werde ich immer tun, egal, was geschieht.«

Susanne stieg mit Tullio vom Wagen. Zusammen trugen sie Decken, Spielzeug, Badetücher und ihr Picknick in die kleine Bucht, in der sie vor Blicken geschützt waren. Nicht nur die Kinder, auch die Frauen hatten Spaß an der Planscherei im flachen Wasser, doch vor den Augen anderer hätte es sich hier, fern der öffentlichen Badeanstalt mit ihren Karren und Kabinen, weder für die achtbare Brauersgattin Vevi Märzhäuser noch für Sybille von Waldhausen als Mitglied eines Adelshauses geschickt, sich zu entblößen.

Ich bin die Glücklichste von uns dreien, dachte Susanne, während sie mit Goldas Hilfe die Kinder zum Baden fertig machten. Wie seltsam das war. Die beiden anderen führten große Häuser voller Dienstboten, genossen ein reges gesellschaftliches Leben und konnten sich leisten, was ihnen gefiel. Sie selbst hingegen war vor vier Wochen zwar tatsächlich in die Wohnung über dem Ponte di Pietra umgezogen, wie Achille es ihr versprochen hatte, doch es gab dort erst einen einzigen bewohnbaren Raum, kein Stück Mobiliar, das nicht vom Trödler stammte, und fließend Wasser nur unten im Restaurant. Zudem waren die beiden anderen so hübsch – Sybille mit ihrer aparten, schlanken, inzwischen fast schon ätherischen Schönheit, und Vevi, bei der das Kleid, das jetzt Dirndl genannt wurde und zur Mode des Sommers avancierte, über den properen Hinterbacken spannte wie für sie erfunden.

Und sie selbst? Eine Geächtete, die keinen Pfennig auf der Bank ihr Eigen nannte, sondern stattdessen einen Kredit abzahlte und in ihrem Restaurant von früh bis spät bis zur völligen Erschöpfung schuftete. Tage wie heute waren eine Ausnahme, auf der Achille bestand, damit sie Erholung bekam. Erst seit sie im Frühjahr einen Kellner eingestellt hatten, konnten sie sich das überhaupt erlauben.

Und dennoch bin ich glücklich, dachte sie. *Wir drei sind glücklich. Auf unsere Weise.* Sie durfte mit Tullio ins Wasser laufen und wie ein Kind herumplanschen, wenn sie es wollte, und abends durfte sie ihrem Mann ohne Hemmungen davon erzählen. Sie konnte mit ihm darüber reden, was Vevi gesagt und wie Sybille ausgesehen hatte, wer im Restaurant politische Reden geschwungen hatte und welche Entwicklung die Kriegsfliegerei nahm. Sie würde morgen wieder alles geben, um ihr Geschäft voranzubringen, und wenn sie eine Idee hatte, hinderte niemand sie daran, sie umzusetzen. Zwischen alledem wuchs ihr Kind auf, von beiden Eltern innig geliebt.

Wir sind frei, stellte sie fest. Vor gut vier Jahren, als sie nach Harro Islingers Zurückweisung am Boden zerstört gewesen war, war es ihr vollkommen undenkbar erschienen, dass ihr als Frau so etwas wie Freiheit offenstand.

26

Sie tollten mit den Kindern im Wasser, fütterten sie mit Vevis Köstlichkeiten und ließen dann Golda mit den größeren eine Sandburg bauen, während sie sich zu dritt zurückzogen. Geschützt vom Schilf lagerten sie im sonnenwarmen Sand und teilten sich den Wein, den Susanne aus dem Ponte di Pietra mitgebracht hatte. Der kleine Tullio lag in einem Nest, das sie ihm aus seiner weichen Decke gebaut hatte, und war an sie geschmiegt eingeschlafen. Von der Sonne hatten seine Wangen sich mit einer zarten Röte überzogen, und seine Wimpernkränze warfen Schatten darauf.

»Wie schön das ist!« Sybille seufzte. »Ich wünschte, es könnte immer so sein. Wir drei hier zusammen. Unsere Kinder, die sich mit der unbezahlbaren Golda amüsieren, sodass wir den lieben Gott einen guten Mann sein lassen können, und zur Krönung Suses Zaubertrank und halb zerschmolzene Schokoladenkekse.«

»Ja«, murmelte Vevi und blickte hinüber zum Ufer, wo die Kinder sich um eine Sandschaufel balgten und die geduldige Golda besänftigend auf sie einsprach. »An solchen Tagen könnte man alles vergessen, was einen sonst traurig macht.«

»Dich macht zu oft etwas traurig, Süße.« Sybille setzte sich auf und musterte ihre Schwägerin prüfend. »Das gefällt mir nicht. Ich weiß, du möchtest gar zu gerne auch einen von diesen kleinen Schreihälsen haben, und es ist ungerecht, dass du noch immer keinen hast. Aber nur keine Bange – du bekommst deine Kinderschar noch früh genug.«

Vevi gab keine Antwort und sah den Kindern zu.

»Vielleicht sollte ich dir Seppi schenken«, sinnierte Sybille. »Manchmal denke ich, Joseph hätte nichts dagegen. Dann bräuchte er sich mit ihm nicht länger herumzuplagen, sondern könnte aufs Neue versuchen, den vollkommenen Sohn zu zeugen. Nur ich mag die ganze Tortur nicht noch einmal durchstehen, passe ja immer auf, dass er mir keines macht.«

Flüchtig fragte sich Susanne, wie Sybille das anstellte und woher sie darüber Bescheid wusste.

»Sybille, das ist nicht komisch.« Vevi fuhr zu ihr herum. »Ich weiß, du willst mich aufheitern, aber solches Gerede mag ich nicht. Der Seppi ist ein wunderbarer kleiner Bub, und wenn ihr zwei, du und dein Joseph, das leugnet, versündigt ihr euch.«

»Natürlich ist er wunderbar.« Sybille griff nach ihrem Glas. »Ich würde ihn ja auch nicht tauschen. Obwohl, wenn Suse mir Tullio für ihn gäbe …« Mit einem Lachen, das künstlich klang, hob sie die Hände. »Keine Sorge, nicht ernst gemeint!«

Susanne aber schloss den Arm um den schlafenden Tullio. *Mir macht nichts Angst. Was kommen will, soll kommen. Nur wenn mir dich jemand nähme, das hielte ich nicht aus.*

Sybille hatte ihr Glas leer getrunken und sprach weiter: »Das Problem mit Seppi ist, dass er so sehr nach Joseph kommt. Joseph beklagt sich, der Schwächling könne unmöglich sein Sohn sein, und ist enttäuscht, weil sich Seppi weder fürs Reiten noch fürs Raufen begeistern kann. Aber in Wahrheit ist Seppi genauso rüpelhaft, wie Joseph als Kind gewesen sein muss und noch immer ist. Diese albernen Streiche, die er dauernd irgendwem spielt, das ist doch Josephs Erbe! Er hat Damen tote Ratten ins Bett gelegt, damit sie im Nachthemd kreischend durch die Gänge rasen. Er hat ihnen Schlitze ins Hinterteil der Kleider geschnitten und gehofft, sie merken es nicht. Wirklich, Madeln, wenn ich so etwas höre, wird mir angst und bange vor dem Tag, an dem Seppi auf solche Ideen kommt.«

»Ich bitte dich, Sybille«, rief Vevi hörbar angewidert. »Seppi ist erst drei, und er hat eine gute Mutter, die ihn zu einem feinen Burschen erzieht.«

Susanne war zu betroffen, um etwas zu sagen. Manchmal, wenn sie ihre Schwester von Weitem sah, wie sie mit ihren Kindern in ihren hübschen Mäntelchen zum Einkaufen fuhr, hoffte sie wider besseres Wissen, ihr Leben möge so übel nicht sein. Wenn sie sie jetzt aber sprechen hörte, ahnte sie, dass es übler war, als eine von ihnen wissen wollte. Sybille, die so viel Talent zur Fröhlichkeit besessen hatte, war in einer lieblosen Ehe gefangen, in der ihre Kinder zu Menschen geprügelt wurden, die sie nicht waren.

Plötzlich sehnte sie sich nach Achille. *Wir haben eine andere Familie gegründet*, durchfuhr es sie. *Anders als die, aus der ich stamme, und anders als die, aus der er stammt. Keine perfekte Familie. Aber eine, in der ein jeder von uns sein darf, was er ist, und dafür nicht gedemütigt wird.*

Spontan rückte sie von Tullio ab und legte die Arme um Sybille und Vevi. Sie hatte die beiden so lieb, sie wollte, dass es ihnen so gut ging wie ihr. Vevi und Max waren füreinander gemacht, daran hegte Susanne keinen Zweifel. Aber Vevi hatte noch immer kein Kind, und der hoffnungslose Unterton in ihrer Stimme wurde immer häufiger hörbar.

Sybille ihrerseits lebte in einer Ehe, die tief unglücklich war und in der auch ihre Kinder nicht glücklich werden würden.

Und wem verdankte sie das?

Mir, dachte Susanne dumpf. *Meine Schwester hat mit ihrem Glück für meines bezahlt.*

Sie rückten näher zusammen, und Sybille und Vevi erwiderten die Umarmung. Zu dritt saßen sie beisammen, hielten einander fest und gaben sich ein stummes Versprechen. *Wenn eine von euch in Not gerät, komm zu mir,* versprach Susanne. *So klein mein Haus auch sein mag, für euch und eure Kinder ist darin Platz.*

»Huch«, machte Sybille, als sie sich wieder lösten. »Macht das die Sonne oder der Wein? Wir werden ja ganz rührselig.«

»Sonne und Wein zusammen«, antwortete Susanne. »Das erklärt Achille immer den Gästen: In Italien wirkt der Wein schneller, weil Licht und Wärme die Wirkung verstärken. In Deutschland muss man dafür ein bisschen mehr trinken.«

»Na, wenn das so ist – her damit.« Sybille grinste und hielt Susanne ihr Glas hin. »Hast du nicht gesagt, du hast noch eine zweite Flasche?«

Susanne entkorkte den Barbera, der purpurn in Sybilles Glas strömte. Achille hatte ein einzigartiges Gespür dafür, Menschen und Weine zusammenzubringen, er war der geborene Sommelier, und Susanne lernte von ihm. Diesen Wein hatte sie für den heutigen Nachmittag ausgewählt, weil er noch jung und spritzig, fast perlend war, wie sie ihre Schwester siebzehn Jahre lang gekannt hatte. Darüber hinaus besaß er Kraft und Charakter, die Sybille brauchen würde, um sich ihr Wesen zu bewahren. Für sich selbst und für ihre Kinder.

»Der schmeckt wie ein Liebesgedicht«, schwärmte Sybille. »Und wenn man ihn trinkt, denkt man: Wozu sich den Kopf zerbrechen? Mit ein bisschen Geduld löst sich das meiste doch von selbst. Du bekommst sicher bald dein Kleines, Vevi, so einen braven, blonden Jungen, wie Max einer war, oder ein süßes Prinzesschen wie du selbst. Du musst nicht denken, dass es das nächste Mal wieder traurig endet. Schau dir unsere Suse an, die hatte auch so ein Pech, und jetzt, da sie ihren Tullio hat, strahlt sie von früh bis spät wie ein Honigkuchenpferd vor sich hin.«

»Es gibt kein nächstes Mal«, sagte Vevi.

Mit einem Schlag schien alles verstummt. Das Gezwitscher der

Vögel, das Plätschern des Wassers, selbst das Geschrei der Kinder, die vom Spielen müde wurden.

»Wie bitte?«, fragte Sybille endlich.

»Es gibt kein nächstes Mal, weil es kein erstes Mal gab«, sagte Vevi. »Ich bin wohl wirklich betrunken, denn ansonsten würde ich euch das nicht erzählen. Ich habe es niemandem erzählt. Nicht einmal Max. Den habe ich angelogen. Ich, die Ehrlichkeit in Person. Nun wisst ihr Bescheid.«

»Wissen wir nicht«, sagte Susanne so ruhig, wie sie es vermochte. »Weshalb hast du Max angelogen? Wegen des Kindes, wegen deiner Schwangerschaft?«

Vevi nickte. »Ich war sicher, ich würde gleich in der Hochzeitsnacht schwanger werden. So war es doch mein Leben lang: Ich habe mir etwas gewünscht, und im nächsten Augenblick bekam ich es schon erfüllt. Ob es mein Pony mit der blonden Mähne war, das ich mir zum Geburtstag wünschte, oder mein Max, den ich angeschaut und sofort für alle Zeit gewollt habe. *Warum also nicht auch ein Kind?* Eine Weile lang ist mir dann auch so zumute gewesen. Ihr wisst schon – der Monatsfluss hat sich nicht eingestellt, und ich hatte dauernd solche Gelüste. Ich hätte ohne Unterlass Apfelkrapfen in mich hineinstopfen können.«

»Ach, Vevi«, sagte Sybille traurig, »das tust du sonst doch auch.« Liebevoll gab sie der Schwägerin einen Klaps auf die runde Hüfte. Einmal mehr fiel Susanne auf, wie zart Sybille im Vergleich mit ihr wirkte.

»Ich weiß«, sagte Vevi. »Ich habe mir das alles eingebildet, weil ich es mir so sehr gewünscht habe. Ich habe es Max erzählt, und er ist sofort losgelaufen und hat es in der halben Stadt verbreitet, weil er sich so sehr gefreut hat. Sogar ein Mädchen fürs Kind hat er eingestellt, damit wir uns aneinander gewöhnen. Ein paar Tage darauf kam dann mein Bluten, wohl nur ein wenig verspätet. Ich hab's Maxl sagen wollen, aber er war doch so glücklich – ich hab's nicht übers Herz gebracht!«

Dieses Letzte hatte sie beinahe geschrien. Erschrocken schlug sie sich die Hand vor den Mund.

»Du hast es ihm vorgespielt?«, rief Sybille nicht minder erschrocken. »Du hast weiter so getan, als hättest du ein Kind im Bauch, und der Maxl hat es dir geglaubt?«

»Du weißt doch, wie Männer sind«, sagte Vevi. »Und mein Maxl ist ein so guter, ganz und gar argloser Mann, der glaubt, was immer ein Mensch ihm sagt.«

»Aber das kannst du doch nicht tun!«, brach es aus Sybille heraus. »Wir alle haben geglaubt, du hast ein totes Kindchen zur Welt bringen müssen, noch ganz klein, aber wir haben um dieses kleine Menschlein geweint! Und in Wahrheit hat es so ein Menschlein gar nie gegeben.«

»Man glaubt von so manchem, man könne es nicht tun«, mischte Susanne sich ein. »Bis man es tut. Du und ich haben Kinder, Bille, ich denke nicht, dass wir über das, was Vevi durchmacht, urteilen können. Wenn ich Tullio nicht hätte – ich weiß nicht, was dann wäre. Vielleicht hätte ich ihn mir ausgedacht. Vielleicht hätte ich den Verstand verloren.«

Dankbar wandte ihr Vevi das Gesicht zu. Über ihre Wangen strömten Tränen. »Ich hab's einfach nicht über mich gebracht, es ihm zu sagen«, stammelte sie.

»Tut mir leid«, murmelte Sybille kleinlaut. »Ich hab halt nur einen solchen Schreck bekommen. Wie hast du das überhaupt gemacht, dass es nachher niemand bemerkt hat? Ich meine, als dann angeblich das Kind tot zur Welt gekommen ist?«

»Die Golda hat mir geholfen«, antwortete Vevi leise. »Aber bitte – wenn ihr mich anschwärzen müsst, lasst das Madel außen vor. Ich hab ihr nur leidgetan, und weil sie mir helfen wollte, hat sie mich zu diesem Arzt gebracht, den sie kennt. Dr. Friedländer. Der hat gesagt, ihm macht's nichts aus, wir können dem Maxl seinen Namen nennen. Erzählt haben wir dann, wir waren zusammen auf dem Markt am Ägidienplatz, als das Bluten angefangen hat, und weil er dort seine Praxis hat, hat die Golda mich zu ihm gebracht.«

»Dr. Friedländer hat Tullio auf die Welt geholt«, sagte Susanne tonlos. »Er hat ihm das Leben gerettet.«

Ihre Schwägerin kam ihr in dem, was sie erlebt hatte, auf einmal so einsam vor wie sie sich selbst in den Monaten, als sie in der Fremde um Achilles Befreiung gekämpft hatte.

»Er ist eine Seele von Mensch«, murmelte Vevi. »Ich habe ihm Geld geben wollen, aber er hat nur die paar Pfennige genommen, die ich für die Konsultation schuldig war. Er hat gesagt, seine Mutter und er haben wenig Ansprüche, und er ist Arzt geworden, weil er Menschen helfen will.« Vevi schluckte. Dann stieß sie den Rest in einem Atemzug heraus: »Bei meinem eigentlichen Problem kann er mir aber nicht helfen. Ich habe irgendwelche Verwachsungen. Er glaubt nicht, dass ich ein Kind haben werde.«

»Jesus, Maria und Josef«, entfuhr es Sybille.

Vevi wischte sich über die Augen. »Du denkst, ich muss es Maxl sagen, nicht wahr?«

»Was musst du dem Maxl sagen?«, fragte Sybille zurück. »Das, was dir dieser Arzt gesagt hat? Ach was, dafür ist es nun auch schon zu spät, und es gibt noch andere Ärzte. Wer weiß. Ich denke, das Beste ist, wenn ihr's einfach weiter versucht. Irgendwann wird's schon klappen. Weiß Gott, man könnte ja glatt neidisch werden. Mich braucht der Joseph nur anzuschauen, schon ist was passiert.«

Sie war wie ein Wasserfall, aus dem Unsinn sprudelte, und Susanne verstand sie. Im Grunde war ihr Geplapper nichts anderes als Schweigen, wenn man wusste: Nichts, das man hätte sagen können, machte irgendetwas besser.

»Dr. Friedländer ist ein gewissenhafter Mann«, sagte Vevi. »Er kümmert sich um die Armen, die unter den Donaubrücken hausen, und er sagt gewiss niemandem etwas so Schreckliches ins Gesicht, wenn es nicht der Wahrheit entspricht.«

Susanne hatte dasselbe gedacht.

»Ich muss es Max erzählen«, fuhr Vevi fort. »Dass ich kein Kind haben kann. Dass ich keine richtige Frau bin.«

Susanne fröstelte. Als ihr Blick den Himmel streifte, sah sie, dass der Tag noch immer schön war, aber ihr Körper, die sonnenwarme Haut auf ihren Armen, spürte es nicht mehr.

Als käme ein Sturm auf. Aber es kam doch gar keiner.

»Lieber Herrgott, Vevi«, stammelte Sybille. »Wenn du keine richtige Frau bist, wer denn dann? Der Joseph sagt, dir in deinem Dirndl möcht er mal nachts in einer dunklen Gasse begegnen, denn wenn er mich anpackt, ist's, als würde er einem von diesen Fahrrädern in die Speichen greifen.«

Sybille weinte jetzt auch, und Susanne, die zudem fürchtete, dass Tullio aufwachen und sie vermissen würde, wünschte sich, sie hätte mehr Arme. So viele wie eine Krake. »Wenn du es Max erzählen würdest, wärst du nicht mehr allein«, sagte sie, während ihre Gedanken sich überschlugen. War ihr Rat gut? Würde Max verständnisvoll reagieren? Er war der Erbe der Brauerei, dem von klein auf eingetrichtert worden war, dass sich der Vater um seinetwillen die Seele aus dem Leib schuftete: »Damit auf dich etwas kommt und von dir auf deinen Sohn, damit von der Familie etwas bleibt.«

Wenn nun also Vevi Max diesen Sohn nicht geben konnte – was würde Max dann tun? Er war protestantisch getraut, nicht römisch-katholisch. Zudem war er ein Mann. In so einem Fall würde es ihm sicher leicht gemacht, seine Ehe aufzulösen, sich neu zu verheiraten und Kinder zu zeugen.

Max war so sehr zum Vater geboren wie Vevi zur Mutter. Bilder stiegen vor Susanne auf: Max, in einem Alter, in dem andere Jungen über Militär und Technik fachsimpelten, wie er bäuchlings auf der Straße lag und mit Konrad Murmeln spielte. Max, der auf seiner Verlobungsfeier zu ihr gesagt hatte: »Am liebsten möchte ich ein Dutzend mit meiner Vevi haben, Mädchen und Buben, solange nur im Haus wieder das Lachen und Füßetrappeln von lieben kleinen Menschen ist.«

Aber es ist nicht gerecht, schrie es in Susanne auf. Vevi hatte auch ein Dutzend mit ihm haben wollen, sie hatte alles getan, um die ideale Gattin für Maximilian Märzhäuser und die ideale Mutter seiner Kinder zu werden. Es war nicht ihre Schuld, dass etwas in ihrem Innern nicht stimmte, und sie war noch immer das Mädchen, von dem Max gesagt hatte, er wolle sie oder keine auf der Welt.

Die Kinder begannen, die Lust an der Sandburg zu verlieren. Golda hatte ihnen Sonnenhütchen aufgesetzt, und die kleine Maria war in ihrem Arm eingeschlafen. Von Zeit zu Zeit wandte das Mädchen den Kopf, um zu sehen, ob ihre Herrschaft bereit zum Aufbruch war. Sie mussten gehen. Vevi und Sybille wurden zum Essen erwartet, Mechthild würde auf ihre Kinder warten, und sie selbst wusste, wie sehr Achille sich darauf freute, dass sie mit Tullio ins Restaurant kam.

»Hört zu«, sagte sie mühsam, stand auf und zog die zwei anderen in die Höhe. »Wir trinken jetzt den Rest aus dieser Flasche darauf, dass das, was wir geredet haben, unter uns bleibt. Und darauf, dass wir einander helfen werden, was immer eine von uns auch entscheidet, einverstanden?« Sybille und Vevi nickten, Susanne verteilte die Neige des Weines, und sie ließen ihre Gläser aneinanderklirren.

»Auf uns.«

»Ja, auf uns. Darauf, dass wir uns haben.«

»Und du bist uns nicht böse, weil wir dich nicht in unsere Häuser einladen?«, wandte Vevi sich an Susanne. »Ich muss mir nämlich immer wieder vorstellen, wie es mir an deiner Stelle erginge, und ich glaube, ich wäre enttäuscht.«

Ja, dachte Susanne, *vielleicht bin ich enttäuscht, aber davon geht die Welt nicht unter.*

»Ich weiß, dass es Maxl belastet«, fuhr Vevi fort. »Er liebt dich und hätte gerne den Mut, den Ludwig aufgebracht hat.«

»Wir sind nun einmal nicht alle gleich«, sagte Susanne. »Zudem stand für Ludwig nicht so viel auf dem Spiel. Macht euch keine Gedanken. Für mich ist alles gut, wie es ist.«

Sybille hatte auch noch etwas sagen wollen, doch stattdessen reckte sie sich auf die Zehenspitzen und blickte über Susannes Schulter hinweg. »Seht ihr die Frau da hinten?«, rief sie. »Die starrt die ganze Zeit zu uns herüber. Mir kam es vorhin schon so vor, aber jetzt bin ich sicher.«

Vermutlich irrte sie sich. Dass sich Leute zum Baden einfanden, kam gelegentlich vor. Susanne spähte in die angegebene Richtung und entdeckte die Frau. Sie war nicht für einen Badeausflug gekleidet, sondern trug Straßenkleider und ein Kopftuch, hinter dem sie ihr Gesicht verbarg. Sybille hatte recht. Sie blickte unverwandt zu ihnen herüber.

»Lass sie«, sagte Vevi. »Sie tut ja nichts.«

»Ich bitte dich!«, rief Sybille. »Wenn eine fremde Person wie eine Besessene auf meine Kinder schaut, möchte ich zumindest wissen, was sie dazu treibt. Nicht, dass sie am Ende eine Hexe ist und meine Kinder verflucht.«

»Sei nicht albern«, beschied sie Vevi. »Sie ist weder eine Hexe noch eine Fremde, und außerdem schaut sie nicht auf deine Kinder, sondern nur auf Tullio.«

»Auf Tullio?« Susanne lief zu ihrem Sohn und hob ihn auf die Arme.

»Was soll das heißen, sie ist keine Fremde?«, fragte Sybille.

»Sie ist deine Mutter«, antwortete Vevi. »Ich weiß seit Langem, dass sie uns folgt, wenn sie sich unbemerkt davonstehlen kann. Was ist dabei? Sie ist harmlos, und eine andere Möglichkeit, ihren Enkel zu sehen, hat sie ja nicht.«

Susanne war dermaßen überrumpelt, dass ihr nichts zu sagen einfiel. Nie hatte sie damit gerechnet, ihre Mutter könne Interesse daran hegen, ihren Sohn zu sehen. Genau genommen überraschte es sie sogar, dass ihre Mutter imstande war, einen Wagen zu fahren. Wenn sie zurückdachte, konnte sie sich an nichts erinnern, das die Mutter aus eigenem Willen getan hatte. Sie blieb in ihrem Zimmer, empfing Besuch von Dr. Hähnlein und saß zuweilen schweigend, wie eine Gliederpuppe ohne Fäden, am Esstisch.

Wenn sie bis zu Konrads Tod zurückdachte.

Dachte sie weiter, so sah sie die Mutter, die Hand in Hand mit ihm über die Dult gegangen war und gelacht hatte. Die Frau schien es nicht mehr zu geben, sie war vor langer Zeit gestorben, und an ihre Stelle war die Gliederpuppe getreten.

Sybille war anzumerken, dass sie zu der Sache noch eine Menge hätte sagen wollen, doch auch sie sah ein, dass die Kinder erschöpft waren und sie alle nach Hause mussten.

»Solange du sicher bist, dass sie euch nicht bei meinem Vater anschwärzt, soll es mir recht sein«, sagte Susanne.

»Das tut sie nicht«, erwiderte Vevi. »Sie hat mehr Angst, erwischt zu werden als wir.«

Sie sammelten das Spielzeug und die Reste des Picknicks zusammen, hoben ihre Kinder auf den Wagen und machten sich auf den Weg. Die Rückfahrt verlief nie so fröhlich wie die Hinfahrt, weil die Kinder quengelten und die Frauen bedrückt waren, wohl wissend, dass sie sich eine Weile lang nicht sehen würden. Der faulige Geruch der Stadt wehte ihnen entgegen. Zwar hatte Regensburg endlich eine moderne Kanalisation erhalten, doch an warmen Tagen verrieten die

Ausdünstungen noch immer, dass hier Menschen in uralten Häusern und auf engstem Raum zusammenlebten.

An der Stadtgrenze brachte Vevi das Pferd zum Stehen, denn von hier aus musste Susanne mit Tullio zu Fuß weitergehen. Es machte ihr nichts aus, und sie war gern noch ein wenig mit Tullio allein. Sie setzte an, sich zu verabschieden, aber Vevi unterbrach sie: »Was ist denn da los? Brennt's etwa wieder?«

Tatsächlich drangen aus der langen Straße, die in die Altstadt führte, erregte Stimmen und Geschrei. Vor ein paar Wochen war in Stadtamhof ein Speicher in Flammen aufgegangen, und die Feuerwehr hatte Tage gebraucht, um den Brand unter Kontrolle zu bekommen. Eine Rauchsäule, die über den Dächern aufstieg, war jedoch nirgends zu sehen. Bis auf das Stimmengewirr schien alles wie sonst.

»Bleib auf dem Wagen, Suse«, sagte Vevi, berührte die Kruppe des Apfelschimmels mit der Peitschenspitze und lenkte ihn in die Straße, aus der der Lärm drang.

Regensburg an einem frühen Sonntagabend war für gewöhnlich verschlafen, die Geschäfte geschlossen, die Gassen menschenleer. Heute aber standen die Leute in Gruppen, redeten und gestikulierten, und dazwischen rannten Zeitungsjungen herum und brüllten, was das Zeug hielt. Neben den *Münchner Neuesten Nachrichten* hatten auch der *Regensburger Anzeiger* und das schläfrige *Morgenblatt* eine Sonderausgabe gedruckt.

»Extrablatt, Extrablatt! Grausame Bluttat in Sarajevo!«

»Der österreichische Thronfolger von Serben ermordet!«

»Serbisches Attentat – Erzherzog Franz Ferdinand und seine Gemahlin tot!«

27

»Und ich sage euch, der Österreicher wird mit den Serben kurzen Prozess machen. So was kann er sich nicht gefallen lassen. Der Hötzendorf, sein Generalstabschef, hat's ja schon auf den Punkt gebracht: Was jetzt wirkt, ist nur noch Gewalt.«

»Wenn der Österreicher Serbien angreift, hat er den Russen gegen sich. Darauf hat der doch nur gewartet – Waffenhilfe für die slawischen Brüder und so weiter, davon tönt er ja nicht erst seit gestern.«

»Wenn der Russe mit dem Serben geht, gehen wir mit dem Österreicher – und dann knallt's.«

»Zeit wird's fei.«

»Darauf hoch mit den Stamperln – g'suffa!«

Das Restaurant war voll bis auf den letzten Platz. Schon gestern hatten Susanne und Achille Stühle aus ihrer Wohnung heruntergetragen, und Franzl, ihr Kellner, hatte Schemel ausgeliehen, die sich an die voll besetzten Tische schieben ließen. So hoch, wie es herging, so dicht an dicht, wie sich die Gäste drängten, fühlte Susanne sich an die Tage von Mamma Donatellas Spaghetti-Wirtschaft erinnert. Unentwegt verlangte eine Tischrunde lautstark: »Noch mal dasselbe, bitscheen!«, sodass sie der Bestellungen kaum Herr wurden. Franzl hatte versprochen, morgen seinen Vetter mitzubringen, der sich über die Einkünfte freuen würde.

Freuen sollen hätte sich auch Susanne. Noch vor einer Woche hätte sie sich in ihren kühnsten Träumen nicht vorgestellt, ausgerechnet ihr noch immer mit Skepsis betrachtetes Restaurant könne zum Treffpunkt der inneren Stadt avancieren. Jetzt aber drängten sich die Leute vor der hölzernen Terrasse, um drinnen oder draußen, unter der ligurischen Laterne, einen Platz zu ergattern. Angefangen hatte es mit dem Vater-und-Sohn-Paar, Eugen und Hubert Obermüller von der Post, die am Montag nach dem Attentat ihre gesamte Schicht mit hereingebracht hatten.

»Hier kriegt's, was ihr auf die Aufregung braucht«, hatte Vater Eugen verkündet und zwölf Grappa bestellt. Nach der zweiten Runde ließen sich die Männer Gerichte empfehlen, tranken Starkbier dazu und redeten ohne Unterlass.

Susanne verstand, was sie umtrieb. Sie waren aufgewühlt, durcheinander, als wäre der Mordanschlag nicht in einer fernen bosnischen Stadt, sondern hier, in ihrem verschlafenen Regensburg, verübt worden. Es ging um Schüsse, die ein Angehöriger eines serbischen Geheimbunds namens Schwarze Hand auf das österreichische Thronfolgerpaar abgefeuert hatte, doch ihnen kam es vor, als wäre mitten in Europa eine Bombe explodiert. Die Leute wollten reden, wollten sich nicht allein fühlen mit etwas, dessen Ausmaße sie nicht erfassen konnten.

In den drei Tagen, die seit dem Attentat vergangen waren, hatte es mehr und mehr Gruppen ins Ponte di Pietra verschlagen. Hier erwartete sie der Blick auf ihre vertraute Donau, auf die Steinerne Brücke, die seit achthundert Jahren den Stürmen der Weltgeschichte trotzte. Hier bekamen sie Getränke, die den Magen beruhigten, und dazu Essen, das ihnen das Gefühl gab, weltoffene Abenteurer zu sein – Abenteurer, wie sie in ihre Zeit, die Kobolz schlug, passten.

Die meisten von ihnen hatten die Gegend um Regensburg nie verlassen, doch sie fühlten sich, als wäre ihre Zeit des Reisens bald gekommen. Sie, die Bedeutungslosen, waren über Nacht wichtig geworden, und sie waren sich dessen bewusst, auch wenn sie die Gründe nicht durchschauten.

»Wenn der Kaiser ruft, ziehen wir Bayern mit«, bekundete der junge Hubert Obermüller. »Wohin's auch gehen soll, nach Serbien, Russland, mir wär's gleich.«

»Gleich ist's dir, weil du weder weißt, wo das eine, noch, wo das andere liegt«, warf ein Witzbold ein und hatte die Lacher auf seiner Seite.

Achille wurde neuerdings häufig mit Handschlag und einem herzhaften Klatschen auf die Schulter begrüßt. »Wir sind ja jetzt Verbündete«, sagte ein Mann namens Vogelhuber, dem der große Schlachthof hinter dem Neupfarrplatz unterstand. »Die Serben, die elendigen Schlawacken, die stecken wir in die Tasche, was? I frei mi sakrisch, Herr Achilles, da taugt mir sogar das narrische Zeug, das Sie uns auftischen. Und Ihr feines Gesöff sowieso.«

Ja, Susanne hätte sich freuen sollen, sie hatten schließlich hart genug dafür gearbeitet. Heute Abend bedienten sie zu dritt, Franzl, Achille und Susanne, und hatten Golda bestellt, damit sie oben in der Wohnung Tullios Schlaf bewachte. Sie freute sich ja auch. Jedes Mal, wenn die Registrierkasse klingelte, die Ludwig ihnen zur Eröffnung geschenkt hatte, freute sie sich. Nur ließ sich die Beklommenheit nicht abschütteln, sondern wuchs mit jeder Nachricht, die eintraf, jedem Gesprächsfetzen, den sie beim Servieren von Tortellini al brodo aufschnappte. Sie hätte mit Achille sprechen wollen, sie hatte sich daran gewöhnt, mit ihm über alles zu sprechen, doch seit drei Tagen fanden sie keine Zeit mehr dazu.

Ohne Atempause jagten sie zwischen den Tischen umher, und wenn sie nach der Sperrstunde hinauf in ihre Wohnung stiegen, musste Achille noch Golda heimbringen. So fest Susanne sich auch vornahm wach zu bleiben, bis er zurückkam, schlief sie ein, sobald sie den Kopf aufs Kissen legte und ihren Körper an den ihres Kindes schmiegte.

Die Beklemmung wuchs. Als Achille nach hinten ging, um bei

Bastian Loibner nachzufragen, wann die bestellten Nachspeisen kämen, folgte ihm Susanne und hielt ihn im Durchgang zu den Hofgebäuden auf. Sie sahen sich an. Sein Gesicht schien ein Spiegel von ihrem – erschöpft, besorgt, in Gedanken weit weg.

»Da machen wir heute ja wieder ein schönes Geschäft, was?«, fragte er schließlich matt. »Von den Einnahmen könnten wir uns die Innenausstattung leisten, die du wolltest.«

»Achille, ich habe Angst«, sagte sie. »Die Leute reden, als gäbe es Krieg.«

»Das tun sie immer«, sagte er. »Viele hätten es gern.«

»Und du?«

Er zuckte die Achseln. »Ich bin mir nicht sicher, was es bedeuten würde.«

»Ich auch nicht. Das ist es, was mir Angst macht.«

Er neigte den Kopf und streifte flüchtig mit den Lippen ihr Haar. »Wir reden später, ja? Die Gäste warten.«

Susanne blieb noch einen Herzschlag lang stehen und sah, wie er in der Küche verschwand. Sie glaubte, seine Berührung noch zu spüren, als sie in den Saal zurückkehrte und fortfuhr, Grappa an johlende Zecher zu verteilen.

Es ging schon auf die Sperrstunde zu, als sie einen Gast bemerkte, der noch nicht bedient worden war. Er saß auf einem der Schemel am Tisch einer lärmenden Gruppe, zu der er sichtlich nicht gehörte. Die meisten, die im Laufe eines Abends dazustießen, mischten sich in die Gespräche, und es kam reihenweise zu Verbrüderungen, doch dieser Gast erweckte den Eindruck, als sehne er sich nach einem Winkel für sich allein. Susanne stellte Gebäck, Oliven und gewürfelten Käse auf die Tische, um dem in Strömen fließenden Alkohol eine Grundlage zu bieten, und ging zu ihm.

»Ludwig. Schön, dich zu sehen.«

Er kam manchmal, wenn seine Arbeit und seine Familie ihn aus ihren Klauen ließen. Sein Schwiegervater beutete ihn aus. Hatte er sich anfangs hilfreich gezeigt und Ludwig willkommen geheißen, so ließ er sich die Hilfe nun bezahlen, indem er dem Schwiegersohn auflud, was ihm selbst zu viel war. Seine Frau beklagte sich, weil er noch immer »einen Lohn wie ein Hilfsarbeiter« nach Hause brachte und sie mit ihren Freundinnen nicht mithalten konnte.

»Sie hat gar keine Freundinnen«, hatte Ludwig Susanne im Vertrauen erzählt. »Und auch wenn ich nicht zu den Großverdienern zähle, wäre sie nicht gezwungen, mit jedem Pfennig zu knausern. Manchmal glaube ich, Mechthild ist nicht glücklich, wenn sie sich nicht beklagen kann.«

Es tat Susanne weh, dass er ein so ödes, liebloses Leben führte. Ein gerechtes Schicksal hätte ihn für das, was er getan hätte, entlohnen müssen. Sooft sie ihn darauf aber ansprach, winkte er ab. »Meine Mädchen sind mir Belohnung genug«, sagte er. »Helene und Holdine machen sich prächtig, und sieh dir doch nur den armen Max an. Ein Mann, der gesunde Kinder hat, kann sich glücklich schätzen.«

Jetzt blickte er zu ihr auf und zwang sich zu einem Lächeln. »Ihr habt ja mächtig Betrieb hier. Ich dachte zwar, ihr wolltet ein anderes Publikum anlocken, das eure Weine und feinen Speisen zu goutieren weiß, aber zumindest kann man euch nicht nachsagen, dass es bei euch leere Plätze gibt.«

»Im Ponte di Pietra ist jeder Gast willkommen«, entgegnete Susanne laut, weil ihr nicht entging, dass die Männer ringsum bereits die Ohren spitzten. »Und ein guter Geschmack ist keine Frage des Standes. Das eben ist das Besondere bei uns: italienische Qualität bei bayerischer Gemütlichkeit – für den kleinen wie den großen Geldbeutel.«

»Kruzitürken, Su. Du bist das reinste Werbeplakat.«

Einer der Männer, ein Schichtleiter vom Elektrizitätswerk in der Augustenstraße, wandte sich ihnen strahlend zu. »Frau Susanna und

Herr Achilles sorgen dafür, dass wir Regensburger nicht vom Fleisch fallen. Da kann der Russe ruhig kommen. Und besonders fein ist, dass sie die Malzsteuer nicht uns aufs Bier schlagen wie so viele Geldschneider hier in der Stadt.«

Er hob sein Glas, in dem bis auf einen Rest vom Schaum nichts mehr schwamm. »Auf uns und unsere Verbündeten aus dem Süden! Deutschland und Italien! Jetzt kommen wir, jetzt kann der Brite sich warm anziehen.«

Warum der Brite?, hätte Susanne nicht nur diesen Gast gern gefragt. Weshalb endeten Gespräche über einen serbischen Attentäter, der in einer bosnischen Stadt einen österreichischen Thronfolger erschossen hatte, bei Briten, Franzosen und der halben Welt? Stattdessen nickte sie ihm zu. »Darf es denn noch etwas sein, Herr Gärtner?«

»Würd ja gern, würd ja gern, aber dann wartet mein Resl mit'm Nudelholz auf mich.«

Er lachte, und Susanne lachte mit. »Ach was. Ein Grappa noch für den Weg. Geht aufs Haus.«

»Na, wenn's so ist – eh' ich mir's mit unsern Verbündeten verderb.«

Susanne ging, um den Grappa zu holen, und Ludwig folgte ihr. »Kann ich dich sprechen, Su? Nur auf eine Zigarette?«

Sie nickte und bat rasch Franzl, der Runde am Tisch einen Scheidebecher zu kredenzen. Dann zog sie Ludwig in den Hof. »Viel Zeit hab ich nicht. Ist alles in Ordnung daheim?«

Ludwig steckte sich eine Zigarette an. Der Himmel, der sich über ihnen wölbte, war klar wie schwarzblaues Glas und stand voller Sterne, die Lampe an der Mauer wirkte wie ein blasser Abglanz des Mondes. »Wie macht ihr das eigentlich?«, fragte Ludwig statt einer Antwort.

»Was?«

»Die Freigetränke, das Bier ohne erhöhte Malzsteuer. Der Mensch hat recht – überall in der Stadt ist die Maß zwei Pfennige teurer.«

»Nur weil etwas gut ist, braucht es nicht teuer zu sein«, antwortete Susanne. »Grappa stellen Bauern aus Abfällen her, und von den Bauern kauft Achille ihn auf. Unser Bier beziehen wir vom Gruber, der Stammkunden an sich binden will und uns die Steuer nicht aufschlägt.«

»Und damit Max die Käufer abwirbt«, sagte Ludwig.

»Das ist nicht meine Schuld«, erwiderte Susanne. »Wir würden gern unser Bier bei Märzhäuser kaufen. Außerdem glaube ich nicht, dass du gekommen bist, um mit mir über unsere Bevorratung zu sprechen.«

»Nein.« Er zog so heftig an der Zigarette, dass die Spitze im Halbdunkel aufglomm. »Ich bin gekommen, um mit dir über den Krieg zu sprechen.«

Susanne holte Luft und zwang sich, ruhig zu bleiben. »Für euch Männer scheint festzustehen, dass es einen gibt«, sagte sie. »Bis jetzt habe ich aber nur gehört, dass der Täter einer serbischen Terrororganisation angehört, und dass Österreich dafür von Serbien eine Entschuldigung verlangt.«

»So kann man es auch sehen.« Ludwig lachte auf. »Es ist wohl die Art der pragmatischen Su, es so zu sehen.«

»Muss das sein, Ludwig?«, fragte sie. »Ich bin hundemüde und habe bis zur Sperrstunde noch alle Hände voll zu tun.«

»Entschuldige«, sagte er. »Ich hatte nur auf einmal den Wunsch, mich zu vergewissern, dass für die Meinen gesorgt ist. Die Meinen, das sind natürlich zuerst Mechthild und die Mädchen, aber ich hoffe, du nimmst mir nicht übel, dass ich auch dich, Achille und meinen Neffen so betrachte.«

»Passt schon«, sagte Susanne. »Es geht uns gut, wir wüssten nicht, weshalb wir uns aufregen sollten.«

»Hast du mit Achille darüber gesprochen?«, fragte er.

»Himmelherrgott, Lu, wir haben, seit das alles passiert ist, kaum eine freie Minute gehabt.«

»Ich verstehe. Und ich halte dich nicht länger auf. Ich wollte dich nur daran erinnern, dass ich für dich da bin, wenn du mich brauchst. Egal, was Mechthild redet. Egal, was geschieht und wohin es mich verschlägt.«

»Wohin sollte es dich denn verschlagen?« Wie immer, wenn dieses Gefühl drohenden Unheils sie beschlich, wandte Susanne den Blick zum Himmel, doch dort oben war nichts als sternenfunkelnde Klarheit.

Wieder lachte er auf. »Wenn es Krieg gibt, ziehen Männer ins Feld, Su. Nicht nur Berufssoldaten, so wird kein moderner Krieg mehr geführt.«

Woher wissen wir denn, wie ein moderner Krieg geführt wird?, schoss es ihr durch den Kopf. *Wir haben doch noch keinen erlebt.*

»Du bist ausgemustert«, sagte sie und dachte im selben Atemzug: *Aber Max nicht. Max ist Offizier, Leutnant im Königlich Bayerischen III. Armee-Korps.* Seine Brigade war im Kasernenviertel von Regensburg stationiert. Vereidigt war er auf den bayerischen König, nicht auf den deutschen Kaiser. Spielte das eine Rolle, oder war man, wenn es Krieg gab, nicht mehr Bayer, sondern nur noch Deutscher?

Das vage Gefühl von Angst wurde für kurze Zeit scharf und konkret. Sie hatte mit Max nicht mehr gesprochen, seit sie in einem Hotel in Ligurien auseinandergegangen waren. Plötzlich tat es weh, ihn zu vermissen, den großen Bruder, der ihr seine Bücher geborgt, ihr einen Drachen gebaut und sie von der Schule abgeholt hatte, damit ihr nichts geschah.

»Ja ich bin ausgemustert«, sagte Ludwig und spuckte aus wie Achille, wenn ihm etwas allzu bitter schmeckte. »Für untauglich erklärt, und du kannst mir glauben, dass sich das nicht gerade angenehm anfühlt. Schon gar nicht, wenn der eigene Bruder sich mit Ruhm und militärischen Ehren bekleckert. Vielleicht bist du als Frau nicht in der Lage, das zu verstehen. Wenn aber mein Land seine Männer braucht, würde ich es nicht ertragen, daheim am Herd zu hocken, während die richtigen Männer ihre Pflicht erfüllen.«

Da war es wieder: *Richtige Männer, ordentliche Männer* – fehlte ihr als Frau tatsächlich etwas, um zu verstehen, was damit gemeint war? Ein Mann, der zwei Tabletts balancierte, um letzte Gäste zu bedienen, ein Mann, der auf Zehenspitzen ging, um sein Kind nicht zu wecken, wenn er sich zu ihm legte und es noch einmal zudeckte – was war an dem nicht richtig und nicht ordentlich?

»Was hast du vor?«, fragte sie.

»Mich freiwillig zu melden«, sagte Ludwig. »Diese Sache mit meiner Lunge wird wohl kein so großes Hindernis sein, wenn wirklich Not am Mann ist. Man hört, es würden sogar Juden und Sozialdemokraten akzeptiert. Warum also nicht ich?«

Sie betrachtete sein hageres Gesicht im Licht der noch einmal aufleuchtenden Glut, ehe er die Zigarette wegwarf und austrat.

»Vielleicht muss es so sein«, fuhr er fort. »Vielleicht kann dieses Reich kein Reich werden ohne einen großen Krieg, der uns eint. Und vielleicht können wir jungen modernen Männer, die wir ohne Erbe, aber voller Ehrgeiz sind, uns anders nichts aufbauen. Ich habe mit Mechthild gesprochen, und sie sieht es wie ich. Ein Sturm muss kommen, damit wieder etwas wächst. Um dich aber mache ich mir Sorgen. Du könntest dich fühlen, als wärst du hier in der Stadt deines einzigen Schutzes beraubt.«

Weshalb hätte sie so empfinden sollen? Sie war eine verheiratete Frau, zu ihrem Schutz war ihr Mann da, und wovor sollte sie überhaupt Schutz brauchen?

Ludwig steckte sich eine neue Zigarette an. »Deshalb bin ich gekommen, Su. Um dir zu sagen, dass dafür gesorgt ist. Ich habe auch darüber mit Mechthild gesprochen und ihr klargemacht, dass dir und deinem Sohn in meinem Haus ein Obdach gebührt. Scheue dich nicht, dich an sie zu wenden. Sie mag zetern, doch sie wird dich und den Kleinen aufnehmen. Ich weiß, ihr seid euch nicht grün, aber ihr seid trotz allem Schwägerinnen. Jetzt, im Augenblick der Bedrohung, zählt das mehr als alles andere: die Familie. Der Stamm, zu dem wir gehören.«

»Die Familie zählt immer mehr als alles andere, Ludwig«, mischte sich eine dunkle, vertraute Stimme ins Gespräch. »Dazu braucht uns niemand zu bedrohen. Du bist mir auch willkommen, wenn du nur auf einen Grappa vorbeikommst.«

Susanne spürte, wie Achilles Arme sich von hinten um sie schlossen, und eine Woge der Erleichterung durchfuhr sie. Sie drehte sich um. Er sandte ihr ein Lächeln, trat an ihre Seite und breitete den Arm um sie. Susanne legte den Arm um seine Taille und war sich sicher: Er würde sie und Tullio immer beschützen, einerlei was geschah und was er sonst empfand.

»Danke, Achille«, sagte Ludwig. »Du weißt, wie viel mir das bedeutet. Und zum Grappa unter Brüdern hätte ich nicht Nein gesagt, doch du schienst mir nur allzu beschäftigt, um dich zu stören.«

»Ich wollte zwar gerade zusperren, aber dafür ist noch Zeit«, erwiderte Achille. »Grappa ist eine gute Art, einander nach einem so bewegten Tag Gute Nacht zu wünschen.«

Zu dritt kehrten sie in das abgedunkelte Restaurant zurück, und Achille holte hinter dem Tresen eine Anderthalb-Liter-Flasche ohne Etikett hervor. Loibner und Franz hatten sich auf den Heimweg gemacht. Die Stille nach dem Lärm ließ sich mit den Händen greifen.

»Darf ich fragen, ob du etwas aus deiner Heimat gehört hast?«, fragte Ludwig, nachdem Achille ihnen eingeschenkt hatte.

»Meine Heimat ist hier«, sagte Achille.

Ludwig merkte auf. »Und dessen bist du dir sicher?«

»Meine Frau stammt von hier, mein Sohn ist hier geboren«, sagte
Achille. »Ich betreibe mein Geschäft hier und bezahle meine viel zu
hohen Steuern. Wie soll ich mir da nicht sicher sein?«

»Ich weiß nicht. Gerade jetzt frage ich mich, ob Heimat nicht eine
Sache des Herzens ist.« Ludwig kippte den Inhalt seines Glases hin-
unter. »Aber jetzt halte ich euch nicht länger auf. Danke für den
Grappa, Achille. Danke für alles.«

Als sie ihn zur Tür brachten, nahm er den Faden noch ein letztes
Mal auf: »Hast du denn aus Italien etwas gehört?«, fragte er.

»Ja, von meinem Barolo-Lieferanten«, gab Achille zurück. »Es
wird ein herrlicher Jahrgang, wir lassen uns unser Kontingent in Kastanienfässern bereits jetzt reservieren. Gute Nacht, Ludwig.«

Ludwig sandte ihm noch einen Blick, dann trat er aus der Tür.
»Gute Nacht.«

28

In ihrer Wohnung gab es kein Geräusch als friedvolle Atemzüge. Tullio schlief selig, und Golda war auf ihrem Stuhl am Bett in den Schlaf gefallen. Susanne weckte sie behutsam und schlug ihr vor, in der Kammer nebenan zu übernachten, damit sie nicht durch die Nacht nach Hause musste. Der kleine Raum, der ein Arbeitszimmer werden sollte, war noch kaum hergerichtet, aber sie hatten für Nächte wie diese ein Feldbett aufgestellt. Erst als das Mädchen zu Bett gegangen war und sie bei ihrem Kind unter den Decken lagen, erzählte Susanne Achille im Flüsterton, was Ludwig gesagt hatte.

Achille hörte ihr zu und wickelte sich eine von Tullios Locken um die Finger. Halbherzig hatten sie ein paarmal versucht, den Kleinen in seine Wiege umzubetten, aber Tullio weinte, wenn er allein erwachte, und kletterte ins Bett der Eltern zurück. Im Grunde hatten sie nichts dagegen. Es war schön, ihn bei sich zu haben, schön, sich zu denken: Selbst wenn ihr Bett eine Nussschale wäre, die auf dem Ozean triebe, wären sie alle drei beieinander.

»Ludwig ist ein erstaunlicher Mann«, flüsterte Achille, als sie fertig war. »Sooft man sich einbildet, etwas als Erster zu wissen, kann man sicher sein – Ludwig weiß es auch.«

»Was weiß Ludwig?«

»Deshalb hat er mich also gefragt, ob ich aus meiner Heimat etwas gehört habe«, sagte Achille und starrte an die Zimmerdecke.

»Zum Teufel, Achille, was sollst du denn gehört haben?«

Tullio regte sich im Schlaf und gab einen angstvollen Laut von sich. Sie beugten sich über ihn und streichelten ihm die Wangen, bis er sich beruhigte. Achille summte ein Lied, das *O ciucciarello – der kleine Esel –* hieß. Den Text hatte er Susanne übersetzen müssen, weil er nicht auf Italienisch, sondern in der dunklen, fremdartigen Mundart Neapels verfasst war:

Auf einer einsamen weißen Straße,
Durch die von Duft erfüllte Luft der Landschaft,
Fährt ein kleiner Karren
Ganz langsam davon.
Dieses Eselchen wird nicht müde,
Und wir haben keine Eile – warum auch?
Weit entfernt liegt das Dorf,
Wo niemand auf uns wartet.

Tullio liebte dieses Lied. Warum es Susanne auf einmal zum Weinen brachte, wusste sie nicht. Als ihr Sohn wieder ruhig schlief, sah Achille von Neuem zur Decke und sagte: »Alberto Pollio ist gestern gestorben. Kein Mensch weiß, warum.«

»Haben den auch die Serben umgebracht?«, entfuhr es Susanne. »Wer zum Teufel ist das überhaupt?«

»Der Generalstabschef des italienischen Heeres«, antwortete Achille. »Dass ihn Serben umgebracht haben, halte ich für ausgeschlossen. Nicht aber, dass ihn jemand hat umbringen lassen, dem seine Haltung nicht passte.«

»Was für eine Haltung? Himmelherrgott, jetzt rede!«

»General Pollio war ein Verfechter des Dreibunds«, sagte Achille. »Zwischen ihm, Hötzendorf und Moltke, seinen Amtskollegen in Wien und Berlin, herrschte ausgezeichnetes Einvernehmen, und mit einiger Sicherheit ist er mit den beiden in Kontakt getreten, sobald diese Krise losbrach.«

»Weil Italien und Deutschland mit Österreich in einen Krieg gegen Serbien ziehen könnten?«, hakte Susanne nach. »Für mich ist das noch immer nicht begreiflich. Die Attentäter sind doch gefasst, in Belgrad hat man zugesichert, sie aufs Strengste zu bestrafen, und hat sein Bedauern ausgesprochen. Wenn ich es richtig verstanden habe, ist es allein diese Schwarze Hand, die ein von den Österreichern befreites Bosnien fordert, nicht die serbische Regierung. Weshalb sollte man darum also Krieg führen?«

»Weil man es will«, sagte Achille.

»Wie bitte?«

»Erinnerst du dich an das futuristische Manifest von Marinetti, von dem du so fasziniert warst?«, fragte Achille. »*Wir wollen den Krieg verherrlichen, diese einzige Hygiene der Welt, den Militarismus, den Patriotismus, die Vernichtungstat der Anarchisten, die schönen Ideen, für die man stirbt, und die Verachtung des Weibes.*‹ Der Hitzkopf ist beileibe nicht der Einzige in Europa, auf dessen Mist solche Blüten wachsen. Warum übertreffen sich die Großmächte bei ihren Rüstungsausgaben? Die bankrotten Osmanen haben von den Briten zwei Dreadnoughts gekauft, der deutsche Kaiser baut mehr Schlachtkreuzer als Wohnhäuser, und Italien huldigt einem Mann namens Duhet, der als Pionier des Luftkrieges gilt. Wozu das alles? Um ein Gleichgewicht der Kräfte zu erhalten, wie die Politik uns vorbetet? Oder weil man insgeheim davon träumt auszuprobieren, zu was diese stählerne Maschinerie imstande ist?«

»Und dazu ist jetzt die Gelegenheit?«, fragte Susanne.

»Vielleicht«, sagte er. »Vergiss nicht, dass diese Riesenreiche seit Langem bröckeln, dass es an sämtlichen Grenzen Spannungen gibt. Es sind ja nicht nur die Österreicher, die Probleme mit der Freiheitsbewegung der Serben haben. Den Osmanen brechen die Völker weg, die Briten schlagen sich mit den Indern herum, Frankreich und Deutschland zanken sich ums Elsass, Italien und Österreich um

Tirol, und der Zar hat vom Baltikum bis nach Asien einen Aufstand nach dem anderen niederzuschlagen. Auf einmal wollen wir alle Nationen sein, doch der Erfinder hat vergessen, uns zu erklären, wie man etwas, das so lange miteinander verflochten war, säuberlich entwirrt. Hinzu kommen die inneren Konflikte. Armut, Parteigezänk, Streik, Sozialisten, und sogar unsere Frauen fangen an zu nörgeln.«

Er grinste sie an, und sie konnte nicht glauben, dass sie ihm die Zunge herausstreckte. *Wir flirten*, stellte sie verwundert fest. *Europa schickt sich an, in Flammen aufzugehen, und ich flirte mit meinem Mann.* Über Tullio hinweg boxte sie ihn in die Seite, und er fing ihre Faust und küsste sie.

»Ein Krieg würde die Leute ablenken?«, kehrte Susanne zum Thema zurück, ehe sie sich in seinen Blicken verlor. »Von den Querelen, die die Regierungen gern vertuschen würden?«

»So denke ich es mir. Wie in einer Familie. Sobald ein gemeinsamer Feind ausgemacht ist, hört das Gestichel untereinander auf.«

»Und so einen Feind sucht sich hier jeder?« Susanne setzte die Fetzen zusammen, die ihr aus Gesprächen der Gäste durch den Schädel brausten. »Wenn Österreich Serbien den Krieg erklärt, würde Russland dem slawischen Bruderstaat zur Seite springen, und Italien und Deutschland stünden dem österreichischen Kaiser bei, richtig?«

Achille nickte. »Zumindest wird es allgemein angenommen.«

»Und was ist mit den anderen? In den *Münchner Neuesten Nachrichten* stand, dieser Bund, den Russland, Frankreich und Großbritannien geschlossen haben, diese Entente cordiale, verpflichte nicht zur Waffenhilfe. Seid ihr denn sicher, die Franzosen und Briten würden sich einmischen?«

»Nein«, sagte Achille. »Zumal Frankreich demokratisch regiert wird und Großbritannien und Italien mit ihren gekrönten Galionsfiguren im Grunde auch. Wie führt man eine Demokratie in einen

Krieg? Wie führt man überhaupt ein Land des zwanzigsten Jahrhunderts, ein solches Labyrinth aus Interessen und Parteien, in irgendwas? Ich weiß es nicht. Ich will nur in Erfahrung bringen, was im schlimmsten Fall passieren kann. Und mich darauf vorbereiten.« Er sah sie wieder an. Im Licht der Kerze kam sein Gesicht ihr schutzlos vor. »Sodass euch nichts geschehen kann, Susanna.«

Ihre Blicke hielten einander fest. Eine Weile lang taten sie nichts, als ihre Angst zuzulassen und froh zu sein, weil sie damit nicht allein waren.

»Erklär es mir«, sagte sie schließlich. »Lass mich begreifen, was uns bevorsteht, was der Tod dieses Generalstabschefs bedeutet und was Ludwig mit alledem zu tun hat.«

»Ich bin weiß Gott dankbar, dass du so klug bist und dich so schnell nichts schreckt«, entgegnete er. »So, wie du es dargestellt hast, kann es kommen, aber es muss nicht sein, denn militärisch verpflichtend ist keines dieser Bündnisse. Es kann alles im Sande verlaufen. Wenn der deutsche Kaiser abwinkt, wird Franz Josef von Österreich nicht allein vorpreschen, sondern einen möglichst graziösen Rückzieher machen. In dem Fall wären wir fein raus, denn unser Ponte hätte sich als Hafen im Sturm bewährt und würde den Regensburgern in Erinnerung bleiben. Zumal in diesem Fall nicht wir Italiener als Feiglinge oder Wortbrüchige dastünden.«

»Ich bin überzeugt, es wird ihnen in Erinnerung bleiben«, sagte Susanne. »Sie genießen das, was wir aus Turin herübergebracht haben: die Lebensart, die Sinnesfreude, die alles in ein milderes Licht tauchen. Weißt du was? Ich will auf alle Tische Kerzen stellen, und zwar in den Korbflaschen, in denen uns Pantigliate seine Proben liefert. Und ich will entlang der Wände Sand aufschütten und darauf Muscheln, Fischernetze und weiß gewaschene Steine verstreuen, damit es auch denen, die nie hinfahren können, vorkommt, als wären sie bei uns im Urlaub in Italien.«

»Ach, Susanna. *Mia perzechèlla*.« In seine Augen stahl sich ein Lächeln.

»Du hast vorhin gesagt, wir könnten von den Einnahmen etwas für die Innenausstattung verwenden.« Susanne hatte sich in Fahrt geredet und vergaß für kurze Zeit ihre Sorgen. »Das, was ich vorhabe, würde nicht viel kosten. Ja, natürlich könnten wir einen piemontesischen Sonnenuntergang an die Wände malen lassen und ein Vermögen für ein Grammofon ausgeben. Mir gefiele es aber besser, die Wände zu weißeln, als hätte eure Sonne sie gebleicht. Und an die weißen Wände stecken wir Farbflecken, die an Italien erinnern. Fotos. Souvenirs. Die Etiketten von Pantigliates Weinflaschen.«

»Was bin ich nur für ein kluger Mann«, sagte Achille. »Dich zu heiraten war ein Geniestreich, denn ansonsten müsste ich dir jetzt ein Gehalt zahlen, das ich mir im Leben nicht leisten könnte. Mach weiter, erklär mir, wie du das mit dem Grammofon löst. Singst du unseren Gästen etwas vor?«

Sie nahm ihr Kissen und schlug nach ihm, darauf bedacht, nicht Tullio zu treffen. »Ich singe gleich dir etwas vor, wenn du deine Zunge nicht hütest.«

Er riss ihr das Kissen weg, beugte sich über Tullio hinweg und küsste sie auf den Mund. »Du bist eine Sensation, Susanna. Sogar wenn du singst.«

Jede Faser ihres Körpers schien zu vibrieren. Sie musste sich mit aller Kraft beherrschen, um beim Thema zu bleiben. »Ich dachte, wir könnten junge Künstler engagieren, die sich am Ägidienplatz Pfennige erbetteln. In München sollen solche Brettlbühnen regelrecht aus dem Boden schießen. Sie würden Balladen singen, die den Gästen Gondeln und Wellen und romantische Liebe vorgaukeln. Dafür geben wir ihnen ein Essen samt Wein und sammeln Geld in einem Hut. Die Leute sind freigiebig, wenn sie sich unterhalten fühlen. Denk an Turin. An Mamma Donatellas Wirtschaft.«

»Daran denke ich«, sagte er. »Und an dich. Ich liebe deine Ideen, und ich freue mich darauf, dir zuzusehen, wie du singend die Wände weißelst. Wenn dieser Sturm im Wasserglas bleibt, machen wir es so, wie du gesagt hast, ja?«

»Und wenn nicht?«

»Wenn nicht, hätte ich gern, dass wir das Geld, das wir in diesen Tagen einnehmen, nicht anrühren«, sagte er. »Dass Ludwig es für dich und Tullio anlegt. Und dass wir mit den Etiketten und den Balladen noch warten – und uns vorerst Künstler suchen, die zünftige bayerische Bierlieder singen.«

»Warum?« Susannes Hirn setzte ein Puzzle zusammen, von dem sie nicht einmal die Hälfte der Teile besaß. »Weil dieser Generalstabschef gestorben ist? Ist es das, was Ludwig herausgefunden hat?«

Achille nickte. »Ich nehme es an. In Italien sind eine ganze Menge Leute der Ansicht, dass sie mit den Serben gar keine Probleme haben. Wohl aber mit den Österreichern, die im Trentino sitzen und Italiener daran hindern, Italiener zu sein. Unser Freund D'Annunzio zum Beispiel, der wie aus dem Hut gezaubert wieder aufgetaucht ist. Er schwärmt von der zukunftsträchtigen Stunde der lateinischen Rasse. Und von seiner Sehnsucht nach einer erhabenen Tat.«

Susanne vermochte es sich vorzustellen. Sie hatte in Turin D'Annunzios Bücher gelesen und war eine Zeit lang berauscht von der Gewalt und Schönheit seiner Worte gewesen. Dann aber hatte sie genug bekommen und den letzten Roman, in dem es wiederum um einen Übermenschen ging, nicht zu Ende gelesen. D'Annunzios Figuren sprühte der Geifer aus dem Mund, doch sie kannten keine leisen Töne. Ihn zu lesen war, als trinke man schon zum Frühstück schweren Wein und ginge nie zu Fuß, sondern schwebte permanent eine halbe Schrittlänge über dem Boden.

»Ich glaube, ich komme durcheinander«, sagte sie.

»Das ist kein Wunder.«

»D'Annunzio will also Krieg?«

»Den hat er schon immer gewollt. Zumindest hat er danach geschrien und geht seit Jahren auf Fliegertreffen, um sich als Held einer Flugstaffel anzudienen.«

»Aber er will keinen Krieg mit Serbien?«

»Ich glaube, gegen wen es ginge, wäre ihm nicht so wichtig. Solange er es als hehren Kampf zur Befreiung seiner unerlösten Gebiete deklarieren kann. Das allerdings schließt einen Kriegseintritt an der Seite Österreichs aus.«

»Du fürchtest also, jetzt, da dieser Generalstabschef tot ist, könnte Italien sich aus dem Dreibund zurückziehen? Und die anderen beiden allein gegen Serbien ziehen lassen?«

Achille nickte. »Und dass Ludwig heute Abend aufgetaucht ist, um dir seinen Schutz anzubieten, beweist mir leider, dass ich keine Gespenster sehe. Wenn es so kommt, stehen die Italiener als feige Verräter da, und kein wackerer Bayer wird bei uns mehr Minestra al cavolo e salsiccia essen.«

»Na und?«, rief Susanne kämpferisch. »Dann benennen wir die Minestra eben um in *Kohleintopf mit Wurst*. Von mir aus auch in *Patriotischer Kohleintopf mit Wurst*. Oder *Kriegstopf mit Kaiserkohl und Kanonenwurst*, mir ist das alles recht.«

Einen Moment lang wirkte Achille konsterniert. Dann brach er in das herzhafte Gelächter aus, das sie von ihm hörte, wenn er mit Tullio spielte. Wieder regte sich der Kleine im Schlaf. Zart hob Achille ihn auf die Arme, trug ihn hinüber zur Wiege und legte ihn hinein. Er war nackt, hatte wie so oft in diesen warmen Nächten vergessen, ein Nachthemd überzustreifen, und Susanne tat eine Weile lang nichts, als ihn anzusehen und sich zu fragen, ob ein Mann je schöner sein konnte, als wenn er sein Kind in den Armen hielt.

Atemberaubend und weltvergessen. Er beugte sich nieder, um Tullio zu küssen. »Heute Nacht bist du hier besser aufgehoben, *gattopardino*. Drüben bei Babbo und Mammina bebt ein wenig die Erde.«

In mir bebt sie auch, dachte Susanne.

Achille kam zurück und tauchte unter die Decke. Er legte die Arme um sie und sein Gesicht an ihres. Wäre sie ein Mann gewesen, hätte er gespürt, wie sehr sie ihn wollte, doch was ein Mann von einer Frau spürte, wusste sie nicht.

»Ich glaube, du bist das klügste Mädchen, das es gibt«, sagte er. »Genau das, was du gesagt hast, will ich tun. Mit Loibner und Franz sprechen, das Italienische zurücknehmen und durch Bayerisches ersetzen. Wenn es sein muss, nenne ich meine Gnocchi di patate künftig Reiberdatschi.«

Jetzt war es an ihr, laut herauszulachen. »Reiberdatschi! Achille, wenn du nicht aufpasst, wird noch ein waschechter Bayer aus dir.«

»Ich wünschte, das wäre möglich.« Wieder zog er sie an sich. »Von dem unsäglichen Baierwein kaufe ich morgen ein Fass. Aber von einem der neuen Winzer, die auf die Müller-Thurgau-Traube umgestiegen sind. Nach ein paar Jahren Übung kann man das Zeug vielleicht sogar trinken. Ein Bayer wird trotzdem nicht aus mir, Susanna, und es ist möglich, dass sie uns deshalb die Scheiben einwerfen und sämtliche Patrioten der Stadt auffordern, das Ponte di Pietra zu boykottieren. Den Namen müssen wir auch ändern. Zur Steinernen Brücke klingt nicht allzu holprig. Lass es uns langsam tun, nicht alle Fähnchen gleichzeitig nach dem Wind hängen. Als Erstes will ich morgen aufs Amt gehen und das Restaurant auf deinen Namen umschreiben lassen.«

»Geht das nicht zu weit?«, fragte sie. »Bist du sicher, dass du dich nicht von der allgemeinen Panik anstecken lässt?«

»Sicher bin ich mir über nichts«, erwiderte er. »Aber es ist mir lieber, im nächsten Jahr über meine Übervorsicht zu lachen, als zu weinen, weil ich etwas versäumt habe. Dieses Restaurant soll einmal unserem Sohn gehören. Ich werde nicht erlauben, dass es ihm jemand zugrunde richtet.«

Er senkte den Kopf und ließ seine Stirn an ihrer Schulter ruhen. Sie strich ihm durchs Haar und wünschte, sie hätte mehr gehabt, das sie ihm geben konnte. Kein Mann, den sie kannte, hätte so etwas getan: Er ließ das Restaurant auf sie umschreiben, wohl wissend, dass er mit leeren Händen dastand, falls sie ihn verließ. Sie würde Besitzerin eines Geschäfts sein, eine Frau, die Macht innehatte. Er hingegen lieferte sich ihr auf Gedeih und Verderb aus.

Mit der Fingerspitze zeichnete sie seine Brauen nach. »Wenn alles im Sande verläuft, machen wir es rückgängig.«

»Wenn alles im Sande verläuft, feiern wir ein Fest, dass – wie sagt ihr? – die Schwarte kracht«, erwiderte er. »Vorerst aber lass uns sicherstellen, dass Zorn, der sich über mir entladen könnte, nicht dich und Tullio trifft. Du solltest ihn auf der Straße auch besser nicht länger Tullio rufen.«

»Wie soll ich ihn denn rufen?«

»Konrad«, antwortete Achille. »Ich habe ihn mit diesem Zweitnamen auf dem Rathaus eintragen lassen. Sprich kein Italienisch mit ihm. Lass dich auf Fragen zu Italiens Haltung zur Serbienkrise nicht ein, sondern beteuere, du bist eine Frau, du hast für Politik keinen Sinn. Ich bin froh, dass du Ludwig hast. Er wird nicht damit hinter dem Berg halten, wenn er meint, wir müssten weitere Schritte unternehmen.«

»Und ich bin sehr froh, dass ich dich habe«, sagte Susanne. »Ich finde, aus dir ist ein höchst brauchbarer Kerl geworden, Achille. Wenn dein General anderer Meinung ist, kann ich ihm nicht helfen. Ich habe vorhin Angst gehabt, aber jetzt habe ich keine mehr. Solange unsere Familie zusammen ist, fällt mir nichts ein, das mich allzu sehr schrecken könnte, und jetzt höre ich auf, weil ich mich schon anhöre wie eine Figur aus einem D'Annunzio-Roman.«

Er blickte auf und grinste. »Wir D'Annunzio-Figuren sollten versuchen zu schlafen, wenn wir morgen ein Bein aus dem Bett bekommen wollen.«

»Ich will sogar zwei Beine aus dem Bett bekommen.«

»Ich nicht«, sagte Achille und rollte seinen großen Körper in ihrem Arm zusammen wie ein Kind. »In diesem Bett geht es mir viel zu gut.«

29

Die Tage blieben warm und sonnig, und das Ponte di Pietra dessen Namen sie fortan umschifften, platzte Abend für Abend aus den Nähten. Susanne und Achille hatten zu viel zu tun, um sich in Ängsten zu verlieren, um jedes Gerücht zu verfolgen. Wie geplant ließ Achille die Besitzrechte des Restaurants ändern und bat Ludwig, für Susanne ein Konto zu eröffnen. »Jede Mark, die sich darauf sammelt, lässt mich ruhiger schlafen«, sagte er.

Ohne Franzens Vetter Benno, der im Restaurant mit anpackte, wären sie dem Ansturm nicht Herr geworden. Der junge Mann war als Bub an Kinderlähmung erkrankt und hatte ein steifes Bein zurückbehalten, was bei Susanne anfangs für Skepsis sorgte. Er bat sie jedoch, sich ihr beweisen zu dürfen, und sobald sie zustimmte, flitzte er an die Arbeit, wie es ihm auf zwei gesunden Beinen kaum jemand nachgemacht hätte. Ihr gefiel, dass er sich an Achilles Anweisung hielt. »Die Chefin ist meine Frau«, hatte er gesagt. »Wenn Sie nicht wissen, was Sie zu tun haben, wenden Sie sich an sie.«

Falls Benno damit Schwierigkeiten hatte, ließ er sie sich so wenig anmerken wie sein Bruder Franz und ihr Koch Bastian Loibner, mit dem sie ohnehin einen Glücksgriff gemacht hatten. »Ein Bayer, der zum Italiener wird, sobald er sich über einen Kochtopf beugt«, beschrieb ihn Achille. »Damit sollten wir in allen Lebenslagen auf der sicheren Seite sein.«

Die Beliebtheit des Restaurants blieb also erhalten, die warmen Nächte luden zum Verweilen auf der Terrasse ein, und die geringen

Verschiebungen auf der Speisekarte fielen niemandem auf. Höchstens der Baierwein. Schlachtmeister Vogelhuber, der es sich leisten konnte, verlangte energisch: »Von dem andern bitscheen, Herr Achilles, von Ihrem sakrisch guaten, wo's einem im Schädel schummrig wird.«

Die Gespräche über Krieg und Kaiser, über Serben und Russen, den Erzfeind Frankreich und das hohe Ross der Briten flauten ab. Man kam wieder mit Damen zum Essen, und wo sich Männerrunden bildeten, wurde Karten gespielt. *Wie es aussieht, haben wir wirklich zu schnell die Pferde scheu gemacht,* dachte Susanne. *Aber wenn es so ist, dann wissen wir jetzt, dass wir in der Krise funktionieren. Wir sind ein Gespann, das im Notfall zusammenrückt und seinen Karren weiterzieht.* Es war ein erlösendes Wissen.

Golda half ihnen mit Tullio aus, und um gutzumachen, dass sie so wenig Zeit für ihn hatten, fuhren sie am Montag, wo sie erst abends öffneten, zu einem Picknick aus der Stadt hinaus. Es war ein goldener Tag. Der alte Gaul, der ihr Fuhrwerk zog, döste in der Sonne, und über die nach Kräutern duftende Wiese tanzten Schmetterlinge. Vater und Sohn balgten und kugelten sich im Gras wie zwei Raubtiere, ein kleines Lachen und ein großes zu einem Knäuel aus Lebensfreude vereint. Hinterher schlief das kleine Raubtier auf dem Bauch des großen, das Susanne den Kopf in den Schoß legte und sich mit mundgerechten Bissen füttern ließ.

»Diese ganze Aufregung um den armen Franz Ferdinand«, sagte er. »Und dann war am Freitag kein einziges gekröntes Haupt auf seiner Trauerfeier. In vier Wochen hat die Welt womöglich schon vergessen, wer er war.«

»Kaiser Wilhelm isst mit dem österreichischen Botschafter zu Mittag«, sagte Susanne. »Aber das muss keine Bedeutung haben, oder?«

»Ich denke nicht«, erwiderte Achille. »Schließlich bricht er wie jeden Sommer zu seiner Kreuzfahrt nach Norwegen auf, was er kaum täte, wenn die Zeichen auf Sturm stünden.«

Er hatte recht. Gäbe es Krieg, hätte der Kaiser seine Sommerfrische abgesagt. Außerdem sollte er zuvor in einer Ansprache erklärt haben, die moderne Technik bringe die Welt näher zusammen. Vor ein paar Wochen hatte er über die erste Funkverbindung zwischen dem Kaiserreich und den Vereinigten Staaten den amerikanischen Präsidenten Woodrow Wilson begrüßt und ihm versichert, er wolle die Freundschaft zwischen beiden Staaten festigen.

»Es ist so seltsam«, sagte Susanne. »Zuerst scheint alles, was man aufschnappt, auf Krieg zu weisen, und gleich darauf sieht die ganze Welt wieder friedlich aus.«

»Es ist Sommer«, sagte Achille träge. »Soldaten werden in Scharen zur Ernte gebraucht, und die Armeen Mitteleuropas sind nicht einsatzbereit. Wir haben uns von den Kriegspredigern verrückt machen lassen, dabei waren die wohl doch nicht mehr als *intonarumori*.«

»Sie waren was?«

Achille lachte. »Geräuscherzeuger. So nennen die futuristischen Musiker ihre denkwürdigen Instrumente aus mit Schalltrichtern versehenen Kisten, mit denen sie kürzlich im Teatro Dal Verme in Mailand aufgetreten sind. Die Zuschauer haben sie ausgebuht, die Futuristen haben daraufhin die Zuschauer als rückständige Banausen beschimpft, und das Ende vom Lied war eine Schlägerei. Ich habe diese Bewegung sehr anziehend gefunden, als sie vor ein paar Jahren aufgekommen ist, ich habe gedacht, sie könnte sein, was wir brauchen. Aber alles, was sie anfangen, scheint im Ansatz zu scheitern.«

»Vielleicht, weil sie zu schnell vorpreschen«, sagte Susanne. »Weil bei ihnen alles neu und nie da gewesen sein muss. Ich glaube, Menschen sind zu langsam dafür und nicht mutig genug. Sie hängen im Alten fest, sie wollen Geigen und Trompeten, keine Geräuscherzeuger.«

»Du hast recht«, sagte Achille. »Sogar Tango wollen sie ja jetzt verbieten lassen, weil sie fürchten, sie bekommen davon Klumpfüße. Und die Eingabe für das Frauenwahlrecht ist vor dem britischen Oberhaus abgeschmettert worden, obwohl der Erzbischof von Canterbury dafür gestimmt hat. Wir sind für wählende Frauen so wenig reif wie für Geräuscherzeuger.«

»Dafür werden wir auch nie reif sein«, sagte Susanne. »Schon über die Art, wie wir beide hier lagern – du mit dem Kind und ich mit Korkenzieher und Weinflasche –, würden sämtliche Männer von Regensburg die Köpfe schütteln.«

»Du bist beim Entkorken ja auch eine Katastrophe«, sagte er. »Ich dagegen bin ein Tausendsassa – ich bin sowohl Wein als auch Kindern gewachsen.«

Sie gab ihm einen Klaps auf die Lippen, dann zog sie den Korken aus der Flasche. »Auch wie wir miteinander reden, würde Regensburgs Männer in Schrecken versetzen. Ein Wahlrecht für Frauen käme für sie dem Untergang des Abendlandes gleich – und das schließt meine Brüder mit ein.«

Er überlegte schweigend, ließ sich von ihr Wein einträufeln und verschüttete die Hälfte über sein offenes Hemd. Susanne sah die Tropfen an, die zwischen dem Haar auf seiner Brust glitzerten, und Übermut packte sie. Sie beugte sich vor und küsste sie ihm von der Haut. »Der gute Barolo soll doch nicht verloren gehen«, murmelte sie, als sie den Kopf wieder hob und der lächelnde Blick seiner Augen sie traf.

Die ernsten Themen mussten warten, bis sie ihre Sachen zusammenpackten und den erwachten Tullio auf den Wagen hoben, weil die Arbeit rief. »Vielleicht haben die Futuristen ja doch recht«, sagte Achille. »Vielleicht muss wirklich erst alles Alte zerschlagen werden, damit für Neues Platz wird.«

Durch das Land, das sich in der Sonne rekelte, fuhren sie zurück in die Stadt. Achille sang das Lied vom kleinen Esel, Tullio krähte dazu, und Susanne dachte: *Ich will nicht, dass alles zerschlagen wird. Ich finde mein Leben schön, wie es ist, auch wenn ich nicht wählen darf. Wer weiß, womöglich hat es damit ja seine Richtigkeit.* Es war ein Tag, an dem ihr nichts einfiel, das ihr fehlte, und dass bis zur Sperrstunde wiederum die von Ludwig gestiftete Registrierkasse klingelte, krönte ihn.

Eine Woche später berichteten die Zeitungen, Österreich werde der Regierung in Belgrad ein Ultimatum stellen. Sollten die Serben sich auf die Forderungen einlassen, werde man von Schritten zur Vergeltung absehen. Der französische Staatspräsident Poincaré kündigte überraschend einen Besuch in Sankt Petersburg an, aber warum sollten die Regierungen zweier verbündeter Staaten einander nicht besuchen? Die Übergabe des Ultimatums wurde auf den Tag festgelegt, an dem die Franzosen nach Russland abreisten: auf den 23. Juli. Zwei Tage Frist wurde Belgrad zur Entscheidung eingeräumt, sodass das Drama hoffentlich der Vergangenheit angehörte, noch ehe der August begann.

Die Briten, in denen viele das Zünglein an der Waage vermutet hatten, hielten sich bedeckt. Es kostete Susanne Mühe, sich begreiflich zu machen, dass dort nicht der König, sondern ein Premierminister das Sagen hatte, der zudem den Liberalen angehörte. Einem Artikel zufolge versuchte dieser Mann namens Asquith, eine Krankenversicherung für Arme und eine Stütze für Arbeitslose durchzusetzen, und brauchte dafür Geld. Weshalb also welches für einen Krieg um Dinge verschwenden, die sich weit weg auf dem Balkan abspielten? Zudem gab es in Britannien keine Wehrpflicht, sondern nur ein stolz gehätscheltes Heer von Elitesoldaten. Dieses war zur Bewachung der Kolonien gedacht, nicht um es in entlegenen Konflikten zu verheizen. Edward Grey, der britische Außenminister, schien ein kultivierter, besonnener Mann, eine Art Schiedsrichter, der allen seine Vermittlung anbot.

Vielleicht ist es richtig, dass Frauen nicht wählen dürfen, überlegte Susanne. *Bis ich meine kleine Welt bedroht glaubte, hatte ich von alledem nicht die Spur einer Ahnung. Hätte ich wählen dürfen, ich hätte nicht gewusst, welche Partei.*

Wenn sie allerdings im Restaurant das Gerede der Männer aufschnappte, kam es ihr nicht vor, als wüsste einer von ihnen besser Bescheid. Zwar entpuppten sich alle als kleine Könige oder Kriegsminister, sobald sie bei Karten und Wein politische Themen streiften, doch mehr als inhaltsleere Parolen konnte Susanne nie ausmachen.

»Der Franzose hat's doch von jeher auf uns abgesehen, der ist noch stinkig wegen 1871.«

»Die kreisen uns ein, die mit ihrer Entente. Uns Deutschen gönnt keiner was, die wissen schon, warum.«

»Am deutschen Wesen mag die Welt genesen.«

Susanne konzentrierte sich auf ihre Arbeit. Einmal hätte sie mit Vevi und Sybille an ihre Badestelle fahren sollen, aber Vevi ließ ihr am Abend vorher ausrichten, Sybille sei krank, und auch sie selbst habe sich wohl verkühlt. Verkühlt bei glühender Sommerhitze? Sie dachte nicht weiter darüber nach, weil sie sich jetzt, da das Geschäft derart florierte, ohnehin kaum einen freien Tag erlauben konnte. Wenn es so weiterging, würden sie noch einen dritten Kellner einstellen müssen und dazu jemanden, der Loibner in der Küche half.

Am Morgen jenes Freitags, des 24. Juli, dem Tag, nachdem Belgrad das Ultimatum überbracht worden war, eilte Susanne zum Viktualienmarkt am Neupfarrplatz, weil in der Küche Gewürze fehlten. Zwischen den Verkaufsbuden war jedoch kein Durchkommen, und von der Wache im Minoritenweg rückten berittene Gendarmen mit Pickelhauben ein. Vorbei an Ständen voller Kohlköpfe, Würste und Käselaibe wälzte sich ein Zug von Männern, die grölten:

Deutschland, Deutschland über alles
Über alles auf der Welt.
Dass es stets zu Schutz und Trutze
Brüderlich zusammenhält.

Marktfrauen und Einwohnerinnen, die wie Susanne zum Einkauf gewollt hatten, standen schimpfend am Straßenrand.
»Können die nicht anderswo spielen?«
»Halbe Kinder. Haben die koa Arbeit, dass sie uns hier die Ruh' stören müssen?«

Tatsächlich waren die meisten der Marschierenden, die an Holzstangen gepinnte Plakate in die Höhe hielten, blutjung. Einer versuchte, im Vorbeiziehen einen Apfel zu klauen, und bekam vom Obsthändler eins auf die Finger. In den Parolen, die auf die Plakate geschmiert waren, prangten Schreibfehler:

Tot den Serben!
Jeder Schuss – ein Russ,
Jeder Stos – ein Franzos.

»Was ist denn los?«, fragte Susanne eine Frau, die mit ihrem Mann, einem Volksschullehrer, zu ihnen zum Essen kam.

Die Frau, die Gertrude Wichmann hieß, zuckte mit den Achseln.
»Schon wieder dieser Schmarrn mit den Serben. Das Ultimatum sollen's zurückgewiesen haben, aber mehr weiß i auch net. Mein Mann unterrichtet ja in der Von-der-Tann-Straße. Da haben's heut' den achten Jahrgang gehen lassen, weil die Buben, die depperten, nicht zu halten waren.«

Unter den Jungen, von denen viele noch kurze Hosen trugen, entdeckte Susanne lediglich einen Erwachsenen, einen kleinen Mann, der, statt zu marschieren, einen nervös tänzelnden Rappen durch den viel zu engen Gang trieb. Joseph von Waldhausen. Ihr Schwager.

Ohne das lange, ungekämmte Haar und die wilden, wie besessenen Blicke, die er um sich warf, hätte er ein Lehrer sein können, der mit seiner Klasse einen Ausflug unternahm.

Susanne ließ die Gewürze Gewürze sein, machte kehrt und rannte zurück.

Zu ihrer Erleichterung wirkte im Restaurant alles wie immer: Benno und Franz deckten die Tische ein, und Achille und Loibner besprachen in der Küche, in der es nach köchelnden Tomaten und Knoblauch duftete, einen Wechsel bei den Tagesgerichten. Zwischen ihren Füßen spielte Tullio mit einem Zinnsoldaten, den Ludwig ihm geschenkt hatte.

»Habt ihr die Zeitungen?«, rief Susanne keuchend. »Das Ultimatum soll abgelehnt worden sein!«

Achille ließ einen Rührlöffel in die Soße gleiten und wischte sich die Hände an der Schürze ab. »Ich bin gleich zurück, Bastian«, versprach er Loibner und ging mit Susanne in den Hof. »Abgelehnt ist es nicht«, sagte er, sobald sie außer Hörweite waren, zog sich aus dem Hosenbund im Rücken die *Münchner Neuesten Nachrichten* und gab sie ihr. »Aber es sieht nicht gut aus, Susanna. Wenn die Serben auf die Forderungen eingehen würden, gäben sie damit ihre Souveränität als Staat auf. Offenbar ist das Ultimatum gar nicht formuliert worden, damit es angenommen werden kann.«

Susanne verstand. Das Ultimatum stellte Forderungen, die Belgrad keine Wahl ließen, als sie abzulehnen. Wenn Österreich daraufhin den Krieg erklärte, konnte es darauf pochen, es habe schließlich alles versucht. Sie hatten sich drei Wochen lang Sand in die Augen streuen lassen. Während sie ihren Sommer genossen und allabendlich ihre Einnahmen zählten, hatten die Mächtigen längst gewusst, worauf sie hinauswollten, und im Verborgenen die Fäden gezogen.

»Briten und Russen haben in Serbiens Namen um eine Verlängerung der Frist gebeten«, sagte Achille und tippte auf die Schlagzeile der Zeitung. Sie zogen das *Münchner Blatt* dieser Tage dem regionalen *Anzeiger* vor, weil es in größeren Dimensionen berichtete. Die verwischte Druckerschwärze kündete von der Hast, in der die Seiten gedruckt und gelesen worden waren. »Sie wollten Verhandlungsspielraum schaffen, damit an den Klauseln gefeilt werden kann. Wien hat das abgelehnt, und der Kaiser in Berlin dringt ebenfalls auf eine Antwort. Morgen früh wissen wir mehr. Sich jetzt verrückt zu machen, hilft uns nicht weiter.«

»Was ist mit Italien?«, fragte sie, und ihre Blicke trafen sich.

»Ich weiß nicht, Susanna.« Seine Stimme klang müde. »Luigi Cadorna soll gestern in einer Ansprache darauf hingewiesen haben, dass der Dreibund ein reines Defensivbündnis ist. Demnach müsse Italien nur einschreiten, wenn Deutschland oder Österreich angegriffen würde.«

Luigi Cadorna war der Generalstabschef, der die Nachfolge des verstorbenen Alberto Pollio angetreten hatte. Ein Mann von fünfundsechzig Jahren, der für seine strikte Disziplin und irredentistischen Positionen bekannt war.

»Wien wird erklären, das Attentat komme einem Angriff gleich«, sagte Susanne.

»Das ist eben das Problem mit dieser Diplomatie«, erwiderte Achille noch müder. »Jeder erklärt, was ihm in seinen Plan passt, und der andere hört, was wiederum ihm passt. Im Grunde ist diese ganze Rederei eine Farce.«

Abrupt streckte er die Hand aus und berührte ihr Gesicht. »Aber unsere Rederei nicht, Susanna. Wir sind vorbereitet. Wenn es kommt, wie es sich nun leider abzeichnet, halte ich mich eine Weile lang aus dem Speisesaal fern. Mit den Leuten habe ich gesprochen, auf die kannst du dich verlassen. Franz und Benno bringen noch einen Vetter mit, der mich bei der Bedienung ersetzt.«

»Wie viele kellnernde Vettern haben die denn?«, entfuhr es Susanne.

»Dass die alle Vettern sind, halte ich für fraglich, aber das ist mir egal«, entgegnete Achille. »Es sind gute Leute. Mir ist leichter zumute, weil ich weiß, dass ich ihnen und deinem Bruder vertrauen kann.«

Er sprach weiter, ehe Susanne dazu kam, eine Frage zu stellen: »Dein Geld liegt sicher auf Ludwigs Konto, es steht dir zur Verfügung, wann immer du es brauchst. Mach dir darum keine Sorgen.«

»Das tue ich nicht«, sagte Susanne und dachte: *Ich mache mir Sorgen um dich.*

Er wollte gehen, um Loibner in der Küche zu helfen. Zu allem Unglück würde der Koch heute ohne seinen Majoran und seine geliebten weißen Senfkörner auskommen müssen.

»Abzuwenden ist es jetzt nicht mehr, oder?«, fragte sie und griff nach seiner Hand.

»Solange keine Geschütze abgefeuert sind, immer«, antwortete Achille. »Noch ist ja nicht einmal mobilgemacht, und Edward Grey dringt weiterhin auf Vermittlung. Aber ich glaube nicht mehr daran.«

Für die Presse waren dies ebenso goldene Zeiten wie für das Restaurant. Bereits am Morgen des Samstag wurden den Jungen die Ausgaben aus den Händen gerissen, und zu Mittag hagelte es Extrablätter mit einer Sensation. Die Serben hatten klein beigegeben. Mit einer Einschränkung erklärten sie sich bereit, die demütigenden Forderungen anzunehmen, um den Frieden in Europa zu erhalten.

Im Laufe des Nachmittags und Abends trafen wie Blitzschläge die Nachrichten aus den Hauptstädten der beteiligten Länder ein. Auf der Terrasse des Ponte, im Licht der ligurischen Laterne, hatte sich ein Kreis um Heinrich Held, den Inhaber des *Regensburger Anzeigers*, gebildet, der zudem für die Zentrumspartei im bayerischen Landtag saß und mit neuesten Informationen aufwarten konnte. Jede Meldung wurde aufs Lebhafteste diskutiert.

Wien wies die Antwort der Serben zurück. Die Bedingungen des Ultimatums seien nicht erfüllt worden.

Sankt Petersburg rief seine Truppen von ihren Übungsplätzen zurück in die Kasernen.

London, in Gestalt des friedliebenden Edward Grey, bot sich noch einmal als Vermittler an, bestellte den deutschen Botschafter ein und bat erneut um Verlängerung der Frist.

Berlin ließ verlautbaren, es lehne jede Verlängerung ab und rate Wien zu entschlossenem Handeln.

Bier und Wein flossen in dieser Nacht in Strömen, die ligurische Laterne leuchtete weit über die Sperrstunde hinaus. »Wir lassen sie heute Nacht brennen«, sagte Achille, als er und Susanne sich schließlich hinauf in ihre Wohnung schleppten. »Etwas widerstrebt mir daran, sie zu löschen – als könnten wir sie, wenn sie aus ist, nicht wieder anzünden.«

Sie lachten darüber, aber sie schliefen schlecht und hielten sich die Nacht hindurch aneinander fest.

Am Morgen des Sonntags machte der kaiserlich-königliche Außenminister Berchtold den Botschaften in Berlin, London, Rom und Paris die Mitteilung, Österreich-Ungarn habe mit sofortiger Wirkung seine diplomatischen Beziehungen zu Serbien abgebrochen. Achille und Susanne gingen mit ihrem Sohn zur Messe. Hinterher bereiteten sie das Restaurant zur Öffnung vor, denn an Sonntagnachmittagen kamen Familien, die sich piemontesisches Gebäck zu tintenschwarzem Kaffee schmecken ließen. Der Tag verlief ruhig. In den Abendzeitungen stand, Edward Grey habe noch einen Versuch zur Vermittlung unternommen und die Botschafter der beteiligten Mächte zu einer Konferenz eingeladen.

Schlachtmeister Vogelhuber, der mit seiner Sippe im Sonntagsstaat einrückte, berichtete, Gendarmen hätten Randalierer festgenommen. »Die Sozialdemokraten, die Verräter – gegen den Krieg protestiert haben's. Und wer war fei dabei? Der König Drosselbart, der Saubazi.«

»Joseph von Waldhausen? Aber der ist doch kein Sozialdemokrat.«

»Na, der hat sich mit denen prügeln wollen. War aber voll wie eine Haubitze und hat gespuckt wie ein Wasserhahn.«

Susanne wünschte, sie hätte eine Möglichkeit gehabt, mit Sybille in Kontakt zu treten. Ging es ihr und den Kindern gut? Angst beschlich sie, Waldhausen werde seine Wut an Seppi auslassen, sobald man ihn aus der Entnüchterungszelle entließ. Es erschien grundfalsch, dass Familien in derart brenzliger Lage zerrissen waren. Hätte auch nur die geringste Chance bestanden, dass ihr Vater ihr verzieh, so hätte Susanne ihn in dieser Nacht darum gebeten.

In den zwei folgenden Tagen bemühte sich Edward Grey weiterhin um eine Lösung am Verhandlungstisch. Susanne kaufte einem Jungen mit Anti-Kriegs-Anstecker eine Ausgabe der *Regensburger Nachrichten,* der Zeitung der Sozialdemokraten, ab und las darin Auszüge aus Greys Ansprache. »*Wenn dieser Krieg ausbricht‹,* soll der liberale Außenminister gesagt haben, *›wird es die größte Katastrophe, die die Welt je gesehen hat‹.*«

Die übrigen Beteiligten kamen Susanne vor wie Ameisen, die kopflos durcheinanderwimmelten. Noch war alles möglich. »Die Welt ist ja kein Dominospiel«, sagte Loibner, der hauchdünn geschnittenes Gamsfleisch mit Kräutermarinade einpinselte. »Sollen die das den Österreicher und die Lackl in Serbien doch ausfechten lassen, was geht das uns an?«

Dass Österreich tatsächlich Serbien den Krieg erklärt hatte, erfuhren sie erst am nächsten Morgen, als Belgrad bereits unter Beschuss stand. Den Tag über sah es aus, als behielte ausgerechnet ihr Koch Loibner recht: Es geschah nicht viel. Zwar machte Russland mobil, doch die Zeitungen waren sich einig, dass das wenig zu bedeuten hatte. »*Für das Zarenreich ist dies eine nicht selten verwendete Drohgebärde*«, las Susanne in den *Neuesten Nachrichten*. »*Anders als im Deutschen Reich, wo eine Mobilmachung zwingend einen Krieg zufolge hätte.*«

Am nächsten Abend, als der Hochbetrieb nach der Nachtmahlzeit noch anschwoll, kam ein halbwüchsiger Junge mit einem blühenden Ausschlag auf die Terrasse, vertrat Susanne den Weg und erklärte, auf der Gasse, hinter der Wurstkuchl, warte ein Herr, der sie sprechen müsse.

»Was denn für ein Herr?«, fragte Susanne.

»Ein feiner«, sagte der Junge, »in Uniform«, und rannte davon.

Susanne übergab ihr Tablett dem Andreas, dem dritten und jüngsten der Vettern, und machte sich auf den Weg. Kaum hatte sie die Terrasse mit ihren Menschenstimmen und ihrem Laternenschein verlassen, war ihr, als tauche sie ins Dunkel. Die Wurstkuchl, Regensburgs älteste Braterei, die seit acht Jahrhunderten hier am Platz Würste briet, war so spät nicht mehr geöffnet. Ihre steinerne Rückwand bestand aus einem Überrest der alten Stadtmauer, und in deren Schatten sah Susanne den Mann stehen. Er war sehr groß, hatte Schultern wie ein Schrank und trug keinen Hut. In der Finsternis schienen sein Gesicht und sein weizenblondes Haar zu leuchten.

»Himmelherrgott, Max.«

30

»Ich hab dich sehen müssen.«

»Ach, Maxl. Ich dich auch.«

Es ließ sich nichts Vernünftiges sagen in solcher Lage. Sie lagen sich in den Armen, und Susanne spürte den kratzigen Stoff seines Uniformrocks. Achille war wahrlich kein kleiner Mann, aber in den Armen von Max kam sie sich regelrecht zerbrechlich vor. Noch einmal wie ein Kind. Wie oft hatte er sie getröstet, weil auf die eine oder andere Art ihre kleine Welt vom Untergang bedroht gewesen war.

»Geht es dir gut?«, fragte er.

Susanne nickte, trat zurück und betrachtete ihn in dem blassen Sternenlicht, an das sich ihre Augen inzwischen gewöhnt hatten. Er war noch immer ihr höllisch fescher Bruder, den ihre Schulkameradinnen angeschwärmt hatten und auf den sie stolz gewesen war. Die Uniform stand ihm, das hatte sie schon festgestellt, als er damals zu seiner Dienstzeit aufgebrochen war. Aber er wirkte gealtert – nicht nur um die vier Jahre, die sie einander nicht gesehen hatten, sondern um ein Lebensalter.

So wie vermutlich ich, dachte sie.

Aber Max, ausgerechnet ihr Bruder Max, der immer brav gewesen und dem alles gelungen war, sah nicht aus, als wäre er mit seinem Leben glücklich. *Du liest zu viel aus einem Augenblick*, schalt sie sich und fragte: »Geht es dir auch gut, Max? Ich bin so froh, dass du gekommen bist, du kannst gar nicht wissen, wie froh.«

»Ich bin auch froh, Suse«, sagte er.

»Hör zu«, rief sie und wollte sich bei ihm einhaken. »Warum kommst du nicht mit mir hinüber und schaust dir unser Restaurant an? Es ist wirklich ganz schön, Maxl, die Leute mögen es. Lass dir eine Karaffe von unserem dunkelsten Barolo servieren, nach dem Ludwig narrisch ist. Vielleicht hat er dir ja schon davon erzählt.«

»Nein, hat er nicht«, unterbrach sie Max. »Wir kommen selten zum Reden und wenn, dann kaum über Wein.«

»Dann musst du ihn erst recht probieren. Und einen Grappa. Hast du schon einmal Grappa getrunken, Maxl?« Sie war so aufgeregt, sie schnatterte wie Sybille. Alles, was sie wollte, war, ihn festzuhalten, damit er nicht wieder verschwand.

»Ich kann nicht mit in dein Restaurant kommen, das weißt du«, sagte er. »Ich bin hier, um mich zu verabschieden. Und weil ich mir Sorgen um dich und den Buben mache.«

»Das brauchst du nicht«, gab sie zurück. »Für mich und meinen Buben, der übrigens Tullio Konrad Giraudo heißt, ist bestens gesorgt.« Gleich darauf bereute sie die Spitze. Seine Zurückweisung verletzte sie, aber er trug seine Uniform. Was das zu bedeuten hatte, war nicht schwer zu erraten.

»Maxl, ist das denn sicher, dass du wegmusst? In der Zeitung steht doch gar nichts von Mobilmachung, und unser Koch sagt ...« Sie brach ab, weil sie sich lächerlich vorkam.

»Wir Offiziere des III. Königlich Bayerischen Armee-Korps mussten uns bis heute Abend sechs Uhr bei unseren Kompanien melden«, sagte Maxl. »Mein Major hat eine Ausnahme gemacht. Er mag mich gern, und er hat selbst eine Schwester, die eine problematische Ehe geschlossen hat.«

Ich habe keine problematische Ehe geschlossen, dachte sie. *Das Problem habt ihr, nicht Achille und ich.*

»Maxl«, sprach sie ihn an. »Wir haben uns all die Jahre nicht gesehen, obwohl wir nur durch eine Brücke getrennt leben. Bitte komm mit mir, lass uns das bisschen Zeit, das dir bleibt, nicht hier im dunklen Winkel verbringen, als hätte einer von uns ein Verbrechen begangen. Es wird dir doch in dieser Lage der Vater nicht krummnehmen, dass du mit Schwester und Schwager einen Wein zum Abschied trinkst.«

Sein Blick flackerte.»Ich liebe dich sehr«, sagte er.»Aber deinen Mann kann ich als meinen Schwager nicht betrachten. Ich verweigere den Verkehr mit ihm nicht, weil der Vater ihn verbietet, sondern weil ich nicht mit ihm verkehren will. Auch heute Abend nicht. Heute Abend weniger denn je.«

Susanne ließ ihn los.»Warum nicht? Weil die Italiener womöglich nicht mit in den Krieg gehen? Was kann Achille dafür? Er wird so wenig nach seiner Meinung gefragt wie du, und er hat sich gleich nach dem Attentat um alles gekümmert, damit Tullio und ich versorgt sind.«

»Ich weiß«, sagte Max.»Ludwig hat es mir erzählt. Es ändert nichts an meiner Haltung, doch das rechne ich ihm an.«

»Ludwig betrachtet Achille als seinen Bruder«, rief Susanne.»Und Vevi …«

»Vevi ist zu gut für diese Welt und kann von keinem Menschen etwas Böses glauben«, unterbrach Max sie.»Ich habe ihr gesagt, ich wünsche nicht, dass sie mit dem Menschen verkehrt, aber sie hat geweint und gesagt, sie wolle dich nicht verletzen. Außerdem sei doch der Herr Giraudo so höflich und der kleine Bub ein solcher Schatz. Ich bringe es nicht über mich, es ihr zu verbieten, aber ich beschwöre dich: Meine arme Vevi hat Kummer genug. Versprich mir, dass dein Mann sich von ihr fernhält, solange ich nicht hier bin.«

Susanne setzte zu einer heftigen Erwiderung an, aber er fügte wie verloren hinzu:»Allzu lange wird es ja nicht dauern. Der Kaiser sagt, wir sind zurück, noch ehe die Blätter von den Bäumen fallen.«

»Max!«, rief Susanne, der eine plötzliche Furcht das Herz zusammenpresste. »Lass uns doch nicht in Unfrieden auseinandergehen, ich bitte dich.«

»Deshalb wollte ich dich sehen. Wenn du in Not bist, wird Vevi dir helfen, auch über den Kopf des Vaters hinweg. Wir sind für dich da. Ich hatte gehofft, das wüsstest du.«

»Ich weiß es.« Ihre Stimme klang dumpf.

»Ich gebe zu, es hat mich verletzt, dass du dein Geld Ludwig anvertraut hast und nicht mir«, sagte Max. »Du hättest mir ausrichten lassen können, dass du Unterstützung brauchst, und ich hätte mich darum gekümmert.«

»Das hat Achille für mich geregelt«, sagte Susanne. »Er hatte nur Ludwig, den er darum bitten konnte, denn du weigerst dich ja, ihn als meinen Mann zu respektieren.«

»Ich möchte nicht noch einmal davon anfangen«, erwiderte Max. »Ich biete dir jedoch an, dein Geld bestmöglich anzulegen. Wenn du mich bevollmächtigst, kann Ludwig mir die Befugnisse übertragen. Aber es muss schnell gehen, denn wann wir den Marschbefehl erhalten, weiß kein Mensch.«

»Und was würdest du mit meinem Geld tun?«, fragte Susanne.

»Krieg kostet Geld«, antwortete Max. »Ein moderner Krieg kostet mehr als je einer in der Geschichte der Menschheit. Wenn der Kaiser die Kriegserklärung bekannt gibt, wird er deshalb Anleihen im Wert von mehr als zehn Milliarden Mark auflegen, die Unternehmen genauso zeichnen können wie Privatleute. Ich werde selbst welche zeichnen, ebenso der Vater, und ich nehme an, auch Ludwig, sofern er sich etwas zur Seite legen kann. Wenn ich in deinem Namen Kriegsanleihen zeichne, ist das zum einen ein klarer Beweis für deine untadelige patriotische Haltung. Zum anderen kannst du dein Geld gar nicht sicherer anlegen, denn nach dem Sieg bekommst du es mit beträchtlichen Gewinnen zurück.«

»Und wovon werden diese Gewinne bezahlt?«, fragte Susanne.

»Du musst entschuldigen. Aus naheliegenden Gründen habe ich mit Krieg bisher keine Erfahrung.«

»Dafür brauchst du dich nicht zu entschuldigen«, sagte Max. »Dass Frauen sich auf Krieg verstehen, ist das Letzte, was wir Männer uns wünschen. Deshalb fechten ja wir ihn für euch aus, während ihr euer behütetes Leben weiterführen und unsere Kinder aufziehen sollt. Wenn man denn Kinder hätte.« Sein Seufzen tat Susanne weh, doch dafür hatte sie jetzt keine Zeit.

»Bitte erklär mir trotzdem, wovon die Gewinne bezahlt werden, die ich nach dem Sieg auf mein Geld erhalten soll«, sagte sie. »Das Geld ist doch weg, der Krieg kostet ja wohl den Sieger nicht weniger als den Verlierer.«

»Aber der Verlierer leistet Reparationszahlungen«, antwortete Max. »Das ist einer der Gründe, warum die Franzosen noch immer so voll Hass auf uns Deutsche sind und im Geheimen eine Invasion durch belgisches Gebiet vorbereiten. Sie glauben, wenn sie uns diesmal besiegen, erhalten sie das Geld aus der Niederlage von 1871 zurück. Aber sie werden uns nicht besiegen, und die patriotischen Menschen, die mit ihren Anleihen den Krieg unterstützt haben, werden ihren Lohn in barer Münze erhalten.«

»Und wenn sie uns doch besiegen?« Susanne sah zu ihm auf. »Was ist dann mit meinem Geld? Viel mag es nicht sein, aber es ist alles, was ich habe. Der erste Gewinn, den wir uns erarbeitet haben und auf den mein Mann verzichtet hat, damit ich nicht machtlos dastehe. Deshalb will ich es so genau wissen: Was ist mit meinem Geld, wenn nicht wir, sondern die anderen die Sieger sind?«

»Susanne, wenn du Ludwig mehr Vertrauen schenkst als mir, beenden wir besser dieses Gespräch«, sagte Max.

»Darum geht es nicht«, entgegnete Susanne und begriff selbst erst im Sprechen, worum es ihr ging. »Ich hatte als Frau nie Gelegenheit, den Umgang mit Geld zu lernen. Und ich habe, wenn ich dieses Geld verliere, kein Sicherheitsnetz, das mich auffängt. Mir wird keine Bank Kredit einräumen, um mein Geschäft zu retten, und kein Partner wird hilfreich einsteigen. Wenn eine Frau Geld hat, hat sie es nur einmal und tut gut daran zu wissen, was damit geschieht.«

Während sie Atem holte, wurde ihr klar, dass sie auch nicht wusste, was unter Ludwigs Händen damit geschah, und dass ihr das nicht länger recht war. »Ich liebe dich«, sagte sie laut durch die Nacht. »Ich will, dass du heil zurückkommst, bevor die Blätter fallen, und ich glaube, dafür werde ich beten, auch wenn ich nicht sicher bin, woran ich glaube. Und deine Vevi habe ich wirklich zum Auffressen lieb und werde ein Auge auf sie haben. Mein Geld aber verwalte ich selbst. Das hat weder mit dir zu tun noch mit Ludwig, sondern mit mir.«

»Aber du hast doch gerade gesagt, du verstehst nichts von Geld«, begann Max, unterbrach sich dann aber und sah sie wieder an. »Ich liebe dich auch«, sagte er.

Eine Weile rangen beide mit sich, weil sie wussten: Sie hätten aufbrechen sollen, es gab ja nichts mehr zu tun.

»Du kommst wirklich nicht mit?«

Er schüttelte den Kopf.

»Dann gehe ich jetzt«, sagte sie zärtlich. »Ehe ich anfange zu heulen. Vermutlich heult in diesen Tagen das halbe Land, da braucht es nicht noch mich. Pass auf dich auf, Großer. Und das mit den Blättern von den Bäumen – das passiert in acht Wochen.«

»Pass du auf dich auf. Du bist kleiner als ich.« Er heulte auch.

Susanne drehte sich um und ging an der Rückwand der Wurstkuchl, die einst zu Regensburgs Stadtmauer gehört hatte, den Weg zurück. Als sie die Lichter der Stadt, die sich in der trägen nächtlichen Donau spiegelten, schon glitzern sah, rief er noch einmal ihren Namen: »Suse.«

Sie drehte sich um und sah ihn im Dunkel dort stehen, die Uniform auf den Schultern ein wenig zu knapp.

»Ich verachte deinen Mann nicht für seine Nationalität«, sagte er. »Ich bewundere das italienische Volk für seine Kultur und seine einstige Größe, die es ja wieder zu erlangen wünscht. Ich bin auch zuversichtlich, dass unsere Verbündeten in Rom sich besinnen und an unsere Seite eilen. Das ist es nicht, Suse. Das nicht.«

»Was dann?«

»Er hat einen Menschen umgebracht«, sagte Max. »Ich habe selbst einen Bruder verloren, und es vergeht kein Tag, an dem ich mir nicht vorwerfe, ihn nicht gerettet zu haben. Um nichts in der Welt könnte ich mit einem Mann umgehen, der den eigenen Bruder auf dem Gewissen hat.«

Am nächsten Tag kam es zu Krawallen in sämtlichen Städten, selbst im verschlafenen Regensburg. Sozialdemokraten demonstrierten gegen Deutschlands Kriegseintritt, während Männer und Frauen jeglicher Couleur den sofortigen Weg zu den Waffen verlangten. Sie sangen patriotische Lieder und begrüßten johlend jedes Extrablatt. Vor den Litfaßsäulen standen auf Leitern Jungen mit Pinseln und leimten Anschläge an, die die neueste Entwicklung verkündeten.

Dann zogen nur noch die Patrioten durch die Gassen. Die Sozialdemokraten hatten überraschend einen Schwenk vollzogen und den Kriegskrediten zugestimmt. Zum Lohn zogen sie in Gremien ein, die bisher den bürgerlichen Parteien vorbehalten waren. Sie waren salonfähig geworden und forderten ihre Anhänger auf, sich der nationalen Pflichterfüllung anzuschließen.

Binnen Tagen gab es die ersten Aufrufe, sich freiwillig zu melden. Gleich darauf leimten die Jungen Werbeplakate für die Geldanlage an, die Max Susanne empfohlen hatte.

Die beste Sparkasse – zeichnet Kriegsanleihen.
Patrioten helfen unserm Heer zum Sieg.

Dass Deutschland Russland den Krieg erklärt hatte, erfuhren die Regensburger erst, als in Ostpreußen geschossen wurde.

Susanne und Achille hatten so viel zu tun, dass sie nicht vor der Nacht des 3. August dazu kamen, miteinander zu reden. Achille hatte sich in die Küche zurückgezogen. Er sagte, es mache ihm nichts aus, er liebe ohnehin nichts mehr als das Zauberwerk am Herd, und Loibner witzelte, er könne sich von nun an auf die faule Haut legen. Vereinzelte Schimpfworte gegen »die feigen Italiener« hatte Susanne durchaus vernommen, doch noch wurden sie hinter vorgehaltener Hand gemurmelt, und jedes Mal fand sich jemand, der beschwichtigte, die Verbündeten in Rom würden schon noch zur Vernunft kommen.

Am Morgen hatte Deutschland Frankreich den Krieg erklärt und war in das neutrale Belgien einmarschiert. Ein Eingreifen Englands war damit nicht länger vermeidbar. Max' Division hatte Regensburg bereits vor Tagen verlassen.

Erst nachts, wenn er auf der Terrasse das Licht löschte, wagte Achille sich aus dem Küchenhaus nach vorn. Wie so oft standen sie schweigend unter ihrer Laterne und blickten auf das langsame, wuchtige Strömen der Donau. Die Steinerne Brücke zog sich über beide Arme und verlor sich am anderen Ufer in der Nacht. Auf der Balustrade saß das Bruckenmandl, angeblich Regensburgs Wächter, in Wahrheit jedoch eine Skulptur des Dombaumeisters, der im Wettbewerb unterlegen war und sich in die Fluten des Flusses gestürzt hatte.

Die Legende vom Teufel hatte Susanne Achille eines Abends dann doch bis zu Ende erzählt: »Um dem Brückenbaumeister zum Sieg zu verhelfen, verlangte der Teufel die Seelen der drei ersten

Geschöpfe, die die Brücke betreten würden. Natürlich erwartete er, es würden die Honoratioren der Stadt sein, der Bürgermeister, der Bischof und der Rat der Kaufleute. Der Baumeister aber setzte einen Hahn, einen Hund und ein Huhn vor die Brücke, trieb sie hinüber und schlug dem Teufel ein Schnippchen.«

»Und die armen Kreaturen sind für das Gezänk dieser Männer zum Teufel gegangen?«, hatte Achille gefragt. »Auch der Hund?«

Damals hatte Susanne gelacht. Heute lachte sie nicht.

»Ich glaube, du kannst dich ruhig bei den Gästen zeigen«, sagte sie schließlich. »Viele haben nach dir gefragt – Vogelhuber, die Obermüllers, Gertrud Wichmann und natürlich Dr. Friedländer und seine Mutter.« Der junge Arzt, der sich nach Frankreich zum Lazarettdienst gemeldet hatte, und die auf eine leise Art vornehme Dame waren Stammgäste der ersten Stunde und bestanden darauf, ihre Zeche auf Heller und Pfennig zu begleichen, sosehr sich Achille und Susanne auch sträubten. »Es kommt mir nicht vor, als würde irgendwer dir etwas ankreiden.«

»Lass uns nichts riskieren«, erwiderte er in jenem müden Tonfall, in dem er jetzt allzu oft sprach. »So leid es mir tut, dass ich dich mit der ganzen Bagage allein lasse.«

»Das tust du ja nicht«, sagte sie ruhig. »Da du für alles gesorgt hast, kommen wir bestens zurecht. Mir tut es nur für dich leid, dass du glaubst, du müsstest dich in deinem eigenen Haus verstecken. Und ich vermisse dich.«

Er sah auf den Fluss und nahm ihre Hand. »Ich vermisse dich auch.«

»Achille, ich will morgen zu Ludwig gehen und ihn bitten, mir das Geld auszuzahlen«, sagte sie. »Ich nehme an, er wird sich freiwillig melden, und wenn er weg ist, ist es zu spät.«

»Traust du ihm nicht?«, fragte Achille verwundert. »Soweit ich weiß, hat er sich immer als vertrauenswürdig erwiesen.«

»Ich vertraue ihm in allen Dingen«, sagte Susanne. »Nur habe ich nie zuvor Geld besessen und möchte mich um dieses selbst kümmern.«

»Oha«, machte er.

»Bist du nicht einverstanden?«

»Susanna, ich habe nicht den mindesten Grund, mit etwas, das du planst, nicht einverstanden zu sein. Wie willst du das Geld denn anlegen?«

»In Bier«, sagte sie.

Sie standen Seite an Seite auf ihrer Terrasse, hielten sich bei den Händen und blickten in dieselbe Richtung. Der sich wölbende Himmel war klar, nicht ein Wind regte sich, doch den Sturm, der sich über ihnen zusammenbraute, spürten beide. »Bier«, wiederholte Achille nach einer Weile.

»Ich kaufe bei Gruber auf, was er mir an malzbetonten Dunkelbieren mit hohem Alkoholgehalt gibt. Wir haben dieses riesige Kellergewölbe, von dem wir noch nicht einmal selbst wissen, wie weit es eigentlich reicht. In Regensburg hält sich ja hartnäckig der Glaube, die Keller würden eine Art Netzwerk aus Katakomben bilden. In jedem Fall ist der unsere trocken und kühl. Dort unten kann ich solche Biere jahrelang lagern. Sie sind wie Wein, ihr Aroma entfaltet sich mit der Zeit.«

»Und warum willst du so viel haltbares Bier in unserem Kellergewölbe lagern?«

»Weil Hopfen geerntet werden muss«, sagte Susanna. »Weil Bier gebraut werden muss und weil all dies Männer tun, die jetzt Soldaten werden. Wenn es kein Brot mehr gibt, ernährt sich der bayerische Mensch vom Bier, aber wenn es kein Bier mehr gibt, verzweifelt er. Wir haben Wein und Grappa genug, um eine Weile durchzuhalten, und wenn wir noch Bier haben, werden wir den Krieg schon überstehen.«

»Wie lange glaubst du denn, dass er dauert?«

»Ich weiß nicht«, sagte sie. »Vom Krieg verstehe ich nichts, und es macht mir Angst, dass alle, die jetzt tönen, auch nichts davon verstehen. Einen solchen Krieg hat es ja noch nie gegeben. Deshalb gehe ich vom schlimmsten Fall aus.«

Er legte den Arm um sie und zog sie an sich, ohne den Blick vom Fluss zu wenden, auf dessen Schwarz jetzt kein Licht mehr glitzerte. »Ich frage dich nicht, was du für den schlimmsten Fall hältst, weil ich glaube, ich will das lieber nicht wissen. Aber ich hatte recht mit dem, was ich gesagt habe: Es gibt für mich nicht den geringsten Grund, mit etwas, das du planst, nicht einverstanden zu sein.«

Sie räumten die Stühle ins Haus und sperrten ab, löschten ihre Laterne aber nicht aus. »Lassen wir sie wieder die Nacht hindurch brennen«, sagte Achille. »Es kommt mir vor, als könnte die ganze Stadt ein Licht gut brauchen.«

Als sie am Morgen zurück ins Restaurant kamen, fanden sie die Laterne zerschlagen auf den Brettern der Terrasse. Sie musste heruntergerissen, das geschmiedete Gehäuse verbogen und das Glas zertrümmert worden sein.

Erst viel später kam Susanne zu Ohren, Edward Grey, der britische Außenminister, der mit seinem Kampf um den Frieden gescheitert war, habe in der Dämmerung desselben Abends an seinem Fenster gestanden, dem Mann zugesehen, der auf der Straße die Laternen anzündete, und zum Redakteur einer Zeitung gesagt: »In ganz Europa gehen jetzt die Lichter aus. Solange wir leben, werden wir nicht sehen, wie sie wieder angezündet werden.«

31

Mai 1915

Tullio war erst zwei Jahre alt, und er war ein stilles Kind, das Fremden sein Lächeln schenkte, jedoch selten mit ihnen sprach. Stundenlang vermochte er, in einem Winkel der Restaurantküche zu sitzen und sich mit einem Spielzeug zu beschäftigen, ohne ein Wort von sich zu geben. War er jedoch mit seinen Eltern allein, sprach er in ihren beiden Sprachen wie ein wesentlich älteres Kind.

Er war glücklich, auch wenn er still war. Oft, wenn Susanne in die Küche hastete, um ein Tablett mit Bestellungen abzuholen, sah sie ihn dort ins Spiel vertieft und hörte ihn still in sich hineinlachen. Jetzt, da sein Vater nicht mehr vorn bei den Gästen arbeitete, war er es, der Tullio in ihrer Wohnung zu Bett brachte. Susanne ließ es sich jedoch nie nehmen, für ein paar Minuten hinaufzueilen, um ihm Gute Nacht zu wünschen, ehe Golda kam. War er zugedeckt und hatte sein Lied vom kleinen Esel gehört, beugten Achille und sie sich über sein Bett, und Achille sagte: »*Ti voglio bene, picinino.*«

Diese italienische Art, zu jemandem *ich hab dich lieb* zu sagen, bedeutete wörtlich: *Ich will dir gut.*

»*Lo so, babbo*«, antwortete Tullio. *Ich weiß, Papa.*

Susanne sagte: »Ich hab dich lieb, mein Kleiner.«

Und Tullio antwortete: »Ich weiß, Mammina.«

Das war sein Geheimnis. Er wusste, dass er geliebt wurde. Er war so, wie Konrad gewesen war: sich seiner selbst ganz sicher, ganz in sich geborgen.

Von den Anfeindungen, die vor allem in den ersten Wochen nach Kriegsausbruch vorgekommen waren, hatte Achille ihn abgeschirmt. Inzwischen hatten die Wogen sich geglättet. Schließlich zog Deutschland nicht gegen Italien, sondern gegen Frankreich in den Krieg, und der Zorn richtete sich gegen Belgien, das dem Heer den Marsch durch ihr Territorium verweigert hatte. »Geschieht ihnen recht«, wetterten die selbst ernannten Volksredner auf öffentlichen Plätzen. »Hätten die verdammten Belgier keinen solchen Aufstand gemacht, würden jetzt nicht ihre Städte brennen.«

Die brennenden Städte ließen die Regensburger nicht kalt. Die Sint-Pieterskerk in Löwen, die in Flammen aufgegangen war, war so alt wie der Dom ihrer eigenen Stadt, und die Vernichtung der mittelalterlichen Bibliothek mit ihren über tausend Handschriften konnte keinem kultivierten Europäer gleichgültig sein.

Friedrich Heidenreich, ein Freund Eugen Obermüllers, der es bei der Post zum Amtsvorsteher gebracht hatte, war seit dreißig Jahren mit einer hübschen, blonden Belgierin verheiratet und hatte mit ihr drei inzwischen erwachsene Kinder. Er liebte sie sehr und prahlte gelegentlich im Ponte vor seinen Kollegen damit, dass sein Mareilchen mit ihren fünfzig Jahren noch immer so proper und fesch aussah wie als junge Schneiderstochter in Leiden.

Dieses Mareilchen, die wie eine aus Stadtamhof bayerisch schimpfen konnte und an Feiertagen gern im Dirndl ging, wurde an einem regnerischen Morgen auf dem Weg vom Markt überfallen, ihr Kleid zerrissen, der Korb mit Einkäufen ausgeschüttet und sie selbst in den Rinnstein gestoßen, wo sie im schmutzigen Pfützenwasser liegen blieb. Die Täter, eine Horde junger Männer, flüchteten, ohne dass jemand sie aufhielt. Mareilchens Mann kam tags darauf nicht ins Ponte, aber Eugen Obermüller berichtete: »Der Friedrich fei, der hat geweint wie a Kind, dem's sein Kasperl zerbrochen haben. Der wird mir narrisch, hab ich gedacht. Oder er geht und bringt einen um.«

Wenig später verkauften die Heidenreichs ihr Haus und zogen aus Regensburg fort. Friedrich Heidenreich hatte erklärt, er könne in einer Stadt, die die Mutter seiner Söhne wie Dreck in den Rinnstein geworfen hatte, nicht länger leben und für die reibungslose Zustellung der Post sorgen.

Susanne wusste, dass der Vorfall Achille Angst machte, doch er bemühte sich, es ihr nicht zu zeigen. Sie hörte ihn hinter ihrem Rücken mit den Angestellten reden, sie beschwören, ein Auge auf sie zu haben. Er war Italiener, er hatte kein Talent, etwas subtil und im Verborgenen zu tun. »Ich bin keine Belgierin«, sagte sie, um ihn zu beruhigen. »Auf mich hat niemand Grund, wütend zu sein.«

»Und welchen Grund hat jemand, auf das arme, kleine Belgien wütend zu sein?« fragte Achille. »Es ist hinterrücks überfallen worden wie Mareilchen Heidenreich und steht vielleicht nie wieder auf. Ich will, dass du auf der Hut bist. Nimm jemanden mit, wenn du Besorgungen machst, oder schick besser gleich Benno.«

Benno war der letzte der Vettern, der ihnen geblieben war. Franz und der erst siebzehnjährige Andreas waren an die Front nach Nordfrankreich geschickt worden. Zusätzlich hatten sie einen Mann namens Degenhardt eingestellt, der das wehrfähige Alter hinter sich hatte. Er war langsam, immer schlecht gelaunt und predigte einem jeden, warum er dieses nicht trinken und jenes nicht essen sollte. Die Gäste aber fanden ihn amüsant, und früher oder später bekam doch jeder, was er bestellt hatte.

Ludwig, der sich wie erwartet freiwillig gemeldet hatte, war ebenfalls in Nordfrankreich, wurde aber nach dem, was Susanne hörte, vorwiegend in der Etappe bei Schreibarbeiten eingesetzt. Der berüchtigte Grabenkrieg blieb ihm erspart. Max hingegen war mit seiner Division vor der belgischen Stadt Ypern stationiert, die von Franzosen und Engländern erbittert verteidigt wurde. Die Einheiten, die dort unter dem Befehl von Prinz Rupprecht standen, stammten sämtlich aus dem Königreich Bayern und hatten die Stellung, in der sie sich in einem Labyrinth aus Schützengräben verschanzt hatten, Bayernwald genannt.

Vevi war krank vor Angst um ihn. Sie kam zuweilen auf einen Kaffee ins Ponte, um ihre Schwägerin zu unterstützen, und Susanne rechnete es ihr hoch an. Dennoch drängte sie sie, zu Hause zu bleiben, denn Vevi war nicht mehr sie selbst. Sie hatte dieses Strahlende, Pumperlgesunde verloren, für das ihr einst die Herzen der Burschen zugeflogen waren. Lachen sah man sie nie, sie aß ohne Appetit und brach bei der kleinsten Erschütterung in Tränen aus.

»So lieb du es meinst und so gern ich dich hier habe, du brauchst wirklich nicht ständig vorbeizukommen«, sagte Susanne. »Du siehst ja, es geht uns gut. Die, die sich an Achilles Herkunft stören, sind zumeist ohnehin an der Front, und der Rest, der uns die Treue hält, verzehrt mehr als genug.«

Zu spät sah sie, dass Vevis Augen sich mit Tränen füllten. »An der Front«, presste sie heraus. »All diese jungen Männer sind an der Front, und am Portal vom Alten Rathaus drängen sich Mütter vor den Gefallenenlisten und suchen nach den Namen ihrer Kinder.«

»Es ist, als ob sie aus Glas wäre«, sagte Susanne zu Achille. »Zu zerbrechlich, um das Leben auszuhalten. Meinst du, sie ist krank?«

»Oder sie ist die Einzige von uns, die noch gesund ist«, wandte Achille ein.

Als die Blätter von den Bäumen fielen, war keiner der Männer zurück, und als im Frühling neue sprossen, kamen nur die, die zum Kampf nicht mehr zu gebrauchen waren. In der Maximilianstraße, vor dem Dom und am Rathaus kauerten jetzt Einbeinige, Blinde und Entstellte in Hauseingängen, um zu betteln.

Im April versuchten die deutschen Truppen vor Ypern erneut, die feindlichen Stellungen zu durchbrechen, und setzten dabei zum ersten Mal in der Geschichte ein Giftgas ein. Das Gas war von einem Chemiker namens Fritz Haber entwickelt worden, der dessen Einsatz vehement propagiert hatte. Es sollte in der Lage sein, Tausende von feindlichen Soldaten auf einen Schlag zu töten.

Mit der Verwendung des Gases verstieß Deutschland gegen die Haager Konventionen, die es 1907 unterzeichnet hatte. Der Krieg schien damit endgültig zu einem entfesselten Monster geworden zu sein, für das keine Regeln, keine Skrupel, keine Tabus mehr galten. Über die Wirkung des Gases gab es eine Menge Gemunkel, und der Jubel über den Sieg blieb still. Gertrude Wichmann, deren Base als Krankenschwester beim Roten Kreuz tätig war, berichtete, die Lungen der Opfer seien regelrecht ausgebrannt worden, ihre Gesichter vom Chlorgas weggefressen und nicht länger kenntlich.

»Bei aller Pflicht und Vaterlandsliebe«, sagte Gertrude Wichmann, die bei einem jetzt Schokoladenkaffee genannten und mit Kunsthonig gesüßten Bicerin in der Frühlingssonne auf der Terrasse saß. »Das geht zu weit. Menschenwesen vergast man nicht wie Ungeziefer, und wer immer den Befehl dazu gegeben hat, der sollte sich was schämen.«

Susanne, die sich von den Meldungen im Innersten erschüttert fühlte, nickte, obwohl sie sich sonst jeder Meinungsäußerung enthielt. Sie hatte nicht gesehen, dass Vevi auf die Terrasse getreten war.

»Sich schämen!«, rief die Schwägerin so laut, dass die beiden Polizisten, die nach der Jause aus der Wurstkuchl kamen, stehen blieben und die Ohren spitzten. »Ihr verlangt, die Männer, die zu einer solchen Tat gezwungen waren, sollten sich schämen? Ja, was glaubt ihr denn? Du, Suse, was glaubst denn du von deinem Bruder, von diesem herzensguten Kerl, der im Leben keinem Wesen ein Haar gekrümmt hat? Meinst du wirklich, der braucht zum Schämen eure moralische Entrüstung? O nein. Der Maxl schämt sich schon von selbst so abgrundtief, dass er nie wieder derselbe Maxl sein kann, der er gewesen ist. Wie er mit so etwas auf dem Gewissen überhaupt weiterleben soll, das sage mir Gott!«

Bei den letzten Worten brach sie in Tränen aus. Susanne eilte zu ihr, zog sie in die Arme und war Gertrude Wichmann unendlich dankbar, weil diese die argwöhnisch heranpirschenden Polizisten aufhielt. Im Ton einer Volksschullehrerin erklärte sie ihnen, die Dame sei die Gattin des tapferen Leutnant Märzhäuser – »Märzhäusers Märzen, das ist zwei Regensburgern wie Ihnen ja sicher ein Begriff« – und man dürfe es ihr nicht verübeln, dass ihr aus Sorge um den Liebsten die Nerven durchgingen.

Gertrudes Mann, obwohl bereits über vierzig Jahre alt, stand ebenfalls im Feld. Er war mit seiner Einheit in Galizien, und sie hatte seit Wochen keine Nachricht von ihm. Susanne dachte an Achille, der mit ihrem Sohn in der Küche *Gnocchi* knetete, und Bewunderung wallte in ihr auf. Regensburg, die jahrtausendealte Stadt der Herren, war eine Stadt der Frauen geworden, und sie hätte all diesen Frauen sagen wollen, dass sie sich großartig schlugen.

Sie führte Vevi ins Haus, vorbei an den Nachmittagsgästen, die die Saftigkeit ihres Kuchens genossen. Milch, Fett und Eier waren seit Beginn des Jahres rationiert, aber Loibner und Achille waren wahre Meister im Ersetzen. Glücklicherweise war Loibner gleich zu Anfang ausgemustert worden. Angeblich litt er an erblicher Fallsucht, worüber er sich vor Lachen hatte ausschütten wollen.

Susanne schob Vevi am Tresen vorbei in einen Winkel des Hofs und hielt ihr eine Schachtel Zigaretten hin.

»Du rauchst?«, fragte Vevi verblüfft.

»Himmelherrgott, nein, mein Mann würde mich auf der Stelle verstoßen. Er ist überzeugt, jeder Konsum von Rauchwaren verderbe die Feinheit der Geschmacksnerven. Die Zigaretten hat mir

Benno gegeben. Er sagt, sie helfen in akuten Notfällen, in denen wir nicht schnell genug an Grappa kommen.«

Tatsächlich hatte Susanne Zigaretten aus der zerdrückten Schachtel schon der Braut eines Postbeamten angeboten, der als vermisst galt, und ebenso der Frau von Schlachtmeister Vogelhuber, deren fünfzehnjähriger Jüngster sein Geburtsdatum gefälscht und sich an die Ostfront gemeldet hatte. Ob der Rauch wirklich half, wusste sie nicht. Aber sie war sicher, dass die Fürsorge half, die eine Frau einer anderen schenkte, so wie einst Mamma Donatellas bestickte Nachthemdkanten ihr geholfen hatten.

»Rauchende Frauen.« Vevi griff nach der Zigarette, die Susanne für sie aus der Schachtel geklopft hatte. »Das hätte sich vor dem Krieg auch keine von uns träumen lassen.«

»Vevi, was ist mit dir los?«, fragte Susanne. »Ich weiß, Max ist da draußen, in diesem Irrsinn aus Minen und Granaten, und wenn es Achille wäre, würde ich vermutlich keine Nacht schlafen. Aber ich würde weiterkämpfen und das alles hier erhalten wollen, bis er wiederkommt. Du warst immer die Stärkste von uns, die Lebensfrohste, die an das Gute in der Welt glaubt. Was ist mit dir passiert, dass davon nichts mehr übrig ist?«

Vevi zog an der Zigarette, hustete und zog dann noch einmal. »Sybille hat mich das auch gefragt«, sagte sie. »Sybille mit ihren blauen Augen.«

»Was haben Sybilles blaue Augen damit zu tun?«

»Nichts«, antwortete Vevi. »Ich komme mir nur vor Sybille so schäbig vor, weil ich nicht stärker bin. Du hast ja recht. Die Angst, die ich um meinen Max habe, teilen Millionen von Frauen, und die sitzen nicht in einem warmen, kommoden Haus voller Dienstboten, sondern wissen nicht, woher morgen das Brot kommt. Aber sooft ich mir das zu sagen versuche, zischt diese Stimme in mir: *Na und? Die haben Kinder. Selbst die arme Bille und die arme Suse. Nur du hast keins.*

Wenn mein Max aus diesem Krieg nicht zurückkommt, ist von ihm und unserer Liebe nichts übrig. Kein kleiner Tullio, kein kleiner Seppi, und das ist meine Schuld.«

Sie warf die Zigarette weg und begann wieder zu weinen.

Es nützte nichts, ihr zu sagen, dass es nicht ihre Schuld war. Noch weniger nützte es, ihr zu sagen, Max werde ganz sicher zurückkommen, denn niemand wusste das. Susanne zog sie an sich, das war alles, was sie tun konnte. In diesen Tagen, aus denen Wochen und Monate wurden, lagen sich eine Menge Leute in den Armen, die es zuvor für degoutant und schlichtweg unmöglich gehalten hatten.

In der Nacht des 3. Mai rissen unbekannte Täter einen Stein aus dem Pflaster und warfen das große, zur Donau gerichtete Fenster des Ponte ein. Als Susanne und Achille am Morgen mit Tullio herunterkamen und die Zerstörung entdeckten, brach der kleine Junge in Tränen aus. Auf dem Sims hatte ein fingerhutgroßer Topf mit einem Veilchen gestanden, das Susanne am Vortag mit ihm eingetopft hatte, daneben der Zinnsoldat von Onkel Ludwig, der jedoch unversehrt geblieben war.

Susanne und Achille ließen das Restaurant geschlossen, steckten Tullio kurzerhand in seine Sonntagskleider und gingen mit ihm zum Kaufhaus Hammer hinter der Neuen Wache am Neupfarrplatz. Wenige Wochen vor Kriegsausbruch hatte der Inhaber im Untergeschoss seine brandneue Spielwarenabteilung eröffnet. Im mit der Reichsflagge geschmückten Schaufenster waren Armeen von Zinnsoldaten ausgestellt, dazu eine Kinderuniform und ein Würfelspiel, bei dem der Sieger am Ende Paris eroberte. An den Schaufenstern klebte ein Werbeplakat.

Zeichne Kriegsanleihen. Unsere Helden brauchen dich.

Das Kaufhaus galt als elegantestes Geschäft Regensburgs, und selbst jetzt, da die Kriegswirtschaft zahlreiche Waren beschlagnahmt hatte, fühlte sich Susanne von dem Glanz, der ihr entgegenschlug, geblendet. Sie war nie hier gewesen, weil die Preise ihre Möglichkeiten überstiegen. Heute aber hatte Achille sich alles Geld aus der Kasse in die Hosentaschen gestopft und zu Tullio gesagt: »Du kannst haben, was du willst. Such dir aus, was dir am besten gefällt, und du bekommst es.«

Tullio ging zwischen ihnen und blies weltvergessen auf der Vogelpfeife, die Susanne ihm auf der Dult gekauft hatte.

Die Spielwarenabteilung war ein Kindertraum, der auch Erwachsene in ihre Kindheit zurückversetzte. Beim Vorbeiflanieren an Puppenhäusern, Steckenpferden, modernen Brummkreiseln und traditionellem Kasperltheater erinnerte Susanne sich an die Abende vor Weihnachten, an denen sie davon geträumt hatte, etwas von all der Pracht unter dem Baum zu finden. Bekommen hatte sie Bett- oder Tischwäsche für ihre Aussteuer, von der sie nicht wusste, was aus ihr geworden war.

»Nimm nichts Vernünftiges«, sagte sie zu Tullio, obwohl der Kleine das unmöglich verstehen konnte. »Nimm das, wovon du träumst.«

Tullio stapfte an Reifen und Bällen, einem Kaufmannsladen und einem Stapel Würfelspiele zielstrebig vorbei und streckte die Arme nach einem honigfarbenen Bären der Firma Steiff aus, der ganz oben auf einer Pyramide weiterer Plüschtiere thronte. Im selben Augenblick rief ein helles Stimmchen hinter ihnen: »Tante Susanne! Tullio! Schaut, hier sind wir.«

Susanne fuhr herum und sah am Ende des Gangs Mechthild mit ihren Töchtern stehen. Die Schwägerin drehte sofort den Kopf zur Seite, und eines der Mädchen war von einem prächtigen, weiß lackierten Puppenwagen abgelenkt. Das andere hüpfte jedoch in die

Höhe, strahlte und winkte, als wäre diese Begegnung ihr größtes Glück.

Helene.

Auf einmal wusste Susanne nicht mehr, warum es ihr schwergefallen war, ihre beiden Nichten auseinanderzuhalten.

»Ich habe Geburtstag, Tante Susanne! Bei der Mama ist das Geld knapp, aber ich darf mir trotzdem was aussuchen.«

»Wirst du wohl still sein«, fauchte Mechthild und drohte ihrer Tochter mit der Hand. »Ein Kind, das sich nicht benehmen kann, bekommt gar nichts.«

»Ich hab auch Geburtstag«, nuschelte Holdine, die an einer Klingel am Griff des Puppenwagens spielte. »Ich will das für meine Püppi.«

Die zur Drohung gegen Helene erhobene Hand sauste nieder, hielt jedoch kurz vor Holdines Hinterteil inne. »Und du unverschämtes Ding bekommst auch nichts. Euer Vater ist im Krieg, und ihr habt nichts anderes im Kopf als Geld verprassen.«

»Lene! Lene!« Tullios kleine Schritte trommelten durch den Gang, und seine Stimme war eine glückliche Fanfare. In seinen Armen hielt er den Honigbären, den Achille ihm inzwischen von der Pyramide gefischt hatte und der nicht wesentlich kleiner war als er selbst. »Lene, guck! Bär! Davon Tullio träumt.«

Helene lief ihm entgegen, blieb stehen und streichelte sehnsüchtig erst über den Kopf des Bären, dann über den ihres Vetters. »Ist der schön, Tulli. Und so weich.«

»Lene, Lene.« Tullio lächelte selig zu ihr auf. Helene schlang die Arme um ihn und den Bären zugleich.

Dass die beiden Kinder sich bei ihren wenigen gemeinsamen Ausflügen so lieb gewonnen hatten, hatte Susanne nicht bemerkt. Auf die Idee, sie könnten sich nacheinander sehnen, wäre sie nie gekommen.

Achille betrachtete die beiden geradezu entrückt. Dann straffte er sich und sprach eine Verkäuferin an: »Fräulein, ich bitte Sie – haben Sie von diesen Bären noch einen im Lager?«

»Den großen Steiff-Bären meinen Sie? Das ist unser schönstes Stück.«

»Genau den. Wir hätten gern zwei davon. Und für die junge Dame dort drüben bitte den Puppenwagen mit der Klingel. Von Onkel und Tante. Zum vierten Geburtstag.«

Sie würden kein Geld mehr übrig haben. Von den Einnahmen des Wochenendes keinen einzigen Pfennig.

Mechthild lief dunkelrot an, und Susanne war sicher, dass sie die Geschenke ablehnen würde. Die Schwägerin aber murmelte kaum hörbar einen Dank, schnappte sich ihre Töchter samt den von der Verkäuferin in Glanzpapier gewickelten Paketen und verließ in aller Hast das Geschäft.

Tullio gestattete nicht, dass sein Bär eingewickelt wurde. Stolz trug er das Spielzeugtier in den Armen, während er zwischen seinen Eltern das Kaufhaus verließ. Es war ein weiterer dieser Momente, in denen Susanne sicher war, die reichste Frau auf der Welt zu sein.

Als sie an der Wurstkuchl vorbeigingen und ihr Restaurant in Sicht kam, fanden sie die Terrasse gefüllt von überwiegend älteren Frauen, die Scherben zusammenfegten und vor das Loch in der Scheibe mit aller Sorgfalt Leintücher klebten.

»Herr und Frau Giraudo!« Eine der besenschwingenden Damen blickte auf und entpuppte sich als Leontine Friedländer, die Mutter des Arztes. »Ich hoffe, Sie haben nichts dagegen, dass wir hier etwas aufräumen. Ein Patient meines Sohnes hat eine Glaserei. Sein Meister kommt nachher vorbei und setzt neues Glas ein. Außerdem würde ich gern eine Reservierung vornehmen, wenn es recht ist. Ich darf uns vorstellen? Unser Frauenverein Chewras Noschim feiert morgen sein fünfzigjähriges Bestehen. Wäre es möglich, einen Tisch für vierzehn Personen zu bestellen, zu einem festlichen Abendessen, drei Gänge samt Wein und Kaffee?«

Der Akt der Solidarität war mit Geld nicht zu bezahlen. Leontine Friedländer war eine angesehene Bürgerin, ein wichtiges Mitglied der jüdischen Gemeinde, und der Wohltätigkeitsverein Chewras Noschim strickte für die Soldaten an der Front und sammelte Geld für Kriegerwitwen und Waisen. Am meisten aber fiel ihr Sohn ins Gewicht, der sich jahrelang für die medizinische Versorgung der Armen aufgeopfert hatte und jetzt im Feld Verwundete versorgte.

Wenn seine Mutter sich im Ponte zeigte, konnte daran nichts Unpatriotisches sein. Die zerschlagene Scheibe würde keine Folgen haben, ihre Gäste würden zurückkommen. Als Susanne sich bedankt hatte und ging, um ihr Reservierungsbuch zu holen, sah sie am Rand der Terrasse eine Frau stehen, die sichtlich nicht zu den anderen gehörte und statt eines Hutes einen Schal um den Kopf gewickelt trug. Ihr Blick folgte Tullio, der Leontine Friedländer mit einem stummen, stolzen Lächeln seinen Bären zeigte. Es war ihre Mutter. Kaum bemerkte sie, dass Susanne sie entdeckt hatte, machte sie auf dem Absatz kehrt und eilte davon.

Den Grund für den Steinwurf erfuhr Susanne aus den Abendausgaben der Zeitung. Sie hatten beschlossen, das Restaurant an diesem Tag nicht mehr zu öffnen, und gönnten sich eine familiäre Mahlzeit zu dritt. Achille hielt Tullio auf dem Schoß und fütterte ihn mit klein geschnittenen Tomaten-Spaghetti, und Tullio hielt seinen Bären auf dem Schoß und fütterte diesen. Susanne überflog die Schlagzeilen und las die interessantesten vor, wie sie es immer hielten, wenn sie unter sich waren.

Als sie die Nachricht entdeckte, stockte ihr die Stimme. Sie schob sie stumm zu Achille hinüber und war im selben Atemzug sicher, er hatte es schon den ganzen Tag gewusst: Italien hatte den Dreibund mit Deutschland und Österreich aufgekündigt. Es würde den Mittelmächten nicht in den Krieg folgen, sosehr diese auf Verstärkung angewiesen waren.

Die Rede war von geheimen Verträgen. Niemand wusste Genaues, und umso mehr Vermutungen kursierten. London sollte Rom geradezu sensationelle Versprechungen gemacht haben: Nach einem Sieg der Entente würde Italien das Gebiet von Tirol bis hin zum Brenner erhalten, dazu Triest und Istrien mit Ausnahme der Stadt Fiume. Darüber hinaus würden Briten und Franzosen den Italienern die bereits besetzten Territorien in Libyen und die ägäischen Inseln des Dodekanes garantieren.

Das Gespräch darüber mussten sie verschieben, denn es war für die Ohren ihres Kindes nicht geeignet. »Das ist doch nicht möglich«, sagte Susanne zu Achille, sobald Tullio mit seinem Bären in den Armen eingeschlafen war. »Die Briten verschenken halb Europa dafür, dass Italien ganz genau nichts tut?«

»Nein.« Achille hatte an Tullios Kinderbett gestanden und dessen Streben so fest umklammert, dass seine Fingerknöchel weiß heraustraten. Ehe der kleine Junge eingeschlafen war, hatte er verkündet, sein Bär, von dem er geträumt hatte, solle Babbo heißen.

»Aber einen Babbo hast du doch schon«, hatte Achille gesagt.

»Babbo immer haben«, hatte Tullio erwidert, den Bären umschlungen und die Augen geschlossen.

Jetzt riss Achille sich von dem Bettchen los und drehte sich nach ihr um. »Nein«, sagte er. »Dafür, dass einer nichts tut, haben die Briten nichts zu verschenken. Hast du eigentlich gehört, dass der *Avanti!* im Herbst seinen Chefredakteur gefeuert hat? Diesen Schreihals Mussolini. Er war den Sozialisten wohl doch zu sehr Kriegstreiber, er klang ja bald wie D'Annunzios plumpes Echo. Jetzt hätten sie ihn vielleicht gerne wieder, aber er hat seine eigene Zeitung gegründet. *Il Popolo d'Italia.* Darin schreibt er von leuchtenden Maitagen, in denen der italienische Arbeiter den Spaten stecken lässt und das Gewehr schultert.«

Das klang in der Tat nach einem plumperen D'Annunzio. Und es machte ihr Angst. »Was hat das zu bedeuten?«, fragte sie. »Dass ich gehen muss«, sagte Achille. »Abreisen, solange es noch möglich ist. Italien tritt in den Krieg ein. An der Seite der Entente. Dieser Londoner Vertrag mag streng geheim sein, aber was davon durchsickert, könnte nur ein Depp anders deuten.«

Er war so unglaublich bayerisch geworden, nannte einen Dummkopf nicht mehr *idiota*, sondern Depp, und rief dem Loibner *»Pfüat di«* hinterher, wenn dieser sich auf den Heimweg machte. Aber er war kein Bayer. Seit Krieg herrschte, genügte es nicht länger, in Bayern zu leben, bayerische Kinder aufzuziehen oder im Lodenmantel fesch auszusehen, um dazuzugehören. Aus Mareilchen Heidenreich war über Nacht wieder eine Belgierin geworden, und Achille Giraudo war ein Italiener.

»Das geht nicht, Achille«, sagte sie. »Du kannst nicht nach da draußen ziehen, in diese Hölle, wo Granaten Menschen zerfetzen, und gegen meine Brüder kämpfen.«

»Nein«, sagte Achille, »das kann ich nicht. Wenn ich einem deiner Brüder gegenüberstünde, müsste ich meine Waffe niederlegen. Aber ich kann auch nicht hierbleiben und den Drückeberger geben, wenn mein Land mich jetzt ruft.«

»Zum Teufel, sprich nicht wie D'Annunzio!«, schrie sie los.

Mit zwei Sätzen war er bei ihr, nahm sie am Arm und zog sie hinaus auf den Korridor. Sachte schloss er die Tür hinter sich, um Tullios Schlaf zu schützen. Susanne starrte an ihm vorbei an die frisch tapezierte Wand. Stück für Stück nahm ihre Wohnung Gestalt an. Das Heim ihrer Familie. An die kaum trockenen Wänden waren bereits gekritzelte Zeichnungen von Tullio gepinnt, und im Arbeitszimmer stapelten sich ihre Bücher und Zeitungen.

Im Nu flog ihr Leben an ihr vorbei. Sie sah sich selbst, wie sie die Tür dieser Wohnung aufschloss, auf die Geräusche der Menschen, die sie liebte, lauschte und aufatmete, sobald deren Duft ihr entgegenschlug. Sie dachte daran, wie sie noch an diesem Morgen gewusst hatte, dass sie die reichste Frau der Welt war, und daran, wie sie am Ende eines harten Tages zu sich sagte: *Was macht das schon? Wir sind zusammen, und morgen ist ein neuer Tag.*

Es war ihr ganz gleich, gegen wen er kämpfte. Sie wollte nicht ohne ihn sein. Sie wollte nicht, dass er starb.

»Ich muss gehen, Susanna«, sagte er. »Wenn ich es nicht tue, kann ich in mein Land nicht mehr zurück.«

»Und weshalb solltest du dorthin zurückwollen?«, herrschte sie ihn an. *Um Emilia zu sehen?* Aber das war ja Unsinn, Emilia war doch schon längst nicht mehr wahr.

»Ich muss wissen, dass ich es könnte«, sagte er. »Ich bin nicht fähig, es dir zu erklären, aber ich kann nicht vor meinem Sohn stehen und ein Mann ohne Vaterland sein.«

»Aber vor deinem Sohn stehen und wissen, dass du ihn in der Früh verlassen wirst, kannst du?« Sie schrie noch immer, dabei hatte sie ihn längst verstanden. Er war ein Mann, er wollte ein ordentlicher Mann sein, und dass er auf der falschen Seite stand, war nur ein übler Bubenstreich des Schicksals. Er war genau wie ihre Brüder, wie alle Männer in Deutschland, Italien, Russland, Frankreich, Österreich, England und im Osmanischen Reich. Man hatte sie nicht widerstrebend und zappelnd an die Front schleifen müssen. Sie waren aus freien Stücken in die Züge gestiegen und hatten dabei gesungen und gelacht.

»Könntest du das?«, fragte er geradezu flehend. »Mit einem Mann leben, der sein Land verrät?«

»Ja«, sagte sie, »aber das nützt uns nichts, denn du kannst dieser Mann nicht sein. Was wird mit dem Ponte?«

»Für das Ponte ist es besser so. Du wirst eine von den vielen tapferen Frauen sein, die ihre Kinder aufziehen und die Stellung halten,
und ich bin eben einfach nicht mehr da. Bastian Loibner war heute
noch einmal auf dem Musterungsamt, hat seine Fallsucht vorgeführt
und ist weggeschickt worden. Er bleibt dir erhalten, und zu seiner
Unterstützung könnten wir eine Frau einstellen. Benno hätte eine
Schwester, die sich über den Verdienst freuen würde.«

»Was für Verwandte hat Benno eigentlich nicht?«

»Andreas ist tot«, erwiderte Achille dumpf. »In den Masuren.
Solange er als vermisst galt, hat Bennos Tante sich an der Hoffnung
festgehalten, doch gestern kam das Telegramm.«

Susanne schluckte trocken. »Sie sollen alle kommen. Bennos
Schwester, seine Tante, wer auch immer. Ich eröffne ein Trauerhaus
für daheimgebliebene Frauen, und nebenher bekommen wir auch
das Restaurant geschmissen.«

»Susanna …« Er stützte sich an der Wand ab, schluckte dann aber,
was er noch hatte sagen wollen.

»Passt schon«, sagte sie.

»Ist das dein Ernst?«

»Wenn ich nicht weiß, ob ich dich wiedersehe, kann ich dich doch
nicht mit einem bösen Wort ziehen lassen«, erwiderte sie.

32

Oktober 1917

Wenn die Blätter von den Bäumen fallen, seid ihr zurück, hatte der Kaiser gesagt, ehe im strahlenden August Millionen von Männern an die Front gefahren waren. Inzwischen waren die Bäume am Donauufer zum vierten Mal fast kahl, doch noch immer war Regensburg eine Stadt der Frauen.

Eine Stadt der Frauen und Kinder, der Kranken und Kriegsversehrten und der alten Leute.

Susanne konnte froh sein, dass sie Loibner, Benno und Degenhardt in all der Zeit hatte behalten dürfen. Hinzu kamen Bennos Tante Bertha, die ihren Sohn verloren hatte, und seine Schwester Veronika, ein schweigsames Mädchen mit dunklen Zöpfen, das mit geschickten Händen seine Arbeit tat.

Sie kamen zurecht, auch wenn es fast nichts mehr zu essen gab. Vor den Geschäften mit ihren leeren Auslagen standen Frauen Schlange, bis die Bäckerin, die Gemüsefrau oder Schlachterin heraustrat und verkündete, es sei alles ausverkauft. Bis auf wenige Ausnahmen – Steckrüben, Kohlrüben, Graupen – waren sämtliche Waren rationiert. Kaffee wurde mit Zichorie gestreckt, bis nur noch Zichorie übrig blieb. Brot bestand aus Reismehl und schmeckte auch dann noch widerlich, wenn man es mit Margarine und Ersatzmarmelade aus Roter Bete bestrich. Bis es auch keine Margarine mehr gab und man sich danach zurücksehnte.

Seit die Vereinigten Staaten in den Krieg eingetreten waren, waren auch die letzten Exporte zum Erliegen gekommen. Wie an Lebensmitteln fehlte es an Heizmaterial, die Leute schliefen in Mänteln und fürchteten sich vor dem Winter. Im Ponte blieb die Küche jedoch nicht kalt. Loibner und Bertha gaben ihr Bestes, um aus dem Vorhandenen einen Eintopf zu bereiten, der nahrhaft war und nach etwas schmeckte. Susanne half ihnen mit ihren Erfahrungen:»Auch einer einfachen Zutat lässt sich ein Geheimnis entlocken. Und wenn man wenig Gewürze hat, braucht man eben mehr Mut.«

Stammgericht tauften sie ihre Kreation. Wer sich keinen Restaurantbesuch leisten konnte, bezahlte nur ein paar Pfennige und durfte sich das sämige Gemüsegericht im Henkeltopf nach Hause holen. Einmal in der Woche, jeweils am Mittwoch, schenkten sie an Frauen, die Kinder durchzufüttern hatten, einen Topf umsonst aus.

Susanne fuhr manchmal tagelang auf ihrem Fahrrad durch die Umgebung, um von den Bauern Zutaten zu hamstern, aus denen sich das Stammgericht bereiten ließ. Sie dachte dabei an die Bauern im Piemont, die aus Rebabfällen Grappa brannten, und an die Werkkantine von Fiat, in der sie gelernt hatte, einen Berg weggeschnittener Strünke in eine aromatische Mahlzeit zu verwandeln. Sie nahm, was sie bekommen konnte. Für den Geschmack zu sorgen war Loibners und Berthas Aufgabe, und die beiden machten ihre Sache bemerkenswert. Jeden freien Flecken im Hof stellten sie mit Kisten voll, in denen sie Kräuter zogen, und zudem besaß Loibner noch immer einen geheimen Vorrat Pfeffer.

»Bei Ihnen isst man selbst jetzt noch am besten, Susanne«, sagte Gertrude Wichmann, die für sich allein nicht kochen mochte. Ihr Mann war an der Ostfront gefallen, nur ein paar Wochen ehe in Russland die Revolution ausbrach und es keine Ostfront mehr gab. Seine Frau kam jeden Mittag ins Ponte. »So bin ich wenigstens eine Stunde am Tag nicht allein in meinen leeren Räumen«, erklärte sie. »Und ich habe noch das Gefühl, jemand kümmert sich um mich. Dafür bezahle ich gerne, und außerdem spare ich ja Heizkosten.«

Auch Susanne konnte nicht genug Öl auftreiben, um das Restaurant zu beheizen, doch sie konnte eine *bracciere* – ein metallenes Becken mit ein wenig Kohle – unter jeden Tisch stellen, wie sie es in Italien gelernt hatte. Mamma Donatella hatte damit dem eisigen Piemonteser Winter getrotzt, und sie rückten zusammen wie in der Wirtschaft am Corso Sebastapoli. Die meisten der Frauen hatten einen Mann, einen Sohn, einen Bruder verloren, und sie taten das, was Susanne zu Achille gesagt hatte: Sie bildeten ein Trauerhaus, eine Gemeinschaft von Hinterbliebenen, die sich durch Körperwärme, Gespräche und dampfenden Eintopf trösteten.

Und Alkohol tranken. Dass sie ihnen noch immer Grappa, Wein und Bier anzubieten hatte, war Susannes Trumpf. Bier vor allem. Richtiges Bier, wie es in Bayern von jeher gebraut wurde, malzig und gehaltvoll, nicht die wässrige Plörre, die man als Dünnbier in anderen Gaststätten bekam. »Wir haben nicht mehr viel«, erklärte die göttliche Bertha, die Arme wie ein Bierkutscher und ein Herz wie ein aus dem Nest gefallener Vogel hatte. »Aber das, was wir haben, ist echt.«

Die Frauen dankten es ihnen. Sie kamen wieder und wieder, um beisammenzusitzen. Meistens weinten sie, und immer zeterten sie, oft stritten sie, und noch öfter lachten sie, zuweilen tranken sie mehr, als gut für sie war, aber wer wollte darüber richten? Ganz selten, wenn es spät wurde, sangen sie und begannen, miteinander zu tanzen, wie sie früher mit ihren Männern getanzt hatten.

Ihre Kinder spielten derweil unter den Tischen, wuselten Benno, Veronika und Degenhardt um die Füße, und Tullio tollte zwischen ihnen herum und wurde von allen Seiten mit Liebe überhäuft. Wenn es ihm zu viel wurde, zog er sich in die Küche zurück und spielte eine Weile lang alleine auf dem Boden, ehe er zu seinen Kameraden zurückkehrte. Sein Spielzeug teilte er freigiebig und schenkte ohne

Wimpernzucken her, woran ein anderes Kind sein Herz gehängt hatte. Nur seinen Bären Babbo und den Zinnsoldaten von Onkel Ludwig durfte niemand anrühren.

Niemand außer Helene. Helene durfte alles bei ihm, und er durfte alles bei ihr. Die beiden Kinder waren ein Herz und eine Seele, und wenn er wusste, Helene würde am Nachmittag kommen, summte und tanzte er den ganzen Morgen über. Mechthild gestattete jetzt, dass Vevi ihre Töchter mit ins Ponte nahm, weil sie dort abgefüttert wurden und obendrein Dinge geschenkt bekamen, die sie ihnen nicht kaufen konnte.

»Es geht ihr nicht gut«, erzählte Vevi. »Um die Bleistiftfabrik steht es übel, die Direktoren haben es versäumt, beizeiten auf kriegswichtige Güter umzustellen. Mechthilds Vater haben sie in Pension geschickt, und auf Ludwig wird wohl auch keine Stellung warten. Würde ich Mechthild nicht ab und an aushelfen, liefe sie Gefahr, ihr Haus zu verlieren. Leicht fällt es mir selbst nicht, weil ja Maxl und dein Vater alles Kapital in Kriegsanleihen investiert haben. Aber ich tue, was ich kann.«

»Ich könnte auch aushelfen«, sagte Susanne. »Das Restaurant läuft gut, wir haben etwas auf der hohen Kante.«

»Ich weiß, du Liebe.« Vevi tätschelte ihr die Hand. »Aber ich denke, du weißt auch, dass dein Bruder sich um keinen so sehr sorgt wie um dich. Maxl fragt in jedem Brief als Erstes, wie es dir geht, und beschwört mich, darauf zu achten, dass es dir und Tullio an nichts fehlt.«

»Er glaubt nicht, dass meinem Mann ebenso daran gelegen war wie ihm selbst, seine Familie gut versorgt zurückzulassen«, brachte Susanne ein wenig verletzt heraus. »Und natürlich glaubt er noch weniger, dass ich als Frau in der Lage sein könnte, für mein Kind und mich zu sorgen.«

»Oh, bitte, Suse, kreide ihm das nicht an.« Sofort füllten sich ihre Augen mit Tränen. »Er will nur das Beste für dich, und du darfst nicht im Zorn an ihn denken. Du weißt doch nicht, wie lange du deinen großen Bruder noch hast, in diesem Höllenfeuer, in dem sie ihn verheizen. Soll ich dir sagen, wie lange ich nichts von ihm gehört habe? Seit dem Sommer! Seit Anfang Juli! Ich weiß im Grunde selbst nicht, ob mein Maxl überhaupt noch lebt.«

Ihr Weinen schüttelte ihren ganzen Körper. Susanne hielt sie, strich ihr das Haar aus der Stirn und fühlte sich hilflos, weil sie mehr nicht tun konnte. Bertha kam aus der Küche und brachte ihr ein großes Glas Wein. »Ich weiß, wie's ist«, sagte sie und tätschelte Vevi mit ihrer breiten roten Hand den Rücken. »Wir wissen's alle, und wenn eine Ihnen sagt, dass die Zeit es heilt, dann lügt sie.«

»Mein Bruder ist doch noch gar nicht tot«, protestierte Susanne, begriff, was sie gesagt hatte, und verbesserte sich hastig: »Ich meine, er ist nicht tot, und er wird ganz sicher auch nicht fallen. Diese Schlammschlacht in Belgien, die sie die Hölle von Passchendaele nennen, hat er schließlich auch überlebt. Aus Belgien ist seine Division doch weg, oder nicht?«

»Ich weiß nicht, wo seine Division ist.« Wieder weinte Vevi los. »Ich habe doch seit Juli kein Wort von ihm gehört!«

»Das kommt eben vor«, versuchte Susanne, sie zu beruhigen. »Die Frontlinien rotieren ja, und wenn er im vordersten Graben im Einsatz ist, wird er nicht noch Zeit finden, Briefe zu schreiben. Ich höre von meinem Mann oft über Monate nichts.«

Und das, was ich von ihm höre, würde ich dir nicht erzählen, dachte sie. Achille schrieb ihr selten und knapp, meistens nur ein paar Zeilen, doch aus jeder sprang ihr seine Qual entgegen. Seine Fenestrelle, sein Bataillon von Gebirgsjägern, standen in den Julischen Alpen, im Tal eines Flusses namens Isonzo, und seit Italien in den Krieg eingetreten war, waren dort bereits elf Schlachten ohne Ergebnis ausgefochten worden. Italiener und Österreicher hatten sich ineinander verbissen wie tollwütige Hunde.

Eher werden wir alle verbluten, als dass einer von uns seine Fänge öffnet.
Dieses ganze Bergland ist durchzogen von unseren Gräben, von den Schutt-
haufen zerschossener Wälle, und ich kann mir nicht vorstellen, dass hier je wie-
der Menschen Felder bestellen oder Vieh weiden lassen. Das Geschützfeuer
wummert unentwegt, das gesamte Gebiet liegt unter einer Wolke von Pulver-
dampf. Aber das ist nicht das Ärgste, was hier stinkt. Wir haben die Ruhr.
Bestimmt die Hälfte von uns. Wir hocken in diesen Gräben, bis zu den Knien
in Wasser, und scheißen uns aus dem Leib, was von unseren Seelen übrig ist.
Vermutlich ist bei mir nichts übrig, sonst würde ich Dir nicht von der Ruhr
schreiben. Kein anderer Mann schreibt seiner Frau davon, aber Du musst mir
verzeihen, ich bitte Dich. Ich habe mehr Glück als die anderen, weil ich Dich
als meinen Kameraden habe und Dir schreiben kann, um nicht verrückt zu
werden. Wenn der Wind dreht und den Gestank nach Pulver und Scheiße mit-
nimmt, steigt ein süßlicher dritter Gestank aus dem Boden, und der ist wider-
wärtiger als jeder andere: der Gestank der Toten, die wir nicht bergen können,
sondern liegen lassen müssen, der Gestank nach dem, was einmal ein Mensch
gewesen ist.

Dies war sein längster Brief gewesen und der letzte, den sie von
ihm erhalten hatte. In einem andern, nicht lange nach der ersten
Schlacht am Isonzo im Juli 15, hatte er ihr geschrieben: *Auf der an-*
deren Seite soll es zehntausend Tote geben und auf der unseren fünfzehn-
tausend. Wenn man einen Menschen tötet – müsste man ihn dann nicht
wenigstens am Gesicht erkennen: Diesen Krauskopf mit den Schlupflidern
habe ich auf dem Gewissen und den mit der Hakennase. Aber ich erkenne
niemanden. Von den meisten liegen nur Fetzen herum, sodass ich nicht einmal
zählen kann, wie viele auf mein Konto gehen. Wir töten blindlings. Wahllos.
Du schreibst, Tullio fragt nach mir. Weißt Du, was ich mir wünsche? Dass
ich in Babbo, dem Bären, verschwinden und nur noch dieser Babbo für ihn
sein könnte.

Susanne hatte ihm eine wütende Antwort geschrieben. Sie war
keine Vevi, von der Max nichts als sanfte Episteln zu erwarten hatte,

sie hatte sich daran gewöhnt, ihm zu sagen, was sie dachte. Es war das, was ihre Beziehung besonders machte. Sie würde auch dem Krieg nicht erlauben, ihr das zu nehmen. Seine Erwiderung hatte vier Monate auf sich warten lassen. Inzwischen war es Winter, und am Isonzo wurde die vierte Schlacht geschlagen.

Nein, ich wünsche mir nicht den Tod und renne nicht in ihn hinein, auch wenn ich vor Selbstmitleid heulend so klinge. Hier heult ja der Tod jeden Tag und auch in den Nächten. Weißt Du, dass Minenwerfer dieses heulende Geräusch von sich geben, als würden sie beim Töten selbst zu Tode gequält? Anfangs habe ich mich gefragt, ob unsere Futuristen mit ihren Geräuscherzeugern das erreichen wollten. Inzwischen frage ich mich weniger. Wenn ich einen Tag überlebe, wünsche ich mir, dass ich zu Euch zurückkehren und Dir trotz aller Scham in die Augen sehen kann.

In ihren Armen weinte Vevi leise und erstickt. »Jetzt komm schon, Genoveva Märzhäuser, Kopf hoch«, sagte Susanne. »Der Maxl lebt, und darauf, dass es so bleibt, stoßen wir zwei jetzt an.« Sie zog sie hinter den Tresen und schenkte sich ein paar Tropfen Baierwein ins Glas. Wenn sie trank, dann allein in ihrem Bett, als wäre Achille noch da und sie würden bei einem Schlummertrunk die Ereignisse des Tages besprechen.

»Bitte sei mir nicht bös, Susel«, sagte Vevi und trank. »Ich hab mich um dich kümmern wollen, ich hab's dem Maxl versprochen, und stattdessen lade ich dir meine Sorgen auf.«

»Passt schon«, sagte Susanne. »Vor dem Ertrinken retten wir uns am besten, wenn immer die zupackt, die sich über Wasser halten kann.«

Vevi trank noch einen Schluck, dann blickte sie auf und wischte sich über die Augen. »Weißt du, was für eine Wucht von einer Frau du bist, Suse?«

»Ach geh.« Susanne stieß ihr den Ellenbogen in die Seite. »Ich bin ich, und dass das nicht immer leicht zu ertragen ist, weiß ich selbst.«

»Ich dagegen ertrage mich nicht mehr ohne dich.«

Sie lachten beide, auch wenn Vevi die Tränen liefen.

»Hör mal, hast du Sybille die Tage gesprochen?«, fragte Susanne.

»Seppi hat doch im November Geburtstag – ich habe ihn und Maria so lange nicht gesehen, und ich fände es schön, wenn sie wieder einmal mit dir und den Zwillingen herkommen könnten. Wenn ich rechtzeitig Bescheid weiß, zaubern Loibner und Bertha auch so etwas wie einen Geburtstagskuchen, und ich besorge ein Geschenk. Seppi hat immer noch nichts für Jungenspielzeug übrig, sondern stiehlt die Puppen seiner Schwester, richtig?«

»Ach je.« Vevis Miene, die sich gerade erst aufgehellt hatte, verfinsterte sich. »Ich weiß, wie lieb du es meinst, und es gefiele mir ja selbst. Wir könnten mit all den Kindern ein Geburtstagsfest feiern, und weiß Gott, Sybille würde sich für ihren Buben freuen. Aber glaub mir, sie bezahlt viel zu teuer dafür. Nach dem letzten Mal, als wir alle hier waren ...«

Dieses letzte Mal lag fast ein halbes Jahr zurück. »Was war los?«, fragte Susanne alarmiert.

Heftig schüttelte Vevi den Kopf. »Sie will nicht, dass du davon weißt. Sie will nicht einmal, dass ich davon weiß. Wir sollen von ihr weiter als von der fröhlichen Sybille denken, der nichts die Laune vergällen kann.«

»So denke ich von ihr schon lange nicht mehr.«

Vevi umfasste ihren Arm. »Bitte glaub mir einfach. Wann immer sie mit uns einen schönen Tag hatte, hat sie hinterher dafür büßen müssen. Sie ist ein zähes, kleines Bündel, aber ich will nicht, dass ihr noch mehr wehgetan wird.«

Susanne begriff. Vielleicht hatte ein Teil von ihr es seit Langem geahnt. »Ihr Mann hat versucht, sich zu seinem früheren Regiment zu melden, richtig?«

»Mehr als ein Mal«, sagte Vevi.

»Aber sie schicken ihn immer wieder weg, diesen aufrechten Patrioten. Nicht weil er etwas im Rücken hat, sondern weil er ein Trinker und Schläger und nicht zu disziplinieren ist. Und jedes Mal, wenn er nach Hause kommt, lässt er es an meiner Schwester aus, ist es so?«

»Und an Seppi«, sagte Vevi. »Von Maria lässt er die Finger, die zwingt er nur dabei zuzuschauen. Aber die Kleine ist ein so empfindsames Madel, die ist schon völlig verstört und fängt an zu weinen, sobald ein Mann das Wort an sie richtet.«

Ich hätte mich um sie kümmern müssen, dachte Susanne. *Sie hat diese Ehe für mich auf sich genommen, und ich habe sie ihrem Schicksal überlassen. Ich habe gesehen, wie sie verfällt, und habe nichts unternommen.*

Sie streichelte Vevi. »Ich rede mit ihr. Ich hole sie und die Kinder her. In meiner Wohnung ist Platz genug.«

»Aber das geht doch nicht«, rief Vevi. »Sie verliert alles – ihren Stand, ihren Namen, jedes Recht an ihren Kindern.«

Sie soll ihre Kinder nehmen, fliehen und auf das andere pfeifen, durchfuhr es Susanne. Ihr Blick wanderte hinüber zu den Frauen an den zusammengerückten Tischen, zu den Witwen und verwaisten Müttern. Ihnen allen war die Sicherheit, die sie durch ihre Heirat erlangt hatten, der Boden unter ihren Füßen entzogen worden, und sie kämpften darum zu überleben. Wenn sie es geschafft hatten, würden sie andere Menschen sein. Freier. Stärker. Nicht mehr bereit, sich Zwängen zu unterwerfen. Sybille und Vevi hingegen waren im Alten verfangen und klammerten sich jetzt, da alles um sie wankte, mehr als zuvor daran fest.

»Bitte sag Bille, dass ich für sie da bin, wann immer sie mich braucht«, sagte Susanne lahm. »Und für dich auch. Ich wünschte, das hier könnte eine Zuflucht für euch sein.«

»Das ist es doch«, sagte Vevi mit Blick auf die Frauen. »Und nicht nur für uns. Ich hab dich lieb, Suse.«

»Ich dich auch.«

Eine Woche später kam Vevi wieder ins Ponte, rannte mit flatterndem Haar über die Terrasse und schrie. In Susannes Armen brach sie zusammen. Diesmal versuchte Susanne gar nicht erst, sie unten im Restaurant zu beruhigen, obwohl sich Bertha und die Stammgäste um sie scharten und ihre Hilfe anboten. Sie nahm sie mit hinauf in ihre Wohnung, setzte sich mit ihr aufs Bett und flößte ihr ein halbes Glas Schnaps ein.

»Max«, war alles, was Vevi herausbrachte. »Max.« Ihr Weinen war heiser und trocken, als bekäme sie keine Luft.

Susanne nahm ihr das gelbe Papier weg, in das ihre Finger Löcher gebohrt hatten.

Mit Bedauern haben wir Ihnen mitzuteilen, dass Ihr Gatte, der Leutnant Maximilian Märzhäuser, III. Königlich Bayerisches Armee-Korps, 6. Division Regensburg, seit dem 27. Oktober 1917 bei Prepotto am Isonzo vermisst wird.

»Vermisst heißt nicht tot«, murmelte Susanne und wusste, dass sie log. Die meisten der Frauen, die im Restaurant beieinandersaßen, hatten die Vermisstenmeldung als Erstes erhalten, als wolle man sie wappnen, ehe der vernichtende Schlag folgte. »Und wenn du eine Todesmeldung bekommst, kannst du noch froh sein«, hatte Urte gesagt, die ihre beiden Söhne verloren hatte. »Viele finden sie nie. Die sind nicht nur tot, die sind so, als hätte es sie nie gegeben.«

Vevi schrie wieder auf. »Er ist tot. Du weißt es. Mein Max, mein liebstes Leben ist tot.«

Max war tot. Tot wie Konrad. Und gestorben war er in den Julischen Alpen, wo Achille in Stellung lag.

DRITTER TEIL

Sturmflut

Regensburg
April 1932

»Unterwegs blieb Ginia manchmal stehen, weil sie plötzlich den Duft der Sommerabende verspürte und die Farben und die Geräusche und die Schatten der Platanen. Sie dachte daran mitten im Schmutz und im Schnee und blieb, fast erstickt vor Sehnsucht, an den Straßenecken stehen. ›Er kommt ganz sicher, der Sommer, Jahreszeiten gibt es immer‹, dachte sie, doch es schien ihr unwahrscheinlich gerade jetzt, wo sie allein war.«

Cesare Pavese, Das Handwerk des Lebens

33

Sie würden alle kommen. Dieses eine Mal hatte niemand abgesagt, weil er sich mit einem der anderen verzankt hatte, weil er mit dem einen nicht mehr sprach, solange der mit dem anderen verkehrte, oder es diesem übel nahm, dass er jenen vorzog. Dieses eine Mal würde die Familie gemeinsam feiern und sich das weder von den üblichen Querelen noch von der Politik vergällen lassen.

Schon vor Wochen hatte Susanne ihre Belegschaft zusammengerufen, um alles bis ins Kleinste zu planen: Mit Bastian und Bertha, die mit ihren siebzig Jahren noch keineswegs bereit war, den Kochlöffel niederzulegen, hatte sie das Menü abgestimmt. Sie hatten sich für ein Buffet aus kalten Vorspeisen, gefolgt von Minestrone mit bayerischem Einschlag und Capretto arrosto entschieden, das die Gäste mit Knödeln, Kraut und süßem Senf serviert bekamen. Nach Käse und Obst würde die dreistöckige Geburtstagstorte aufgetragen werden, gefüllt mit bayerischer Creme und garniert mit piemontesischen Cannoli.

Ihre kleine Service-Flottille – Benno, Franzl, Veronika, Degenhardt und Lorenz, der jüngste Zugang aus Bennos breit gefächerter Verwandtschaft – hatte die Dekoration übernommen. Sie hatten den Speisesaal mit Girlanden und Blumen in den italienischen Farben und die Terrasse mit Lampions in bayerischem Weiß-Blau geschmückt. Wenn das milde Frühlingswetter sich hielt, würden sie nach dem Essen dort sitzen und mit Blick auf die Donau Campari-Cocktails trinken, die dieselbe Farbe wie die Sonne hatten, wenn sie über dem Meer vor Ligurien unterging.

Ligurien. Piemont.

In manchen Nächten wünschte sich Susanne, sie könnte Italien wiedersehen, noch einmal die Orte aufsuchen, an denen ihr Leben begonnen hatte – vom sonnenüberfluteten Strand Portofinos bis zum finsteren Hinterhof in Turin, wo sie geglaubt hatte, es gäbe keine Hoffnung mehr.

Dann aber besann sie sich. Es war besser, an verschorfte Wunden nicht zu rühren und schlafende Hunde nicht zu wecken. Ihr Stück Italien war hier in Regensburg. Und in diesem Stück Italien hatte sie allen Grund, mit ihrer Familie zu feiern. Den schönsten Grund. Auch wenn er sie hoffnungslos sentimental machte und ihr bei allem Glück die Tränen in die Augen trieb. Sie grinste über sich selbst. Wenn sie sich nicht am Riemen riss, würde sie sich mit Bertha in der Küche ein Glas Kochwein teilen müssen, ehe sie mit ihrer Vorbereitung fortfahren konnte.

Es gab noch so viel zu tun – sie wollte die Tischkarten aufstellen und die Bomboniere verteilen, bunte Tütchen mit Zuckermandeln, die bei einer italienischen Familienfeier nicht fehlen durften. Auch Schallplatten mit der richtigen Musik sollten bereitliegen. Die jungen Leute wollten schließlich tanzen und dabei nicht mit Walzern oder Tango abgespeist werden. Vor allem aber musste das Geschenk endlich eintreffen. Je länger es fortblieb, desto mehr wuchs die Befürchtung, dass die zwei narrischen Männer damit durchgebrannt waren.

Susanne seufzte. Wie lange hatte sie diesem Fest entgegengefiebert und gebangt, es werde ins Wasser fallen – und nun sah es aus, als würde es tatsächlich stattfinden.

Natürlich war der neunzehnte kein runder Geburtstag, aber für sie war es dennoch ein besonderer. Jeder Geburtstag ihres Kindes war besonders gewesen, jeden einzelnen Tag mit ihm hätte sie feiern und für die Ewigkeit festhalten wollen. Mit neunzehn aber war sie selbst aus Regensburg aufgebrochen und hatte – ohne es zu wissen – ihr Elternhaus für immer verlassen. Bei Tullio würde es anders sein, dessen war sie sicher. Sie waren eine Einheit und würden es bleiben, auch wenn er nun nicht länger ihr kleiner Bub war. *Alles andere würde ich nicht aushalten*, durchfuhr es sie. Die Jahre waren verflogen, ihr Sohn war ihr über den Kopf gewachsen, aber ihr und ihrer Liebe entwachsen durfte er nicht.

In den meisten Familien gab es Streit, wenn die Kinder flügge wurden, und in manchen hatte es innige Nähe niemals gegeben. Sie selbst war ein einsames, missmutiges Kind gewesen, das sich vor dem Erwachsensein fürchtete, weil niemand ihm den Weg wies. Mit Tullio aber hatte sie nie etwas anderes erlebt als Harmonie und Wärme. Sie hatte eine andere Familie gründen wollen, und das hatte sie getan.

Und dann gab es noch einen weiteren Anlass, der ein strahlendes Fest wert war: Tullio, ihr kluger, wissbegieriger, begabter Tullio hatte sein Abitur bestanden. In der Aula des Alten Gymnasiums am Ägidienplatz war ihm in der vergangenen Woche feierlich sein Zeugnis überreicht worden. Natürlich hatte er diese Schule besuchen müssen, nicht das Neue Gymnasium im Minoritenweg, denn er gehörte ja der katholischen Kirche an. Flüchtig glaubte Susanne zu sehen, wie ihr Vater darüber die Nase rümpfte. Aber ihr Vater war nicht mehr, und aller Groll gehörte begraben. Die Erinnerung daran, dass die erhoffte Versöhnung ausgeblieben war, sollte ihr heute nicht den Tag verderben. Ihre Familie würde beisammen sein. Sie würden kommen – alle!

Sogar Seppi, der als einziges Mitglied nicht länger in Regensburg wohnte. Der junge Mann hatte es geschafft, sich aus den Ketten, mit denen sein Vater ihn zu fesseln versuchte, zu befreien, und war nach München gegangen, um den Weg einzuschlagen, der für ihn der richtige war. Susanne freute sich unbändig für ihn. »Wenn du dich an dem Tag nicht freimachen kannst, verstehe ich das«, hatte sie am Telefon gesagt. Seppi aber, der vom Tresen einer lärmenden Kneipe aus telefonierte, hatte sie nicht zu Ende sprechen lassen. »Das ist doch Schmarrn, Tante Suse. Wenn du mich einlädst, komm ich, da kann der Falckenberg sich krummlegen. Und wenn mein kleiner Vetter sein Abitur feiert, komm ich erst recht, auch wenn sich Falckenberg einen Knoten in die Nase macht.«

Seppi selbst, der zum akademischen Lernen nicht taugte, war durchs Abitur gerasselt, wofür sein Vater ihn einmal mehr grün und blau geprügelt hatte. Jetzt aber nahm er Schauspielunterricht bei Otto Falckenberg, dem künstlerischen Leiter der renommierten Münchner Kammerspiele und einem der führenden Theaterleute der Republik. Dass es Seppi gelungen war, von ihm als Schüler akzeptiert zu werden, erfüllte Susanne mit Stolz.

»Gratulier dem Tulli schon mal in meinem Namen«, bat Seppi. »Mensch, der Schlaumeier. *Summa cum laude*. Ich hoffe, er wird in nicht allzu ferner Zukunft Reichskanzler und bewahrt uns vor den Schießbudenfiguren, die sich im Reichstag derzeit die Klinke in die Hand geben.«

»Keine Politik«, warnte Susanne, sosehr sie die Anerkennung ihres Neffen freute. »Ich möchte euch einmal alle friedlich vereint an einem Tisch haben.«

»Jawoll, Frau Generalin«, hatte Seppi erwidert. »Auch wenn ich mir bei einer so blitzsauberen Person wie dir immer schwer vorstellen kann, wie du's mit diesen Leuten aushältst.«

»Es geht nicht um diese Leute«, hatte sie ihn scharf erinnert. »Es geht um meinen Bruder, dem ich mehr verdanke, als ich jemals gutmachen kann. Und um seine Kinder, deine Basen, die ich viel zu selten sehe. Ich werde sie nicht von einer Familienfeier ausschließen, nur weil sie mit Menschen verkehren, die mir nicht angenehm sind.«

»Schon gut«, hatte Seppi gesagt. »Für dich tu ich alles, Tante Suse.

Auch mich mit einem Nazi an einen Tisch setzen. Ich habe nämlich dir mehr zu verdanken, als ich jemals gutmachen kann, und das holde Holdinchen vermisse ich ja selbst. Wie weit ist sie denn eigentlich?«

»Bis zu Tullios Fest müsste sie im siebenten Monat sein.«

»Also ein Bierfass auf Beinen?«

»Du frisst wieder einmal den Charme mit Löffeln und triffst den Nagel auf den Kopf.« Susanne hatte gelacht und aufgelegt.

Für seine Seitenhiebe fehlte ihr durchaus nicht das Verständnis. Ihr lagen dieselben Probleme im Magen, sie hatte deswegen bereits unzählige Gespräche ohne Ergebnis geführt, doch diesen einen Tag lang wollte sie sich darüber hinwegsetzen. Es war schließlich das, was sie am meisten freute: Alle fünf Kinder der Familie würden endlich wieder beisammen sein. Sie hatten sich so lieb gehabt, solange sie Kinder gewesen waren, hatten sich in dunklen Zeiten aneinander festgehalten und von den Konflikten zwischen ihren Eltern nicht trennen lassen. Es machte Susanne traurig, dass dies nun die Politik geschafft haben sollte.

»Politik ist entweder das Fundament, auf dem wir unser Haus bauen, oder der Blitz, der ihm ins Dach schlägt.« Der Satz stammte von ihrem Mann, und man konnte keinen Weltkrieg überlebt haben, ohne zu wissen, dass er ins Schwarze traf. Für eine Familie galt in etwa dasselbe: Sie machte stark, oder sie warf einem Knüppel zwischen die Beine, und für ihren Sohn wünschte sich Susanne, dass ihm die Sorte, die stark machte, sein Leben lang blieb. Er hatte keine Geschwister, wie sie selbst sie in der Not gehabt hatte. Er würde seine Basen und seinen Vetter brauchen.

Vielleicht konnte das Fest ja der Anlass sein, der die fünf Unzertrennlichen wieder zusammenbrachte. Die wichtigste Rolle kam dabei Helene zu, die für Tullio die Schwester war, die er sich insgeheim gewünscht hatte.

Sie würde die Kinder oben an der Tafel zusammensetzen, beschloss Susanne, und Golda, die sie alle anbeteten, als Ehrengast dazu. Das Kindermädchen war in Vevis Haushalt verblieben und hatte bei der Aufzucht von allen fünfen geholfen. »Sie ist längst keine Angestellte mehr«, hatte Vevi vor ein paar Jahren gesagt. »Sie ist meine Freundin. Dass sie für mich da war, hat mich vor dem Schlimmsten bewahrt. Hat das nicht etwas Drolliges? Ich hatte kein Kind, aber ich hatte das beste Kindermädchen der Welt.«

Vevi litt an Schwermut. Sie trauerte um das Kind, das sie nie bekommen hatte, wie Susannes Mutter um das, was sie verloren hatte. Anders als diese hatte sich Vevi jedoch immer wieder gezwungen, sich der lichteren Seite zuzuwenden, am Leben ihrer Schwägerinnen teilzunehmen und sich als Tante ihrer Nichten und Neffen anzunehmen. »Das verdanke ich Golda«, sagte sie. »Golda, die mich nie alleingelassen hat.«

Susanne stellte die Tischkarten um die kurze Seite der Tafel auf, wie sie es zu den Kindergeburtstagen getan hatte, wenn Tullio all seine kleinen Freunde eingeladen und doch darauf bestanden hatte, von seinem Vetter und seinen Basen umgeben zu sitzen: Holdine, Helene, Tullio, Seppi, Maria.

Erst als sie Marias Karte hinstellte, fiel ihr auf, dass es so nicht ging. Die fünf waren keine Kinder mehr. Seppi und Tullio waren zwar noch ungebunden, doch die Männer, die nun zu den drei Mädchen gehörten, konnte sie nicht einfach ignorieren. Holdine war eine verheiratete Frau, die ihr erstes Kind erwartete. Und die menschenscheue, ein wenig linkische Maria war bis über beide Ohren verliebt und frisch verlobt, worüber Susanne nicht aufhören konnte, sich zu freuen.

Holdines Mann musste also an der Seite seiner Frau platziert werden. Der junge Anton Hochstätter war Mechthild als Schwiegersohn nicht recht gewesen. »Ein Polizist, das ist ihr für ihre Tochter nicht gut genug«, hatte Ludwig geklagt. »Sie wollte ja immer höher hinaus, hat gehofft, Helene und Holdine würden uns durch ihre Ehen eines Tages den Luxus ermöglichen, den das Leben uns verwehrt hat. Mir sind diese Dinge gleichgültig, für mich zählt einzig, dass meine Mädchen glücklich werden. Ja, sicher, der gute Anton ist nicht gerade eine Leuchte. Aber er ist ein netter Kerl, und Holdine mag ihn gern, darauf kommt es an.«

Susanne teilte seine Einschätzung. Anton Hochstätter war wie ein Glas gutes, reines Wasser. Man mochte lieber Bier oder Barolo trinken, wie die Werbeplakate des Ponte verhießen, aber das Wasser war gesund und tat niemandem weh. Holdine hatte keine großen Ansprüche. Sie hatte immer nur eines gewollt – einen Wagen für ihre Püppi, und den bekam sie nun in groß: Onkel und Tante hatten beim einstigen Kaufhaus Hammer, das seit mehr als zehn Jahren der Familie Schocken gehörte, das eleganteste Modell der Firma Brennabor als Geschenk zur Geburt bestellt und um den Griff eine Klingel drapiert. In ein paar Wochen würde Holdine darin voller Stolz ihre lebende Püppi spazieren fahren dürfen.

So hausbacken Holdines Mann daherkam, so aufsehenerregend war Marias Verlobter, den niemand dem verhuschten Mauerblümchen zugetraut hatte. Von dem, was Maria durch ihren Vater angetan worden war, hatte sie sich auch als junge Frau nicht befreien können. Sie ging wohl auf Tanzveranstaltungen, wenn die vier anderen sie mitschleppten, doch sie hielt sich im Hintergrund und schien regelrecht Angst davor zu haben, jemand könne sie auffordern. Als kleines Mädchen hatte sie miterlebt, wie ihr betrunkener Vater auf ihre Mutter und ihren Bruder einprügelte, und infolge davon war sie nicht fähig, einem Mann zu vertrauen. Sie war das Gegenteil von dem, was Sybille in ihrem Alter gewesen war – nicht fröhlich, sprudelnd und bildhübsch, sondern still, verzagt und unscheinbar.

Wenn man sich allerdings die Zeit nahm, sie genauer anzusehen, entdeckte man in ihren Zügen die Sanftmut und Zärtlichkeit, die Teil ihres Wesens war, und genau das musste Georg Stadeler getan haben. Der hochgewachsene Blondschopf mit den breiten Schultern und dem noch breiteren Lächeln war in ihr Leben spaziert und hatte die traurige kleine Maria von den Füßen gefegt. Er stammte aus wohlhabendem Haus, war der Erbe eines Großhandels, hatte jedoch einen abenteuerlicheren Beruf gewählt. Er war Pilot bei der vor fünf Jahren gegründeten Luft Hansa, auf dem Flugplatz in Regensburgs Westernviertel im Einsatz und flog in seiner Dornier Merkur täglich Passagiere nach München, Nürnberg oder Plauen. In seiner Fliegermontur war er dermaßen fesch, dass Marias Mutter bemerkte: »Bei dem wär ich auch schwach geworden. Mir ist nur nie einer wie er über den Weg gelaufen.«

Bis heute tat es Susanne weh, dass ihre Schwester niemals eine Liebe erlebt hatte. Zumindest aber führte sie seit Kurzem ein halbwegs unabhängiges Leben und genoss nach Jahren des Martyriums den Frieden. Joseph von Waldhausen hatte sich zu einem zahnlosen Wrack gesoffen, der nicht dagegen aufbegehrt hatte, als seine Familie aus dem Stadtschloss ausgezogen war. Seppi, den er *das Weibchen* nannte, ging nach München, und für Sybille und Maria fand Susanne eine behagliche Dachjuchhe in einem Haus, das nur fünf Minuten vom Ponte entfernt stand. Um sich über Wasser zu halten, half Sybille im Restaurant aus.

Susanne hatte ihr versichert, dass sie mit Freuden für ihren Unterhalt sorgen würde, doch Sybille hatte das abgelehnt: »Ich weiß ja, dass du mir alles schenken würdest, Suschen, aber ich arbeite gern in deinem Ponte. Ich fühle mich so lebendig dabei.«

Gegen das, was sie hinter sich hatte, war ihr jetziges Leben ein Paradies. Wie oft hatten Achille und Susanne sie und die Kinder bei Nacht aus dem Stadtschloss in der Keplerstraße geholt, das für sie zur Folterkammer geworden war und in dem kein Mensch ihr half. In der Wohnung über dem Restaurant hatten sie sie gepflegt und aufgebaut, bis wieder etwas von der alten Sybille und ihrem Lebensmut zum Vorschein kam. Nach ein paar Tagen war sie jedoch regelmäßig zu ihrem Mann zurückgekehrt, und alle Beschwörungen hatten nichts genützt.

»Er nimmt mir meine Kinder weg, versteht das doch. Die elterliche Gewalt obliegt ihm, und kein Gericht dieser Stadt würde sie mir zusprechen. Auch wenn seine Sippe ihn lieber heute als morgen ersoffen aus der Donau fischen würde, im Ernstfall hackt eine Krähe der anderen kein Auge aus.«

Natürlich verstand Susanne, dass Sybille ihre Kinder nicht verlassen konnte. Sie selbst hätte sich um nichts in der Welt von Tullio trennen können, geschweige denn ihn einem Unmenschen überlassen, der versuchte, ihm die Seele aus dem Leib zu prügeln. Seppi war seinem Vater zu weich, zu zärtlich, zu fantasievoll. Seine Liebe zu Kasperlpuppen, seinen Hang, sich zu kostümieren, fand Joseph von Waldhausen weibisch, und sein ständiges Singen machte ihn rasend. Seppis Rückgrat verdiente Bewunderung. Er hatte sich nicht kleinkriegen lassen, sondern strebte nun eine Laufbahn auf der Bühne an.

»Das verdanke ich euch, Tante Suse«, behauptete er. »Wann immer wir bei euch sein durften, war ich in einer anderen Welt. Bei euch waren Leben und Kunst und Frohsinn, auf eurer Brettlbühne habe ich zum ersten Mal Schauspieler gesehen und gewusst: Das ist es, was ich will. Mein Vater hat mir nichts anhaben können, weil mir immer klar war: Dieses Hausen in finsteren Kammern zwischen leer gesoffenen Flaschen ist nicht die wirkliche Welt. Die ist im Ponte, bei Tante Suse. In diese Welt will ich.«

Sie hatten Sybille und den Kindern nicht mehr bieten können als Atempausen, doch allem Anschein nach hatte das genügt: Beide Kinder waren nicht zerbrochen, sondern begannen voller Hoffnung ihren Lebensweg. Von der Kleinkunstbühne des Ponte, die bunte Vögel aus ganz Bayern anzog, war Seppi von klein auf fasziniert gewesen und hatte darin seine Bestimmung gefunden. Und Maria war einem Mann begegnet, der sie aufrichtig liebte und ihr half, die Dunkelheit ihrer Vergangenheit zu überwinden.

Susanne stellte die Tischkarten für Holdines Anton und Marias Georg gerne zu den anderen. Das Problem waren nicht diese zwei – aber wenn sie die beiden einschloss, wie konnte sie Helenes Verlobten ausschließen? Alexander Schnieber. Tullio liebte Helene, er würde neben ihr sitzen wollen, und an ihre andere Seite gehörte Schnieber, daran führte kein Weg vorbei. Blieb nur zu hoffen, dass der Mensch sich nicht bemüßigt fühlte, den Mund aufzutun, und dass Seppi Frieden hielt, wie er es versprochen hatte. Gewillt dazu war er sicher. Es war nur schwierig für ihn, Schniebers Äußerungen nicht mit sarkastischen Kommentaren zu kontern.

Nicht nur für ihn. Susanne seufzte.

Schnieber war der Erbe eines alteingesessenen Baugeschäfts in der Gerhardinger Straße, und vielleicht hätte er sich damit zufriedengegeben und sich dem Bau gewidmet wie sein Vater und Großvater vor ihm, wenn – ja, wenn nicht der Krieg gekommen wäre und alles anders gemacht hatte, als sie es gekannt hatten.

Vieles war gut. Der Krieg hatte die alten Strukturen beiseitegefegt und Deutschland zu einer Republik gemacht, die am 19. Januar 1919 das Wahlrecht für Frauen einführte. Frauen durften nicht nur wählen, sondern auch uneingeschränkt studieren, Geschäfte führen, Konten eröffnen und, wenn sie wollten, ohne Männer leben. Nicht wie Tante Lene, die inzwischen gestorben war, sondern wie es ihnen gefiel. Es gab Sozialgesetze, die vor dem Absturz ins Nichts schützten, Schulspeisung und Räte in den Betrieben, die die Rechte der Belegschaft vertraten.

Aber es gab auch mehr als sechs Millionen Menschen, die keine

Arbeit hatten. Die Weltwirtschaftskrise hatte die junge Republik aus einem Höhenflug gerissen, und eisenhart war sie auf dem Boden aufgeprallt. Viele, die über Nacht vor dem Nichts standen, hatten im Weltkrieg gedient, hatten rings um sich ihre Generation sterben sehen und waren zurückgekommen, um begreifen zu müssen, dass die Überlebenden niemand brauchte.

Alexander Schnieber hatte im Krieg seinen Vater verloren und mit vierzehn Jahren für seine Mutter sorgen müssen. Wann immer Susanne mit ihren Gedanken an diese Stelle kam, sah sie unweigerlich Tullio vor sich, wie er mit vierzehn gewesen war. Ein Kind noch. Verständig, geistig reif, aber dennoch ein Kind, das behütet und behutsam ins Leben geführt werden musste. Was war mit Alexander Schniebers Mutter gewesen?, fragte sie sich. Sie selbst war auch allein gewesen, als der Krieg zu Ende war, allein mit einem Kind von fünf Jahren und einem Restaurant, für das es nichts mehr zu kaufen gab. Selbst wenn Tullio schon vierzehn gewesen wäre – nie im Leben wäre sie auf den Gedanken verfallen, er müsse für sie sorgen, nicht sie für ihn.

Alexander Schnieber hatte feststellen müssen, dass das Baugeschäft, das sein Urgroßvater aufgebaut hatte, verpfändet war und einer Bank gehörte. Die Kriegsanleihen, die sein Vater gezeichnet hatte, waren wertlos, denn die Sieger verlangten Reparationen, und der Republik stand das Wasser bis zum Hals. Sie war nicht in der Lage, das Geld, das das Kaiserreich sich von seinen Bürgern geliehen hatte, zurückzuzahlen. Schnieber und seine Mutter verloren erst ihr Geschäft, dann ihr Haus.

Wie Schnieber daraufhin gelebt hatte, wusste Susanne nicht. Nur dass er fünf Jahre später, in dem Alter, in dem Tullio jetzt war, in die Nationalsozialistische Partei Deutschlands eingetreten war. Die war zu der Zeit verboten, ihr Gründer, dieser unsägliche Hitler, saß nach einem Putschversuch in Festungshaft, und sie musste sich irgendeinen neuen bombastisch klingenden Namen geben, um bei Wahlen überhaupt antreten zu dürfen.

In mancher Hinsicht schien er D'Annunzio nachzueifern. Der wortgewaltige Dichter hatte im August 1918 zwar nicht die Alpen, wohl aber Wien überflogen und statt der Bomben selbst verfasste Flugblätter niederregnen lassen. Da Italien mit seinem Sieg beinahe so elend dastand wie Deutschland mit seiner Niederlage und Geheimverträge mit London plötzlich nichts mehr galten, gründete er kurzerhand mit den fünfzigtausend Einwohnern der Stadt Fiume seinen eigenen Staat. Niemand hinderte ihn. Der politische Status der Stadt war ungeklärt, und Europas Herrscher hatten andere Sorgen. D'Annunzio erlaubte seinen Bürgern, nackt durch die Straßen zu tanzen und sich von Alkohol zu ernähren, wenn sie das wollten, solange sie ihn nur huldigend mit ausgestrecktem rechtem Arm grüßten und täglich den Reden lauschten, die er vom Balkon seines Regierungspalastes hielt.

Als ein italienisches Kriegsschiff der international als eher peinlich empfundenen Existenz des Dichterstaates ein Ende setzte, ließ D'Annunzio eine Villa am Gardasee beschlagnahmen und zog sich dorthin zurück. Zwar wandte er sich 1922 noch einmal mit der Forderung an den König, die Bildung der Regierung ihm zu überlassen, doch einer seiner glühenden Verehrer, der sein Meisterschüler geworden war, kam ihm zuvor. Benito Mussolini. Der einstige Sozialist hatte das Staatskonstrukt von Fiume gründlich studiert. Jetzt, da die Gelegenheit günstig war, marschierte er mit den Anhängern seiner faschistischen Partei auf Rom und übernahm in Italien die Zügel.

Zwei Jahre später ließ er Giacomo Matteotti, der Susanne ihr Brautkleid geborgt hatte, entführen und in einer dunklen Gasse erstechen. Matteotti hatte es gewagt, das Parlament vor Mussolinis Diktatur zu warnen.

Wäre das anders verlaufen, dachte Susanne, *würde Italien nicht von*

einem Größenwahnsinnigen regiert, der sich Duce – Führer nennen ließ, fiele
es unserer Familie vielleicht leichter, Alexander Schnieber als einen Mann zu
akzeptieren, dem das Schicksal übel mitgespielt hat, der aber deshalb kein
schlechter Kerl sein muss. Alexander Schnieber hatte niemand eine
Chance gegeben, und die Hitler-Partei verstand sich darauf, sich den
Chancenlosen anzudienen. Seit 1928 saß Schnieber für sie im bayerischen Landtag. Sie hatte bei jener Wahl enorme Verluste erlitten,
kaum mehr als sechs Prozent der Stimmen erzielt und galt als Welle,
die schon wieder verebbte. Immerhin aber war Schnieber kein Niemand mehr. Derzeit war er wieder auf Stimmenfang unterwegs,
denn in einer Woche wurde neu gewählt.

Bleibt nur, sich zu fragen, wie er an Helene geraten ist, dachte Susanne.
Sie verstand es nicht, bezweifelte, dass sie es je verstehen würde.
Helene war eine kleine Zauberfee gewesen, ein Kind, das Fröhlichkeit um sich verbreitete, und mit jedem Jahr wurde sie hübscher. Der
pummeligen Holdine glich sie schon längst nicht mehr. Mit ihrer
aparten, knabenhaften Schönheit entsprach sie genau dem Typ, dem
jetzt, in den wilden Dreißigern, kein Mann widerstehen konnte.

Warum also Alex Schnieber?

Er war weder hässlich noch schön, besaß den Charme eines
Bureauvorstands und schien im Vergleich zu Helenes Scharfsinn
auch nicht sonderlich intelligent.

»Vielleicht ist es der Geruch der Macht«, hatte Helene schnippisch
geantwortet, als Susanne sie nach Monaten ohne Kontakt an der Ein-
fahrt zur Schäffnerstraße aufgehalten hatte.

»Aber ein Sitz im bayerischen Landtag bedeutet doch keine
Macht«, war es Susanne entfahren, »schon gar nicht in einer Fraktion
von nicht mehr als neun.«

Viel lieber hätte sie Helene an sich gezogen und damit alles, was
zwischen ihnen stand, aus der Welt geschafft.

»Lass gut sein, Suse.« Das »Tante« ließ Helene seit geraumer Zeit weg. »Ihr hattet eure Zeit, und wir haben unsere. Was für euch damals ach so bedeutend war, all dieses Gewese um Moral und Anstand, ist für uns heute Schnee von gestern. Wir wollen wieder jemand sein in der Welt.«

Susanne hätte ihr einen Vortrag darüber halten können, warum es sich ohne Anstand schwer lebte, warum selbst Kriege Regelungen unter Nationen brauchten und Familien Regelungen unter Menschen. Aber sie war kein Politiker und nicht der Überzeugung, die halbe Welt habe auf ihre Belehrungen gewartet. Also hatte sie sich lediglich verabschiedet und war ihres Weges gegangen. Seither hatte sie Helene nicht mehr gesehen.

Sie fehlte ihr. *Dieser kleine Wirbelwind ist nicht nur die Schwester, die Tullio nie hatte,* erkannte sie. Weil sie mit ihrem Sohn so glücklich gewesen war, hatte sie nie Bedauern darüber zugelassen, dass ihr weitere Kinder versagt geblieben waren. Hätte sie sich aber eine Tochter wünschen dürfen, hätte sie, ohne zu zögern, Helene gewählt.

Die letzten Karten standen an ihrem Platz. Ihre Mutter würde neben Vevi sitzen wollen, und die verzichtete dafür auf ihren Tischherrn. Ohnehin war das Einteilen in Tischpaare ein Überbleibsel der Vergangenheit, das ihr ein selbstironisches Grinsen entlockte. Sie selbst würde jedenfalls nicht verzichten! Sie hatte gerade eine der Bombonieren mit Tullios Namen neben ihre eigene Karte gelegt, als vorn an der Straße Bremsen quietschten. Gleich darauf ertönte lautes Hupen.

Diese narrischen Kerle! Schlimmer als kleine Buben trieben die's, und sie würde ihnen beiden die Ohren lang ziehen, falls sie mit ihrem Krach dem Geburtstagskind die Überraschung verdarben.

Auf einmal glücklich und leicht, ließ Susanne die Tüte mit den Bombonieren fallen und rannte wie ein junges Mädchen ins Freie.

34

Die Sonne schien strahlend vom wolkenlosen Himmel und setzte der Donau ebenso Glanzlichter auf wie der Karosserie des königsblauen Automobils. Ein Fiat 522, die sportliche Ausführung, die Achille zufolge allen deutschen Modellen davonfuhr.

Er hatte den sündhaft teuren Wagen mit der Hilfe von Michele Pantigliates Neffen, seinem Patensohn, dem er die Ausbildung finanzierte, aus Turin herüberbringen lassen. »Mein Sohn mag ja der Primus einer deutschen Schule sein und bayerisch sprechen wie der letzte Bazi, aber wenn es um Autos geht, schlägt sein Herz italienisch – glaube mir.«

Susanne musste lachen. Dieser Kerl platzte vor Stolz auf seinen Jungen, und er gab sich nicht die geringste Mühe, es zu verbergen. Die Türen des Wagens flogen auf, und ihr Mann und ihr Bruder sprangen ins Freie, beider Gesichter gerötet und in den Augen ein Leuchten. »Kruzitürken, Schwesterherz«, rief Ludwig, »da bekommt euer Bub aber ein Maschinchen unter den Hintern – weiß der Bursche eigentlich, was für ein Glückspilz er ist?«

»Die Glückspilze sind wir«, sagte Achille und verschloss die Tür auf der Fahrerseite. Susanne entging die Reaktion der jungen Frauen nicht, die untergehakt am Ufersteig entlangspazierten. Der schöne Signor Giraudo bewegte sich in strammen Schritten auf die fünfzig zu, hatte Silber an den Schläfen und Faltenkränze in den Augenwinkeln, doch er konnte noch immer aus keinem Auto steigen, ohne dass Frauen die Köpfe nach ihm drehten.

Wenn überhaupt, dann hatte er an Attraktivität noch gewonnen. Das Distinguierte, Würdige stand ihm, vor allem weil es einen so frappanten Widerspruch zu seinem nicht zu übersehenden Sex-Appeal bildete. Er warf sich noch immer das Jackett an einem Finger über den Rücken und schob die andere Hand in die Hosentasche, als hätte er nicht die blasseste Ahnung, was dabei mit dem Stoff der Hose passierte. Er schlenderte noch immer daher, als könne er sich ums Leben nicht vorstellen, warum die Frauen starrten, und als wäre seine alterslose Schönheit eine nicht erwähnenswerte Selbstverständlichkeit.

Aber auch sie selbst war zu ihrem Vorteil gealtert, fand Susanne. Sie waren wie Dunkelbier und Barolo – Qualität, die mit den Jahren nicht schrumpfte, sondern wuchs. Sie machte sich nicht länger klein. Sie war die Frau an Achille Giraudos Seite, und wenn jemand sich diesen Platz verdient hatte, dann sie.

»Probefahrt bestanden.« Seine Augen sandten ihr ein Lächeln. »Susanna, du glaubst ja nicht, wie diese Kiste losflitzt, wenn man ihr richtig Zügel gibt. Tullio wird sich so freuen. Wenn er im Herbst mit dem Studium anfängt, wird er unter seinen Kommilitonen das fescheste Auto haben.«

»Dabei macht er sich gar nichts aus Autos.« Susanne grinste und klopfte ihm die Wange. Sie hatte auf ein anderes Geschenk für Tullio plädiert, der Geschichte und Literatur studieren wollte, für eine Summe Geldes oder eine längere Reise, aber Achille hatte sich durchgesetzt: »So ein junger Mann von 1932, der muss doch ein Auto haben. An Geld bekommt er von uns, was immer er benötigt, und wenn er reisen will, braucht er sich nur die Koffer in seinen Wagen zu stellen und kann losfahren.«

Susanne hatte nachgegeben. Sie wusste, Tullio würde sich freuen, weil er die Liebe seines Vaters in dem Geschenk spürte. Zudem hatten die beiden noch immer diese geheime Vater-und-Sohn-Welt, in der sie zusammen verschwanden, und das geteilte Vergnügen am Auto mochte dem neuen Raum geben.

Susanne liebte die Liebe zwischen ihnen. Sie hatte eine solche Zärtlichkeit zwischen zwei männlichen Geschöpfen höchstens damals bei Max und Konrad erlebt und unter Erwachsenen für unmöglich gehalten. *Vielleicht hätten wir den Krieg nicht haben müssen,* dachte sie. *Wenn Väter ihre Söhne zu zärtlich lieben würden, um sie in Trommelfeuer zu schicken oder sie in einer zerstörten Welt allein zu lassen.* Ihr Sohn hatte seinen Babbo nicht verloren. Eines Vormittags im mörderisch kalten Winter 18, als Susanne mit ihm vom Schlangestehen nach Fett und Brot gekommen war, hatte dieser klapperdürre Mensch in ihrer Gaststube gesessen und so verdreckt, wie er war, Berthas Backerbsen in sich hineingelöffelt.

Gestunken hatte er bis zum Himmel, schlimmer als damals nach seiner Entlassung aus dem Gefängnis. Tullio war zwei Jahre alt gewesen, als er gegangen war, und hatte ihn seit dreieinhalb Jahren nicht gesehen. Er rannte los, schrie:»Babbo, Babbo, Babbo«, und sprang dem stinkenden, bärtigen Fremden samt dem Bären, ohne den er nirgendwo hinging, auf den Schoß. Danach machte er nie wieder Aufhebens darum, dass sein Vater zurückgekommen war, sondern fuhr an seiner Hand mit seinem Leben fort, als wäre er nicht fort gewesen.

»Ich gehe nie wieder von euch weg«, war alles, was Achille damals gesagt hatte. Die Erfahrung von Krieg, Angst und Trennung hatte ihnen einen Stempel aufgedrückt, der sich nicht löschen ließ. Jeder Tag ihres Lebens war Susanne seither vorgekommen wie aus Glas: Sie gingen behutsam mit ihm um, sich bei jeder Bewegung bewusst, dass er zerspringen konnte. Auf die gläserne Dankbarkeit dafür, dass sie einander nicht verloren hatten, war ihr Zusammensein seither gebaut.

»Geh und zieh dich anständig an, Herr Giraudo. Unsere Gäste

sind gleich hier.« Sie wollte ihn in die Seite boxen, er wich ihr mit bemerkenswertem Hüftschwung aus, schwang herum und küsste sie auf den Mund.

Ludwig näherte sich beinahe scheu. »Gut siehst du aus, Su. So richtig wie die stolze Mutter eines Abiturienten. Ihr seht beide gut aus, und ihr habt allen Grund, stolz zu sein.«

»Du als Onkel aber auch«, sagte Achille. »Wir sind eine Familie, Ludwig. Wir sind auf all unsere Kinder stolz.«

Achille hatte nie vergessen, dass Ludwig zu ihm gehalten hatte, als alle anderen ihn hatten fallen lassen. Was immer jemand gegen Ludwigs Umgang oder seine Geschäftspraktiken vorzubringen hatte, es kam für ihn nicht infrage, sich von Ludwig zu distanzieren. Er stand zu ihm. Und als gestern spätabends das formidable Automobil eingetroffen war, war es für ihn selbstverständlich gewesen, den ebenfalls autonärrischen Ludwig zur Probefahrt einzuladen.

»Nun ja«, murmelte Ludwig. »Stolz bin ich schon auf meine Mädchen, das steht außer Frage. Auch auf Helene, nur damit es da keine Missverständnisse gibt.«

»Aber sicher doch«, erwiderte Achille. »Weshalb solltest du auf deine prächtige Helene denn nicht stolz sein?«

»Mir ist schon klar, dass der Herr Abgeordnete Schnieber hier nicht gern gesehen ist«, wandte Ludwig ein. »Aber man muss nun einmal auf die Zukunft schauen. Ihr habt das beizeiten gemacht, habt natürlich auch Glück gehabt, aber bei unsereinem ließ sich das alles weit holpriger an. Wenn man dann noch etliche Mäuler zu stopfen hat, nimmt man besser den Spatzen in der Hand. Auch wenn die Tauben auf dem Dach noch so schön singen.«

»Tauben singen nicht«, rutschte es Susanne heraus.

»Ludwig, ich habe schon mehr als ein Mal versucht, dir klarzumachen, dass du mir keine Rechenschaft schuldest«, sagte Achille. »Uns beiden nicht. Wir wissen, dass du es nie leicht hattest, und wir haben selbst Dinge getan, auf die wir nicht stolz sind. So etwas tut man eben, wenn man sich wünscht, dass es der eigenen Familie gut geht.« *Was denn für Dinge?*, fragte sich Susanne. Ihr fiel nichts ein, das sich mit dem Umstand vergleichen ließ, dass Ludwig Märzhäuser-Bier ans Schloss-Hotel lieferte. Jenes Hotel verfügte über einen gewölbeartigen Bierkeller, der nach mehreren Saalschlachten mit Anhängern anderer Parteien zum Stammlokal von Regensburgs Nationalsozialisten geworden war. Ludwigs Entschluss war der Ursprung des Streits, der die Familie spaltete. Seppi war nicht der Einzige, der sich weigerte, ihm die Hand zu geben. Achille ließ sich hingegen nicht von seiner Haltung abbringen, und Susanne war ihm dankbar dafür.

Sie war über Ludwigs Entscheidung nicht glücklich und konnte sich auch nicht vorstellen, dass der Brauerei keine anderen Kunden offenstanden. Das Ponte hatte seinen Auftrag auch keineswegs zurückgezogen, obwohl Seppi dies gefordert hatte: »Ihr müsst Onkel Ludwig die Pistole auf die Brust setzen: Entweder er beliefert den Nazi-Dreck vom Schloss, oder er beliefert euch.«

Er hat mir keine Pistole auf die Brust gesetzt, als jeder andere es tat, hatte Susanne gedacht. *Wie kann dann ich es mir bei ihm herausnehmen?*

Als Ludwig fünf Nazi-Funktionäre, die er seine Geschäftspartner nannte, zum Abendessen mit ins Ponte brachte, hatte sie ihn jedoch gebeten, dies nicht zu wiederholen. »Du verscheuchst uns die Stammgäste, Ludwig. Du weißt, wer bei uns verkehrt.«

Otto Hipp, Mitglied der Bayerischen Volkspartei und seit zwölf Jahren Oberbürgermeister von Regensburg, kam regelmäßig mit Mitgliedern des Gemeinderats. Er war ein leidenschaftlicher Gegner der Hitler-Partei, die es vermutlich ihm zu verdanken hatte, dass sie in Regensburg über ein einziges Mandat nie hinauskam. Vor allem aber aßen, tranken und tanzten im Ponte die modernen, aufgeschlossenen Regensburger, die Flair und Kultur wollten, Jazz hörten,

Cocktails tranken und links oder liberal wählten. Frauen mit Bubi-köpfen, in seidenen Shimmy-Kleidern und Männer mit Schirm-mützen und Rosen in den Knopflöchern.

Das vertrug sich nicht mit Nazi-Mief.

»Ich brauche gar nicht zu wissen, was für einen Schmarrn diese Menschen politisch fabrizieren«, bekundete Carlo, ein junger Kaba-rettsänger, der häufig auf der Brettlbühne des Ponte auftrat. »Diese Braunhemden sind eine Beleidigung des guten Geschmacks, das genügt mir völlig.«

Susanne wollte keine Nazis in ihrem Restaurant haben und Achille noch weniger. Er betätigte sich nicht politisch, doch seit er aus den Schützengräben am Isonzo heimgekommen war, verbot er sich energisch jede Art von Kriegsverherrlichung. Mussolini war ihm nicht nur ein Dorn, sondern mindestens ein Granatenwerfer im Auge. Auf Ludwig aber ließ er nichts kommen.

»Ich will nicht, dass er diese Leute zu uns mitbringt«, sagte er zu Susanne. »Wenn er es aber tut, werde ich ihn nicht wie einen dum-men Jungen maßregeln und vor ihnen bloßstellen.«

Susanne hatte dies an Ludwig weitergegeben, und Ludwig hatte bitter aufgeseufzt. »Dafür muss ich wohl noch dankbar sein, was? Fritz Wächtler, mit dem ich bei euch zum Essen war, sitzt übrigens im Reichstag und schluckt wie ein Loch. Er kann mir Aufträge ver-schaffen, die mich aus den roten Zahlen bringen, deshalb verkehre ich mit ihm. Ich wünschte, jemand würde mir erklären, wie man es fertigbringt, ein edler Mensch zu bleiben und dabei zuzuschauen, wie einem das Geschäft vor die Hunde geht.«

»Geht es euch denn wirklich so schlecht, Ludwig?«, hatte Susanne gefragt.

Gewiss, die wirtschaftliche Lage in der Stadt gab ein trostloses Bild ab. Die Bleistiftfabrik war so gut wie bankrott, andere Industrien hatten sich nicht angesiedelt, und der Hafen, der einst Arbeitsplätze versprochen hatte, lag nach dem Zusammenbruch des Donauhandels darnieder. Aber trotz alledem gab es doch Kneipen, Restaurants und Hotels, nach Regensburg zogen scharenweise Touristen, und die meisten von ihnen tranken Bier.

»Du kannst mir glauben, dass ich zeitweilig nicht wusste, was ich dem Gerichtsvollzieher zuerst in den Rachen werfen sollte«, erwiderte Ludwig dumpf. »Die goldene Uhr meines Vaters, den Trauring meiner Frau oder besser doch gleich das Haus, in dem meine Kinder schlafen.«

»Aber die Brauerei lief doch einmal so gut«, rief Susanne. »Wir konnten uns diese teure Reise leisten, wir hatten etliche Dienstboten, Mutter beständig die allerneuesten Therapien ...«

»Vor dem Krieg«, schnitt ihr Ludwig das Wort ab. »Überlegst du dir bitte, was wir seither alles durchgestanden haben? Nicht nur Revolution und Räterepublik, den Versailler Vertrag mit seinen unhaltbaren Forderungen, die Inflation und die Wirtschaftskrise. Sondern darüber hinaus den Bankrott, den Vater mit seinen Kriegsanleihen hingelegt hat, die Art seines Todes, die uns in ein schlechtes Licht stellt, und – mit Verlaub – die Misswirtschaft meines Bruders, der vielleicht eher als Junker denn als Geschäftsmann zur Welt hätte kommen sollen.«

Es geschah nur selten, dass jemand den Tod ihres Vaters erwähnte, und jedes Mal versetzte es Susanne einen Stich. Ludwig und sie hatten alles versucht, um das, was schließlich geschehen war, zu verhindern. Sie hatte Geld auf der hohen Kante, und das Ponte war Abend für Abend randvoll mit Leuten, die den Frieden feierten. Da ihr Vater mit ihr nicht sprach, bat sie Ludwig, ihm ihre Hilfe anzutragen. Finanziell konnte sie ihm unter die Arme greifen, und wenn sie künftig ihr Bier von Märzhäuser bezog, mochte das der erste Schritt aus der Talsohle sein. Der Vater zeigte sich zwar bereit, Ludwig zu empfangen, aber seinen Vorschlag wies er zurück. Am nächsten Morgen fand die Mutter ihn in seinem Arbeitszimmer mit einem Kopfschuss aus seiner veralteten Armeepistole.

»Du darfst es dir nicht ankreiden«, hatte Ludwig versucht, Susanne zu trösten. »Du hast getan, was du konntest, aber er war nicht in der Lage, mit der Schande weiterzuleben. Heute Nachmittag hätte die Bank ihm die Brauerei genommen.«

Gemeint war die Bayerische Gemeindebank, die die von Vevis Vater geschluckt hatte. Die beiden Männer hatten sich im Zeichnen von Kriegskrediten gegenseitig übertroffen, und nun waren sie beide am Ende. Allein Ludwigs Verhandlungsgeschick und seiner Fähigkeit, rasch Geld aufzutreiben, war es zu verdanken, dass die Brauerei gerettet werden konnte. Vevis Vater scheute sich nicht, sich fortan von seiner Tochter unterhalten zu lassen. Dass ihr eigener Vater lieber gestorben war, als sich von ihr helfen zu lassen, würde Susanne für immer wehtun.

Im Grunde hatte sich damals bereits jener feine Riss durch die Familie gebildet, der sich nun zum Spalt ausweitete. Nicht jeder hieß Ludwigs Art, das benötigte Geld zu beschaffen, gut. Susanne war froh, dass sie davon erst Jahre später erfuhr: Während in ihrer Stadt Kinder hungerten oder an der Spanischen Grippe verreckten, hatte ihr Bruder aus obskuren Quellen Lebensmittel und Arzneien aufgekauft und einen Schwarzhandel begonnen.

»Natürlich ist es unfein«, sagte Achille dazu. »Aber kann ein Mann, der sieben Menschen durchzufüttern hat, sich danach fragen? Nach allem, was ich erlebt habe, habe ich beschlossen, einen anderen Mann nur dann zu verurteilen, wenn ich mir sicher bin, dass ich in seiner Lage nicht dasselbe täte.«

»Hast du davon gewusst?«

Achille nickte. »Vor dir hat er sich geschämt, aber irgendwem hat er es erzählen müssen.«

Das Vertrauen, das zwischen Achille und Ludwig herrschte, war unerschütterlich. Auch jetzt war das spürbar, wo sie noch immer zu dritt auf der Straße standen, obwohl binnen Kurzem ihre Gäste eintreffen würden. Ludwig wusste, Achille würde ihn nicht auflaufen lassen, selbst wenn der Rest der Familie es forderte. Und Achille wusste, Ludwig würde den Ehrentag seines Sohnes achten und jeden unliebsamen Zwischenfall vermeiden.

»Ich liebe meine Mädchen über alles«, nahm Ludwig das Gespräch noch einmal auf. »Ich würde sie niemals eintauschen, und es gibt nichts, das ich nicht tun würde, um den beiden zu Glück zu verhelfen. Aber einen Sohn, den hätte ich schon gern gehabt, das gebe ich zu. Wenn ich dich und Tullio so sehe, spüre ich Trauer um diese Erfahrung, die mir entgangen ist. Diese Gemeinschaft zwischen zwei Männern, das Wissen, das man an einen Erben weitergibt. Mit meinem Vater hatte ich so etwas nie, ich hätte es gern mit einem Sohn gehabt. Wie du aber weißt, wollte Mechthild keine weiteren Kinder.«

»Vielleicht bekommst du ja einen Enkel«, sagte Achille. »Einen Großvater zu haben muss eine pfundige Sache sein. Ich habe meinen nicht gekannt, aber meine Großmutter war ...« Er brach ab.

Ludwig sandte ihm einen verständnisvollen Blick. Neben Susanne war er der Einzige, der wusste, dass Achille seine Familie trotz allem geliebt hatte.

In diesem Augenblick fuhr ratternd und schmauchend ein klappriger Opel Laubfrosch an der Wurstkuchl vorbei und parkte hinter dem glänzenden Fiat. Es war das Modell von 1924, das inzwischen nicht mehr hergestellt wurde, aber es war immerhin ein Auto. Die Tür auf der Fahrerseite wurde aufgestoßen, und eine noch immer gut aussehende, üppig gebaute Frau mit frisch blondiertem und gewelltem Haar stieg aus. Sie eilte um den Wagen herum, öffnete die Tür des Beifahrers und half einem Mann, der an einer Krücke aus dem Wagen stieg. Trotz des alten Autos hatte das Paar etwas Vornehmes an sich, und es gehörte unverkennbar zusammen. Die beiden steckten sogar in Mänteln in derselben Kamelhaarfarbe, und die Frau stützte dem Mann, der eine Augenklappe trug, liebevoll den Arm. In der freien Armbeuge hielt sie einen herrlichen Strauß aus Rosen und Levkojen.

»Vevi!«, rief Susanne überglücklich. »Max!« Er war gekommen, er war tatsächlich gekommen. An Tagen wie diesem, wenn das Wetter umschlug, war es ihm vor Schmerzen manchmal nicht möglich, das Haus zu verlassen. Überdies hatte die Gefahr bestanden, dass er dies als Ausrede nutzte, um nicht an einem Tisch mit Helenes Nazi-Bräutigam sitzen zu müssen.

Max war sein Leben lang der Anstand in Person gewesen. Wo andere sich durchschummelten und sich ihr Bild von sich selbst zurechtbogen, gab es bei ihm nur den geraden Weg. Seine Kriegsverletzung hatte ihn mit einem zerstörten Auge und einem vom Kniegelenk abwärts zertrümmerten Bein zurückgelassen, doch viel härter hatte ihn getroffen, dass er die bankrotte Brauerei durch Ludwigs Schiebergelder hatte retten müssen. Seither war Ludwig sein Teilhaber und hielt die Zügel in der Hand. Max waren die Hände gebunden, er musste dulden, dass Ludwig das von Vater und Großvater kreierte Bier an Nazis verkaufte.

Die beiden Brüder verkehrten nur noch miteinander, wo es sich geschäftlich nicht umgehen ließ. Susanne kam darüber nicht hinweg, sie konnte nicht aufhören, daran zu rütteln. Es kam ihr so widersinnig vor: Jetzt, da sie endlich alle vier frei miteinander hätten leben können, trennte sie diese Kluft.

Hatten sie nicht einen von ihnen verloren und hätten um ein Haar auch einen Zweiten nie wiedergesehen? Es war so schnell zu spät – wer sollte das wissen, wenn nicht sie?

»So sind eben Menschen«, hatte Achille gesagt. »Und vermutlich ist das gut so. Dass sie zur Tagesordnung übergehen, dass sie sich wieder Beleidigungen an den Kopf werfen und einander die Butter vom Brot neiden, zeigt ja, dass sie sich aus all dem Tod herausgewühlt und ins Leben zurückgefunden haben. Ich denke, das geht in Ordnung, solange wir nicht vergessen, dass dieser Krieg in uns ist. Und dass wir es unseren Kindern schulden, keinen weiteren zuzulassen.«

Damals, am Isonzo, war es Achille gewesen, der über den Wall des Grabens, in den er sich gerettet hatte, noch einmal hinausgesprungen war. Er war über das Gelände, das noch unter Beschuss stand, gerannt und hatte Max aus dem Granattrichter gezogen, in den er beim Einschlag gestürzt war. Er sprach nie darüber. Susanne wusste weder, wie er ihren Bruder zurück in seinen Graben geschleift, noch, welche disziplinarischen Konsequenzen sein unbefugtes Handeln gehabt hatte. Vielleicht überhaupt keine. Achille hatte den Rang eines *capitano* inne, was einem deutschen Hauptmann entsprach, und es gab nach zwölf Schlachten an diesem verfluchten Bergfluss nicht mehr allzu viele ranghöhere Offiziere, die in Frontgräben lagen.

Wenn es einen gegeben hatte, hatte er Achille womöglich davonkommen lassen. Italiener hatten eine Schwäche für Familienbande und für wahnwitzige Heldentaten. Zudem war Achille ein hochdekorierter Alpino, und der Krieg hatte sie alle längst zermürbt. Max wurde in die Etappe gebracht, notdürftig zusammengeflickt und beim nächsten Gefangenenaustausch dem deutschen Kommando übergeben. Gehen konnte er nicht, galt als erblindet, und Ressourcen für Krankentransporte waren praktisch nicht mehr vorhanden. Weil er aber Max Märzhäuser war, den jeder mochte, blieb er nicht als hoffnungslos in einem Lazarettbett liegen, sondern wurde mit einer Pflegerin nach Hause geschickt. Zu Vevi. Die ein Wunder vollbracht, den heimgekehrten Dr. Friedländer engagiert und ihren Mann ins Leben zurückgepflegt hatte. »Ich hab nur dich«, hatte sie zu ihm gesagt. »Wenn du für dich selbst nicht leben willst, dann hast du es für mich zu tun.«

Achille bewahrte sein Schweigen. Die einzigen Worte, die er auf Susannes Drängen je darüber verloren hatte, lauteten: »Ich habe das, was ich einem deiner Brüder schulde, wenigstens dem anderen zurückzahlen wollen.«

Susanne hatte von den Ereignissen Monate später durch Max erfahren. »Ich weiß, dass du nicht vergessen hast, was ich am Abend vor meiner Abreise zu dir gesagt habe«, hatte er begonnen. Zu der Zeit hatten die Ärzte den Kampf um die Sehkraft seines linken Auges gewonnen, und er war dabei, mit einer Krücke gehen zu lernen. »Ich kann davon nichts zurücknehmen, Suse, und nur hoffen, dass du mich verstehst. Dein Mann hat mein Leben gerettet. Ich werde ihm für immer dankbar sein, und ich werde ihn für immer das, was er getan hat, verabscheuen. Damit zu leben wird für keinen von uns leicht.«

Es war nicht leicht gewesen, doch sie hatten es geschafft. Achille und Max gingen einander aus dem Weg, aber sie taten es auf höfliche, respektvolle Weise. Und Max war heute gekommen. Das bewies einmal mehr, dass all das Gute, das zwischen ihnen war, das Schwierige, Dunkle überwog.

»Maxl, Vevi!«, rief Susanne noch einmal und rannte los. »Ich freu mich ja so, ach Gott, ich freu mich einfach narrisch!«

Sie umarmte Bruder und Schwägerin und zerquetschte um ein Haar den herrlichen Strauß, als sie hinter sich hörte, was Ludwig zu Achille sagte: »Darüber, wer der Lieblingsbruder ist, besteht wieder einmal kein Zweifel, nicht wahr?«

Hätte sie Achille nicht geliebt, seit sie so alt gewesen war wie ihr Sohn heute, so hätte sie es für die Antwort getan, die er Ludwig gab: »Euer Lieblingsbruder ist tot, Ludwig. Ihr vier, die ihr übrig seid, liebt euch. Werft das nicht weg.«

35

Das Essen war köstlich gewesen, Bertha und Bastian hatten sich selbst übertroffen. Als es jedoch Zeit für die sonnenroten Campari-Cocktails geworden war, hatte sich der Himmel verdunkelt, und im nächsten Augenblick ergoss sich ein Wolkenbruch. Die patente Schar, die Susanne die Ponte-Frauen nannte, all die bärenstarken Weiber, die seit dem Krieg hier zum Inventar gehörten, von Veronika über Urte bis zu der achtzigjährigen Leontine Friedländer, waren auf die Terrasse gestürmt, um die blau-weißen Lampions einzusammeln. Jetzt hingen triefende bayerische Laternen zwischen italienischen Girlanden, die Campari-Cocktails brauchten nur einen Extraschuss Gin, um drinnen genauso gut zu schmecken wie draußen, und die Musik tat ein Übriges.

Seppi hatte den Platz am Grammofon übernommen und bewies vollendetes Geschick in der Auswahl. Er spielte *Love Is The Sweetest Thing* von Ray Noble und Al Bowllys *Good Night Sweetheart*, die er aus München mitgebracht hatte, gefolgt von Fred Astaires brandneuem *Night and Day*, das Susanne über Beziehungen extra für diesen Tag besorgt hatte. Die jungen Leute brachen in Begeisterung aus, und im Nu füllte sich die Tanzfläche.

Tullio hatte Musik von klein auf geliebt und wand sich geschmeidig im Tanz. »Darf ich?«, erkundigte er sich höflich bei Alexander Schnieber und schnappte sich Helene.

»Warum nicht?«, knurrte dieser. »Ich tanze zu so etwas nicht.«

Sie waren ein zauberhaftes Paar. Beinahe war es schade, dass sie

Vetter und Base waren, aber dann auch wieder nicht, weil dieses Einverständnis zwischen ihnen herrschte, das es zwischen Jungverliebten selten gab. Maria mit ihrem liebsten Georg beispielsweise zappelte weit nervöser durch den Tanz, weil sie noch viel zu erpicht darauf war, ihm zu gefallen, und gar nicht dazu kam, ihr Beisammensein zu genießen.

Es folgte *Blue Skies*, das der göttliche Al Jolson in *Der Jazzsänger* gesungen hatte, dem ersten Tonfilm der Weltgeschichte. Tullio und seine Freunde waren etliche Male in das neue Lichtspielhaus auf der Maximilianstraße gerannt, und Susanne hatte daran denken müssen, wie sie selbst zum ersten Mal im Kino gewesen war und Mary Pickford gesehen hatte. Wie schön die Jugendlichen es heute hatten, wie viele Möglichkeiten auf sie warteten, und wie frei sie waren, sie zu nutzen!

»Du bist der Einzige, der hier mit mir redet«, hörte sie Helene Tullio zuzischen. »Die andern behandeln mich, als hätte ich Pest und Krätze gleichzeitig. Wär's nicht um deinetwillen, wäre ich gar nicht gekommen.«

Gleich darauf tanzten die beiden außer Hörweite. *Ich muss mit ihr sprechen*, dachte Susanne, *ich muss ihr unbedingt nachher sagen, dass wir sie noch genauso lieben wie eh und je.* Hörte man je auf, sich um diese jungen Menschen zu sorgen? Alle tanzten, sogar die schwangere Holdine, die wie eine Schiffschaukel schwankte, alle waren fröhlich, bis auf Seppi, der zwischen seinen Schallplatten ein wenig verloren wirkte. Würde er in München Freunde finden, die zu ihm passten?

»Und wir?« Achille trat neben sie und legte ihr die Hand auf den Arm. »Dafür sind wir noch nicht zu alt, oder doch?«

So wie er ihr in die Augen sah, hätte er achtzig sein können, und sie wäre ihm von Neuem verfallen. Er trug einen weißen, auf Taille geschnittenen Smoking mit einer schwarzen Rose im Knopfloch und war lässig, ohne jeden Aufwand, der schönste Mann im Saal. Übertreffen würde ihn höchstens eines Tages sein Sohn, dem aber noch das Format fehlte. Susanne lachte, schmiegte sich in seine geöffneten Arme und ließ sich ganz altmodisch von ihm in den Tanz führen. Applaus ertönte, als sie sich zwischen die viel wilder tanzende Jugend mischten.

Was für ein verrücktes Paar wir sind, dachte sie. *Ich habe nie aufgehört, ihn zu begehren, und er hat nie damit angefangen, und dennoch haben wir es miteinander gut gehabt, in jetzt bald zweiundzwanzig Jahren.* Sie sah zu ihm auf, sah ihn lächeln und wusste, dass es gekommen war, wie sie es damals, bei seinem verzweifelten Heiratsantrag in Turin, für unmöglich gehalten hatte: Nicht nur sie war mit ihm glücklich geworden, sondern auch er mit ihr. *Seine große Liebe war eine andere, aber zu Hause ist er bei mir.*

Das Lied verklang. Achille schloss die Augen und berührte flüchtig mit den Lippen ihre Stirn. Dann legte Seppi eine neue Platte auf, diesmal einen schon etwas älteren Blues, *Look What a Fool I Have Been* mit Clarence Williams am Klavier, dem grandiosen schwarzen Jazzpianisten aus Louisiana. Ein Lieblingsstück des Ponte. Die Scheibe war schon völlig zerkratzt, und Susanne würde sie demnächst ersetzen müssen, so oft verlangten die Gäste danach.

Die jungen Leute johlten und begannen sofort wieder zu tanzen, während Achille Susanne zurück an den Tisch führen wollte. In diesem Augenblick sprang jedoch Alexander Schnieber auf. »Das geht zu weit«, rief er und schleuderte seine Serviette auf den Tisch. »Bisher habe ich um Helenes willen die Füße stillgehalten, aber jetzt habe ich endgültig genug von dieser widerlichen Negermusik.«

Wie nicht anders zu befürchten, sprang auch Seppi von seinem Hocker. »Das hier ist nicht Ihr Laden!«, warf er Schnieber ins Gesicht. »Wenn Ihnen unsere Musik nicht passt, gehen Sie doch ins Schloss-Hotel und nehmen Sie alle, die Ihre Meinung teilen, mit. Uns tun Sie damit einen Gefallen. Brauner Sumpf und Engstirnigkeit passen nicht zu unserer Art zu feiern.«

Damit war es geschehen. Das schöne Fest, das sie ihrem Sohn hatte ausrichten wollen, war zerstört. Es hätte eine glückliche Erinnerung für ihn werden sollen, das letzte Blatt im Album seiner Kindheit, doch stattdessen würde es in Krawall und Streit enden. Tullio liebte seine Familie, er wollte sie immer vereint sehen, doch ausgerechnet an seinem Geburtstag würden sie verfeindet auseinandergehen.

Schnieber schrie Seppi an, und Seppi schrie Schnieber an, etliche andere stellten sich auf seine Seite, während Ludwig darum rang, sich Gehör zu verschaffen. Es war hoffnungslos. Was immer sie versuchten, würde alles noch schlimmer machen.

Da sprang aus dem Winkel hinter dem Tresen jemand auf die Brettlbühne und zupfte im Vorbeigehen Seppi das Mikrofon aus der Hand. Flugs blätterte er durch ein paar Platten, hielt Seppi schließlich eine hin und wisperte eine Anweisung.

Carlo.

Der junge Mann war eines Tages einfach zur Tür hereingeschneit, hatte die Hände in die Hüften gestemmt und erklärt: »Ich bin Sänger. Ich könnte heute Abend anfangen.«

Er war von zarter, ephebischer Schönheit, wirkte geradezu zerbrechlich bis auf die Masse kastanienroten Haars, die er lang und zurückgekämmt trug. Wenn er aber zu singen begann, spannte sich der schmächtige Körper, als bestünde er nur aus Sehnen, und die Stimme war pure Wucht und Kraft. Er war unglaublich begabt. Obwohl er seine Lieder aus vollen Lungen herausschmetterte, waren seine leisen Töne von einer Süße, die im Herzen wehtat und eine Sehnsucht weckte, die sich nicht stillen ließ.

Er brauchte genau einen Auftritt, ehe Susannes Ponte-Frauen und sämtliche weiblichen Gäste ihm verfallen waren. Carlo Steiner, von dem keiner recht wusste, woher er kam, war intelligent und witzig, er sang Brecht, Klabund und Hollaender, aber als Frau kam man nicht umhin zu denken: Er war zu schade fürs Kabarett. Mit dieser Stimme und den Sternenaugen musste er Schmachtfetzen singen. Wenn er angekündigt war, ließen die Regensburgerinnen ihre Männer zu Hause und kamen mit ihren Freundinnen.

»Einen wundervollen guten Abend, die Herrschaften«, flirtete Carlo ins Mikrofon und warf seine Haarpracht aus der Stirn. »Zunächst einmal will ich natürlich dem jungen Herrn des Hauses gratulieren. Wertester Signor Tullio!« Er verbeugte sich, wobei er nicht vorhandene Frackschöße ausbreitete. »Wir, die dummen Menschen dieser Erde, verneigen uns vor Ihrem Genie.«

Tullio lachte. Er mochte Carlo gerne. Oft, wenn der junge Mann auf den Brettln probte, gesellte er sich dazu, und sie sangen gemeinsam Ulklieder wie *Mein Papagei frisst keine harten Eier*, was in einer Heidengaudi endete.

»Zum Zweiten ist es natürlich mein Wunsch, Ihnen ein Geschenk darzubringen, doch da ich nicht mehr bin als ein armer Wandergesell, bleibt mir dafür nur ein Lied. Vorhin noch kam es mir als Gabe zu schäbig vor, jetzt aber scheint mir, es könnte sich als nützlich erweisen. Der Herr dort hinten mit der von Erregung kündenden Gesichtsfarbe stört sich an Negermusik? Wohlan! Dem Mann kann geholfen werden.«

Wieder verneigte sich Carlo, dann beugte er sich näher ans Mikrofon, und statt zu grölen, säuselte er: »Das Lied, das ich Ihnen singe, stammt von einem Dichter der schönen Ukraine, mit einer Haut so weiß wie Schlagsahne. Berühmt gemacht hat es ein Mann aus der Heimat unserer strammen faschistischen Freunde, ebenfalls garantiert blitzweiß wie frisch gebohnert. Meine Herrschaften – ich singe Ihnen Adalgiso Ferraris' *Dark Eyes*.«

Carlo hatte die Lacher auf seiner Seite. Alexander Schnieber stand da wie ein begossener Pudel und senkte den Kopf, der noch dunkler anlief. Als der Spötter jedoch sein Lied ankündigte, ging ein Raunen durch die Reihen. Adalgiso Ferraris war ein Piemonteser, der in London lebte, und dieses ukrainische Volkslied, das er in ein italienisch angehauchtes Englisch übersetzt hatte, hatte ihn zum Weltstar gemacht. Es war ein bisschen zu viel von allem, fand Susanne – zu zuckrig, zu melodramatisch, zu sentimental. Das jedoch lag nur daran, dass sie es noch nie gesungen von Carlo gehört hatte.

Die Instrumentalversion, die Seppi zur Begleitung aufgelegt hatte, begann mit einem schmelzenden Solo der Geigen. Carlo legte den Kopf zurück, schloss halb die Lider und wiegte sich in den Hüften, während er ins Mikrofon sang:

Schwarze Augen, leidenschaftliche Augen,
Brennende, viel zu schöne Augen.
Wie ich dich liebe, wie ich dich fürchte,
Es scheint, ich bin dir in einer unseligen Stunde begegnet.

O du, nicht grundlos bist du dunkler als die Tiefe.
Ich sehe Trauer um meine Seele in dir.
Ich sehe ein triumphierendes Lodern in dir.
Armes Herz, das dem geopfert wird.

Aber ich bin nicht traurig, ich bin nicht voller Leid.
Mein Schicksal besänftigt mich:
Was immer im Leben das Beste ist und was Gott uns schenkte,
Geb ich als Opfer zurück an die feurigen Augen.

Auf den letzten Ton folgte eine kurze Stille. Dann brach der Saal in donnernden Applaus aus. Susanne sah sich um und stellte fest, dass sie beileibe nicht die Einzige war, der Tränen in den Augen standen.

Carlos Gesang hatte nichts Zuckriges, nichts Melodramatisches. Er war erfüllt von leidenschaftlicher Wehmut, und er enthielt eine Wahrheit, die sie nicht greifen konnte und die ihr Angst machte. *Als bliese der Wind uns die Spitzenvorhänge ins Zimmer. Dabei haben wir gar keine. Und das da draußen ist nur ein harmloses Regensburger Aprilwetter. Kein Sturm. Nichts, das uns bedroht.* Ihr Blick streifte Seppi. Er stand da wie gebannt und starrte Carlo an. Eine der Ponte-Frauen, Urtes Tochter Marianne, ging schließlich hin, nahm eine Platte vom Stapel und tauschte sie gegen *Dark Eyes* aus. Sehr langsam, als müssten sie sich aus einer Starre reißen, begannen die jungen Leute wieder zu tanzen.

Tullio ging zu Carlo auf die Bühne und umarmte ihn.»Und du bezeichnest mich als Genie, du narrischer Depp. Danke, danke, danke.«

Seppi starrte noch immer. Und Helene stand alleine auf der Tanzfläche, während die Paare sich um sie bewegten, als wäre sie nicht vorhanden. Alexander Schnieber hatte das Lokal verlassen.

»Ich glaube, ich kümmere mich mal um Ludwigs kleines Mädchen«, sagte Achille zu Susanne. Im nächsten Augenblick kümmerte Helene sich jedoch um sich selbst.

»Wenn mein Tischherr es vorzog, nach Hause zu gehen, heißt das ja noch lange nicht, dass ich auch gehen muss«, rief sie und straffte ihren birkenschlanken Körper. »Wir leben schließlich 1932. Eine Frau ist ihr eigener Herr.« Wendig umrundete sie mehrere Paare, strebte auf Maria und Georg zu und packte den jungen Piloten am Arm. »Du gestattest, Kleine? Mir ist leider der Partner abhandengekommen, aber unter Basen hilft man sich doch aus.«

Dem verdatterten Georg blieb nichts anderes übrig, als die Arme um sie zu legen und mit ihr weiterzutanzen. Maria blieb verstört stehen. Dann zog sie sich hinter den Tresen zurück, wo ihre Mutter sie abfing und den Arm um sie legte.

»Ich glaube, dies ist ein guter Moment für die Torte und die Geschenke«, sagte Achille. »Außerdem will ich endlich wissen, was Giraudo junior zu einem königsblauen Fiat 522 in der Ausführung als Sportwagen zu sagen hat.«

Und ich möchte dich heute unentwegt küssen, dachte Susanne. Auch wenn du unser Geld für teure Autos verschleuderst und dein Leben lang ein eitler Gockel bleibst, der in der Früh das Badezimmer blockiert.

Achille machte seine Ankündigung, Bastian und Bertha trugen die Torte herein, und die Gäste liefen zusammen, um Tullio ihre Geschenke zu überreichen. Es wärmte Susanne das Herz, ihn so geliebt zu sehen. Natürlich zeigte er gebührende Freude, umarmte Freunde und Verwandte und ließ sich dann von seinem verrückten Babbo auf die Straße lotsen, wo der blaue Flitzer wartete. Der Regen hatte so plötzlich aufgehört, wie er begonnen hatte, und der Himmel riss auf. Wie Susanne es sich gedacht hatte, war es nicht das Auto, sondern die Liebe seines Vaters, die Tullio überwältigte.

Die Horde der klatschenden, lachenden Zuschauer verblasste, und auf einmal war es wieder, als wären Vater und Sohn auf der Straße allein. Sie tauschten einen Blick – und schon flogen die Türen des Wagens auf, ein jeder schlüpfte auf seiner Seite hinein, und los ging die Fahrt, dass in der altehrwürdigen Uferstraße der Staub aufstob. Susanne sah ihnen nach, Sybille trat an ihre Seite und hakte sich bei ihr ein.

»Deine beiden.« Sie lächelte. »Du hast es gut gemacht, Suse. Wenn ein Vater und sein Sohn derart ein Herz und eine Seele sind, gehört eine gute Frau und Mutter dazu.«

»Sie hat recht.« Beide Schwestern zuckten zusammen. An Susannes anderer Seite war ihre Mutter aufgetaucht.

Sie war kleiner, als Susanne sie in Erinnerung hatte. Ein paar Jahre nach dem Tod des Vaters hatten sie begonnen, gelegentlich miteinander zu verkehren, doch hielt sich die Mutter stets nahe bei

Vevi, die sich rührend um sie kümmerte. Es ging ihr besser. Nach Dr. Hähnleins Pensionierung hatte sie keine neuen Therapien mehr gewollt. Sie nahm ihre Arzneien nicht länger, stand früh auf und kleidete sich an. »Sybille hat recht«, sagte sie noch einmal. »Eine gute Mutter sorgt dafür, dass ihr Mann und ihre Söhne sich lieben. Ich habe nicht dafür gesorgt, und mein Mann hat seine Söhne nicht geliebt. Den Ludwig schon gar nicht. Auf den Max war er wenigstens stolz. Ich sollte sie auch nicht lieben, zu unserer Zeit kam's ja darauf beim Erziehen nicht an. Nur den Kleinen. Bei dem durfte ich's. Bei dem hat's ihn nicht mehr geschert.«

Die Mutter sah weder Susanne noch Sybille an, sondern starrte in die Richtung, in der das Auto verschwunden war. »Ich bin gekommen, um dir ein Geschenk für deinen Buben zu geben«, sagte sie. »Bei dem Ansturm hab ich mich nicht vordrängen wollen. Vielleicht kannst du's ihm irgendwann geben, wenn's passt.« Noch immer, ohne sie anzusehen, schob sie Susanne einen schweren Umschlag in die Hand.

»Was ist das?«

»Meine Mitgift«, sagte ihre Mutter. »Tausend Mark. In Gold, weil's in all dem Hin und dem Her nicht an Wert verliert. Ich hab mir das weggenommen von dem, was mein Vater damals meinem Mann für die Heirat gegeben hat. Ich fand, ein Teil müsste mir gehören, und mein Mann hat's nicht gemerkt.«

»Du hast das die ganze Zeit über gehabt?«, fuhr Sybille auf. »Als Vater in Konkurs gegangen ist – da hast du dieses Geld bei dir gehabt, und niemand wusste davon?«

Die Mutter nickte. Ihr Gesicht blieb ausdruckslos, und doch wirkte sie beinahe stolz. »Es war meins. Das Einzige, mit dem ich machen konnte, was ich wollte.«

Weiter sagte sie nichts, sondern drehte sich um und ging mit den watschelnden Schritten einer uralten Frau davon.

Beide Schwestern starrten auf den Umschlag, der so voll war, dass er an den Ecken zerriss.

»Sie ist uns immer nachgekommen, weißt du noch?«, fragte Sybille. »Ich hab damals schon gedacht: Er erinnert sie an ihren Konrad, dein Tullio.«

»Achille hat ihm Konrads Namen gegeben«, sagte Susanne. »Tullio Konrad Giraudo. Einfach so. Er hat mich nicht gefragt.«

Sybille nickte.

»Tullio wird das Geld mit den anderen Kindern teilen.« Susannes Stimme krächzte.

»Liebe Suse« sagte ihre Schwester. »Ich denke, der Wunsch, dass Tullio ihr Geld bekommen soll, war womöglich der einzige, den unsere Mutter sich je erfüllt hat. Sollten wir es dabei nicht belassen? Unseren Kindern geht es gut. Sie leiden keine Not, und dass du Seppi, dem armen Schauspielschüler, fortwährend etwas zusteckst, weiß ich längst.«

»Das ist eine Investition in die Zukunft der bayerischen Kultur«, sagte Susanne. »Achille unterstützt seit Jahren den Neffen unseres Lieferanten, er hat das schon getan, als wir kaum einen Pfennig besaßen. Also werde ich wohl jetzt, da es uns gut geht, meinen eigenen Neffen unterstützen dürfen. Wie geht es Maria? Helenes Benehmen war einfach unmöglich, ich habe keine Ahnung, was sie damit bezwecken wollte.«

»Vermutlich, dass wir ihr Benehmen unmöglich finden«, sagte Sybille. »Und das hat sie ja auch erreicht. Lass dir den Tag nicht verderben. Deine Rennfahrer kommen zurück.«

Sie wies auf den Fiat, der um die Ecke bog. Vater und Sohn sprangen heraus, kaum dass das Fahrzeug zum Stillstand kam, liefen zu ihr und warfen die Arme um sie. »Jetzt wollen wir mit dir eine Fahrt machen, Mammina!«, rief Tullio. »Wir drei zusammen.«

Susanne drückte sie an sich, nahm ihren Duft in sich auf und hatte auf einmal den Wunsch, mit ihnen in dem blauen Auto in die Dämmerung davonzufahren und nicht zurückzukommen. »Ein andermal«, sagte sie und versuchte zu lachen. »Wir haben schließlich Gäste.«

Sie kehrten nach drinnen zurück, Tullio schnitt die Torte an, und es wurden Kaffee und Grappa serviert, das wärmende, tröstliche Getränk, das von Regensburgs Steinerner Brücke aus seinen Siegeszug durch Deutschland angetreten hatte. Als alle ihre Getränke hatten, stand Ludwig auf und klopfte mit seinem Kaffeelöffel an sein Glas.

»Lieber Neffe«, begann er, »liebe Schwester, lieber Schwager – und natürlich liebe Gäste. Als Onkel steht es mir am heutigen Ehrentag wohl zu, ein paar kurze Worte zu sagen. Vor allem aber hätte es sich für mich als Onkel geziemt, dir, Tullio, heute ein Geschenk zu überreichen, und gewiss hast du dich schon gewundert, warum du keines erhalten hast. Schließlich kannst du dich bisher nicht beklagen – in den vergangenen neunzehn Jahren habe ich deinen Geburtstag kein einziges Mal vergessen und dich auch zum Weihnachtsfest immer bedacht.«

Er machte eine Pause, und ein wenig dünnes, höfliches Lachen wurde laut.

»Ich habe mir bereits vor Monaten Gedanken über ein Geschenk gemacht, das einem solchen Anlass gerecht werden könnte«, fuhr Ludwig fort. »Sehr rasch ist mir jedoch bewusst geworden, dass nichts, das zu kaufen mir mit meinen begrenzten Mitteln möglich wäre, auch nur im Entferntesten mit der Fülle mithalten könnte, die dir heute geboten worden ist. Ich habe mir den Kopf zerbrochen. Bis mir die Idee gekommen ist, dir überhaupt nichts Materielles zu schenken – sondern etwas, das mit Geld nicht zu bezahlen ist.«

Er griff in die Brusttasche und zog wie ein Zauberkünstler einen gefalteten Bogen Briefpapier heraus.

»Lieber Tullio, liebe Susanne, lieber Achille«, sagte er. »Mein Geschenk zu diesem großen Anlass ist für euch alle drei. Ich möchte euch etwas schenken, das ihr vor langer Zeit verloren habt und das doch das Wertvollste ist, das ein Mensch besitzen kann.« Jemand hatte vergessen, eines der Fenster zum Hof zu schließen. Der auf einmal wieder aufbrausende Wind blies das grün-weiß-rote Seidenpapier der Dekoration in den Raum, und Susannes Herz begann dumpf zu klopfen.

Ludwig faltete den Bogen auf. »Nachdem mir wie Schuppen von den Augen gefallen war, was mein Geschenk für euch sein musste, habe ich mit einem von mir sehr geschätzten Herrn Kontakt aufgenommen, der euch kein ganz Unbekannter sein dürfte.« Ludwig lächelte erst Susanne, dann Achille an. »Die Rede ist von Cesare Conte Ferrara, der so freundlich war, die Vermittlung zu übernehmen. Da er inzwischen hervorragend Deutsch spricht, hat er den Brief nach dem Diktat der Absenderinnen aufgesetzt. Mein lieber Achille, anlässlich des Schulabschlusses deines Sohnes schenke ich dir und den Deinen – deine Familie.«

In manchen Nächten hatte Susanne geträumt, sie habe das, was mit Konrad geschehen war, gewusst. Im Voraus. Ehe der Sturm begann. Aufgeschreckt war sie mit dem Gedanken: Warum habe ich es nicht aufgehalten? Warum habe ich nicht Konrad eingefangen und bin mit meinen Geschwistern nach Hause gegangen?

Sie saß hier in ihrem Restaurant, stellte sich dieselbe Frage und war sicher: Sie würde sie sich für den Rest ihres Lebens stellen: *Warum halte ich es nicht auf?*

»*Carissimo Achille*«, las Ludwig, ehe er ins Deutsche überwechselte. »So viele Jahre sind vergangen, und auch wenn gewisse Dinge nie wirklich ein Ende nehmen, muss man manchmal einen Schlussstrich ziehen. Aus diesem Grund antworte ich auf die Anfrage Deines Schwagers auch im Namen der Familie mit einem ›Ja‹. Ja, wir hätten gern, wenn Du uns besuchen kämst und uns Gelegenheit gäbst, Deinen Sohn kennenzulernen. Ja, ich hätte es gern, wenn es meinem Sohn und meiner Tochter nicht verwehrt bliebe, ihren Cousin und ihren Onkel kennenzulernen. Obwohl es gewiss für keinen von uns einfach wird – wir sind bereit zu einem Versuch und laden Euch ein, uns im nächsten Winter zu besuchen. So bleibt uns allen genügend Zeit, uns vorzubereiten. Wir erwarten mit Ungeduld Deine Antwort, und ehe Du Dich wunderst – aus uns ist ein Haushalt ganz aus Frauen und Kindern geworden. Beste Grüße. Deine Schwester Fabrizia, Deine Base Tommasina, Deine Tante Agata, Deine Schwägerin Emilia und Kinder.«

36

In jenem Winter fuhr dann doch keiner von ihnen nach Santa Maria delle Vigne, obwohl die Reise vorbereitet worden war. In all den Jahren war Susanne nie ernsthaft krank gewesen. Sie hatte sich weder mit der Spanischen Grippe angesteckt noch jemals eine Verletzung zugezogen und, seit das Ponte existierte, keinen Tag aufgrund von Krankheit ihre Arbeit versäumt. Im Herbst 32 aber, nur Tage nach der Reichstagswahl, die schon die zweite des Jahres war, konnte sie beim Eindecken der Tische auf einmal nicht mehr atmen. Sie brach auf dem Boden zusammen, und Benno, der hinzustürzte, holte Achille und Dr. Friedländer.

Der Arzt untersuchte sie gründlich, konnte aber nichts feststellen, weder eine Lungenentzündung noch ein Frauenleiden. Ohne ersichtlichen Grund ging es Susanne elend. Es kostete sie Mühe, sich vom Bett bis ins Badezimmer zu schleppen, sie war zugleich müde und schlaflos, und der Gedanke an Essen verursachte ihr Übelkeit.

»Wenn Sie mich fragen, sind Sie nach Jahren der Überanstrengung einfach vollkommen erschöpft«, sagte Dr. Friedländer.

»Aber ich habe meine Arbeit immer gern gemacht«, protestierte Susanne, wobei sie gleich wieder die Kräfte verließen.

»Sie haben das alles gern gemacht, ja«, erwiderte Dr. Friedländer. »Sie sind eine dieser Wunderfrauen wie meine Mutter, die Geschäfte aufbauen und Geld heranschaffen, Familien zusammenhalten und Kindern das Gefühl schenken, es gäbe kein größeres Glück, als ihre Mutter zu sein. Aber Ihre Seele wird dabei müde, Frau Giraudo.

Gönnen Sie ihr ein bisschen Zeit, lassen Sie sich vier Wochen lang von Ihrer Familie umsorgen und machen Sie auch im Restaurant eine Pause. Da es inzwischen ja ein Ding der Unmöglichkeit ist, im Ponte spontan einen Tisch zu bekommen, wird eine Vertretung wohl zu bezahlen sein.«

»Ja, schon«, gab Susanne zu, wohl wissend, dass Achille sie seit Langem drängte, mehr Personal einzustellen, damit sie kürzertreten konnte. »Aber mein Sohn soll in zwei Wochen aufbrechen, um den Winter bei seinen Verwandten in Italien zu verbringen.«

»Wenn Ihr Sohn, den ich als einen mit Verstand gesegneten jungen Mann kenne, jetzt dringend verreisen muss, wird er das auch ohne Ihre Hilfe schaffen«, sagte Dr. Friedländer. »Und wenn es nicht allzu dringend ist – vielleicht bleibt er dann aus freien Stücken hier, bis es seiner Mutter besser geht?«

Susanne wäre nie auf den Gedanken gekommen, so etwas von Tullio zu verlangen. Er hatte den Beginn seines Studiums verschoben, um diese Reise zu machen. Zwar war er während der Woche meist in München und übernachtete in Seppis Bude, um sich als Gasthörer in der Universität einzuleben, doch seinen eigentlichen Studiengang wollte er erst beginnen, nachdem er »die zweite Hälfte seiner Wurzeln« kennengelernt hatte. Schließlich sprach er von klein auf fließend Italienisch und war doch nie in Italien gewesen. Wer also wollte ihm seinen Wunsch verdenken?

Tullio war so begabt, ihr stiller kleiner Junge war ein Virtuose mit Worten, und auf seine noch immer stille Art war er voll Neugier auf die Welt. Sie sah ihn als Journalisten, als Reiseschriftsteller vor sich, und wenn er dazu die Leitung des Ponte einem Geschäftsführer übertragen musste, sollte es Susanne recht sein. Das Letzte, was sie sein wollte, war ein Stein in seinem Weg.

»Tullio freut sich auf die Reise, er bereitet sie seit Monaten vor. Ich will nicht, dass er meinetwegen darauf verzichten muss.«

»Wissen Sie, was ich zu meiner Mutter in solcher Lage sagen würde?«, fragte Dr. Friedländer. »Ich würde zu ihr sagen: Liebe Mutter, warum lässt du das eigentlich nicht mich entscheiden?«

Sie hatte es Tullio entscheiden lassen – an jener schrecklichen Geburtstagsfeier, die zur Versöhnung der Familie gedacht war und sie noch weiter auseinandergetrieben hatte. Vor den Fenstern war ein weiterer Wolkenbruch heruntergegangen, und in der Aufregung um Fabrizias Brief hatte niemand bemerkt, dass Helene und Georg verschwunden waren.

Niemand außer Maria und Sybille.

Vier Wochen später war Marias Verlobung gelöst. Mit Helene verkehrte seither niemand mehr als ihre Eltern. Selbst Holdine, die eine gesunde Tochter bekommen hatte, zeigte sich entsetzt. Max und Vevi kamen nur noch ins Ponte, wenn sie sicher sein konnten, dass sie dort Ludwig und Mechthild nicht antreffen würden. Sie schoben es darauf, dass Ludwig der NSDAP beigetreten war. Der Inhaber des Schloss-Hotels habe ihn dazu gedrängt, verteidigte er sich, er würde sonst sein Bier anderswo kaufen. Max wollte von dieser Erklärung nichts hören, und Susanne wusste, dass die Kluft bereits auf jenem unseligen Fest vertieft worden war, als Ludwig Fabrizia Giraudos Brief verlesen hatte.

»Nun, lieber Schwager, was sagst du?«, hatte er mit einem Lächeln Achille gefragt. »Wirst du die Einladung annehmen und deine Koffer packen?«

Aus Achilles Gesicht war alle Farbe, alle leichte Fröhlichkeit gewichen. Susanne hatte seine Hand ergriffen und sie so fest zusammengepresst, dass sie die Knochen knacken hörte. Es war eine Erinnerung: *Ich habe dein Versprechen, ich habe auf den Sand dieses Versprechens mein Leben aufgebaut. Brich es mir nicht jetzt, nach all den Jahren, in denen es uns gut gegangen ist.*

Achille hatte sich geräuspert und den Druck ihrer Hand erwidert. »Nein«, sagte er. »Ich danke dir für deine Mühe, Ludwig. Es war ein liebenswerter Gedanke, doch ich halte es für besser, die Vergangenheit ruhen zu lassen. Meine Heimat ist hier. Und meine Familie seid ihr.«

Susanne entfuhr ein Seufzer der Erleichterung. Sie würde ihm später danken. Sie würde ihm ihr ganzes restliches Leben lang danken, und es wäre nie genug. Gleich darauf musste sie an den Erbauer der Steinernen Brücke denken, der seine Seele dem Teufel verkauft hatte. Was, wenn sein Plan nicht aufgegangen wäre, wenn an den Tieren vorbei ein Mensch auf die Brücke spaziert wäre, womöglich gar sein eigenes Kind?

»Ich würde aber gern fahren«, sagte Tullio in derselben Unschuld, in der er sich als kleiner Junge eine Fahrt auf dem Pferdchenkarussell der Dult gewünscht hatte. »Ich kenne Italien ja noch gar nicht. Und dabei ist es ein Teil von mir!«

Sie hatte ihm eine Italienreise versprechen wollen – nach Rom, Neapel, Florenz, wohin auch immer er wollte, nur nicht ins Piemont. Was Achille in dieser Nacht zu ihr sagte, wusste sie jedoch selbst: »Er will nicht Rom entdecken, sondern seine Wurzeln, Susanna. Es ist sein Recht. Wenn wir es ihm verbieten, nimmt er, sobald er volljährig ist, sein Auto und das Geld deiner Mutter und fährt trotzdem. Und dann haben wir sein Vertrauen verloren.«

Sie verboten es ihm nicht, sondern halfen ihm, die Reise vorzubereiten. Dann aber wurde Susanne krank. Und Tullio fuhr nicht nach Italien.

»Du hast dich so sehr darauf gefreut«, sagte sie. »Ich will nicht diejenige sein, die dir in deine Pläne pfuscht und alles verdirbt.«

»Das ist doch Schmarrn, Mammina.« Er saß an ihrem Bett und hielt ihre Hand, wie sie so oft die seine gehalten hatte. »Ich hab dich lieb, und wenn du krank bist, will ich nicht in Italien sein, sondern hier. Italien läuft mir nicht weg, es ist im nächsten Jahr immer noch da. Werd bald wieder gesund, alles andere spielt keine Rolle.«

Für ihn sah die Welt so einfach aus. Susanne umarmte ihn, und als er gegangen war, musste sie weinen.

Nachdem Tullios Entscheidung gefallen war, erholte sie sich rasch, und sie verbrachten glückliche, wenn auch gläsern zerbrechliche Weihnachtstage. Die Italienreise wurde auf den folgenden Winter verschoben, doch fürs Erste ließ sich Tullio an der Ludwig-Maximilians-Universität nachimmatrikulieren. Somit würde er hoffentlich mit seinem Studium beschäftigt sein.

Während der Woche wohnte er nun in München. Da er dort nicht auf Dauer in Seppis winzigem Untermieterzimmer übernachten konnte, mietete Achille kurzerhand für beide jungen Männer eine Wohnung nahe der Ludwigstraße, an der auch die Universität lag. Die zwei Vettern hatten sich immer prächtig verstanden und bildeten eine fröhliche Hausgemeinschaft, wobei Tullio des Öfteren andeutete, dass noch ein dritter Bewohner die Räumlichkeiten teilte. Ihm fiel offenbar kein triftiger Grund ein, warum er das hätte verheimlichen sollen.

»Carlo?«, fragte Susanne verblüfft, die sich bereits gewundert hatte, warum der Star ihrer Brettlbühne, der sonst immer dringend Geld brauchte, auf einmal kaum noch verfügbar war. »Was macht denn Carlo in München, hat er dort etwa ein Engagement?«

Gewundert hätte es sie nicht, ein derart begabter und attraktiver junger Mann hätte längst beim Film oder den großen Theatern unterkommen müssen. Aber Carlo war sperrig, eigensinnig, sang und spielte nur, was er wollte. Da er zudem mit seiner Meinung nicht hinter dem Berg hielt, hatte er sich bereits zahllose Chancen verdorben.

»Er und Seppi haben zusammen eine Nummer einstudiert«, erzählte Tullio begeistert. »Damit touren sie durch sämtliche Brettlbühnen, und die Lokale sind immer brechend voll. Mammina, sie sind einfach hinreißend – sie nennen ihr Programm *Seppi, Deppi und die Nazi-Bazis.*«

Sie sollten besser vorsichtig sein, dachte Susanne. *Die Nazi-Haufen lieben nichts mehr als Prügeleien, und die zwei Hänflinge stehen auf verlorenem Posten gegen sie.* Stolz war sie trotzdem, freute sich für Seppi und nahm sich vor, bei nächster Gelegenheit nach München zu fahren und sich die Nummer anzuschauen.

»Und wie macht ihr das mit Carlo in der kleinen Wohnung?«, fragte sie Tullio. »Wo stellt ihr das dritte Bett denn hin, wenn es in der Küche steht, kommt doch keiner mehr vorbei?«

»Wozu sollen wir denn ein drittes Bett brauchen?«, fragte Tullio in der ihm eigenen Selbstverständlichkeit zurück. »Carlo schläft bei Seppi.«

Es dauerte auch danach noch eine ganze Weile, ehe Susanne begriff, dass die beiden ein Paar waren, dass sie ineinander verliebt waren und des Nachts in Seppis schmalem Bett zusammenlagen, wie es Liebespaare taten.

»Wie denn auch anders?«, fragte Tullio. »Sie *sind* ein Liebespaar.«

Susanne fürchtete sich davor, es ihrem italienisch-katholischen Mann beizubringen, ehe Tullio die beiden übers Wochenende auf Besuch mitbrachte. Achille aber überraschte sie damit, dass er längst im Bilde war. »Es war nicht zu übersehen«, sagte er. »Sobald Carlo Steiner den ersten Ton von *Dark Eyes* gesungen hatte, war es um Seppi von Waldhausen geschehen.«

»Und du findest nichts dabei?«

Achille ließ sich Zeit, über die Antwort nachzudenken. »Um diese beiden Kinder – Seppi und Maria – haben wir uns so viele Sorgen gemacht«, sagte er schließlich. »Sie haben jahrelang viel zu tapfer sein müssen und haben es verdient, für den Rest ihres Lebens bei einem Menschen geborgen zu sein. Es macht mich wütend, dass Maria das genommen worden ist. Sollte es mich aus denselben Gründen nicht freuen, dass Seppi einen solchen Menschen gefunden hat?«

Als Susanne noch immer verwirrt war, legte er sacht die Arme um sie und suchte ihren Blick. »Wir wollten, dass diese jungen Leute frei sind. Und worin wäre wohl Freiheit wichtiger als bei der Wahl des Menschen, mit dem wir unser Leben verbringen?«

»Aber es ist verboten!«, rief sie.

»Ja, das Gesetz, das es verbietet, ist offiziell noch in Kraft, doch es wird nicht mehr strafrechtlich verfolgt. Warum auch? Dieser Staat hat sechs Millionen Arbeitslose am Hals und muss ständig seine Bürger an die Wahlurne rufen, weil seine Kabinette eins nach dem andern zusammenbrechen. Sollte er sich da wirklich darüber ereifern, wer mit wem in welchem Bett liegt und glücklich ist?«

Er zog sie an sich, wiegte sie ein bisschen und murmelte an ihrem Ohr: »Ist es nicht schön, dass sie die Freiheit umsonst haben, für die wir bis zum Letzten kämpfen mussten, *perzechèlla?*«

Perzechèlla. Er hatte sie lange nicht mehr so genannt, und sie hätte ihm gern zur Antwort gegeben, dass es sie glücklich machte, noch immer von Zeit zu Zeit sein Mädchen zu sein.

Nur ein paar Wochen später war es mit der Freiheit vorbei. Was kaum ein Regensburger für möglich gehalten hätte, was abgetan und belächelt worden war, wurde über Nacht zur Wirklichkeit: Hitler wurde von Präsident Hindenburg zum Reichskanzler ernannt, und seine Nazis ergriffen in Deutschland die Macht.

Was ihnen selbstverständlich geworden war, das Leben, das sie nach ihrem eigenen Geschmack vor sich hin gelebt hatten, wurde zum Drahtseilakt, und ihre Tage aus Glas waren von Sprüngen übersät und konnten jeden Moment auseinanderbrechen. Ein falscher Schritt bedeutete Gefahr, und für viele, die zu ihrem Kreis gehörten, war nicht einmal ein falscher Schritt nötig.

Ludwig als Mitglied der NSDAP war auf der sicheren Seite, Max und Vevi hingegen machten nach wie vor keinen Hehl daraus, dass ihnen die Nazis tief verhasst waren. Susanne hatte Angst um sie, zumal das Problem mit Golda dazukam. Golda war Jüdin, und jüdischen Hausangestellten war es nicht länger gestattet, in deutschen Haushalten beschäftigt zu sein. Vevi aber setzte sich darüber hinweg. Golda war ihre Freundin, ein Mitglied ihrer Familie und blieb in ihrem Haus.

Im März versammelte sich vor dem Alten Rathaus, in dem Bürgermeister Otto Hipp seine Wohnung hatte, eine Menschenmenge, die mit unflätigem Gebrüll seine Absetzung forderte. Für Bayern war ein sogenannter Reichskommissar ernannt worden, der Franz von Erp hieß und für Ruhe und Ordnung sorgen sollte, die angeblich seit dem Brand des Berliner Reichstags gefährdet waren. Als ersten Akt ordnete Erp an, an allen Rathäusern Bayerns die Hakenkreuzfahne zu hissen. Otto Hipp weigerte sich und wandte sich mit Beschwerdebriefen an die Landesregierung. Die NSDAP habe in Regensburg schließlich keine Mehrheit erzielt, sondern sei wie gewöhnlich mit nur einem einzigen Mandat in den Gemeinderat gewählt worden.

Zufällig ging Susanne gerade am Rathausplatz vorbei, als die Menschenmenge wie von Sinnen das Rathaus stürmte. »Pfui, Pfui«, brüllten sie gellend, während eine Rotte von SA-Männern Otto Hipp an Händen und Füßen aus seiner Wohnung schleifte. Susanne stand dabei wie erstarrt. Sie konnte nicht wegsehen, nicht weitergehen, aber auch nicht eingreifen und helfen. Otto Hipp wurde in einen Mannschaftswagen gestoßen, der sofort davonfuhr. Die Menge krakeelte noch eine Weile, ehe sie sich zerstreute.

Es war Susannes erste Erfahrung damit, als Zeugin ein Unrecht mitzuerleben und tatenlos stehen zu bleiben. Sie machte ihr Angst. Unter ihren Freunden waren viele, die überzeugt waren, der Nazi-Spuk sei in ein paar Monaten vorbei, doch nach diesem Tag fragte sie sich: *Wenn wir schon jetzt vor Furcht gelähmt sind, wenn wir sie gewähren lassen und nichts tun – wie soll es dann je mit ihnen vorbei sein?*

Sie sprach mit Achille darüber, der ernst zu ihr sagte: »Wir beide haben gesehen, wie das gewachsen ist, seit wir noch feucht hinter den Ohren futuristische Manifeste und D'Annunzios Fantasien von der Weltherrschaft gelesen haben. Wir haben erlebt, wie D'Annunzio in Fiume den faschistischen Staat erfunden hat, wie Mussolini ihn sich nachgebaut und halb Europa mit seiner Geisteskrankheit angesteckt hat. Nein, Susanna, ich glaube nicht, dass das bald vorbei ist, und ich will, dass du vorsichtig bist. Du und Tullio, der darüber klagt, dass sein jüdischer Professor aus dem Lehrkörper entfernt worden ist, und der der Arbeitsgemeinschaft Nationalsozialistischer Studenten nicht beitreten will.«

»Aber er hat doch recht!«, rief Susanne.

»Ohne Zweifel«, bestätigte Achille. »Nur werden wir vielleicht lernen müssen, sehr leise recht zu haben.« Unvermittelt zog er sie so fest an sich, dass es wehtat. »Ich kann euch nicht verlieren, Susanna. Alles andere halte ich aus, aber wenn dir oder Tullio etwas zustößt, gibt es mich nicht mehr.«

Er sprach aus, was Susanne fühlte. Von dem Tag an lebte sie mit der Angst um ihren Sohn und beschwor ihn geradezu tyrannisch, sie fast täglich aus seiner Wohnung anzurufen.

Otto Hipp wurde durch einen Mann namens Schottendorf ersetzt, dessen einzige Qualifikation darin zu bestehen schien, dass er der NSDAP angehörte. Wohin Hipp gebracht worden war, wusste sie nicht. Er sei in Schutzhaft genommen worden, meldete die *Bayerische Ostwacht,* die mit einem Hakenkreuz geziert an allen Kiosken aushing. In Schutzhaft befand sich auch der Leiter der *Münchner Neuesten Nachrichten,* die inhaltlich von der nationalsozialistischen *Ostwacht* nicht mehr zu unterscheiden war.

Als das nächste Mal – kaum zwei Wochen später – einem ihrer Bekannten Unrecht geschah, war Susanne nicht nur durch einen Zufall anwesend, sondern war herbeigelaufen, um zu helfen. Und sie war nicht allein, sondern hatte ihren Sohn bei sich.

Tullio kam wie meist über das Wochenende nach Hause und

reiste am Montag nicht ab. »Ich halte das nicht mehr aus«, gestand er seiner Mutter, während er ihr half, die Tische einzudecken. »Wenn Carlo und Seppi nicht wären, wäre ich schon verrückt geworden. Aber die beiden dürfen nirgendwo mehr auftreten, Mammina. Sie waren die vergötterten Stars von Münchens Brettlbühnen, und auf einmal will sie kein Mensch mehr haben?«

»Ich weiß, *gattopardino*«, war alles, was Susanne dazu sagen konnte. Es sah bei ihnen im Ponte ja nicht besser aus. Vor zwei Wochen war eine Abordnung derselben SA-Männer, die Hipp aus seiner Wohnung geschleift hatten, zum Abendessen erschienen und hatte den Darbietungen eines Trios gelauscht, das auf harmlose Weise die deutsche Bürokratie verulkte.

Die vier Männer hatten in aller Ruhe ihr Menü bis auf den letzten Löffel *Zabaglione* verspeist, ehe sie Susanne beiseitenahmen. »Da wir bei Ihnen von Unwissenheit, nicht von bösem Willen ausgehen, belassen wir es bei einer Warnung und sehen vorerst von einer Meldung beim Reichskommissar ab«, sagte einer von ihnen, der sich als Scharführer vorgestellt hatte. »Die Darbietungen, die Sie hier Ihren Gästen zumuten, verstoßen gegen das gesunde Volksempfinden. Wollen Sie mir etwa einreden, dass Ihnen dieses widerliche Zerrbild deutscher Theaterkunst gefällt?«

Achille und Susanne sahen sich gezwungen, fortan nur noch Künstler zu beschäftigen, die sich bereit erklärten, heitere Schlager oder italienische Schnulzen zum Vortrag zu bringen. Zumindest konnten sie damit den meisten von ihnen ihr Einkommen erhalten. Dass dergleichen für Seppi und Carlo nicht infrage kam, war Susanne jedoch klar.

»Wenn die beiden Geld brauchen …«, begann sie verhalten, aber Tullio schüttelte den Kopf.

»Sie sind Künstler, Mammina, keine Bettler. Sie gehen kaputt, wenn sie nicht arbeiten dürfen. Und ich halte es auch nicht länger aus, so zu leben. Ich bin an der Fakultät, um die Geheimnisse der Literatur zu erforschen, doch die Bücher, die ich dazu brauche, werden verbrannt! Ich will Babbo und dich nicht enttäuschen, aber so kann ich nicht studieren.«

»Du enttäuschst uns nicht«, sagte Susanne. Sie sah ihren Sohn an, der seine Lockenpracht jetzt raspelkurz trug, und stellte mit flüchtigem Bedauern fest, dass aus dem Gesicht ihres Kindes endgültig das eines Mannes geworden war. »Ich bitte dich trotzdem, es mit dem Studium noch eine Weile zu versuchen. Vielleicht ist es doch schneller vorbei, als wir denken, und wenn nicht, dann scheide nach dem ersten Semester aus, wo es weniger auffällt. Kannst du das für mich tun? Für uns? Um deiner Sicherheit willen.«

Tullio überlegte eine Weile, dann nickte er. »D'accordo, Mammina. Ich versuch's. Es wäre mir sowieso nicht lieb, Seppi und Carlo allein zu lassen, weil die beiden ...«

»Weil sie nicht vorsichtig genug sind?«

Er nickte wieder. »Es ist besser, wenn ich ein Auge auf sie habe.«

Kaum hatte er ausgesprochen, flog die Türe auf, und Vevi stürmte herein. »Suse, du musst kommen!«, rief sie. »Wir müssen noch mehr Hilfe holen – in der Stadt ist die Hölle los, und die Teufel sind vor dem Haus von Dr. Friedländer!«

Der Name genügte. Vevi rannte wieder los, und Susanne und Tullio folgten ihr. Bis zum Ägidienplatz, wo der Arzt mit seiner Mutter lebte und seine Praxis betrieb, brauchten sie keine zehn Minuten. Bereits auf dem Weg, im Vorbeirasen, sah Susanne, was Vevi gemeint hatte: Vor den Türen zahlreicher Geschäfte, darunter ihrer Lieblingsbäckerei und Achilles' Herrenschneider, hatten sich SA-Männer mit Schildern aufgebaut. *Deutsche, wehrt euch,* las sie auf einem. *Kauft nicht beim Juden.* Auf die Schaufenster waren verzerrte Davidsterne und Schimpfworte geschmiert.

Saujud. Judendreck. Auf dem Schild des Notars Silberstein, bei dem sie vor dem Krieg das Restaurant auf Susannes Namen hatten umschreiben lassen, strichen zwei Burschen in kurzen Hosen die Worte *Rechtsanwalt* und *Notar* durch und lachten sich kaputt.

Als sie zu dritt in die kleine Gasse einbogen, die auf den Ägidienplatz führte, sahen sie vor sich ein Paar gehen, das einander bei den Händen hielt. »Golda!«, schrie Vevi, war in drei Sätzen bei ihnen und riss beide gleichzeitig zu sich herum. Die Frau war tatsächlich Golda, und in dem Mann erkannte Susanne Hubert Obermüller, der vor ein paar Jahren bei einem Unfall seine Frau verloren hatte.

»Seid's ihr verrückt?«, herrschte Vevi sie an. »Wollt ihr dieser Meute mit ihrem Blutdurst in die Hände fallen? Hubert, Sie bringen Golda auf der Stelle nach Hause nach Stadtamhof, haben S' mich verstanden? Und da bleiben S' bis ich heimkomme, ist das klar?«

Hubert und Golda konnten nur nicken. Kleinlaut wie zwei gescholtene Kinder zogen sie in entgegengesetzte Richtung davon.

»Ich kann nur hoffen, dass sie heil nach Hause kommen«, sagte Vevi im Weiterlaufen zu Susanne und Tullio. »Sie haben sich ein bissle angefreundet, wo doch der Obermüller verwitwet ist, und ich hab mich für die Golda gefreut, aber jetzt weiß man ja nicht, was diesen Unmenschen einfällt. Die vergreifen sich am Ende an dem armen Ding, und der Mann könnt sich in Teufels Küche bringen.«

Gleich darauf kam das schmale Giebelhaus in Sicht, in dem Werner und Leontine Friedländer lebten. Es bedurfte nur eines Blickes, um festzustellen, dass sie zu spät kamen, dass sie zu jedem Zeitpunkt zu spät gekommen wären, weil sie machtlos waren. Vor dem Haus standen fünf Männer in SA-Uniformen, die eine Fensterscheibe der Praxis eingeworfen und eine andere beschmiert hatten. Das Praxisschild lag zertreten auf dem Pflaster, und Dr. Friedländer, der in seiner gemütlichen Hausjacke zwischen ihnen stand, war bereits von zwei Männern ergriffen worden.

»Ich muss doch bitten, meine Herren«, sagte der Arzt, der Tullio auf die Welt geholt hatte. »Ich erwarte Patienten, die dringend meiner Hilfe bedürfen. Ich muss meine Praxis jetzt öffnen, über alles andere können wir uns gern später auseinandersetzen.«

»Das Schwein leistet Widerstand«, rief einer der Männer und drosch Dr. Friedländer seine Faust ins Gesicht. »Los, Polizei her, hier gibt's einen Unruhestifter festzunehmen.«

Tullio stieß einen wütenden Schrei aus, rannte los, und Susanne tat das Einzige, was ihr zu tun blieb. Sie warf sich ihm vor die Füße. Den Schmerz des Aufpralls spürte sie nicht. Wenn ihr Sohn nicht auf seine Mutter treten wollte, musste er stehen bleiben, und diesen einen Augenblick nutzte Vevi, um sich an seinen Arm zu hängen.

»Tullio, Tullio, Tullio«, beschwor sie ihn weinend, »bitte sei vernünftig, bitte bleib hier bei deiner Mutter, denn sonst gehen wir beide mit dir und werden alle verhaftet. Dann können wir Leontine nicht helfen. Gar nichts können wir dann tun.«

In ihrem ganzen Leben hatte Susanne nicht gebetet, doch sie tat es jetzt und wusste nicht einmal, zu wem. Tullio blieb stehen. Er bückte sich und half Susanne, sich aufzusetzen, während aus einer Seitengasse eine Abordnung Gendarmen auf den Platz eilten, als hätten sie hinter der Häuserecke gewartet.

»Ich hole Leontine«, sagte er tonlos, und Vevi ließ ihn gehen.

Die alte Dame war in die Tür getreten. Sie war seit einer Weile unpässlich und nicht einmal vollständig angekleidet. »Lassen Sie meinen Sohn los!«, schrie sie aus Leibeskräften. »Mein Werner hat nichts getan, lassen Sie ihn los!«

Dr. Friedländer schrie und bäumte sich auf, derweil die Polizisten sich seiner bemächtigten. »Tullio!«, schrie er. »Meine Mutter! Passen Sie auf meine Mutter auf!«

Tullio umrundete das Knäuel der SA-Leute, umfasste Leontine Friedländers zierliche Gestalt und zog sie mit sich, während die Polizisten ihren Sohn davonschleppten. Die alte Frau hörte erst auf zu schreien, als sie sie zu dritt in den Speisesaal des Ponte geschafft hatten und sie hinter der geschlossenen Tür zusammenbrach.

Vevi beugte sich über sie, während Susanne lief und den besonderen Grappa hinter dem Tresen hervorholte. »Sie lassen ihn gehen«, versuchte sie die alte Dame zu beruhigen. »Er ist ja ein unbescholtener Mann, ganz bestimmt stellen sie ihm nur ein paar Fragen und lassen ihn dann gehen.«

Tullio, der dabeistand, warf seiner Mutter über den Tresen hinweg einen Blick zu, presste die Lippen zusammen und schüttelte den Kopf.

Susanne trug Flaschen und Gläser an den Tisch, zog den Korken aus der Flasche, schenkte ein. Es war so gut, ein Restaurant zu haben – zumindest mit seinen Händen hatte man selbst in den hilflosesten Momenten etwas zu tun.

Leontine blickte auf. Ihr zerfurchtes Gesicht war tränennass, doch ihre Stimme zitterte kaum. »Wenn ich meinen Werner wieder bei mir habe, gehen wir aus diesem Land fort«, sagte sie.

In den folgenden Tagen, Wochen und Monaten kämpfte die gebrechliche Leontine unermüdlich um die Freilassung ihres Sohnes, während sich um sie eine Schlinge zusammenzog. Vevi, Susanne und die Ponte-Frauen standen ihr zur Seite, soweit es ihnen möglich war, und fühlten sich doch, als stünden sie mit gebundenen Händen da.

Immerhin brachten sie nach ein paar Wochen in Erfahrung, dass Dr. Friedländer in die Justizvollzugsanstalt Neudeck und von dort nach Dachau in ein sogenanntes Konzentrationslager verbracht worden war. Leontine durfte ihm schreiben, durfte Lebensmittel, Wäsche und warme Kleidung schicken, was ihr ein wenig Hoffnung gab. Zum Packen der Päckchen trafen sich die Frauen im Ponte und übertrafen sich darin, Geschenke für den Arzt mitzubringen, dem so gut wie jede von ihnen etwas verdankte.

Das half aber nicht, sondern beschwichtigte nur vorübergehend ihr Gewissen. Die Schikanen gingen weiter und steigerten sich von Monat zu Monat, sodass man sich mit Grauen fragte, was als Nächstes bevorstand. Jüdische oder demokratisch gesinnte Professoren gab es an der Universität schon lange nicht mehr, und inzwischen waren auch sämtliche unliebsame Studenten entfernt worden. Tullio studierte weiter, weil er damit seine Eltern beruhigte und weil er seine beiden Freunde schützen wollte. »Solange ich da bin, tun die zwei lieben Deppen zumindest so, als wären sie vernünftig«, sagte er.

Ehe sie sichs versahen, war auf diese Weise ein Jahr vergangen. Weder Otto Hipp noch Werner Friedländer waren zurückgekehrt, und der Nazi-Spuk, den so viele für einen Sturm im Wasserglas gehalten hatten, erwies sich als Orkan, der seine wahre Gewalt erst jetzt zu entfalten begann.

Anfang September trat eine Verschärfung des Paragrafen 175 in Kraft, der die Liebe zwischen zwei Männern unter Strafe stellte und der zu Zeiten der Republik nicht mehr angewendet worden war. Nach der neuen Rechtslage konnte ein Mann nun mit bis zu zehn Jahren Zuchthaus bestraft werden, wenn er einen anderen umarmte oder ihm eine Kusshand zuwarf. Zwei Wochen später wurde das Gesetz zum Schutze des deutschen Blutes und der deutschen Ehre erlassen, das nicht nur die Ehe, sondern jegliche Liebesbeziehung zwischen Juden und sogenannten Ariern zur Rassenschande und damit für strafbar erklärte.

In einer Zeit solcher Kälte, solcher Gewalt, solcher Bedrohung, wollte man seine Familie vereint und im Innern nichts als Liebe und Vertrauen wissen. Was Achille, Tullio und sie selbst betraf, so war sich Susanne dessen sicher. Noch immer gab es zwischen ihnen dreien Augenblicke, in denen sie sich in ihrer eigenen Welt verschanzten, zusammen aßen, redeten, Karten spielten, daraus Kraft schöpften und sich fühlten, als könnte ihnen nichts geschehen.

In ihrer Großfamilie schien ihr der Riss inzwischen jedoch unüberbrückbar. Die beiden Brüder hatten sich nun auch geschäftlich getrennt. Während Ludwig sich vor Kunden nicht retten konnte und sich derzeit nach einer Villa umsah, die seinem neuen Lebensstandard entsprach, lebte Max praktisch ausschließlich von den Einnahmen, die ihm die Belieferung des Ponte brachte. Es machte ihm nichts aus. »Vevi und ich haben unser Haus und unser Auskommen«, pflegte er zu sagen. »Und wir können uns jeden Morgen im Spiegel selbst in die Augen sehen.«

Ludwig hingegen erinnerte Susanne und Achille immer wieder daran, dass er nicht aus freien Stücken handelte: »Glaubt ihr wirklich, ich bin es, der nach diesem materiellen Schall und Rauch verlangt? Kennt ihr mich nicht besser, hätte ich damals zu euch gehalten, wenn es mir um Wohlstand gegangen wäre? Mechthild ist es. Mechthild, die endlich ihren Platz an der Sonne will, wie es damals der Kaiser gepredigt hat. Es ist alles andere als ein Zuckerschlecken, ein Vierteljahrhundert an der Seite einer Frau zu leben, die einem Tag für Tag in den Ohren liegt, man sei ein Versager und bringe nichts zustande. Das zermürbt den Stärksten.«

»Ludwig«, hatte Achille zu ihm gesagt, »du bist mein Bruder, und daran wird nichts etwas ändern. Aber du musst in dieser Sache deiner Frau eine Grenze setzen, oder du machst dir dein eigenes Gewissen zum Feind. Uns machst du dir nicht zu Feinden, doch es ist möglich, dass unsere Wege sich trennen müssen, wenn du weiter gehst, als wir dir folgen können.«

Ludwig hatte Hut und Mantel von der Garderobe gerissen und war aus dem Lokal gestürmt. Das Zerwürfnis tat ihm nicht weniger weh als ihnen, und vermutlich würde er in ein paar Tagen zurückkommen. Es war nicht das erste Mal, würde nicht das letzte Mal bleiben, und sosehr sich Susanne das Hirn zermarterte, ihr fiel nichts ein, das ihnen hätte helfen können.

Sie versuchte, sich auf die Menüfolge für ein Jubiläum zu konzentrieren, die sie nachher mit Bastian und Bertha durchsprechen wollte. Eine harmlose Beschäftigung, wie sie immer seltener wurde. Die Tür zur Straße verschloss sie, ließ sie nicht wie früher für Freunde und Verwandte offen. Als an das Holz jemand klopfte, fuhr sie zusammen. Auch das war neu. Früher hatte sie sich über Besucher gefreut. In langsamen Schritten ging sie, um zu öffnen.

»Vevi!«, rief sie erschrocken und starrte ihrer Schwägerin entgegen, die vom leichten Regen durchnässt war. Seit dem Tag des Judenboykotts im April 33 erwartete sie grundsätzlich eine schlechte Nachricht, wenn ein Familienmitglied unversehens auftauchte, und Vevi erschien ihr gehetzt und nervös.

Dann aber lächelte sie und machte sämtliche Befürchtungen zunichte. »Suse, ich muss dir was sagen«, stieß sie heraus. »Der Maxl und ich haben's all die Zeit für uns behalten, weil ja doch noch etwas schiefgehen kann, aber jetzt halt ich's nicht mehr aus. Jetzt musst du's erfahren.«

Sie wies an sich hinunter. Ihr Leib wölbte sich dermaßen gewaltig, dass Susanne sich fragte, wie ihr das entgangen sein konnte. »Es hat sich was Kleines angemeldet, Susel. Ich bin im siebenten Monat, und zu Weihnachten wirst du noch einmal Tante.«

Susanne blieb der Mund offen stehen. »Aber du bist doch …«, sprudelte sie heraus, ehe sie verlegen stockte.

»Ja, in der Tat, ich bin achtundvierzig und eine uralte Schranze.« Hell und glücklich lachte Vevi auf. »Aber mein Arzt sagt, so etwas kommt manchmal vor, und da ich gesund bin, spricht nichts dagegen, dass wir ein gesundes Kind bekommen.«

37

Für gewöhnlich schloss Susanne das Restaurant bereits am 23. Dezember, um diese kleine Spanne Zeit, diese Tage zwischen den Jahren, allein für ihre Familie zu haben. In diesem Jahr aber gab es allzu viele Menschen, die keine Familie oder keinen Grund zum Feiern mehr hatten. Für diese war das Ponte eine Zuflucht, der einzige Ort, an dem sie Wärme und menschliche Nähe fanden. Also stellte sie noch mehr Korbflaschen mit Kerzen auf die Tische, hängte Lametta und Strohsterne in die Fenster und bot am Tag vor Heiligabend noch einmal alles auf, was ihr Restaurant besonders machte: das beste Essen der Stadt und die beste Musik, die nettesten Leute und dazu Bier, Barolo und Grappa aufs Haus.

Es war ein rauschendes Fest. Um in Stimmung zu kommen, brauchten die Gäste reichlich Alkohol, und manche Fröhlichkeit wirkte aufgesetzt, doch ein wenig gab ihr Beisammensein auch denen in der tiefsten Verzweiflung und Einsamkeit ein wenig Hoffnung. »Im nächsten Jahr sind die Olympischen Spiele«, sagte Leontine Friedländer, die noch nie zuvor Weihnachten gefeiert hatte. »Wenn dann die ganze Welt herkommt und auf uns schaut, bemerkt sie vielleicht, was los ist, und der Völkerbund greift ein.«

Tullio, der am Nachmittag aus München gekommen war, begleitete die alte Dame nach Hause, während Susanne und Achille die Angestellten verabschiedeten und ihnen in verzierten Umschlägen ein wenig Weihnachtsgeld mit auf den Weg gaben.

Mehr als sonst. Und überdies für jeden eine Flasche Wein.

»Es ist eine Wohltat, mit euch zu arbeiten«, sagte Achille. »Sich sicher zu sein, dass wir einander vertrauen. In gewöhnlichen Zeiten erwartet man von einem Koch oder einem Kellner zweifellos andere Qualitäten als Vertrauenswürdigkeit, aber wir haben zusammen schon so manche Zeit durchgestanden, die alles andere als gewöhnlich war. Wir werden auch diese durchstehen. Ich wünsche euch allen schöne Feiertage – und dass wir uns im neuen Jahr gesund wiedersehen.«

Hand in Hand standen sie dort, wo einst die ligurische Laterne gehangen hatte, sahen ihren Leuten zu, die durch den vom Lichtschein versilberten Schneefall verschwanden, und warteten auf ihren Sohn. Die Welt hatte eine kleine Weile lang ihre Stille zurück, und das tat gut. Morgen früh, noch ehe ihre Männer aufstanden, würde Susanne die Wohnung dekorieren, würde die Krippe aufstellen, die sie sich zu Tullios erstem Weihnachtsfest angeschafft hatten, und die Sterne in die Fenster hängen, die er als Volksschüler gebastelt hatte. Später würde Achille mit Tullio den Baum mit all den Ornamenten schmücken, die sie im Laufe der Jahre gesammelt hatten, bis der Baum und die ganze Wohnung ein kleines Museum für die Geschichte ihrer Familie waren.

Sie musste an die Menschen denken, die Nazideutschland verlassen wollten wie Leontine Friedländer. Sie würden all diese Dinge, all diese Spuren ihres Lebens nicht mitnehmen können und nur ihr Gedächtnis haben, um sie zu bewahren.

Sie schüttelte den Gedanken ab.

Achille merkte auf. »Was ist, mein Herz?«

»Ach nichts«, sagte sie. »Ich mag nur in dieser einen Woche, die wir für uns haben, an all das Traurige nicht denken. Und was ist mit dir? Du hast mich doch noch nie *mein Herz* genannt.«

»Habe ich nicht?« Er hob eine Braue wie als junger Mann. »Nun, dann habe ich es aber oft gedacht.«

Ich auch, hätte Susanne gern gesagt. *Mein Herz, mein Liebster, das bist du immer gewesen.* Sie schluckte es herunter. Der Moment war voll Zauber – warum ihn mit etwas belasten, das er vielleicht nicht tragen konnte und das ihn zerstörte? »Hat Bastian unsere Gans schon vom Eis genommen?«, fragte sie stattdessen. »Ich bin heute zu müde, um sie vorzubereiten, ich kümmere mich darum morgen früh. Wenn Sybille und die Kinder um vier Uhr kommen, ist das leicht zu schaffen.«

Die drei waren in diesem Jahr ihre einzigen Gäste zum Heiligen Abend, und am Weihnachtstag, den sie als Katholiken begingen, würden sie ganz unter sich sein. Ein leises, beschauliches Weihnachten. Susanne war darüber froh.

Tullio kam zurück. In seinem Wintermantel zeichnete sich ab, dass seine Schultern breiter geworden waren, und zum ersten Mal fragte sich Susanne, ob er schon einmal verliebt gewesen war. Würde er es ihnen erzählen? Sie erzählten einander doch alles, aber vielleicht war ihr Sohn in diesen Dingen schüchtern.

Die Männer nahmen sie in die Mitte, und zu dritt quetschten sie sich den engen Treppenaufgang hinauf, doch als Susanne und Achille wie sonst dabei lachten, lachte Tullio nicht mit. »Seid ihr sehr müde?«, fragte er. »Kann ich noch mit euch reden?«

»Natürlich«, antwortete Achille. »Setzen wir uns noch mit einem Glas Wein ins Weihnachtszimmer. Ich fände das sehr schön.«

»Auch wenn noch nichts fertig ist«, ergänzte Susanne und zündete immerhin die Kerzen an der hölzernen Pyramide an, vor der Tullio als kleiner Junge staunend gestanden hatte, während die Sänger und Bläser der Kurrende sich drehten.

»Ich habe mit Seppi gesprochen«, sagte er, noch ehe er sich gesetzt hatte. »Er geht nach Weihnachten nicht nach München zurück, sondern bleibt hier bei seiner Mutter und Maria.«

»Und warum?«, fragte Achille.

»Um Carlo zu schützen. Die beiden sind ein paarmal in brenzlige Situationen geraten, und die Lage spitzt sich zu. Es kommt einem vor, als würde es bald jeden zweiten Tag Razzien der Gestapo geben. In Berlin soll ein Sonderdezernat eingerichtet worden sein, das sich allein mit der Verfolgung homosexueller Männer befasst. Und sie gehen nicht nur in Gaststätten, sie durchsuchen inzwischen auch Privatwohnungen. Ich habe auf die beiden eingeredet wie auf zwei lahme Schimmel, ich habe sie angebettelt, sich zu trennen, bis sich ein Weg für sie findet, aus Deutschland wegzugehen, aber bisher habe ich von ihnen einzig und allein gehört, sie hielten alles aus, nur nicht ohne einander zu sein.«

Der Satz traf Susanne, weil sie genauso empfand. War es ihr bisher schwergefallen, sich vorzustellen, dass eine Liebe zwischen Männern dieselbe Sehnsucht, dasselbe Verlangen und dieselbe Furcht umspannte wie jede andere, so wusste sie es jetzt.

»Ein Freundespaar ist in seiner Wohnung verhaftet worden«, sprach Tullio weiter. »Es heißt, sie werden im Wittelsbacher Palais verhört, damit sie die Namen von Bekannten preisgeben, und von denen, die da reingehen, kommen viele gar nicht mehr raus.«

Er rang nach Atem. Susanne streckte die Hand nach ihm aus und hasste alle Menschen, die ein Grauen schufen, vor dem sie ihr Kind nicht schützen konnte.

»Die, die das Verhör überleben, schleppen sie in Konzentrationslager«, fuhr Tullio fort. »Sie heften ihnen rosa Winkel an die Brust, damit jeder sie erkennt und sie schlimmer behandelt als Abschaum. Sodomiten nennen sie sie. Als würden sie's mit Tieren treiben.« Er umspannte seine Augen mit der Hand, doch er weinte nicht. Seine Stimme war trocken und rau. »Ich hab zu Seppi gesagt, eher schieß ich ihn eigenhändig tot, als dass ich das mit ihm machen lasse. Und dann habe ich ihn angebrüllt, dass er, wenn schon nicht an sich selbst, dann wenigstens an den völlig unvernünftigen Carlo denken soll. Irgendwas davon hat geholfen. Er hat Carlo gesagt, dass er in Regensburg bleibt, bis sie alle Papiere zusammenhaben und nach Paris gehen können. Ich kann euch nicht sagen, wie erleichtert ich bin.«

Achille strich ihm über die Schultern, bis die verspannten Muskeln sich ein wenig lösten. »Ich finde, du warst sehr tapfer«, sagte er. »Du musst furchtbar erschöpft sein und hast eine Pause verdient.«

Tullio beugte sich vornüber und stützte die Unterarme auf die Knie, wie er als Jugendlicher gesessen hatte. »Ich fühle mich wirklich erschöpft. Nicht nur von der Sache mit Carlo und Seppi, sondern auch von dem Irrsinn an der Universität. Von allem. Ich muss mal raus. Wenn es euch recht ist, würde ich mich gern beurlauben lassen und nach Weihnachten mein Geld und mein Auto nehmen, um diese Reise nach Italien zu machen.«

Ehe Susanne begreifen konnte, was er gesagt hatte, klingelte nebenan im Arbeitszimmer das Telefon. Automatisch flog ihr Blick zur Wanduhr. Es war lange nach Mitternacht.

»Eine gute Nachricht ist das vermutlich nicht«, murmelte Achille und wollte sich erheben, aber Susanne war schon aufgesprungen. »Lass. Ich gehe schon.« Sie ging auf schwachen, zitternden Beinen und hoffte, das Schrillen würde aufhören, wenn sie nur langsam genug war. Aber das Schrillen hörte nicht auf.

»Hier Giraudo«, meldete sie sich. »Restaurant Ponte di Pietra.«

»Susanne!«, gellte es in ihr Ohr. »Hier ist Max!«

Es war eine gute Nachricht. Die beste.

»Du bist Tante, Susanne. Felix Alfons Märzhäuser ist vor einer Stunde gesund auf die Welt gekommen.«

38

Es war der kleine Felix, der die Familie zusammenbrachte. Holdine und Anton, die bisher auf Betreiben von Mechthild zu Ludwig gehalten und die Übrigen gemieden hatten, erfuhren im Weihnachtsgottesdienst von seiner Geburt und machten sich am nächsten Morgen auf den Weg in die Andreasstraße. Ihre Tochter Annie war bereits drei Jahre alt, Holdine war wieder schwanger, und das Entzücken, das sie an der Wiege von Maxls Stammhalter an den Tag legte, war herzerwärmend.

Zwei Tage später kam Ludwig selbst, drückte sich vor der Tür herum wie ein Hausierer und hielt Max eine bunt bedruckte Schachtel entgegen. Es war ein Trix Express, die Modelleisenbahn, die zur Feier der hundertjährigen Geschichte deutscher Eisenbahnen herausgegeben worden war. Die Auflage war strikt limitiert und ohne Beziehungen überhaupt nicht zu bekommen. »Ich weiß, ich bin das schwarze Schaf der Familie«, sagte er. »Aber ich wollte doch für meinen neuen Neffen zumindest ein Geschenk abgeben. *Von dem Onkel, von dem wir nicht sprechen,* könnt ihr ihm später erklären. Oder ihr werft die Bahn eben weg.«

»Jetzt komm schon rein«, sagte Max, und nach mehr als zwanzig Jahren sah Susanne ihren Bruder wieder lächeln. »Mit Onkeln, von denen wir nicht sprechen, haben wir nichts zu schaffen. Aber einen Onkel Ludwig könnten wir noch brauchen.«

Er führte Ludwig in die Stube, die jetzt so anders aussah, als Susanne sie gekannt hatte: voller Licht und Leben. Die Kerzen am

Weihnachtsbaum brannten, es duftete nach Zimt und Mandeln, und um den Tisch mit dem noch von den Eltern stammenden Kaffeegeschirr und dem frisch angeschnittenen Stollen saß die Familie: Anton und Holdine mit Annie, Susanne, Achille und Tullio, der nun, da er einen neuen Vetter bekommen hatte, nicht mehr von Abreise sprach, Susannes Mutter, die im Lehnstuhl vor sich hin schnarchte, und Sybille, Maria und Seppi.

Dem jungen Mann sah man an, dass er geweint hatte. Vermutlich hatte er, seit er in München von seinem Liebsten Abschied genommen hatte, nicht viel anderes getan. Dennoch gab er sich Mühe, zog Grimassen und vollführte Clownereien, die der kleine Felix allerdings frühestens in einem Jahr zu schätzen wissen würde. Maria hingegen lebte sichtlich auf. Seit ihre Verlobung gelöst, der Mann, dem sie vertraut hatte, mit ihrer Base auf und davon gegangen war, hatte sie sich in ihr Schneckenhaus zurückgezogen, hielt sich dicht bei Sybille und sprach selten ein Wort. Felix aber betrachtete sie mit strahlenden Augen, und als sie seine kleine Hand nehmen durfte, zog ein Lächeln über ihr Gesicht.

Sie würde eine vollkommen närrische Mutter abgeben, wenn sie eines Tages das Glück hat, Mutter zu werden. *So eine wie ich*, dachte Susanne und wünschte es ihr mit ganzer Kraft. *Ich habe auch geglaubt, es würde mir nie vergönnt sein, und jetzt sieh mich an. Ich habe Tullio. Und ich habe euch alle obendrein, auch wenn Helene mir fehlt.*

Die andere Frau, die geglaubt hatte, es wäre ihr nie vergönnt, thronte inmitten all der Aufmerksamkeit wie eine Königin. Vevi, in einem billigen roten Hauskleid und mit zu lange nicht blondiertem Haar, lagerte in einem Sessel und hielt ihr Kind im Arm. Wer sie nicht kannte, hätte sie für die Großmutter des kleinen Buben gehalten, doch das änderte nichts daran, dass sie unglaublich schön war.

Max stand dahinter, das Haar schütter, ein Auge von der Klappe bedeckt und den Arm schwer auf die Sessellehne gestützt, weil seine

Beine ihn nicht trugen. Wie anders hatten diese beiden sich einst ihre Elternschaft vorgestellt, wie perfekt alles geplant und vorbereitet. Und jetzt, da gar nichts perfekt war, da sie zu kämpfen haben würden, um es ihrem Sohn an nichts fehlen zu lassen, war es dennoch ein Glück sondergleichen. Ihr Kind war groß und proper, rundlich, rosig und gesund.

»Wenn ich darf, würde ich das gern für die Ewigkeit festhalten«, sagte Ludwig und förderte eine Kodak-Kamera zutage, deren Metallteile brandneu glänzten. Das Unternehmen warb mit Plakaten, die das Gerät jetzt, vor den Olympischen Spielen, als das ideale Weihnachtsgeschenk anpriesen, und setzte dazu Slogans wie *Deutsch ist die Kamera* und *Dein Kauf hilft Deutschland – wir geben 1500 Volksgenossen Arbeit.*

»Gern, Ludwig.« Vevi nickte ihm zu. »Und gell, einen Abzug schenkst du uns? Damit wir uns immer erinnern, was für ein schöner Tag das war, als wir zu Felix' Ehren hier beisammensaßen.«

»Selbstverständlich.« Ludwig schoss ein paar Aufnahmen von Max und Vevi mit ihrem schlafenden Söhnchen und dirigierte dann die Versammelten nach links und nach rechts zu einem Gruppenbild der Familie. Der Lehnstuhl mit der Großmutter, die das Geburtsfest ihres sechsten Enkelkindes verschlief, wurde in passende Position gerückt. *Ja,* dachte Susanne und vergaß allen Ärger über die Plakate von Kodak, *den Abzug möchte ich auch gern haben. Als Beweis dafür, dass Glück Risse schließt, auch wenn sie noch so weit aufklaffen, und Unmögliches möglich macht.*

»Es tut mir leid, dass ich Mechthild nicht habe bewegen können, zumindest zu einer Gratulation herzukommen«, sagte Ludwig, nachdem er seine Bilder im Kasten hatte. »Aber ihr wisst, wie sie ist – Familie hat keinen Wert für sie, und ihre Beziehungen zu Menschen sortiert sie in *nützlich, schädlich und verschwendete Zeit.* Dass ich trotzdem meinen Neffen auf der Welt begrüßen wollte, hat mein häusliches Leben nicht gerade leichter gemacht. Und was Helene betrifft, steht es nicht besser. Ihr Bräutigam, der feine Herr Stadeler, ist ja als Pilot in die Luftwaffe aufgenommen worden, und seither redet mein Fräulein Tochter nicht mehr mit gewöhnlichen Sterblichen. Bitte glaubt mir, dass ich mich aus tiefstem Herzen schäme. Doch sie bleibt meine Tochter. Ich könnte jeden verstoßen, aber nicht mein Fleisch und Blut.«

Achille legte ihm eine Hand auf die Schulter. »Hör auf, von dir Dinge zu verlangen, die keiner von uns von dir verlangen würde. Ein Mann kann seine Tochter nicht verstoßen. Vielleicht sogar noch weniger als seinen Sohn, weil er weiß, dass ein Junge ohne ihn zurechtkommt. Einem Mädchen hingegen wird es heute wieder so schwer gemacht wie damals vor dem Krieg und der Revolution.«

»Ist das so?«, fuhr Ludwig auf. »Soweit es mich betrifft, hat mich mein Vater schon verstoßen, als ich so winzig war wie Felix heute. Damit zurechtzukommen fällt mir noch immer nicht leicht, nicht einmal heute, obwohl ich mir meinen Platz in der Welt erobert habe.« Seine Stimme wurde laut, und an seiner Schläfe trat eine Ader hervor. »Du musst mich doch verstehen, dir ist es doch nicht anders ergangen!«

»Vielleicht nicht«, sagte Achille ruhig. »Ich habe mich aber eines Tages entschieden, das hinter mir zu lassen und auf das zu sehen, was in meiner Hand liegt.«

»Konntest du das so einfach, konntest du das wirklich?«, rief Ludwig. »Nun, für mich war es hart, und ich könnte so etwas meinem Kind nicht antun.«

»Ludwig!«, rief Achille ihn zu sich selbst zurück. »Wir sind alle Eltern, wir verstehen dich. Dass du Helene verstößt, will keiner von uns. Nur dass du weißt, dass wir ebenso an unsere Kinder denken, und dass uns das zu anderen Schlüssen bringt als dich.«

In der Stille hörte man die Großmutter schnarchen und den

neugeborenen Enkel kleine Schmatzgeräusche von sich geben. Dann schlug Sybille leise in die Hände, um zu applaudieren, und Seppi und Anton schlossen sich an.

»Achille«, sagte Vevi, »dein Schwager und ich möchten dir etwas sagen. Da wir verschiedenen Konfessionen angehören, können wir dich nicht bitten, die Patenschaft für unseren Sohn zu übernehmen. Aber wir hätten gern, dass du dich dennoch, auch ohne kirchliches Siegel, als seinen Paten betrachtest.«

Achille schwieg eine Weile, dann ging er hinüber zu Vevi und blickte lange auf das Gesicht des schlafenden Kindes. Von diesem Tag an nannte er Felix nie anders als *figlioccio* – Patensohn.

Sie feierten Silvester zusammen und stießen auf ein neues Jahr der Hoffnung an. Als Achille, Susanne und Tullio von Sekt und Feierlaune ein wenig beduselt durch die verschneiten Straßen nach Hause gingen, eröffnete ihnen Tullio, dass er seine Abreise nach Italien für den Morgen nach dem Dreikönigstag geplant habe.

Verhalten versuchte Susanne, ihn mit politischen Argumenten umzustimmen. Italien hatte im Oktober das Kaiserreich Abessinien überfallen und damit gegen Völkerrecht verstoßen. Man müsse doch zumindest stumm Protest an den Tag legen, indem man in ein solches Land derzeit nicht reise.

»Mammina, ich besuche meine Verwandten, nicht Mussolini«, war alles, was Tullio daraufhin erwiderte. »Und ob ich mein Geld hüben oder drüben Faschisten in den Rachen werfe, ist gehupft wie gesprungen. Hitler hat seinem Gspusi doch längst Hilfstruppen nach Abessinien gesandt.«

Achille versuchte es gar nicht erst. »Es hat keinen Sinn«, sagte er zu Susanne. »Glaub mir, wenn es die kleinste Chance gäbe, ihn aufzuhalten, würde ich sie nutzen.«

Das Restaurant war nach Neujahr wieder geöffnet, und Susanne ertappte sich dabei, dass sie fahrig und gereizt bei der Arbeit war. Sie war auch fahrig und gereizt mit Achille. »Weiß überhaupt irgendwer im Piemont Bescheid, dass unser Sohn kommt?«, fuhr sie ihn an, als sie ihn allein vor dem Küchenhaus erwischte. »Du bist doch mit niemandem in Kontakt, Tullio hat keinen Menschen, an den er sich wenden kann, wenn er in dem fremden Land auf Probleme stößt.«

»Es ist seine Heimat, Susanna.«

»Es ist ein fremdes Land. Ich wünschte, ich hätte Ludwig um Hilfe gebeten.«

»Ich habe Pantigliates Neffen telegrafiert«, sagte Achille und sah über sie hinweg. »Es ist für alles gesorgt.«

»Wie heißt der überhaupt?«

»Tullio.« Noch immer sah Achille sie nicht an.

»Tullio? Wie unser Sohn?«

Er fuhr zusammen. »Tonino. Entschuldige, ich war in Gedanken. Tonino Pantigliate heißt er.«

Am Morgen des 7. Januar lud Tullio seine Reisetasche ins Auto. Er summte dabei, wie er es als Kind getan hatte, wenn er glücklich und versunken spielte. Die Fahrt war lang, aber Tullio war jung, und er hatte genügend Geld, um unterwegs zu übernachten, wo immer es ihm gefiel. Susanne und Achille standen am Rinnstein vor ihrem Restaurant und sahen ihm zu. Um ihre Füße schmolz der Schnee.

Im letzten Augenblick lief Susanne noch einmal nach oben, holte Babbo, den Bären, der in Tullios Jungenzimmer auf dem Bett saß, und setzte ihn auf den Beifahrersitz. »Damit du nicht ganz allein fährst.«

Tullio lächelte, nahm sie in die Arme und kam ihr wie ein Riese vor. »Ich hab dich lieb, Mammina. In Gedanken nehme ich euch mit.«

Und ich wünschte, ich hätte den Mut gehabt, in Fleisch und Blut mitzufahren, dachte Susanne.

Belegschaft und Stammgäste quollen aus der Tür des Ponte und winkten, als der blaue Fiat über die Uferstraße davonfuhr und im leichten Nebel verschwand. Achille legte den Arm um Susannes Taille und führte sie zurück ins Restaurant, doch schien heute jeder von ihnen in seinen eigenen Gefühlen gefangen. »Willst du dir den Rest des Tages freinehmen?«, fragte er. »Wir kommen zurecht, es wäre kein Problem.«

»Nein, ich will arbeiten«, erwiderte Susanne. »Es lenkt mich ab, es ist besser so.«

»Ich kann dir nicht helfen, oder?«

»Nein. Es sei denn, du könntest mir unseren Sohn noch einmal so winzig und hilflos zurückgeben, wie Felix jetzt ist.«

»Das kann ich nicht«, sagte Achille und band sich seine Schürze wieder um. »Nur dir für die dreiundzwanzig Jahre danken, die du mir mit ihm geschenkt hast.«

Tullio schrieb ihnen aus Turin, sprudelte über vor Begeisterung und bewies, wie beredt er schreiben konnte, wie sehr er sich für den Beruf des Journalisten eignete. Zudem waren seine Zeilen voll von unbefangener Liebe. Er schrieb, dass er sie vermisse und hoffe, sie könnten einmal zusammen hierherkommen.

Als Nächstes schrieb er aus Santa Maria delle Vigne, eine amüsant zu lesende Epistel über ein Haus, in dem, von seinem Vetter abgesehen, nur Frauen lebten.

Der arme Petruccio hat sich so gefreut, endlich ein männliches Wesen zur Gesellschaft zu bekommen, und nun steht er mit einem da, das von Fußball nicht mehr versteht als eine Kuh vom Klavierspielen. Die schönen Sammelalben von Juventus Turin weiß ich gar nicht zu schätzen, aber ich tue mein Bestes, mich als lernfähig zu erweisen.

Nonna Elia und Egidio waren gestorben. Zia Agata hingegen lebte noch, war Tullio zufolge zahnlos, taub und gelähmt und wurde in einem Stuhl von Zimmer zu Zimmer getragen, damit sie im Kreis der Familie vor sich hin schimpfen konnte. Sowohl Tommasina als auch Fabrizia, die offenbar nicht Cesare Ferrara geheiratet hatte, waren im Weltkrieg zu Witwen geworden. Tommasina hatte zwei Töchter, Fabrizia Sohn und Tochter, und Emilias Kind, das den Besitz erben würde, war ebenfalls ein Mädchen. Seltsamerweise hatte Susanne immer angenommen, es müsse ein Junge sein. Welche Rolle Ferrara in dem Gefüge bekleidete, blieb unklar. Er war meist in Rom, versah einen hohen Posten im Außenministerium, unter Graf Ciano, Mussolinis Schwiegersohn. Ab und an schneite er für zwei Tage herein, doch ansonsten waren die Frauen und Kinder von Santa Maria delle Vigne unter sich.

Es schien alles in Ordnung, und Susannes beklommene Gefühle begannen, sich zu legen. Auch das Wüten im Land schien sich zu beruhigen, als hätte die Regierung der Hitler-Partei sich wie ein Unwetter ausgetobt. Es wurden keine neuen zum Himmel schreienden Gesetze erlassen, und widerwärtige Schilder, die Juden das Sitzen auf Parkbänken verboten, wurden über Nacht entfernt. Alle Kräfte konzentrierten sich auf die Olympischen Spiele. Im Restaurant tauschten nicht nur kleine Jungen, sondern erwachsene Männer Zigarettenbildchen der Sportler aus.

Eines Nachmittags begegnete ihr auf dem Heimweg Otto Hipp, der schmal und blass, doch bei guter Gesundheit schien. Susanne freute sich so sehr, dass sie ihn überschwänglich wie einen lang vermissten Freund begrüßte. Seine Antworten waren höflich und einsilbig. Ja, es gehe ihm gut, er sei seit Längerem aus der Haft entlassen, lebe aber jetzt in München und sei nur auf Besuch. Herzlich lasse er alle grüßen, »besonders den klugen Herrn Sohn«.

Die Begegnung machte Hoffnung, auch Dr. Friedländer werde nun endlich nach Hause kommen. Susanne erzählte Leontine davon und versprach, ihr bei der Vorbereitung ihrer Ausreise behilflich zu sein. Wohin aber konnten die alte Frau und ihr Sohn gehen? Seit dem

Erlass des Blutschutzgesetzes war die Zahl der jüdischen Ausreisewilligen um ein Vielfaches gestiegen, und immer mehr Länder führten ihre wirtschaftlichen Krisen ins Feld, um nicht mehr Flüchtlinge aufnehmen zu müssen.

Zudem ging Leontine das Geld aus. Dasselbe Problem hatten auch Seppi und Carlo, die ins teure Paris wollten. Achille und Susanne hatten mehrfach ihre Hilfe angeboten, aber Seppi war zu stolz, sie anzunehmen. »Wir sind erwachsene Männer, wir können uns nicht unser Leben lang von Onkel und Tante ernähren lassen«, sagte er. »Wir bewerben uns dort drüben auf jede erdenkliche Stelle, vom Bühnenarbeiter bis zum Hausdiener, und wenn wir etwas haben, gehen wir. Irgendetwas wird sich schon finden.«

»Irgendetwas wird sich schon finden«, versprach Susanne auch Leontine.

»Wenn nur mein Werner erst wieder da ist.«

Susanne umarmte sie. »Bis zu den Olympischen Spielen ist er wieder da.«

Die Winterspiele wurden in Garmisch-Partenkirchen ausgetragen, was nicht viel mehr als zwei Stunden Zugfahrt von Regensburg entfernt lag. Auf dem Bahnhof warben bunte Plakate mit Bildern von Skispringern für ermäßigte Fahrkarten: *Mit der deutschen Bahn zu den Spielen – zum halben Preis.*

Ein Stammgast, der bei der Bahn im Aufsichtsrat saß, bot Achille einen Packen der begehrten Eintrittskarten an, aber der lehnte ab: »Es ist reizend von Ihnen, wirklich – aber es kommt mir so merkwürdig vor, ein Sportereignis ohne meinen Sohn zu besuchen. Dabei interessiert sich mein Sohn gar nicht sonderlich für Sport – aber in einem Stadion Wettkämpfer anzufeuern, das ist so etwas zwischen Vater und Sohn, oder nicht?«

Susanne schnappte das auf und schrieb es Tullio: *Wie es aussieht, könnte Dein Vater Karten für die Sommerspiele in Berlin ergattern. Was* meinst Du dazu? *Giraudo senior und Giraudo junior, die die Hauptstadt unsicher machen? Eure Frau und Mutter würde Euch ein ziemlich nobles Hotel dazu spendieren. Sie würde sogar mitkommen, wenn Ihr sie wollt.*

Tullio schrieb jetzt seltener, und auf den Olympia-Brief kam mit ewiger Verspätung eine ziemlich lahme Antwort: *Falls ich im Sommer in Deutschland bin, wäre es schön, einmal nach Berlin zu fahren, ob nun zu den Spielen oder nicht. Und natürlich musst Du mitkommen, ohne Dich wäre es doch nur halb so schön.*

Seit wann gibt es das zwischen uns?, fragte sich Susanne. *Floskeln austauschen, hohle Höflichkeiten statt ehrliche Gedanken?*

Mit Achille war kein Reden darüber. Er war schweigsamer, als sie ihn kannte, in sich gekehrt, und von Sorgen wollte er nichts hören: »Wenn du in jedes Wort etwas hineinliest, treibst du dich in den Wahnsinn, Susanna. Der Junge ist bei Verwandten, er wird sich prächtig amüsieren, reiten, Tennis spielen und durch die Gegend brausen, wie ich es als junger Mann auch gemacht habe. Warum bist du so besessen davon, dass etwas nicht in Ordnung ist?«

Also zeigte sie den Brief Sybille, die sie auslachte. »Ihr beide seid von eurem Tullio einfach zu verwöhnt. Ich glaube, mein Seppi hat mir im Leben noch keinen Brief geschrieben, und wenn ich ihn auf eine Reise nach Italien schicken könnte, würde er vermutlich vergessen, dass es mich gibt.«

»Sicher hast du recht«, sagte Susanne. »Der Brief klingt nur nicht nach Tullio.«

»Nach welchem Tullio?«, fragte Sybille. »Nach dem, der unter dem Weihnachtsbaum Gedichte aufgesagt und dir erklärt hat, dass er dich heiratet, wenn er groß ist, weil du die schönste Mammina der Welt bist? Den gibt es nicht mehr, Su. Der kann dir keinen Brief mehr schreiben. Unsere Söhne sind erwachsen, sie haben anderes im Kopf, als ihren Müttern zu schreiben. Damit müssen wir uns abfinden.«

Susanne gab sich Mühe, Sybilles Rat zu beherzigen. Sie stürzte sich in die Arbeit und verbrachte viel Zeit bei Vevi, die eine hingebungsvolle, aber auch eine unsichere, nervöse Mutter war. »Versuch, dir mehr zu vertrauen«, riet sie ihr. »Du bist seine Mutter, solange dein Felix so klein ist, gibt es für ihn nichts Besseres als dich.«

»Hast du das von Anfang an gekonnt?«, fragte Vevi.

»Ja«, erwiderte Susanne, ohne zu zögern. Sie hatte in ihrem Leben an so vielem gezweifelt, aber in diesem einen hatte es nie Zweifel gegeben: Sie war Tullios Mutter, und sie würde immer tun, was das Beste für ihn war.

»Vielleicht musste ich es einfach können, weil ich ja kein Kindermädchen hatte«, fügte sie hinzu, um Vevi zu beruhigen.

»Ich habe auch keines«, sagte Vevi und dämpfte die Stimme. »Max und ich hielten es für besser, das Geld zu sparen, und außerdem will ich meinen Felix jetzt, da ich ihn endlich habe, mit niemandem teilen. Außer mit Tante Suse natürlich. Da mache ich großzügig eine Ausnahme.«

»Du hast Golda entlassen?«, fragte Susanne ungläubig. Ja, streng genommen hatten Max und Vevi sich strafbar gemacht, indem sie eine Jüdin weiter in ihrem Haushalt beschäftigten, aber sie hatten doch beide darauf beharrt, dass sie sich davon nicht beirren lassen würden.

Vevi schüttelte den Kopf und legte einen Finger auf die Lippen, als steckten in den Wänden Ohren. »Golda hat nicht mehr hierbleiben wollen, Suse, da war einfach zu viel, was ihr Angst machte. Es gibt Leute, die Ausreisewilligen helfen, über die tschechische Grenze zu kommen. Golda ist in Böhmen, in Reichenberg. Sie will sich dort ein neues Leben aufbauen.«

»Meinst du, diese Leute könnten auch Leontine und Dr. Friedländer helfen?«, fragte Susanne. »Stehst du mit Golda in Kontakt, wäre sie bereit, sich in Reichenberg nach einer Unterkunft für die beiden umzusehen?«

Vevi schüttelte den Kopf. »Kontakt zu halten könnte gefährlich sein. Stadtamhof soll ja künftig Mustersiedlung werden, hier werden ständig übereifrige Wichtigtuer zu Blockwarten ernannt, und von denen scheut sich keiner, einen Nachbarn als Judenfreund zu denunzieren. Jetzt, da Felix da ist, will ich kein Risiko mehr eingehen. Ich hoffe, du verstehst das, Suse.«

»Passt schon«, sagte Susanne. »Mein Sohn ist erwachsen, aber ich fürchte, ich würde sogar Mussolini zujubeln, wenn ich dadurch ein Risiko von ihm abwenden könnte.«

»Weshalb Mussolini?«

»Weil Tullio in diesem verfluchten Italien steckt, nicht wiederkommt und nicht mehr schreibt«, platzte Susanne heraus. »Ich weiß, es ist ein Schmarrn, aber ich werde vor Sorge verrückt.«

»Es ist kein Schmarrn«, sagte Vevi. »Tullio ist doch einer, der kein Unrecht erträgt. Damals, als sie Dr. Friedländer verhaftet haben, wäre er ihnen um ein Haar in die Arme gelaufen. Ich würde mir auch Sorgen machen. Ich glaube, ich könnte in keiner Nacht schlafen, in der mein Felix nicht bei mir ist.«

Susanne hatte endlich jemanden gefunden, der sie verstand. Ihr Lachen geriet schwach. »Ich kann's auch nicht. Ich habe mich halbwegs zusammengenommen, wenn er während der Woche in München bei Seppi und Carlo war und ich mich darauf freuen konnte, dass er am Wochenende nach Hause kommt. Jetzt habe ich keine Ahnung, wann ich ihn überhaupt wiedersehe. Und ich weiß ihn nicht nur im Land Mussolinis, der seine Gegner mit Feilen erstechen lässt, sondern obendrein bei diesen Leuten, von denen ich einfach nicht glauben kann, dass sie ihm wohlgesinnt sind.«

Vevi bettete Felix in seinen Stubenwagen und legte den Arm um Susanne. »Ludwig hätte diese Einladung nicht hinter eurem Rücken organisieren dürfen«, sagte sie. »Kennst du jemanden in Italien, dem du vertraust? Den du in einem Brief bitten könntest, in diesen Ort zu fahren und sich zu überzeugen, dass es Tullio gut geht?«

Susanne überlegte. »Nur Mamma Donatella«, murmelte sie. »Aber die war damals schon über siebzig, und dass sie lesen konnte, bezweifle ich. Unseren Freund Matteotti hat Mussolini auf dem Gewissen, und ansonsten war da noch ein kleiner, unglaublich kluger Philosoph namens Gramsci, der von Luft und Liebe lebte und uns die Welt erklärte. Ich nehme an, ihm könnte ich schreiben. Aber wie komme ich an seine Adresse?«

»Das überlass mir«, sagte Vevi. »Maxl mag kein reicher Mann mehr sein, aber er gehört noch immer zu den beliebtesten Bürgern der Stadt, und es gibt etliche, die seiner Frau bei ihrer Anfrage gern behilflich sein werden.«

Das Ergebnis, das Vevis Erkundigungen zutage förderten, war niederschmetternd: »Dein Gramsci wird dir nicht helfen können«, berichtete sie mit unverhohlenem Schrecken. »Er sitzt seit zehn Jahren in einem faschistischen Gefängnis. Vor einiger Zeit ist er zwar in eine Klinik überführt worden, weil er todkrank ist, aber ich bezweifle, dass es auch nur möglich ist, ihm zu schreiben.«

Ihre Betroffenheit über Gramscis Schicksal konnte Susanne mit Achille nicht teilen, weil sie damit eingestanden hätte, dass sie Tullio hinterherspionierte. Es fühlte sich falsch an. Ein Vierteljahrhundert lang war es ein Stützpfeiler ihrer Ehe gewesen, dass sie voreinander kein Geheimnis hatten.

Die Olympiade kam und ging vorbei, ohne dass Tullio nach Hause kam. Sobald die Besucher aus aller Welt abgereist waren, kehrten die judenfeindlichen Schilder an Bänken und Lokalen zurück, und in den Schaukästen lag wieder das widerliche Hetzblatt, der *Stürmer*, der Juden als lüsterne, monströse Frauen- und Kinderschänder karikierte. In Spanien hatten Faschisten geputscht und das

Land in einen blutigen Bürgerkrieg gestürzt, und im Oktober kam Graf Ciano nach Deutschland, um einen Freundschafspakt – die Achse Rom–Berlin – zu unterzeichnen.

Ludwig reiste ebenfalls nach Berlin. Er hatte eine Einladung zu irgendeinem Bankett mit den Staatsbesuchern.

»Was hast du denn unter den Diplomaten verloren?«, fragte Susanne. »Ich denke, du verkaufst Bier.«

»Ich verkaufe in der Tat eine gewisse Menge Bier an den Kaiserhof, da manche Mitarbeiter des Führers bayerisches Bier bevorzugen«, erklärte Ludwig. »Die Einladung angenommen habe ich aber, weil Mechthild mir in den Ohren liegt. Du kennst das doch. Sie lässt keine Gelegenheit aus, die große Dame zu spielen. Außerdem freue ich mich, Cesare einmal wiederzusehen.«

»Cesare Ferrara kommt auch? Und du duzt dich mit ihm?«

»Das tue ich schon seit etlichen Jahren, und soweit ich mich erinnere, warst du einmal recht dankbar dafür«, erwiderte Ludwig. »Falls es dich im Übrigen wundert – es gibt durchaus auch Menschen, denen ich sympathisch bin. Und ja, natürlich kommt er nach Berlin. Er ist Außenminister Cianos Stellvertreter.«

Einen Augenblick lang war Susanne versucht, ihn zu bitten, Ferrara nach Tullio zu fragen, der so gut wie überhaupt nicht mehr schrieb. Gleich darauf verwarf sie jedoch den Gedanken. Der Mann war Cianos Stellvertreter. Und Ludwig, so hatte sie eben bemerkt, war unter ihren Bekannten der Einzige, der Hitler in einem privaten Gespräch *den Führer* nannte.

Und dann war Tullio eines Tages einfach wieder da. Vor den Fenstern fiel Schnee, der in diesem Jahr früh dran war, und Vevi war mit Felix, der stolz und strahlend seine ersten Schritte vollführte, zu Mittag ins Ponte gekommen. Sie hatte ihn auf einem Schlitten über die Brücke gezogen, und er klatschte vor Seligkeit in die Hände, wann immer jemand ihn nach seinem Schlitten fragte.

Er war ein Sonnenschein. Als gäbe es in seinem Leben nichts als Grund zum Lächeln.

»Wir machen uns lieber auf den Weg«, sagte Vevi. »Ehe der Schneefall zu dicht wird und ich den jungen Mann nicht trocken nach Hause bringe.« Sie zog Felix sein Mäntelchen über und brach zu Susannes Bedauern mit ihm auf. Der Kleine war ihr Lichtblick. Ein vor Leben zappelndes Stück Sorglosigkeit in einer dunklen Zeit.

Gleich darauf schoss Vevi mit Felix wieder zur Tür herein. »Du kommst besser rasch nach draußen, Suse«, sagte sie. »Glaub mir, da gibt's was, das du dir anschauen willst.«

Susanne wischte sich die Hände an der Schürze ab und ging ohne Mantel vor die Tür.

An der Straße stand ein blau lackiertes Automobil, das nicht mehr glänzte, sondern staubbedeckt und reichlich verbeult war. Auf der Fahrerseite stieg ein schlanker, bildschöner Mann mit kurz geschnittenem Haar aus, der eine Reisetasche über der Schulter und einen Plüschbären unter dem Arm trug.

»Tullio!«

Wenn der Tag deiner Geburt nicht der schönste Tag meines Lebens gewesen wäre, dann wäre es dieser, dachte sie.

39

Er hatte ihnen Geschenke mitgebracht, die er auspackte wie das Christkind seinen Sack: italienische Süßigkeiten, Likör vom Gut der Familie, für seinen Vater eine lederne Geldbörse und für seine Mutter eine hauchdünne Goldkette mit einem Anhänger, der wie eine Muschel geformt war.

Sie weinten beide. Susanne ließ sich die Kette umlegen und wusste, sie würde sie später im Geheimen abnehmen, weil sie zu viel Angst hatte, sie zu verlieren. Achille füllte feierlich sein Geld in die neue Börse und sagte: »Von jetzt ab werde ich nie wieder eine andere benutzen. Ich möchte mit ihr begraben werden.«

Tullio lachte ein Männerlachen. »Seit wann bist du so melo-dramatisch, Babbo?«

»Seit mein Sohn, der elf Monate lang durch die Weltgeschichte gegondelt ist, hier hereingeschneit kam wie das blühende Leben und ich mich wie ein altes Eisen fühle«, erwiderte Achille.

Sie lachten alle. Aber das Lachen täuschte über eine ganze Menge Dinge höchstens für kurze Zeit hinweg.

Tullio hatte sich verändert. Er roch nicht mehr, wie sie alle rochen, hatte den Duft ihrer Familie, der die Wohnung erfüllte, verloren. Er sprach nicht mehr, wie sie alle sprachen, benutzte die Redewendun-gen, die uralten Scherze und die Fantasieworte aus seiner Kinderzeit nicht mehr. Vor allem aber war er nicht länger ein offenes Buch für seine Eltern, auch wenn er sich so gab. Er beantwortete bereitwillig Fragen, aber er suchte nicht das Gespräch. Oft saß er stundenlang in seinem Zimmer, wo er, soweit Susanne es beurteilen konnte, nichts tat, als vor sich hin zu sinnieren. Er erzählte von Wein und Weite, von Pferden und Ziegenpfaden, die er hinaufgekraxelt war, von Körben voller Trüffel, vom Baden in Waldseen und von Ausflügen nach Turin und Genua. Kurzum, er erzählte von allem. Nur nicht von Menschen.

Susanne konnte sich nicht länger etwas vormachen. Sie waren jetzt eine Familie, die Geheimnisse voreinander hatte, und im Grunde waren sie das immer gewesen. Keiner von ihnen, weder sie noch Achille, hatte Tullio erzählt, was vor seiner Geburt in Santa Maria delle Vigne geschehen war, und weil sie es ihm nicht erzählt hatten, konnten sie ihn jetzt nicht fragen, wie viel er davon wusste.

Vielleicht war das normal. Sybille hatte es immer verblüfft, wie viel sie miteinander redeten, und Vevi hatte ihr Leben lang vor Max geheim gehalten, dass der Goldton ihrer Haare nicht echt war. Susanne vermisste es trotzdem – das Gefühl, ein Buch zu sein, in dem sie alle drei lasen, was sie hineinschrieben. Jetzt waren sie eine Geschichte in drei Bänden, und zudem war ein jeder von ihnen auch ein Band in anderen Geschichten.

Zumindest war Tullio aber zurück, und Susanne war entschlossen, sich das nicht verderben zu lassen. Sorge bereitete ihr, dass Tullio keine Ahnung hatte, was er mit seinem Leben anfangen wollte. An die Universität könne er nicht zurück, darauf beharrte er. Zweifellos verschwendete er damit Begabung, aber Susanne verstand ihn, und schreiben konnte man auch anders lernen. Außerdem war sie froh, wenn er bei ihr blieb und nicht nach München zurückkehrte.

»Du weißt, wenn es nach deinem Vater und mir geht, brauchst du nicht zu studieren. Dieses Restaurant gehört dir, wir freuen uns, wenn du es weiterführst. Wir wollen nur nicht, dass du dich verpflichtet fühlst, falls du darin nicht deine Bestimmung siehst.«

»Ich weiß nicht, worin ich meine Bestimmung sehe«, sagte Tullio. »Gib mir Zeit. Ich bin ja gerade erst angekommen.«

Zeit gab Susanne ihm gerne. Aber die Zeit verstrich, und mit jeder Woche erschien Tullio ihr rastloser. Er fuhr manchmal nach München, um Carlo zu besuchen, und er war manchmal mit Seppi unterwegs, aber sonst wusste sie nicht, was er tat.

»Ich weiß seit Jahren nicht mehr, was Seppi tut«, sagte Sybille. »Dass Carlo Steiner nicht sein berufliches Vorbild ist, sondern sein Liebhaber, hast du eher gewusst als ich. Das ist normal, mein altes Suselchen. Was meine arme Maria tut, weiß ich leider. Sie sitzt in der Wohnung und strickt Strümpfe, als wären wir alle Spinnen mit acht Füßen, aber glaub mir, ich wünschte, ich wüsste es nicht.«

»Es geht ihr nicht besser, nicht wahr? Sie kommt nicht darüber hinweg?«

Traurig schüttelte Sybille den Kopf. »Sie hatte die Kräfte nicht, um am anderen Ende gestärkt daraus aufzutauchen. Diese Selbstheilungskräfte hat ihr Vater in ihr zerstört.«

Ich muss froh sein, dachte Susanne. *Niemand hat etwas in Tullio zerstört, und er wird seinen Weg noch finden.* Sie selbst war derweil froh, dass sie wie üblich alle Hände voll zu tun hatte und es Menschen gab, die sie brauchten. Das Ponte wurde immer mehr zu einem Zufluchtsort für alle, die Angst hatten, die sich um die Zukunft sorgten, die gern gegangen wären und es doch nicht über sich brachten, ihre Heimat zu verlassen.

»Wenn man hier bei euch beim Grappa hockt und diese zum Heulen schöne Musik hört, denkt man sich, so arg wird's schon nicht werden«, sagte Schlachter Vogelhubers Sohn, der seinen Vater im letzten Jahr begraben hatte und mit einer Jüdin verheiratet war. In den meisten Lokalen hatte seine Else keinen Zutritt mehr, doch an der Steinernen Brücke konnte ihr Mann sie noch zu einem guten Essen einladen. Einen Abend lang taten die beiden dann so, als spiele da draußen nur jemand verrückt und werde sich schon wieder beruhigen.

»In Regensburg beruhigt sich doch alles über kurz oder lang«, sagte Else. »Die Leute vom Schocken haben's enteignet, aber getan haben's denen ja nichts.«

Das Kaufhaus bei der Alten Wache hieß jetzt Merkur, aber die Regensburger sagten weiterhin: »I geh zum Schocken«, wenn sie dort einkauften, und unter den Älteren sagte auch mancher noch: »I geh zum Hammer«.

Im Juni stattete Hitler anlässlich einer Feier auf der Walhalla Regensburg einen Besuch ab. In den Gassen hingen Girlanden mit Hakenkreuzen so tief, dass Susanne sich unwillkürlich duckte, und den ganzen Tag über ertönte Marschmusik. Sie lief nach Hause, um sich hinter den Türen ihres Restaurants einzuigeln, das an diesem Tag geschlossen blieb. Am frühen Nachmittag verkündeten Heil-Heil-Rufe, dass der Mann, der sich Führer nannte, im offenen Wagen durch die Maximilianstraße und zum Empfang im Alten Rathaus fuhr. Danach ebbte der Lärm schnell ab, und die Girlanden wurden am nächsten Tag entfernt.

Dass im traditionsreichen Reichssaal ein schwerer Lüster sich aus der morschen Holzdecke freigerissen hatte und vor Hitlers Augen zu Boden gekracht war, erfuhr Susanne erst tags darauf von Seppi. »Er hat Regensburg immer schon gehasst, weil hier kein Mensch ihn gewählt hat«, sagte er. »Aber jetzt kommt er ganz bestimmt nicht noch mal her. Ich habe Regensburg gehasst, weil es so eng und weltfern und verschlafen war, aber wenn es so weitergeht, werde ich noch lernen, es zu lieben.«

Der Sommer wurde warm. Vevi fuhr mit Felix an die Naab zum Baden, wo sie gemeinsam mit ihren Kindern gewesen waren, und Susanne, Sybille und Maria kamen mit. Sie lagen im Sand, ließen sich Arme und Beine von der Sonne bräunen und tranken jungen Barbera, während Felix dicht bei Vevi schlief, wie Tullio bei Susanne geschlafen hatte. »Mit hundert kommen wir auch noch hierher und sind noch immer die drei flottesten Badenixen von Regensburg«, rief Vevi. »Auf uns, Schwestern. Auf das, was uns nicht kleingekriegt hat.« Maria saß abseits im hohen Gras und starrte blicklos aufs Wasser. Nur wenn Felix erwachte und sie mit ihm am Ufer eine Sandburg bauen durfte, lebte sie auf. Wann immer Susanne sie so versunken in ihrer Welt aus Düsternis sah, musste sie an Helene denken. Mit ihrer Tat aus Eifersucht hatte sie Maria zerstört, und weil es Maria nicht besser ging, gab es auch keinen Weg, Helene zu verzeihen. Dennoch vermisste Susanne sie, vermisste das warmherzige Mädchen, dessen Lieblingstante sie gewesen war. Von Ludwig erfuhr sie zwar hin und wieder, es gehe ihr »ausgezeichnet«, doch sie wünschte, sie hätte sie selbst fragen können.

Im September reiste Ludwig wieder einmal nach Berlin und von dort weiter nach München, weil diesmal nicht nur der Schwiegersohn, sondern Mussolini persönlich zu einem Staatsbesuch nach Deutschland kam. Am Abend seiner Ankunft hörte Susanne zum ersten Mal Gäste – einen Kreis Journalisten von den *Regensburger Nachrichten*, die seit 1933 verboten waren – von der Möglichkeit sprechen, es könne Krieg geben. »Mussolini reist nicht zum Spaß durch die Gegend. Der will seine Achse festklopfen. Seit sie Japan im Boot haben, beginnen die beiden Armhochreißer, sich Chancen auszurechnen.«

»Nein, keinesfalls«, unterbrach Susanne, die sich sonst in die politischen Gespräche ihrer Gäste nicht einmischte. »Das wissen die Regierenden in Europa, dass sie diesem Kontinent keinen Krieg mehr abverlangen können. Er ist viel zu tief in uns alle eingegraben – wie ein Verbrannter nicht noch einmal ins Feuer fasst. Wenn ein Staat in eine solche Richtung gehen würde, würden die anderen ihm einen Riegel vorschieben. Dafür ist der Völkerbund schließlich gegründet worden.«

»Aus dem ist Deutschland aber vor zwei Jahren ausgetreten«, erinnerte einer der Journalisten, ein Mann namens Hans Gabler, der sich bedeckt halten musste und jetzt als Verkäufer in einem Eisenwarenhandel seiner Unterhalt verdiente. »Ein Teil von mir hofft, dass Sie recht behalten, liebe Frau Susanna. Was der andere Teil von mir denkt, das sage ich besser nicht laut.«

Im November wandte sich der Führer der Sudetendeutschen Partei in der tschechoslowakischen Republik um Hilfe an Hitler, weil die deutsche Minderheit seiner Ansicht nach von der Regierung in Prag unterdrückt werde. Die Meldung war eine unter vielen auf der Titelseite der *Münchner Neuesten Nachrichten*, doch sie sprang Susanne ins Auge, weil sie dabei an Golda denken musste. Kam es in Reichenberg, wo sie lebte, zu Zusammenstößen zwischen Tschechen und Sudetendeutschen? War sie davon betroffen? Ging es ihr gut, und wäre die Stadt noch immer eine geeignete Zuflucht für die Friedländers?

Sie hatte vorgehabt, Achille nach seiner Meinung zu fragen, aber dann vergaß sie es, denn in dieser Nacht kam Tullio herunter und fragte wie vor zwei Jahren, ob er mit ihnen reden könne. Er kam Susanne gelöster vor als in diesem ganzen Jahr, als wäre ihm ein Gewicht von der Brust genommen worden und er könne wieder freier atmen.

»Ich habe es versucht«, eröffnete er das Gespräch, sobald sie sich niedergesetzt hatten. »Aber ich komme nicht zurecht. Ich muss noch einmal nach Santa Maria delle Vigne.«

Während Achille still saß und brütend schwieg, sprang Susanne auf. »Aber warum denn noch einmal?«, rief sie so schnell, wie ihr Herz hämmerte. »Ich wollte auch reisen, als ich in deinem Alter war, ich verstehe dich, aber es gibt doch so viele Orte. Wir wollten zusammen nach Berlin, erinnerst du dich? Aber es könnte auch Paris sein oder warum nicht London? Wenn du deine alten Eltern lieber nicht als Klötze am Bein hättest, reist du eben allein, und wenn es am Geld fehlt – du weißt ja, dass alles, was wir haben, dir genauso gehört wie deinem Babbo und mir.«

»Ich muss eben dorthin, Mammina«, sagte er, und ihr fiel auf, dass er sie nicht Mammina genannt hatte, seit er zurückgekommen war. »Ich kann es dir jetzt nicht erklären, aber vielleicht kann ich es, wenn ich noch einmal dort gewesen bin.«

In den nächsten Tagen fiel es Susanne schwer, klar zu denken. Sie war wie besessen von dem einen Gedanken, dass sie einen Weg finden musste, Tullio aufzuhalten.

Achille verweigerte darüber jedes Gespräch. »Ich kann es nicht ändern, Susanna. Nur das letzte Stück Hoffnung zerstören, dass er noch einmal wiederkommt.«

Weder Sybille noch Vevi wussten Rat. »Wir haben keine Mittel mehr, sie anzubinden, wie unsere Eltern sie hatten«, sagte Sybille. »Und sieh dich an – was hat das Anbinden bei dir genützt?«

Tullio bereitete derweil seine Reise vor, kaufte ein, was er brauchte, und lud es in seinen Wagen. Am letzten Abend war Susanne nicht länger in der Lage, Gäste zu bedienen, weder Tränen zu trocknen noch galgenhumorige Witze zu reißen. Um zehn gab sie auf, sagte Veronika Bescheid und ging nach oben, um mit Tullio zu sprechen.

Er saß in seinem Zimmer an dem Schreibpult, das Achille ihm hingestellt und das er selten benutzt hatte. In der Schulzeit hatte er seine Hausaufgaben meist unten, an einem Tisch im Restaurant, erledigt, wo er bei seinen Eltern war. Als sie eintrat, blickte er auf und schob den Bogen, den er beschrieben hatte, beiseite.

»Mammina.« Er lächelte. »Etwas nicht in Ordnung?«

»Bleib wenigstens über Weihnachten«, brach es aus ihr heraus und fegte alles mühsam Zurechtgelegte beiseite.

»Ich kann nicht«, sagte er. »Ich habe es versucht, aber länger geht es nicht.«

»Warum? Was ist so unerträglich hier und was so großartig an diesem Weingut in der Mitte von nichts?«

Sie hatte nie so an Santa Maria delle Vigne gedacht, sondern an einen Ort, der Paradies oder Hölle, aber nichts dazwischen sein konnte.

»Ich weiß es selbst nicht«, sagte er. »Hier bei euch ist nichts schlecht. Hier war für mich immer alles gut.«

Bei euch. Nicht bei uns. Und war. Nicht ist. Der Drang zu weinen schnürte ihr die Kehle zu.

»Kannst du mir einen Gefallen tun?«, fragte er.

Susanne nickte.

»Bitte hab ein Auge auf Seppi. Er geht nach München zurück. Zu Carlo. Sie wollen sich ohne Geld und Arbeit nach Paris durchschlagen, wie ich es ihnen seit einer Ewigkeit rate. Ich habe nur Angst, dass sie es nicht tun, sondern glauben, sie könnten sich zusammen in der Wohnung verstecken, aber ich kann Seppi auch nicht hindern. Er sagt, er hält es ohne Carlo nicht aus, und ich verstehe ihn.«

Susanne nickte noch einmal. Ihr Blick fiel auf Tullios Bären Babbo, den sie im Kaufhaus Hammer gekauft hatten. Noch immer gegen Tränen kämpfend stand sie auf und hob ihn vom Bett. »Erinnerst du dich?«, fragte sie ihn. »Wie du gesagt hast, der Bär ist es, von dem du träumst?«

Er war erst zwei Jahre alt gewesen, zu klein, um sich zu erinnern, aber er hatte die Geschichte oft genug erzählt bekommen.

»Natürlich«, sagte Tullio ruhig und weit von ihr weg. »Ich habe von etwas geträumt, und ihr habt es mir erfüllt, was immer es war. Wenn wir erwachsen werden, wollen wir unsere Träume aber nicht mehr erfüllt bekommen, Mammina. Wir wollen sie uns selbst erfüllen.«

40

Silvester begingen sie bei Max und Vevi, weil Susanne im Ponte, das ihr ohne Tullio leer erschien, nicht feiern mochte. Sybille und Maria kamen mit Seppi, der zum Glück noch nicht in München war, und am frühen Abend kamen Holdine und Anton mit ihren inzwischen drei Töchtern vorbei, um Felix ein Marzipanschwein zu bringen. Sie tranken Punsch, spielten Schlesische Lotterie und gossen um Mitternacht Blei, um die Zukunft zu deuten. Das Feuerwerk über der Donau wollte Max sich nicht ansehen, weil es von Nazis veranstaltet wurde. Als aber die Böllerschüsse Felix weckten, ging Vevi doch mit ihm vor die Tür und zeigte ihm den roten, silbernen und goldenen Funkenregen über dem Fluss.

»Er ist ja noch so klein, er weiß das noch nicht mit den Nazis«, sagte sie.

Beim Bleigießen zeigte sich auf Susannes Löffel ein Gebilde, das sie für eine Wolke hielt, während Sybille und Vevi darauf beharrten, es sei ohne Zweifel eine Muschel. Susanne tastete nach der zarten Goldmuschel an ihrem Hals und spürte, wie sich ihr Herz zusammenzog.

»Herz, Herz!«, rief Felix, der nicht wieder einschlafen wollte, und streckte die kleine Hand nach dem Gebilde aus.

»Das ist die Krux mit diesem Blei«, sagte Sybille. »In jedem unkenntlichen Klumpen sieht jeder immer das, was er sehen will.«

»Oder was er nicht sehen will«, sagte Achille.

Susanne schenkte das Wolken-Muschel-Herz Felix, der vor Freude jauchzte, und war froh, es los zu sein.

Im März 1938 marschierte die deutsche Wehrmacht in Österreich ein, um es dem Deutschen Reich anzuschließen. Zwei Tage lang schlug die Kriegsangst Wellen, doch es kam, wie Susanne es vorausgesagt hatte: Einen Krieg riskierte keine der anderen Nationen, niemand griff ein, und innerhalb einer Woche hatte die Lage sich beruhigt. Das Gebiet Österreichs war keiner Regierung einen Krieg wert und gehörte nun als Ostmark zu Deutschland. Noch im selben Monat traf sich Hitler mit den Führern der Sudetendeutschen Partei, um einen Katalog von Forderungen an die tschechoslowakische Regierung aufzusetzen.

Ende April räumten Achille und Susanne wie in jedem Frühling Tische und Stühle auf die Terrasse, damit ihre Gäste die ersten Tage mit warmem Sonnenschein genießen konnten. Vevi kam mit Felix zu Eiskaffee und Cannoli, und es war ein wenig wie im Kino, wenn der Film riss und die Szene noch einmal wiederholt werden musste: Susanne ging nach drinnen, um ein Tablett voller Bestellungen abzuholen, und Vevi rannte ihr mit Felix hinterher: »Komm nur rasch wieder nach draußen, Susele, da wartet etwas auf dich, das du nicht verpassen willst.«

Es war das erste Mal, dass Susanne ein voll beladenes Tablett fallen ließ und sich nach dem Klirren von Glas und Porzellan nicht einmal umdrehte.

Vor der Terrasse, am Rinnstein, parkte das blaue Auto. Seine Karosserie war mit dem Staub der Straße bedeckt und hatte einige Beulen davongetragen. Auf der Fahrerseite stieg ein schlanker, bildschöner Mann mit kurz geschnittenem Haar aus, der eine Reisetasche über der Schulter, aber keinen Plüschbären unter dem Arm trug.

»Tullio!«

Er winkte kurz und ging dann um den Wagen herum, um die Tür auf der Beifahrerseite zu öffnen. Heraus streckte sich ein langes Bein in Seidenstrümpfen. Tullio hielt der Beinbesitzerin seine Hand hin, und zum Vorschein kam ein Mädchen in einem hellen Frühlingsmantel über einem grünen, auf Figur geschnittenen Kostüm. Sie hatte unglaublich schönes Haar, das honigfarben über ihre Schultern floss, und das Lächeln, mit dem sie Susanne entgegenblickte, wirkte ein wenig schüchtern.

Hand in Hand mit ihr trat Tullio vor Susanne hin. Inzwischen gab es auf der gesamten Terrasse keinen Gast mehr, der nicht aufgestanden war, um zu erspähen, was da vor sich ging.

»Tullia, das ist meine kleine Mutter«, sagte er, als stünde er vor Stolz und Glück kurz vorm Platzen. »Mammina, das ist Tullia. Mein herzallerliebstes Mädchen aus dem Piemont.«

Sie hatten sich praktisch auf den ersten Blick ineinander verliebt, berichtete er später. Für beide war es das erste Mal, und sie fühlten sich wie zwei Schwäne, die nur einmal im Leben ihre eine Liebe fanden. Susanne hatte sich für den Rest des Tages entschuldigt. Sybille sprang für sie ein und wünschte ihr einen wundervollen Nachmittag, wobei sie plötzlich wieder wie als Mädchen kicherte. »Viel Glück, kleine Schwiegermutter. Sei eine von der netten Sorte, ja?«

Susanne nahm die beiden mit nach oben in die Wohnung, wo sie sich frisch machen konnten, während sie selbst mechanisch den Tisch in der Stube mit irgendwelchen beliebigen Dingen deckte. Achille war unterwegs, um Lieferanten zu besuchen, und sie wünschte sich inständig, er möge einer Eingebung folgen und zurückkommen, ehe die beiden erschienen und sich zu ihr setzten.

Er kam nicht zurück. Tullio strahlte noch immer wie das Glück auf Beinen. Das junge Mädchen, das tatsächlich den Namen trug, den nur er allein hätte tragen dürfen, akzeptierte höflich das angebotene Glas Wein. Ihr Deutsch war fließend, nur eine gewisse Schwere und ab und an ein falscher Artikel verrieten die Italienerin.

»Das ist sehr nett von Ihnen.«

»Möchten Sie etwas essen? Nach der langen Fahrt sind Sie sicher hungrig. Ich kann etwas aus dem Restaurant kommen lassen, wenn Sie wollen.«

»Ihre Restaurant ist sehr hübsch«, sagte das Mädchen. »Ich bedanke mich. Aber ich habe keine Hunger.«

»Wir haben unterwegs zu Mittag gegessen«, sagte Tullio. »Jetzt lass uns erst einmal ankommen. Heute Abend essen wir dann alle vier zusammen mit Babbo, d'accordo?«

Das Mädchen lächelte jetzt auch. »Tullio erzählt so viel von seiner Mammina und seinem Babbo. Er sagt, Sie sind besondere Eltern, und ich habe mich darauf gefreut, Sie kennenzulernen.«

»Und Ihre Eltern?«, fragte Susanne, auch wenn ihr natürlich längst klar war, dass es in diesem Fall nur noch eine Mutter gab. »Waren sie so einfach damit einverstanden, dass ihre Tochter mit einem jungen Mann ins Ausland reist?«

»Meine Vater lebt nicht mehr«, sagte das Mädchen.

Das weiß ich, wäre es Susanne fast herausgerutscht. Es gibt ziemlich wenig in meinem Leben, das ich so genau weiß.

»Und meiner Mutter macht es nichts aus. Was ich anfange, kümmert sie nicht. Außerdem bin ich schon volljährig, ich bin sogar älter als Tullio.« Hell lachte sie auf. »Meine Großvater hat dafür gesorgt, dass ich meine eigene Herrin bin. Ich kann tun, was ich will.«

»Ich habe Tullias Familie wissen lassen, dass meine Absichten ehrlich sind«, sagte Tullio. »Sie vertrauen mir. Schließlich haben sie mich lange genug unter ihrem Dach beherbergt und wissen, was für ein Mensch ich bin.«

Der beste Mensch, dachte Susanne und saß da wie gelähmt.

Den beiden Verliebten schien nicht aufzufallen, dass sie kaum ein Wort herausbrachte, denn alles Reden erledigten sie. Tullio sprudelte wie ein Wasserfall, und das Mädchen ergänzte kleine Zitate und

Anekdoten, woraufhin sie tiefe Blicke tauschten, als wüssten sie allein um die Geheimnisse der Welt.

Sie waren hübscher und womöglich in ihren Gefühlen intensiver als die meisten Menschen, doch davon abgesehen glichen sie sämtlichen Jungverliebten, die ihr je begegnet waren. Die Erde drehte sich um sie, um die gläserne Kapsel, in der für niemanden als sie beide Platz war.

Tullio erzählte von dem gedankenlosen, glücklichen Jahr, das er und Tullia miteinander verbracht hatten, vom Leben in einem archaischen Paradies zwischen Pinienwäldern und weiten Ebenen, wo auf das Treiben zweier junger Leute kein Mensch achtete.

»Ich habe sofort gewusst, dass sie es ist, mit der ich mein Leben verbringen will«, erzählte Tullio. »Und Tullia wusste es auch, obwohl wir zwei Feiglinge Monate gebraucht haben, um den Mut zu fassen, es einander zu sagen.«

Weißt du, dass ich mir gewünscht habe, dich das eines Tages sagen zu hören?, dachte Susanne. Sie wollte Tullio in ein Leben gehen sehen, das seinen Talenten und Neigungen entsprach, doch vor allem wollte sie, dass er nicht allein war. Hätte er ihr eines Tages ein Mädchen vorgestellt, das ihr liebenswert und voller Gefühl für ihn schien, hätte sie ihn mit einem Lächeln und ein bisschen Wehmut ziehen lassen und das Spielzeug, das zurückblieb, für Enkelkinder in eine Kiste gelegt.

Unser Band ist stark genug, hatte sie gedacht. *Wir werden zu jenen gehören, die keinen Sohn verlieren, sondern eine Tochter hinzugewinnen, und für Achille und mich zählt ohnehin nur, dass unser Kind weiter geliebt wird, wie es von uns geliebt worden ist.*

Jetzt war es so weit, dem Mädchen war ihre Liebe zu Tullio vom Gesicht abzulesen, und doch war es völlig falsch.

»Wir waren ziemlich entsetzt, als wir uns endlich eingestanden hatten, was uns passiert war«, sagte Tullio. »Tullia war schon damals die Vernünftigere von uns beiden, aber ich war überzeugt davon, wir müssten uns trennen. Ich liebte sie, aber es kam mir verboten vor, weil wir doch Vetter und Base sind. So, als würde ich Helene lieben. Ich meine, natürlich liebe ich Helene, aber so wie meinen besten Freund. Tullia dagegen liebe ich als Frau. Ich war entschlossen, die Sache zu beenden und abzureisen, auch wenn ich Monate dazu gebraucht habe.«

»Ich wollte ihn nicht gehen lassen«, ergänzte Tullia. »Ich habe gehofft, er würde begreifen, dass an unserer Liebe nichts Verbotenes ist. Vor die Gesetz dürfen Vetter und Base heiraten, und auch wenn die Kirche es untersagt, kann sie einen Dispens erteilen. Es fiele mir nie ein, mich in meinen Vetter Petruccio zu verlieben, mit dem ich wie mit eine Bruder aufgewachsen bin. Von Tullio aber wusste ich nicht einmal, dass es ihn gibt. Er kam nicht als meine Vetter in mein Leben, sondern als mein Liebster.«

Tullio drückte ihre Hand und sandte ihr ein Lächeln. »Sie hat recht«, sagte er. »Weißt du noch, wie Babbo mir erklärt hat, man spare sich Zeit, wenn man Frauen gleich zustimmt, weil sie sowieso recht haben? So war es für mich. Ich wollte den Helden spielen und mich zwingen, ohne Tullia in mein Leben zurückzukehren. Am Ende aber wollte ich nur noch eines: zurück ins Piemont fahren und sie in meine Arme nehmen. Was die Leute sagen, ist mir egal. Ich will mit Tullia leben, und ich will, dass ihr sie in unserer Familie willkommen heißt.«

»Ich liebe all die Geschichten, die Tullio von seiner Familie erzählt«, sagte Tullia und klang jetzt wieder scheu. »Ich habe ihm gesagt, ich habe viele Angst, dass sie mich nicht mögen können. Aber ich will alles tun, Signora, damit Sie mit mir einverstanden sind und ich dazugehören darf. Eines kann ich Ihnen versprechen: Ich habe Tullio so sehr lieb, wie keine andere es kann.«

Das Problem ist nicht, dass ich dich nicht mögen kann, dachte Susanne. Im Gegenteil. Hätte sie selbst sich ein Mädchen für Tullio ausdenken dürfen, so wäre es Tullia vermutlich recht ähnlich geraten. Das Problem war auch nicht, dass Tullio ihr Vetter war.

Tatsächlich war Susanne nicht einmal in den Sinn gekommen, dass darin ein Problem bestehen könnte, ehe die beiden davon angefangen hatten.

Dein Problem ist, dass du Emilia Filangeris Tochter bist, und dass Tullios Vater für den Mord an deinem Vater im Gefängnis war. Wusste Tullio davon? Hatten die Leute von Santa Maria delle Vigne es ihm erzählt, und nahm er es seinen Eltern übel, dass sie es ihm verschwiegen hatten? Hätte man Achille nicht vor bald dreißig Jahren verhaftet, sondern heute, unter Mussolini, der die Todesstrafe wieder eingeführt hatte, so wären beide Brüder an der Liebe zu einer Frau gestorben.

An der Liebe zu einer Frau, deren Tochter hier vor ihr saß und die Hand ihres Sohnes in der ihren hielt.

So unbefangen und fröhlich, wie die beiden sich betrugen, wussten sie nichts. Keine noch so leise Ahnung von fehlgeleiteter Liebe, Hass und Tod schien ihre Gemüter zu beschweren. War es möglich, dass die Giraudos das Geheimnis in sich begraben hatten wie sie selbst? Kurz darauf war der Krieg ausgebrochen, und als Tullia sieben Jahre alt gewesen war, hatte sie in einem Haus mit vier Witwen gelebt. Weshalb sollte sie den Tod ihres Vaters hinterfragen? Vielleicht hatte man ihr erzählt, auch er sei in einem Krieg gefallen, in dem um die Kolonien in Libyen zum Beispiel, der nicht lange nach ihrer Geburt ausgetragen worden war?

In ihrer Schreckstarre hatte Susanne vergessen, ihren Wein zu trinken. Jetzt verspürte sie plötzlich ein ungeheures Verlangen nach dem schweren Barolo, der nach ein paar Schlucken alles weich zeichnete und das Unmögliche ein wenig möglicher erscheinen ließ. Sie trank und schenkte ihnen allen nach. Tullio und Tullia plapperten immer weiter, erzählten von ihren Erlebnissen in ihrem grünen Idyll und brachen von Zeit zu Zeit in zärtliches Gelächter aus. Susanne hörte kaum hin, stellte aber ab und an eine Frage und fand bestätigt, was ihr unglaublich schien: Die beiden waren ahnungslos wie zwei Piemonteser Bergziegen.

»Tullio und ich wollen nach unserer Hochzeit in Regensburg leben«, erklärte Tullia gerade.

»Sie will mit mir zusammen das Restaurant weiterführen und alles von dir lernen, Mammina.« Tullio strahlte sie an. »Aber sie besteht darauf, dass ich schreiben muss. Nicht nur Artikel, sondern ganze Romane.«

»Tullio ist so begabt«, sagte Tullia. »Aber er ist auch faul wie alle Männer.« Sie lachte. »Er braucht eine Frau, die ihn ein bisschen antreibt, und ich habe viele Erfahrung mit faule Pferden.«

Tullio fiel in das Lachen ein, und auf einmal bemerkte Susanne, dass sie auch lachte.

»Was wird mit Ihrem Gut?«, fragte sie.

»Meine Vetter Petruccio wird sehr froh sein, es für mich zu verwalten«, sagte Tullia. »Und das Ponte di Pietra mit gutem Wein zu beliefern.«

»Wir beziehen unseren Wein vom Gut Pantigliate«, sagte Susanne. »Es wäre nicht richtig, die Verträge dort einfach zu kündigen.«

»Pantigliate?«, fragte Tullia. »Aber Michele Pantigliate ist schon seit Jahren aus dem Geschäft.«

»Sein Neffe ist der Patensohn meines Mannes«, erwiderte Susanne. »Er hat ihm die Ausbildung finanziert und die Modernisierung des Betriebes unterstützt. Ich denke nicht, dass es ihm behagen würde, den jungen Mann einfach fallen zu lassen.«

»Nein, natürlich nicht«, beeilte sich Tullia zu versichern. »Das würde auch mir nicht behagen, aber vielleicht können wir ab und zu ein wenig beitragen?«

»Ich freue mich jedenfalls, dass ihr bereits über Weinlieferungen debattiert«, erklärte Tullio. »Habe ich es dir nicht gesagt, Tullia? Du und meine Mammina, ihr werdet sein wie Pech und Schwefel, sodass ich mich am Ende ausgeschlossen fühle.«

Er stand auf, verließ das Zimmer und kehrte mit einer Flasche Wein zurück. »Dürfen wir dir den zum Probieren geben?«, fragte er und ließ den Korkenzieher um die Finger wirbeln, wie sein Vater es tat. »Er ist fünfzehn Jahre alt und noch in den Kastanienfässern gereift, die Babbo aufgestellt hat.«

Susanne nickte, ließ sich einschenken, stieß mit den beiden an. *Und wenn es gar kein Problem gab?*, brach ein Gedanke in ihr sich Bahn. Wenn sie zu Weihnachten Hochzeit feierten und Achille in einem der nächsten Sommer Tullios Wiege vom Dachboden holte? Das Mädchen war reizend, sie passte in ihre Familie, auch wenn sie noch lernen musste, sich weniger anzustrengen, um zu gefallen. Was konnte sie dafür, wer ihre Eltern waren? Und wer erlitt Schaden dadurch, wenn das Begrabene begraben blieb?

Lautes Kreischen von der Terrasse riss sie aus ihren Gedanken. Im nächsten Augenblick flog ein Fenster auf, und der Wind blies den Vorhang in den Raum.

»*Madonna mia*«, rief Tullia. »Da ist wohl ein Sturm unterwegs.«

»Kein Sturm«, beruhigte Tullio. »Nur ein bisschen Regensburger Aprilwetter. Aber wir laufen wohl besser und tragen die Tische und Stühle nach drinnen. Als kleiner Junge war ich immer so stolz, wenn ich dabei helfen durfte, und hinterher wusste ich: Es ist April, und bald ist es Sommer und wir fahren mit Tante Vevi zum Baden.«

Sie liefen alle drei hinunter und halfen Benno und Sybille, die Gäste samt ihren Tellern und Gläsern nach drinnen zu verfrachten und zur Beruhigung eine Runde Grappa auszuschenken. Kaum waren alle im Trockenen, begann der Regen auf das Holz der Terrasse zu trommeln, und der Himmel hatte sich so finster bezogen, dass sie die Kerzen auf den Tischen anzündeten.

In der Tat, nur ein Aprilregen, dachte Susanne. *Außerdem macht mir ja*

*kein Sturm Angst, sondern die Zeit, bevor er beginnt, und im Grunde hat sich
das mit den Stürmen längst bei mir gelegt.*

Sie besprach mit Sybille, dass sie heute nicht mehr ins Restaurant
zurückkehren würde, und bat, ein leichtes, kaltes Abendessen nach
oben zu schicken. »Und bitte sag Achille, er soll gleich hochkom-
men, wenn er eintrifft.«

Sybille wollte sie aufhalten und mit Fragen löchern, doch Susanne
schüttelte den Kopf. »Du wirst dich gedulden müssen, Neugiernase.
Erst einmal bin ich an der Reihe mit den Fragen.«

»Suse, sie ist hinreißend! Sie ist wie für Tullio gemacht.«

»Vielleicht ist sie das«, sagte Susanne und folgte den jungen Leuten nach oben.

Es gab kein Problem, sagte sie sich. Jedenfalls keines, das sich
nicht aus dem Weg räumen ließ. Ihr Sohn war wieder zu Hause, er
war in Sicherheit, und er würde bleiben. Die Welt, in der sie lebten,
wurde krank vom Hass, aber nicht von der Liebe. Sie deckten den
Esstisch und tranken noch mehr Wein. Tullio summte beim Brot-
schneiden, und seine Liebste arrangierte Oliven und Käse auf dem
Brett, das Achille Susanne in San Remo gekauft hatte. Es war alt und
von Rissen durchzogen. Sie würde dem jungen Paar zur Hochzeit
ein neues schenken.

Als Achille nach Hause kam, saßen sie zu dritt um den Tisch, und
Tullia stellte Fragen nach Tullios Kinderzeit. »Ich will alles wissen,
was ihn betrifft. Jede Einzelheit.«

Achille schlug krachend die Tür zu und stürmte in die Stube.
»*Gattopardino*«, stammelte er und ließ die Tränen laufen, »*mio picinino.*
Ich habe geglaubt, du kommst nicht mehr zurück.«

Ich habe das auch geglaubt, wagte Susanne erst jetzt, da die Gefahr
überstanden war, sich einzugestehen.

»Was für ein Schmarrn, Babbo.« Tullio lief zu ihm und fiel ihm
um den Hals wie als Kind.

»Und wir haben noch einen Gast«, sagte Susanne, der das Mädchen ein wenig leidtat. Sie sollte sich von der Innigkeit zwischen ihnen nicht ausgeschlossen fühlen. »Darf ich vorstellen, Achille? Unser Sohn hat uns seine Braut mitgebracht, und den passenden Namen trägt sie auch. Dies hier ist Tullia, die junge Dame, die der Herr Giraudo junior heiraten will.«

Später würden die Augenblicke, die folgten, sich wieder und wieder vor ihr abspulen, und was sie auch tat, um sie auszulöschen, würde sich als vergeblich erweisen. Später würde sie sich wieder und wieder fragen, an welcher Stelle sie den Film hätte reißen lassen müssen, um das Ende zu ändern, und kam immer aufs Neue zu dem Schluss, dass das an keiner Stelle möglich war.

Sie sah wie Achille, der gelacht, geweint und Tullio in den Armen gehalten hatte, vollkommen erstarrte. Er regte kein Glied mehr, verzog keine Miene, sah aus, als hole er nicht einmal Atem. Die einzige Bewegung an ihm war das Flackern des Lichtes, das die Kerzenflamme auf sein Gesicht warf.

Es war Tullios Stimme, die ihn aus der Starre herausholte. »Was nicht in Ordnung, Babbo?«, fragte er.

Achille zuckte zusammen, dann schob er seinen Sohn zur Seite und starrte auf das Mädchen.

»Susanna«, sagte er, ohne den Blick von Tullia abzuwenden. »Bitte komm mit mir. Ich habe mit dir zu reden.«

Niemand stellte eine Frage. Susanne ging zu ihm, Achille packte sie hart am Gelenk und zog sie mit sich aus der Stube. Sie gingen ins Arbeitszimmer, er schloss hinter ihnen die Tür, machte aber kein Licht.

»Tullio kann das Mädchen nicht heiraten«, sagte er ohne jeden Ausdruck. »Sie ist seine Schwester. Es tut mir leid.«

41

Er hatte es immer gewusst. Schon damals, als er in Le Nuove im Gefängnis saß und Susanne ihren einsamen Kampf ausfocht, um ihn freizubekommen. Emilia hatte es ihm gesagt, als sie im Wald das Wildschwein aufgestört und Susanne und Ludwig sie belauscht hatten. Sie war nicht von ihrem Mann, sondern von Achille schwanger, und sie verlangte von ihm, dass er *diese lächerliche Farce*, wie sie sein Verlöbnis mit Susanne nannte, löste und bei ihr blieb.

Zwei Männer in ihrem weltenfernen Paradies, das war es, was sie gewollt hatte. Einen, der das Geld und den Besitz erbte, und einen für die leidenschaftliche, verbotene Liebe.

An das Bild der nackten Frau mit der schwarzen Schlange, das *Sinnlichkeit* hieß, hatte Susanne seit Jahren nicht mehr gedacht.

Einen Neffen von Michele Pantigliate hatte es nie gegeben. Achille hatte Emilia das Geld für den Unterhalt seiner Tochter geschickt. »Es schien mir richtig so. Es war ja für mein Kind.«

»Hast du sie niemals sehen wollen?«, schrie Susanne ihn an.

»Am Anfang schon«, sagte er. »Ich wollte es dir erzählen und hinfahren, aber dann ...«

»Was dann?«

»Dann kam Tullio.«

»Und statt es mir zu erzählen, hast du mir dein Versprechen gebrochen und mich belogen und betrogen. Und deinen Sohn gleich mit.«

»Susanna, glaub mir, ich habe mir hundert- oder tausendmal vorgenommen, dir die Wahrheit zu sagen und dich zu bitten, mir zu verzeihen. Aber unser Leben war so schön, wir waren so glücklich mit Tullio, und ich hatte so furchtbare Angst, euch zu verlieren.«

»Du bist ein Feigling, Achille.«

»Der war ich immer, und das hast du gewusst. Ich bin auch der Mann, der Irma Pourtalès auf dem Gewissen hat und in dessen Hand die Hundertjährige von Casale nichts als Tod gesehen hat, vergiss das nicht. Nichts als ein eifersüchtiger, zorniger kleiner Bastard war ich, der alles Weiche, Liebevolle um sich herum zerschlagen musste. In meinen Augen hatte ich ein Recht dazu, weil ich ein edleres Geschöpf war und mein Vater meinen faden, bedeutungslosen Bruder mehr liebte als mich. In Emilia Filangeri hatte ich dazu die passende Gefährtin. Wir waren zwei Herrenmenschen nach D'Annunzios Vorbild.«

Verächtlich lachte er auf und holte Atem, ging zum Fenster und sah hinaus ins Dunkel. Es regnete nicht mehr. »Als Tullio kam, habe ich geglaubt, ich könnte mich ändern«, sagte er. »Ein neues Leben anfangen. *Es ist für alle jetzt gut, wie es ist*, habe ich mir gesagt, *warum also daran rütteln?* Und als der Krieg kam und ich dachte, ich sehe euch nie mehr wieder, habe ich gewusst, wie sehr ich dieses Leben mit euch liebe. Nichts mehr zerstören. Mit keinem Tod mehr Poker spielen. Nur noch nach Hause kommen, meine Familie behüten und glücklich sein.«

»Hör auf«, sagte sie, weil sie mehr nicht ertrug. »Hier geht es nicht um dich. Es geht um Tullio.«

»Ich weiß«, sagte er.

Dass man einem Geschöpf, das man zwanzig Jahre lang vor jeglichem Bösen behütet hatte, solchen Schmerz zufügen konnte, würde Susanne unbegreiflich bleiben. Alles in ihr sträubte sich dagegen, und doch hatten sie es getan. Sie hatten Tullios Glück zerstört.

Es war Achilles Pflicht, es ihm zu sagen, aber Susanne zwang sich, dabei zu sein, als könne sie noch etwas ausrichten, das ihren Sohn vor dem Schlimmsten bewahrte. Sie konnte nichts ausrichten. Dass sie selbst von Achilles Vaterschaft nichts gewusst hatte, machte in Tullios Augen keinen Unterschied, denn so differenziert vermochte er in seiner Verzweiflung nicht zu denken. Und auch sie hatte ihm schließlich allzu viel verschwiegen.

»Mein ganzes Leben ist eine Lüge«, war das Letzte, was er herausstieß. »Unsere Familie ist eine Lüge, ihr beide und ich auch.«

Damit ging er und kam erst am folgenden Morgen noch einmal wieder, um Formalitäten zu regeln. Von seinen Sachen wollte er nichts haben, nur das blaue Auto noch einmal für ein paar Tage leihen, um Tullia zurück ins Piemont zu bringen.

»Wie geht es ihr?«, fragte Achille.

Tullio schnaubte. »Was glaubst du wohl?«

Die Wohnung in München wollte er behalten, weil sonst Carlo und Seppi bis zu ihrer Abfahrt nach Paris keinen Unterschlupf hatten. »Die Miete brauchst du nicht mehr zu schicken. Die bezahle ich vom nächsten Ersten an selbst.«

»Aber wovon denn, Tullio?«

»Das ist nicht dein Problem und geht dich nichts an.«

Vom Piemont aus wollte er nach München fahren und sich jemanden suchen, der das Auto nach Regensburg zurückbrachte.

»Es gehört dir, Tullio. Deine Mutter und ich haben es gekauft, um dir eine Freude zu machen.«

»Ich will es nicht haben. Wenn du es auch nicht willst, gib es irgendwem.«

Tatsächlich hielt zehn Tage später noch einmal der verbeulte, staubbedeckte Fiat vor dem Ponte, und wenn Vevi da gewesen wäre, hätte sie vielleicht gerufen: »Du musst nach draußen kommen, Susel – da ist jemand, den du nicht verpassen willst.«

Vevi aber wusste nicht einmal, dass Tullio fort war, und der schmächtige, junge Mann, der aus der Tür stieg, war nur ein Freund von Seppi, der gegen ein geringes Entgelt nach Regensburg gefahren war, um Tullios Vater die Autoschlüssel zu übergeben.

Sie wichen Fragen aus. Tullio sei wieder in Italien, erklärte Susanne schließlich Sybille, die sich nicht länger abspeisen ließ, es habe ein Zerwürfnis gegeben, und mehr könne sie nicht sagen.

»Aber das ist doch nicht möglich!«, rief Sybille. »Nicht bei euch, ihr seid doch die Heilige Dreieinigkeit.«

Die ist auch eine Lüge, dachte Susanne und bat ihre Schwester noch einmal, sie nichts mehr zu fragen.

Sie schlief auf dem Feldbett im Arbeitszimmer, auf dem Golda geschlafen hatte, als Tullio klein gewesen war. Sie tat ihre Arbeit wie ein Automat. Was sie in diesen ersten Tagen am Leben hielt, war ein einziger Gedanke. Wann immer der Schmerz sie übermannte, sagte sie sich: *Tullio kommt wieder. Ich bin seine Mutter, wir haben uns immer geliebt, und wenn ich ihm noch einmal erkläre, dass ich nichts davon wusste, wird er mir verzeihen.*

Sie würde vermutlich das Restaurant aufgeben müssen, weil Tullio hier nicht würde herkommen wollen. Aber das war ein geringes Opfer, wenn sie ihren Sohn dafür wiederbekam, genau wie ihre Ehe, die nur noch auf dem Papier bestand.

Hatte sie in Wahrheit nicht immer nur auf dem Papier bestanden? Achille Giraudo hatte mit ihr ein Geschäft gegründet, ein Kind aufgezogen und an den Festtagen mit ihren Verwandten Ringelpiez gespielt, aber geträumt hatte er von Emilia Filangeri. Jetzt gingen sie einander aus dem Weg und erledigten nur noch ihre Arbeit. Im Grunde war es für ihn wohl in all den Jahren kaum anders gewesen, und nur sie, die einfältige kleine Susanne, hatte sich daraus eine rosarote Traumwelt gemalt.

Sie würde nach München gehen. Mit Tullio die Wohnung teilen, wenn Seppi und Carlo nach Paris gezogen waren. Wenn sie auf das Restaurant verzichtete, das ja offiziell ihr gehörte, stand ihr Geld zu, davon würde sie Achille etwas abverlangen. Wenn es aufgebraucht war, konnte sie sich Arbeit suchen. Sie hatte jahrelang tagein, tagaus Gäste bedient, sie würde wohl als Kellnerin in einem der tausend Lokale von München etwas finden.

Weder Arbeit noch Alkohol nützten ihr etwas, aber diese Fantasien halfen ihr, in einen unruhigen, durchbrochenen Schlaf zu fallen. Wenn sie am Morgen erwachte, war sie erneut von den Trümmern ihrer Welt umgeben, doch zumindest war es draußen hell, und ihre Pflichten zwangen sie aufzustehen.

Mit der Zeit ließ sich nicht verhindern, dass Einzelheiten durchsickerten. Sybille sprach schließlich regelmäßig mit Seppi, und es konnte ihr nicht lange verborgen bleiben, dass Tullio wieder bei ihm und Carlo wohnte. Vevi sprach auch mit Seppi, der Felix mit seiner bunten Kasperlfigur Puppentheater vorspielte, wann immer er nach Regensburg kam: *Tra, tri, tralala, Kasperle ist wieder da.* Onkel und Neffe konnten davon nicht genug bekommen, doch wenn Seppi das Theater wieder einpackte, fragten ihn Max und Vevi nach seinem Leben. Zudem drängte es Susanne, zumindest zu wissen, ob es Tullio gut ging, ob er zurechtkam, ob die entfernteste Möglichkeit bestand, mit ihm zu sprechen.

Sie versuchte, Schwester und Schwägerin auszuhorchen, und verriet dabei mehr, als sie verbarg. Vevi war die Gutgläubigkeit in Person, aber Sybille hatte längst zwei und zwei zusammengezählt. Zu Susannes Erschütterung fand sie das Ergebnis nicht so dramatisch.

»Ja, mein Gott, Suse. Der schöne Achille Giraudo hat also noch ein Kind. Na und? Was meinst du, wie viele Halbgeschwister von Seppi und Maria in dieser Stadt herumlaufen? Wenn die mich alle kratzen würden, hinge mir die Haut in Fetzen. Er war dir ein guter

Ehemann, wir haben dich alle beneidet, und ihr wart glücklich – so glücklich, wie es gewöhnlichen Menschen selten geschieht. Dass der arme Tullio sich ausgerechnet in seine eigene Schwester verliebt, ist ein grausiges Pech, aber sei ehrlich: Hätte er irgendein anderes Mädchen von da drüben mitgebracht, wärt ihr noch immer die glücklichste Familie von der Donau, und wir wilden Madeln würden eine Märchenhochzeit vorbereiten.«

Susanne durfte die Bilder, die Sybille beschrieb, nicht heraufbeschwören, oder ihre mühsam gehaltene Fassade würde reißen. »Ich bitte dich, rede nicht über Dinge, die du nicht verstehst«, sagte sie. »Ich würde in dieser Frage gern allein meine Entscheidung treffen.«

»Jessas, Suse, du triffst doch dein ganzes Leben lang allein Entscheidungen!«, rief Sybille. »Und das will dir ja auch niemand streitig machen, ich am allerwenigsten. Vergiss aber bitte nicht, dass das Leben zerbrechlich ist. Es gibt diesen Punkt, an dem man nicht mehr gutmachen kann, dass man seinen kleinen Bruder einen nutzlosen Rotzlöffel genannt hat, und dieser Punkt verfolgt einen sein ganzes Leben.«

»Hast du Konrad einen nutzlosen Rotzlöffel genannt?«, fragte Susanne verwundert.

»Nein«, sagte Sybille und wandte sich wieder dem Kaffeepulver zu, das sie in die Filter füllte. »Denk daran, ich bin für dich da, wann immer du mich brauchst. Und Vevi auch.«

Nach ein paar Wochen ohne ein Wort packte Susanne ein Paket mit all den Dingen, die Tullio gern aß: Einweckgläser mit seiner liebsten Tomatensoße, Knoblauchsalami, scharfer, harter Ziegenkäse aus den Abruzzen und Schokoladenkekse nach einem Rezept aus Friaul. Sie kaufte ihm zwei neue Hemden für den Sommer, mehrere Bücher und Schreibpapier, legte eine Flasche Wein dazu und schrieb auf eine kleine Karte: *Damit Du weißt, wie gerne ich Dich noch einmal verwöhnen würde. Du fehlst mir. Mammina.*

Sie bat Sybille, das Paket mitzunehmen, wenn sie Seppi in München besuchte, und bekam es eine Woche später zurück. »Es tut mir leid, Suse. Ich war dafür, dir eine Lüge zu erzählen, aber Seppi hat gesagt, das können wir nicht machen. Er will es nicht haben. Er stellt sich jetzt stur, euer Tullio, und sagt, er will gar nichts von euch. Aber das beruhigt sich doch auch wieder, Liebes. Versöhn dich mit deinem Mann und lass der Jugend Zeit.«

Wohin der Sommer des Jahres 1938 verschwand, wusste Susanne nicht zu sagen. Nur dass es ihr vorkam, als werde unentwegt gestorben. Gabriele D'Annunzio, der sich selbst unsterblich genannt hatte, hatte im März den Anfang gemacht. Antonio Gramsci war schon im Jahr zuvor den Folgen von Haft und Misshandlung erlegen, doch sie erfuhr erst im Juni durch einen Lieferanten davon. Im Juli starb ihre Mutter. Bei dem Begräbnis auf dem Friedhof der Dreieinigkeitskirche, wo sie zu Konrad ins Grab gelegt wurde, sah Susanne ihren Sohn, der mit Seppi, Maria und Holdine ging. Als sie versuchte, sich ihm zu nähern, wich er aus. Helene war nicht gekommen.

Im August starb Heinrich Held, der einstige Herausgeber des *Regensburger Anzeigers*, der im Ponte Stammgast gewesen war und sie während des Krieges mit Nachrichten versorgt hatte. Er hatte es bis zum bayerischen Ministerpräsidenten gebracht, doch nachdem die Nazis ihn gewaltsam abgesetzt hatten, hatte er sich in die Stille Regensburgs zurückgezogen. Um ihn trauerten viele, wenn sie es auch nur hinter vorgehaltener Hand zuzugeben wagten. »Wann immer ein guter Mann geht, fühlt man sich mit den Schlechten mehr allein«, sagte Hans Gabler, aber weiter hängte sich niemand aus dem Fenster.

Vorsicht war zu jeder Zeit geboten. Fritz Wächtler, der einstige Reichstagsabgeordnete, von dem Ludwig gesagt hatte, er schlucke wie ein Loch, war zum Gauleiter für Bayerns Osten ernannt worden

und kam häufig mit einer Rotte SS-Leute ins Ponte, um sich volllaufen zu lassen. Es hieß, in alkoholisiertem Zustand habe er schon
Leute von ihren Stühlen zerren und blutig prügeln lassen, weil sie
sich, während er sprach, die Nase schnäuzten.

Zwei Wochen später starb Bertha beim Rühren im Spinat.
Susanne kam nicht umhin, deswegen mit Achille zu sprechen. Sie
wollten der alten Frau, die sie lieb gehabt hatten, das Begräbnis ausrichten, und zudem musste die Frage geklärt werden, woher ein
Ersatz zu bekommen war.

»Einen, der auf unsere italienisch-bayerische Art zu kochen versteht, finden wir nicht«, sagte Achille. »Und um jemanden anzuler-
nen, fehlt uns die Kraft. Wenn es dir recht ist, wechsle ich wieder
ganz in die Küche. Ich bin dir dann auch weniger im Weg.«

Susanne war es recht. »Achille«, sagte sie, ohne vorher darüber
nachgedacht zu haben, »es scheint keinen Sinn mehr zu haben, diesen Aufwand zu betreiben, um das Restaurant zu halten. Warum
schließen wir es nicht zum Jahresende und verkaufen es samt dem
Haus? Von dem Erlös könnte jeder von uns sich über Wasser halten,
und was übrig bleibt, könnten wir für Tullio anlegen. Vielleicht
nimmt er es an, wenn wir nicht mehr sind.«

»Es würde den Nazis in die Hände fallen«, sagte Achille.

»Und wenn schon. Es ist nur ein Haus mit ein bisschen Holz
davor.« Auf einmal wollte sie es so schnell wie möglich loswerden.
Wenn sie nicht mehr durch die Räume strich, in denen Tullio aufgewachsen war, würde sie vielleicht nicht länger unter Atemnot leiden.

»Ich wünschte, ich könnte dich umstimmen«, sagte er. »Aber ich
bin der Letzte, der das kann, nicht wahr?«

Susanne nickte.

Achille schluckte und rieb sich die Stirn. »Für mich ist es mehr als
ein Haus mit Holz davor«, sagte er dann. »Wenn du es nicht an einen
Fremden, sondern deinen Anteil an mich verkaufen würdest – wäre

das eine Lösung für dich? Ich würde dich monatlich auszahlen, und am Ende fiele Tullio zu, was immer mir gehört.«

»Tullio und deiner Tochter.«

»Für meine Tochter habe ich einen Fond eingerichtet, den die Regelung zwischen uns nicht berührt.«

Sie kamen zu der Einigung, die er vorgeschlagen hatte: Zum Ende des Jahres sollte Susanne aus dem Restaurant ausscheiden. Sie spielte noch immer mit dem Gedanken, nach München zu ziehen. Solange Seppi dort noch wohnte, würde Sybille oft kommen, doch im Augenblick war es ihr ohnehin das Liebste, allein zu sein. Sie fuhr kein einziges Mal an die Naab zum Baden, sooft Vevi auch mit Felix vorbeikam und sie einlud.

»Tante Sanne ist traurig«, stellte Felix fest und streichelte ihr mit seiner rundlichen Hand die Wange. Er war ein goldiger kleiner Bub, dem sie inständig eine gesicherte Zukunft wünschte, doch selbst seine Geste tat ihr weh.

»Du tust mir so leid, Susel«, sagte Vevi. »Und ich würde dir so gern helfen. Glaub mir, die Angst, sein Kind zu verlieren, kenne ich nur zu gut.«

Nein, kennst du nicht, dachte Susanne, denn das Kind, das du damals zu erwarten glaubtest, hat es nie gegeben. Und das andere, das du im Arm hältst, wird bei dir bleiben, bis du alt bist.

Als der Sommer zu Ende war, erging Befehl an Teile der Wehrmacht, sich zum Einmarsch ins Sudetenland vorzubereiten. Wiederum flammten an den Tischen des Ponte bange Gespräche über einen drohenden Krieg auf, über Großbritannien und Frankreich, die nicht länger stillhalten könnten.

»Damals hat der Kaiser auch geglaubt, er könne so einfach durch Belgien marschieren, und niemand werde ihn aufhalten«, hörte Susanne den ältesten der Journalisten, den die anderen *Väterchen* nannten, warnen. »Und wohin das geführt hat, ist uns ja allen bekannt.«

Anderntags saß Väterchen nicht mehr mit den Übrigen am Stammtisch, und eine Woche später stand seine Todesanzeige in der Zeitung, für die er einst als Lokalredakteur geschrieben hatte. Er war fünfundsechzig Jahre alt gewesen, und in dem Alter starben eben manche. Das alles rauschte an Susanne vorbei. Ende September unterzeichneten Großbritannien, Frankreich, Italien und Deutschland das Münchner Abkommen, in dem festgelegt war, dass die Tschechoslowakei das Sudetenland an das Deutsche Reich abtreten musste.

Wie Susanne es vorausgesehen hatte, hatten die europäischen Mächte wiederum stillgehalten. Es würde alles Mögliche geben, aber keinen Krieg.

Und dann klingelte in einer Samstagnacht im Oktober das Telefon im Arbeitszimmer. Obwohl Susanne nur eine Armlänge entfernt schlief, war Achille aus dem Schlafzimmer schneller und nahm den Hörer ab. Sie hatte sich wie so oft von einer Seite auf die andere gewälzt, um dann in einen ohnmachtsähnlichen Schlaf zu fallen. Vor ihren Augen tanzten Sterne durchs Dunkel. Im Halbschlaf hörte sie Achille sprechen.

»Heute Nachmittag? Bist du dir sicher? Ja, natürlich, Sybille. Wir setzen uns ins Auto und kommen so schnell wie möglich zu dir.«

Auf einen Schlag war Susanne hellwach. Sybille war heute nach der Mittagsschicht mit dem Zug nach München gefahren, um übers Wochenende Seppi zu besuchen.

Achille legte den Hörer auf und wandte sich ihr zu. »Wir müssen zu Sybille nach München«, sagte er. »Eine Abordnung der Gestapo ist heute Nachmittag in die Wohnung eingedrungen und hat Seppi und Carlo verhaftet.«

»Und Tullio?« Fast schrie sie.

»Tullio haben sie nicht angerührt«, sagte Achille. »Er ist verschreckt und entsetzt, doch ansonsten geht es ihm gut.«

42

Sie fuhren zwei Stunden lang durch die Nacht, saßen Seite an Seite in Tullios blauem Auto und wechselten kaum ein Wort. Dem Leder der Sitze haftete noch Tullios Geruch an, denn sie hatten den Wagen seither nie benutzt. Susanne hasste sich dafür, dass sie sogar jetzt, da ihre Schwester das Schlimmste durchmachte, was einer Mutter geschehen konnte, darauf hoffte, Tullio zu sehen. Sie wussten nicht einmal, ob Seppi lebte – und noch immer war das stärkste Gefühl in ihr die Sehnsucht nach ihrem Sohn.

Sie bekam ihn nicht zu sehen. Er war zu Fuß zum Wittelsbacher Palais gelaufen, um dort Krawall zu schlagen.

»Er war nicht mehr bei Sinnen.« Sybille weinte, und Maria kauerte wimmernd zwischen Scherben auf dem Küchenboden. Die Wohnung war völlig verwüstet. Die Männer hatten sogar das Waschbecken aus der Wand gerissen und das metallene Bettgestell, das Carlo und Seppi sich teilten, umgestoßen.

»Ich fahre da hin, ich hole ihn zurück.« Achille war schon an der Tür.

»Bleib hier, renn nicht du auch noch los, ihr macht doch alles nur schlimmer!«, weinte Sybille. »Wir müssen Ludwig erreichen. Wenn überhaupt irgendwer helfen kann, dann er.«

»Dafür sorgt ihr«, sagte Achille. »Tullio ist mein Sohn. Von mir kann niemand erwarten, dass ich hier sitzen bleibe und warte.«

Er ging, und Susanne und Sybille versuchten, sich eine Verbindung zu Ludwig in Regensburg herstellen zu lassen, doch sie erreichten lediglich die völlig verschlafene Mechthild.

»Hier ist er nicht«, drang ihre schroffe Stimme aus dem Hörer. »Er ist in München, sucht ihn da und lasst mir meinen Frieden. Ich habe mit seinem Dreck nichts zu tun.«

»Mechthild, ich flehe dich an!« Susanne riss Sybille den Hörer weg. »Unsere Kinder sind in höchster Gefahr, und wir wissen uns sonst keinen Rat. Bitte sag uns, wo wir Ludwig erreichen können.«

Mechthild zögerte. »Er hat eine Wohnung in Schwabing«, sagte sie dann. »Ruft ihn da an, aber mich lasst in Ruhe.«

Sie gab ihnen die Nummer. Ludwig meldete sich beim dritten Versuch und versprach auf der Stelle, sich um alles zu kümmern. »Dass Tullio und Achille zum Palais gerannt sind, ist der pure Wahnsinn. Sind die beiden lebensmüde, oder wissen sie immer noch nicht, was die Stunde geschlagen hat?«

Auf Ludwigs Anraten verließen Susanne und Sybille die Wohnung und zogen in ein Hotel um, wo sie drei höllische Tage warteten, bis Ludwig ihnen melden konnte, dass Tullio und Achille auf freien Fuß gesetzt worden waren.

»Ich habe mit Menschen- und Engelszungen geredet, um das zu erreichen, und mich dabei selbst fast um Kopf und Kragen gebracht«, sagte er. »Letzten Endes ist es mir aber gelungen, sie davon zu überzeugen, dass Tullio und Achille lediglich aus verwandtschaftlicher Sorge gehandelt haben. Ich beschwöre dich, Su, leg die beiden an die Kette. Das nächste Mal geht die Sache nicht so glimpflich aus.«

Sie war für Carlo und Seppi nicht glimpflich ausgegangen. »Dieser Carlo Steiner ist ja kein Unbekannter«, sagte Ludwig. »Er hat sich bereits vor der Machtergreifung in einschlägigen Lokalen herumgetrieben und aus seiner kranken Veranlagung keinen Hehl gemacht. Für ihn lässt sich nichts mehr tun. Was Seppi betrifft, so versuche ich natürlich mein Bestes, doch er gilt genau wie sein Kumpan als überführter Sodomit.«

Sybille schrie auf.

»Jetzt mal ruhig Blut«, sagte Ludwig. »Er wird vor Gericht müssen und mit ziemlicher Sicherheit zu einer Freiheitsstrafe verurteilt werden. Aber davon stirbt er ja nicht. Wer weiß, vielleicht tut es ihm sogar gut.«

»Wie kannst du das denn sagen?« Sybille weinte, und Susanne musste sie festhalten, damit sie nicht zu Boden stürzte.

»Bille, ich habe dir ja versprochen, ich versuche mein Bestes. Helfen würdet ihr mir aber am meisten, wenn ihr nach Hause fahren und Ruhe bewahren würdet. Mit jedem Aufruhr schadet ihr Seppi. Ich gebe euch Bescheid, sobald ich etwas erfahre.«

Am Abend kam Achille in ihr Hotel. Er war schmutzig und müde und trug um die Nase einen Verband, durch den Blut suppte. »Tullio geht es gut«, war das Erste, was er sagte, als er eintrat. »Er wollte zurück in die Wohnung, ich habe ihn nicht hindern können.«

»Ist er verletzt?«, rief Susanne.

Achille schüttelte den Kopf.

Sie wich ihm aus. Er nahm Sybille in die Arme und wiegte sie. »Wir holen Seppi da raus, *sorellina*. Das verspreche ich dir.«

»Das kannst du doch nicht«, fuhr sie weinend auf und klammerte sich an ihm fest.

»Nein«, sagte er. »Ich kann gar nichts.«

Er half Maria auf, und zu viert fuhren sie zurück nach Regensburg. Da die beiden Frauen nicht allein bleiben sollten, zogen sie in die Wohnung zu Susanne und Achille. »Du brauchst natürlich nicht zur Arbeit zu kommen«, sagte Susanne. »Wir bezahlen deinen Lohn weiter, das versteht sich von selbst. Nimm dir so viel Zeit, wie du brauchst.«

»Danke, aber ich komme lieber arbeiten«, erwiderte Sybille. »Es geht mir jetzt wie dir. Wenn ich hier herumsitze, verliere ich den Verstand.«

Ludwig meldete sich mindestens jeden zweiten Tag, er setzte

sämtliche Hebel in Bewegung. Anfang November kam er nach Regensburg zurück und besuchte seine Schwestern in der Wohnung. »Wir müssen jetzt abwarten«, sagte er. »Ich habe in die Wege geleitet, was möglich war. Kopf hoch, Bille. Es wird schon so schlimm nicht werden. Und wenn es ausgestanden ist, wäschst du deinem Sohn bitte schön den Kopf und schreibst ihm hinter die Ohren, dass er mit seinem Verhalten nicht nur sich, sondern die ganze Familie gefährdet.«

Nach dieser kleinen Predigt schöpfte Sybille neue Hoffnung, und auch Maria ging es ein wenig besser. »Ludwig mag Ansichten vertreten, vor denen es uns schaudert, aber wenn es um die Familie geht, ist er zur Stelle. Er wird Seppi herausboxen. Andernfalls würde er mir ja kaum Ratschläge geben, wie ich diesen leichtsinnigen Liebling zur Räson bringen soll.«

Zwei Abende später saß Schlachter Vogelhuber allein an dem Tisch am Eckfenster, den er so oft mit seiner Else geteilt hatte. »Ich will Ihnen koan Ärger machen«, sagte der bullige Mann mit bedrückter Stimme, als Susanne kam, um seine Bestellung aufzunehmen. »Die Else kommt net mehr, und ich sollt auch wegbleiben. Aber wenn wir immer nur dahoam hocken, die Else weint und ich grübel, dann werden wir ja narrischer, als wir's eh schon sind.«

»Sagen Sie mir, was passiert ist«, bat Susanne. »Können wir Ihnen helfen?«

Verzweifelt schüttelte der große Kerl den Kopf. »Wenn S' koa Visum für Amerika zu verschenken haben, wohl net, liebe Frau Susanne. Aber selbst dann – was soll ein alter Regensburger wie i denn hinterm großen Teich? Haben S' gehört, was die mit all den Jüdischen aus Polen gemacht haben, von denen die Pässe abgelaufen sind? Aus den Häusern gezerrt und an die polnische Grenze verschleppt haben's die, und wie's Vieh liegen die da im Dreck. Die unsern werfen's raus, und die Polnischen lassen's net rein. Und meine

Else, die weint mir die Ohren voll, das täten die als Nächstes mit ihr'n alten Eltern machen. Dabei sind ja die Eltern von meiner Else keine Polnischen. Die sind hier gebor'n. Genau wie i.«

Er wollte nur Bier und Schnaps und »a bissl a Brot«, denn gegessen hatte er schon »dahoam mit der Else, dem armen Ding, die mir immer noch kocht«.

Susanne ging in die Küche und sagte zu Bastian und Achille: »Könnt ihr mir einen Korb mit Würsten, Kraut und allem, was der Vogelhuber sonst kriegt, packen und eine Flasche Grappa dazulegen? Macht es schön. Packt auch etwas Süßes für seine Frau ein. Außerdem krieg ich für ihn ein g'zapftes Märzhäusers Märzen und einen Klaren, alles aufs Haus.«

Achille drehte sich von seinem Topf nach ihr um. Seine gebrochene Nase war geheilt, doch sie hatte ihre klassische Form verloren und veränderte sein Gesicht. »Sind Wächtler und seine Rotte da?«

Susanne nickte.

»Sei besser vorsichtig«, sagte er. »Servier ihm sein Bier, seinen Schnaps und sein Brot mit Carne cruda, und den Korb bringe ich den beiden später vorbei.«

»Was ist denn los?«, fragte sie. »Hat es mit diesen Ausweisungen der polnischen Juden zu tun? Ich bin den ganzen Tag noch nicht dazu gekommen, das Radio einzuschalten.«

Das Radio war ein sogenannter Volksempfänger, ein billiges Seriengerät, das sich im Grunde nur zum Empfang des Deutschlandfunks eignete. Gauleiter Wächtler hatte den unansehnlichen Apparat eines Tages stolzgeschwellt in ihren Speisesaal getragen und erklärt, sämtliche Gaststätten Regensburgs würden anlässlich des Geburtstags von Reichspropagandaminister Goebbels damit beschenkt. Väterchen, der Redakteur vom *Anzeiger,* hatte das Geschenk fortan nie anders genannt als *die Goebbelsschnauze,* und im Verein mit anderen Stammgästen sorgte er dafür, dass es ausgeschaltet blieb.

Väterchen aber lebte nicht mehr. Wenn man am Leben bleiben wollte, war es womöglich klüger, keine Grabenkämpfe um ein Radio auszufechten.

»In der deutschen Botschaft in Paris soll es ein Attentat gegeben haben«, erwiderte Achille. »Bastian und ich wissen auch nicht mehr als das, was der Junge vom Fischhändler erzählt hat, aber vielleicht ist es das Beste, alle gefährdeten Gäste nach Hause zu schicken und heute früh zu schließen.«

Das taten sie. Den Korb voller Köstlichkeiten für die Vogelhubers lieferte Achille zu Fuß aus und besorgte unterwegs eine Abendzeitung, in der jedoch nichts von Belang gemeldet wurde. Erst am nächsten Tag, dem 8. November, prangten auf sämtlichen Morgenausgaben vor Empörung berstende Schlagzeilen zum *infamen jüdischen Mordanschlag auf den deutschen Diplomaten Ernst vom Rath.*

Der Täter hieß Herschel Grynszpan. Im Laufe des Tages ließ sich aus den Meldungen erschließen, dass er in Hannover geboren, jedoch polnischer Staatsangehöriger war. Während er selbst mit vierzehn Jahren nach Paris emigriert war, gehörten seine Eltern und Geschwister zu jenen polnischen Juden, die gezwungen waren, unter freiem Himmel im Niemandsland zwischen den Grenzen zu kampieren.

Herschel Grynszpan war siebzehn. Gavrilo Princip war ebenfalls siebzehn gewesen, als er in Sarajevo ein Attentat auf den österreichischen Botschafter und seine Gattin verübt hatte. *Es gibt keinen Krieg,* beschwor sich Susanne. *Wir haben es in Österreich erlebt, wir haben es in der Tschechoslowakei erlebt. Was immer geschieht, dieser gebeutelte Kontinent lässt sich keinen weiteren Krieg aufzwingen.*

Ernst vom Rath, ein Botschaftssekretär aus Frankfurt, auf den Grynszpan fünf Schüsse abgefeuert hatte, starb in den Morgenstunden des 9. November.

Fritz Wächtler bestellte zum Mittagessen einen Tisch für vier Personen. Susanne schaltete den Volksempfänger ein, sobald sie ihn in Begleitung von drei weiteren Männern kommen sah. Zwei davon waren ihr bekannt, sie waren schon vor Hitlers Machtergreifung mit Ludwig hier gewesen und gehörten der SS an. Merkwürdig war nur, dass sie ihre Uniformen nicht trugen, sondern in zivile Anzüge und Mäntel gekleidet waren.

»Bleib heute besser mit Maria oben«, sagte Susanne zu Sybille. »Wie nicht anders zu erwarten, schlagen die Wellen hoch, und Wächtler sieht aus, als wäre er in den letzten zwei Tagen nicht nüchtern gewesen.« Sie legte den Arm um ihre Schwester. »Ich fürchte, die aufgepeitschte Stimmung endet in einer Saalschlacht, und das musst du dir und deinem Mädchen nicht antun.«

»Ludwig hat gerade angerufen«, sagte Sybille mit Hoffnung in der Stimme. »Er sagt, Seppi kommt nicht nach Dachau, sondern in dieses neue Lager nach Flossenbürg, wo die Zustände besser sein sollen. Ich verstehe nicht, warum sie ihn schon in ein Lager bringen, obwohl sein Prozess doch noch gar nicht ausgestanden ist, aber Ludwig sagt, das ist eben so und hat nichts zu bedeuten.« Jäh nahm sie Susanne bei den Armen. »Ja, Liebes, wenn es euch nichts ausmacht, bleibe ich heute oben. Ich fühle mich so erschöpft von alledem. Wenn Seppi freikommt, gehe ich mit den Kindern von hier weg, glaube ich. Ich weiß nur nicht wohin, und ihr werdet mir alle so schrecklich fehlen.«

Susanne hielt sie eine Weile lang im Arm, dann kehrte sie ins Restaurant zurück. Als sie an Wächtlers Tisch bediente, schlug ihr dessen Fahne entgegen. Der neue Mann, der ihm zur Seite saß, hatte den Mund zu einem schmalen Lächeln verzogen und schwieg. Alexander Schnieber. Susanne wurde schwindlig, und sie wäre gern zu Sybille und Maria in die Wohnung geflüchtet.

Aus dem Volksempfänger schnappte sie im Vorbeieilen Fetzen auf. Getragene Musik zu Ehren des ermordeten vom Rath wechselte mit geifernden Hasstiraden gegen die Juden, deren Unverschämtheit überhandnehme. Das Maß sei voll. Das deutsche Volk werde sich das nicht länger bieten lassen.

Die Männer um Wächtler beendeten ihre Mahlzeit, warfen Geld auf den Tisch und brachen sofort auf. Von dem Augenblick an spürte Susanne ein Pochen an ihren Schläfen, das sich zu einem stechenden Kopfschmerz ausweitete. Ihre Unruhe wuchs, während das Licht draußen schwand. Die Straßenlaternen wurden eingeschaltet und schienen gelb in den Raum.

Sie lief in die Küche. »Es sind kaum noch Gäste da, mit denen werden Veronika und Benno allein fertig«, sagte sie. »Ich gehe rasch in die Stadt.«

»Es wäre mir lieb, wenn du das nicht tätest.« Unvermittelt fiel ihr auf, wie stark Achille gealtert war. Um seine Augen lagen Schatten und tief eingegrabene Falten. »Nicht allein. Wenn du wartest, bis ich das *arrosto* im Rohr habe, komme ich mit.«

Es war Bastian Loibners freier Tag. In allen Töpfen und Pfannen köchelte es. Susanne schüttelte den Kopf. »Du kannst das hier nicht allein lassen.«

»Und du willst mich nicht bei dir haben.«

»Das auch.«

»Dann nimm Benno.« Seine Hände verkrampften sich umeinander. »Etwas braut sich da draußen zusammen, ich weiß nicht was, aber es macht mir Angst.«

»Ich gehe nur rasch nach Leontine und den Vogelhubers sehen«, sagte Susanne. »Im Radio reden sie in einem fort von Volkszorn, ich glaube, ich hole die alte Frau lieber her.«

Achille zögerte, dann rang er sich durch und nickte. »Bring sie nach oben in die Wohnung, versuch, darauf zu achten, dass niemand euch sieht. Und mach schnell.«

Susanne nickte und ging.

Stadtamhof, auf der anderen Seite der Donau, schien ruhig im Dämmer zu liegen. Sobald Susanne jedoch in Richtung Innenstadt lief, drangen ihr Gejohle und Geschrei entgegen. Der Wind trieb wirbelnde, verkohlte Fetzen durch die Gasse, und der Geruch nach Verbranntem wurde mit jedem Schritt stärker. Als sie um die Ecke bog, sah sie den Feuerschein, der über den Dächern loderte.

Es musste ein großes Gebäude, womöglich ein halber Straßenzug, sein, der in Brand stand, und dort hinten lag die Schäffnerstraße. Automatisch verfiel Susanne ins Rennen. *Um Gottes willen, Ludwig und die Kinder,* durchfuhr es sie, ehe ihr nach einem guten Stück einfiel, dass Ludwig dort nicht mehr wohnte und seine Kinder längst ausgezogen waren. Im selben Atemzug begriff sie, dass es die Neue Synagoge war, die dort brannte.

Im Laufen schirmte sie ihre Augen gegen die blendende Helle der Feuersbrunst. An der Straßenecke standen Fritz Wächtler, Alexander Schnieber und die zwei anderen Männer mit Bürgermeister Schottenheim und sahen zu, wie die Flammen das Gebäude fraßen. Gegenüber auf dem Gehsteig sprangen johlend Menschen herum, als tanzten sie um den Scheiterhaufen einer längst vergangen geglaubten finsteren Epoche.

Susanne musste kämpfen, um ihrem Entsetzen nicht die Zügel zu überlassen, sondern umzudrehen und in Richtung Ägidienplatz zurückzulaufen. Für die Vogelhubers konnte sie jetzt nichts tun, sondern nur hoffen, dass die arische Abstammung des beliebten Bürgers seine Ehefrau schützte. Ihre Schritte trommelten auf dem Pflaster, während Regensburgs Straßen von Hass und Gewalt widerhallten. Horden von Bürgern, die in Hut und Mantel von der Arbeit heimkehrten, verwandelten sich in Bestien, zertrümmerten Schaufenster und Türen, drangen in Geschäfte ein und schleuderten Waren und Mobiliar auf die von Scherben übersäte Straße. Schuljungen zerrten Menschen aus ihren Häusern, stießen sie nieder und lachten sich kaputt.

Sie durfte nicht hinsehen, nicht stehen bleiben, musste zu Leontine, so schnell sie ihre Füße trugen.

Der Ägidienplatz war ein Inferno, ein Hexentanzplatz. Mehrere Häuser wurden von den wild gewordenen Horden attackiert, und in der Mitte feierten jene, die beim Plündern etwas ergattert hatten. Ein bärtiger Mann mit Hut wurde von einer schreienden Rotte mit Schlägen und Tritten über den Platz getrieben. Susanne sah Frauen, Kinder, erkannte einen Gast, der nach jedem Essen einen Bicerin trank und das Trinkgeld auf der Untertasse liegen ließ.

Vor Leontines Haus ballte sich eine Menschenmenge. Aus dem Fenster im Obergeschoss flog ein Stuhl, dann eine Stehlampe mit geblümtem Schirm. Die Menge applaudierte. Susanne schrie und versuchte, sich zur Tür durchzudrängen, doch ein Mann stieß sie zurück. »Mach dich nicht unglücklich. Halt dich raus. Da geschieht jetzt, was fällig war, und nimmt seinen Lauf.«

Sie erkannte ihn. Er gehörte zu den SS-Leuten, die mit Wächtler kamen, und auch er trug weder Uniform noch Armbinde.

Mehrere Männer drangen in die Tür des Hauses, die seit dem Tag des Judenboykotts schief in den Angeln hing. »Holt die Judenvettel raus! Na los, die soll sich zeigen.«

Noch einmal versuchte Susanne, sich durch die Menge zu schieben, doch die war wie eine Wand. Jemand schrie von weit her ihren Namen. Flüchtig drehte sie den Kopf und sah Achille in einem weißen Hemd ohne Sakko und Mantel über den Platz auf sie zujagen. Im nächsten Augenblick schrie eine Frauenstimme von vorn: »Seid ihr jetzt endgültig nicht mehr bei Trost, ihr Deppen? Lasst die alte Frau los!«

Die Männer hatten die verschwindend zarte Leontine aus der Tür geschleift. Von der Seite sprang eine Frau mit langem blondem Haar hinzu, an dem der Wind riss. Es geschah alles zu schnell, um zu überlegen. Die junge Frau stieß einen der Männer beiseite, Susanne drang durch die Menge, die abgelenkt war, und Achille schloss schwer atmend zu ihnen auf. Zu dritt befreiten sie Leontine, auf die ihre Peiniger schon keinen Wert mehr zu legen schienen. Stattdessen stürmten die Männer zum Plündern in das Haus, und aus der Menge hallten der kleinen Schar, die Leontine davonführte, nur ein paar Pfui-Rufe hinterher.

»Kommen Sie«, sagte die junge Frau, in der Susanne längst Helene erkannt hatte, und versuchte, Leontine zum Gehen zu bewegen. »Wir müssen hier weg.«

Kurzerhand hob Achille die alte Frau, die überhaupt kein Gewicht mehr haben konnte, auf die Arme. Sie schlugen sich in die nächstgelegene Gasse und dann in die erste, aus der kein Licht und kein Geschrei drangen. Erst dort verlangsamten sie ihren Schritt und bewegten sich auf Umwegen, durch stille Dunkelheit, in Richtung Fluss.

»Wie geht es ihr?«, fragte Helene.

»Sie ist gestorben«, sagte Achille.

»Aber ihr Sohn!«, brach es völlig sinnlos aus Susanne heraus. »Sie wollte doch ihren Sohn wiedersehen, sie wollte doch …« Ihre Stimme versiegte.

»Ihr Sohn ist tot«, sagte Helene. »Schon seit zwei Jahren. Mein Vater weiß das längst, und er weiß auch, dass Seppi und Carlo tot sind. Den schönen Carlo haben sie in ihrem Verhörkeller zu Tode geprügelt, und Seppi hat sich in seiner Zelle erhängt.«

Tra, tri, tralala

Kasperle ist nicht mehr da.

43

Vevi wollte nicht aufhören zu weinen, als Susanne ihr die Nachricht brachte. Sie hatte sie besuchen müssen, denn die Schwägerin verließ ihr Haus nicht mehr. Auch Max ging nur noch aus, wenn es unumgänglich war. Sie hatten sich mit ihrem Sohn und einem einzigen Mädchen, das sie versorgte, in ihrem Haus verschanzt. »Da draußen, das ist keine Welt für Felix«, sagte Vevi. Sie war entschlossen, ihn, wenn er schulpflichtig wurde, zurückstellen zu lassen. »Hier bei uns hat er es sicher und warm, und niemand macht ihn mir kaputt.«

Susanne versprach, sie so oft wie möglich zu besuchen. Sie machte sich Sorgen um sie. Sie machte sich Sorgen um den Rest ihrer Welt.

Davon, dass sie zum Ende des Jahres das Restaurant und die Wohnung verlassen sollte, war keine Rede mehr. Es war nicht möglich. Zu viele Menschen, die die Lawine der Gewalt bis hierher überlebt hatten, brauchten sie.

»Und warum?«, hatte die verzweifelte Sybille sie angeschrien. »Warum soll man überhaupt noch leben?«

»Das weiß ich auch nicht«, hatte Susanne geantwortet, »aber ich weiß, dass mir mit jedem, den wir verlieren, bewusster wird, wie kostbar die sind, die wir noch haben. Ich gebe dich nicht her, Sybille. Ob du es willst oder nicht.«

»Und wenn es dein Sohn wäre?«, fragte Sybille.

Es fiel Susanne unendlich schwer, die Worte herauszustoßen, und sie war sich nicht sicher, ob sie sie meinte: »Dann bitte ich dich, für mich dasselbe zu tun.«

Achille hatte Ludwig zur Rede gestellt, weil er der Ansicht war, Seppis Mutter habe ein Recht auf die Wahrheit und Seppi selbst auf ein Begräbnis. »Er sagt, er wollte uns schonen«, berichtete er. »Er hat es nicht über sich gebracht, uns die Wahrheit zu sagen.«

»Ich glaube ihm kein Wort!«, rief Sybille. »Er hat hier angerufen, hat mir von den verbesserten Bedingungen erzählt, die er für Seppi herausschlagen wolle, und von den Lebensmitteln, die ich ihm schicken dürfe. Und währenddessen hing mein Bub tot an einem Strick! Wie kannst du diesem Menschen denn noch trauen?«

»Ich bin es ihm schuldig, Sybille«, sagte Achille mit schwerer Stimme. »Im Zweifel für den Angeklagten. Ich habe ihn jedoch aufgefordert, nicht mehr herzukommen.«

»Und seine Tochter?«, schrie Sybille. »Das kleine Biest, das meine Maria kaputt gemacht hat und das sich jetzt wieder in euer Vertrauen schleicht?«

»Helene wird dich nicht behelligen«, sagte Achille und tauschte mit Susanne einen Blick.

Helene hatte ihnen geholfen, Leontine aufzubahren, und danach eine Nacht weinend in ihren Armen verbracht. Sie war am Ende. Von Georg Stadeler, dem Luftwaffenpiloten, war sie seit Langem getrennt.

»Ihr wollt nicht wissen, womit ich mir seither mein Geld verdient habe«, hatte sie geschrien.

»Nein, Elena *bella*«, hatte Achille gesagt und ihr das Haar gestreichelt. »Das wollen wir nicht wissen und das müssen wir auch nicht. Wir sind froh, dich wiederzuhaben, und wenn es ein Problem auf der Welt gibt, das wir nicht haben, dann ist es Geld.«

»Aber ich kann doch nicht bei euch bleiben«, stieß sie schluchzend heraus, »nicht nach allem, was ich getan habe.«

»Du hast dich eben verliebt«, sagte Achille.

Helene schüttelte den Kopf. »Georg hat mich vom ersten Tag an gelangweilt, ich habe nie etwas für ihn empfunden. Aber ich habe diesen Trieb in mir, alles, was schön ist, zu zerstören. Ihr wart alle so glücklich, so liebevoll, so stolz aufeinander, und Maria war das liebe Mädchen, das alle beglückwünschten, während sie mich und meinen Verlobten am liebsten vor die Tür geworfen hätten. Das hat mich rasend gemacht. Ich musste irgendetwas kaputt schlagen.«

»Das verstehe ich«, sagte Achille.

Helene blickte in seinen Armen auf. »Glaub ich nicht«, sagte sie.

»Warum solltest du?«

»Weil ich genauso war«, sagte er. »Weil ich viel mehr, was schön war, zerstört habe, als du es je könntest. Du bist noch jung, Elena *bella.* Vielleicht kann man tatsächlich nie neu anfangen, aber du kannst anders weiterleben und lernen, dir zu verzeihen.«

Sie hatten versprochen, sie nicht fallen zu lassen, sondern ihr zu helfen, einen neuen Weg zu finden. Tatsächlich konnten sie eine weitere Kellnerin nur zu gut brauchen.

»Aber ich kann nichts für euch tun, ich kann es euch nicht zurückgeben«, hatte sie protestiert, während die Sehnsucht, bleiben zu dürfen, in ihrer Stimme nicht mehr zu überhören war.

»Einer Tante und einem Onkel braucht man nichts zurückzugeben«, sagte Achille. »Man macht ihnen Freude, indem man da ist und nicht wieder verschwindet.«

»Doch, du kannst uns etwas zurückgeben«, fiel ihm Susanne ins Wort. »Du kannst ab und zu nach München fahren und uns wissen lassen, wie es Tullio geht.«

Bei dieser Abmachung war es geblieben, doch jetzt wurde ihnen klar, dass es Sybille und Maria nicht möglich war, mit Helene zusammenzuleben. Achille beharrte auf seinem Standpunkt: »Wir werden euch nichts zumuten, was ihr nicht ertragen könnt«, sagte er. »Aber wir werden auch Helene nicht fallen lassen und bitten euch, das zu verstehen. Es ist die Verachtung der eigenen Familie, die aus Menschen Unmenschen macht.«

Sie einigten sich darauf, dass Helene für Sybille einspringen würde, wann immer diese nicht arbeitsfähig war und bei Maria bleiben musste. Schlafen würde sie in einer Kammer neben der Küche, in die Achille ihr einen Ölofen stellte und die Susanne ihr so wohnlich wie möglich einrichtete. Zuletzt setzte sie ihr den Bären Babbo aufs Bett, dessen Zwilling Helene einst besessen hatte.

Es blieb eine enge Kammer mit einem Feldbett und einer winzigen Luke als Fenster, aber Helene drehte sich darin und sagte dann zu Susanne: »Ich habe so ein Zimmer nie gehabt.«

»Was meinst du damit?«, fragte Susanne. »Ich habe eure Kinderstube in der Schäffnerstraße nie gesehen, aber ich bin sicher, sie war mindestens zehnmal so groß.«

»Ein Zimmer, das jemand mir eingerichtet hat, weil er mich liebt«, sagte sie.

Die Gäste verfielen ihr vom ersten Tag an. Sie war jung und hübsch, charmant und gewitzt und verkörperte etwas, das sie alle nötig hatten: Hoffnung auf Zukunft.

Um Leontines Begräbnis hatten sich die Frauen gekümmert, die von ihrem Verein übrig waren, doch ein Begräbnis für Seppi gab es nicht. Er war verbrannt worden. Ludwig hatte Achille angeboten, die Urne mit der Asche gegen eine Gebühr der Familie zuzustellen, und Achille hatte die Gebühr entrichtet, aber Sybille lehnte ab.

»Ich könnte nicht glauben, dass es wirklich mein Seppi ist, der darin liegt«, sagte sie. »Nicht irgendwelche Asche, die Ludwig aus seinem Kamin geschaufelt hat. Außerdem will ich das vielleicht gar nicht begreifen, dass mein lustiger Seppi zu Asche verbrannt ist. Ich denke mir lieber aus, dass er noch irgendwo lebt.«

Mit einer Tapferkeit, die Susanne nur bewundern konnte, kämpfte sie sich ins Leben zurück. »Für Maria«, sagte sie. »Sie hat nicht verdient, dass ich sie auch noch im Stich lasse.«

»Geh mit ihr Felix besuchen«, riet Susanne. »Und wer weiß, vielleicht sollte sie sich überlegen, Kinderpflegerin zu werden.« Maria hatte Angst vor Erwachsenen, doch zu Kindern hatte sie völliges Vertrauen. In gewisser Weise war sie selbst ein Kind geblieben, sie verstand, wie Kinder empfanden, und fühlte sich unter ihnen sicher.

Als es Frühling wurde, setzten sie Susannes Idee in die Tat um: In der Waisenhausstiftung Stadtamhof konnte Maria als Aushilfe beginnen. Nach der Arbeit besuchte sie Felix und blieb bei Max und Vevi, bis Sybille sie abholte. Der kleine Junge half beiden. Er war der Sonnenschein, an dem die ganze Familie sich festhielt.

Sybille fing wieder an zu arbeiten, belegte die Tagesschichten, wenn Maria im Kinderheim war, und Helene übernahm die Abende. Irgendwann begannen ihre Schichten, sich zu überschneiden, und noch etwas später war es kein Problem mehr, sie gelegentlich gemeinsam einzuteilen. Sie gingen sich so gut wie möglich aus dem Weg, aber sie grüßten einander und betrugen sich wie zivilisierte Menschen.

Susanne und Achille taten dasselbe. Unzivilisierte gab es schließlich vor ihren Türen genug.

Ludwig kam einmal, doch Achille schickte ihn weg, ohne dass eine von den Frauen ihn zu Gesicht bekommen musste. »Ich habe ihm gesagt, dass ich seine Wahl respektiere, dass sich aber die Welt, die er gewählt hat, und die meine ausschließen.«

Der Sommer war heißer und sonniger denn je. Es war auch ein ruhiger Sommer, in dem zwar fortwährend von Zwischenfällen an der Grenze zu Polen berichtet wurde, ansonsten aber nicht viel geschah. Die Grenze zu Polen war weit weg. Die Regensburger genossen die Sonne, rekelten sich auf der Terrasse des Ponte oder radelten und wanderten mit Picknickkörben in die Ausflugsgebiete. Susanne erschien es noch immer unvorstellbar, je wieder mit den anderen zum Baden zu fahren, doch sie überredete Vevi, Sybille und Maria, den einst so geliebten Ausflug mit Felix zu machen, und winkte ihrem Wagen hinterher.

»Es war schön für den Kleinen, aber Vevi ist wirklich halb krank vor Angst um ihn«, berichtete Sybille am Abend. »Bei jedem Geräusch schrickt sie zusammen und presst ihn an sich. Ihre Nerven halten es nicht noch einmal aus, also haben Maria und ich angeboten, allein mit ihm zu fahren. Aber sie will auch das nicht. Sie sagt, sie hätte keine ruhige Minute.«

Vielleicht war sie doch zu alt, um Mutter zu werden, überlegte Susanne, die Vevi, seit Tullio fort war, oft beneidet hatte. Wenn sie aber Sybille erlebte, die Maria ebenfalls nicht aus den Augen lassen wollte, erkannte sie, dass die Angst nicht vom Alter herrührte, sondern von der Zeit, in der sie lebten.

Ihr eigener Trost war Helene, die sich jeden zweiten Freitag in aller Herrgottsfrühe in den blauen Fiat setzte und nach München zu Tullio fuhr. Dieser Wagen war einst der neueste Schrei gewesen, und am Straßenrand hatten ihm die Leute nachgeblickt. Jetzt war er dermaßen veraltet, dass sie es wieder taten. Niemand hätte es jedoch übers Herz gebracht, ihn gegen einen neuen zu ersetzen.

Susanne war wieder in Versuchung, Körbe zu packen und Geschenke zu kaufen. »Würdest du Tullio etwas mitnehmen und ihm sagen, es sei von dir?«, fragte sie vorsichtig bei Helene an.

»Ich täte dir furchtbar gern den Gefallen«, sagte Helene. »Aber das geht nicht. Tullio und ich müssen gnadenlos ehrlich zueinander sein, ansonsten gehen wir unter.«

Susanne verstand, so weh es ihr tat. Als Helene das nächste Mal losfuhr, hielt sie eine verstaubte Flasche Wein unter den Arm geklemmt und grinste Susanne spitzbübisch an. »Die habe ich geklaut«, sagte sie.

Jetzt, da Helene von ihm erzählte, fühlte sie sich ihrem Sohn zumindest durch einen Spinnwebfaden verbunden. Sie wusste, Helene würde nichts preisgeben, was Tullio ihr im Vertrauen erzählt hatte, doch sie bekam ein vages Bild davon, wie er lebte. Er wohnte noch immer in der Wohnung, in der Seppi und Carlo verhaftet worden waren, und hatte nicht mehr als das Nötigste hergerichtet. »Ich habe ihm aber gründlich den Kopf gewaschen«, berichtete Helene. »Was hat denn Seppi davon, dass du in einer Bruchbude haust?‹, habe ich ihn gefragt. Daraufhin haben wir das ganze Wochenende über Trümmer zum Müll geschleppt und aufgeräumt.«

Tullio verdiente sein Geld als Lagerarbeiter in einer Spielzeugfabrik. »Viel verdient er nicht, aber er braucht ja auch so gut wie nichts. Nein, mach nicht so ein Gesicht, Tante Suse – Tullio liebt Spielzeug und wird genau wie sein Vater eines Tages mit seinen Kindern auf dem Boden zwischen Bauklötzen liegen. Wäre es dir etwa lieber, wenn er in dieser Zeit versuchen würde, Journalist zu werden? Er hätte die Wahl, entweder ein Schwein oder tot zu sein, und Tullio eignet sich zu keinem von beidem. Aber keine Sorge – er schreibt wie ein Besessener.«

»Mich will er nicht sehen, nicht wahr?« Sie hatte die Frage nicht stellen wollen, doch sie war ihr entwischt. »Nie mehr?«

»Ach, Tante Suse.« Helene schlang die Arme um sie. »*Nie* ist so ein riesengroßes Wort. Ich habe auch gedacht, ihr würdet nie wieder mit mir sprechen, und nun schau uns an. Tullio ist verletzt, er ist verzweifelt und rennt gegen Wände. Ist das ein Wunder? Er hat diese traumhaften Eltern verloren, um die wir alle ihn beneidet haben, er hat das Mädchen verloren, das er liebt, und sich selbst hat er auch ein bisschen verloren. Aber Tullio ist stark wie einer von diesen Bullen mit den dicken Nacken, die im Restaurant über dem Tresen hängen. Er wird sich wiederfinden, und dann findet er auch euch wieder. Gib ihm Zeit.«

»Jetzt, da ich weiß, dass er dich hat, ist es leichter«, sagte Susanne.

»Das ganze Leben ist leichter, wenn man weiß, dass jeder jemanden hat«, erwiderte Helene.

»Die auf den Bildern über dem Tresen – das sind übrigens keine Bullen, sondern Kühe«, sagte Susanne.

Helene grinste. »Kein Wunder. Die sind ja auch stärker.«

Ende August reiste der deutsche Außenminister Ribbentrop nach Moskau und unterzeichnete einen Pakt, in dem Deutschland und die Sowjetunion versicherten, einander nicht anzugreifen. Der Vertrag verblüffte selbst die am besten informierten Köpfe unter ihren Gästen und bot drei Abende lang Gesprächsstoff.

»Seit Jahren wird uns eingetrichtert, der Bolschewik ist fast so sehr unser Unglück wie der Jude – und jetzt das?«

»Wenn ich als Kommunist im Kittchen säß, käm ich mir fei vergackeiert vor.«

Susanne musste zwischen den Tischen herumgehen und die Wogen glätten. Man konnte nie sicher sein, wann Gauleiter Wächtler sich blicken ließ, um eine Flasche Grappa zu leeren, und vor allem konnte man nicht mehr sicher sein, wer zu ihm gehörte.

Am 1. September fuhr Helene wieder nach München und wollte erst Sonntagabend zurückkommen. Um Tullio zum Frühstück zu erwischen, ehe er zur Arbeit ging, brach sie wie üblich um fünf Uhr auf. Susanne begleitete sie zum Auto und winkte ihr nach, während sie in einer Staubwolke davonfuhr. Ein eigentümlicher Zauber lag über der morgendlichen Stadt. Es war noch warm, der Himmel klar wie Glas, von Sturm und Regen keine Spur. Aber der Sommer war so gut wie vorbei, und aus dem Blauschwarz des Flusses stiegen zum ersten Mal Nebel. Als Susanne sich umdrehte, um ins Haus zurückzukehren, sah sie Achille am Fenster des Schlafzimmers. Er zog rasch den Kopf ein und machte das Fenster zu.

Sie ging ins Restaurant und begann dort aufzuräumen, frische Tischtücher aufzudecken und heruntergebrannte Kerzen zu ersetzen. Um sieben kam Achille, wünschte ihr einen guten Morgen und ging in den Hof, um eine Gemüselieferung entgegenzunehmen.

Anschließend verschwand er in der Küche, wo er wie jeden Tag Soßen und Marinaden ansetzte. Sie arbeiteten schweigend, ein jeder in seinem Bereich.

Gegen zehn stürzte Bastian Loibner ins Restaurant und rief ohne einen Gruß zum Morgen: »Ist Achille hinten? Ich hol ihn. Schalt die verdammte Goebbelsschnauze ein.« »Was ist los?« Susanne lief zum Volksempfänger, und Bastian war schon auf dem Weg. »Wir haben Krieg«, sagte er.

Als er mit Achille zurückkam, hatte Hitlers Rede bereits begonnen. Susanne war es, als sähe sie die Speicheltropfen aus dem Mund des Mannes durch den Raum sprühen: »Polen hat heute Nacht zum ersten Mal mit regulären Soldaten auf unserem eigenen Territorium auf uns geschossen. Seit fünf Uhr fünfundvierzig wird jetzt zurückgeschossen. Und von jetzt an wird Bombe mit Bombe vergolten!«

Um elf stellte Großbritannien ein Ultimatum, das den sofortigen Abzug deutscher Truppen aus Polen forderte. Um zwölf war das Ponte voll. Sitzend und stehend scharten sich Menschen um den Volksempfänger. Frankreich schloss sich Großbritannien an und bewilligte im selben Zug neue Militärkredite. Am folgenden Samstag um fünf sollte das Ultimatum abgelaufen sein. Susanne raste mit Tabletts hin und her, während sich in ihrem Kopf die Gedanken jagten: *Es wird nicht geschehen, Europa wird sich in keinen Krieg zerren lassen.* Und: *Ich muss Helene erreichen, Helene muss nach Hause kommen.*

Ihr war klar, dass sie nicht allein Helene meinte, doch an ihren Sohn wagte sie nicht zu denken.

Das Ultimatum lief aus, ohne dass die Truppen der Wehrmacht aus Polen abgezogen wurden. Am Morgen des Sonntags erklärten Großbritannien und Frankreich Deutschland den Krieg.

Helene kam wie geplant am Abend in Tullios blauem Fiat zurück. Restaurant und Terrasse waren voller Gäste, Susanne stellte das Tablett, das sie trug, auf den nächstbesten Tisch und rannte hinunter auf die Straße. Woher Achille hinten im Küchenhaus erfahren hatte, dass Helene vorgefahren war, wusste sie nicht, doch er kam aus der Tür gelaufen und traf gleichzeitig mit ihr vor dem Auto ein.

Helene stieg aus. Sie wirkte blass und übernächtigt, doch ihre Stimme war fest. »Ihr müsst jetzt noch stärker sein, als ihr es sowieso schon seid, und dürft euch nichts anmerken lassen«, sagte sie. »Tullio geht nach Frankreich. Er hat sich freiwillig gemeldet.«

Es war nicht Susanne, die aufweinte, sondern Achille. Laut wie ein Wolf und mit einem solchen Hall, als müsse man ihn noch drüben in Stadtamhof hören. Mit einem Satz war Susanne bei ihm und presste ihm die Hand auf den Mund. Unter ihrer Hand spürte sie seine Lippen, seine Zähne, seine Versuche, nach Atem zu schnappen, und presste noch fester.

»Sei still, hörst du? Sei still, sei still.«

Helene trat ebenfalls zu ihm und schloss die Hand um seinen Arm. »Ich habe in München mit Gott und der Welt gesprochen«, sagte sie gedämpft. »Niemand glaubt, dass die Briten und Franzosen Ernst machen. Sie müssen ihre Zusagen Polen gegenüber einhalten, aber eine große Offensive wird es nicht geben. Nur ein paar Truppenbewegungen in Richtung Grenze, ein paar Schiffe über den Kanal, und ansonsten verläuft alles im Sande wie bei der Tschechoslowakei. Ich habe versucht, Tullio aufzuhalten, aber man hält keinen Freund auf, der nichts will als gehen. Irgendwann habe ich mir gesagt: Vielleicht ist es das, was er braucht, um zu sich zu kommen. Noch vor Weihnachten ist diese Kriegsfarce vorbei, und er kommt zurück.«

»Das habe ich schon einmal gehört«, sagte Susanne und legte all ihre Kraft in die Hand, die sie Achille auf den Mund presste. »Im August 14. Vor fünfundzwanzig Jahren.«

44

1940

Tatsächlich schienen diesmal fast ein Jahr lang die recht zu behalten, die an einem langen, Europa umfassenden Krieg zweifelten. Zwar wurden Truppen an die französische Grenze verlegt, wo sich an der Maginot-Linie französische und britische Einheiten verschanzt hatten, doch es kam zu keiner Kampfhandlung.

Gekämpft wurde in Polen. Susanne mochte sich noch so sehr dafür hassen, dass sie froh darüber war, sie war gleichzeitig sicher, dass es sämtlichen Müttern von Soldaten genauso ging. Wer seinen Sohn in einem Landstrich wusste, in dem nicht gekämpft wurde, fühlte sich wie ein Liebling des Schicksals.

Dann war es damit vorbei. Polen war erobert, der Staat aufgelöst, zwischen Deutschland und der Sowjetunion zerteilt. Gerade als Susanne gelernt hatte, in den meisten Nächten wieder mehr als zwei Stunden am Stück zu schlafen, wurden die Truppen an der Grenze in Bewegung gesetzt und marschierten nach Frankreich ein. Zu einer dieser Truppen gehörte ihr Sohn. Damals, bei Achille, hatte sie wenigstens Waffengattung, Einheit und Nummer gewusst, hatte Feldpostkarten schreiben und Pakete schicken können. Von Tullio wusste sie nichts. Helene, die zumindest einzelne Informationen besaß, hatte Stillschweigen gelobt.

»Es ist doch klar, dass ich es euch sage, wenn ich etwas Besorgnis-erregendes erfahre«, sagte sie, ohne ihre eigene Nervosität verbergen zu können. »Solange ihr von mir nichts hört, geht alles gut, und natürlich wird es gut gehen. Etwas anderes kommt überhaupt nicht infrage.«

»Elena«, sagte Achille, »bitte – kannst du ihm schreiben, dass wir ihn lieben?«

»Ich weiß nicht, ob ich das kann«, sagte Helene. »Ich würde es gern tun, aber ich habe Angst, dass er mir dann nicht mehr antwortet und wir die einzige Verbindung verlieren. Entscheidet ihr, was ich tun soll.«

In diesen Tagen und Nächten lernte Susanne, dass alle Angst, die sie in ihrem Leben durchlitten hatte, sich zusammenballen und steigern konnte. Die Angst war immer da: beim Essen, beim Arbeiten, beim Aufwachen, beim Zubettgehen. Ununterbrochen gierte sie auf Nachrichten, ließ selbst die Goebbelsschnauze ständig laufen, als würde es dort eine Durchsage geben, wenn von all den Millionen ein Einziger – Tullio Konrad Giraudo – nicht mehr auf der Welt war.

Es musste doch eine Durchsage geben! Die Welt musste stehen bleiben, alles, was wuchs, verwelken, alles, was sich bewegte, erstarren. Solange das alles noch am Leben war – wie konnte ihr Kind es nicht sein?

Gewiss war es gerecht, dass sie ohne die Angst um ihren Sohn keinen Schritt mehr gehen konnte. Zuvor hatte ihr Land Norwegen, Dänemark, Belgien, die Niederlande und Luxemburg überfallen und dort die Söhne anderer Mütter niedergemetzelt. *Aber was zum Teufel haben wir damit zu tun?*, schrie es in ihr auf. *Ich habe niemanden überfallen. Ich habe Leuten, die Hunger hatten, Essen serviert und Leuten, die Sorgen hatten, Getränke zum Trost eingeschenkt, und dabei habe ich mit all meiner Liebe mein Kind großgezogen. Das habe ich nicht dem Führer geschenkt, wie jetzt überall auf Plakaten verlangt wird, sondern dem Leben. Sich selbst wollte ich es schenken und kam mir wie eine Hüterin vor, während ich seinen Schlaf bewachte.*

Susanne verlor an Gewicht, weil sie sich zu jedem Bissen quälen musste. In Achille sah sie ihren Spiegel. Er verfiel, kam ihr vor wie ein uralter Mann, der sich durch die Räume schleppte. Sie waren einander ausgewichen, hatten sich nicht angesehen, wenn sie miteinander sprechen mussten. Jetzt aber sahen sie sich an, wann immer sich die Gelegenheit ergab, weil sie in den Augen des andern das eigene Gefühl erkannten.

Der Widerstand der Franzosen und Briten brach innerhalb von Tagen zusammen und versetzte Europa in Schockstarre. In der Stadt Dunkirk gelang es im letzten Augenblick, die Überreste der britischen Truppen auf völlig unzureichenden Booten zu evakuieren. Die Goebbelsschnauze verordnete Dauerjubel. Die Wehrmacht marschierte auf Paris zu und eroberte es im Sturm.

»Der Krieg an der Westfront ist zu Ende«, sagte Helene. »Was immer das für Europa bedeutet, dass der Faschismus ein Land nach dem anderen schluckt – Tullio hat es überstanden.«

»Hast du von ihm gehört?«, fragte Susanne.

Helene schüttelte den Kopf. »Er wird sich sicher melden, sobald er kann. Vielleicht kommt er ja auch zurück.«

»Bitte schreib ihm, dass wir ihn lieben«, sagte Susanne. »Ich halte es nicht noch einmal aus zu fürchten, er könnte sterben, ohne es zu wissen.«

Helene fragte Achille, der sie um dasselbe bat, und erklärte sich schließlich dazu bereit. Sie schrieb, doch von Tullio kam keine Antwort. Gar nichts kam von ihm. Als das Jahr zu Ende ging, war es keinem von ihnen mehr möglich, sich einzureden, dass er nur keine Zeit zum Schreiben fand.

In den Zeitungen gab es jetzt eine neue Art von Todesanzeigen.

… in tiefstem Schmerz geben wir bekannt, dass unser
guter Sohn, unser einziges Kind, der Soldat

HEINRICH KELLERMANN

im Alter von zwanzig Jahren sein hoffnungsvolles Leben
für Führer, Volk und Vaterland gegeben hat.

Susanne konnte ihr Hirn nicht hindern, in die Zeilen den geliebten
Namen und das Geburtsdatum einzufügen. *Unser bester, geliebtester
Sohn, unser einziges Kind* … nein, Achille hatte noch eines, aber sie
brauchte ihn nur anzusehen, um zu wissen, dass ihm das nichts
leichter machte. Eines späten Abends, im Februar, konnte sie nicht
mehr, brach hinter dem Tresen weinend zusammen und lief in den
Hof, in die vor Kälte starre Nacht.

Ihr Leib krümmte sich, wie er sich gekrümmt hatte, als sie ihr
Kind zur Welt gebracht hatte, und das Weinen nahm ihr den Atem,
sodass sie pfeifend wie eine Ertrinkende um Luft rang. In ihr war so
viel Lärm, dass sie Achille nicht kommen hörte. Er trat hinter sie,
legte die Arme um sie und hielt sie fest, nicht weil er sie hätte trösten
können, sondern um mit ihr zusammen zu weinen. Wie zwei Tiere,
die zu Tode verwundet waren, weinten sie zusammen in der Dunkelheit.

»Susanna«, sagte er, als sie keine Kraft mehr zum Weiterweinen
hatten und sich die Treppe zu ihrer Wohnung hinaufschleppten.
»Kannst du nicht bei mir schlafen? Ich rühre dich nicht an, ich verspreche es, ich versuche nicht, dich dadurch zurückzugewinnen. Ich
will nur den einen Menschen bei mir haben, der Tullio so gekannt hat
wie ich und der weiß, dass die Welt, wenn Tullio nicht mehr da ist,
unmöglich je wieder in Ordnung kommen kann.«

Sie wollte es auch. Sie spürte, dass von ihrem Groll gegen ihn
nichts mehr übrig war, dass die Angst diesen Groll vernichtet hatte,

und dass sie sich nach der Wärme dieses Bettes, in dem sie jahrelang zu dritt geschlafen hatten, sehnte. Sie hielten sich fest und rollten sich zu einer Kugel aus zwei Leibern. Aus dieser Kugel war ihr Sohn entstanden, und die Kugel war noch da.

»Wenn wir nicht mehr zusammen sind«, sagte er, »wenn wir nicht zusammen weinen und von Tullio reden, dann ist es, als wäre von Tullio nichts mehr übrig.« Er schrie und krallte ihr die Nägel in die Schultern. »Als hätte es Tullio nicht gegeben!«

Sie empfand dasselbe. Hatte sie ihn so lange gemieden, so hätte sie ihn jetzt immer bei sich haben wollen, weil sie ihm nichts zu erklären brauchte, weil er keine Fragen stellte, weil sie eine Einheit waren. So verfehlt und verlogen ihre Liebe auch gewesen sein mochte, es war die Liebe, aus der Tullio entstanden war, und an Tullio war nichts verfehlt oder verlogen.

Helene hatte den Winter über unzählige Briefe an Behörden geschrieben, doch sie hatte nichts in Erfahrung gebracht. Als der Frühling kam, sagte sie: »Es hat anders keinen Sinn. Ich fahre aufs Heeresamt nach Berlin.«

Es war Krieg, alle Transportmittel wurden für die Soldaten gebraucht, und niemand durfte unnötig reisen. Helene aber war eine blonde, ungewöhnlich schöne Frau, die wusste, wie sie ihre Trümpfe auszuspielen hatte. Sie war zudem eine gute Autofahrerin, und der blaue Fiat war aus Gründen, die sich nur erraten ließen, nicht beschlagnahmt worden. Vielleicht weil man Achilles Behauptung, er brauche den Wagen für den Einkauf, geglaubt hatte, vielleicht weil das klapprige alte Auto niemand brauchte.

Helene fuhr nach Berlin. Sie blieb zwei Wochen weg und kam wieder, als Achille und Susanne gerade begannen, auch um sie zu fürchten. »Viel habe ich nicht herausbekommen«, sagte sie. »Ohne Kennnummern und Befugnisse kann oder darf mir niemand eine verbindliche Auskunft geben, und außerdem ist auf diesem Amt die

Hölle los, ein Ameisenhaufen ist nichts dagegen. Immerhin bin ich nach etlichen Anläufen zu einem freundlichen Oberstleutnant durchgereicht worden, der mir erklärt hat, was wir im Grunde ja wussten: Wenn wir seit dem Frankreichfeldzug nichts mehr von Tullio gehört haben, dann wird er wohl seit dem Frankreichfeldzug vermisst. Aber vermisst ist nicht tot, hat er mir mehrmals versichert. Nicht alle Kriegsgefangenen haben registriert werden können, die Front war lang, und im Blitzkrieg gibt es keine Atempause.«

Die Situation sei zusätzlich erschwert, wenn ein Soldat keine Angehörigen benannt habe, die im Todes- oder Vermisstenfall benachrichtigt werden sollten. Natürlich hatte im Krieg niemand Zeit, Register und Adressenverzeichnisse durchzusehen, um die Familie eines einzelnen Mannes aufzustöbern.

Vermisst war nicht tot. Max war zurückgekommen, als niemand mehr damit gerechnet hatte. Achille und Susanne würden sich an der Hoffnung festhalten, weil alles andere unmöglich war.

»Oberstleutnant Feddersen hat sich Tullios sämtliche Personalien notiert«, berichtete Helene weiter. »Nicht offiziell, sondern zu persönlichen Nachforschungen. Er hat mir versprochen, sich zu melden, sobald er etwas in Erfahrung bringt. ›Zurzeit geht es hier mit gutem Grund sehr betriebsam zu‹, hat er gesagt. ›Aber wenn wir wieder in ruhigerem Fahrwasser treiben, werde ich Ihren Vetter schon finden. Wir sind Deutsche. Ordentlich. Wir mögen vorübergehend etwas verlegen, aber wir verlieren nichts.‹«

Im Juni überfiel die Wehrmacht die Sowjetunion. Vier Wochen später erhielt Helene einen Brief des ordentlichen Oberstleutnants aus Berlin. Tullios Einheit sei an die Ostfront verlegt. Eine Todesmeldung unter seinem Namen habe er nirgendwo finden können.

»Also lebt er«, sagte Achille zu Susanne, als sie nachts beieinanderlagen. »Solange einer nicht tot gemeldet ist, lebt er, nicht wahr?«

Susanne nickte und lehnte den Kopf an die Stelle, wo sein Herz schlug. Sie würden sich daran festhalten, so gut, wie es eben ging.

Der nächste sicher geglaubte Stützpfeiler, der einbrach, war Bastian Loibner, der in den dreißig Jahren, die er bei ihnen arbeitete, keinen Tag krank gewesen war. Er hatte die Jahre des ersten Krieges hindurch ebenso gekocht wie seit Beginn des zweiten, er hatte aus Steckrüben Stammgerichte komponiert und rührte jetzt, da die rationierten Lebensmittel wiederum von Woche zu Woche knapper wurden, Pastasoßen aus Pastinaken. Er schien weder Müdigkeit noch schlechte Laune zu kennen und besaß kein Privatleben.

Dann aber stand er eines Vormittags auf dem Hof, hielt ein offizielles Schreiben in der Hand und wirkte hilflos wie ein Kind.

Susanne und Achille eilten zu ihm, und Achille nahm ihm das Papier aus den Fingern.

»Die haben mich deswegen schon etliche Male angeschrieben, aber i hab mir nie den Kopf zerbrochen. I dacht, wenn i mich nicht meld, werden die mich schon aus ihrem Register streichen, denn i bin doch gar net krank.«

Susanne spähte hinüber. Das Schreiben, das einen mächtigen Briefkopf mit Hakenkreuz und Adler trug, stammte von einem sogenannten Erbgesundheitsgericht in München. Bastian Loibner, geboren am 12. September 1889, wurde darin aufgefordert, sich aufgrund seiner erblichen Fallsucht umgehend in einer Klinik der Landeshauptstadt einzufinden. Andernfalls werde für seine Zwangseinweisung gesorgt.

»I hab doch überhaupt koa Fallsucht!«, stieß Bastian heraus. »I hab das doch damals nur erzählt, damit i in koan Krieg zieh'n muss, sondern an mei'm Kochtopf bleiben kann. Und jetzt sagt der Schorsch, mein Nachbar, wenn die mich zu fassen kriegen, dann schneiden's mir am Schwengel, dass i koa Mann mehr bin!«

Er sah aus, als würde er in Tränen ausbrechen. Helene kam aus dem Restaurant gelaufen, nahm Achille den Brief weg und las. Sie war von ihnen allen am besten informiert und hatte viele Kontakte, über die sie nicht sprach. »Du kannst nicht nach Hause zurück«, sagte sie zu Bastian. »Bei Fallsucht wird zwangssterilisiert, das besagt dieses abartige Gesetz zur Verhütung erbkranken Nachwuchses. Und in München kreisen Gerüchte darüber, dass bei diesen Sterilisationen Massen von Patienten krepieren.«

Bastian liefen jetzt tatsächlich Tränen aus den Augen. »Des hab i net gewollt«, sagte er. »Dass so ein fesches Madel wie die Helene so was von mir hören tut. I hab koa Fallsucht und schon fei gar nichts am Schwengel. I bin gesund wie a Ochs und hätt zwei Dutzend Kinder haben können, wenn mir die Richtige über'n Weg gelaufen wär.«

»Du bleibst hier«, sagte Achille.

»Und dann?«, rief Helene. »Dass er hier arbeitet, ist stadtbekannt, hier sucht die Gestapo doch als Erstes.«

»Nicht beim Bier«, sagte Achille.

»Wie bitte?«

»Hast du noch nie etwas von Regensburgs sagenumwobenen Kellergewölben gehört?«, fragte Achille. »Nun, wie wir festgestellt haben, sind sie nicht alle zu einem riesenhaften Labyrinth verbunden – aber der unsere ist ziemlich weitverzweigt und hat Zugänge zu mindestens zwei anderen. Ein Teil davon ist seit Jahrzehnten verschüttet. Es ist kein großes Problem, dort jemanden zu verstecken. Wir müssen das Versteck nur ein bisschen wohnlich einrichten.«

Sie machten sich in der Nacht an die Arbeit, sobald die letzten Gäste gegangen waren – Achille, Susanne, Helene, Sybille, Maria und Bastian selbst. Das Versteck, das sie in einem verschütteten Arm des Gewölbes zu einer Schlafstätte ausbauten, ließ sich nur über einen Schuppen am Ende des Hofes erreichen, den sie nutzten, wenn das Lager für Konserven aus den Nähten platzte. Es war alles andere als anheimelnd und ließ sich nicht heizen, aber immerhin war es geräumig und bot genug Sauerstoff. Ein gesunder Mann konnte ohne Schwierigkeiten einige Wochen darin überleben.

»Und wenn's euch fragen, wo i bin?«, wollte der verzweifelte Bastian wissen.

»Dann sagen wir, du wolltest rüber nach Wien, du hättest da ein Gspusi, hast uns mit dem ganzen Kram sitzen lassen«, antwortete Helene. »Es dauert nicht lang, Bastian. Wir finden einen Weg, dich herauszubringen. In die Schweiz vielleicht. Es gibt Leute, die dabei helfen, manche für Geld, manche ohne. Dann lernst du kochen auf Schweizerisch. Und kommst wieder, wenn's vorbei ist.«

Das über die Leute, die Fluchtwilligen über die Grenze halfen, hatte Vevi vor Jahren auch schon einmal erwähnt. Und das andere klang nach Hoffnung: Es würde vorbei sein.

Irgendwann.

Vielleicht.

45

1942

Die Wehrmacht eroberte die Krim, besetzte mithilfe ihrer rumänischen Verbündeten die Ukraine, schluckte einen weiteren Teil der Welt, Orte, die die meisten Leute nicht einmal dem Namen nach gekannt hatten, ehe die Goebbelsschnauze im Stundentakt triumphal ihren Fall verkündete. Wann immer Susanne einen dieser Ortsnamen hörte, dachte sie: *Dort ist vielleicht mein Sohn, dort ist Tullio.* Wenn sie Achille ansah, fand sie ihre Gedanken gespiegelt, ein Aufblitzen der Hoffnung, die sie teilten.

In der Küche stand er jetzt allein, und Zutaten, die sich zum Kochen verwenden ließen, gab es beständig weniger. So oft wie möglich stieg er hinunter ins Verlies, um Änderungen an der Speisekarte mit Bastian Loibner zu besprechen, der noch immer und ohne Hoffnung auf ein baldiges Entkommen dort hockte. Nicht nur, weil er den Rat seines jahrzehntelangen Chefkochs schätzte, sondern auch weil er wusste, dass das Gefühl, in seinem geliebten Beruf unentbehrlich zu sein, Bastian beim Überleben half.

Manchmal weinte der Koch, der ein so unverwüstliches Urgestein des Restaurants gewesen war, und stieß heraus, er könne es nicht länger ertragen, seiner dummen, fast dreißig Jahre alten Lüge wegen im Dunkel zu hocken und alle zu gefährden. Dann holten Achille und Susanne ihn nach der Sperrstunde für eine kleine Weile zu sich in den nächtlichen Speisesaal und erzählten von damals, als

auf das Restaurant an der Steinernen Brücke kein Mensch einen
Pfennig gegeben hatte, weil niemand daran glaubte, dass sich die
Bayern italienisches Essen auftischen lassen und ein Gesöff kippen
würden, das Weinbauern in Piemont aus Abfällen brannten. Sie
erzählten davon, wie er, Bastian, dieses Restaurant mit seiner Lüge
über den Krieg gerettet hatte, und dabei balancierten sie Hackbretter
auf den Knien und hackten Zwiebeln und Kräuter für den kommen-
den Tag.

Helene suchte weiter nach einer Möglichkeit, ihm einen falschen
Pass zu verschaffen und zur Flucht in die Schweiz zu verhelfen, doch
alles, was sich auftat, schien zu gefährlich. Von Zeit zu Zeit überleg-
ten sie, ob sie den unglücklichen Mann, der schon so lange in der
dunklen Tiefe hauste, nicht zurück ins Leben holen und darauf hoffen sollten, dass sein Fall inzwischen vergessen worden war. Sooft sie
diesen Gedanken jedoch erwogen, tauchten wieder Männer in Zivil
auf, die nach ihm fragten.

Die Nazis vergaßen nichts. Ihr System war ein Spinnennetz aus
eisernen Fäden, dessen Verbindungen für die, die darin gefangen
waren, undurchschaubar blieben.

Sie verloren nichts. Auch wenn von einem einzelnen Soldaten,
der in dem gewaltigen Räderwerk steckte, keine Nachricht kam.

Ein weiterer Sommer begann und ging vorüber. Manchmal stand
Susanne am Geländer ihrer Terrasse und sah den Leuten zu, die
mit Körben und Decken die Uferstraße hinunterzogen. Fahrräder
waren fast alle beschlagnahmt worden, doch zu Fuß machten sich
die Leute auch jetzt noch auf den Weg ins Grüne, um zu picknicken,
zu baden, Ball zu spielen und ein paar Stunden lang so zu tun, als
wäre ihre Welt in Ordnung. Es gab häufig Fliegeralarme und Verdun-
kelungsbefehle, und durch die Errichtung des Messerschmitt-Werks,
das Kampfflugzeuge herstellte, war die Stadt besonders gefährdet.
Ihren Sommer ließen die Regensburger sich jedoch nicht nehmen.

Menschen waren erstaunlich. Irgendetwas in ihnen, ein kleines trotziges Ja zum Leben, schien nahezu unzerstörbar.

Vevi allerdings verließ trotz der Hitze ihr Haus nicht, sondern igelte sich mit ihrer Familie ein. Sie war aufgefordert worden, Felix zur Schule zu schicken, und sie alle hatten sie beschworen, der Anweisung nachzukommen. Dem Argument, sie gefährde ihren Sohn sonst mehr, als sie ihn schützte, konnte sie sich schließlich nicht entziehen. Solange der kleine Junge aus dem Haus war, war sie jedoch ohne Ruhe und kam nur in den Ferien zum Aufatmen.

Ende August bombardierte die deutsche Luftwaffe Stalingrad. Die Goebbelsschnauze bejubelte einen weiteren Sieg und die völlige Zerstörung der Stadt. Die 6. Armee stünde bereits vor den Toren, um sie einzunehmen.

»6. Armee«, sagte Helene. »Da ist Tullio. Mit der 6. Armee war er an der Westfront. Das war das Einzige, was ich nennen konnte, als ich in Berlin auf dem Heeresamt war. Oberstleutnant Feddersen meinte, es wundere ihn, dass meine Briefe überhaupt angekommen seien, so wenig, wie ich wisse.«

Susanne ging in die Bibliothek, in der sie seit ihrer Freundschaft mit Walther Ungemach nicht mehr gewesen war, und versuchte, etwas über Stalingrad zu lesen, doch es gab nichts.

»Das kommt daher, dass die Stadt früher Wolgograd hieß«, sagte der Bibliothekar, ein feingliedriger, alter Herr in Strickjacke und Fliege, der Walther Ungemach ein bisschen ähnlich sah. »Wir können nur froh sein, wenn wir nicht zu denen gehören, die demnächst in Hitlerburg oder Goebbelsstetten umbenannt werden.« Er machte eine Pause, suchte durch runde, beschlagene Brillengläser ihren Blick. »Ihr Sohn da? In Stalingrad?«

Susanne nickte.

»Ist sehr kalt da«, sagte der Bibliothekar. »Kann man nur hoffen, dass die Buben es hinter sich haben, ehe der Winter kommt.

Schicken Sie Socken und wollene Leibbinden. Und Schokolade. Gegen Heimweh.«

Mitte November marschierten die Truppen der 6. Armee in die Stadt Stalingrad ein. Die Goebbelsschnauze übertrug die ekstatische Siegesrede, die Hitler im Löwenbräukeller in München hielt. Danach schien die Ekstase auszudünnen wie eine Stimme, die sich in der Ferne verlor. Es sollte noch zehn Tage dauern, bis in den Schlangen vor leer gekauften Geschäften, an den Straßenbahnhaltestellen und an den Tischen der Kneipen und Restaurants Gemunkel aufkam, mit diesem Krieg, dieser Folge von glorreichen Siegen, könne etwas nicht in Ordnung sein.

Von Susanne ergriff das Gefühl Besitz, das sie ihr Leben lang gekannt hatte. Ein Sturm war im Begriff, auf sie niederzugehen, und dieser würde den dünnen Halm, der von ihrem Leben übrig war, umknicken. Als bekannt wurde, was geschehen war, ging durch das ganze Land ein Aufheulen, dem ein Schweigen des Entsetzens folgte. Die 6. Armee war von einer sowjetischen Offensive vollständig eingekesselt und von der Versorgung abgeschnitten worden. Und in Russland begann der Winter.

Radio und Zeitungen berichteten vom heldenhaften Einsatz der Luftwaffe, die die umzingelten Soldaten auf dem Flugweg versorgte. Helene winkte ab. »Ich habe mit einem Kollegen von Georg gesprochen, der das Glück hatte, sich einen Heimatschuss zu fangen. So, wie es dargestellt wird, wäre es nicht einmal durchführbar, wenn die Sowjets die Flugzeuge passieren lassen. Fünfhundert Tonnen wollen sie täglich einfliegen? Fünfzig Tonnen ist eher wahrscheinlich, sagt Georgs Kamerad.«

Die Soldaten im Kessel würden verhungern. Ihr Sohn, wenn er noch lebte, würde verhungern oder erfrieren. Dafür hatten zweihunderttausend deutsche Mütter ihre Kinder gepäppelt, gepflegt und warm gehalten, hatten sie durch den Ersten Weltkrieg, die Inflation

und die Wirtschaftskrise gebracht, indem sie selbst Hunger litten –
damit sie in der Fremde und Kälte der Wolgalandschaft jämmerlich
verreckten.

In der Nacht, sobald sie die Augen schloss, sah Susanne Bilder
von Tullio, der schutzlos im Schnee lag, der verwundet war und sich
vor Hunger krümmte. Sie öffnete die Augen wieder und blickte zu
Achille auf, in dessen Augen dasselbe Entsetzen stand.

Der Versuch, die eingekesselten Truppen zu befreien, den nach-
gerückte Einheiten im Dezember unternahmen, hieß Operation
Wintergewitter. Er wurde einen Tag vor Weihnachten abgebrochen.

Über die Feiertage und den Januar hindurch sendete die Goebbelsschnauze noch ab und an Reden, deren Formeln von heldenhaften Bemühungen und künftigen Siegen inzwischen jeder durch-
schaute: Die Schlacht an der Wolga ging verloren. In einem Kessel
vor Stalingrad verendete eine deutsche Armee.

Tullios Armee.

Am 3. Februar schließlich wurde das laufende Radioprogramm
unterbrochen, die Tanzmusik durch etwas Düster-Getragenes von
Bruckner oder Richard Strauss ersetzt. Anschließend verlas im Auftrag des Obersten Wehrmachtkommandos eine monotone Stimme
eine Sondermeldung: »Die 6. Armee unter der vorbildlichen Führung von General Paulus hat bis zum letzten Atemzug gekämpft, ist
aber einer bolschewistischen Übermacht und den ungünstigen Wit-
terungsverhältnissen erlegen. Die Geschichte wird diese heldenhafte
Armee zu einem Bollwerk erklären, zu einer Armee Europas, die
stellvertretend den Kampf gegen den Kommunismus ausgefochten
hat. In stolzer Trauer müssen wir heute bekannt geben, dass sämtliche Soldaten der 6. Armee für Führer, Volk und Vaterland den Tod
gefunden haben.«

Susanne wollte schreien, doch es kam nur ein winziger Laut. Die
Männer an dem Tisch, den sie bediente, hoben die Hände, weil sie

bezahlen wollten, und riefen: »Frau Susanna! Wird's heut' noch was?«, aber Susanne rührte sich nicht.

Quer durch den Raum lief Sybille zu ihr und wollte sie in die Arme nehmen, doch Susanne kam es vor, als brenne ihr die Haut und sie könne keine Berührung ertragen. Sie schob auch Helene weg, die hinter dem Tresen hervoreilte.

»Haben S' denn nicht gehört?«, rief die Apothekerwitwe, die zweimal in der Woche mit ihrer Schwester zum Mittagessen kam. »Frau Susanna und Herr Achille haben doch ihren Sohn da in Stalingrad. Ach Gott, der Tullio, was für eine Schande. So ein fescher, stattlicher Bursch und immer so freundlich.«

Susanne gab noch einen Laut von sich, der klang wie aus ihr herausgequetscht. Dann hörte sie eine Stimme ihren Namen flüstern, und Achille stand bei ihr. Sie packten einander an den Schultern und fielen zusammen auf die Knie.

»Nein«, sagte Susanne so leise, dass nur er sie hörte.

»Nein, nein, nein«, gab er genauso leise zurück.

Helene, Sybille und die Kellner gingen von Tisch zu Tisch, um die Gäste nach Hause zu schicken.

In Susannes Erinnerung fehlten viele Stunden. An die Fürsorge erinnerte sie sich, an die hektischen Versuche der anderen, ihnen Wein, Tee, Grappa oder sonst etwas einzuflößen. Überlebte man seinen eigenen Tod, wenn man nur fortwährend etwas schluckte? Susanne und Achille wollten nichts schlucken, sie wollten auch nicht überleben, und ihr eigener Tod war eine Lappalie gegen das, was ihnen geschehen war.

Sie gingen nach oben, sobald es dunkel wurde, um halb fünf oder fünf, es war ihnen egal. Hilfe wollten sie nicht. In ihrer Wohnung schalteten sie weder das Licht noch die Heizung an, zogen sich aus, ließen alles liegen und legten sich nackt auf die eisigen Laken auf ihrem Bett. Sie umschlangen einander, lauschten auf die Stille, und ihre Wohnung kam ihnen vor wie das Universum, das auf die Fragen von Menschen keine Antwort gab.

Seltsam, dass von all den Menschengeräuschen, die diese Wohnung gefüllt hatten, nichts mehr übrig war. Nichts vom Klappern des Bestecks am Frühstückstisch, nichts vom Knirschen der Dielen unter Schritten, nichts vom Trällern der Vogelpfeife, nichts vom Lachen, vom herzzerreißenden Weinen, vom Singen von Weihnachtsliedern, vom Wachs einer Kerze, das in Abständen auf das Holz der Tischplatte tropfte.

»Susanna?«

Sie nickte, ihr Kinn tippte auf seine Schulter.

»Wenn ich die Zeit zurückdrehen könnte und mich noch einmal entscheiden.« Er weinte jetzt, schwemmte die Worte mit den Tränen heraus. »Ich würde alles wieder ganz genauso machen und jeden Tag genauso haben wollen, wie er gewesen ist. Jeden einzelnen Tag. Wenn jetzt jemand käme und mir anbieten würde, ich bräuchte diese Qual nicht zu spüren, aber ich hätte dafür meinen Tullio nicht gehabt, dann würde ich ihm sagen, dass ich keinen Augenblick hergeben würde, den ich mit meinem Tullio hatte, und dass ich dafür jeden Preis zahle, jeden.«

Sie überlegte und hörte dann wieder auf, weil ihre Gedanken ein Minenfeld waren, in dem bei jedem Schritt Schmerz explodierte.

»Ich auch«, sagte sie.

»Ich habe dich vorhin fragen wollen, ob wir beide zusammen sterben können, ich wollte dir anbieten, uns etwas zu besorgen.«

»Geht das, Achille? Können wir sterben?«

»Nein, es geht nicht«, sagte er. »Wenn wir sterben, sind unsere Erinnerungen auch tot, dann ist alles, was von Tullio noch da ist, tot.«

Susanne begriff. Sie mussten es aushalten, weil sie die zerbrechlichen Gefäße waren, die bewahrten, was von Tullio übrig war. Sie würden kein Grab bekommen, keinen Leichnam, keine Asche, vermutlich nicht einmal die Hälfte der eisernen Marke, die Soldaten zur Kennung um den Hals trugen. Aber sie war die Frau, in der Tullio gewachsen war, und er war der Mann, dem er so vollkommen aus dem Gesicht geschnitten war, dass die Leute lachten. Sie waren die beiden, die ihn so sehr geliebt hatten und weiter liebten, und wenn ein Mensch noch immer so sehr geliebt wurde – wie konnte er dann ganz weg sein? Tullio hatte sie auch geliebt, er hatte sein *Babbo, Babbo, Babbo* mehr gesungen als gerufen, sobald er Schritte auf der Treppe gehört hatte. Musste von dieser Liebe nicht auch etwas übrig sein, musste sie nicht noch an ihnen sein, da sie sie doch zu den Menschen gemacht hatte, als die sie sich jetzt in den Armen hielten?

Das Glück ihrer gläsernen Tage war zersprungen. Ihre Pflicht blieb es jedoch, die Scherben zu hüten, zwei Wächter in einem Museum, die stumm zwischen unermesslichen Schätzen in verschlossenen Vitrinen wandelten.

Sie konnten nicht schlafen. Sie lagen beieinander, weinten, redeten, schwiegen, derweil die Minuten versickerten, und als sie sich am Morgen mit bleischweren Gliedern aus dem Bett schleppten, hatten sie die erste Nacht überlebt.

So ging es weiter. Wenn man eine Nacht hindurch wach blieb, konnte man in der zweiten schlafen, weil der Körper einfach einen Schalter ausknipste. Sie hielten sich fest, wann immer es möglich war, als wollte einer sich ständig vergewissern, dass ihm der andere erhalten blieb, dass er nicht schlappmachte, sondern seinen Teil des Gewichtes trug.

Unmengen von Menschen kamen, um ihnen zu kondolieren, und es war Sybilles Idee, eine Gedenkfeier für Tullio zu geben, hier, im Restaurant, wo er als Kind zwischen den Tischen herumgelaufen war und sein Lächeln verschenkt hatte. Mithilfe von Helene, Maria und Vevi, die dafür ihr Haus verließ, bereitete sie alles vor, und es wurde eine würdige Feier. Unzählige brachten zum Ausdruck, wie sehr sie Tullio gemocht, wie viel sie von ihm gehalten und was sie ihm für seine Zukunft gewünscht hatten.

Das alles war nun verloren, all das, was in Tullio angelegt war, würde nie zur Verwirklichung kommen. Die Feier war für Susanne und Achille schwer auszuhalten. Aber sie waren auch froh, dass ihr Sohn so viel Wertschätzung erfuhr, obwohl doch die ganze Stadt, das ganze Land, die ganze Welt ihre Söhne verlor.

Alle blieben lange. Im Ponte di Pietra klebte Leim an den Stühlen, da ging man nie früh nach Hause. Als sich die ersten Gäste dennoch anschickten, sich auf den Weg zu machen, und Helene die leer gegessenen Platten abräumte, weil nichts mehr da war, mit dem sie sie hätte nachfüllen können, schwang die Tür noch einmal auf, und ein letzter Gast kam herein.

Ludwig.

»Nein!«, schrie Sybille. »Du nicht!« Wie ein Raubtier schoss sie auf ihn zu.

Vevi sprang ebenfalls auf, rannte, um Felix einzufangen, und drückte ihn so fest an sich, dass der Achtjährige sich zappelnd zur Wehr setzte. Als hätte sie Angst, Ludwig sei gekommen, um ihr das Kind zu stehlen, das eine Kind, das zu klein war, als dass Hitler es hätte stehlen können.

»Es wird mir wohl gestattet sein, meinem Schwager und meiner Schwester zum Tod ihres Sohnes zu kondolieren«, sagte Ludwig, schob Sybille beiseite und sah sich nach Achille um. »Mein Bruder Achille«, rief er. »Su, meine arme, liebe Schwester. Glaubt mir, ich teile euren Schmerz, ich fühle von ganzem Herzen mit euch. Tullio war auch für mich mehr als nur ein Neffe, er war ...«

Susanne krallte die Finger in Achilles Oberarme. Sie wollte, dass Ludwig ging, dass er verschwand, dass er nicht die Hände auf das Letzte legte, was sie von Tullio besaßen.

»Nein, Ludwig«, schnitt ihm Achille das Wort ab, und seine Stimme, die all die Tage lang vom Weinen gezittert hatte, war fest und klar. »Du hast deine Entscheidung getroffen, und das bedeutet, dass ich dir in meiner Familie keinen Platz mehr einräumen kann.« »Und das sagst du mir?«, warf ihm Ludwig entgegen. »Nimmt dir der Schmerz den Verstand, hast du tatsächlich vergessen, was ich für dich getan habe?«

»Nein«, sagte Achille. »Es wird mir nie möglich sein, das zu vergessen. Aber genauso wenig kann ich anderes vergessen, was du getan hast, und am wenigsten kann ich vergessen, dass mein Sohn gestorben ist, obwohl er noch fünfzig oder sechzig Jahre hätte leben sollen. Den Mount Everest besteigen. Zum Mond fliegen. Oder mit seinem Sohn und dessen Mutter glücklich sein, wie ich mit ihm und seiner Mutter glücklich war. Du musst jetzt gehen, Ludwig, ehe wir Dinge sagen, die wir später noch bereuen. Und du kannst nicht wiederkommen.«

Ludwig spuckte auf den Boden. »Weißt du, was du am meisten bereuen wirst, Achille? Dass du es mit diesen Furien hältst und dafür mich verrätst, der immer zu dir gehalten hat.«

Achille senkte den Kopf und küsste Susanne so fest aufs Haar, dass sie es auf der Kopfhaut spürte. Dann ging er, nahm Ludwig beim Arm und zog ihn mit sich aus der Tür. Ehe irgendwer auf Vernunft dringen und Einhalt gebieten konnte, brach der Saal in Applaus aus.

Achille kam gleich darauf zurück und wandte sich in einer kurzen Ansprache an die Gäste. Er dankte ihnen für die Ehre, die sie seinem Sohn erwiesen hatten, entschuldigte sich für den Zwischenfall und bat sie, sich nun auf den Heimweg zu machen, damit sie alle sicher nach Hause kamen. »Haben Sie Dank, dass Sie unsere Freunde waren und immer noch sind. Passen Sie auf sich auf. Wenn Sie Kinder haben, werfen Sie heute noch einmal einen Blick auf sie, wie sie in ihren Betten schlafen, denn eines Tages wird ihnen selbst Gold gegen einen solchen Blick wertlos vorkommen. Wir sind ab morgen wieder wie üblich für Sie da, es gibt Tortellini in brodo, Bier und Barolo. Eine gute Nacht wünschen Ihnen Achille und Susanna Giraudo.«

Er stand an der Tür, bis der letzte Gast gegangen war, und verabschiedete jeden persönlich. Dann schob er die Riegel vor und wandte sein müdes Gesicht den Verbliebenen zu. Vevi und Max waren mit Felix gegangen, und das Personal hatte Susanne durch die Terrassentür nach Hause geschickt. Übrig waren Sybille, Maria, Helene und sie selbst.

»Das war sehr schön, Onkel Achille«, sagte Helene und klang auch müde. »Aber klug war es nicht. Solange ich meinen Vater kenne, hat er sich im Handumdrehen gerächt, sobald er der Meinung war, dass jemand ihm unrecht getan hat.«

»Soll er doch kommen!«, rief Achille. »Was kann er uns denn jetzt noch anhaben?«

»Das weiß ich nicht«, sagte Helene. »Aber das Problem ist, dass er es weiß. Wir müssen genau überlegen: Wo haben wir eine schwache Stelle, wer von uns könnte gefährdet sein?«

»Niemand, soweit mir bekannt ist«, antwortete Achille. »Holdine ist eine brave Soldatengattin, die dem Führer ein Kind nach dem anderen schenkt. Und Max und Vevi sind die beliebtesten Bürger von Regensburg – ein Kriegsversehrter und seine reizende Frau, die ein bisschen Bier verkaufen und ihr reizendes Kind aufziehen. Bleiben wir fünf. Haben wir uns etwas zuschulden kommen lassen, waren wir mit irgendetwas nicht vorsichtig genug?«

Susanne erschrak. »Glaubst du, er könnte von Bastian wissen?«

Helene schüttelte den Kopf. »Diese Sache mit Bastian hat mir Angst gemacht, deshalb hatte ich von Anfang an ein Auge darauf. Tatsächlich ist das Versteck aber ausgezeichnet, weil niemand darauf kommt, es könnte hinter der eingestürzten Kellerwand noch ein benutzbarer Raum liegen. Zudem entspricht das nicht seiner Art, sich zu rächen. Wenn Bastian entdeckt würde, würde er zweifellos hingerichtet und ihr beide mit ihm. Das ist nicht, was er will. Er will sein Opfer leiden sehen, so wie er glaubt, gelitten zu haben.«

»Ich weiß, du meinst es gut«, sagte Achille. »Aber glaubst du nicht, dass du übertreibst? Er hat sich mit dem Satan eingelassen, das gewiss, aber er hat uns nie Grund gegeben anzunehmen, dass er uns übel will.«

»Ach nein?«, rief Helene aufgebracht. »Wisst ihr, was euer Problem ist, wisst ihr, warum ihr zwei lieben, guten Menschen euch in einem Berg aus Trümmern wiederfindet und nicht wieder herauskommt? Weil ihr vertrauensseliger seid als zwei kleine Kinder! Euch braucht nur jemand zu erzählen, dass er es gut mit euch meint, und schon seid ihr überzeugt, ihr habt das Christkind persönlich vor euch.«

Hart lachte Achille auf. »Nichts für ungut, Elena *bella*, aber das ist die schlechteste Beschreibung von mir, die ich je gehört habe. Und deine Tante ist in der Tat der beste Mensch, den ich kenne – aber das macht sie nicht zu einer dummen Frau.«

Susanne trat auf Helene zu, ohne Achilles Hand loszulassen. Sie liebte diese junge Frau. Zu ihrem Erstaunen war sie noch immer in der Lage, Menschen zu lieben, und Helene tat ihr entsetzlich leid. Es war unerträglich für Tullio gewesen, die Wahrheit über seine Eltern herauszufinden – um wie viel härter musste es für Helene sein, ihren Vater zu durchschauen? »Dein Vater tut Dinge, die uns alle entsetzen, das bestreite ich nicht«, sagte sie. »Aber ein Teil seines Verhaltens ist der Ablehnung geschuldet, die er durch unseren Vater erfahren hat. Und ein weiterer Teil der Tatsache, dass er in der Ehe mit deiner Mutter leider nicht glücklich geworden ist.«

Sie bereute die Worte sofort. Man durfte so etwas nicht zu einer Tochter sagen, auch wenn sie sich noch so zäh und tapfer gab. Achille trat ebenfalls vor und streckte Helene seine Hand hin. Helene aber straffte den Rücken und warf den Kopf in den Nacken. »Das hätte ich mir denken können, dass meine Mutter am Ende mit der Schuld dasteht. Schließlich hat er der halben Welt eingeträufelt, dass diese arme, eingeschüchterte Frau, die nur dankbar war, dass ein Mann sich ihrer erbarmt hat, eine infame Hexe ist, die ihn zwingt, böse Dinge zu tun. Er hat es euch so geschickt eingeträufelt, dass ihr alle der Ansicht seid, ihr hättet persönlich miterlebt, wie meine Mutter meinen armen Vater und vermutlich auch uns Kinder tyrannisierte.«

»Sie hat …«, begann Achille und brach ab.

Susanne sah Mechthild im Kaufhaus Hammer vor sich. Sie hatte Geldsorgen gehabt, war gereizt, und ihre Töchter waren außer Rand und Band. Sie hatte Holdine einen Klaps geben wollen und hatte es nicht über sich gebracht.

»Ich will das, was du gesagt hast, nicht vom Tisch wischen«, begann Achille von Neuem. »Ich glaube aber, dass Kinder nicht allzu gut dafür geeignet sind, über ihre Eltern ein Urteil zu fällen. Sie sind durch zu viel Gefühl mit ihnen verbunden, verstehst du?«

»Vielleicht«, erwiderte Helene. »Aber das gilt nicht für mich. Wenn ich über euch beide ein Urteil fällen müsste, würde ich mich für befangen erklären, weil ich euch viel zu lieb dazu habe. Aber meinen Vater, den großen Manipulator, kenne ich wie mein Spiegelbild, glaube mir.«

»Und was bringt dich zu der Annahme?«, fragte Achille.

»Ich bin wie er«, sagte sie.

Susanne setzte zu Protest an, doch Helene schüttelte den Kopf. »Frag deine Schwester oder ihre Tochter«, sagte sie mit einem Blick in Sybilles Richtung. »Wie er bin ich rasend vor Eifersucht und muss kaputt schlagen, was andere mir voraushaben. Wie er erkenne ich, wo ich Menschen zu packen habe, wo ihre wunden Punkte liegen, an die ich nur zu rühren brauche, um sie dorthin zu treiben, wo ich sie haben will. Ich weiß, wie ich sie mir verpflichten kann und aus ihnen heraushole, was mir nützt. Ich könnte ihn sogar übertreffen, weil ich die besseren Trümpfe im Ärmel habe.«

»Helene!«, rief Susanne, doch ihre Nichte schüttelte wiederum den Kopf und sah Sybille an.

Die räusperte sich. »Ich glaube, dass du recht hast, was Ludwig betrifft«, sagte sie dann. »Auch wenn ich es jahrelang nicht glauben wollte. Dass Papa damals deine Hilfe nicht annehmen wollte, Suse – das ist nicht wahr. Ich habe Jahre gebraucht, um die Teile zusammenzusetzen, aber inzwischen weiß ich, dass er dein Angebot nie erhalten hat. Ludwig hat darin seine Chance gewittert, sich die Brauerei anzueignen. Das hat er immer gewollt, auch noch als das Geschäft am Ende war. Nichts anderes hat ihn befriedigt, es musste das sein, was Papa ihm nicht geben wollte.«

»Das kann nicht sein!«, rief Susanne. »Ludwig hat doch alles versucht, um Papa umzustimmen.«

»Ludwig hat dir erzählt, er habe alles versucht«, entgegnete Sybille traurig. »So wie er mir erzählt hat, er habe alles versucht, um Seppis Leben zu retten. Und so wie er euch beiden erzählt hat, den ganzen Zirkus mit diesem Cesare Ferrara habe er aufgeführt, um Achille seine Familie zurückzugeben. Er ist doch kein Dummkopf, und er war damals dabei. Wenn jemand gewusst hat, welchen Sumpf er da aufwühlt, dann er. Aber ihr wart eben glücklich, und er war es nicht, und das durfte nicht sein. Du und ich hatten Söhne, und er hatte keinen, also musste er dafür sorgen, dass keiner von uns mehr einen hat.«

»Onkel Max«, murmelte Helene kaum hörbar. »Onkel Max hat einen Sohn, und Onkel Max ist das Zentrum seiner Eifersucht.«

Sybille hatte sie offenbar nicht gehört. »Was dich betrifft, Helene, so bringe ich es noch nicht über mich, dir zu trauen«, sagte sie. »Aber du hast dich geändert, das entgeht mir nicht, und ich bewundere dich dafür.«

»Daran ist nichts zu bewundern«, sagte Helene. »Ich habe mich ändern können, weil ich euch hatte. Weil Tante Suse, Onkel Achille und Tullio mich einfach so, ohne Grund, geliebt haben. Ich wollte das wieder haben. Ich habe mich so danach gesehnt.«

Maria, die am Tisch gesessen und den Kopf in den Armen vergraben hatte, sodass Susanne annahm, sie schliefe, schob scharrend ihren Stuhl zurück und stand auf. Sie ging zu Helene und streckte ihr die Hand hin. Helene zögerte. Dann nahm sie die Hand, und die beiden Cousinen sahen einander an. Irgendwann lösten sich ihre Hände, und Maria kehrte auf ihren Platz zurück.

»Lasst uns alle in nächster Zeit mehr als sonst auf der Hut sein«, sagte Helene. »Und ich versuche herauszufinden, was mein Vater im Schilde führt. Um das Nest einer Schlange auszuheben, eignet niemand sich besser als eine andere Schlange.«

46

In ihrem Zimmer, kaum hatten sie Sybille und Maria Gute Nacht gewünscht und hinter sich die Tür geschlossen, stürzten Susanne und Achille einander in die Arme. Hatten sie sich sonst nur gegenseitig festgehalten, so begann er jetzt, sie zu küssen, wild und ausgehungert, als hätte er diese ganze verzweifelte Zeit hindurch darauf warten müssen. Er hatte sie nie so geküsst, nicht einmal in den Nächten, in denen sie ihre Kinder gezeugt hatten. Seine Lippen schlossen sich um ihre, und seine Zunge fuhr ihr über Zähne, Zunge, Gaumen und bekam nicht genug.

Kurz holte er Atem, dann küsste er sie wieder und wieder und wieder. Im Küssen streifte er ihr die schwarze Wolljacke von den Schultern, die sie trug, weil sie ständig fror. Er öffnete die Knöpfe ihrer schwarzen Bluse, schob allen Stoff beiseite und legte die Hände um ihre Brüste. Seine Lippen lösten sich von ihren und flüsterten ihren Namen.

Völlig unvermittelt hätte sie weinen wollen, weil sie sich so sehr wünschte, er hatte ihre Brüste auf solche Weise gehalten, als sie prall und fest gewesen waren und sie auf diesen Teil von sich ein bisschen stolz gewesen war. Er aber hielt sie staunend, als wären sie noch immer makellos wie zwei frische Äpfel, als hätte das Leben an ihnen keine Spuren hinterlassen.

Oder als wären es diese Spuren, die er liebte.

»Susanna.« Er bedeckte ihr Gesicht mit Küssen, ohne ihre Brüste loszulassen, und schob sie zum Bett. Ihre Hände verselbstständigten sich, streiften ihm die Hosenträger herunter und zerrten ihm die Hose von den Hüften. Wie jetzt immer hatten sie kein Licht gemacht, und auf der Straße brannte keine Laterne, doch seine Haut schimmerte weiß im Dunkel. »Mia Susanna, *mia carina, unico amore mio.*«

Er war abgemagert, sein Körper war kantig und hatte seine Grazie verloren. Sie warf alle übrigen Kleider aus dem Bett und krallte sich in die Sehnen seiner Schultern. Er küsste ihren Mund, ihren Hals, ihre Brüste, streichelte sie mit den Händen und mit seinen Blicken. Aus der Tiefe seiner Kehle befreite sich ein Seufzen, als er in sie eindrang, und sie spürte ihn ganz und gar wie in keiner Nacht, an die sie sich erinnern konnte. Es tat weh, weil ihre Körper ausgetrocknet waren, doch der Schmerz war Teil der Lust, und während sie sich mit aller Wucht und Leidenschaft liebten, verebbte er und ließ nur noch die Lust übrig.

Hinterher blieb er noch lange halb auf und halb in ihr liegen und träumte mit halb geschlossenen Augen. Dann schaltete er auf dem Nachttisch die kleine Lampe ein, legte sich auf die Seite und nahm ihr Bild, jede Linie ihres Körpers in sich auf.

»Warum, Achille?«, fragte sie irgendwann, als sie aus Rausch und Traum erwachte und die Kälte im Raum wieder spürte. »Du hast mich doch nie begehrt.«

»*Mannaggia*, Susanna.« Er stöhnte und drehte sich weg, presste sein Gesicht ins Kissen. »Ich dich nicht begehrt?« Er hob wieder den Kopf, und sein Blick flackerte. »*O mio bel Dio,* ich habe mich in all den Jahren nach dir krank gesehnt. Tag für Tag habe ich dich gesehen, wie du die Gäste bedientest, wie du dich niederbeugtest, um eine Rechnung zu schreiben, ich habe deinen Duft wahrgenommen, wenn du an mir vorbeigingst, und hatte das Klack-Klack von deinen geraden, festen Schritten in den Ohren. Du warst so schön auf deinen starken Beinen, du warst die Mutter meines Kindes, und alle Männer waren überzeugt, du wärst mein. Aber das warst du nicht. Nacht für Nacht habe ich dich in den Armen gehalten, du warst mir nah und doch unerreichbar weit weg.«

Als sie sah, dass er weinte, weinte sie mit ihm. Sie krochen unter die Decken und hielten sich in den Armen.

»Ich kann das nicht fassen«, sagte sie und streichelte seine nassen Wangen. »Ich wollte dich immer, und ich dachte, das wüsstest du, so wie ich wusste, dass du Emilia wolltest. Ich habe nie zu hoffen gewagt, ich könnte dich eines Tages dazu bringen, mich zu wollen.«

Er zog sie noch näher, küsste ihren Mund und ihre Augen. »Ich will dich, Susanna. Ich liebe dich.«

»Ich weiß nicht, wie oft ich dir das habe sagen wollen. Als du in den Krieg gegangen bist, als du wiedergekommen bist, als du mit Tullio auf den Schultern um den Weihnachtsbaum galoppiert bist, als ihr zwei wie Kinder in diesem blauen Auto davongeflitzt seid. Ich habe mich nie getraut, ich dachte, es macht alles kaputt.«

Er küsste ihr die Worte aus dem Mund. »Das mit Emilia, das ist so lange her, dass ich manchmal nicht mehr weiß, welche Farbe ihr Haar hatte oder warum ich so verrückt nach ihrer Art, den Kopf zu halten, war«, sagte er. »Als ich aus dem Gefängnis kam und dich in deinem zerknautschten Mantel auf der Straße stehen sah, begriff ich, dass das alles vorbei war.«

»Vorbei, Achille?«

Er nickte. »Wäre Battista nicht gestorben, wäre es im Sande verlaufen, wie die meisten ersten Lieben es tun. So aber musste meine verdammte Liebe zu Emilia unsterblich sein, weil ein Mensch dafür gestorben war.«

Ihre Hand, die seine Schulter gestreichelt hatte, erstarrte auf seiner Haut.

»Ich habe mir wieder und wieder gesagt, dass ich dich nicht haben darf«, fuhr er fort. »Ich habe mir gesagt, dass das, was zwischen uns steht, immer zu groß sein wird, um es zu überwinden. Aber das hat mich nicht gehindert, mich nach dir zu sehnen. Jeden Tag, Susanna. Und jede Nacht noch mehr.«

Sie rückte von ihm ab, sodass sie ihm in die Augen sehen konnte. »Achille, was ist es, das zwischen uns steht? Warum hast du geglaubt, du dürftest mich nicht haben?«

»Weil das nicht geht, *perzechèlla*. Weil du dir nicht wünschen darfst, dass ein Mörder dich in den Armen hält. Du wolltest ein Kind von mir, und alles in mir wollte schreien: Wie kannst du denn ein Kind von einem Mörder wollen? Du, *mia bella Susanna*, die wundervollste Frau auf der Welt.«

Ihre Finger gruben sich in den Muskel seiner Schulter. »Deshalb hast du mich glauben machen, du wolltest mit mir kein Kind?«

»Deshalb, ja.« Er gab ein Geräusch zwischen Lachen, Weinen und Stöhnen von sich. »Und dabei wollte ich es so sehr. Ich konnte nicht fassen, dass du mich nimmst, dass es dir egal ist, einen Mörder zum Mann zu bekommen, und ich habe mir geschworen, ich würde dich nicht anrühren. Ich war nur nie sonderlich gut darin, meine Schwüre zu halten.«

»Achille«, sagte sie und zwang ihn, sie wieder anzusehen. »Es war mir *nicht* egal, ob ich einen Mörder zum Mann bekomme. Einen Mörder hätte ich nicht genommen. Und ich hätte mir von einem Mörder auch kein Kind gewünscht.«

Er öffnete den Mund. Im Licht der Nachttischlampe sah sie, wie seine Lippen zitterten und wie sich trotz der Kälte über der Oberlippe Schweißperlen bildeten. Seine Augen, die ihr einst grappafarben erschienen waren, während sie jetzt all solche Vergleiche lächerlich fand, blickten sie unentwegt an. »Aber ich …«, war schließlich alles, was er herausbrachte.

»Du bist mein Mann«, sagte Susanne. »Du bist Tullios Vater. Du bist kein Mörder.«

»Nein«, schrie er auf, hielt kurz still, streckte dann die Hände nach ihr aus und ließ sie wieder sinken. »Aber für dich bin ich einer«, sagte er. »Für deine Familie. Für alle. Sie haben es mich selten spüren lassen, vielleicht hat manch einer sich gedacht: Wenn er den Kerl umgelegt hat, wird er dazu schon seinen Grund gehabt haben.«

»Ich nicht.«

»Nein. Du nicht. Aber geheiratet hast du mich trotzdem. Anfangs dachte ich, ich könnte es nicht ertragen, als Mörder herumzulaufen. Es war, als hätte ich die Jauche, mit der sie mich im Gefängnis überschüttet haben, noch immer an mir und kein Recht, sie mir abzuwaschen. Aber die Zeit ist vergangen, und ich habe mich daran gewöhnt. Es ist merkwürdig, woran sich Menschen gewöhnen. Und dann war da das Glück. Leben mit dir und Tullio. Jeder neue Tag war auf einmal so viel wichtiger als die, die hinter mir lagen.«

»Ich habe ›ich nicht‹ gesagt, weil ich es nicht geglaubt habe«, sagte Susanne. »Ich war wütend, weil du mich benutzt und die verfluchte Emilia geliebt hast, weil ihr beide mit euren selbstsüchtigen Spielen all das angerichtet hattet. Aber dass du den Mord nicht begangen hast, habe ich immer gewusst.«

»Aber wie denn?«, brach es aus ihm heraus. »Du musstest doch glauben wie alle ...«

»Nein«, sagte sie, öffnete die Arme und zog ihn an sich. Seine Haut war ausgekühlt und dennoch schweißbedeckt. Sie wiegte ihn und strich ihm den bebenden Rücken.

»Hast du nie gezweifelt?«

»Natürlich nicht.«

»Warum nicht?«

»Achille, ich mag dich damals nicht gut genug gekannt haben, um sicher zu sein, dass du zum Mord an deinem Bruder nicht fähig warst. Aber ich war immer sicher, dass du zum Mord an deinem Hund nicht fähig warst. Als das erste Mal erwähnt wurde, dass der Hund in den Hals gestochen worden war, habe ich gedacht: Gott sei

Dank, Achille kann es nicht gewesen sein, und ich habe seither nie etwas anderes gedacht.«

»Ach, Susanna. Ach, *perzechèlla*.«

»Ich sage es dir so, wie es gewesen ist.«

»Ich weiß. Das tust du immer. Ist es schlimm, ist es völlig verrückt, wenn ich darüber lachen muss?«

Er lachte längst, und sie lachte irgendwann mit.

»Die Jahre waren nicht verschwendet«, sagte er, als sie sich ein wenig beruhigt hatten. »Es waren unsere Jahre, unser Leben, ich gebe keines von ihnen her.«

»Ich auch nicht.«

»Aber lieben«, er zog ihr Gesicht an seines und sprach dicht an ihrem Ohr, »lieben will ich dich jetzt jede Nacht, ohne ein Hemmnis zwischen uns und für alle Zeit, die uns bleibt.«

47

Vor Beginn des Krieges hatten die Juden, die in der Stadt verblieben waren, alle Wertgegenstände, Gold und Schmuck in der Pfandleihanstalt abliefern müssen. Sie standen ohne Geld da, ohne Schutz, ohne die Möglichkeit zur Flucht, waren eingepfercht in sogenannten Judenhäusern und somit leicht aufzuspüren, zusammenzutreiben und auf Viehlastern und in Zügen abzutransportieren. Diese Transporte schafften sie in Lager im Osten, Genaueres wusste niemand, doch von dort kehrte keiner zurück.

Schon Ende 1942 hatte Fritz Wächtler Regensburg für judenfrei erklärt, doch der Gedanke machte ihn rasend, es könnten sich noch immer welche in der Stadt versteckt halten. Besonders wenn er getrunken hatte, witterte er überall Juden.

Else Vogelhubers Mann war spät eingezogen worden, und mit seinem Tod an der Front verlor sie den Schutz, den ihr die Mischehe garantierte. Als sie den Bescheid erhielt, sie habe sich in der Sammelstelle zum Transport zu melden, versteckte ihre Nachbarin sie auf ihrem Hängeboden. Die beiden flogen auf, und Else verschwand mit dem nächsten Transport aus der Stadt. Die Nachbarin, eine Frau in Susannes Alter, wurde kahl geschoren und mit einem Schild um den Hals, auf dem das Wort *Judenfreundin* geschmiert stand, unter Schlägen und Pfui-Rufen durch die Straßen der Innenstadt getrieben.

An den Straßenrändern drängten sich die Leute. Susanne hingegen bat ihre Gäste nach drinnen und gab bekannt, die Terrasse bleibe heute geschlossen. Helene packte sie am Arm. Sie war bereits seit

Tagen von einer Unruhe geplagt, die niemandem entging. Jetzt wirkte sie regelrecht panisch. »Können wir irgendwo reden, Tante Suse? Allein?«

Susanne nickte und ging mit ihr bis zum Hinterausgang des Hofs. Solange Gäste da waren, mussten sie alle erdenkliche Vorsicht walten lassen. Auch Else Vogelhubers Nachbarin hatte vermutlich dem Falschen vertraut.

Helene zündete sich eine Zigarette an. »Sie werden sie hängen«, sagte sie. »Auf dem Moltkeplatz, an die Querstange zwischen den Fahnen. Wer einen Juden versteckt, bekommt nicht einmal mehr einen Prozess.«

»Ich wünschte, du müsstest nicht deine Jugend mit so viel Abscheulichkeit zubringen«, sagte Susanne. »Ich frage mich, wie eure Generation je wieder Glauben an die Menschheit erlangen soll.«

»Ich habe Angst«, platzte Helene heraus. »Ich bin nicht sicher, was mein Vater plant, aber ich weiß, dass er kurz davor ist zuzuschlagen. Und dass er Onkel Max und Tante Vevi im Visier hat. Onkel Max hat er immer gehasst.«

»Nur aus Eifersucht, Helene? Geht Neid wirklich so weit?«

Helene zuckte die Schultern. »Ich glaube, dass sich dieses Gefühl, zu kurz gekommen zu sein und von niemandem geliebt zu werden, in meinem Vater allmählich gesteigert hat, bis er irgendwann die Kontrolle darüber verlor. Anfangs hatte er es noch im Griff: Onkel Max hat einmal erzählt, er habe ihn zögern sehen, als euer kleiner Bruder ins Eis gebrochen war. Dann aber hat er sich besonnen und ihn an den Armen gepackt, um ihn herauszuziehen. Heute besinnt er sich nicht mehr. Er würde nicht einmal zögern, sondern seinen Bruder ins eisige Wasser stoßen.«

»Ich kann das nicht glauben«, beharrte Susanne. »Weshalb bist du dir so sicher?«

»Weil es mir selbst nicht anders erging«, sagte Helene. »Ich war an einem Punkt, an dem ich nur noch zerstören wollte, was ich nicht haben konnte. Dann aber hatte ich euch. Das hat alles geändert.«

»Dein Vater hatte uns auch.«

»Nicht so, wie er Menschen haben will«, wandte Helene ein. »Nicht ganz, nicht ausschließlich, nicht als der Geliebteste von allen. Tante Suse, ich habe dir das nur erzählt, damit du begreifst, dass mein Vater vor nichts zurückschreckt. Dass Onkel Achille ihn aus dem Haus gewiesen hat, war der Tropfen, der das Fass zum Überlaufen gebracht hat. Wir dürfen keine Zeit verlieren. Du musst Onkel Max, Tante Vevi und Felix hierherbekommen, ohne dass es auffällt, und herausfinden, was mein Vater ihnen anhaben kann. Onkel Max mit seinen Krücken kann nicht einmal flüchten, wenn die Gestapo vor der Tür steht. Er wäre ihnen ausgeliefert.«

Susanne fragte sich, was ihr Bruder und seine Familie in ihrem stillen Leben zu verbergen haben sollten, doch sie hörte an Helenes Ton, dass diese recht hatte. Sie war eine zähe, mit allen Wassern gewaschene Frau, die nichts so leicht aus der Ruhe brachte. Wenn ihr die Stimme zitterte, war Gefahr im Verzug, und jeder Augenblick zählte.

Sie sprach mit Achille, der schon nach wenigen Worten verstand. »Mir hat Vevi mit ihrer Überangst seit Langem Sorgen gemacht.«

»Ich hole sie her. Alle drei. Ich setze Vevi die Pistole auf die Brust und verlange, dass sie mir sagt, was los ist.«

Achille schüttelte den Kopf. »Wenn es so ernst ist, wie wir befürchten, sollten die drei hier nicht mehr gesehen werden, Susanna. Geh zu ihnen wie sonst auch, nimm ein Geschenk für Felix mit, aber sprich mit ihnen nicht in ihrem Haus. Vevi hat sich in letzter Zeit betragen, als hätten ihre Wände Ohren, und wer weiß, vielleicht haben sie welche. Geht spazieren, ganz gelassen, stellt euch irgendwo an und kauft etwas ein, redet nur, wenn ihr niemanden in Hörweite wisst.«

Achilles Plan klang gut. Nur ging er nicht auf. Sobald Susanne das Haus in der Andreasstraße betreten hatte, sobald sie: »Vevi, wir müssen reden«, zu ihrer Schwägerin gesagt hatte, brach diese in Tränen aus und hätte keinesfalls wie eine arglose Bürgerin einen Einkaufsbummel durch leere Geschäfte unternehmen können.

»Wir hätten schon früher mit euch reden müssen, Suse«, sagte Max. »Wir haben es nur nicht gewagt. Als es anfing, waren wir der Meinung, wir hätten für alles gesorgt, aber das ist, als glaube man sich in der Hölle sicher, weil man überall Brandsalbe ausgelegt hat.« Er wandte sich seinem Sohn zu, der am Teetisch über Hausaufgaben saß. »Geh mit deiner Mutter in die Küche und hilf ihr beim Kochen«, sagte er. »Das machst du doch gern.«

Vevi kochte selbst, seit sie auch das Hausmädchen entlassen hatten. Tullio in Felix' Alter hätte keine Ruhe gegeben, ehe seine Mutter aufhörte zu weinen und ihm sagte, was sie traurig machte. Felix hingegen schien daran gewöhnt und ging mit Vevi davon.

»Du musst mir helfen«, sagte Max und erhob sich mühsam aus dem Sessel. »Ich komme in letzter Zeit mit der Krücke nicht mehr gut zurecht. Ein schöner Familienvater bin ich, was? Wie kann denn einer wie ich sich einbilden, er sei in der Lage, einen kleinen Buben zu schützen?«

Susanne stützte ihn unter der Achsel, und sie gingen hinüber in die Brauerei, hinunter in den Keller mit den Maischekesseln, deren dunkelfeuchten Geruch Ludwig so gehasst hatte. Der Raum war menschenleer. »Ich habe nur noch einen Brauer hier, und der ist krank«, sagte Max.

Er setzte sich auf einen Schemel und begann sofort zu sprechen. Die Worte mussten seit Jahren hinter seinen Lippen gewartet und einen solchen Druck verursacht haben, dass Susanne sich fragte, wie ein Mensch dem standhielt.

»Felix ist nicht unser Sohn«, sagte Max. »Oder doch, natürlich, er ist so sehr unser Sohn, wie es ein Kind nur sein könnte. Aber Vevi hat ihn nicht geboren. Er ist Goldas Kind.«

Vor Susannes geistigem Auge jagten Bilder einander. Golda und Hubert Obermüller am Tag des Judenboykotts. Vevi, die ihr erzählte, dass sie in ihrem Alter noch schwanger geworden war. Das Fest zu Felix' Geburt, das Ludwig mit der Kodak festgehalten hatte und das über der Anrichte in ihrem Wohnzimmer hing. Ihr letztes glückliches Weihnachten.

»Obermüller hat sie verlassen, als die Rassengesetze verabschiedet wurden«, erzählte Max weiter. »Er ist ein netter Kerl. Aber er taugt nicht zum Helden. Golda war schwanger, und sie war verzweifelt. Sie wollte uns nicht gefährden, und vor allem wollte sie, dass ihr Kind in Sicherheit aufwachsen konnte. So entstand der Plan: Sie würde mithilfe eines Mannes, der sich dafür bezahlen ließ, illegal die tschechische Grenze überqueren und sich ein neues Leben aufbauen, während wir Felix als unser Kind ausgeben würden. Wenn es möglich war, würde sie ihn irgendwann nachholen, oder sie würde zurückkommen, sobald der Nazi-Wahn ein Ende gefunden hätte. Damals glaubten wir das noch – dass das alles vorbeigeht und wir heil herauskommen.«

Von den Dämpfen der Maische musste Susanne husten. »Felix war riesig für ein Neugeborenes«, sagte sie. »Damals ist mir das kaum aufgefallen, ich habe mich nur für euch gefreut.«

Max nickte. »Er war sechs Wochen alt. Wir hatten alles bis ins Kleinste vorbereitet. Ich war anfangs dagegen, mir kam der Plan allzu halsbrecherisch vor. Als ich jedoch sah, wie glücklich Vevi war, habe ich mitgespielt. Und sobald Felix auf der Welt war, war ich auch glücklich und schaffte es eine ganze Zeit lang, die Angst zu verdrängen. Es ist erstaunlich, wie weit Glück den Verstand auszuschalten vermag.«

Susanne nickte. Sie kannte das Gefühl nur zu gut.

»Wir hatten vereinbart, mit Golda über eine Deckadresse Kontakt zu halten, doch das kam nie zustande«, erzählte Max weiter. »Sie schrieb nicht, und wir waren zufrieden damit. Sorgen begannen wir uns erst zu machen, als Hitler in die Tschechoslowakei einmarschierte. Wir versuchten herauszufinden, wo sich Golda aufhielt, aber es war nichts zu machen. Wie wir später in Erfahrung brachten, hat sie die Grenze nie überquert, sondern ist betrogen worden und noch in Deutschland gestorben. Damit hatte sich die Hoffnung zerschlagen, ebenfalls über die Grenze zu fliehen, falls uns kein anderer Weg blieb. Allmählich schlich sich die Angst ein. In der Schule wurden Felix merkwürdige Fragen gestellt, und Vevi begann, überall Gespenster zu sehen.«

»Die Gespenster sind real, Max.«

»Ich weiß. Seit Wochen stehen hier ständig Leute vor der Tür, die angeblich routinemäßig Papiere kontrollieren, und einer seiner Lehrer hat Felix erzählt, es gebe jetzt eine Blutuntersuchung, mit der man feststellen könne, welcher Rasse ein Mensch angehört und wer sein Vater ist. Vevi und ich haben versucht, einen Weg zur Flucht aufzutun, aber leider sind wir alles andere als klug vorgegangen und mit der Zeit auch immer panischer geworden.«

Damit habt ihr euch noch verdächtiger gemacht, dachte Susanne.

Max sah sie an. »Ich weiß nicht mehr weiter, Suse. Ich habe seit einiger Zeit Zyankali im Haus und war entschlossen, unserem Leben ein Ende zu setzen, wenn ich meine Familie vor den Nazis nicht schützen kann. Aber ich bringe es nicht über mich, diesen wunderbaren kleinen Jungen zu töten, der jedes Recht auf sein Leben hat. Vevi und ich haben gelebt, waren glücklich und sind in der Lage, unsere Entscheidung selbst zu treffen. Aber Felix?«

Er stemmte sich in die Höhe und stand schwankend auf einem Bein vor ihr. »Bitte helft unserem Buben, Suse. Ich weiß, ich dürfte so etwas nicht von euch verlangen – aber rettet Felix' Leben.«

»Wir helfen euch«, sagte Susanne. Sie hatte einen Entschluss gefällt und war sicher, dass Achille denselben fällen würde. »Und wir retten auch dich und Vevi. Es wird weder einfach noch angenehm, aber wir sind es uns schuldig, es zu versuchen. Wir müssen schnell sein, Max, und vor allem müsst ihr aufhören, euch in irgendeiner Weise verdächtig zu betragen. Ich lasse euch wissen, wann wir euch holen kommen. Wenn irgend machbar, schon heute Nacht, aber vielleicht brauchen wir länger, um uns vorzubereiten.«

»Was habt ihr vor?«

»Frag nicht. Es ist besser, wenn ihr so wenig wie möglich wisst. Verhaltet euch um Himmels willen ruhig. Geht einkaufen, holt Felix von der Schule ab, tut, was Eltern tun, die auf der Welt keinen Grund haben, sich zu fürchten.«

»Gibt es die noch?«, fragte Max. »In dem, was Hitler und Mussolini aus Europa gemacht haben?«

Die, die es sich ausgedacht haben, überlegte Susanne, *die, die alles zerschlagen wollten, vielleicht war es ja das, was sie erreichen wollten: dass nur die übrig bleiben, die keine Angst kennen, weil sie niemanden lieben.*

»Suse, verzeih mir.« Max ließ sich zurück auf seinen Schemel sinken. »Ich sollte nicht von Hitler reden, sondern von dir. Davon, dass ihr ein solches Risiko auf euch nehmt. Dass ihr uns helft. Ich habe mich so lange gefühlt, als würden Vevi, Felix und ich auf einer Planke im Ozean treiben, und alle Schiffe fahren vorbei, ohne sich um uns zu scheren. Aber so ist es ja gar nicht.«

»Nein, so ist es nicht.«

»Ich kann wieder atmen. Ich verspüre eine solche Erleichterung, dass ich mich schon gerettet fühle, ganz gleich, ob euer Plan aufgeht oder nicht. Dass wir noch Menschen, noch eine Familie sind, dass uns das diese Unmenschen nicht nehmen können, gibt mir Kraft.«

»Die wirst du brauchen«, sagte Susanne trocken. »Mir ist nämlich nicht gleich, ob unser Plan aufgeht oder nicht. Ich habe an die

Unmenschen schon zu viel verloren und bin entschlossen, das, was von meiner Familie übrig ist, zu erhalten. Diese Familie hatte drei Söhne und hat jetzt nur noch einen. Wer uns diesen letzten Sohn nehmen will, der muss es über meine Leiche tun.«

48

Achille stimmte ihr in allem zu, und nach Einbruch der Dunkelheit taten sie ihr Bestes, um den Keller für drei weitere Menschen bewohnbar zu machen. Für ein Kind vor allem. »Lang wird das nicht gehen«, sagte Bastian, der seit bald drei Jahren dort unten hockte und – falls er überlebte – für sein Leben gezeichnet sein würde. »So a Bua kann doch nicht tagelang still sitzen und die Gosch halten.«

»Hast du Sorge, Felix könnte euch alle verraten?«, fragte Achille. »Er ist ein sehr vernünftiges Kind, und wir werden ihm sämtliche Abenteuerbücher bringen, die wir auftreiben können.«

»I hab vor nichts und niemand koa Angst«, erwiderte Bastian. »Alles ist besser, als noch länger ohne a Menschenseel hier unten hocken.«

»Es wird zu Ende gehen«, sagte Achille, als sie wieder oben waren und den Eisschrank über die Luke schoben. »Der Krieg geht verloren, Susanna, allzu lange kann es nicht mehr dauern. Wenn wir noch ein bisschen Atem haben, bringen wir die Übrigen durch.«

»Solange du Atem hast, habe ich ihn auch«, sagte Susanne und schmiegte sich flüchtig in seinen Arm. Dann kehrten sie an ihre Arbeit zurück und kümmerten sich um ihre Gäste. Erst als der letzte gegangen war, machten sie sich auf den Weg, um Max und seine Familie zu holen. Sie nahmen nicht das Auto, für das es ohnehin kein Benzin mehr gab, sondern gingen Hand in Hand über die Steinerne Brücke, deren Laternen der britischen Bomber wegen erloschen blieben. Drüben streiften sie lange durch schmale, lichtlose Gassen, ehe sie sich in die Andreasstraße wagten.

Sie waren noch nicht um die Ecke gebogen, als Susanne sich die Hand auf den Mund presste.

»*Mannaggia al demonio*«, entfuhr es Achille. »Verdammte Scheiße, wir kommen zu spät.«

»Himmelherrgott, sei still.«

Sie zog ihn hinter die Häuserecke zurück und lehnte die Wange an die Wand, um mit äußerster Vorsicht in die Gasse zu spähen.

Von der anderen Seite her rollte eine schwarze, lang gestreckte Limousine sehr langsam in die Straße. Die Hoffnung, sie könnte vor einem der anderen Häuser halten, war Selbstbetrug und zerschlug sich in der Spanne eines Atemzugs. Der Wagen hielt vor dem Haus mit der kurzen Treppe, in dem Susanne aufgewachsen war.

Maxls Haus. Vevis Haus. Das Zuhause des kleinen Felix.

Ihr Herz begann zu jagen.

Die Tür auf der Fahrerseite wurde aufgestoßen. Deutlich erkennbar war, dass der Mann, der ausstieg, sich allein darin befunden hatte.

Ludwig. Er trug einen Hut, den er tief in die Stirn zog, und einen schwarzen Mantel aus Leder.

»Das ist seltsam«, flüsterte Susanne. »Helene sagt, sie kommen immer mindestens zu zweit.«

»Die anderen folgen bestimmt auf dem Fuß«, flüsterte Achille zurück. »Aber die Entlarvung, den Todesschrecken wird Ludwig allein genießen wollen.«

Susanne war sich nicht sicher, was für eine Position ihr Bruder bei der Gestapo innehatte. Sie hatte angenommen, er sei lediglich als V-Mann angeworben worden, denn er hatte mit Polizeiarbeit ja keine Erfahrung, sondern verkaufte weiterhin Bier. Wenn er aber nur ein Spitzel war – durfte er dann Verhaftungen vornehmen? War er bewaffnet? Trotz allem, was sie inzwischen über ihn wusste, konnte sie sich Ludwig nicht mit einer Schusswaffe vorstellen.

Er stand jetzt am Fuß der Treppe und betastete die Flanke unter dem Mantel, zweifellos um den Sitz eines Holsters zu prüfen. War er wirklich bereit, auf seinen eigenen Bruder zu schießen, auf Max, der ihn vor der Rotte von Mitschülern beschützt hatte, die ihn verprügeln wollten? Auf einen Kriegsversehrten, der ohne seine Frau nicht gehen konnte, auf den Mann, dessen Trauzeuge er gewesen war? Er stellte einen Fuß auf die erste Stufe und rückte das Holster mit der Waffe zurecht.

»Susanna«, flüsterte Achille. »Wenn ich gleich loslaufe, bleib du hier stehen, hörst du? Ich muss ihn erschießen, es gibt keinen anderen Weg. Wenn wir ihn am Leben lassen und die drei herausholen, verrät er uns, und sie hetzen uns alle zu Tode. Verstehst du, dass es nicht anders geht, meine Liebste?«

Susanne begriff, dass sie sich zwischen ihren Brüdern entscheiden musste. Und sie begriff auch, dass sie das schon viele Male hatte tun müssen, wenn auch nie in einer Frage um Leben und Tod.

Wer soll dich von der Schule abholen, ich oder Max?

Für wen ist das Bild, das du malst, für Max oder mich?

Wenn du einmal heiratest – soll ich dein Trauzeuge sein, oder nimmst du Max?

Sie hatte sich in jedem dieser banalen Momente eines Kinderalltags für Max entschieden. Sie war Ludwigs Lieblingsschwester gewesen, er hatte es ihr mehr als ein Mal gesagt, aber sie hatte es ihm nicht vergolten, sondern war mit fliegenden Fahnen zu Max gelaufen. Vielleicht trug sie deshalb eine Mitschuld an dem, was aus Ludwig geworden war.

Aber warum?

Sie war nur ein Kind gewesen, das seine Geschwister liebte

und diese Liebe mit keiner Messlatte maß. War aus ihr ein Monster geworden, stand sie mit einer Schusswaffe vor der Tür ihres Bruders, weil die halbe Welt Sybille mehr liebte als sie?

Ich bin nicht schuld, sagte sie sich stumm, und Achille ist nicht schuld, ihm darf eine solche Last nicht aufgebürdet werden! Achille war ein guter Offizier, ein guter Alpino, aber das Beste an ihm ist, dass er das Töten verabscheut. Und er liebt Ludwig. Er sieht in ihm noch immer den Mann, der ihn als seinen Bruder annahm, als seine eigene Familie Verrat an ihm beging. Helene hat neulich gesagt: Onkel Achille ist der einzige Mensch, der meinen Vater noch liebt.

Aber Achille hatte recht: Es gab keinen anderen Weg. Sie selbst hätte es ihm abnehmen können, doch sie konnte nicht mit einer Schusswaffe umgehen, und Achille hätte es ihr nicht erlaubt. Wenn sie Ludwig am Leben ließen, war Max' Familie verloren. Er hatte die oberste Stufe erreicht, langte ein drittes Mal unter den Mantel und zog etwas heraus, das im verhangenen Mondlicht glänzte.

Seine Waffe.

Die, die Achille aus seiner Hosentasche zog, glänzte nicht. Es war seine uralte Dienstpistole, womöglich eingerostet oder mit verklemmtem Hahn. Aber Achille war kein Mann, der etwas so Entscheidendes dem Zufall überlassen hätte. Wenn er die Waffe mitgebracht hatte, dann hatte er zuvor überprüft, ob sich damit töten ließ.

Ludwig drückte auf den Klingelknopf.

Achilles Körper spannte sich, sprungbereit wie ein Tier auf der Jagd, die Pistole entsichert in der Hand.

Hinter der Tür blieb alles reglos. Vielleicht war das Haus leer. Susanne betete, dass Max wie durch Zauber eine Möglichkeit gefunden hatte, mit seiner Familie zu fliehen, dass Ludwig zu spät gekommen war.

Ludwig klingelte noch einmal. Dann griff er den Türklopfer aus massivem Messing, den Ring, der aus dem Maul eines Löwenkopfes hing, und ließ ihn dreimal auf das Holz der Tür prallen.

Susanne spürte Achilles Anspannung, machte den Kampf, den er mit sich ausfocht, mit ihm durch: Sollte er aus der Deckung springen und Ludwig erschießen, wie er es geplant hatte? Oder sollte er warten, hoffen, dass Ludwig unverrichteter Dinge wieder ging? Wie konnte er einen Mann erschießen, der nichts getan hatte, als an die Tür seines Bruders zu klopfen?

Ludwig klopfte noch einmal, dann rief er:»Max, du machst es nicht leichter – für keinen von uns. Lass mich ein, und wir reden über die Sache, sehen, ob wir Vevi raushalten können. Das willst du doch wohl nicht, dass deine Vevi in einer Verhörzelle landet, und dass ihr der Prozess gemacht wird?«

Achille sandte ihr noch einen Blick, dann stahl er sich mit unhörbaren Schritten die Straße hinunter. Susannes Herzschlag war eine prasselnde Folge von Fausthieben – gegen ihren Brustkorb und bis hinauf in ihre Kehle.

In Max' Haus, hinter dem Fenster, flammte Licht auf.

Susanne hatte ihn am Morgen beschworen: *Was auch passiert, macht kein Licht, öffnet die Tür nicht, es sei denn, ihr hört von jemandem unser Kennwort. Bleibt um jeden Preis versteckt, bis wir kommen.*

»Na also«, sagte Ludwig und ließ den Messingring noch einmal auf das Holz prallen.»Und jetzt mach auf, dann können wir reden. Wir haben nicht ewig Zeit, Max. Sobald meine Nachhut da ist, hast du die Chance verspielt. Dann kann ich bei aller Bruderliebe nichts mehr für dich tun.«

Achille lief weiter, suchte Deckung hinter einem kahlen, struppigen Gebüsch und richtete die Waffe aus. Susanne glaubte, in der verhangenen Nacht zu erkennen, wie sich sein Zeigefinger um den Abzug krümmte.

»Tut mir leid, Max«, sagte Ludwig. »Du kannst nicht verlangen, dass ich mich für dich in Teufels Küche begebe. Wenn gleich die Leute kommen, um euch zu verhaften, bin ich raus, und weder auf dich noch auf Vevi nimmt irgendwer Rücksicht.«

Susanne sah, wie Achille seinen Entschluss fällte, wie er die kümmerliche Deckung verließ und mit gezückter Pistole vorsprang. Er achtete nicht länger darauf, sich leise zu bewegen, sondern war sich bewusst: Wenn Ludwig sich umdrehte, wenn er die Mündung der Pistole sah, würde er wissen, dass Achille, den er seinen Bruder nannte, bereit war, ihn zu töten.

»Sei kein Depp, Max!«, rief Ludwig. »Ich bin hier, weil ich dir helfen will.«

Achille zielte auf seinen Kopf. Als er Atem holte, wurde die Tür des Hauses aufgezogen.

»Max, nein!«, hörte Susanne ihren Mann schreien und sah Ludwig mit der Waffe in der Hand herumschnellen. Achille sprang vor, und dann ertönte der Schuss, der durch die engen Gassen von Regensburg mit dutzendfachem Echo hallte. Geruch nach Schmauch stieg ihr in die Nase, und der Eingang des Hauses verschwand in einer Rauchwolke.

In der Straße rührte sich nichts. Ein Schuss, der durch die Nacht pfiff, war offenbar ein Geräusch des Alltags geworden.

Susanne rannte los, obwohl ihr Verstand sie beschwor, in ihrem Versteck zu bleiben. Sie taumelte, stolperte, fiel vornüber und fing sich an der Schulter ihres Mannes ab, der mit der Pistole im Anschlag vor der Treppe stand. Die Rauchwolken lichteten sich und gaben den Blick auf Ludwig frei, der auf dem Rücken lag und die Stufen hinuntergerutscht war. Blut aus der Wunde in seiner Brust sickerte erstaunlich langsam auf den Stein. Aus seinen gen Himmel gerichteten Augen war das Leben bereits fort.

»Max«, murmelte Achille. »Max.«

»Ich habe dir das nicht aufbürden können«, sagte Max, der sich mit einer Hand am Türrahmen stützte und in der anderen die Pistole drehte. »Ich musste es selbst tun. Vielleicht hätte ich es längst tun sollen, aber ich war nicht in der Lage dazu.«

»Ich auch nicht«, sagte Achille mit gebrochener Stimme.

Beide Männer starrten auf den dritten, der zwischen ihnen auf den Stufen lag. Neben Max in der Tür erschien Vevi mit Felix. Wie besprochen trugen sie ihre dicksten Mäntel und einen kleinen Koffer zwischen sich. Sie hätten aufbrechen müssen, fliehen, ehe die Gestapo kam. Jeder Augenblick, den sie verloren, konnte ihren Tod bedeuten, und doch standen sie alle wie gelähmt.

»Ich hätte es tun müssen«, sagte Achille und senkte den Kopf. »Schon vor langer Zeit.«

»Warum? Hat etwa Ludwig deinen Bruder getötet?«, fragte Max wie in einer plötzlichen Eingebung.

Achille nickte.

»Seit wann weißt du es?«

Müde zuckte Achille mit den Schultern. »Eine Ahnung hatte ich vielleicht schon immer. Mit der Zeit verdichtete sich das, und irgendwann, als ich ihm drohte, mich von ihm zurückzuziehen, ist er damit herausgeplatzt.«

Susanne brauchte mehrere Augenblicke, um zu begreifen. »Ludwig hat Battista erstochen? Und du hast das gewusst? Aber warum hast du denn nichts gesagt? Du hättest deinen Namen reinwaschen, du hättest dir so viel ersparen können!«

»Er hat es doch für mich getan«, murmelte Achille. »Weil mein Bruder mir Emilia und mein Gut weggenommen hatte. Und weil er mir mein Pferd wegnehmen wollte. Weil mein Bruder mir immer alles wegnahm – so wie sein Bruder ihm.«

»Aber du kannst doch nicht seinen Mord auf dich nehmen!«, rief Susanne.

»Es ist nicht nur sein Mord«, sagte Achille. »Und er ist kein Monster, sondern ein Sohn unserer Zeit. Dass wir uns anders entscheiden, verdanken wir oft nur einem Quäntchen Glück im richtigen Moment. Ich habe mich an Battistas Tod immer schuldig gefühlt. Es kam mir vor, als hätten wir Ludwig dazu angestiftet – Cesare Ferrara und ich mit unseren nächtlichen Hetzreden von den Menschen der Zukunft und den Deppen, die sie aufhalten. Dabei hielt ich Ferrara selbst für einen Deppen. Es gefiel mir nur, mit ihm zu spielen, zu sehen, wie weit ich ihn treiben konnte, seinem Mussolini ein bisschen den D'Annunzio zu geben. Diesen D'Annunzio, dem die Weltgeschichte die Hände in Unschuld waschen wird und der diese Geißel, den Faschismus, dennoch erfunden hat.«

»Und dann kam Ludwig und hat euch den Hitler gegeben?«, fragte Vevi von der Tür her.

Achille gab keine Antwort, sondern starrte auf den Boden.

Susanne rüttelte ihn an der Schulter. »Das ist nichts, was du dir ankreiden musst, Achille. Weder D'Annunzio noch Ludwig haben jemals bereut, was sie getan haben. Und dann sieh dich selbst an. Sieh dir an, wo du stehst.«

Er blickte auf und lächelte einen halben Herzschlag lang. »Mein Quäntchen Glück warst du.«

Dann wandte er sich Vevi, Max und Felix zu. »Und jetzt müssen wir los«, sagte er und eilte an Ludwig vorbei die Stufen hinauf. »Wenn wir noch eine Minute länger hier stehen, haben wir nicht einmal mehr Zeit, uns Särge zu bestellen.«

Vevi und Achille nahmen Max zwischen sich und trugen ihn mehr, als sie ihn stützten, Susanne hielt Felix bei der Hand und trug den Koffer. So schnell sie konnten, brachen sie auf. Sie hatten die Andreasstraße gerade hinter sich gelassen und eine schmalere Gasse betreten, die im Zickzack zur Brücke führte, als eine Sirene durch die Nacht hallte.

»Nehmt die Beine in die Hand«, rief Achille und rannte mit Max und Vevi los. »Susanna, Felix, lauft, was ihr könnt! Lauft über die Brücke, als wärt ihr Hunde oder Hühner und der Teufel wäre hinter euch her.«

2

ABSPANN

Ruhe nach dem Sturm

Regensburg
September 1945

»Inzwischen waren wir in unser Gässchen eingebogen, und der Anblick des Olivenbaums verstimmte mich. Ich begann, zu verstehen, dass kein Ort unwohnlicher ist als der, an dem man einst glücklich gewesen ist.«

Cesare Pavese, *Am Strand*

Susanne hatte noch einmal hierherkommen wollen, um von den Toten Abschied zu nehmen. Von ihrem Bruder. Von ihrem Neffen. Und von ihrem Sohn. Da sie kein Grab hatte, schien kein Ort besser geeignet als dieser. »Ich würde gern auf einen Friedhof gehen«, hatte sie zu Achille gesagt. »Nur ein einziges Mal, um Abschied zu nehmen. Vielleicht bei der Dreieinigkeitskirche, wo meine Mutter und Konrad liegen? Aber ich habe mich Konrad dort nie nahe gefühlt, und Ludwig müssen sie ja dort begraben haben. Vielleicht kommt es mich hart an zu sehen, dass er dort seine Ruhestätte hat, während Tullio und Seppi im Nirgendwo verschwunden sind.«

»Nein, *perzechèlla*, tu dir das nicht an«, sagte Achille, »Leichen vermodern. In einem Jahr oder zweien ist von Ludwig nicht mehr übrig als von den Millionen, die der faschistische Höllenschlund verschlungen hat. Darum musst du ihn nicht beneiden. Und wenn es dir um ein Grabmal, um einen Ort des Gedenkens geht – warum suchen wir uns nicht unseren eigenen?«

Susanne wusste sofort, welcher Ort allein dafür in Frage kam.

Die Flutmulde.

Sie hatte in fünfundvierzig Jahren nicht gewagt, noch einmal dorthin zu gehen, und empfand auf einmal eine leise, kleine Sehnsucht.

Er war ihr Platz gewesen.

Wir fünf gegen den Rest der Welt.

Die Mulde lag ganz im Osten des von Bombentreffern gezeichneten Stadtamhof, das nur über eine provisorische Holzbrücke zu erreichen war. Hier gab es noch immer keine Laternen, keine Straßenbahnschienen, kein befestigtes Pflaster. Wenn man sich umdrehte, sah man die spitzen, unzerstört gebliebenen Türme des Domes hinter dunklen Wolken verschwinden, und hinter den letzten Häusern lag in kurzer Entfernung der Graben, der von dichtem Gehölz umwachsen war.

Er hatte den Märzhäuser-Kindern gehört, die ihn geliebt hatten. Sie waren sommers zum Baden im schlammigen Wasser gekommen und im Winter, um versteckt hinter Gestrüpp und verkrüppelten Bäumen ihre Pirouetten und Sprünge zu vollführen.

Hier würde sie sich noch einmal erlauben, sich ganz ihrer Trauer hinzugeben, um dann loszulassen und sich den Lebenden zu widmen.

Nicht weil sie es gern wollte oder der Meinung war, es sei dafür schon an der Zeit. Sondern weil es nicht anders ging.

Die Lebenden brauchten sie. Sie brauchten das Ponte.

In den letzten Tagen des Krieges, als die Panzer der Amerikaner bereits an der Donau standen, hatte ein Fanatiker namens Ruckdeschel als Gauleiter die Zügel übernommen. Er hatte nicht nur den Domprediger, der auf der Kanzel für eine gewaltlose Übergabe der Stadt predigte, aus Regensburgs Wahrzeichen zerren und auf dem Moltkeplatz aufhängen lassen, sondern auch dafür gesorgt, dass sein Amtsvorgänger, der ewig besoffene Fritz Wächtler, als Hochverräter gehängt wurde.

Und er hatte angeordnet, Regensburgs zweites Wahrzeichen, die Steinerne Brücke, die seit achthundert Jahren die Altstadt mit Stadtamhof verband, zu sprengen, damit sie nicht den Amerikanern in die Hände fiel. Drei weitere Brücken, darunter die, die Hitler nach sich selbst benannt hatte, waren bereits zerstört worden, und bei der Steinernen begann Ruckdeschel mit der Sprengung von zwei Pfeilern.

Das genügte. Drei der jahrhundertealten Bögen stürzten ein, und damit gab es in Regensburg keine Brücke über den Südarm der Donau mehr.

Die Wellen der Erschütterung, die die enorme Sprengkraft in beide Richtungen sandte, ließen die Gebäude an der Uferstraße erzittern. Im Haus der Giraudos stürzte ein Teil des maroden Dachstuhls ein und brach durch die Decke in ihre Wohnung. Unten im Restaurant gingen die Fenster zu Bruch, die Regale stürzten um, und in Jahren gesammeltes Geschirr zersprang zu Scherben. Der Strom fiel aus, und es gab kein Heizmaterial mehr. Die Vorratskammern waren ohnehin so gut wie leer gewesen, und was an Alkohol nicht im Gewölbe gelagert worden war, versickerte im Holz der Dielen.

Dem allen zum Trotz hatten am folgenden Tag um die Mittagszeit wieder Gäste vor der aus den Angeln gerissenen Tür gestanden und ungeduldig auf das gewartet, was sie ins Ponte zog: ein nahrhaftes Essen, das so gut war, wie es sich aus dem Erhältlichen bereiten ließ, ein Glas Wein zum Eintunken der Sorgen, deren scharfe Kanten davon weicher wurden, und ein Gespräch, ein Lachen, das Gefühl, in der Jauche nicht allein zu schwimmen.

Susanne hatte die Leute entgeistert zurückweisen wollen, aber Achille hatte gesagt: »Lass sie rein. Wir haben ja noch Tische und Stühle, wenn auch eine Menge Kleinholz dabei ist, wir haben noch Kerzen, wir haben Decken, und sowieso wird es von Tag zu Tag wärmer. Ich habe eine absolut grauenerregende Polenta gemacht, die man in gekräuterter Ziegenmilch aber essen kann, und am Wein fehlt es uns noch immer nicht.«

Die Kräuter baute er in Kästen, Säcken und verbeulten Waschzubern an, und die Ziege hatte er jemandem gegen zwei *Flaschen Barolo* getauscht und sie auf den Namen Benedizione – Segen – getauft.

»Die Leute brauchen uns«, sagte Achille. »Zwei ihrer Wahrzeichen sind geschändet worden. Woran sollen sie sich festhalten, wenn sie jetzt noch ihr Ponte verlieren?«

Und dann erzählte er ihr eine Geschichte, die Max ihm erzählt hatte – vom Ersten Weltkrieg, aus der Stadt Ypern, deren Wahrzeichen, die prachtvollen Tuchhallen, niedergebrannt worden waren. Die britischen Truppen, die dort auf schier verlorenem Posten jahrelang kämpften, um die Stadt zu halten, hatten unter den verkohlten Trümmern einen kleinen Sitzungsraum entdeckt, der seine vier Wände und eine Reihe von Balken seiner Decke noch hatte. »Und weißt du, was sie gemacht haben, diese stoischen, patenten Briten? Sie haben in dem halb zerstörten Zimmer eine Kneipe eingerichtet, mitsamt einer Bühne, auf der sie sich gegenseitig schlüpfrige Lieder vorsangen, und einer veralteten Druckerpresse, auf der sie sich eine Zeitung druckten. So haben sie den Krieg überlebt und die Stadt Ypern gerettet: Indem sie sich inmitten des Weltenbrands ein Stück ihres gewöhnlichen Lebens nicht rauben ließen.«

Also hatten sie es ebenso gehalten und mitten im Weltenbrand ein kleines Stück gewöhnliches Leben bewahrt. Wie im ersten Krieg die Frauen von Chewras Noschim, so war jetzt eine Schar von Gästen herbeigeeilt, um das Ponte aufzuräumen. Stolz schleppten sie aus ihren eigenen Häusern herbei, was sie entbehren konnten, und mit einem Sammelsurium von Tellern und Gläsern konnte am nächsten Tag bereits wieder serviert werden. Bier gab es nur noch in der Abwaschwasservariante, aber zwischen dem Baierwein lagerten noch ein paar Flaschen Barolo, ganz zu schweigen von dem geheimen Grappa-Vorrat hinter der Theke. Sie sangen sich gegenseitig Lieder von heißer Liebe und besseren Zeiten vor, und dann kamen die Amerikaner, fuhren auf Panzern, deren Rohre mit Blumen geschmückt waren, jubelnd über die Uferstraße. Achille und Susanne befreiten die Eingeschlossenen aus dem Gewölbe, liefen mit ihnen und allen Gästen auf die Terrasse und begannen zu tanzen.

Der hustende Max, der eine Lungenentzündung mit knapper Not überstanden hatte, hüpfte auf Bastian und Vevi gestützt auf einem Bein, und Felix, ein langer Schlaks von bald zehn Jahren, lief mit ausgebreiteten Armen im Slalom um die Übrigen. Bis auf den Buben würden sie vielleicht nie wieder richtig tanzen, sondern sich für den Rest ihres Lebens mit rheumatischen Beschwerden und Lungenleiden plagen. Aber die unbeholfenen Bewegungen brachten das Wesentliche zum Ausdruck: Sie hatten die Nazis überlebt.

Zwar war die Gestapo mehrmals erschienen, um Susanne und Achille zum Mord an Ludwig und dem Verschwinden der Märzhäusers zu befragen, doch ihre Hausdurchsuchungen verliefen erfolglos. Irgendwo hatten sie zudem einen Schutzengel sitzen, vielleicht einen der Männer, die der schönen Helene nichts abschlagen konnten, denn ihr Fall wurde niedergelegt. Die Gestapo stellte ihre Besuche ein, und die Menschen im Versteck blieben unentdeckt.

Die Amerikaner erteilten dem Ponte quasi über Nacht eine provisorische Lizenz, und nicht wenige der GIs kehrten selbst gern bei ihnen ein, auch wenn ihre Dienstvorschrift die Verbrüderung mit dem Feind verbot. Ein Artillerie-Major hatte – woher auch immer – eine Jazzplatte aufgetrieben und reparierte dafür das uralte Grammofon. Benny Goodmann und Helen Forrest: *How High the Moon*. Als unter Kratzen und Knacken die schwingende Melodie erklang, war es, als erkenne man einen Ort wieder, an dem man glücklich gewesen war, und begreife, dass Erinnerungen nicht das bergen, was wir verloren, sondern das, was wir besessen haben. Susanne war nicht die Einzige im Saal, die sich verstohlen über die Augen wischte.

Da ist Musik.
So weit fort ist die Melodie,
Und da ist ein Himmel.
So hoch steht der Mond.

Ihre Stadt war zerstört. Das ganze Land war zerstört. So wie die Häuser und Straßen in Trümmern lagen, waren auch Moral und Lebenssinn zertrümmert, und die Menschenexistenz war ein Universum, das vor Leere hallte. Sie würden losziehen müssen, mit Schubkarren und Schaufeln, mit Ideen und Träumen und einem atemberaubenden Berg von Hoffnung, um ihre Welt zu enttrümmern und mit neuem Sinn zu füllen.

In ihrer Wohnung ließen sich das Schlafzimmer und das Bad bereits wieder bewohnen, auch wenn es wie damals, in ihrer Anfangszeit, kein fließendes Wasser gab. In den Hofgebäuden konnten Vevi, Max und Felix, deren Haus völlig zerstört worden war, und Helene, Sybille und Maria unterschlüpfen, und sie hatten es damit bequemer als die meisten. Natürlich hungerten sie und würden im Winter frieren, aber das Restaurant würde sie mit dem Nötigsten versorgen und sicherstellen, dass sie überlebten. Es gab Bastian, Veronika, Franz und Benno Arbeit und all denen, die kein Zuhause mehr hatten und ziellos durch die Steinwüste zogen, einen Ort, an dem sie willkommen waren.

Selbst wenn sie es gewollt hätten, hatten sie keine Wahl, und vielleicht war das ihr Glück. Sie mussten in die Hände spucken und fortfahren, für die Lebenden zu kämpfen.

Ich habe richtig gewählt, erkannte Susanne. Hier, an der Flutmulde, würde sie Abschied nehmen können, und davon, dass die Dunkelheit des Himmels sich zu einem Unwetter zusammenzog, würde sie sich heute nicht schrecken lassen. Ein Sturm war über ihre Welt hinweggefegt, da würde sie wohl kaum ein läppisches Herbstgewitter kirre machen.

An diesem Ufer spross nichts richtig in die Höhe, sondern alles, von der Trauerweide bis zum Ginsterstrauch, ballte sich seltsam niedrig um die Mulde. Das Dickicht war wie ein Wall, der ihren Platz, ihre Welt der Erinnerung, vor den Blicken Unbefugter schützte. Der Himmel verdunkelte sich noch einmal. Man hätte meinen können, es wäre schon spät am Nachmittag, doch in dem Fall hätten sie längst im Restaurant sein und sich auf den Mittagsansturm vorbereiten müssen.

Susanne blieb still stehen und glaubte, Konrads Stimme zu hören.

»Darf ich gehen, mein Lu?«

»Klar doch, Knirps. Amüsier dich. Nach Ostern kommst du zur Schule, dann ist es vorbei mit dem lustigen Leben.«

Konrad war losgesprungen und mit wirbelnden Sohlen davongelaufen, dass der schmutzige Schnee aufstob und die neuen Schlittschuhe, die er an ihren Schnürbändern über der Schulter trug, wippten. Susanne ließ es ihn in Gedanken noch einmal tun.

Ja, du darfst gehen, mein Konni, und du auch, mein Seppi. Geht mit den Wilen und kommt manchmal bei Nacht zurück, um zu tanzen. Ich hatte euch lieb, und ich gebe mein Bestes, damit eure Schlittschuhe und alles, was sonst von euch zurückbleibt, nicht allzu traurig sind.

Sie hörte ein fernes Pfeifen, ein Trällern wie von einem Singvogel, aber es konnte ebenso der Wind sein.

Du kannst auch gehen, mein Ludwig. Ich hatte dich auch lieb, und ich wünschte, ich hätte es dir gezeigt.

Jetzt hörte Susanne eindeutig eine Antwort, kein Wort, aber den hohen, federleichten Triller einer Vogelpfeife. Achille nahm ihre Hand. Dann war noch einmal alles still bis auf den Wind, der den verkrüppelten Bäumen in die Zweige fuhr.

Nur das eine ist nicht möglich. Du darfst nicht gehen, mein Tullio, weil ich dich nicht loslassen kann. Weil manche Geschichten gut ausgehen müssen, wenn wir all die, die entsetzlich ausgehen, ertragen sollen.

Susanne umklammerte die Hand ihres Mannes fester und drehte sich mit ihm um. Aus den Nebeln, aus der Dunkelheit heraus sah sie ihn zwischen verkrüppelten, toten Zweigen sitzen und die Hand baumeln lassen, in der er die Pfeife hielt. Zu ihren Füßen wischte wie ein grauer Blitz eine Feldmaus vorbei, die ein Fiepen ausstieß und dann wieder zurückflitzte.

»Helene hat mir gesagt, dass ihr hier seid.«

»Aber …«

Seine Mundwinkel zuckten. »Sie hat mir auch gesagt, dass ihr glaubt, ich wäre in Stalingrad gefallen. Ich war nie dort. Ich bin schon in Dunkirk übergelaufen, weil ich es nicht mehr ertragen habe. Die Briten haben mich mitgenommen, weil ich ihnen ein Boot ausgeliefert habe, und eine Weile lang war ich in einem Lager bei Cambridge interniert. Ich hätte schreiben sollen, aber als ich mir endlich eingestanden habe, dass ich es wollte, gab es keinen Postweg mehr.«

»Was hast du uns schreiben wollen, Tullio?«, fragte Achille fest und tapfer und ohne zu weinen.

Tullio zuckte die Schultern. »Ich weiß nicht. Ich habe in diesen Jahren jeden Fetzen Papier, den ich ergattern konnte, bis zum Rand vollgeschrieben, ich schreibe seit Juni für den *Observer* über Deutschland, aber für den Brief wäre mir vermutlich nichts eingefallen. Nur dass ihr mir fehlt. Dass ich manchmal davon träume, mein Bär Babbo zu sein und bei euch daheim zu sitzen. Und dass ich, da ich die eine Cousine nicht heiraten konnte, ganz gern die andere fragen würde, ob sie mich nimmt.«

»Nun«, sagte Achille, und nur Susanne, die bei ihm stand, spürte, wie ihm die Kehle zitterte. »Damit ist eine Postkarte ja auch schon voll und alles Wichtige gesagt, oder nicht?«

Ihre eigene Kehle, ihr ganzes Inneres zitterte auch. Aber es würde standhalten, würde noch für Stunden stabil bleiben, bis sie in Sicherheit war, diesen Traum in ihre Wirklichkeit gezogen und die Tür hinter sich verschlossen hatte. Dann würde sie sich den kapitalsten Nervenzusammenbruch ihres Lebens leisten und tagelang weinen und lachen.

»Ja«, sagte sie, »damit ist das Wichtigste gesagt. Und für alles andere bleibt uns, wie es aussieht, ja noch etwas Zeit.«

»Ihr habt mein blaues Auto noch«, platzte Tullio statt einer Antwort heraus.

»Wir haben alles noch«, sagte sein Vater und trat mit Susanne zu ihm vor. »Auch das, was kaputtgegangen ist. Alles, was wir geliebt haben. Und vor allem dich.« Er gab seinem Sohn die Hand und zog ihn zu sich in die Höhe. »Ich schlage vor, wir gehen nach Hause, ehe der Sturm beginnt. Deine Mammina fürchtet sich davor.«

»Tue ich nicht«, sagte Susanne und ließ sich von ihrem Mann und ihrem Sohn in die Mitte nehmen. »Der Sturm, vor dem ich mich gefürchtet habe, ist jetzt ja vorbei.«

Achille legte den Arm um sie, und Tullio tat es ihm nach. »Ich habe euch aus London etwas mitgebracht«, sagte er. »Eine Laterne für die Terrasse. Ich habe schon immer gedacht, dort über der Tür müsste eine hängen.«

Fino alla fine

Glossar

Alici. Sardellen

Alimentari. Italienisch für »Lebensmittel«, auch verkürzt für Lebensmittelladen (negozio di alimentari) benutzt

Alldeutscher Verband. 1891 gegründeter nationalistischer, völkischer, imperialistischer Verband, der lautstark antisemitisch und allgemein rassistisch agitierte, radikale Ziele im Ersten Weltkrieg vertrat und später republikfeindlich der NSDAP nahestand. Bestand bis 1939

Alpini. Italienische Gebirgsjäger. Bestehend seit 1872, älteste Gebirgsjägertruppe der Welt

Amaro. Italienisch für »bitter«. Starker, häufig als Digestif gereichter Kräuterlikör

Armagnac. Brandy aus der Gascogne. Seit dem fünfzehnten Jahrhundert hergestellte älteste Spirituose Frankreichs

Associazione Nazionalista Italiana. Nationalistische Assoziation Italien. Erste nationalistische – und präfaschistische – Partei Italiens, die 1910 gegründet wurde und den später gegründeten *Partito Nazionale Fascista* Mussolinis maßgeblich beeinflusste. Mit den in blaue Hemden gekleideten *Sempre Pronti* – Immer bereit – unterhielt die Partei eine eigene Miliz. Nach Mussolinis Ernennung zum Ministerpräsidenten ging sie 1923 in der PNF auf

Auguri. Italienisch für »Wünsche«. Mit diesem kleinen Wort werden zu allen erdenklichen Gelegenheiten – von Namenstagen über Ostern bis hin zu Hochzeiten und Geburten – Gratulationen oder Glückwünsche ausgesprochen

Avanti! Italienisch für »Vorwärts«. Presseorgan des *Partito Socialista Italiano,* gegründet 1896

Baedeker. Ab 1832 im Koblenzer Verlag Carl Baedeker herausgegebene Reiseführer, die sich über die Jahrzehnte einer solchen Beliebtheit erfreuten, dass der Name bis heute als Synonym für »Reiseführer« verwendet wird

Baierwein. Traditionsreicher, in Altbayern, das Regensburg einschließt, angebauter Wein. Bis 1913 aus der Elbling-Traube hergestellt, dann Wechsel zu Müller-Thurgau

Barbera. Seit dem dreizehnten Jahrhundert bekannte dunkle, kräftige Rotweinsorte aus dem Piemont. Neben dem Barolo wohl der beliebteste Wein der Region

Barolo. Piemonteser Rotwein von internationalem Renommee, der spätestens seit Mitte des achtzehnten Jahrhunderts in größeren Mengen hergestellt wird und lange der Lieblingswein des Hauses Savoyen war

Bayerische Ostwacht. Nationalsozialistische Tageszeitung, die von 1933 bis 1945 erschien und 1934 in *Bayerische Ostmark* umbenannt wurde. Um Verwirrung für Leserinnen und Leser zu vermeiden, habe ich auf eine Erwähnung der Umbenennung verzichtet

Bayerische Volkspartei. 1918 in Regensburg begründete Partei, die katholisch ausgerichtet war, dem Zentrum nahestand und während der Weimarer Republik häufig an Regierungen beteiligt war

Beletage. Bevorzugtes Wohngeschoss eines Hauses des Adels oder Großbürgertums. In der Regel handelte es sich dabei um das erste Obergeschoss oder Hochparterre

Bicerin. Alkoholfreies, in einem Glas serviertes Heißgetränk aus einem Espresso, Schokolade und Sahne. Eine Art Nationalgetränk in Turin, wo es im berühmten gleichnamigen Café erfunden wurde

Bockbier. Schweres, alkoholreiches Starkbier mit hohem Stammwürzegehalt

Bomboniere. Kleine Tüten aus Tüll, gefüllt mit zuckerüberzogenen Mandeln, die in Italien Gäste zu festlichen Anlässen wie z. B. Hochzeit, bestandene Prüfung, Kindstaufe erhalten

Brennabor. 1871 gegründete Brandenburger Firma, die unter anderem der führende Hersteller von Kinderwagen war

Brettlbühne. Kleinkunstbühne, wie sie häufig in Gastwirtschaften entstand. Vor dem Ersten Weltkrieg erlebte diese Form der Darstellung in München eine Blütezeit

Campari. Italienischer Bitter, der seit 1840 produziert wird, jedoch ab 1904 stark in Mode kam

Cannoli. Süß gefüllte Gebäckröhren

Capretto arrosto. Braten vom Zicklein, in Gewürzen und Kräutern geröstet

Carne cruda. Traditionelles piemontesisches Gericht aus fein gehacktem Rinderfilet, mariniert in Zitronensaft, Olivenöl und schwarzem Pfeffer, angereichert mit Trüffeln oder anderen Speisepilzen, Kräutern und Parmesan

Cattivone. Italienisch für »Bösewicht«. Oft liebevoll-scherzhaft gebraucht

Centesimo. Kleinste Einheit der Währung im italienischen Königreich und weiter gültig bis zur Einführung des Euro

Chesterfield. Gerade geschnittener, einreihiger Herrenmantel

Chewras Noschim. Jüdischer Frauenwohltätigkeitsverein, der auch in Regensburg vertreten war. 1915 war er allerdings schon zweiundfünfzig, nicht, wie im Roman behauptet, fünfzig Jahre alt

Corso Sebastapoli. Das Turiner Stadion am Corso Sebastapoli war von 1908 bis 1922 die Spielstätte und das erste eigene Stadion von Juventus F.C., der die lebenslange Liebe der Autorin dieses Romans gehört

Deutsches Alpenkorps. 1915 aufgestellter deutscher Großverband, der dazu dienen sollte, Österreich-Ungarn bei der Verteidigung seiner Grenzen zu Italien zu unterstützen. Erste deutsche Gebirgstruppe

Dirndl. Das bayerische Trachtenkleid, das Ende des neunzehnten Jahrhunderts erfunden wurde, gehörte zunächst der rein städtischen Damenmode an. Erst um 1910 setzte es sich umfassend durch und galt seitdem als Inbegriff der ländlichen, alpenländischen Frauentracht

Dornier Merkur. In Deutschland hergestelltes, einmotoriges Passagierflugzeug, das 1925 erstmals geflogen wurde und als extrem wirtschaftlich galt

Dreadnought. Britisches Kriegsschiff, das ab 1906 vorherrschte und weltweit nachgebaut wurde

Dreieinigkeitskirche. Protestantische Kirche in Regensburg, um 1630 geweiht

Dult. Begriff der bayerischen Dialektgruppe. Volksfest, Jahrmarkt mit Verkaufsbuden und Fahrgeschäften. Eine solche Veranstaltung fand traditionell in Stadtamhof statt

Entente cordiale. Bewusst unverbindlich gehaltener, 1904 geschlossener Freundschaftsbund zwischen Frankreich und Großbritannien. Wurde 1907 durch den Beitritt Russlands zur Triple Entente

Erbgesundheitsgerichte. Ab 1933 eingeführte Behörden, die aufgrund des *Gesetzes zur Verhütung erbkranken Nachwuchses* gerichts-

ähnliche Verfahren anberaumten und darin geistig oder körperlich behinderte Menschen zur Zwangssterilisation verur-
teilten

Etrich-Taube. In Österreich-Ungarn entwickeltes, in Berlin hergestelltes Flugzeug des Konstrukteurs Ivo Etrich, das 1910 seinen
Jungfernflug absolvierte. Aus einer Etrich-Taube warf im Zuge
des Italienisch-Türkischen Krieges im November 1911 Leutnant
Luigi Cavotti die erste Fliegerbombe ab

Farinata. Ligurisches Fladenbrot aus Kichererbsen, ursprünglich
Gericht armer Leute, die sich Mehl nicht leisten konnten

Fenestrelle. Bataillon des 3. Alpini Regiments von Gebirgsjägern, benannt nach seinem Stützpunkt bei Turin

Fiat. Fabbrica Italiana Automobili Torino. Automobilfabrikation, die im
Juli 1899 von Giovanni Agnelli und acht weiteren Personen in
Turin begründet wurde. Bis heute hält die Familie Agnelli die
Mehrheit des (inzwischen als Fiat-Chrysler eingetragenen) Kon-
zerns. Der *Fiat 522* war ein schnelles, sportliches Modell von
1931, das technisch seiner Zeit voraus war

Flutmulde. Graben um Stadtgebiete, der im Fall von Hochwasser
Fluten sammeln und vor Überschwemmungen schützen soll

Four-in-Hand. Schmaler, schlichter Krawattenknoten

Futurismus. Von dem italienischen Dichter Filippo Marinetti 1909
ins Leben gerufene avantgardistische Bewegung, die Kultur und
Gesellschaft radikal verändern wollte. Die Bewegung verherr-
lichte Gewalt und Krieg, predigte eine völlige Abkehr von jeglicher Moral und jeglicher historischen und sozialen Bindung
sowie den Hass auf alles Weibliche. Der Futurismus breitete sich
über sämtliche Richtungen von Kunst und Kultur aus, befürwor-
tete den Ersten Weltkrieg und politisierte sich nach Kriegsende
zunehmend. Eine noch vor Friedensschluss 1918 gegründete

Futuristische Politische Partei (*Partito Politico Futurista*) ging 1919 in Mussolinis faschistischer Bewegung auf

Gartenlaube, die. Seit 1853 im Leipziger Verlag Ernst Keil erschienene Vorläuferin der modernen Illustrierten. Gedacht für die ganze Familie, wurde die *Gartenlaube* vorwiegend von Frauen gelesen und war das erste große deutsche Massenblatt. Sie wechselte mehrmals den Besitzer, gehörte ab 1916 dem Medienzar und Hitler-Wegbereiter Hugenberg und wurde erst 1984 endgültig eingestellt

Grappa. Italienischer Tresterbrand, der vermutlich bereits seit den Kreuzzügen von Weinbauern in Italien destilliert wurde. Nach der Gründung des Königreichs Italien entwickelte sich der Grappa rasch zum Nationalgetränk

Haager Konventionen. Auf den Friedenskonferenzen von Haag 1899 und 1907 beschlossene Abkommen zur völkerrechtlichen Regelung von Kriegen, bis heute wichtiger Bestandteil humanitären Völkerrechts

Homburg. Herrenhut aus Filz mit Mittelkniff in der Krone, ursprünglich in Bad Homburg hergestellt. Wurde etwa um 1910 modern und verdrängte die Melone

Hottentotten. Diskriminierende, rassistische Sammelbezeichnung für die Khoikhoi, die Völker des heutigen Südafrika und Namibia, darunter die Nama, die dem Völkermord von 1908 zum Opfer fielen. Das Wort Khoikhoi bedeutet »wahre Menschen«

Imbecille. Italienisch für Idiot. Hartes Schimpfwort
Intonarumori. Italienisch für »Geräuscherzeuger«. Futuristische Instrumente aus Schalltrichtern und Holzkästen, die bei einer Aufführung des Mailänder Teatro del Verme für eine Prügelei zwischen

Publikum und Künstlern sorgten. Anders als in meinem Roman beschrieben fand diese Aufführung nicht im Juni, sondern bereits im April statt

Jeunesse dorée. Vergoldete Jugend. Ursprünglich bezeichnete der Begriff die reaktionäre, aristokratische, männliche Jugend nach der französischen Revolution. Im Laufe der Zeit entwickelte er sich jedoch zu einem Synonym für eine urbane Oberschichts-Jugend, die ein sorgloses, einzig auf Vergnügungen ausgerichtetes Leben führt

Kaiserhof. 1875 eröffnetes erstes Luxushotel Berlins und ab Anfang der Dreißigerjahre das bevorzugte Hotel der NSDAP

Kaiserpanorama. Um die Wende zum zwanzigsten Jahrhundert populäres Massenmedium, bei dem zwanzig bis dreißig im Kreis sitzende Zuschauer jeweils durch ein Guckloch stereoskopische Bilder betrachten konnten. Vorläufer des Kinos

Knieküchle. In Bayern beliebtes Gebäck, eine Art Krapfen

III. Königlich Bayerisches Armee-Korps. Großverband der Bayerischen Armee, der 1900 begründet wurde. Verschiedene Divisionen waren in Regensburg stationiert und wurden im Ersten Weltkrieg 1917 zur Entlastung des k.u.k. Heeres in die zwölfte Isonzo-Schlacht entsandt

Kunstareal München. In der Münchner Maxvorstadt gelegenes, historisch gewachsenes Gebiet mit zahlreichen Museen und Galerien

Lancia Beta. Der Lancia Beta 15/20 HP war ein 1909 von Lancia auf den Markt gebrachtes Automobil der Oberklasse, ausgestattet mit einem Vierzylindermotor und zu einer Geschwindigkeit von neunzig Stundenkilometern in der Lage. Vincenzo Lanza hatte sein Unternehmen zur Herstellung von Automobilen 1906 in Turin begründet. Lancia gehört heute zum Fiat-Konzern

Laubfrosch. Spitzname des Opel 4PS, der von 1924 bis 1931 hergestellt wurde und das erste am Fließband produzierte deutsche Auto war

Le Nuove. 1869 fertiggestelltes Hauptgefängnis von Turin, das unter Mussolini zur Inhaftierung politischer Gegner verwendet wurde

Lindes Kältemaschine. 1870 von dem deutschen Industriellen Carl von Linde entwickeltes Kühlsystem, das vor allem Brauereien nutzten, weil sie auf diese Weise untergäriges, nach der Pilsen-Methode gebrautes Lagerbier länger lagern konnten

Löwenbräukeller. Münchner Bierlokal, das seit 1882 besteht. Hitler benutzte dieses Lokal für seine Veranstaltungen, seit der Bürgerbräukeller durch das Attentat von Georg Eisler zerstört worden war

Ludwig-Maximilians-Universität. Ursprünglich – 1472 – in Ingolstadt gegründete, 1826 nach München verlegte Universität, an der seit 1903 die Immatrikulation von Frauen gestattet war. Damit war Bayern nach Baden das zweite deutsche Land, das ein Frauenstudium ermöglichte, doch betrug der Frauenanteil an den Studierenden vor dem Ersten Weltkrieg kaum mehr als ein Prozent

Maginot-Linie. Aus Bunkern bestehende Verteidigungslinie entlang der französischen Grenze mit Belgien, Luxemburg, Deutschland und Italien. Die von 1930 bis 1940 errichtete Linie wurde nach dem französischen Verteidigungsminister André Maginot benannt

Maischen. Arbeitsschritt u. a. beim Bierbrauen, bei dem gemälztes Getreide geschrotet und in Maischbottichen mit Wasser vermischt wird, um die Malzinhaltstoffe zu lösen, die Masse zu fermentieren und Stärke in Zucker zu umzuwandeln

Märzenbier, kurz Märzen genannt, ist ein untergäriges Vollbier, das traditionell im März gebraut wurde

Mehltau, falscher. Pflanzenkrankheit, die besonders unter Weinbauern gefürchtet ist und ganze Ernten vernichten kann

Messerschmitt GmbH. 1936 in Regensburg gegründeter nationalsozialistischer Musterbetrieb zur Herstellung von Flugzeugen. Das Werk trug zunächst den Namen Bayerische Flugzeugwerke Regensburg, was ich zur Vermeidung von Verwirrung nicht erwähnt habe.

Minestra al cavolo e salsiccia. Im Piemont beliebte Suppe mit Kohl und Wurst

Mole Antonelliana. Das Wahrzeichen Turins, ein 167 m hoher Kuppelbau, der bis 1889 von dem italienischen Architekten Alessandro Antonelli erbaut wurde. Ursprünglich hätte die Mole (Italienisch für »großes Gebäude«) eine Synagoge werden sollen, doch die jüdische Gemeinde konnte das Geld für die Fertigstellung des Prachtbaus am Ende nicht aufbringen, und das Bauwerk wurde an die Stadt verkauft

Münchner Neueste Nachrichten. 1848 gegründete Zeitung, die zur größten Tageszeitung Süddeutschlands aufstieg. Sie war liberal geprägt, vertrat während des Ersten Weltkriegs konservative Positionen und wurde anschließend vorübergehend das Organ der Münchner Räterepublik. Die *Süddeutsche Zeitung* ist seit 1945 ihre Nachfolgerin

Nährbier. Dunkles, süßlich schmeckendes, stark malziges Bier, das im Alkoholgehalt 1,4 % nicht überschreitet

Nanerottolo. Italienisch für »Winzling«

Nebbiolo. Rote Traube aus dem Piemont. Sein Name ist von dem Wort *nebbia* für Nebel abgeleitet, weil er geerntet wird, wenn über den Hängen, an denen er hängt, Nebel liegt und ein weißer Belag um seine kleinen Beeren deren volle Reife anzeigt. Der Nebbiolo, die einzige Traube, aus der Barolo gemacht wird, ist einer der am langsamsten reifenden Weine der Welt, doch auch einer, der seine Qualität auf viele Jahre behält

Neue Pinakothek. 1853 gegründetes, im Münchner Kunstareal gelegenes Museum für Kunst von der Aufklärung bis ins zwanzigste Jahrhundert, Gegenstück zur Alten Pinakothek, die 1836 für die Ausstellung alter Meister gegründet wurde. Bei Luftangriffen wurde die Neue Pinakothek 1944 schwer beschädigt und ab 1975 neu gebaut. Seit 2002 stellt die Pinakothek der Moderne darüber hinaus Kunst des zwanzigsten und einundzwanzigsten Jahrhunderts aus

Neues Gymnasium. Eigentlich Königliches Realgymnasium und seit 1962 Albrecht-Altdorfer-Gymnasium. Protestantisch geprägtes Regensburger Gymnasium, das sich mit der Bezeichnung «Neues« von dem katholisch geprägten Alten Gymnasium (heute Albertus-Magnus-Gymnasium) abgrenzen wollte. Seit 1892 im neu erbauten Gebäude im Minoritenweg

Nonna. Italienisch für »Großmutter«

Observer. Britische Sonntagszeitung links-liberaler Ausrichtung. Erscheint seit 1791 und noch heute

Osteria. Kleines italienisches Gasthaus

Partito di Lavoratori Italiani. Partei der italienischen Arbeiter. 1892 gegründete sozialistische, in den Anfangsjahren an den deutschen Sozialdemokraten orientierte Partei Italiens, die sich später in Partito Socialista Italiano umbenannte. Mit dem *Avanti!* – Vorwärts – bekam die Partei 1896 ein Presseorgan, für das bis 1914 Benito Mussolini schrieb

Partito Nazionale Fascista. Nationale Partei der Faschisten. Am 9. November 1921 gegründete faschistische Partei Mussolinis

Perzechèlla. Neapolitanischer, zärtlicher Begriff für »kleines Mädchen«

Pfannenstiel-Schnitt. Form des Kaiserschnitts, der von dem Gynäkologen Johannes Pfannenstiel entwickelt wurde. Bei dieser etwa ab 1900 verwendeten Schnitttechnik werden Bauchdecke und Gebärmutter der Frau nicht mehr längs, sondern quer geöffnet. Tragischerweise hatte Pfannenstiel, der vielen Frauen und Kindern das Leben rettete, einen Sohn, der Jahre später unter den Nationalsozialisten als Rassehygieniker den Tod etlicher Menschen mitverschuldete

Picinina. Piemontesischer Dialektausdruck für »die sehr Kleine«, liebevoll verwendet

Piccolo. Italienisch für »klein«. Um die Wende zum zwanzigsten Jahrhundert und etwa bis zum Zweiten Weltkrieg gebräuchlicher Begriff für einen Kellnerlehrling

Piemont-Sardinien. Das Königreich Sardinien, das von 1720–1861 existierte und seine Hauptstadt in Turin hatte, wurde häufig so genannt, auch wenn es offiziell nie diesen Namen trug

Pigna, La. Wie ein Labyrinth, in Form einer Kasbah gebaute Altstadt von San Remo

Pilsener oder *Pils.* Nach der böhmischen Stadt Pilsen, in der die Braumethode entwickelt wurde, benanntes, untergäriges helles Bier mit einem erhöhten Hopfengehalt. Heute das beliebteste Bier in Deutschland

Popolo d'Italia. Italienisch für »Volk von Italien«. 1915 von Benito Mussolini gegründete faschistische Zeitung, die er bis 1943 herausgab. Seit 1999 erscheint eine Neuauflage, die jedoch nur zum Verkauf an Abonnenten zugelassen ist.

Pranzo. Mittagsmahlzeit, in Italien für gewöhnlich zwischen 13 und 15 Uhr eingenommen

Presssack. Eine aus Schweinefleisch, Schwarte, Innereien und Blut vom Schwein hergestellte Kochwurst. (Falls Leserinnen oder

Lesern bei der Vorstellung schlecht wird, entschuldigt sich die Autorin, der es nicht anders erging.)

Reblaus. Pflanzenlaus, Schädling des Weinbaus. Im neunzehnten Jahrhundert aus Nordamerika nach Europa eingeschleppt. Rebläuse, die an die Wurzeln der Pflanzen gehen, sind weit schädlicher als jene, die nur die Blätter befallen

Regensburger Anzeiger. 1849 gegründete, älteste Zeitung Regensburgs, die katholisch-konservativ ausgerichtet war

Regensburger Nachrichten. Eigentlich *Regensburger Neueste Nachrichten.* 1862 gegründete Zeitung der Regensburger Sozialdemokraten. Ich habe den Namen dieser Zeitung verkürzt, um eine Verwechslung mit den *Münchner Neuesten Nachrichten* zu verhindern

Rehbach. 1843 von dem Kaufmann Johann Jakob Rehbach begründete Bleistiftfabrik, die bis 1934 bestand und das größte Industrieunternehmen Regensburgs darstellte

Riviera di Levante. Riviera der aufgehenden Sonne, Abschnitt der italienischen Riviera innerhalb der Region Ligurien

Riviera-Express. Luxuszug, betrieben von der Compagnie Internationale des Wagons-Lits (Internationale Gesellschaft für Schlafwagen), der in nur einer Nachtfahrt von 1900 bis 1939 von Berlin aus direkt an die Riviera fuhr. Der italienische Endbahnhof war Ventimiglia, und meine reisende Familie Märzhäuser hätte den Zug am frühen Abend – nach gut vierstündiger Fahrt aus Regensburg – in Frankfurt am Main erwischt. In diesem Zug gab es lediglich eine erste Klasse, und für die Retour-Tickets seiner sechsköpfigen Familie dürfte Alfons Märzhäuser 1910 etwa 2500 Goldmark bezahlt haben. Zum Vergleich: Das durchschnittliche Jahresgehalt eines fest angestellten Arbeiters betrug zur selben Zeit etwa 800 Goldmark

Achtung: Der Riviera-Express verkehrte vor dem Ersten Weltkrieg regelmäßig lediglich von Januar bis April. Auf die Idee, im Sommer in den Süden zu reisen, kamen um diese Zeit nur Abenteurer und Exzentriker ...

Salem. Zigarettenmarke der Firma Yenidze, die sich 1907 in Dresden ein orientalisch anmutendes Gebäude, die sogenannte Tabak-Moschee, bauen ließ. Diese war die erste Zigarettenfabrik Deutschlands

Saltimpalo. Italienisch für »Schwarzkehlchen«. Kleiner, stark gefährdeter Singvogel mit völlig schwarzem Kopf

Sans-Ventre. Französisch für »ohne Bauch«. Steifes Korsett, das der Mode etwa ab 1900 entsprechend Frauen tatsächlich erscheinen ließ, als wären sie ohne Bauch geboren worden. In diesen Gestängen aus – vorwiegend – Fischbein war es nur möglich zu gehen, wenn die Trägerin den Oberkörper vornüberbeugte. Zugleich wölbte das Korsett den Hintern fast wie bei einer Tournüre auf. Die erstarkende Frauenbewegung und Veränderungen der Mode, die damit einhergingen, setzten diesem Foltergerät glücklicherweise in den Jahren von 1910 bis zum Ersten Weltkrieg ein Ende

Sardinischer Krieg. Zweiter Italienischer Unabhängigkeitskrieg zwischen Sardinien und den verbündeten Franzosen auf der einen und dem österreichischen Kaiserreich auf der anderen Seite. Der Krieg wurde vom 17. April bis zum 12. Juli 1859 geführt und endete durch den Sieg Sardiniens in der Schlacht von Solferino, der den Weg zur Einigung Italiens freimachte

Schlawacke. Bayerischer Dialektausdruck für Schlawiner, Schuft

Schlesische Lotterie. Kartenspiel

Schloss-Hotel. Statt eines der Etablissements zu wählen, die die Regensburger Nationalsozialisten tatsächlich als ihre Stammlokale benutzten, habe ich das Schloss-Hotel samt seinem Bierkeller erfunden, um niemandem zu schaden

Schwarze Hand. Nationalistischer serbischer Geheimbund, der die Errichtung eines großserbischen Nationalstaats zum Ziel hatte und dieses mit terroristischen Mitteln zu erreichen suchte. Der Bund bestand vermutlich seit 1903 und ist für das Attentat von Sarajevo verantwortlich

Sindone. La Santissima Sindone ist ein über vier Meter langes Leinentuch, das als das Grabtuch des gekreuzigten Jesus Christus verehrt und seit dem achtzehnten Jahrhundert in der eigens dafür erbauten Grabtuchkapelle des Turiner Doms aufbewahrt wird. Über seine Echtheit wird bis heute diskutiert

Stadtamhof. Einstmals eigenständige Kleinstadt am Nordufer der Donau, dem Altstadtgebiet gegenüber. 1924 nach Regensburg eingemeindet

Stampa, la. In Turin ansässige Tageszeitung, die zu den ältesten noch publizierten Tageszeitungen Italiens gehört. Das gemäßigt liberal-konservative Blatt wurde 1867 unter dem Namen *Gazzetta Piemontese* begründet und unter Mussolini zwangsverkauft, nachdem es den Mord an Giacomo Matteotti kritisiert hatte.

St. Emmeram. Katholische Pfarrkirche in Regensburg, mit deren Bau im Jahr 780 begonnen wurde

Stockwerkbau. Bauweise, bei der das Erdgeschoss und sämtliche Obergeschosse vom Gerüst her unabhängig voneinander gezimmert sind. Diese Bauweise setzte sich in Bayern im fünfzehnten Jahrhundert durch

Stürmer, der. Antisemitisches Hetzblatt, das von 1923 bis 1945 von Julius Streicher wöchentlich herausgegeben wurde

Tartufo. Trüffel. Die vollständig unter der Erde wachsenden kostbarsten Speisepilze der Welt, für die auch die Küche des Piemont berühmt ist, sind sicherlich allgemein bekannt. Erwähnt sei daher nur, dass das sich hartnäckig haltende Ammenmärchen, das weibliche Wildschwein erliege dem Duft des Trüffels, weil er dem des männlichen Wildschweins gleiche, inzwischen vollständig widerlegt ist. Auch wenn es zur Zeit der Handlung meines Romans noch als erwiesen galt

Terrone, fem. terrona. Stark verächtlich machendes italienisches Schimpfwort für die Bewohner des Südens (von Neapel abwärts), von denen der Norden seit der Einigung fürchtete, sie wären faul, untauglich zur Arbeit und würden der Wirtschaft schaden. Diese Kluft – samt dem Schimpfwort – zwischen Nord und Süd existiert bis heute

Trester. Rückstände der Weinmaische, Stängel, Kerne und Häute der Trauben. Vermutlich in Persien wurde um 400 n. Chr. erstmals daraus ein Tresterbrand destilliert

Trix Express. Modelleisenbahn der Firma Märklin, die 1935 zur Feier des Jubiläums *Hundert Jahre Eisenbahn* auf der Spur 00 herausgegeben wurde

Trofie. In Ligurien beliebte Pasta, bei deren Zubereitung der Teig gedreht wird

Turnüre Gestell aus Fischbein, das sich in Frauenkleidern über dem Gesäß weit aufbauschte und bereits Ende des neunzehnten Jahrhunderts endgültig aus der Mode kam

Untergärige Hefe. Hefe, die nach dem Gärungsprozess des Bierbrauens auf den Boden des Gefäßes sinkt. Anders als obergärige Hefe benötigt sie niedrige Temperaturen (bis 9 Grad) für die Gärung

Vendemmia. Italienisch für »Weinlese«

Veronal. Schlafmittel. 1903 von der deutschen Arzneifirma Merck als erstes Barbiturat auf den Markt gebracht

Vestibül. Grandios aufgemachte, repräsentative Eingangshalle mit hohen Decken und Säulen

Viennese. »Auf Wiener Art«. In den Wiener Kaffeehäusern des siebzehnten Jahrhunderts entwickelte Kaffeespezialität mit Sahne und Zucker. Vorläufer des Cappuccino

Volksempfänger. Radioapparat zum Empfang von Lang- und Mittelwellenrundfunk, den Joseph Goebbels entwickeln ließ und der in Serie billig hergestellt wurde. Er diente als Propagandamittel zum Empfang des Deutschlandfunks

Vollbier. Bier mit einem Gehalt an Stammwürze von über 11 %, aber unter 16 % (ab dann spricht man vom Starkbier)

Wila. Weiblicher Naturgeist der slawischen Mythologie, der in Wäldern und an Wassern haust, tanzt und zuweilen junge Männer entführt. In mancher Variante sind die Wilen die Wiedergängerinnen von Bräuten, die vor ihrer Hochzeit gestorben sind, in anderen junge Frauen, die von ihren Geliebten verlassen und betrogen wurden

Wittelsbacher Palais. 1848 errichteter Backsteinbau in der Münchner Türkenstraße, der ab 1933 als Hauptquartier der Gestapo diente. Die Mitglieder der Weißen Rose sind hier verhört worden

Zabaglione. In verschiedenen Regionen Italiens serviertes Dessert, mit Alkohol, z. B. Marsala, aufgeschlagene Eierspeise

Zensuswahlrecht. Wahlrecht, das auf den finanziellen Verhältnissen der Einwohner beruhte. Das preußische Dreiklassen-Wahlrecht gehörte in diese Gruppe

Zentrumspartei. 1870 gegründete Partei, die den Katholizismus vertrat und der konservativen Mitte angehörte. (Die Partei besteht noch heute, ist jedoch bedeutungslos.) In der Weimarer Republik gehörte das Zentrum zu den demokratischen, koalitionsbereiten Parteien